JOHN SANDFORD

Die Schule des Todes

EisNacht

Die Schule des Todes

Louis Vullion, ein junger Anwalt in Minneapolis, hat eine ganze Reihe von Kriminalfällen genau studiert und daraus die Regeln seiner »Schule des Todes« abgeleitet. Und Vullion geht strikt nach diesen Regeln vor, wenn er seine Morde an jungen Frauen plant und dann perfekt in Szene setzt. Nach dem dritten Mord wird Lieutenant Lucas Davenport auf die Spur des mysteriösen Mörders gesetzt. Davenport erkennt bald, daß er es weder mit einem herkömmlichen Serienkiller noch mit einem reinen Psychopaten zu tun hat, sondern mit einem eiskalten Spieler, der nur mit seinen eigenen Mitteln zu schlagen ist...

EisNacht

Es ist Winter in der Kleinstadt Grant im tiefsten Wisconsin. Der nahe See ist zugefroren, und eisige Schneestürme fegen über das Land. In einem einsamen Landhaus am See wohnt Claudia LaCourt mit ihrem Mann Frank und ihrer Tochter Lisa. Als sie eines Nachts über den Hof in die Scheune geht, um Feuerholz zu holen, hat sie das Gefühl, beobachtet zu werden. Eine halbe Stunde später sind die LaCourts tot, und ihr Haus steht in Flammen. Die Ortspolizei bittet Lucas Davenport um Hilfe. Seine Nachforschungen führen ihn auf die Spur eines mysteriösen »Eismannes«, der sich schon bald als ebenso kaltblütiger wie hochintelligenter Gegenspieler erweist.

Autor

John Sandford ist das Pseudonym des mit dem Pulitzerpreis ausgezeichneten Journalisten John Camp. Seine Romane erobern regelmäßig die Topten der amerikanischen Bestsellerlisten. Fesselnder als er schreibt kaum ein zeitgenössischer Thrillerautor. John Sandford lebt in Minneapolis.

Von John Sandford außerdem bei Goldmann lieferbar:

Die Romane mit Lucas Davenport:
EisNacht. Roman (45669) · Böses Spiel. Roman (43429) · Kalte Rache. Roman (45792) · Spur der Angst. Roman (44432) · Nachtblind. Roman (45051) · Tödlicher Blick. Roman (45275) · Tödliche Hochzeit. Roman (45322) · Das nackte Opfer. Roman (45645) · Kalter Schlaf. Roman (45795)
Doppelbände mit Lucas Davenport:
Stumme Opfer / Messer im Schatten. Zwei Romane in einem Band (13367)
Die Romane mit LuEllen und Kidd:
Tödliches Netz. Roman (45210) · Todesspiel. Roman (45796)

John Sandford

Die Schule des Todes
EisNacht

Zwei Romane in einem Band

GOLDMANN

Die Originalausgabe von »Die Schule des Todes«
erschien unter dem Titel »Rules of Prey«,
die von »EisNacht« unter dem Titel »Winter Prey«,
beide bei G. P. Putnam's Sons, New York.

Umwelthinweis:
Alle bedruckten Materialien dieses Taschenbuches
sind chlorfrei und umweltschonend.

Einmalige Sonderausgabe Juli 2006
Die Schule des Todes

EisNacht

Umschlaggestaltung: Design Team München
Umschlagfoto: Corbis/Habel
Druck und Einband: GGP Media GmbH, Pößneck
Printed in Germany
ISBN-10: 3-442-13425-0
ISBN-13: 978-3-442-13425-0

www.goldmann-verlag.de

Die Schule des Todes

Aus dem Amerikanischen
von Wulf Bergner

1

Die Leuchtreklame auf dem Nachbardach warf ihren flackernden blauen Lichtschein durch die Atelierfenster.

Das Licht spiegelte sich in Glas und Edelstahl: einer leeren Kristallvase in Blütenform, an deren Rand sich Staub angesetzt hatte, einem Bleistiftspitzer, einem Mikrowellenherd, Erdnussbuttergläsern, in denen Buntstifte, Pinsel und Pastellkreide steckten. Daneben ein Aschenbecher voller Centstücke und Büroklammern. Gläser mit Acrylfarbe. Messer. Eine Stereoanlage war undeutlich als Ansammlung rechteckiger Silhouetten sichtbar. Eine Digitaluhr zerhackte die Stille in rote Minuten.

Der Werwolf lauerte im Dunkeln.

Er konnte hören, wie er atmete. Spürte, wie Schweiß aus den Hautporen unter seinen Achseln trat. Schmeckte, was er abends zu sich genommen hatte. Spürte, wie die Stoppeln seiner rasierten Schamhaare stachen. Witterte den Duft der Auserwählten.

Nie fühlte er sich so lebendig wie in den letzten Augenblicken einer langen Pirsch. Manche Leute – Leute wie sein Vater – mussten jede Minute jeder Stunde von diesem Gefühl erfüllt sein: Sie lebten auf einer höheren Existenzebene.

Der Werwolf beobachtete die Straße. Die Auserwählte war eine Malerin. Sie hatte glatte, hellbraune Haut und ausdrucksvolle, braune Augen, kleine Brüste und eine schlanke Taille. Sie lebte illegal hier im Lagerhaus, duschte spät nachts im Umkleideraum am Ende des Korridors und bereitete sich heimlich Mikrowellengerichte zu, sobald der Hausmeister heimgefahren war. Sie schlief, in Lein- und Terpentinöldüfte gehüllt, in einem winzigen Lagerraum auf einem schmalen Klappbett. Jetzt war sie unterwegs, um Mikrowellen-Fertiggerichte einzukaufen. Der Mikrowellenscheiß bringt sie um, wenn du's nicht tust, dachte der Werwolf. Wahrscheinlich tust du ihr sogar einen Gefallen damit. Er grinste.

Die Malerin würde sein drittes Mordopfer in der Großstadt und das fünfte seines Lebens sein.

Sein erstes Opfer war eine Rancherstochter, die eine abgelegene Koppel verließ und auf die bewaldeten Kalksteinhügel von East Texas zuritt. Sie trug Jeans, eine rot-weiß karierte Bluse und Cowboystiefel. Sie saß hoch in einem Westernsattel und ritt mehr mit Kopf und Knien als mit den Zügeln in ihren Händen. Sie kam geradewegs auf ihn zu, und ihr langer, blonder Zopf hüpfte auf ihrem Rücken auf und ab.

Der Werwolf hatte ein Gewehr: ein Remington Modell 700 ADL in Kaliber 27 Winchester. Er stützte seinen Arm auf einen vermodernden Baumstamm und drückte ab, sobald sie auf vierzig Meter herangekommen war. Das Geschoss durchschlug ihr Brustbein und warf sie aus dem Sattel.

Dieser erste Mord war anders gewesen. Sie war nicht auserwählt worden; sie hatte ihre Ermordung selbst provoziert. Drei Jahre zuvor hatte sie in Hörweite des Werwolfs gesagt, er habe Lippen wie rote Würmer. Wie die sich windenden roten Würmer unter den Felsen am Fluss. Das hatte sie in der Eingangshalle ihrer Highschool, von Freundinnen umringt, behauptet. Einige von ihnen hatten sich nach dem Werwolf umgesehen, der fünf Meter von ihnen entfernt stand – wie immer allein – und seine Bücher ins oberste Fach seines Schranks räumte.

Er hatte sich nicht anmerken lassen, dass er ihre Beleidigung gehört hatte. Schon seit frühester Kindheit verstand er es sehr gut, seine Gefühle zu verbergen, obwohl sie der Rancherstochter vermutlich gleichgültig gewesen wären. Gesellschaftlich war der Werwolf ein Nichts.

Aber sie hatte für diese Kränkung büßen müssen. Er bewahrte die Erinnerung an ihre Bemerkung drei Jahre lang in seinem Herzen, denn er wusste, dass seine Zeit kommen würde. Und sie kam. Von einem schnell zerplatzenden Kupfermantelgeschoss, wie Jäger es verwendeten, tödlich getroffen, kippte die Rancherstochter rückwärts vom Pferd.

Der Werwolf trabte leichtfüßig durch die Wälder und über sumpfiges Grasland. An der durch den Sumpf führenden Straße versteckte er sein Gewehr unter einem rostigen eisernen Dränagerohr. Dieses Rohr würde die Waffe tarnen, falls mit einem Metalldetektor nach ihr gesucht wurde. Allerdings rechnete der Werwolf nicht mit einer Suchaktion: Die Jagd auf Rotwild war im Gange, und die Wälder waren voller verrückter Städter, die bis an die Zähne bewaffnet waren und auf alles schossen, was sich bewegte. Der Zeitpunkt und das Waffenversteck waren lange zuvor sorgfältig ausgewählt worden. Schon in seinem zweiten Collegejahr war der Werwolf ein großer Planer.

Er ging zur Beerdigung des Mädchens. Ihr Gesicht war unversehrt, deshalb war sie in einem offenen Sarg aufgebahrt. In seinem dunklen Anzug setzte er sich so nahe wie möglich an den Sarg, starrte in ihr Gesicht und genoss das in ihm aufsteigende Machtgefühl. Er bedauerte nur, dass sie nichts von ihrem bevorstehenden Tod gewusst und diesen Schmerz nicht bis zur Neige ausgekostet hatte; und er bedauerte, dass ihm keine Zeit geblieben war, sich an ihrem Leid zu erfreuen.

Dem zweiten Mord fiel die erste der wirklich Auserwählten zum Opfer, obwohl er diese Tat nachträglich nicht mehr für eine reife Leistung halten konnte. Sie war wohl eher ein …

ein Experiment gewesen? Ja. Bei seinem zweiten Mord vermied er die Unzulänglichkeiten des ersten.

Sie war eine Nutte. Er ermordete sie in den Frühlingsferien seines zweiten Studienjahres, des Krisenjahres, in der Law School. Wie er wusste, war das Bedürfnis nach einer solchen Tat schon lange vorhanden gewesen und durch den intellektuellen Druck des Jurastudiums verstärkt worden. Und in einer kühlen Nacht in Dallas verschaffte er sich mit einem Messer zeitweilige Erleichterung an dem blassen, weißen Leib eines einfachen Mädchens, das aus Mississippi in die Großstadt gekommen war, um dort ihr Glück zu machen.

Der Tod der Rancherstochter wurde als Jagdunfall beklagt. Ihre Eltern trauerten um sie, aber das Leben ging weiter. Zwei Jahre später sah der Werwolf die Mutter der Ermordeten vor einem Konzertsaal lachen.

Die Polizei in Dallas tat die Hinrichtung der Nutte als einen mit der Drogenszene in Verbindung stehenden Straßenmord ab. In ihrer Handtasche fanden die Cops einige Kapseln Speed, und das genügte ihnen. Von ihr war nur der Name bekannt, den sie sich für die Straße zugelegt hatte. Sie kam in ein Armengrab mit diesem Namen, dem falschen Namen, auf der winzigen Eisenplakette, die das Grab bezeichnete. Sie hatte ihren sechzehnten Geburtstag nicht mehr erlebt.

Diese beiden Morde waren befriedigend, aber nicht bis ins letzte durchdacht gewesen. Die Großstadtmorde waren ganz anders. Sie waren detailliert vorbereitet, und die Taktik basierte auf sachkundiger Begutachtung der Ermittlungen in einem Dutzend Mordfälle.

Der Werwolf war intelligent. Er war Mitglied der Anwaltskammer. Er stellte die wichtigsten Regeln auf:

Niemals jemanden ermorden, den du kennst.

Niemals ein Tatmotiv haben.

Niemals nach erkennbarem Schema handeln.

Niemals eine Waffe nach Gebrauch bei sich tragen.
Niemals riskieren, zufällig entdeckt zu werden.
Niemals Beweismaterial zurücklassen.

Es gab noch weitere Regeln. Er betrachtete sie als intellektuelle Herausforderung.

Er war natürlich verrückt. Und das wusste er recht gut.

In der besten aller Welten wäre er lieber geistig normal gewesen. Seine Geisteskrankheit brachte vielfältigen Stress mit sich. Er hatte jetzt Pillen: schwarze gegen hohen Blutdruck, rötlich-braune gegen Schlafstörungen. Er wäre lieber geistig normal gewesen, aber man spielte mit dem Blatt, das einem das Schicksal gegeben hatte. Das hatte sein Vater gesagt.

Gut, er war also verrückt.

Aber nicht ganz so, wie die Polizei glaubte.

Er fesselte und knebelte die Frauen und vergewaltigte sie.

Die Polizei hielt ihn für einen Sexualverbrecher. Für einen eiskalten Triebtäter. Er ließ sich bei den Morden und den Vergewaltigungen Zeit. Die Cops glaubten, er rede mit seinen Opfern und verhöhne sie. Er benutzte Kondome. Mit einem Gleitmittel beschichtete Kondome. Bei der Obduktion hergestellte Scheidenabstriche seiner beiden ersten Großstadtopfer hatten Hinweise auf ein Gleitmittel geliefert. Da die Kondome nie zu finden waren, vermuteten die Cops, dass er sie immer mitnahm.

Psychiater, die zur Erstellung eines psychologischen Profils hinzugezogen wurden, waren der Überzeugung, der Täter habe Angst vor Frauen – möglicherweise, sagten sie, weil er in seiner Kindheit unter der Fuchtel einer dominierenden Mutter stand, die abwechselnd tyrannisch und liebevoll mit sexuellen Untertönen gewesen sei. Vielleicht habe der Täter auch Angst vor Aids, und möglicherweise – sie sprachen unablässig von Möglichkeiten – sei er im Kern seines Wesens homosexuell.

Möglicherweise, sagten sie, tue er etwas mit seinem Samen, den er in den Kondomen mitnahm. Als die Psychiater das andeuteten, sahen die Cops sich fragend an. Etwas tun? Aber was? Zu Sahnehäubchen verarbeiten? Was?

Die Psychiater irrten sich. In allen Punkten.

Er verhöhnte seine Opfer nicht, sondern tröstete sie und half ihnen *mitzuwirken*. Kondome benutzte er nicht so sehr aus Angst, er könnte sich anstecken, sondern um sich vor der Polizei zu schützen. Samen war Beweismaterial, das von Gerichtsmedizinern sorgfältig untersucht und klassifiziert wurde. Der Werwolf kannte einen Fall, in dem eine Frau von einem Stadtstreicher überfallen, vergewaltigt und ermordet worden war. Zwei Männer waren verdächtigt worden – beide hatten sich gegenseitig beschuldigt. Eine Samenuntersuchung hatte entscheidend dazu beigetragen, den Mörder zu überführen.

Der Werwolf hob die Kondome nicht auf. Er tat nichts mit ihnen. Er spülte sie mitsamt ihrem beweiskräftigen Inhalt im WC seiner Opfer hinunter. Und seine Mutter war keine Tyrannin gewesen. Sie war eine kleine, unglückliche, schwarzhaarige Frau, die im Sommer bedruckte Kattunkleider und breitkrempige Strohhüte getragen hatte. Sie war in seinem vorletzten Highschool-Jahr gestorben. Er konnte sich kaum noch an ihr Gesicht erinnern, aber als er einmal in Kartons mit Familienandenken gewühlt hatte, war er auf ein von einer Schnur zusammengehaltenes Bündel Briefe, die sie an seinen Vater geschrieben hatte, gestoßen. Ohne recht zu wissen, weshalb, hatte er an den Umschlägen gerochen und war von ihrem zarten Duft, der ihn an seine Mutter erinnerte, überwältigt gewesen: ein schwacher Duft nach Flieder und Heckenrosen.

Aber seine Mutter war unbedeutend gewesen.

Sie hatte nie etwas geleistet. Nichts bewirkt. Nichts getan. Sie war seinem Vater ein Klotz am Bein gewesen. Sein Vater hatte seine faszinierenden Spiele, und sie behinderte ihn dabei. Er erinnerte sich daran, wie sein Vater sie einmal angebrüllt hatte: *Ich arbeite, ich arbeite, und du bleibst gefälligst draußen, wenn ich arbeite! Ich muss mich konzentrieren, und das kann ich nicht, wenn du hier reinkommst und jammerst, jammerst*… Die faszinierenden Spiele in Gerichtsgebäuden und Gefängnissen.

Der Werwolf war nicht homosexuell. Er fühlte sich nur zu Frauen hingezogen. Für einen Mann kam nur diese Sache – die Sache mit Frauen – in Frage. Er begehrte sie, um ihren Tod zu sehen und zu spüren, wie er in diesem transzendenten Augenblick explodierte.

In Augenblicken der Einsicht hatte der Werwolf seine Psyche analysiert und den Ursprung seiner Geisteskrankheit zu ergründen versucht. Dabei war er zu dem Schluss gelangt, sie sei nicht plötzlich aufgetreten, sondern allmählich *gewachsen*. Er erinnerte sich an die langen, einsamen Wochen, die er mit seiner Mutter auf der Ranch verbracht hatte, während sein Vater in Dallas seine Spiele spielte. Dort hatte der Werwolf mit seinem Kleinkalibergewehr Jagd auf Erdhörnchen gemacht. Traf er eines direkt in die Hinterbeine, sodass es von seinem Bau wegrollte, versuchte es keckernd, sich nur noch mit den Vorderpfoten in sein Loch zurückzuschleppen.

Alle übrigen Erdhörnchen aus den benachbarten Höhlen standen dann auf den kleinen Hügeln, die sie beim Höhlenbau aufgeworfen hatten, und sahen zu. Nun konnte er ein zweites anschießen, das weitere Tiere herauslockte, und danach ein drittes, bis die ganze Kolonie ein halbes Dutzend waidwunder Erdhörnchen beobachtete, die sich in ihre Höhlen zurückzuschleppen versuchten.

Nachdem er sechs oder sieben Tiere mit liegendem Anschlag angeschossen hatte, stand er auf, ging zu den Höhlen hinüber und erledigte sie mit seinem Taschenmesser. Manchmal balgte er sie noch lebend ab und schlug sie aus ihrer Haut, während sie zwischen seinen Händen strampelten. Später begann er, ihre Ohren auf eine Schnur zu fädeln, die er im Dachgebälk des Geräteschuppens versteckte. In einem einzigen Sommer hatte er über dreihundert Ohrenpaare aufgefädelt.

Den ersten Orgasmus seines jungen Lebens hatte er, als er am Rande einer Wiese im Heu lag und auf Erdhörnchen schoss. Der lange, krampfartige Erguss war wie der Tod selbst. Danach zog er den Reißverschluss seiner Jeans auf, um die Samenflecken auf seiner Unterhose zu betrachten, und sagte laut: »Junge, das hat's gebracht... Junge, das hat's gebracht.« Das wiederholte er mehrmals, und seit diesem Tag packte ihn die Leidenschaft öfter, wenn er auf der Jagd unterwegs war.

Nehmen wir einmal an, dachte er, alles wäre anders gelaufen. Nehmen wir einmal an, ich hätte Spielgefährten gehabt, auch mit Mädchen gespielt, und wir hätten eines Tages in der Scheune Doktor gespielt. *Zeig mir deine, dann zeig ich dir meinen...* Hätte das etwas entscheidend beeinflusst? Er wusste es nicht. Als er dann vierzehn war, war es zu spät. Seine Psyche war unheilbar geschädigt.

Etwa eine Meile von ihm entfernt wohnte ein Mädchen, das fünf oder sechs Jahre älter war als er. Die Tochter eines echten Ranchers. Als sie eines Tages auf einem Heuwagen hinter dem von ihrer Mutter gelenkten Traktor an ihm vorbeifuhr, trug sie ein schmuddeliges, schweißnasses T-Shirt, unter dem sich ihre steifen Brustwarzen abzeichneten. Der Werwolf war damals vierzehn; er spürte leidenschaftliche Erregung und sagte laut: »Ich würde sie lieben und umbringen.«

Er war verrückt.

Während seines Jurastudiums las er von Männern, die ihm glichen, und stellte fasziniert fest, dass er Teil einer Gemeinschaft war. Er hielt sie für eine Gemeinschaft von Männern, die verstanden, welche Ekstase dieser Augenblick des Ergusses und des Todes auslösen konnte.

Aber es ging ihm nicht nur ums Töten. Nicht mehr. Inzwischen hatte sich ein intellektueller Reiz dazugesellt.

Der Werwolf hatte stets eine Vorliebe für Spiele gehabt. Für die Spiele, die sein Vater spielte, für die Spiele, die er allein in seinem Zimmer spielte. Phantasiespiele, Rollenspiele. Er war ein guter Schachspieler. Das Highschool-Turnier gewann er drei Jahre hintereinander, obwohl er außerhalb der Turniere nur selten mit jemandem Schach spielte.

Aber es gab bessere Spiele. Zum Beispiel die, die sein Vater spielte. Aber selbst sein Vater war nur ein Ersatz für den wahren Spieler, der als zweiter Mann am Tisch saß: der Angeklagte. Die wahren Spieler waren die Cops und die Angeklagten. Der Werwolf wusste, dass er niemals ein Cop hätte sein können. Aber er konnte trotzdem mitspielen.

Und jetzt, in seinem siebenundzwanzigsten Jahr, erfüllte sich seine Bestimmung. Er spielte mit und ermordete, und das Glück, das er dabei empfand, brachte seinen ganzen Körper zum Klingen.

Das höchste Spiel. Der höchste Einsatz.

Er wettete um sein Leben, dass sie ihn nicht schnappen würden. Und er gewann die Leben von Frauen – wie Pokerchips. Männer spielten stets um Frauen: das war seine Theorie. Bei den allerbesten Spielen wurde um Frauen gespielt.

Cops hatten natürlich kein Interesse an Spielen. Cops waren notorisch phantasielos.

Um ihnen zu helfen, den Sinn des Spiels zu erfassen, hinterließ er an jedem Tatort eine der von ihm aufgestellten Regeln. Sorgfältig aus einer Tageszeitung aus Minneapolis ausgeschnittene Wörter ergaben einen kurzen Satz, den er auf ein Blatt Notizpapier klebte. Beim ersten Großstadtmord lautete die Botschaft: *Niemals jemanden ermorden, den du kennst.*

Das würde ihnen schweres Kopfzerbrechen bereiten. Er legte den Zettel auf die Brust seines Opfers, damit außer Zweifel stand, wer ihn hinterlassen hatte. Aus einem fast scherzhaften nachträglichen Einfall heraus unterzeichnete er die Botschaft mit *Der Werwolf*.

Auf dem zweiten Zettel stand: *Niemals ein Tatmotiv haben.*

Nun mussten sie wissen, dass sie's mit einem zielbewussten Mann zu tun hatten.

Obwohl die Cops bestimmt Blut und Wasser schwitzten, gelang es ihnen, die Story aus den Medien herauszuhalten. Aber der Werwolf sehnte sich nach Presseruhm. Sehnte sich danach, beobachten zu können, wie seine Anwaltskollegen den Gang der Ermittlungen in der Tagespresse verfolgten. Und zu wissen, dass sie mit ihm über ihn redeten, ohne zu ahnen, dass er der Täter war.

Der Gedanke daran war erregend. Mit diesem dritten Mord würde er's schaffen. Die Cops konnten die Story nicht für immer geheim halten. Polizeipräsidien hatten normalerweise so viele undichte Stellen wie ein Sieb. Er war überrascht, dass die Geheimhaltung so lange geklappt hatte.

Bei seinem dritten Opfer würde die Nachricht lauten: *Niemals nach erkennbarem Schema handeln.* Er hatte sie auf einem Tischwebstuhl zurückgelassen.

Selbstverständlich lag in dieser Handlungsweise ein Widerspruch. Als Intellektueller hatte der Werwolf viel darüber nachgedacht. Er war geradezu fanatisch sorgfältig bemüht, keine Spuren zu hinterlassen – und trotzdem hinterließ er absichtlich welche. Aus seiner Wortwahl konnten die Polizei und ihre Psychiater bestimmte Rückschlüsse auf seine Persönlichkeit ziehen. Aus der Tatsache, dass er überhaupt Regeln aufstellte. Aus seinem Spieltrieb.

Aber das ließ sich nicht ändern.

Wäre es nur ums *Morden* gegangen, hätte er sich zugetraut, selbst als Massenmörder nicht geschnappt zu werden. Dallas hatte ihm gezeigt, wie leicht das war. Er konnte Dutzende ermorden. Hunderte. Nach Los Angeles fliegen, in einem Kaufhaus ein Messer kaufen, eine Nutte erstechen und am selben Abend heimfliegen. Jede Woche in einer anderen Stadt. Sie würden ihn niemals fassen. Sie würden nicht einmal *wissen,* dass ein Serientäter am Werk war.

Diese Vorstellung war reizvoll, aber letztlich intellektuell steril. Er wollte sich weiterentwickeln. Er wollte den *Wettstreit.* Er brauchte ihn.

Der Werwolf schüttelte im Dunkeln den Kopf und sah aus dem hohen Fenster. Auf der regennassen Straße zogen Autos Wasserfontänen hinter sich her. Von der I-94, die zwei Blocks weiter nördlich verlief, kam Verkehrslärm als dumpfes Brausen herüber. Keine Fußgänger. Niemand, der mit Einkaufstüten beladen war.

Er wartete, ging vor den Fenstern auf und ab und behielt die Straße im Auge. Acht Minuten, zehn Minuten. Die Intensität, das Pulsieren, der Druck nahmen zu. Wo blieb sie? Er brauchte sie.

Dann sah er sie so hastig die Straße überqueren, dass ihr schwarzes Haar im Licht der Quecksilberdampflampen flog. Sie war allein und trug nur eine Einkaufstüte. Als sie genau unter ihm außer Sicht kam, trat er an die Mittelsäule und blieb dort stehen.

Der Werwolf trug Jeans, ein schwarzes T-Shirt, Chirurgenhandschuhe aus Latex und eine blaue Sturmhaube. Sobald er sie ans Bett gefesselt und sich ausgezogen hatte, würde die

Frau sehen, dass der Angreifer sich rasiert hatte: Er wies so wenig Schamhaar auf wie ein Fünfjähriger. Nicht etwa, weil er komisch veranlagt war, obwohl es sich … *interessant* anfühlte. Aber er kannte einen Fall, in dem Spurensicherer auf der Couch einer Frau ein halbes Dutzend Schamhaare eines Mannes gefunden und mit denen eines Verdächtigen verglichen hatten. Die Vergleichshaare hatten sie sich mit Hilfe eines Durchsuchungsbefehls verschafft. Ein cleverer Trick. Von der Berufungsinstanz bestätigt.

Ihn fröstelte. Es war unangenehm kühl. Er wünschte sich, er hätte eine Jacke angezogen. Als er aus dem Haus gegangen war, hatte das Thermometer vierundzwanzig Grad angezeigt. Inzwischen musste die Temperatur um sieben, acht Grad gefallen sein. Dieses gottverdammte Minnesota!

Der Werwolf war weder groß noch sonderlich athletisch. In seiner Jugend hatte er sich für kurze Zeit für schlank gehalten, obwohl sein Vater ihn als *schmächtig* bezeichnet hatte. Jetzt war er dicklich, wie er seinem Spiegelbild eingestand. Einssechsundsiebzig, lockiges rotes Haar, leichtes Doppelkinn, beginnender Schmerbauch … Lippen wie rote Würmer …

Der Aufzug war alt und für Waren bestimmt. Er ächzte einmal, zweimal, bevor er sich nach oben in Bewegung setzte. Der Werwolf überprüfte seine Ausrüstung: Das Haushaltstuch, das er als Knebel benutzen würde, steckte in seiner rechten Hüfttasche. Das Klebeband zur Befestigung des Knebels hatte seinen Platz in der linken. Der Revolver steckte unter seinem T-Shirt im Hosenbund. Die Waffe war klein, aber gefährlich: ein Smith & Wesson Modell 15. Er hatte ihn von einem Todkranken gekauft, der kurz danach gestorben war. Vor dem Verkauf hatte der Sterbende erzählt, seine Frau wolle die Waffe zum Selbstschutz behalten. Er bat den Werwolf, ihr nicht zu sagen, dass er den Revolver gekauft hatte. Das solle ihr Geheimnis bleiben.

Das war perfekt. Niemand wusste, dass er diese Waffe besaß. Falls er sie jemals benutzen musste, ließ sich kein Besitzer nachweisen – oder nur der längst tote Vorbesitzer.

Er zog den Revolver, hielt ihn an sich gedrückt und ging in Gedanken nochmals den Ablauf durch: packen, die Waffe ans Gesicht halten, zu Boden drücken, mit dem Revolvergriff auf den Kopf schlagen, sich auf ihren Rücken knien, den Kopf nach hinten ziehen, das Tuch in den Mund stopfen, mit Klebeband befestigen, zum Bett schleppen, Arme am Kopfteil und Füße am Fußteil mit Klebeband fixieren.

Danach entspannen und zum Messer überwechseln.

Der Aufzug hielt, und die Schiebetür öffnete sich. Die Magennerven des Werwolfs verkrampften sich. Ein vertrautes, sogar angenehmes Gefühl. Schritte. Schlüssel im Türschloss. Sein Herz hämmerte. Tür offen. Licht. Tür zu. Der raue Revolvergriff in seiner Hand schien zu glühen. Jetzt kam die Frau an ihm vorbei …

Der Werwolf katapultierte sich aus seinem Versteck.

Sah augenblicklich, dass sie allein war.

Umklammerte sie von hinten, drückte ihr die Revolvermündung ans Gesicht.

Die Einkaufstüte platzte auf. Rot-weiße Büchsen mit Campbell's Soup rollten wie Würfel über den Holzboden; beigerote Tiefkühlpackungen mit Hähnchenbeinen und Mikrowellen-Lasagne knirschten unter ihren Füßen.

»Wenn du schreist«, knurrte er mit barscher, am Kassettenrecorder eingeübter Stimme, »bring' ich dich um!«

Wider Erwarten entspannte sich die Frau und sank ein wenig zurück, und der Werwolf folgte unwillkürlich ihrem Beispiel.

Im nächsten Augenblick stampfte ihr Absatz auf seinen Innenrist. Der Schmerz war unerträglich, und als er den Mund öffnete, um aufzuschreien, drehte sie sich in seinen Armen um, ohne auf den Revolver zu achten.

»Aaaiii!« rief sie halblaut in einer Mischung aus Angst und Empörung.

Dann schien die Zeit für sie fast still zu stehen, als würden die Sekunden zu Stunden. Der Werwolf beobachtete, wie sie ihre Hand hob. Er hatte den Eindruck, sie sei ebenfalls bewaffnet, und spürte, wie seine Hand mit dem Revolver von ihrem Körper weggedrückt wurde, und dachte: *Nein!* Im nächsten kristallklaren Zeitfragment erkannte er, dass sie keine Schusswaffe, sondern einen schlanken silbernen Zylinder in der Hand hielt.

Sie sprühte ihm die chemische Keule ins Gesicht, und der Zeitstrom ging mit einem Ruck in irrsinniges Zeitraffertempo über. Er schrie auf und schlug mit dem Smith & Wesson nach ihr, wobei ihm der Revolver aus der Hand glitt. Er holte mit der anderen Hand aus, schlug und traf sie mehr aus Zufall am Unterkiefer. Sie ging zu Boden, rollte sich aber geschickt ab.

Der Werwolf suchte seinen Revolver: halbblind, die Hände vors Gesicht geschlagen, keuchend nach Atem ringend – er hatte Asthma, und die Sturmhaube war mit dem Reizstoff getränkt. Die Frau rollte sich ab, richtete sich mit der chemischen Keule in der Hand auf und kreischte jetzt: »Arschloch, Arschloch …«

Er trat nach ihr und verfehlte sie, und sie besprühte ihn erneut. Er trat wieder zu. Sie stolperte und fiel und rollte sich ab, ohne die Sprühdose zu verlieren, und er konnte den Revolver nicht finden und trat sie noch einmal. Zum Glück traf er die chemische Keule in ihrer Hand, sodass die kleine Sprühdose davonflog. Aus einer Platzwunde an der Stirn, wo er sie mit dem Korn des Revolvervisiers getroffen hatte, sickerte Blut und lief über ihr Gesicht bis in den Mund und färbte ihre Zähne, während sie kreischte: *»Arschloch, Arschloch!«*

Bevor er sie erneut angreifen konnte, bekam sie ein glänzendes Edelstahlrohr zu fassen und schwang es wie eine geübte Softballspielerin. Er wehrte den Angriff ab, wich dabei zurück und suchte weiter seinen Revolver, aber er war verschwunden. Sie drang weiter auf ihn ein, und der Werwolf traf die Entscheidung, die für ihn die natürlichste war.

Er flüchtete.

Er flüchtete, und sie verfolgte ihn und traf nochmals seinen Rücken. Er stolperte halb, drehte sich um und versetzte ihr mit der Innenfaust einen Hieb an den Unterkiefer – ein schwacher, wenig wirkungsvoller Schlag. Sie wich federnd zurück und griff erneut mit dem Stahlrohr an – mit aufgerissenem Mund und gefletschten Zähnen Blut und Speichel versprühend, während sie kreischte. Er schaffte es, durch die Tür zu kommen, und knallte sie hinter sich zu.

»... Arschloch ...«

Er lief den Korridor entlang zur Treppe, während er unter der Maske beinahe erstickte. Sie verfolgte ihn nicht, sondern blieb an der geschlossenen Tür stehen und stieß den durchdringendsten Schrei aus, den er jemals gehört hatte. Irgendeine Tür ließ sich öffnen, und er stolperte blindlings die Treppe hinunter. Unten riss er sich die Maske vom Gesicht, stopfte sie in eine Tasche und trat ins Freie.

Schlendern, dachte er. Spazieren gehen.

Es war kalt. Dieses gottverdammte Minnesota! Hier konnte man im August erfrieren. Er hörte sie wieder kreischen. Zuerst nur leise, dann lauter. Die Schlampe hatte das Fenster aufgerissen. Und gleich gegenüber war ein Polizeirevier. Der Werwolf zog die Schultern hoch, ging etwas rascher zu seinem Wagen, setzte sich ans Steuer und fuhr davon. Auf halbem Weg zurück nach Minneapolis – noch immer in Todesangst und vor Kälte zitternd – fiel ihm ein, dass Autos Heizungen haben, und er stellte seine an.

Er war in Minneapolis, bevor er merkte, dass er verletzt war. Gottverdammtes Stahlrohr. Das gibt große blaue Flecken, dachte er, am Rücken und auf den Schultern. Wegen des Revolvers war nichts zu befürchten; der ließ sich nicht zu ihm zurückverfolgen.

Gott, diese Schmerzen!

2

Der Ladenbesitzer war hinter einem Wall aus Girlie-Magazinen verborgen. Zigaretten, Schokoriegel und Klarsichtpackungen mit Käsestangen, Taco-Chips, gerösteten Schweineschwarten und weiteren Karzinogenen gaben ihm Flankenschutz. Neben der Registrierkasse war ein Drehständer mit weißen Buttons behängt; jeder Button trug eine Botschaft, die das Credo jedes einzelnen Käufers verkünden sollte. *Save the Whales – Harpoon a Fat Chick* war ein großer Renner. Auch *No More Mr. Nice Guy – Down on Your Knees, Bitch* verkaufte sich glänzend.

Der Ladenbesitzer würdigte sie keines Blickes. Er hatte es satt, sie anzusehen. Er starrte aus zusammengekniffenen Augen durch das von Fliegen verdreckte Schaufenster und schüttelte den Kopf.

Lucas Davenport kam mit einer *Daily Racing Form* vom Zeitungsstand herübergeschlendert und legte zwei Dollar zwölf auf den Zahlteller.

»Scheißkids«, murmelte der Ladenbesitzer vor sich hin und verrenkte sich den Hals, um mehr von der Straße überblicken zu können. Dann hörte er das Geld auf den Zahlteller fallen und drehte sich um. Sein Basset-Gesicht versuchte zu grinsen und begnügte sich mit noch mehr Falten. »Wie geht's immer?« ächzte er.

»Was gibt's?« fragte Lucas und sah an ihm vorbei auf die Straße hinaus.

»'n paar Kids auf Skateboards.« Der Ladenbesitzer hatte Wasser in der Lunge und konnte nur in kurzen Sätzen sprechen. »Hängen sich an 'nen Bus.« Pfeifen. »Wenn da 'n Gullydeckel hochsteht...« Keuchen. »Dann sind sie tot.«

Lucas sah erneut hinaus. Auf der Straße waren keine Kids zu sehen.

»Längst weg«, sagte der Ladenbesitzer mürrisch. Er griff nach der *Racing Form* und las den ersten Absatz des Leitartikels. »Schon am Wühltisch gewesen?« Ächzen. »'n Kerl hat Gedichte gebracht.« Er sprach das Wort wie »Gediche« aus.

»Echt?« Lucas trat auf die andere Seite der Theke und begutachtete die Reihen abgegriffener Bücher auf dem Wühltisch. Zwischen zwei Hardcover-Bänden über die Literatur des 20. Jahrhunderts entdeckte er zu seinem Entzücken einen schmalen Leinenband mit Gedichten von Emily Dickinson. Lucas fahndete niemals nach Gedichtbänden; er kaufte auch niemals neue, sondern wartete auf Zufallsfunde, die sich überraschend oft einstellten: Findelkinder in halben Fachbibliotheken über Biochemie oder Elektrotechnik.

Diese *Emily Dickinson* hatte einen Dollar gekostet, als sie 1958 in einem obskuren Verlag in der Sixth Avenue in New York City erschienen war. Über drei Jahrzehnte später kostete sie in einem Zeitungsladen in der University Avenue in St. Paul nur noch 80 Cent.

»Wie steht's mit diesem Pony?« Gurgeln. »Diesem Wabasha Warrior?« Der Ladenbesitzer tippte auf die *Racing Form*. »In Minnesota gezüchtet.«

»Das ist's eben«, sagte Lucas.

»Was?«

»In Minnesota gezüchtet. Den sollten sie gleich zu Hundefutter verarbeiten. Aber die Sache hat natürlich einen Vorteil…«

Der Ladenbesitzer wartete. Für längere Dialoge war er zu kurzatmig.

»Falls viele auf Warrior setzen, weil er von hier stammt«, fuhr Lucas fort, »wird die Quote für den Sieger höher.«

»Und der ist…?«

»Versuchen Sie's mit Sun und Halfpence. Keine Garantie, aber die Zahlen stimmen.« Lucas schob die *Emily Dickinson* mit den 80 Cent und fünf Cent Verkaufssteuer über den Ladentisch. »Lassen Sie mich draußen sein, bevor Sie Ihren Buchmacher anrufen, okay? Ich hab' keine Lust, als Tippgeber geschnappt zu werden.«

»Wie Sie meinen.« Schnaufen. »Lieutenant.« Der Ladenbesitzer nickte dankend.

Lucas nahm die *Emily Dickinson* mit nach Minneapolis zurück und stellte seinen Wagen im Parkhaus gegenüber dem Rathaus ab. Er ging um den deprimierend hässlichen alten Bau aus rötlichem Granit herum, überquerte eine Straße und gelangte an einer Wasserfläche vorbei ins Hennepin County Government Center. Dort fuhr er mit der Rolltreppe in die Cafeteria hinunter, zog einen roten Apfel aus einem Verkaufsautomaten, fuhr wieder nach oben und betrat die Rasenfläche hinter dem Gebäude. Er setzte sich in der warmen Augustsonne unter weiße Birken ins Gras, verzehrte den Apfel und las:

…but no man moved me till the tide
Went past my simple shoe
And past my apron and my belt
And past my bodice too,

And made as he would eat me up
As wholly as a dew
Upon a dendelion 's sleeve
And then I started too.

Lucas lächelte und biss in den Apfel, dass es knackte. Als er aufsah, überquerte eine schwarzhaarige junge Frau mit einem Zwillingskinderwagen die Plaza. Die Zwillinge trugen identische rosa Strampelanzüge und schwankten von einer Seite zur anderen, so energisch schob ihre Mutter den Wagen. Mama hatte große Brüste und eine schmale Taille, und ihr rabenschwarzes Haar glitt bei jedem Schritt wie ein seidener Vorhang über ihre rosigen Wangen. Zu einem pflaumenfarbenen Rock trug sie eine beige Seidenbluse und war so schön, dass Lucas, der eine Woge des Vergnügens in sich spürte, erneut lächelte.

Dann ging eine andere junge Frau in Gegenrichtung an ihm vorbei: eine Blondine mit punkigem Kurzhaarschnitt, die ein offenherziges Strickkleid trug und aufreizend flittchenhaft wirkte. Lucas beobachtete ihren wiegenden Gang und seufzte im Rhythmus dazu.

Lucas Davenport trug ein weißes Tennishemd, eine Khakihose, halblange blaue Socken und Bootsschuhe mit Lederschnürsenkeln. Das Tennishemd trug er über der Hose, damit seine Dienstwaffe nicht zu sehen war. Lucas war schlank und dunkelhäutig; er hatte ungewelltes schwarzes Haar, das an den Schläfen grau zu werden begann, und eine lange Nase über vollen Lippen. Einem seiner oberen Vorderzähne fehlte eine Ecke, aber er hatte den Zahn nie überkronen lassen. Wären seine blauen Augen nicht gewesen, hätte er ein Indianer sein können.

Sein Blick war freundlich und verständnisvoll. Unterstrichen wurde diese Wärme durch eine senkrechte Narbe, die am Haaransatz begann, zum rechten Auge hinunterführte, die Augenhöhle übersprang und erst am Mundwinkel endete. Die Narbe verlieh seinem Gesicht einen ordinären Zug, hinter dem trotzdem noch eine gewisse Unschuld zu ahnen war – wie bei Errol Flynn in *Captain Blood*.

Lucas wünschte sich, er könnte jungen Frauen erzählen, die Narbe sei ein Andenken an eine Schlägerei in einer Bar in Subic Bay, wo er noch nie gewesen war, oder Bangkok, das er ebenfalls nicht kannte. Tatsächlich verdankte er die Narbe einem Reusendraht, der sich im St. Croix River unter Wasser verfangen hatte und bei zu großer Belastung gerissen war. Das erzählte Lucas freimütig. Einige der jungen Frauen glaubten ihm. Aber die meisten dachten, er wolle damit etwas kaschieren – zum Beispiel eine Schlägerei in einer Bar östlich von Suez.

Obwohl sein Blick freundlich war, verriet ihn sein Lächeln.

Einmal besuchte er mit einer Frau – zufällig eine Zoowärterin – einen Nachtclub in St. Paul, in dessen Kellertoiletten Kokain bereits an Kinder abgegeben wurde. Auf dem Parkplatz des Clubs stand Lucas plötzlich Kenny McGuinness gegenüber, den er im Gefängnis glaubte.

»Scheiße, lassen Sie mich in Ruhe, Davenport«, sagte McGuinness und trat einen Schritt zurück. Der Parkplatz schien plötzlich unter Hochspannung zu stehen: Alles, von Kaugummipapieren bis zu weggeworfenen leeren Kokainbriefchen, sprang in nadelspitzen Fokus.

»Ich hab' nicht gewusst, dass du draußen bist, Scheißkopf«, antwortete Lucas lächelnd. Die Zoowärterin beobachtete ihn aus weit aufgerissenen Augen. Lucas beugte sich etwas nach vorn, hakte zwei Finger in die Hemdtasche des anderen und zog leicht daran, als seien sie alte Freunde, die Erinnerungen austauschten. »Sieh zu, dass du verschwindest«, flüsterte er dabei heiser. »Geh nach New York. Geh nach Los Angeles. Wenn du nicht verschwindest, kriegst du's mit mir zu tun.«

»Ich bin zur Bewährung entlassen, ich darf den Staat nicht verlassen«, stammelte McGuinness.

»Dann gehst du eben nach Duluth. Oder nach Rochester. Ich gebe dir eine Woche Zeit«, flüsterte Lucas. »Red mit deinem Vater. Red mit deiner Oma. Red mit deinen Schwestern. Dann haust du ab, verstanden?«

Er drehte sich noch immer lächelnd nach der Zoowärterin um und schien McGuinness bereits vergessen zu haben.

»Du hast mir verdammte Angst eingejagt«, bekannte die junge Frau, als sie im Club waren. »Worum ist's überhaupt gegangen?«

»Kenny liebt kleine Jungen. Er tauscht Crack gegen zehnjährige Ärsche ein.«

»Oh.« Sie hatte von solchen Dingen gehört, glaubte sie jedoch nur, wie sie an ihre eigene Sterblichkeit glaubte: als entfernte Möglichkeit, mit der man sich noch nicht näher zu beschäftigen brauchte.

Später sagte sie: »Dieses Lächeln hat mir nicht gefallen. Dein Lächeln. Es hat mich an eines meiner Tiere erinnert.«

Lucas grinste sie an. »Tatsächlich? An welches denn? An einen Lemuren?«

Sie knabberte an ihrer Unterlippe. »Ich habe eher an einen Luchs gedacht«, antwortete sie.

Dieses eisige Lächeln, das dic Wärme seines Blicks überlagerte, erschien nicht so häufig, dass es Lucas gesellschaftlich behindert hätte. Als er jetzt beobachtete, wie die punkige Blondine um die Ecke des Government Centers bog, sah sie sich im letzten Augenblick nach ihm um und lächelte ihm zu.

Verdammt noch mal! Sie hatte gewusst, dass er sie beobachtete. Das wussten Frauen immer. Steh auf, sagte er sich, und sieh zu, dass du sie einholst! Aber er tat es nicht. Es gab so viele Frauen – eine hübscher als die andere. Er ließ sich seufzend ins Gras zurücksinken und griff wieder nach *Emily Dickinson.*

Lucas war ein Bild der Zufriedenheit. Mehr als ein Bild.

Ein Foto.

Das Foto wurde durchs Heckfenster eines olivgrünen Lieferwagens gemacht, der auf der anderen Seite der South Seventh Street parkte. In seinem engen, stickig heißen Laderaum mit den von außen undurchsichtigen Scheiben bedienten zwei Cops aus dem Internal Affairs Department auf Stativen aufgebaute Foto- und Videokameras.

Der dienstältere Cop war fett. Sein Partner war mager. Ansonsten sahen sie sich ziemlich ähnlich: Bürstenhaarschnitt, rosa Gesicht, gelbes Uniformhemd mit kurzen Ärmeln, Drillichhose von J. C. Penney. Alle paar Minuten sah einer von ihnen durch das 300-mm-Teleobjektiv. Die dazugehörige Kamera, eine Nikon F3, war mit einem Data Back ausgerüstet – einer speziellen Rückwand, die auf jedem Negativ Datum und Zeitpunkt der Aufnahme festhielt. So konnte das Foto als Beweismittel für die Aktivitäten eines Verdächtigen vorgelegt werden.

Bei Beginn der Überwachung vor fast zwei Wochen hatte Lucas die beiden schon nach einer Stunde entdeckt. Obwohl er nicht wusste, weshalb er überwacht wurde, hörte er sofort auf, mit anderen Cops, seinen Freunden und seinen Spitzeln zu reden. Er lebte völlig isoliert, ohne zu wissen, warum. Aber das würde er noch herausbekommen. Unvermeidlich.

Bis dahin verbrachte er möglichst viel Zeit im Freien, um die Beobachter dazu zu zwingen, in ihrem stickig-heißen Fahrzeug zu bleiben, in dem sie weder richtig essen noch pissen konnten. Lucas grinste vor sich hin – wieder sein unangenehmes Lächeln, das Luchslächeln –, legte *Emily Dickinson* weg und griff nach der *Daily Racing Form.*

»Glaubst du, dass der Hurensohn ewig dort hocken bleiben will?«, fragte der dicke Cop. Er krümmte sich unbehaglich.

»Sieht fast so aus.«

»Ich muss pissen wie ’n russisches Rennpferd«, klagte der Dicke.

»Hättst nich’ so viel Coke trinken sollen. Das kommt vom Koffein.«

»Vielleicht kann ich mich kurz …«

»Haut er plötzlich ab, muss ich hinterher. Bleibst du dabei zurück, schneidet Bendl dir die Eier ab.«

»Nur wenn du petzt, Arschloch!«

»Ich kann nicht gleichzeitig fahren und fotografieren.«

Der dicke Cop wand sich unbehaglich und versuchte, seine Chancen auszurechnen. Er hätte gehen sollen, als Lucas sich auf dem Rasen niedergelassen hatte – aber da war es noch nicht so dringend gewesen. Jetzt, wo Lucas jeden Augenblick abhauen konnte, fühlte sich seine Blase wie ein Basketball an.

»Sieh dir den bloß an!«, sagte er, während er Lucas durch ein Fernglas beobachtete. »Er sieht den Muschis nach. Glaubst du, dass wir ihn deswegen beobachten? Wegen der Muschis?«

»Keine Ahnung. Verdammt komische Sache. Schon wie wir den Auftrag gekriegt haben – ohne die geringste Erklärung.«

»Ich hab’ gehört, dass Lucas irgendwas gegen den Chief in der Hand hat.«

»Muss er wohl. Ansonsten tut er nichts. Fährt mit seinem Porsche in der Stadt spazieren und geht jeden Tag zum Pferderennen.«

»Seine Akte sieht gut aus. Mit Belobigungen und allem.«

»Er hat 'n paar gute Fälle gelöst«, gab der magere Cop zu.

»Massenhaft«, sagte der Dicke.

»Yeah.«

»Hat auch 'n paar Kerle erschossen.«

»Fünf. Damit hält er bei uns den Rekord. Von den anderen hat keiner mehr als zwei.«

»Lauter einwandfreie Fälle von Notwehr.«

»Die Reporter sind ganz wild nach ihm – 'n gottverdammter Wyatt Earp.«

»Weil er Geld hat«, stellte der Dicke nachdrücklich fest. »Reporter haben 'ne Vorliebe für Leute mit Geld, für reiche Kerle. Hab' noch keinen Reporter kennen gelernt, der nicht scharf auf Geld gewesen wäre.«

Sie dachten kurz über Reporter nach. Reporter hatten viel Ähnlichkeit mit Cops, aber ihr Mundwerk war schneller.

»Wie viel verdient er deiner Meinung nach? Davenport?« erkundigte sich der Dicke.

Der magere Cop schob die Lippen vor, während er über diese Frage nachdachte. Gehälter waren nicht unwichtig. »Bei seinem Dienstgrad und seinem Dienstalter dürfte er von der Stadt zweiundvierzig, vielleicht sogar fünfundvierzig kriegen«, meinte er. »Dazu kommen die Spiele. Soviel ich gehört hab', verdient er an jedem, das ein Renner wird, kühle hundert Mille.«

»So viel?«, fragte der Dicke erstaunt. »Mit so viel Geld würd' ich aufhören und mir ein Restaurant, vielleicht 'ne Bar an einem der Seen kaufen.«

»Aussteigen«, bestätigte der Magere. Sie hatten schon so oft über dieses Thema gesprochen, dass ihre Antworten ganz automatisch kamen.

»Warum ist er nicht zum Sergeanten degradiert worden? Als er aus dem Raubdezernat versetzt worden ist, mein' ich.«

»Soviel ich gehört hab', hat er mit Kündigung gedroht. Er wolle sich nicht zurückentwickeln, hat er gesagt. Und da sie ihn halten wollten – er hat in jeder Bar und bei jedem Friseur seine Informanten –, haben sie ihm seinen Dienstgrad lassen müssen.«

»Als Vorgesetzter ist er echt schlimm gewesen«, fuhr der Dicke fort.

Der dünne Cop nickte. »Alle sollten perfekt sein. Und keiner ist's gewesen.« Er schüttelte den Kopf. »Lucas hat mir selbst erzählt, dass das der schlimmste Job seines Lebens gewesen ist. Er hat gewusst, dass er's übertrieben hat, aber er hat nichts dagegen machen können. Jede geringste Verfehlung hat ihn auf die Palme gebracht.«

Sie machten eine Pause und beobachteten den Mann, von dem sie sprachen, durch die außen verspiegelte Scheibe. »Aber kein übler Bursche – wenn er nicht gerade dein Boss ist«, sagte der Dicke und wechselte das Thema. Für Überwachungsaufgaben eingesetzte Cops verstanden sich darauf, Konversation zu machen. »Mir hat er mal eines seiner Spiele geschenkt. Für meinen Jungen, das Computergenie. Auf der Packung sind außerirdische Lebewesen wie drei Meter große Küchenschaben abgebildet gewesen, die sich mit Strahlern bekämpft haben.«

»Hat's deinem Jungen gefallen?«, fragte der magere Cop ohne wirkliches Interesse. Er hielt den einzigen Sohn des Dicken für verzogen und vielleicht sogar für schwul, obwohl er das niemals ausgesprochen hätte.

»Yeah. Ich hab's wieder mitgenommen und ihn um sein Autogramm gebeten. Gleich auf die Packung: Lucas Davenport.« Der Dicke wand sich unbehaglich. »Hör zu, ich muss wirklich dringend raus! Falls Davenport irgendwohin fahren will, muss er seinen Wagen holen. Wenn du nicht mehr hier bist, renn' ich los, und wir treffen uns vor der Rampe.«

»Na ja, mein Arsch ist's nicht«, sagte sein Partner mit einem Blick durchs Teleobjektiv. »Er hat gerade mit der *Racing Form* angefangen. Vielleicht hast du 'n paar Minuten Zeit.«

Lucas sah den dicken Cop aus dem Lieferwagen klettern und hastig im Pillsbury Building verschwinden. Er grinste in sich hinein. Am liebsten wäre er davongeschlendert, damit der andere Cop ihm nachfahren und den Dicken zurücklassen musste. Aber das hätte nur Komplikationen mit sich gebracht. Ihm war es lieber, wenn er wusste, wo die beiden steckten.

Als der dicke Cop vier Minuten später zurückkam, war der Lieferwagen noch immer da. Sein Partner nickte ihm zu und sagte: »Nichts.«

Da Lucas bisher nichts unternommen hatte, waren die von ihm gemachten Fotos nie entwickelt worden. Sonst hätten sie auf vielen der Bilder seinen hochgereckten rechten Mittelfinger gesehen und daraus vermutlich geschlossen, er habe sie entdeckt. Aber das spielte jetzt keine Rolle mehr, weil diese Filme niemals entwickelt werden würden.

Als der dicke Cop schnaufend in den Wagen zurückkletterte und Lucas mit dem schmalen Gedichtband im Gras lag, waren sie dem Ende der Überwachungsaktion sehr nahe.

Lucas las ein Gedicht mit dem Titel *Die Schlange,* und der Dicke beobachtete ihn durchs Teleobjektiv der Nikon, als der Werwolf ein weiteres Opfer ermordete.

3

Zum ersten Mal hatte er sie vor etwa vier Wochen im Grundbuchamt des County Clerk's Office gesehen. Sie hatte rabenschwarzes Haar, das sie kurz trug, und braune Augen. An ihren zarten Ohrläppchen baumelten große Ohrringe. Sie trug einen Hauch Parfüm und ein rotes Kleid.

»Ich möchte die Akte Burkhalter-Mentor einsehen«, erklärte sie einem Angestellten. »Die Nummer habe ich leider nicht. Sie muss letzten Monat ergänzt worden sein.«

Der Werwolf beobachtete sie aus dem Augenwinkel heraus. Sie war fünfzehn bis zwanzig Jahre älter als er. Attraktiv.

Damals hatte der Werwolf noch nicht versucht, sich der Malerin zu bemächtigen. Gedanken an sie beherrschten seine Tage, und nachts standen ihm ihr Gesicht und ihr Körper vor Augen. Er wusste, dass sie ihm gehören würde; die Liebesmelodie hatte bereits eingesetzt.

Aber auch diese hier war interessant. Mehr als interessant. Er spürte, wie sein Bewusstsein sich erweiterte, und genoss das Spiel von Licht und Schatten im Flaum ihres schlanken Unterarms ... Und nach der Malerin musste es wieder eine geben.

»Wollen Sie die Akte wegen einer Grundschuldeintragung sehen?«, fragte der Angestellte die Schwarzhaarige.

»Es handelt sich um Pfandrechte an einer Wohnanlage. Ich möchte sichergehen, dass sie abgelöst worden sind.«

»Okay. Das war Burkhalter ...«

»Burkhalter-Mentor.« Sie buchstabierte ihm den Doppelnamen, und der Angestellte ging nach hinten ins Archiv. Sie ist Immobilienmaklerin, dachte der Werwolf. Die Schwarzhaarige fühlte seinen Blick und erwiderte ihn kurz.

»Sind Sie Immobilienmaklerin?« fragte er.

»Ja, das bin ich.« Ernsthaft, neutral, professionell. Nur ein Hauch rosa Lippenstift.

»Ich bin erst seit kurzem in Minneapolis«, sagte der Werwolf und trat etwas näher an sie heran. »Ich bin Anwalt in der Kanzlei Felsen-Gore. Hätten Sie ein paar Sekunden Zeit, mir eine Immobilienfrage zu beantworten?«

»Natürlich.« Das klang merklich freundlicher, interessierter. »Ich habe mich an den Seen südlich von hier umgesehen – Lake of the Isles, Lake Nokomis und so weiter.«

»Oh, das ist eine sehr nette Wohngegend«, bestätigte sie enthusiastisch. Sie hatte volle Lippen, die perlweiße Zähne sehen ließen, wenn sie lächelte. »Dort sind im Augenblick viele Häuser zu verkaufen. Auf dieses Gebiet bin ich spezialisiert.«

»Nun, ich weiß eigentlich nicht, ob ich eine Eigentumswohnung oder ein Haus will...«

»Ein Haus verliert weniger leicht an Wert.«

»Ja, aber ich bin ledig, wissen Sie, und möchte keine Arbeit mit einem großen Garten haben...«

»Ideal für Sie wäre ein Bungalow auf einem kleinen Grundstück – ohne großen Garten. Dann hätten Sie mehr Platz als in einem Apartment und könnten für dreißig Dollar im Monat einen Rasenmäherdienst kommen lassen. Das wäre billiger als die Wartungsgebühr der meisten Eigentumswohnungen, und Sie würden sich den Wiederverkaufswert erhalten.«

Der Werwolf ließ sich seine Akte geben und wartete, bis sie ihre Fotokopien hatte. Sie gingen miteinander zum Aufzug und fuhren ins Erdgeschoss hinunter.

»Nun, äh, wissen Sie, in Dallas haben wir eine Mehrfachliste oder so ähnlich gehabt«, sagte der Werwolf. »Jedes Objekt ist gleich von mehreren Maklern angeboten worden...«

»Ja, das ist hier auch üblich«, bestätigte sie.

»Wenn ich also herumfahren und ein Haus sehen würde, das mir gefällt, könnte ich Sie anrufen, um es mir von Ihnen zeigen zu lassen?«

»Klar, so was mache ich dauernd. Augenblick, ich gebe Ihnen meine Karte.«

Jeannie Lewis. Er steckte ihre Geschäftskarte in seine

Geldbörse. Sobald er sich abwandte und sie nicht mehr körperlich vor sich hatte, sah er wieder die Malerin vor sich: ihr Gesicht und ihren Körper, während sie durch St. Paul schritt. Er lechzte nach ihr, und die Immobilienmaklerin geriet fast in Vergessenheit. Aber nicht ganz.

Eine Woche lang sah er jedes Mal ihre Karte, wenn er seine Geldbörse aufklappte. Jeannie Lewis mit dem rabenschwarzen Haar. Ganz entschieden eine Kandidatin.

Und dann das Fiasko.

Am Morgen danach wachte er mit blauen Flecken und wie zerschlagen auf. Er schluckte ein halbes Dutzend Aspirin extrastark und verrenkte sich im Bad den Hals, um seinen Rücken im Spiegel betrachten zu können. Die Male waren schlimm: Sie zogen sich als lange, blauschwarze Striemen über Rücken und Schultern.

Seine Besessenheit, die der Malerin gegolten hatte, war erloschen. Als er aus der Dusche kam, sah er im Spiegel ein fremdes Gesicht, das hinter der Kondenswasserschicht zu schweben schien. Er wischte den Spiegel mit einem Zipfel seines Handtuchs ab. Dabei kam die Lewis zum Vorschein, die ihn anlächelte und sich für seine Nacktheit interessierte.

Sie hatte ihr Büro im South Lake District in einem ehemaligen Laden mit großem Schaufenster. Er fuhr dort vorbei und hielt Ausschau nach einem Beobachtungsort. Als bester Platz erwies sich die vorderste Ecke des Parkstreifens gegenüber dem Ladenbüro der Immobilienmaklerin. Dort konnte er in seinem Wagen sitzen und durchs Schaufenster beobachten, wie sie telefonierte.

Er beobachtete sie eine Woche lang. Außer am Mittwoch kam sie jeden Tag zwischen zwölf Uhr dreißig und dreizehn Uhr und brachte sich ein Lunchpaket mit. Sie aß während der Arbeit am Schreibtisch und verließ ihr Büro selten vor vierzehn Uhr dreißig. Sie war wirklich bezaubernd. Am besten gefiel ihm ihr stolzer und trotzdem geschmeidiger Gang. Nachts träumte er davon, wie Jeannie Lewis nackt durchs Wüstengras auf ihn zuschritt…

Er beschloss, sich an einem Donnerstag Erleichterung zu verschaffen. Zuvor machte er ein hübsches Haus ausfindig, das sechs Blocks von ihrem Büro entfernt in einem wieder aufgewerteten Wohngebiet stand. Das Haus hatte kein direktes Gegenüber. Seine Einfahrt war etwas abgesenkt, und vom Garagentor aus führte eine Treppe hinter einer immergrünen Hecke zum Eingang hinauf. Wenn er bei der Lewis mitfuhr und in der Einfahrt nach rechts ausstieg, war er von der Straße aus praktisch unsichtbar.

Das Haus selbst schien unbewohnt zu sein. Er informierte sich in den Grundstückslisten, die die Ermittler bei Felsen-Gore benutzten, und schrieb sich die Namen der Nachbarn heraus. Als er den ersten anrief, geriet er an einen schwatzhaften Alten, dem er erklärte, er wolle ein direktes Angebot für das Haus abgeben, um die Maklergebühr zu sparen. Ob der Nachbar wisse, wo die Eigentümer zu erreichen seien? Gewiss, in Arizona. Der Alte gab ihm ihre Telefonnummer und fügte hinzu, sie seien erst zu Weihnachten wieder da – und auch dann nur für zwei Wochen.

Der Werwolf erkundete die nähere Umgebung des Hauses und fand wenige Blocks weit entfernt einen kleinen Supermarkt gegenüber einer Standard-Tankstelle.

Am Donnerstag packte er seine Ausrüstung in den Kofferraum seines Wagens und schlüpfte in eine weite Tweedjacke mit großen Taschen. Nachdem er sich davon überzeugt hatte, dass die Lewis im Büro war, fuhr er zum Supermarkt, stellte seinen Wagen auf dem belebten Parkplatz ab und rief sie aus einer Telefonzelle an.

»Jeannie Lewis«, meldete sie sich. Ihre Stimme klang angenehm kühl.

»Miss Lewis, wir haben uns vor vier, fünf Wochen im County Clerk's Office kennen gelernt«, erklärte der Werwolf. Er spürte sein Herz gegen die Rippen pochen. »Wir haben über Häuser im Seengebiet geredet …«

Kurzes Zögern am anderen Ende, sodass der Werwolf schon fürchtete, sie habe ihn vergessen. Aber dann sagte sie: »Oh … ja, ja, ich erinnere mich. Wir sind zusammen im Lift gefahren, stimmt's?«

»Ganz recht. Nun, um's kurz zu machen: Ich bin mit dem Wagen unterwegs gewesen, um mir ein paar Häuser anzusehen, und habe eine Panne gehabt. Ich bin gerade noch in eine Tankstelle gekommen, und dort haben sie gesagt, dass es ein paar Stunden dauern wird, weil die Wasserpumpe ausgewechselt werden muss. Deshalb habe ich einen kleinen Spaziergang gemacht und bin auf ein sehr interessantes Haus gestoßen.«

Er warf einen Blick auf den Zettel mit der Adresse, den er in der Hand hielt, und las sie ihr vor. »Ob wir wohl einen Besichtigungstermin vereinbaren könnten?«

»Sind Sie noch immer an der Tankstelle?«

»In einer Telefonzelle gegenüber.«

»Ich habe gerade nichts Dringendes zu erledigen und bin keine fünf Minuten von Ihnen entfernt. Ich könnte bei dem anderen Makler vorbeifahren – hat sein Büro ganz in der Nähe –, den Schlüssel mitnehmen und Sie dann abholen.«

»Ich möchte Ihnen keine Mühe machen …«

»Nein, kein Problem. Ich kenne dieses Haus. Es befindet sich in sehr gutem Zustand. Mich wundert's eigentlich, dass es nicht längst verkauft ist.«

»Nun …«

»Ich bin in zehn Minuten da.«

Sie brauchte eine Viertelstunde. Er kaufte sich im Supermarkt ein Eis, setzte sich damit auf die Bank an der Bushaltestelle neben der Telefonzelle und aß es langsam. Als die Lewis mit ihrem braunen Kombi vorfuhr, erkannte sie ihn sofort. Er sah ihre Zähne blitzen, als sie ihm hinter der getönten Windschutzscheibe zulächelte.

»Hallo, wie geht's?« fragte sie, als er die Beifahrertür öffnete. »Sie sind Rechtsanwalt, nicht wahr? Das ist mir eingefallen, als ich Sie eben gesehen habe.«

»Ja. Ich bin Ihnen wirklich dankbar, dass Sie sich sofort Zeit für mich genommen haben. Habe ich mich übrigens schon vorgestellt? Ich bin Louis Vullion.« Der Werwolf sprach den Nachnamen französisch aus, obwohl seine Eltern ihn amerikanisch betont hatten, als reime er sich auf »Onion«.

»Freut mich, Sie kennen zu lernen.« Das klang aufrichtig.

Auf der dreiminütigen Fahrt zum Haus machte die Lewis ihn auf die Vorzüge dieses Wohngebiets aufmerksam. Die Seen waren so nahe, dass er abends zu ihnen hinunterjoggen konnte. Aber auch wieder so weit entfernt, dass keine Verkehrsbelästigung zu befürchten war. Die Schulen in der Nähe garantierten, dass der Wiederverkaufswert des Hauses hoch blieb. Andererseits waren sie nicht so nahe, dass Kids zu einem Problem werden konnten. Und die Nachbarschaftsverhältnisse waren so stabil, dass die Hausbesitzer einander kannten – und dass Fremde auffallen mussten.

»Im Vergleich zu anderen Wohngebieten der Stadt ist die Kriminalitätsrate hier ziemlich niedrig«, versicherte die Lewis ihm. In diesem Augenblick röhrte ein Verkehrsflugzeug tief über sie hinweg, um auf dem Minneapolis – St. Paul International Airport zu landen. Die Maklerin erwähnte es mit keinem Wort.

Auch Vullion ignorierte die Düsenmaschine. Er hörte gerade gut genug zu, um an den richtigen Stellen nicken zu können. Innerlich war er wieder dabei, sich den Tatablauf vorzustellen. Diesmal durfte ihm keine Panne wie bei der Malerin passieren.

O ja, diesen Misserfolg musste er sich selbst zuschreiben; daran führte kein Weg vorbei. Er hatte sich getäuscht und konnte von Glück sagen, dass ihm die Flucht geglückt war. Eine sportliche Frau mit etwa sechzig Kilogramm konnte eine ernst zu nehmende Gegnerin sein. Diese Lektion würde er nicht vergessen.

Was die Lewis betraf, durfte er sich keinen Ausrutscher erlauben. Sobald er sie angegriffen hatte, musste sie sterben, weil sie sein Gesicht gesehen hatte und seinen Namen kannte. Deshalb hatte er den Angriff so gut wie möglich mit einem in seiner Wohnung an der Badezimmertür aufgehängten Basketball geübt – der Ball stellte ihren Kopf dar.

Und nun war er bereit. In der rechten Jackentasche hatte er eine Sportsocke, in der eine große Idaho-Kartoffel steckte. Sie beulte die Tasche etwas aus, aber das konnte auch ein dicker Terminkalender oder ein Sandwich sein. Ein Haushaltstuch, das Klebeband und die Chirurgenhandschuhe aus Latex hatte er in der linken Tasche. Bevor er die Handschuhe übergestreift hatte, würde er nichts berühren, an dem Fingerabdrücke haften konnten. Er dachte darüber nach, probte in Gedanken den genauen Ablauf und sagte zwischendurch »Interessant!« oder »Tatsächlich?«, wenn es ins Verkaufsgespräch der Lewis passte.

Während sie weiterfuhren, fühlte er, dass seine Wahrnehmungsfähigkeit zunahm, und erkannte mit gewissem Widerwillen, dass die Lewis anscheinend rauchte. Sie hatte einen ganz leichten Nikotingeruch an sich.

Als sie in die Einfahrt abbogen, spürte er, wie seine Magennerven sich verkrampften – wie bei der Malerin und den anderen. »Von außen sieht's jedenfalls hübsch aus«, stellte er fest.

»Warten Sie nur, bis Sie's von innen sehen. Küche und Bad sind vollständig erneuert worden.«

Sie führte ihn zum Eingang, der zur Straße hin von einer immergrünen Hecke abgeschirmt war, sperrte auf und öffnete die Tür. Das Haus war vollständig eingerichtet, aber das Wohnzimmer machte den allzu aufgeräumten Eindruck, der auf lange geplante Abwesenheit schließen ließ. Die Luft war still und ein wenig moderig.

»Möchten Sie sich erst ein bisschen allein umsehen?« fragte die Lewis.

»Gute Idee.« Er warf einen Blick in die Küche, schlenderte durchs Wohnzimmer, ging die drei Stufen zur Schlafzimmerebene hinauf und besichtigte dort alle Räume. Als er zurückkam, stand die Lewis im Wohnzimmer und betrachtete interessiert eine Kristallampe auf dem Kaminsims.

»Wie viel verlangen sie dafür?«

»Hundertfünf.«

Er nickte und sah zur Kellertür neben der Küche hinüber.

»Geht's dort in den Keller?«

»Ja, das nehme ich an.«

Als sie sich nach der Tür umdrehte, zog er die Socke mit der Idaho-Kartoffel aus seiner Jackentasche. Die Lewis machte einen Schritt auf die Tür zu. Er schwang die Socke wie eine Keule und knallte sie ihr dicht über dem linken Ohr seitlich an den Kopf.

Der Schlag ließ sie torkelnd zu Boden gehen, und Vullion kniete sofort auf ihr und schlug nochmals zu. Die Lewis war nicht so sportlich wie die verdammte Malerin. Durch ihre Bürotätigkeit hatte sie keine Kraft in den Armen. Sie stöhnte benommen, aber dann packte er sie an den Haaren, riss ihren Kopf nach hinten und stopfte ihr das Tuch in den Mund. Als nächstes zog er seine Latexhandschuhe an, nahm das Klebeband aus der Jackentasche und befestigte damit den Knebel.

Als die Lewis sich endlich zu wehren versuchte, wälzte er sie auf den Rücken, legte ihre Handgelenke übereinander und fesselte sie mit Klebeband. Sie kam allmählich wieder zu Bewusstsein und hatte die Augen halb geöffnet, als er sie die Treppe hinaufschleppte und im ersten Schlafzimmer aufs Himmelbett warf. Ihre Handgelenke befestigte er mit Klebeband am Kopfende des Betts; danach fixierte er ihre gespreizten Beine an den Bettpfosten des Fußendes.

Er atmete keuchend, aber er spürte seine Erektion pochend wachsen, während Erregung ihm die Kehle zuschnürte.

Er trat einen Schritt zurück und blickte auf sie hinab. Ein Messer! dachte er. Hoffentlich finde ich ein gutes. Er ging hinunter, um in der Küche nachzusehen.

Auf dem Bett hinter ihm stöhnte Jeannie Lewis.

4

Die Pferderennbahn der Twin Cities sieht wie ein von einem Zuckerbäcker entworfener Busbahnhof aus. Dem dicken Cop, der kein Architekturkritiker war, gefiel sie. Er saß mit einer Peperoni-Pizza auf den Knien, einem Diät-Cola in einer Hand und einem Handfunkgerät in der anderen in der Sonne. Der Funkspruch kam unmittelbar vor dem zweiten Rennen.

»Gleich jetzt?«

»Gleich jetzt.« Trotz des Rauschens war die Stimme schneidend scharf und unverkennbar.

Der Dicke sah zu seinem mageren Partner hinüber.

»Scheiße, der verdammte Chief. *Am Funkgerät.*«

»Na ja, vorschriftsmäßig ist das nicht gerade.« Der magere Cop stopfte sich den Rest eines Hamburgers in den Mund.

Er hatte sein Sportjackett mit Senf bekleckert und versuchte jetzt, den Fleck mit der winzigen Serviette wegzuputzen.

»Er will Davenport sprechen«, brummte der Dicke.

»Dann muss was passiert sein«, sagte der Magere. Die beiden saßen auf der nicht überdachten Tribüne. Lucas hatte sich für den überdachten Teil schräg unter ihnen entschieden. Dort lümmelte er auf einer Bank genau vor dem Totalisator und keine zehn Meter vom dunklen Geläuf der Bahn entfernt. Am anderen Ende seiner Bank saß eine hübsche Frau mit Cowboystiefeln und trank Bier aus einem Plastikbecher. Die beiden Cops stiegen die Tribüne hinauf, folgten der Mitteltreppe nach unten und drängten sich durch die Menge am Fuß der Treppe.

»Davenport? Lucas?«

Lucas drehte sich um, erkannte sie und lächelte. »He, wie geht's? Mal beim Pferderennen ausspannen, was?«

»Der Chief will Sie sprechen. Sofort!« Bisher hatte der Dicke nicht darüber nachgedacht, aber jetzt fiel ihm ein, dass das nicht leicht zu erklären war.

»Die Überwachung ist aufgehoben?«, fragte Lucas. Er grinste schief.

»Sie haben davon gewusst?« Der dicke Cop zog die Augenbrauen hoch.

»Schon seit einiger Zeit. Aber ich hab' mir keinen Grund dafür vorstellen können.« Er starrte sie erwartungsvoll an.

Der magere Cop zuckte mit den Schultern. »Wir wissen auch nicht mehr.«

»Hören Sie zu, wenn Sie mich verarschen wollen, Dick …« Lucas stand mit geballten Fäusten auf, und der Magere trat hastig einen Schritt zurück.

»Ehrlich, Lucas, wir wissen's nicht«, versicherte ihm der dicke Cop. »Alles ist streng geheim gewesen.«

Lucas drehte sich nach ihm um. »Gleich jetzt, hat er gesagt?«

»Richtig! Und das scheint sein Ernst gewesen zu sein.«

Lucas wandte sich ab und starrte blicklos übers Bahnoval zur Startmaschine für die 1200-Meter-Strecke hinüber. Jockeys trieben ihre Pferde ans Gatter heran, und die ersten Wetter versammelten sich an der Ziellinie.

»Es geht bestimmt um diesen Werwolf-Mörder«, sagte Lucas nach kurzer Pause.

»Yeah«, bestätigte der Dicke . »Das könnte möglich sein.«

»Muss so sein. Den will ich aber nicht, verdammt noch mal!« Er überlegte noch einige Sekunden, bevor er plötzlich lächelte. »Habt ihr schon Pferde für dieses Rennen, Jungs?«

Der dicke Cop zog ein unbehagliches Gesicht. »Ah, ich hab' zwei Dollar auf Skybright Avenger gesetzt.«

»Mein Gott, Bucky!«, rief Lucas aufgebracht. »Sie riskieren zwei Dollar, um zwei Dollar vierzig zu gewinnen – falls sie siegt. Und das tut sie nicht.«

»Na, ich weiß auch nicht...«

»Wenn ihr nichts davon versteht...« Lucas schüttelte den Kopf. »Hört zu, ihr geht jetzt hin und setzt zehn Dollar auf Pembroke Dancer. Auf Sieg.«

Die beiden Cops starrten sich an.

»Echt?«, fragte der Magere. »Das Pferd ist hier erst einmal gelaufen. Wie willst du da wissen, dass...«

»He, ob ihr meinen Tipp befolgt oder nicht, ist eure Sache! Ich bleibe jedenfalls hier, bis das Rennen gelaufen ist.«

Die beiden Cops aus dem Internal Affairs Department wechselten einen Blick, starrten Lucas an, machten kehrt und hasteten zum nächsten Wettschalter. Der magere Cop setzte zehn Dollar. Der Dicke zögerte, starrte in seine Geldbörse, fuhr sich mit der Zungenspitze über die Lippen, zog drei Zehner heraus, leckte sich erneut die Lippen und schob das Geld unter dem Fenster hindurch. »Dreißig auf Pembroke Dancer«, sagte er heiser. »Auf Sieg.«

Lucas lümmelte wieder auf der Bank und hatte ein Gespräch mit der Frau mit den Cowboystiefeln angefangen. Als die Überwacher zurückkamen, rutschte er etwas näher an die Frau heran, wandte sich aber an die Cops.

»Habt ihr gewettet?«, fragte er.

»Yeah.«

»Warum so nervös, Bucky? Wetten ist völlig legal!«

»Ja, ich weiß. Das ist's nicht…«

»Haben Sie ein Pferd?« Die hübsche Frau mit den Cowboystiefeln beugte sich nach vorn und starrte Lucas an. Sie hatte violette Augen.

»Bloß 'ne Vermutung«, antwortete Lucas träge.

»Eine strikt private Vermutung?«

»Wir haben alle ein paar Dollar auf Pembroke Dancer gesetzt«, erklärte Lucas ihr.

Die Frau mit den violetten Augen hatte eine *Daily Racing Form* auf der Bank neben sich liegen, aber anstatt danach zu greifen, sah sie zum Himmel auf, bewegte lautlos die Lippen und wandte sich dann an Lucas. »Bei zwölfhundert Metern hat sie sich verdammt anstrengen müssen. Die Bahn soll schnell gewesen sein, aber das braucht nicht zu stimmen.«

»Hmmm«, meinte Lucas.

Sie starrte sekundenlang den Totalisator an und sagte dann plötzlich: »Entschuldigung, ich muss mir mal die Nase pudern.«

Sie hastete davon. Der dicke Cop fuhr sich erneut mit der Zungenspitze über die Lippen und beobachtete den Totalisator. Die Quote für Pembroke Dancer lautete zwanzig zu eins. Drei andere Pferde – Stripper's Colors, Skybright Avenger und Tonite Deute – waren in den vergangenen Wochen mehrmals erfolgreich gewesen. Pembroke Dancer war erst vor zwei Wochen aus Arkansas heraufgebracht worden und hatte im ersten Rennen nur den sechsten Platz belegt.

»Warum gerade dieser Gaul?«, fragte der dicke Cop.

»Ein Tipp von einem Freund.« Lucas zeigte mit dem Daumen über die Schulter zur Pressebox hinauf. »Einer der Handikapper ist aus Las Vegas angerufen worden. Vor 'ner halben Stunde ist dort ein Kerl in einem Wettbüro aufgekreuzt und hat zehntausend Dollar auf Pembroke Dancer gesetzt. Irgendjemand weiß was.«

»Hmmm. Warum hat er dann sein letztes Rennen so jämmerlich verloren?«

»Sie.«

»Ha?«

»Sie. Dancer ist 'ne Stute. Und ich weiß nicht, warum sie verloren hat. Das kann alle möglichen Gründe haben. Vielleicht ist der Jockey zu lahmarschig gewesen.«

Die Totalisatoranzeige flimmerte, und die Quote für Pembroke Dancer stieg auf zweiundzwanzig zu eins.

»Wie viel haben Sie gesetzt, Lucas?« fragte der dicke Cop.

»Ich hab' Dancer auf Sieg und die übrigen acht Pferde auf Platz gewettet – bei 'nem Hunderter pro Pferd sind das neunhundert Dollar.«

»Jesus!« Der Dicke fuhr sich erneut mit der Zungenspitze über die Lippen. Er hatte noch zwei Zehner in der Geldbörse und überlegte, ob er sie ebenfalls setzen sollte. Auf der anderen Seite der Bahn wurde das erste Pferd in seine Startbox geführt. Der Dicke lehnte sich zurück. Die dreißig Dollar waren eigentlich schon zu viel. Falls er sie verlor, würde es eine Woche lang zum Mittagessen nur Cheetos geben.

»Hat's in letzter Zeit was Gutes gegeben?«, fragte Lucas. »Wie ist das mit Billy Case und dem Neuen gewesen?«

Der dicke Cop lachte. »Dieser verdammte Case!«

»Aufgeflogen ist er durch 'ne Rechtsanwältin«, berichtete sein Partner. »Sie hat ihr Büro im rückwärtigen Teil eines alten Hauses, das in ein Bürogebäude umgewandelt worden ist. Von ihrem Fenster aus hat sie die Rückfront des nächsten Bürogebäudes vor sich und kann den Durchgang zwischen diesen beiden Gebäuden überblicken, der zur Straße hin durch eine Mauer mit einem kleinen Tor abgeschlossen ist. Von der Straße aus ist der Durchgang also nicht einzusehen – aber vom Büro dieser Anwältin aus, verstehen Sie? Jedenfalls wirft sie einen Blick dort runter und sieht einen Cop in voller Uniform, der sich von 'ner Schwarzen einen blasen lässt.

Die Anwältin beobachtet also, wie der Uniformierte kommt und seinen Reißverschluss zuzieht und mit der Schwarzen durchs Tor auf die Straße zurückgeht. Sie bleibt erst mal cool, weil sie glaubt, dass die beiden vielleicht ein Liebespaar sind. Aber am nächsten Tag sieht sie gleich zwei Cops in Uniform, die von der Schwarzen einen geblasen kriegen. Da platzt der Anwältin der Kragen. Sie leiht sich von ihrem Mann 'ne Riesenkamera mit Teleobjektiv, und am nächsten Tag sind die beiden prompt wieder da, diesmal mit 'ner Weißen. Die Anwältin macht also ein paar Fotos und knallt dem Chief den Kodachromefilm auf den Schreibtisch ...«

Die beiden ersten Pferde befanden sich in ihren Startboxen. Die Frau mit den violetten Augen kam zurück und nahm wieder Platz. Der magere Cop schwatzte weiter.

»Der Chief schickt den Film also ins Labor runter«, berichtete er, »und dort zeigt sich, dass die Anwältin Spitzenfotos gemacht hat. Ich hätte sie jederzeit für 'nen Zehner pro Stück verkaufen können. Dann finden der Chief und seine Juristen, dass das Beweismaterial nicht ausreicht, und wir werden mit 'ner Videokamera im Büro dieser Anwältin stationiert. Die beiden kreuzen tatsächlich wieder auf! Aber diesmal mit der Schwarzen *und* der Weißen. Mann, das war wie in Cinemascope! Panavision.«

»Was ist mit den beiden passiert?«, fragte Lucas.

Der Dicke zuckte mit den Schultern. »Rausgeflogen«, antwortete er lakonisch.

»Nach wie vielen Dienstjahren?«

»Case hat sechs Jahre gehabt, aber das ist mir scheißegal. Er ist nicht sauber gewesen. Wir glauben, dass er vor ein paar Monaten gemeinsam mit einem Wachmann Stereoanlagen aus einem Sears-Lagerhaus geklaut hat. Aber der Neue tut mir Leid. Case hat ihm eingeredet, im Streifendienst wär's ganz normal, sich einen blasen zu lassen.«

Lucas schüttelte den Kopf.

»Auf offener Straße, am helllichten Tag!« sagte der dicke Cop.

Die Startbox des letzten Pferdes wurde verriegelt. Danach folgte eine kurze Pause, bevor die Absperrung hochschnellte und die Lautsprecherstimme des Ansagers verkündete: »Das Feld ist startbereit... und gestartet. Außen löst sich Pembroke Dancer, gefolgt von...«

Dancer deklassierte das Feld förmlich und hatte kurz vor der Kurve bereits zwei Längen Vorsprung, der bis ins Ziel auf fünfeinhalb anwuchs.

»Scheiße noch mal!«, murmelte der dicke Cop andächtig. »Ich hab' über sechshundert Dollar gewonnen!«

Lucas stand auf. »Ich muss los«, sagte er. Er starrte den Totalisator an, schien zu rechnen, nickte zufrieden und drehte sich nach den Cops um. »Bleibt ihr hinter mir? Dann fahre ich langsam.«

»Nein, nein, wir sind fertig«, versicherte der Dicke ihm. »Danke, Lucas.«

»An eurer Stelle würd' ich jetzt aufhören«, riet Lucas ihnen. »Und noch was, Bucky...«

»Yeah?« Der dicke Cop sah von seinem Wettschein auf.

»Sie vergessen doch nicht, die sechshundert in Ihre Steuererklärung aufzunehmen?«

»Natürlich nicht!«, sagte der Dicke gekränkt. Lucas nickte ihnen zu und marschierte grinsend davon. »Das könnte dir so passen!«, murmelte der Dicke. Er warf erneut einen Blick auf seinen Wettschein und sah dann die Frau mit den violetten Augen hinter Lucas herhasten. Sie holte ihn unmittelbar vor dem Kassengebäude ein, und der dicke Cop sah Lucas lächeln, als sie miteinander hineingingen.

»Hast du das gesehen?«, fragte er seinen Partner. Aber der magere Cop starrte den Totalisator an und bewegte dabei lautlos die Lippen. Der Dicke runzelte die Stirn. »Was gibt's?«

Der magere Cop hob eine Hand, um weitere Fragen abzuwehren, und rechnete stumm weiter. Dann bewegte er die Lippen nicht mehr, sondern drehte sich um und sah Lucas nach.

»Was?«, fragte der Dicke und sah in dieselbe Richtung. Lucas und die Frau mit den violetten Augen waren verschwunden.

»Mit dem ganzen Wettscheiß kenn' ich mich nicht allzu gut aus«, gestand der magere Cop, »aber wenn ich richtig gerechnet habe, kassiert Davenport jetzt für seine Platz- und Siegwette zweiundzwanzigtausendzweihundertundfünfzig Dollar.«

Der Polizeipräsident hatte sein Eckbüro im ersten Stock der City Hall. Die Wände zur Straße bestanden nur aus Fenstern; die beiden anderen Wände verschwanden fast unter gerahmten Farb- und Schwarzweißfotos, die bis in die Sechzigerjahre zurückreichten. Daniel mit seiner Familie. Mit den sechs letzten Gouverneuren von Minnesota. Mit fünf der sechs letzten Senatoren. Mit zahlreichen anonymen Gesichtern, die sich alle irgendwie ähnlich sahen: mit Gesichtern, die man bei den *Chicken Dinners*, die wichtige Politiker gaben, sehen konnte. Genau hinter dem Chief waren das Schild des Minneapolis Police Departments und eine Gedenktafel für Cops angebracht, die im Dienst ihr Leben gelassen hatten.

Lucas lümmelte in einem ledernen Besuchersessel vor dem Schreibtisch des Polizeipräsidenten. Obwohl er sich bemühte, sich nichts anmerken zu lassen, war er überrascht. Dabei hatte er sich seit langem eingebildet, nur noch Frauen könnten ihn überraschen.

»Sauer?« Quentin Daniel beugte sich über die Glasplatte seines Schreibtischs und starrte Lucas prüfend an. Daniel sah so sehr wie der Prototyp eines Polizeipräsidenten aus, dass einige seiner früheren politischen Gegner, die jetzt anderswo tätig waren, fälschlicherweise geglaubt hatten, er habe den Job nur wegen seines Gesichts bekommen. Das war ein Irrtum gewesen.

»Yeah, ziemlich. Aber eigentlich mehr überrascht.« Lucas mochte Daniel nicht besonders, hielt ihn aber für den wahrscheinlich cleversten Mann der hiesigen Polizei. Hätte er geahnt, dass der Chief ihn ebenso einschätzte, wäre er – wieder einmal – überrascht gewesen.

Daniel legte den Kopf schief, während er aus dem Fenster sah, ohne Lucas dabei ganz aus den Augen zu lassen.

»Den Grund dafür können Sie sich wohl denken«, sagte er.

»Sie haben mich für den Täter gehalten?«

»Ein paar Leute in der Mordkommission sind der Meinung gewesen, eine Überwachung könnte nicht schaden«, bestätigte Daniel.

»Fangen Sie lieber mit ihrer Erzählung von vorn an«, verlangte Lucas.

Daniel nickte, schob seinen Sessel zurück, stand auf und ging zu einer der Fotowände hinüber. Er begutachtete Hubert Humphreys Gesicht so genau, als suche er darauf nach neuen Pickeln.

»Vor vierzehn Tagen hat unser Mann in St. Paul eine Frau

überfallen, eine Malerin namens Carla Ruiz«, sagte er, während er Humphreys Gesicht weiter kritisch betrachtete. »Sie hat's geschafft, ihn in die Flucht zu schlagen. Als St. Paul am Tatort angekommen ist, hat der verantwortliche Sergeant sie mit einem Zettel in der Hand angetroffen. Darauf hat eine dieser Regeln gestanden, die er bei seinen Opfern zurücklässt.«

»Von dieser Ruiz hab' ich nie was gehört«, stellte Lucas fest.

Der Chief drehte sich um und schlenderte mit den Händen in den Hosentaschen auf seinen Platz zurück. »Yeah. Nun, dieser Sergeant ist ein cleverer Bursche, der von den Mitteilungen gewusst hat, die bei den beiden ersten Opfern gefunden worden sind. Er hat den Chef der Mordkommission in St. Paul verständigt, und dort ist strikte Geheimhaltung befohlen worden. Informiert sind lediglich mein Kollege in St. Paul, der Chef seiner Mordkommission, die beiden Uniformierten, die am Tatort gewesen sind, ein paar Leute aus unserer Mordkommission und ich. Und die Malerin. Und jetzt Sie. Und alle Beteiligten wissen, dass jeder, der nicht dichthält, in Zukunft draußen im Aufschüttungsgebiet auf Fußstreife geht.«

»Und wie bin ich in Verdacht geraten?« fragte Lucas.

»Eigentlich gar nicht. Zumindest nicht sofort. Aber unser Mann hat im Kampf mit der Malerin seinen Revolver verloren. Wir haben die Waffe sofort auf Fingerabdrücke überprüft und versucht, den Besitzer festzustellen. Fehlanzeige bei den Abdrücken, obwohl wir sogar die Patronen untersucht haben. Mit dem Besitzer haben wir mehr Glück gehabt – den haben wir binnen zehn Minuten ermittelt. Der Revolver ist an ein Waffengeschäft in der Hennepin Avenue geliefert worden; dort hat ihn ein gewisser David L. Losse gekauft …«

»Unser David L. Losse?«

»Sie erinnern sich an den Fall?«

»Der seinen Sohn erschossen und die Sache als Unfall hingestellt hat? Weil er ihn angeblich für einen Einbrecher gehalten hat?«

»Richtig! Er ist wegen Totschlags verurteilt worden, obwohl er den Jungen vermutlich ermordet hat. Von den sechs Jahren muss er nur vier absitzen. Außerdem hat er Berufung eingelegt. Wegen dieser Berufung hatte die Tatwaffe noch in der Asservatenkammer liegen müssen. Wir sind raufgegangen und haben nachgesehen. Der Revolver ist verschwunden – oder verschwunden gewesen, bis der Täter ihn verloren hat.«

»Scheiße!« Aus der Asservatenkammer war schon früher Beweismaterial verschwunden. Aus fünf Gramm Kokain waren vier geworden. Aus zwanzig Bondage-Magazinen waren fünfzehn geworden. Aber soviel Lucas wusste, war noch nie eine Schusswaffe geklaut worden.

»Sie sind mehrmals in der Asservatenkammer gewesen – zuletzt während der Ermittlungen im Fall Ryerson. Wir haben unsere Fahndungsergebnisse mit der Aussage der Zeugin kombiniert: Tatorte, Zeiten und die Personenbeschreibung. Frauen, die Zugang zur Asservatenkammer hatten, haben wir gleich ausklammern können. Das hat auch für Cops gegolten, die zur Tatzeit nachweislich Dienst gehabt haben. Das Auftreten des Täters hat sich auf alle drei Schichten verteilt …

Jedenfalls sind zuletzt praktisch nur Sie übrig geblieben. Sie haben die richtige Größe. Niemand weiß, wo Sie sich immer rumtreiben. Sie haben eine Schwäche für Spiele, und dieser Kerl scheint irgendein Spiel mit uns spielen zu wollen. Und der Revolver ist aus der Asservatenkammer geklaut worden. Ich habe Sie nie wirklich verdächtigt, aber … Okay, Sie sehen selbst, wie's dazu gekommen ist.«

»Ja, natürlich«, sagte Lucas mürrisch. »Besten Dank!«

»He, was hätten Sie an meiner Stelle getan?«, fragte Daniel, in die Defensive gedrängt.

»Okay.«

»Jetzt wissen wir, dass Sie clean sind«, stellte der Polizeipräsident fest. Er lehnte sich zurück und schlug die Beine übereinander. »Unser Mann hat einen weiteren Mord verübt. Vor vier bis sechs Stunden. Also ziemlich genau zu dem Zeitpunkt, als Sie draußen auf dem Rasen gesessen und Ihren Apfel gegessen haben.«

Lucas nickte. »Wo liegt der Tatort?«

»Unten am Lake Nokomis. In den Hügeln westlich des Sees.«

»Lässt sich die Sache noch geheim halten?«

»Nein.« Daniel schüttelte den Kopf. »Das ist Nummer drei. Mit unserer Geheimhaltung wär's spätestens in vierundzwanzig Stunden vorbei, darum ergreifen wir lieber gleich die Flucht nach vorn. Ich habe bereits für einundzwanzig Uhr eine Pressekonferenz einberufen – also rechtzeitig für die Fernsehnachrichten um zweiundzwanzig Uhr. Ich informiere über die Morde, bitte um Mithilfe bei der Fahndung und so weiter. Und ich setze Sie als Sonderermittler auf diesen Fall an.«

»Das will ich nicht«, wehrte Lucas ab. »Mordfälle langweilen mich. Man rennt den ganzen Tag rum und quetscht Leute aus, die absolut nichts wissen. Das können andere viel besser, Außerdem bin ich einem Crack-Ring auf der Spur. Ich kenne ein halbes Dutzend Kerle, die…«

»Ja, okay, einfach wunderbar, aber die Medien vierteilen uns, wenn wir diesen Verrückten nicht schnappen«, unterbrach Daniel ihn. »Erinnern Sie sich noch an den Fall vor ein paar Jahren, als zwei Frauen in Parkhäusern ermordet worden sind? Innerhalb von zwei, drei Wochen, aber von verschiedenen Tätern? Reiner Zufall? Wissen Sie noch, wie die

Medien sich damals aufgeführt haben? Wie die Fernsehstationen Seminare für Selbstverteidigung veranstaltet haben? Wie sie jeden Abend über den Stand der Fahndung berichtet haben? Wissen Sie das alles noch?«

»Yeah.« Es war ein Albtraum gewesen.

»Dieser Fall ist weit schlimmer. Die Parkhausmörder haben wir innerhalb einer Woche nach dem zweiten Mord geschnappt. Trotzdem hat's fast eine Massenhysterie gegeben. Dieser Kerl hat vier Frauen überfallen, drei von ihnen vergewaltigt und erstochen und ist noch immer auf freiem Fuß!«

Lucas nickte und rieb sich sein Kinn mit den Fingerspitzen. »Sie haben Recht«, gab er zu. »Da flippen sie aus...«

»Garantiert! So was darf in den Twin Cities einfach nicht passieren. Lassen Sie also Ihren beschissenen Crack-Ring sausen. Ich möchte, dass Sie diesen Fall selbstständig bearbeiten – parallel zu den Ermittlungen der Mordkommission. Das wird den Medienleuten, die Sie alle für 'ne Art Genie halten, bestimmt gefallen.«

»Und was hält die Mordkommission davon?«, erkundigte sich Lucas.

»Ein paar von den Jungs werden jammern, weil sie's immer tun, aber sie werden sich letztlich damit abfinden. Außerdem ist mir egal, was sie denken. Schließlich geht's nicht um ihren Job, aber um meinen. Ich möchte nächstes Jahr wiedergewählt werden – und da kann ich keinen Scheiß brauchen.«

»Ich habe Zugang zu allen Ermittlungsergebnissen?«

»Ich habe mit Lester gesprochen. Er ist bereit, mit Ihnen zusammenzuarbeiten. Dafür garantiere ich.«

Lucas nickte. Frank Lester, der als Deputy Chief die Kriminalpolizei unter sich hatte, kannte er als früheren Chef des Raubdezernats.

»Ich möchte möglichst rasch mit dieser Malerin reden«, sagte Lucas.

Daniel nickte. »Die Frau ist bettelarm. Wir haben ihr am Tag nach dem Überfall erst ein Telefon einrichten lassen müssen – für den Fall, dass der Kerl es noch mal versucht. Hier sind ihre Adresse und die Telefonnummer.« Er schob Lucas einen Zettel über den Schreibtisch.

Lucas steckte den Zettel ein. »Im Augenblick werden wohl die Spuren am Lake Nokomis gesichert?«

»Richtig.«

»Dann fahre ich am besten mal hin.« Lucas stand auf, ging zur Tür, blieb stehen und drehte sich halb um. »Haben Sie mir das wirklich zugetraut?«

Daniel schüttelte den Kopf. »Ich habe Sie im Umgang mit Frauen erlebt und mir nicht vorstellen können, dass Sie ihnen das antun könnten. Aber ich musste sichergehen.«

Lucas wollte gehen, aber Daniel hielt ihn erneut auf.

»Noch was, Davenport.«

»Ja?«

»Seien Sie zur Pressekonferenz da, okay? In der gleichen Aufmachung wie jetzt: in Khakihose und Tennishemd. Haben Sie auch Jeans? Jeans wären vielleicht besser. Diese – wie heißen sie gleich wieder? – ›Acid-Jeans‹?«

»Ich könnte mich auf der Rückfahrt umziehen. Meine sind ›stone-washed‹.«

»Auch recht. Sie wissen ja, wie die Medienleute auf Straßencops stehen. Wie heißt Ihre Dienststelle gleich wieder?«

»Office of Special Intelligence.«

Der Polizeipräsident schnalzte mit den Fingern und kritzelte OSI auf seinen Notizblock. »Okay, dann bis einundzwanzig Uhr«, sagte er.

Jeannie Lewis lag mit über dem Kopf gekreuzten und mit Klebeband am Kopfende befestigten Händen auf dem schmalen Bett. Ihr Gesicht war zu einer grausigen Schreckensmaske erstarrt, das zwischen ihre Zähne gestopfte Tuch hielt ihren Mund noch im Tode offen, und die Augen waren so verdreht, dass unter den halb geschlossenen Lidern nur das Weiße der Augäpfel zu sehen war. Unter dem Druck der Fesseln war ihr Leib mit den kleinen Brüsten, deren Spitzen im Tode fast weiß waren, aufgebäumt. Ihre Knöchel waren mit Klebeband an den Bettpfosten befestigt, aber sie hatte es geschafft, die dünnen Beine in einem letzten Versuch, sich zu schützen, nach innen zu drehen. Das Messer, dessen Griff fast auf ihrem Magen auflag, steckte noch immer dicht unter dem Brustbein. Es war in spitzem Winkel hineingestoßen worden, um das Herz zu treffen, ohne von Knochen oder Muskeln behindert zu werden.

»Reingestoßen und hin und her bewegt«, erklärte der Assistent des Gerichtsmediziners. »Nach der Autopsie lässt sich mehr sagen, aber so sieht's vorläufig aus. Kleiner Einstich, aber großflächige Verletzungen des Herzens.«

»Professionell?« fragte Lucas. »Ein Arzt?«

»So weit würde ich nicht gehen. Ich will Sie nicht auf eine falsche Fährte bringen. Aber der Täter ist jemand, der seine Sache versteht. Er weiß genau, wo das Herz sitzt. Wir wollen das Messer stecken lassen, bis die Tote geröntgt ist, aber dem Griff nach scheint es die am besten geeignete Tatwaffe zu sein. Spitz zulaufend, scharf, starre Klinge, ziemlich dünn. Es muss glatt reingerutscht sein.«

Lucas trat ans Bett und betrachtete den Messergriff aus glattem Holz, in das County Cork Cutlery eingebrannt war.

»County Cork Cutlery?«

»Wertlos. In der Küche hängt ein ganzer Satz solcher Messer.«

»Dann hat er's sich hier geholt.«

»Das nehme ich an. Ich habe sein erstes Opfer, diese Lucy Sonstnochwie, untersucht. Sie hat er mit einem völlig anderen Messer mit Plastikgriff erstochen.«

»Wo ist der Zettel, den er hinterlassen hat?«

»In dem Plastikbeutel drüben auf der Kommode. Wir schicken ihn ins Labor, damit er auf Fingerabdrücke untersucht werden kann.«

Lucas betrachtete die Mitteilung des Täters. Gewöhnliches Notizpapier. Selbst wenn ein Verdächtiger sechs Blocks davon zu Hause gehabt hätte, wäre das kein Hinweis gewesen. Die Buchstaben waren aus einer Zeitung ausgeschnitten und mit durchsichtigem Klebestreifen aufs Papier geklebt worden: *Niemals eine Waffe nach Gebrauch bei sich tragen.*

»Diese Regeln befolgt er eisern«, fuhr der Gerichtsmediziner fort. »Er hat das Messer nicht mitgenommen.«

»Kein Fingerabdruck, was?«

»Hmmm, vielleicht doch. Augenblick!« Der Gerichtsmediziner streifte seine Plastikhandschuhe ab, zog dünnere Latexhandschuhe an, öffnete den Klarsichtbeutel und zog den Zettel halb heraus.

»Sehen Sie diesen eigenartigen Halbkreis unter dem Klebestreifen?«

»Yeah. Fingerabdruck?«

»Könnte sein, aber wenn man genau hinsieht, kommen einem Zweifel. Trotzdem ist er klar umrissen. Deshalb glauben wir...« Er bewegte seine Finger vor Lucas' Gesicht. »... dass er Chirurgenhandschuhe getragen hat.«

»Auch das würde auf einen Arzt hinweisen.«

»Schon möglich. Oder auf einen Sanitäter, Krankenpfleger oder sonstiges Krankenhauspersonal. Und nachdem diese Dinger auch in Haushaltswarengeschäften verkauft werden, könnte der Täter genauso gut ein einschlägiges Geschäft haben. Jedenfalls trägt er sogar Handschuhe, wenn er zu Hause diese Mitteilungen zusammenklebt. Das zeigt noch etwas: Er ist ein cleverer kleiner Schwanzlutscher.«

»Okay. Gut. Danke, Bill.«

Der Gerichtsmediziner schob den Zettel in den Klarsichtbeutel zurück. »Können wir sie mitnehmen?« fragte er und nickte zu der Lewis hinüber.

»Von mir aus, wenn die Kollegen mit ihr fertig sind.« Ein Beamter der Mordkommission namens Swanson saß mit einem Big Mac mit Fritten und einem Malzdrink am Küchentisch. Lucas trat an die Schlafzimmertür und rief zu ihm hinüber: »Ich bin fertig. Können Sie sie mitnehmen?«

»Klaro«, sagte Swanson mit dem Mund voller Fritten.

Swanson kam herübergeschlendert, während der Gerichtsmediziner den Abtransport überwachte. Zwei Männer hoben die Lewis in den Leichensack, wobei sie darauf achteten, dass sich das Messer nicht verschob, und legten sie auf eine Krankentrage.

Wie einen Sandsack, dachte Lucas.

»Nichts unter ihr?«, fragte Swanson.

»Gar nichts«, bestätigte der Gerichtsmediziner. Die Männer starrten sekundenlang das Bettlaken an; dann gab der Gerichtsmediziner seinen Leuten das Zeichen, die Krankentrage hinauszuschieben.

»Die Spurensicherung kommt mit einem Staubsauger. Die Möbel sind noch nicht auf Fingerabdrücke untersucht«, berichtete Swanson. Damit wollte er sagen: Hände weg! Lucas grinste. »Sie nimmt auch das Bettlaken mit.«

»Ich sehe keine Flecken darauf.«

»Nein, das Laken ist sauber – auch ohne Haare. Ich habe mir ihre Fingernägel genauer angesehen: keiner ist abgebrochen, und sie scheint weder Hautfetzen noch Blut darunter zu haben.«

»Scheiße.«

»Allerdings!«

»Ich will mich noch ein bisschen umsehen. Irgendwas Auffälliges?«

»Na ja, eine Kartoffel…«

»Kartoffel?«

»Eine Socke mit 'ner Kartoffel drin. Drüben im Wohnzimmer.« Lucas folgte ihm ins Wohnzimmer, wo Swanson mit der Fußspitze unter einen Klavierschemel deutete. Dort lag eine Sportsocke mit einem Klumpen an der Spitze.

»Wir glauben, dass er sie damit am Kopf getroffen und niedergeschlagen hat«, sagte Swanson. »Der erste Cop hat die Socke nach einem kurzen Blick für die Spurensicherung liegen gelassen.«

»Wie kommen Sie darauf, dass er sie damit niedergeschlagen hat?« erkundigte Lucas sich.

»Weil Kartoffeln in Socken dafür da sind«, antwortete der Kriminalbeamte. »So ist's jedenfalls früher gewesen.«

»Echt?« Lucas zog die Augenbrauen hoch.

»Na ja, das dürfte vor Ihrer Zeit gewesen sein. Vor Jahren hat's hier Kerle gegeben, die im Loring Park die Schwulen oder in der Washington Avenue die Säufer ausgeraubt haben. Dafür haben sie 'ne Kartoffel dabeigehabt. Eine Kartoffel in der Tasche ist nicht strafbar – aber in einer Socke ist sie ein erstklassiger Totschläger. Und sie ist so weich, dass man keinen Schädelbruch riskiert, wenn man vorsichtig genug ist. Man hinterlässt keinen Toten und wird nicht steckbrieflich gesucht.«

»Woher weiß der Werwolf davon? Ist er schwul?«

Swanson zuckte mit den Schultern. »Schon möglich. Oder er ist ein Cop. Viele der alten Streifenbeamten kennen den Kartoffeltrick noch.«

»Das klingt irgendwie nicht richtig«, wandte Lucas ein.

»Ich habe noch nie von einem *alten* Serienmörder gehört. Damit fangen sie früh an: Jugendliche, Zwanziger, höchstens noch Dreißiger.«

Swanson betrachtete ihn nachdenklich. »Sollen Sie in dieser Sache ermitteln?«

»Richtig«, bestätigte Lucas. »Probleme damit?«

»Nicht ich. Sie sind der einzige Kerl, den ich kenne, der ab und zu was rauskriegt. Ich hab' das Gefühl, dass wir Sie brauchen werden.«

»Was halten wohl die Kollegen in der Mordkommission davon?«

»Ein paar von den Neuen sind bestimmt der Meinung, dass Sie sich in fremde Angelegenheiten einmischen. Aber die Alten, die wissen, dass uns ein Scheißesturm bevorsteht. Die wollen den Fall bloß zu Ende bringen. Von denen kriegen Sie keine Knüppel zwischen die Beine geworfen.«

»Freut mich«, sagte Lucas. Swanson nickte ihm zu und verschwand in Richtung Küche.

Jeannie Lewis war von einer Immobilienmaklerin im Gästezimmer aufgefunden worden. Als sie nicht zu einer vereinbarten Besichtigung erschienen war, hatte ihre Kollegin sich Sorgen um sie gemacht und war losgefahren, um sie zu suchen. Nachdem Lucas angekommen war und sich durch die betroffenen Nachbarn im Vorgarten gedrängt hatte, war er von Swanson über die Lewis informiert worden.

»Sie hat versucht, das Haus zu verkaufen«, erklärte der Kriminalbeamte abschließend.

»Wo sind die Eigentümer?«

»Das Haus gehört einem alten Ehepaar. Die Nachbarn sagen, dass die beiden in Phoenix leben. Sie haben sich dort unten ein Haus gekauft und wollen dieses hier verkaufen.«

»Ist schon jemand zum Haus der Lewis gefahren?«

»Ja – Nance und Shaw. Nichts zu finden. Nach Auskunft der Nachbarn ist sie nett und freundlich gewesen. Begeisterte Gärtnerin – sie hat einen großen Garten hinter dem Haus. Ihr Alter hat bei 3M gearbeitet und ist vor fünf, sechs Jahren nach einem Herzschlag gestorben. Dann hat sie als Maklerin angefangen – sogar mit gutem Erfolg, sagen die Nachbarn.«

»Freunde?«

»Irgendein Kerl. Eine Nachbarin kennt ihn angeblich, aber wir haben sie noch nicht erreicht. Nach Aussage einer anderen Nachbarin ist er Professor oder sonst was an der Universität. Das prüfen wir gerade. Ansonsten tun wir das Übliche: Wir fragen alle Nachbarn, ob sie irgendwelche Besucher gesehen haben.«

»Und ihre Garage?«

»Leer.«

»Was halten Sie davon?«

Swanson zuckte mit den Schultern. »Ich glaube, dass er sie angerufen und gebeten hat, ihn abzuholen, damit sie ihm dieses Haus zeigen kann. Er schafft's irgendwie, sie davon zu überzeugen, dass er okay ist, und sie fahren zusammen hierher. Nachdem er sie ermordet hat, fährt er mit ihrem Wagen weg, lässt ihn irgendwo stehen und verschwindet. Wir fahnden jetzt nach dem Wagen.«

»Hat sich jemand ihren Terminkalender im Büro angesehen?«

»Ja, aber der enthält nur den Nachmittagstermin, zu dem sie nicht mehr erschienen ist.«

»Wo ist ihre Handtasche?«

»Auf dem Fußboden vor der Kellertür.«

Bei seinem erneuten Rundgang durchs Haus wurde Lucas auf die Handtasche aufmerksam. Er beugte sich über sie, zog die Geldbörse der Lewis heraus und klappte sie auf. Etwas über vierzig Dollar in Münzen und Scheinen. Kreditkarten.

Geschäftskarten. Lucas blätterte in den Plastikhüllen mit Fotos. Die Aufnahmen schienen nicht besonders neu zu sein. Lucas sah sich um, stellte fest, dass er nicht beobachtet wurde, und zog eines der Fotos heraus. Es zeigte Jeannie Lewis mit einer weiteren Frau; sie standen auf einer Rasenfläche und hielten eine Plakette hoch. Lucas klappte die Geldbörse zu, schob sie in die Handtasche zurück und steckte das Foto in seine Hosentasche.

Als er den Tatort verließ, war es kühl geworden. Lucas holte seine Nylonjacke aus dem Kofferraum, zog sie an, blieb noch einen Augenblick im Wagen sitzen und beobachtete die Schaulustigen. Keiner benahm sich irgendwie auffällig. Damit hatte er allerdings auch nicht ernstlich gerechnet.

Auf dem Rückweg fuhr er über St. Paul, hielt bei sich zu Hause, zog Jeans an und vertauschte die Nylonjacke mit einer sportlichen blauen Leinenjacke. Er stellte seinen Wagen ab und bewunderte beim Überqueren der Straße wieder einmal die makellose Hässlichkeit der City Hall. Er betrat sie durch den Hintereingang und ging zu seinem Dienstzimmer hinunter.

Nachdem er aus dem Raubdezernat ausgeschieden war, hatte die Verwaltung ein Plätzchen für ihn finden müssen. Als Lieutenant hatte er Anspruch auf ein eigenes Büro. Lucas hatte es schließlich selbst entdeckt: einen Kellerraum mit Stahltür. Die Verwaltung hatte ihn spärlich möblieren und eine Nummer an die Tür malen lassen. Sonst gab es keinen Hinweis darauf, wem dieses Büro gehörte. Das war Lucas gerade recht. Er sperrte auf, ging hinein und rief Carla Ruiz an.

»Carla«, meldete sie sich mit angenehm rauchiger Stimme.

»Hier ist Lucas Davenport«, sagte er. »Ich bin Lieutenant im Minneapolis Police Department. Ich muss Sie dringend sprechen. Je früher, desto besser.«

»Sorry, heute Abend geht's wirklich nicht…«

»Es hat einen neuen Mord gegeben.«

»Nein! Wer ist ermordet worden?«

»Eine Immobilienmaklerin hier in Minneapolis. Das Fernsehen wird um zweiundzwanzig Uhr darüber berichten.«

»Ich hab' keinen Fernseher.«

»Hören Sie, was ist mit morgen? Könnte ich gegen dreizehn Uhr vorbeikommen?«

»Einverstanden. Mein Gott, das mit der anderen Frau ist schrecklich!«

»Yeah. Gut, dann bis morgen.«

»Wie erkenne ich Sie überhaupt?«

»Ich trage eine Rose zwischen den Zähnen«, sagte er. »Und habe eine goldene Plakette.«

Der Raum, in dem die Pressekonferenz stattfinden sollte, war voller Fernsehkameras, Stromkabel, fluchender Techniker und gelangweilter Cops. Kameramänner prüften die Lichtverhältnisse, Zeitungsreporter hielten schwatzend die Klappstühle besetzt, und Fernsehreporter waren auf der Suche nach Informationen oder Gerüchten unterwegs, die ihnen einen Wettbewerbsvorteil verschaffen konnten. Vor dem Podium an der Saalrückwand waren ein Dutzend Mikrofone aufgebaut, während die Fernsehkameras auf ihren Stativen im Hintergrund einen Halbkreis bildeten. Lucas blieb einen Augenblick am Eingang stehen, sah in der vorletzten Reihe einen freien Stuhl und bewegte sich darauf zu. Im nächsten Augenblick hielt ihn eine Hand am Ärmel fest.

Er drehte sich nach Annie McGowan um. Kanal acht. Schwarzes Haar, blaue Augen, Stupsnase. Ausdrucksvoller Mund. Erstklassige Beine. Wunderbare Aussprache. Dumm wie Bohnenstroh.

Lucas lächelte.

»Was gibt's diesmal, Lucas?«, flüsterte sie, drängte sich gegen ihn und hielt seinen Arm umklammert.

»Der Chief kommt in fünf Minuten.«

»Unser nächster Nachrichtenblock beginnt in vier Minuten. Ich wäre dir sehr dankbar, wenn ich noch rechtzeitig anrufen könnte…« Sie lächelte schelmisch und deutete auf die zur Tür hinausführenden Kabel. Die Pressekonferenz wurde direkt in ihre Redaktion übertragen.

Lucas sah sich um. Niemand schien sonderlich auf sie zu achten. Er nickte zur Tür hinüber, und Annie folgte ihm nach draußen.

»Wenn du mich namentlich erwähnst, sitze ich in der Scheiße«, flüsterte er. »Diese Sache ist eine persönliche Vereinbarung zwischen dir und mir.«

»Abgemacht«, sagte sie errötend.

»Wir fahnden nach einem Serienmörder, der heute die dritte Frau ermordet hat. Er vergewaltigt sie und ersticht sie dann. Den ersten Mord hat er vor ungefähr sechs Wochen verübt, den zweiten vor einem Monat. Alle hier in Minneapolis. Wir haben die Morde geheimgehalten, weil wir gehofft haben, ihn fassen zu können, aber jetzt soll die Öffentlichkeit informiert werden.«

»O Gott!« rief Annie halblaut aus, machte auf dem Absatz kehrt und hastete den Korridor entlang davon.

»Was hast du der Schlampe erzählt?« Jennifer Carey stand plötzlich neben Lucas. Sie musste Annie und ihn beobachtet haben. Jennifer, eine große Blondine mit grünen Augen und voller Unterlippe, hatte in Stanford Wirtschaftswissenschaft und an der Columbia University Journalismus studiert. Jetzt arbeitete sie für TV3.

»Nichts«, behauptete Lucas. Am besten stritt er alles ab.

»Unsinn! Unser nächster Nachrichtenblock beginnt in…« Sie sah auf ihre Uhr. »…in zweieinhalb Minuten. Ich weiß noch nicht, was ich tue, falls sie mir zuvorkommt, aber ich bin sehr clever, und du wirst's sehr, sehr bereuen.«

Lucas sah sich erneut um. »Okay«, murmelte er, »ich bin ihr einen Tipp schuldig gewesen. Aber wenn du ihr sagst, dass du deine Informationen auch von mir hast, kriegst du nie wieder ein Wort aus mir raus.«

»Abgemacht«, sagte sie. »Was gibt's also?«

Später an diesem Abend lag Jennifer Carey bäuchlings auf Lucas' Bett und sah zu, wie er sich auszog und seine versteckte Pistole abschnallte.

»Benutzt du die jemals – oder trägst du sie nur, um Frauen zu imponieren?«, fragte sie.

»Dafür wäre sie zu unbequem«, log er. Jennifer machte ihn manchmal nervös. Er hatte den Eindruck, sie könne seine Gedanken lesen. »Sie ist oft praktisch. Ich meine, wer in der Szene als Scheinaufkäufer auftritt, kann nicht mit 'ner Kanone rumlaufen. Die Dealer würden ihn für 'nen Cop oder 'nen schießwütigen Irren halten und keine Geschäfte mit ihm machen. Aber mit einer versteckten Waffe kann man sie hochnehmen, bevor sie merken, was man vorhat.«

»Klingt nicht nach Minneapolis.«

»Auch hier gibt's gefährliche Gangster. Wenn man erst mal so viel Geld hat...« Er streifte seine Socken ab und richtete sich in der Unterhose auf. »Duschen?«

»Klar doch.« Sie wälzte sich langsam zur Seite, stand auf und folgte ihm ins Bad. Ihr Bauch und die Oberschenkel zeigten Abdrücke des Blumenmusters der Tagesdecke.

»Du hättest heute auch die McGowan mitnehmen können, weißt du«, sagte sie, während er das Wasser aufdrehte und die Temperatur regelte.

»Sie hat in letzter Zeit ein Auge auf mich geworfen«, bestätigte Lucas.

»Warum also nicht? Schließlich bist du kein Feind von neuen Erfahrungen.«

»Sie ist doof.« Lucas richtete den Wasserstrahl auf ihren Rücken, ließ einen Spritzer Duschgel aus einer Plastikflasche folgen und schäumte ihr damit Rücken und Po ein.

»Das hat dich sonst nie abgehalten«, behauptete Jennifer.

Lucas rubbelte weiter. »Du kennst einige der Frauen, mit denen ich ausgegangen bin. Zeig mir eine, die doof ist.«

Jennifer dachte darüber nach. »Ich kenne nicht alle.«

»Aber genügend, um den Trend zu erraten«, sagte er. »Mit Dummerchen gehe ich nicht aus.«

»Dann red wie ein vernünftiger Mensch mit mir, Lucas. Hat der Killer die Frauen gefoltert, bevor er sie ermordet hat? Dazu hat sich Daniel nicht äußern wollen. Glaubst du, dass er sie gekannt hat? Wie wählt er seine Opfer aus?«

Lucas drehte sie zu sich um und legte ihr seinen Zeigefinger auf die Lippen.

»Jennifer, quetsch mich nicht aus, okay? Wenn du mich zu unüberlegten Äußerungen verleitest und sie verwendest, sitze ich wirklich in der Scheiße.«

Während ihm Wasser von der Brust spritzte, musterte sie ihn kritisch und erkannte die Wachsamkeit in seinen sanften blauen Augen. »Ich würde nie was verwenden, ohne dir vorher etwas davon zu sagen«, antwortete sie. »Aber bei dir gibt's keine unbedachten Äußerungen – außer denen, die du unter die Leute bringen willst. Du bist ein ganz gerissener Hundesohn, Davenport. Ich kenne dich jetzt seit drei Jahren und weiß noch immer nicht, wann du lügst. Und du spielst mehr gottverdammte Rollen als jeder Mensch, den ich kenne. Wahrscheinlich merkst du das nicht mal mehr.«

»Du hättest Psychologin werden sollen«, meinte er reumütig. Er stellte das Wasser ab und öffnete die Glasschiebetür. »Gib mir das große Badetuch, dann trockne ich dir die Beine ab.«

»Manchmal ist's hart an der Schmerzgrenze«, sagte Jennifer eine halbe Stunde später heiser.

»Das ist der Trick«, antwortete Lucas. »Eine Grenze, die man nicht überschreiten darf.«

»Du kommst ihr sehr nahe«, murmelte sie. »Du musst sie oft überschritten haben, bevor du rausgekriegt hast, wo man aufhören muss.«

Zwei Stunden später öffnete Lucas in der Dunkelheit die Augen. Irgendjemand beobachtete ihn. Er dachte darüber nach. Die Pistole lag im Schreibtisch... Dann stieß Jennifer ihn an, und er merkte, wer ihn beobachtet hatte.

»Was?«, flüsterte er.

»Bist du wach?«

»Jetzt schon.«

»Ich muss dich was fragen.« Sie zögerte leicht. »Magst du mich mehr als die anderen – oder sind wir alle bloß Spielzeug?«

»O Jesus!«, ächzte er.

»Sag's schon!«

»Du weißt, dass ich's tue. Ich mag dich mehr. Und ich kann es beweisen.«

»Womit?«

»Mit deiner Zahnbürste. Außer meiner ist sie die einzige im Spiegelschrank.«

Danach folgte kurzes Schweigen, bis Jennifer sich an seinen Arm kuschelte. »Okay«, sagte sie. »Du kannst weiterschlafen.«

5

Zwanzig Klingelzeichen lang hoffte er, dass es aufhören würde. Beim einundzwanzigsten Klingeln stand er auf und nahm beim fünfundzwanzigsten Klingeln den Hörer ab.

»Ja?«, knurrte er. Das Haus war kalt, und er hatte überall an seinem nackten Körper eine Gänsehaut.

»Hier ist Linda«, sagte eine affektierte Stimme. »Chief Daniel hat für Punkt acht Uhr eine Besprechung angesetzt, zu der Sie kommen sollen.«

»Okay.«

»Würden Sie das bitte wiederholen, Lucas?«

»Um acht Uhr beim Chief.«

»Ganz recht. Ich wünsche Ihnen einen schönen Morgen.« Daniels Sekretärin legte auf. Lucas starrte den Hörer kurz an, ließ ihn auf die Gabel fallen, gähnte und ging ins Schlafzimmer zurück.

Ein Blick auf den Wecker – 7:15 Uhr. Er beugte sich zu Jennifer hinüber, klatschte ihr auf den nackten Po und sagte dabei: »Tut mir leid, aber ich muss weg.«

»Okay«, murmelte sie.

Lucas ging, noch immer nackt, in die Diele hinaus, öffnete die Haustür einen Spalt breit, vergewisserte sich, dass niemand in der Nähe war, stieß die Fliegentür auf und holte die Zeitung von der Veranda. In der Küche kippte er Cheerios in eine Schale, goss Milch darüber und schlug die Zeitung auf.

Der Werwolf war eine zweizeilige Schlagzeile auf der Titelseite gleich unter dem Namenszug *Pioneer Press* wert. Die Story wurde ohne Ausschmückungen und einigermaßen zutreffend erzählt, ohne Carla Ruiz zu erwähnen. Der Polizeipräsident hatte nicht berichtet, dass es eine Überlebende gab. Er hatte sogar gelogen, als er gesagt hatte, bisher seien nur drei Überfälle des Täters – eben die drei Morde – bekannt. Auch die Regeln des Killers hatte er mit keinem Wort erwähnt.

Ein kurzer Separatbericht befasste sich mit Lucas Davenport und seinem Sonderauftrag im Rahmen der Ermittlungen. Er würde unabhängig von der Mordkommission, aber parallel zu ihr arbeiten. Eine kontroverse Gestalt. Hatte im Dienst schon fünf Männer erschossen. Mehrfach belobigt. Bekannter Spiele-Erfinder. Der einzige Cop Minnesotas, der mit einem Porsche zum Dienst fuhr.

Lucas wurde mit der Story und den Cheerios gleichzeitig fertig, gähnte erneut und marschierte ins Bad. Jennifer, die sich im Spiegelschrank betrachtete, drehte sich nach ihm um, als er hereinkam.

»Männer haben's leicht, wenn's ums Aussehen geht, weißt du.«

»Stimmt.«

»Das ist mein Ernst.« Sie drehte sich um und streckte ihrem Spiegelbild die Zunge heraus. »Meine Kollegen würden ausflippen, wenn sie mich so sehen könnten. Das Gesicht mit Make-up verschmiert. Eine Frisur wie der Wolfmann. Und mein Hintern tut mir weh. Ich weiß nicht, was …«

»Okay, lass mich jetzt rein, ich muss mich rasieren.«

Sie hob einen Arm und betrachtete die dunklen Stoppeln in ihrer Achselhöhle. »Ich auch«, sagte sie mürrisch.

Zur Besprechung kam Lucas zehn Minuten zu spät. Daniel runzelte die Stirn, als er hereinkam, und deutete auf den freien Stuhl. Frank Lester, Daniels Stellvertreter und Chef der Kriminalpolizei, saß ihm gegenüber. Zu den sechs Teilnehmern aus der Mordkommission gehörten Lyle Wullfolk, ihr übergewichtiger Chef, und Harmon Anderson, sein spindeldürrer Assistent.

»Wir erstellen gerade einen Plan«, erläuterte Daniel. »Unserer Ansicht nach muss wenigstens einer über alle Ermittlungen informiert sein. Lyle hat seine Abteilung zu leiten, deshalb kommt nur Harmon in Frage.«

Daniel nickte dem stellvertretenden Chef der Mordkommission zu. Anderson bohrte sich mit einem roten Plastikzahnstocher in den Zähnen. Jetzt hörte er gerade lange genug damit auf, um das Nicken zu erwidern.

»Sie unterstehen ihm nicht, Lucas, Sie arbeiten selbstständig«, fuhr Daniel fort. »Falls Sie was brauchen, kann Harmon Ihnen sagen, ob wir's haben.«

»Wie ist's heute morgen mit den Medien gewesen?«, erkundigte sich Lucas.

»Die sind überall – wie Läuse. Ich sollte zu 'ner Morgenshow kommen, aber ich habe mich mit dieser Besprechung entschuldigt. Daraufhin wollten sie die Besprechung filmen! Ich hab' ihnen gesagt, was sie mich können.«

»Der Oberbürgermeister ist im Frühstücksfernsehen interviewt worden«, berichtete Wullfolk. »Er hat behauptet, wir gingen ganz bestimmten Spuren nach, und er erwarte die Festnahme des Mörders binnen weniger Tage.«

»Verdammter Schwachkopf!«, knurrte Anderson.

»Sie haben leicht reden«, sagte Daniel mürrisch. »Sie sind kein Wahlbeamter.«

»Sie haben doch gute Beziehungen zum Fernsehen«, stellte Anderson mit einem Blick zu Lucas hinüber fest.

Lucas nickte und wechselte das Thema. »Was ist mit dem Revolver aus der Asservatenkammer?«

Anderson hörte auf, in seinen Zähnen zu stochern. »Wir haben eine Liste aufgestellt«, sagte er. »Auf der stehen vierunddreißig Leute – Cops und Zivilisten – die ihn geklaut haben könnten. Wahrscheinlich sind's noch ein paar mehr, von denen wir nichts wissen. Zum Beispiel gehen die gottverdammten Hausmeister dort ein und aus. Alle behaupten natürlich, rein gar nichts damit zu tun zu haben. Wir haben das IAD auf sie angesetzt.«

»Ich möchte mit den vierunddreißig Leuten reden«, sagte Lucas. »Mit allen gemeinsam. Und der Gewerkschaftsmensch soll auch dabei sein.«

»Warum?«, fragte Wullfolk.

»Ich sage ihnen, dass ich wissen muss, wohin die Waffe verschwunden ist, und dass ich alle Informationen streng vertraulich behandle. Und dass der Chief bereit ist, die IAD-Ermittlungen abzublasen, sodass keiner was zu befürchten hat. Sollte sich niemand melden, lassen wir die Schnüffler weiterfahnden, bis wir wissen, wer der Kerl ist. Dann sorgen wir dafür, dass der Hundesohn als Komplize des Mörders in Stillwater landet.«

Anderson schüttelte den Kopf. »Ich an seiner Stelle würd' Ihnen nicht trauen.«

»Trauen Sie sich zu, den Dieb zu überzeugen?«, fragte Daniel.

Lucas nickte. »Ich erkläre ihnen, wie ich mir die Befragung vorstelle – ohne dass ich sie über ihre Rechte belehre. Selbst wenn sie dann angeklagt würden, wären sie arglistig getäuscht worden, und die Anklage würde gar nicht zugelassen. Ich bin sicher, dass ich das überzeugend verkaufen kann.«

Anderson und Daniel wechselten einen Blick, dann zuckte Anderson mit den Schultern. »Ein Versuch kann nicht schaden. Unter Umständen kommen wir so am schnellsten weiter. Ich rufe möglichst viele der Leute am Spätnachmittag zusammen. Um sechzehn Uhr?«

»Gut«, nickte Lucas.

»Wir haben in meinem Büro eine Datenbank eingerichtet«, fuhr Anderson fort, »und eines unserer Mädchen tippt alles und macht die Ausdrucke. Jeder Ermittler bekommt einen Ordner mit sämtlichen Ergebnissen, sämtlichen Protokollen. Wir sammeln alles, was über diese Leute zu erfahren ist. Falls es Gemeinsamkeiten oder Verbindungen zwischen ihnen gibt, kriegen wir sie raus. Alle Ermittler studieren jeden Abend den Ordner. Wer etwas entdeckt, kommt damit zu mir, damit wir die Akte ergänzen können.«

»Was haben wir bis jetzt?«, fragte Lucas.

Anderson zuckte mit den Schultern. »Nicht gerade viel. Angaben zur Person, mögliche Übereinstimmungen und solchen Scheiß, Nummer eins war die neunzehnjährige Serviererin Lucy Bell. Nummer zwei war eine Hausfrau: Shirley Morris, sechsunddreißig. Nummer drei war die Malerin Carla Ruiz, die ihn in die Flucht geschlagen hat. Sie ist zweiunddreißig. Und Nummer vier war diese Immobilienmaklerin Lewis, sechsundvierzig. Eine Verheiratete, drei Ledige, davon eine – die Malerin – geschieden. Die Maklerin war verwitwet. Die Serviererin war ein Rockfan, eine Punkerin. Die Maklerin ging mit ihrem Freund in klassische Konzerte. Und so geht's weiter ... Die einzige Gemeinsamkeit scheint zu sein, dass sie alle Frauen sind.«

Alle dachten einige Zeit darüber nach.

»Wie groß ist der zeitliche Abstand zwischen den Morden?«, erkundigte sich Lucas.

»Angefangen hat's mit der Bell am 14. Juli«, antwortete Anderson. »Dann neunzehn Tage später die Morris, am 2. August, fünfzehn Tage später die Ruiz, am 17. August, und vierzehn Tage später die Lewis, am 31. August.«

»Die Intervalle werden kürzer«, stellte einer der Cops fest.

»Richtig«, bestätigte Wullfolk. »Das ist die Tendenz bei sadistischen Killern – falls er einer ist.«

»Wenn er häufiger zuschlägt, muss er mehr improvisieren und kann weniger sorgfältig planen«, warf ein anderer Cop ein.

»Das wissen wir nicht«, widersprach Anderson. »Vielleicht wählt er seine Opfer ein halbes Jahr vorher aus. Möglicherweise hat er einen ganzen Ordner voll davon.«

»Haben die Tage irgendwas gemeinsam?«, fragte Lucas.

»Ja, es sind nur Wochentage. Ein Donnerstag, ein Dienstag, ein Mittwoch und noch ein Mittwoch. Keine Wochenenden.«

»Nicht viel Übereinstimmung«, murmelte Daniel.

»Oder haben die Frauen was gemeinsam?«, wollte Lucas wissen. »Alle sehr groß? Alle mit großen oder kleinen Titten? Was?«

»Alle sehen gut aus. Das ist meine Einschätzung, aber die dürfte zutreffen. Alle haben dunkles Haar, drei davon schwarzes – die junge Bell, die sich das Haar gefärbt hat, die Ruiz und die Lewis. Die Morris ist dunkelbraun gewesen.«

»Hmmm, bei uns sind die Hälfte aller Frauen blond bis brünett«, meinte einer der anderen Kriminalbeamten. »Das könnte ein Hinweis sein.«

»Möglichkeiten gibt's endlos viele«, sagte Anderson, »aber wir dürfen uns nicht von zufälligen Übereinstimmungen täuschen lassen. Achtet jedenfalls auf solche Hinweise. Ich lasse sie in einer eigenen Liste zusammenstellen. Bringt jeden Nachmittag eure Ordner her, um sie ergänzen zu lassen. Und lest die Nachträge!«

»Was ist mit dem Labor?« fragte Wullfolk. »Schlafen die Kerle, oder was?«

»Die tun, was sie können. Sie untersuchen die Klebebänder, mit denen er die Frauen gefesselt hat, analysieren den Mist, den sie mit dem Staubsauger gesammelt haben, und suchen überall nach Fingerabdrücken. Bisher sind sie noch nicht fündig geworden.«

»Sollte einer dieser Ordner in die Medien gelangen, baumeln ein paar Leute am Galgen«, drohte Daniel. »Ist das allen klar?«

Die Cops nickten wie ein Mann.

»Ich rechne wie immer mit ein paar undichten Stellen«, fügte Daniel hinzu. »Aber *niemand* erzählt Außenstehenden von den Mitteilungen, die der Killer am Tatort zurücklässt. Sollte jemand die Medien darüber informieren, spüre ich den Hundesohn auf und schmeiße ihn raus. Wir haben die Ermittlungen bisher unter Ausschluss der Öffentlichkeit geführt – und dabei soll's bleiben!«

»Wir brauchen eine eindeutige Identifizierungsmöglichkeit, von der die Öffentlichkeit nichts weiß«, erklärte Anderson seinen Leuten. »Wie bei ›The Son of Sam‹, der in dem Augenblick identifiziert gewesen ist, als die Fahnder durchs Fenster seines Apartments Bekennerbriefe gesehen haben, die er an die Cops und die Medien geschrieben hatte.«

»Wir alle werden ziemlich unter Druck stehen«, sagte Daniel. »Ich versuche, euch den Rücken freizuhalten, aber falls dieses Arschloch weiter mordet, werden die Reporter einzelne Cops interviewen wollen. Das werden wir so lange wie möglich verhindern. Sollte es nicht mehr zu vermeiden sein, berät euch ein Anwalt, damit ihr wisst, was ihr sagen dürft und was nicht. Aber jedes Interview muss von mir genehmigt werden, verstanden?«

Die Cops nickten wieder.

»Okay, an die Arbeit!«, drängte Daniel. »Lucas, Sie bleiben noch einen Augenblick da.«

Nachdem die anderen Cops gegangen waren, schloss Daniel die Tür.

»Sie sind unser Verbindungsmann zu den Medien, wenn wir inoffizielle Hinweise veröffentlichen lassen wollen. Sie geben einer der Zeitungen und vielleicht einer Fernsehstation vertrauliche Tipps, und wenn die anderen eine Bestätigung verlangen, übernehme ich die Sache. Okay?«

»Wird gemacht. Ich hab' einen guten Draht zu beiden Zeitungen und allen Fernsehstationen. Das größte Problem besteht darin, sie nicht merken zu lassen, dass ich sie alle mit Tipps versorge.«

»Ihnen wird schon was einfallen. Sie sind doch sonst ein heller Kopf. Aber wir brauchen diesen Zugang zu den Medien. Nur so glauben sie uns.«

»Ich möchte niemanden belügen«, wandte Lucas ein.

»Darüber machen wir uns Gedanken, wenn's so weit ist. Aber wenn Sie jemand ans Kreuz nageln müssen, nageln Sie ihn ans Kreuz. Für zarte Rücksichtnahmen ist dieser Fall zu ernst.«

»Okay.«

»Haben Sie schon ein Gespräch mit der Malerin vereinbart?«

»Ja, für heute Nachmittag.« Lucas sah auf seine Uhr. »Ich muss meine Leute benachrichtigen, dass die anderen Ermittlungen vorläufig eingestellt sind, und bis sechzehn Uhr wieder hier sein. Also muss ich mich beeilen.«

Der Polizeipräsident nickte. »Ich habe ein wirklich mieses Gefühl bei dieser Sache. Die Mordkommission schnappt den Kerl nur mit Riesenglück. Ich verlasse mich ganz auf Sie, Davenport. Spüren Sie diesen Hundesohn auf!«

Lucas verbrachte den Rest des Vormittags auf der Straße, in Bars, in Telefonzellen, vor Zeitungskiosken und bei Friseuren. Er sprach mit einem halben Dutzend Dealern zwischen vierzehn und siebenundsechzig Jahren und dreien ihrer Kunden. Darüber hinaus sprach er mit zwei Buchmachern, einem ältlichen Ehepaar, das einen illegalen Wettshop betrieb, mehreren Wachmännern, einem bestechlichen Cop, einem echten Siouxkrieger und einem Trinker, den er in Verdacht hatte, zwei Leute, die es verdient hatten, umgebracht zu haben. Die Botschaft war überall die gleiche: Ich bin für einige Zeit fort, aber ihr vergesst mich hoffentlich nicht, denn ich komme wieder.

Die zeitweilige Stillegung seines Informantennetzes machte Lucas Sorgen. Für ihn glichen seine Straßenspitzel einem Garten, der ständige Pflege brauchte – Geld, Drohungen, Immunität, sogar Freundschaft –, damit das Unkraut der Versuchung nicht zu wuchern begann.

Mittags rief Lucas Anderson an, der ihm bestätigte, dass die Besprechung stattfinden würde.

»Sechzehn Uhr?«

»Richtig.«

»Ich komme vorher bei Ihnen vorbei. Wir müssen die Sache durchsprechen.«

»Okay.«

Beim Mittagessen teilte er sich im McDonald's in der University Avenue einen Tisch mit einem Junkie, dem ständig die Augen zufielen, bis er auf seinen Fritten einschlief. Lucas ließ ihn über dem Tisch liegen. Der picklige Jugendliche hinter der Theke beobachtete den Stadtstreicher mit dem blasierten Blick eines Sechzehnjährigen, der schon alles gesehen hat und gut auf solche Erlebnisse verzichten kann.

Das Lagerhaus-Atelier der Ruiz war nur zehn Minuten entfernt: ein heruntergekommenes Klinkergebäude mit Industriefenstern, die wie schmutzige Schachbretter aussahen. Der einzige Aufzug war als Lastenaufzug ausgelegt und wurde von einem Jugendlichen bedient, der sich nur für die Musik aus seinem Ghetto Blaster interessierte. Lucas fuhr in den vierten Stock hinauf, fand die richtige Tür und klopfte an. Als Carla Ruiz die Tür mit eingehängter Sperrkette öffnete, wies er seine goldfarbene Plakette vor.

»Wo ist die Rose?«, fragte sie. Lucas hielt die Plakette in einer Hand und seinen Aktenkoffer in der anderen.

»Die hab' ich vergessen! Die sollte ich zwischen den Zähnen tragen, stimmt's?«, sagte Lucas grinsend. Sie lächelte zurückhaltend und hakte die Sperrkette aus, um ihn einzulassen.

»Ich sehe schrecklich aus«, entschuldigte sie sich, während sie die Tür öffnete. Ihr schulterlanges schwarzes Haar umrahmte ein ovales Gesicht mit dunklen Augen und perlweißen Zähnen. Über ihrem bunten mexikanischen Rock trug sie eine rustikale Bluse. Die von dem Revolver herrührende Platzwunde auf ihrer Stirn hatte genäht werden müssen und war noch nicht verheilt. Die blauen Flecken unter ihren Augen und auf einer Gesichtshälfte schimmerten jetzt grünlichgelb.

Lucas trat über die Schwelle und steckte seine Plakette ein. Während sie die Tür schloss, musterte er prüfend ihr Gesicht und hob dabei ihr Kinn mit dem Zeigefinger hoch.

»Alles okay«, sagte er. »Sobald sie grün und gelb werden, klingen sie ab. In ein, zwei Wochen sind sie weg.«

»Aber die Narbe auf der Stirn bleibt.«

»Sehen Sie sich meine an«, forderte Lucas sie auf und berührte die Narbe, die sich senkrecht über sein Gesicht zog. »Als das passiert ist, hat sich ein Reusendraht praktisch in mein Gesicht eingegraben. Jetzt sieht man nur noch eine dünne Linie. Ihre wird auch dünner. Unter ein paar Stirnfransen fällt sie überhaupt nicht auf.«

Dann merkten sie plötzlich, wie dicht sie sich gegenüberstanden. Die Ruiz wich einen Schritt zurück und ging um Lucas herum ins Atelier voraus.

»Ich bin mindestens sechsmal ausgequetscht worden«, klagte sie und berührte ihre vernarbende Stirnwunde. »Ich weiß gar nicht mehr, was ich noch erzählen soll.«

»Schon in Ordnung«, versicherte Lucas ihr. »Ich arbeite ein bisschen anders als die anderen. Deshalb stelle ich auch andere Fragen.«

»Ich hab' in der Zeitung von Ihnen gelesen«, sagte sie. »In dem Bericht hat's geheißen, Sie hätten schon fünf Leute erschossen.«

Lucas zuckte mit den Schultern. »Bestimmt nicht gern.«

»Fünf sind viel, finde ich. Mein ehemaliger Schwiegervater ist Polizeibeamter gewesen. Er hat in seiner gesamten Dienstzeit nie auf einen Menschen geschossen.«

»Was soll ich dazu sagen?«, fragte Lucas. »Ich habe Fälle bearbeitet, bei denen so was vorkommt. Wer Einbrüche oder Morde aufklärt, braucht vielleicht nie zu schießen. Bei Drogenfahndern oder im Sittendezernat sieht's anders aus.«

»Okay.«

Sie zog einen Stahlrohrstuhl unter einem Tisch hervor, bot ihn Lucas mit einer Handbewegung an und setzte sich ihm gegenüber. »Was wollen Sie also wissen?«

»Fühlen Sie sich sicher?«, fragte er, während er seinen Aktenkoffer auf den Tisch legte und aufklappte.

»Einigermaßen. Der Kerl soll hier mit einem Nachschlüssel reingekommen sein, deshalb hat der Hausbesitzer neue Schlösser anbringen lassen. Ein Polizeibeamter hat sie begutachtet und für gut befunden. Und ich habe jetzt ein Telefon und einen speziellen Alarmcode für 911. Ich brauche bloß ›Carla‹ zu sagen, und schon kommen die Cops angerannt. Das Polizeirevier ist gleich gegenüber. Alle hier Beschäftigten wissen, was passiert ist, und achten auf Unbekannte. Aber ... na ja, richtig wohl fühle ich mich trotzdem nicht.«

»Ich glaube nicht, dass er zurückkommt«, beruhigte Lucas sie.

»Das haben die anderen Cops ... äh, die anderen Polizeibeamten auch gesagt.«

»Sie dürfen uns ruhig Cops nennen«, lachte Lucas.

»Okay.« Sie lächelte zurück, und er bewunderte ihre ebenmäßigen weißen Zähne. Sie war eigentlich nicht hübsch, aber außerordentlich attraktiv. »Das Dumme ist nur, dass ich die einzige Zeugin bin. Das macht mir Angst. Ich traue mich kaum noch auf die Straße.«

»Unserer Ansicht nach ist er ein echter Freak«, erklärte Lucas. »Ein bösartiger Freak – im Gegensatz zu vielen harmlosen Spinnern. Er scheint clever zu sein. Er geht überlegt vor. Er scheint nie die Beherrschung zu verlieren. Wir halten es für unwahrscheinlich, dass er zurückkommt, weil er sich damit in Gefahr bringen würde.«

»Mir ist er verrückt vorgekommen«, meinte die Ruiz.

»Dann erzählen Sie mir davon. Was hat er getan, als er Sie überfallen hat?«, fragte Lucas. Er blätterte in seinen Kopien der Befragungen durch Beamte der Mordkommission aus St. Paul und Minneapolis. »Wie ist alles abgelaufen? Was hat er gesagt?«

Eine Dreiviertelstunde lang brachte er sie durch geschickte Fragen dazu, ihm sämtliche Einzelheiten des Überfalls zu schildern, bis jede Sekunde besprochen war. Während sie alles noch einmal durchlebte, beobachtete er ihr Gesicht. Zuletzt hob sie abwehrend die Hände.

»Das macht mich fertig«, gestand sie. »Ich hab' schon Albträume gehabt. Ich will nicht, dass sie wiederkommen.«

»Das will ich auch nicht, aber Sie sollten sich genau an alles erinnern, alles noch mal durchleben. Jetzt möchte ich, dass Sie etwas anderes tun. Kommen Sie bitte her.«

Er klappte den Aktenkoffer zu und gab ihn ihr. »Das sind Ihre Einkaufstüten. Gehen Sie von der Tür aus auf die Säule zu.«

»Hören Sie, ich …«

»Los!« knurrte Lucas.

Sie ging langsam zur Tür, drehte sich um und hielt den Aktenkoffer mit beiden Armen vor der Brust. Lucas trat hinter die Säule.

»Gehen Sie jetzt an mir vorbei, ohne mich anzusehen.«

Sie ging an ihm vorbei, und Lucas sprang hinter der Säule hervor und schlang einen Arm von hinten um ihren Hals.

»Ahhh.«

»Rieche ich wie er? Ja oder nein?«

Sie schnüffelte an seinem Arm. »Nein.«

»Wie hat er gerochen?«

Sie drehte sich halb nach ihm um. »Woher soll ich … er hat irgendein Duftwässerchen benutzt.«

»Hat er nach Schweiß gerochen? Ist seine Kleidung frisch gewaschen gewesen? Haben seine Sachen gestunken?«

»Nein. Er hat nach Rasierwasser gerochen, glaub' ich.«

»Hat er meine Größe gehabt? Ist er stark gewesen?« Als Lucas sie fest an sich zog, ließ sie seinen Aktenkoffer fallen und begann, sich zu wehren. Im nächsten Augenblick entspannte sie sich plötzlich. Lucas packte noch fester zu.

»Scheiße!«, sagte sie und wehrte sich wieder, aber diesmal kräftiger, bis Lucas sie losließ. Sie drehte sich mit blitzenden, weit aufgerissenen Augen nach ihm um. »Hände weg! Lassen Sie mich in Ruhe!« Sie war nahe daran, in Panik zu geraten.

»Ist er stärker gewesen?«

»Nein, er hat nicht so fest zugepackt. Er hat weiche Hände gehabt. Und als ich mich entspannt habe, hat sein Griff sich gelockert. Dann hab' ich ihm mit aller Kraft auf den Innenrist getreten.«

»Wo haben Sie das gelernt?«

»Von meinem ehemaligen Schwiegervater. Er hat mir ein bisschen Unterricht in Selbstverteidigung gegeben.«

»Kommen Sie her.«

»Nein.«

»Kommen Sie her, verdammt noch mal!«

Sie trat mit blassem, ängstlichem Gesicht widerstrebend auf

ihn zu. Lucas drehte sie wieder um und legte ihr seinen Arm um den Hals, ohne zuzudrücken.

»Als er Sie so gepackt hat, hat er Sie gewarnt, nicht zu kreischen, sonst würde er Sie umbringen. Hat das so geklungen?« Lucas verstärkte seinen Druck, riss sie hoch, bis sie nur noch auf den Zehenspitzen stand, und sagte heiser: »Wenn du schreist, bring' ich dich um!«

Als die Schwarzhaarige sich erneut zu wehren begann, ließ Lucas sie los und sagte: »Denken Sie nach!« Er stieß sie von sich fort und entfernte sich, bis er an der Tür stand. Carla Ruiz hielt sich mit beiden Händen den Hals und starrte ihn mit vor Entsetzen geweiteten Augen an.

»New Mexico«, sagte sie.

»Was?« Lucas spürte einen Funken.

»Er könnte aus New Mexico sein, glaub' ich. Das ist mir erst jetzt eingefallen, aber er hat *nicht* ganz wie die Menschen hier oben geredet. Das hat nicht an der Ausdrucksweise gelegen. Er hat auch nicht Dialekt gesprochen. Ich hab's irgendwie gespürt, dass er nicht von hier ist. Eine ganz unbewusste Wahrnehmung. Ein irgendwie heimischer Tonfall.«

»Sie stammen aus New Mexico?«

»Ja. Ich lebe seit sechs Jahren hier.«

»Okay. Und er hat nach Rasierwasser gerochen? Nach teurem Rasierwasser?«

»Bloß nach Rasierwasser. Damit kenn' ich mich nicht aus.«

»Könnte es Haarpomade gewesen sein?«

»Nein, das glaube ich nicht. Es muss ein Rasierwasser gewesen sein. Ziemlich leicht, nicht aufdringlich.«

»Aber er hat nicht gestunken? Ungewaschen?«

»Nein.«

»Er hat ein schwarzes T-Shirt getragen. Sie haben gesagt, er sei weiß gewesen. Wie weiß?«

»Richtig weiß. Weißer als Sie. Ich meine, ich bin ziemlich dunkel, Sie sind sonnengebräunt weiß, er ist richtig weiß gewesen.«

»Sonnenbräune?«

»Nein, das glaube ich nicht. Den Eindruck hab' ich nicht gehabt. Er hat diese Handschuhe getragen, und ich erinnere mich, dass seine Haut fast so weiß wie die Handschuhe gewesen ist.«

»Bei der Befragung durch die Kollegen aus St. Paul haben Sie angegeben, er hätte Sportschuhe getragen. Wissen Sie noch, was für welche?«

»Nein. Er hat mich niedergeschlagen, und als ich mich aufgerappelt habe, sind mir seine Schuhe mit dem kleinen Blasending an der Seite aufgefallen ...« Sie machte eine Pause und runzelte die Stirn. »Den anderen Beamten habe ich nichts von diesem Blasending erzählt.«

»Von welchem Blasending?«

»Sie kennen doch diese durchsichtigen Blasendinger, durch die man in die Schuhsohle sehen kann?«

»Ja, ich weiß, was Sie meinen. Kommen Sie oft ins St. Paul Center?«

»Manchmal«, sagte sie.

»Falls Sie nachher Zeit haben, möchte ich Sie bitten, hinzugehen und sich Sportschuhe anzusehen. Vielleicht finden Sie das Modell, das er getragen hat. Okay?«

»Klar. Mein Gott, ich hab' nicht gedacht, dass ...«

Lucas zog die Lederhülle mit seiner Plakette aus der Tasche, nahm eine Geschäftskarte heraus und gab sie ihr. »Rufen Sie mich an, wenn Sie was gefunden haben.«

Sie sprachen noch zehn Minuten miteinander, ohne dass sich weitere Hinweise ergaben. Lucas machte sich einige abschließende Notizen auf seinem Stenoblock und warf den Block mit dem Ermittlungsordner in seinen Aktenkoffer.

»Sie haben mir Angst gemacht«, bekannte die Ruiz, als er den Aktenkoffer zuklappte.

»Ich will diesen Kerl fassen«, antwortete Lucas. »Ich habe vermutet, dass es Details geben würde, an die Sie sich nur erinnern können, wenn Sie alles noch mal durchleben.«

»Davon bekomme ich bestimmt Albträume.«

»Vielleicht auch nicht. Selbst die schlimmsten lassen im Laufe der Zeit nach. Tut mir Leid, aber das konnte ich Ihnen nicht ersparen.«

»Ich weiß.« Sie zupfte an ihrem Rock. »Ich meine nur...«

»Ja, ich verstehe. Hören Sie, ich müsste mal telefonieren, okay?«

»Klar.« Sie ging zu dem Hocker vor ihrem Webstuhl, setzte sich und ließ die Hände zwischen ihren Knien ruhen. Sie wirkte eingeschüchtert, fast deprimiert. Lucas beobachtete sie, während er die Auskunft wählte, sich die Nummer des St. Anne's Colleges geben ließ, auflegte und die neue Nummer wählte.

»Versuchen Sie, an was ganz anderes zu denken«, riet er.

»Ich versuch's schon, aber ich kann's nicht«, antwortete sie. »Ich muss immer wieder daran denken. Mein Gott, er hat mich hier drinnen überfallen und...«

Lucas hob die freie Hand, um sie zu veranlassen, kurz zu schweigen. »Psychologie-Department... Danke... Schwester Mary Joseph... Detective Lieutenant Lucas Davenport möchte Sie sprechen...« Er sah wieder zu Carla Ruiz hinüber, die jetzt aus dem Fenster starrte.

»Hallo? Lucas?«

»Elle, ich muss mit dir reden.«

»Über den Werwolf?«, fragte sie.

»Richtig.«

»Ich habe deinen Anruf fast erwartet. Wann willst du vorbeikommen?«

»Ich bin jetzt in St. Paul. Um sechzehn Uhr muss ich zu einem Termin in Minneapolis sein. Ich hatte gehofft, du hättest jetzt kurz Zeit für mich.«

»Wenn du sofort kommst, können wir noch ein Eis essen gehen. In einer Dreiviertelstunde habe ich eine Dozentenbesprechung.«

»Okay, ich bin in zehn Minuten vor der Fat Albert Hall.«

Lucas legte den Hörer auf.

»Kommen Sie zurecht?«, fragte er, während er zur Tür ging. »Ich bin nicht gerade zartfühlend gewesen...«

»Ja.« Sie starrte weiter aus dem Fenster, und er blieb mit einer Hand auf der Türklinke stehen.

»Tun Sie mir den Gefallen, sich die Schuhe anzusehen?«

»Klar.« Sie seufzte und drehte sich nach ihm um. »Ich muss hier raus. Wenn Sie einen Augenblick warten, hole ich meine Handtasche. Sie können mich nach unten begleiten.«

Carla Ruiz war sofort fertig, und sie fuhren mit dem alten Aufzug ins Erdgeschoss hinunter. Obwohl der Fahrstuhlführer jetzt einen Kopfhörer trug, füllte der Sound von Heavy Metal die kleine Kabine.

»Von dem Scheiß kannst du impotent werden«, warnte Lucas ihn. Der Jugendliche reagierte nicht darauf, sondern nickte weiter im Takt des dröhnenden Beats.

»Dieser Kerl im Aufzug...«, begann Lucas, als sie aus der Kabine traten. In seinem Tonfall lag eine Frage.

»Ausgeschlossen!«, antwortete Carla. »Randy ist so ausgebrannt, dass er kaum die richtigen Stockwerke findet. Er wäre gar nicht im Stande, jemanden zu überfallen.«

»Okay.« Er hielt ihr die Tür auf und trat hinaus.

»Schön, mal wieder rauszukommen«, meinte sie. »Die Sonne tut richtig gut.« Lucas hatte seinen Wagen einen Block weit entfernt in Richtung Town Center geparkt, und sie schlenderten nebeneinander darauf zu.

»Hören Sie«, sagte sie, als er neben dem Porsche stehen blieb, »ich komme ungefähr einmal in der Woche nach Minneapolis. Ich stelle dort in einer Galerie aus. Würden Sie mich über den Stand der Dinge informieren, wenn ich mal vormittags vorbeikäme? Ich könnte vorher anrufen.«

»Klar. Ich bin im Keller der alten City Hall. Sie parken gegenüber und ...«

»Ich weiß, wo Ihr Büro ist«, unterbrach sie ihn. »Ich komme mal vorbei. Und ich rufe Sie später wegen der Schuhe an.«

Sie ging den Gehsteig entlang davon, und Lucas stieg ein und ließ den Motor an. Als er ihr durch die Windschutzscheibe nachstarrte, sah Carla sich um und lächelte.

Er grunzte. Dann rollte er die Straße hinunter, bis er neben ihr war, hielt am Randstein und öffnete das Beifahrerfenster.

»Haben Sie was vergessen?«, fragte sie und beugte sich ins Fenster.

»Was für Musik hören Sie gern?«

»Was?« Sie wirkte leicht verwirrt.

»Mögen Sie Rock?«

»Klar.«

»Wollen Sie morgen Abend Aerosmith hören? Mit mir? Damit Sie mal wieder unter Leute kommen?«

»Oh ... Gut, okay. Um welche Zeit?« Obwohl sie nicht lächelte, war sie eindeutig interessiert.

»Ich hole Sie um sechs ab. Wir gehen erst noch 'nen Happen essen.«

»Klar«, sagte sie. »Bis morgen.« Sie trat vom Auto zurück und winkte ihm zu. Lucas ignorierte den durchgezogenen Mittelstreifen, wendete und fuhr in Richtung Interstate davon. Beim Anfahren sah er in den Rückspiegel und stellte fest, dass Carla ihm nachschaute. Die Idee war unsinnig, aber er hatte das Gefühl, dass ihre Blicke sich trafen.

Schwester Mary Joseph war im Norden von Minneapolis ganz in der Nähe von Lucas aufgewachsen – damals noch als Elle Kruger. Sie waren im selben Herbst eingeschult und von ihren Müttern an der Hand über von Rissen durchzogene Gehsteige und an hohen Hecken vorbei durch den aus Ziegeln gemauerten Torbogen der St. Agnes Elementary School geführt worden. Lucas träumte noch immer gelegentlich von Elle. Sie war ein bildhübsches, schlankes blondes Mädchen gewesen: intelligent, bei allen Lehrern und Mitschülern sehr beliebt und die schnellste Läuferin ihres Jahrgangs.

Nach dem Tod seines Vaters hatte Lucas St. Agnes in der fünften Klasse verlassen. Er war mit seiner Mutter auf die South Side gezogen und hatte eine Privatschule besucht. Einige Jahre später hatte er an einem Eishockeyturnier teilgenommen und das Warmlaufen unterbrochen, um einen Stiefel anders zu schnüren. Dabei hatte er Elle inmitten einer Gruppe von Mädchen aus der Holy Spirit Highschool gesehen. Sie beachtete ihn nicht oder hatte ihn unter seinem Helm nicht erkannt. Lucas stand vor Entsetzen wie gelähmt da.

Ihre letzte Begegnung lag sechs Jahre zurück. Andere Mädchen, die so schlaksig gewesen waren wie sie schön, waren aufgeblüht. Nur Elle nicht. Ihr von Aknenarben gezeichnetes Gesicht glich einem Kraterfeld. Kinn, Stirn und Wangen waren von Infektionen gerötet. Die nicht mit Narben bedeckten kleinen Flecken waren nach Behandlungsversuchen rau wie Sandpapier.

Lucas, der weiter Elles Gesicht vor Augen hatte, setzte das Aufwärmen benommen fort. Wenige Minuten später wurden die Spieler beider Mannschaften vorgestellt, und als er zur Mittellinie lief, während sein Name über den Lautsprecher verkündet wurde, musste er zu ihr hinübersehen, und er stellte fest, dass ihre grauen Augen ihm folgten.

Nach dem gewonnenen Spiel stapfte er auf den Tunnel zu

den Garderoben zu, als er plötzlich Elle hinter der Barriere stehen sah. Sie erwiderte seinen Blick mit einem Winken, und er blieb stehen, ergriff ihre Hand und fragte: »Kannst du auf mich warten? In zwanzig Minuten draußen?«

»Ja.«

Nach einer Rundfahrt durch den Süden und Westen von Minneapolis brachte er sie nach Hause. Sie redeten miteinander, wie sie's als Kinder getan hatten, und lachten in dem halbdunklen Wagen. Vor ihrem Haus stieg Elle rasch aus und lief zur Haustür. In diesem Augenblick flammte Licht auf, und ihr Vater erschien auf der Veranda.

»Dad, erinnerst du dich an Lucas Davenport, der früher in unserer Straße gewohnt hat?«

»Klar. Wie geht's denn, junger Mann?«, fragte ihr Vater mit traurigem Unterton. Lucas wurde hereingebeten und unterhielt sich eine halbe Stunde mit den Krugers, bevor er sich verabschiedete.

Als er zum Auto ging, rief Elle aus dem Fenster ihres im ersten Stock gelegenen Zimmers nach ihm. Hinter ihr brannte eine Lampe, die nur die Umrisse ihrer Gestalt ahnen ließ.

»Lucas?«

»Ja?«

»Komm bitte nicht wieder«, sagte Elle und schloss das Fenster.

Danach dauerte es eineinhalb Jahre, bis er wieder etwas von ihr hörte. Eine Woche vor der Highschool-Abschlussfeier rief sie ihn an, um ihm mitzuteilen, dass sie beschlossen habe, ins Kloster zu gehen.

»Steht dein Entschluss fest?«

»Ja. Ich fühle mich berufen.«

Viele Jahre später – und zwei Tage nachdem Lucas als Polizeibeamter zum ersten Mal einen Menschen erschossen hatte –

rief Elle ihn an. Sie erklärte ihm, sie sei eine Art Therapeutin. Ob sie ihm helfen könne? Nein, nicht wirklich, aber er wolle sie gern wiedersehen. Sie gingen zusammen ein Eis essen. Sie war inzwischen Psychologieprofessorin geworden, sagte sie. Faszinierend, dieses Studium des Menschen.

Fühlt sie sich berufen? überlegte Lucas. Oder ist der eigentliche Grund ihr Gesicht – dieses Kreuz, das sie zu tragen hat? Er wagte nicht, sie danach zu fragen, aber als sie sich verabschiedeten, legte sie ihm ihre Hand auf den Arm und sagte lächelnd: »Ich habe meine Berufung, Lucas.«

Ein Jahr später verkaufte er sein erstes Spiel, das sofort ein Erfolg wurde. Die *Star-Tribune* brachte einen Bericht darüber, und Elle rief ihn erneut an. Sie sei eine leidenschaftliche Spielerin, erklärte sie ihm. Im College gebe es eine Spielgruppe, die regelmäßig zusammenkomme ...

Seit dieser Zeit sahen sie sich praktisch jede Woche einmal. Elle, eine andere Nonne, ein Lebensmittelhändler und ein Buchmacher, beide aus St. Paul, ein Strafverteidiger aus Minneapolis und zwei, drei Studenten vom St. Anne's College oder der University of Minnesota bildeten die auf Kriegsspiele spezialisierte Gruppe. Sie trafen sich in einem Anbau der Turnhalle in einem nicht mehr benutzten Raum, den sie mit einem halben Dutzend Stühlen, einer Tischtennisplatte für Landkarten-Spielbretter, gebrauchten Hängelampen – eine Spende eines Billardsalons – und einer schlechten Stereoanlage, die Lucas von der Straße mitgebracht hatte, eingerichtet hatten.

Die Gruppe traf sich jeden Donnerstag. Im Augenblick erprobte sie Lucas Davenports großartigste Schöpfung: eine Reprise der Schlacht von Gettysburg, die er niemals würde verkaufen können. Das Spiel war einfach zu kompliziert. Nur um die Ergebnisse ausrechnen zu können, hatte er seinen tragbaren Computer programmieren müssen.

Elle war General Lee.

Lucas parkte seinen Porsche unterhalb der Albertus Magnus Hail und ging durch die ersten fallenden Blätter den Hügel hinauf. Elle trat aus dem Gebäude, als er die Treppe vor dem Eingang erreichte. Ihr Gesicht war unverändert; auch ihre Augen waren stets gleich: grau und ernst, aber mit gelegentlich aufblitzendem Humor.

»Er kann nicht mehr aufhören«, erklärte sie Lucas, während sie dem Gehsteig folgten. »Der Werwolf gehört zur Kategorie der sadistischen Mörder, wie Polizeipsychologen sie nennen. Er mordet aus Vergnügen. Er befolgt keine Gebote Gottes; er hört keine Stimmen, die ihm zu töten befehlen. Gewiss, er ist besessen, aber nicht in dem Sinn, dass er nicht mehr Herr seiner selbst wäre. Nach herkömmlichen Begriffen lässt er durchaus Selbstbeherrschung erkennen. Er arbeitet Pläne aus und trifft Vorkehrungen für Notfälle. Möglicherweise ist er sehr intelligent.«

»Wie wählt er seine Opfer aus?«

Sie zuckte mit den Schultern. »Vielleicht bei ganz zufälligen Begegnungen. Oder vielleicht sucht er sie sich aus dem Telefonbuch heraus. Aber wahrscheinlich lernt er sie persönlich kennen und bevorzugt einen bestimmten Typ – allerdings vielleicht unbewusst. Möglicherweise ist das die Folge eines kindlichen Schlüsselerlebnisses mit seiner Mutter, mit einer Freundin seiner Mutter... mit irgendeiner Frau, deren sexuelle Identität sich in seine Psyche eingebrannt hat.«

»Diese Frauen sind alle klein und dunkel – dunkles Haar, dunkle Augen. Eine von ihnen ist halb Amerikanerin, halb Mexikanerin...«

»Genau! Begegnet er also einer Frau dieses Typs, prägt sie sich ihm irgendwie ein. Weshalb er bei so vielen Möglichkeiten gerade auf diesen Typ fixiert ist, kann ich nicht beurteilen. Sobald er sie gefunden hat, kommt er jedenfalls nicht mehr von ihr los. Seine Phantasien kreisen nur noch um sie. Er ist förmlich von dieser Frau besessen. Irgendwann ... überfällt er sie, um seine Fantasien auszuleben.«

In der Eisdiele bestellte sie das Übliche: Hot-Fudge mit einer Maraschinokirsche. Einige der Gäste starrten die Nonne in ihrer schwarzen Ordenstracht und den großen, gut aussehenden Mann, der ganz offensichtlich ihr Freund war, neugierig an. Die beiden ignorierten dieses zum Glück nur flüchtige Interesse.

»Wie lange dauert es wohl, bis er auf eine bestimmte Frau fixiert ist? Oder kann das eine Augenblicksentscheidung sein?«

»Auch das ist möglich. Wahrscheinlicher ist allerdings irgendeine Begegnung: ein Kennenlernen, ein Gespräch. Vermutlich schätzt er dabei ihre Verwundbarkeit ein. Du darfst nicht vergessen, dass er möglicherweise hochintelligent ist. Irgendwann wird sein Trieb jedoch unkontrollierbar. Er ist auf die jeweilige Frau fixiert und kann ihrem Bild in seiner Fantasie sowenig entkommen wie sie seinem Überfall.«

»Jesus! Ah, Entschuldigung.«

Elle lächelte verständnisvoll. »Du hast bloß nicht genug abbekommen, glaube ich. Wer weiß, was aus dir geworden wäre, wenn du noch zwei, drei Jahre in St. Agnes geblieben wärst. Dann wärst du jetzt vielleicht Pater Lucas.«

Lucas musste lachen. »Kannst du dir vorstellen, wie ich eine Horde kleiner Wadenbeißer zur Erstkommunion führe?«

»Ja«, antwortete sie. »Sogar recht gut.«

Das Telefon klingelte, als Lucas in sein Büro zurückkam. Carla war am Apparat. Sie glaubte, der Werwolf habe Sportschuhe des Modells Nike Air getragen. Allerdings wusste sie nicht genau, welche Ausführung es gewesen war.

»Aber das Blasending an der Sohle stimmt«, sagte sie. »Es gibt keinen anderen Schuh, der so ein Ding hat.«

»Danke, Carla. Bis morgen Abend.«

Lucas verbrachte noch einige Minuten am Telefon, um sich bei Schuhgeschäften nach Preisen zu erkundigen, und stieg danach die Treppe zur Mordkommission hinauf. Anderson hockte in seinem winzigen Büro und blätterte in Akten.

»Bleibt's bei der Besprechung?« fragte Lucas.

»Klar. Ich hab' so ziemlich alle zusammengetrommelt«, sagte Anderson. Er war ein hagerer Mann mit kleinen Schweinsaugen und nikotinfleckigen Zähnen, der unter Mundgeruch litt und schlecht sitzende Anzüge mit grellbunten Krawatten trug. Aber seine Kollegen störte das nicht weiter. Andersons Aufklärungsrate war die höchste der ganzen Mordkommission, und er entwickelte in seiner Freizeit einschlägige Software, die landesweit Absatz fand. »Vier fehlen allerdings, aber die kommen eigentlich nur am Rande in Frage. Wenn Sie unbedingt wollen, können Sie später mit ihnen reden.«

»Wie steht's mit der Gewerkschaft?«

»Die haben wir überzeugt. Ein Gewerkschaftsmensch sagt ein paar Worte, bevor Sie loslegen.«

»Das klingt gut«, stimmte Lucas zu. Er nahm seinen Notizblock aus dem Aktenkoffer. »Ich habe ein paar Details für den Ermittlungsordner.«

»Okay.« Anderson drehte sich um und schaltete seinen IBM-Computer ein. »Es kann losgehen.«

»Der Täter ist sehr hellhäutig, was vermutlich bedeutet, dass er blond oder aschblond ist. Wahrscheinlich angestellter oder selbstständiger Akademiker mit ziemlich gutem Einkommen. Möglicherweise im Südwesten geboren – New Mexico, Arizona, Texas oder so ähnlich. Ist unter Umständen noch nicht allzu lange hier.«

Nachdem Anderson alles eingegeben hatte, blickte er stirnrunzelnd auf. »Jesus, Davenport, wo haben Sie das her?«

»Ich habe mit der Ruiz gesprochen. Das sind alles nur Vermutungen, aber ich halte sie für zutreffend.« Nach einer kurzen Pause fuhr Lucas fort: »Lassen Sie jemand die Postämter abklappern und die Nachsendeanträge aller Leute raussuchen, die aus diesen Staaten zugezogen sind. Oklahoma gehört auch dazu. Uns interessieren alle, die aus dem Südwesten in unsere Counties umgezogen sind.«

»Das müssen Hunderte sein.«

»Richtig, aber viele können wir gleich aussortieren. Alte Leute, Frauen, Schwarze, Arbeiter, Einheimische, die nur zurückgekommen sind... Außerdem sind Hunderte besser als Millionen, mit denen wir's jetzt zu tun haben. Sobald wir eine Liste haben, können wir sie mit anderen vergleichen – falls wir noch weitere zusammenstellen.«

Anderson schob die Unterlippe vor und nickte dann. »Okay, ich schicke jemanden los«, versprach er. »Bessere Hinweise haben wir nicht.«

Die Besprechung fand in dem Saal statt, in dem am Abend zuvor die Pressekonferenz abgehalten worden war. Etwa dreißig Cops und Zivilisten, ein städtischer Jurist und drei Gewerkschaftsvertreter hatten sich versammelt. Sie alle verstummten, als Lucas den Raum betrat.

»Okay«, sagte er und blieb vor der ersten Sitzreihe stehen. »Diese Sache ist verdammt ernst. Wir möchten, dass die Gewerkschaft ein paar Worte dazu sagt.«

Einer der drei Funktionäre stand auf, räusperte sich, sah auf seinen Spickzettel, faltete ihn zusammen und steckte ihn ein.

»Normalerweise wäre die Gewerkschaft mit dem vorgesehenen Ablauf nicht einverstanden. Aber wir haben mit dem Chef darüber gesprochen und erheben keine Einwände. Wenigstens bis jetzt nicht. Niemand wird beschuldigt, irgendwas getan zu haben. Niemand wird dazu gezwungen, irgendwas zu tun. Wir finden, dass wir uns im Interesse der gesamten Polizei mal anhören sollten, was Davenport zu sagen hat.«

Er nahm Platz, und die Aufmerksamkeit der Cops galt wieder Lucas.

Lucas ließ seinen Blick über die Versammlung gleiten. »Jemand hat aus der Asservatenkammer eine Kanone geklaut. Eine Smith & Wesson Modell 15. Aus der Box mit den Sachen von David L. Losse. Ihr erinnert euch vielleicht noch an den Fall Losse? Der Vater, der seinen Sohn umgelegt hat? Er hat behauptet, es sei ein Unfall gewesen. Er wurde wegen Totschlags verknackt.«

Mehrere Cops nickten zustimmend.

»Wie sich herausgestellt hat, dürfte die Waffe von einem der Anwesenden gestohlen worden sein. Die Mehrzahl der Leute mit Zugang zur Asservatenkammer ist hier. Den geklauten Revolver hat der Werwolf-Killer benutzt. Uns interessiert, wie er zu der Waffe gekommen ist. Wir glauben nicht, dass einer von euch der Werwolf ist. Aber irgendjemand hat ihm den Revolver aus der Asservatenkammer in die Hände gespielt.«

Mehrere Cops wollten gleichzeitig sprechen, aber Lucas hob eine Hand und brachte sie zum Schweigen.

»Augenblick! Hört euch erst den Rest an. Es kann alle möglichen Gründe geben, die jemanden bewegen, einen Revolver mitgehen zu lassen. Die Smith & Wesson ist eine gute Waffe, und vielleicht hat jemand eine Reservekanone gebraucht. Oder er hat sie seiner Frau als Verteidigungswaffe mitgebracht, und sie ist ihr geklaut worden. Das spielt keine Rolle. Jedenfalls hat der Werwolf sie zuletzt gehabt, und wir suchen nach Querverbindungen.

Der Chief ist entschlossen, das IAD auf diesen Fall anzusetzen, und ihr müsst damit rechnen, einzeln vernommen zu werden. Die Jungs vom IAD sollen sich ausschließlich auf den Waffendiebstahl konzentrieren, bis sie den Dieb aufgespürt haben.«

Lucas machte eine Pause und sah sich erneut um.

»Es sei denn«, sagte er, »jemand meldet sich und erzählt mir, was passiert ist. In diesem Fall garantiere ich Folgendes: Von mir erfährt kein Mensch, wer die Waffe geklaut hat. Ich arbeite nicht mit dem IAD zusammen. Und sobald wir wissen, was sich abgespielt hat… nun, dann hat der Chief eigentlich keinen Grund mehr, die Ermittlungen voranzutreiben. Wir haben Wichtigeres zu tun, als jemanden zu verfolgen, der eine Waffe geklaut hat.«

Lucas nickte dem städtischen Anwalt zu. »Erklären Sie ihnen die für Disziplinarverfahren geltenden Bestimmungen.«

Der Jurist trat vor und räusperte sich. »Bevor der Polizeipräsident eine Disziplinarstrafe verhängen kann, muss er den Grund dafür nennen. Wird dem Betroffenen eine angebliche Straftat vorgeworfen, muss der Chief nach unseren Bestimmungen gerichtsverwertbare Beweise vorlegen können. Mit weniger geben wir uns nicht zufrieden. Er kann also nicht einfach sagen: Joe Smith, ich degradiere Sie, weil Sie gestohlen haben.‹ Stattdessen muss er diese Straftat ebenso zweifelsfrei beweisen wie vor Gericht – er muss praktisch für eine Verurteilung garantieren können.«

Lucas ergriff wieder das Wort.

»Ich mache folgenden Vorschlag: Der Betreffende ruft mich an und sagt mir, wann wir uns treffen können. Wenn er will, kann er einen Anwalt mitbringen. Ich werde mich weigern, ihn über seine Rechte zu belehren, und zugeben, ihn arglistig getäuscht zu haben. Ich bin bereit, alles Zumutbare zu tun, was meine Aussage vor Gericht entwerten würde. Auf diese Weise könnte der Täter dann nicht verurteilt werden – auch nicht, wenn ich nicht dichthalten würde. Aber ich halte ganz sicher den Mund.

Ihr kennt mich alle und wisst, dass ich's nicht darauf anlege, euch Schwierigkeiten zu machen. Und wir müssen diesen Mörder fassen. Ich verteile jetzt meine Karten mit meiner privaten Telefonnummer. Jeder von euch steckt eine ein, damit der Mann, der sie braucht, nicht auffällt. Ich bin den ganzen Abend zu Hause.«

Lucas gab einem Cop in der ersten Reihe einen Stapel Karten. Der Mann nahm sich eine, halbierte den Stapel und gab die Karten nach rechts und links weiter.

»Erzählen Sie ihnen auch den Rest, Davenport«, verlangte der Gewerkschaftsvertreter.

»Yeah, den Rest«, sagte Lucas. »Falls sich keiner meldet, macht das IAD bei seinen Ermittlungen Druck, und wir machen bei den Ermittlungen wegen der Morde Druck. Früher oder später identifizieren wir den Burschen, der die Waffe geklaut hat. Und wenn wir's auf diese Weise tun müssen ...«

Lucas versuchte, nacheinander alle anzusehen, bevor er sagte:

»... dann finden wir auch eine Straftat, die wir ihm anhängen können, um ihn nach Stillwater zu bringen.«

Aufgebrachtes Murmeln erfüllte den Raum.

»He, macht keinen Scheiß!«, sagte Lucas mit erhobener Stimme. »Der Werwolf hat drei Frauen auf grausamste Weise abgeschlachtet. Fragt bei der Mordkommission nach, wenn ihr Einzelheiten erfahren wollt. Aber kommt mir bloß nicht mit Bruderschaftsscheiß. Mir gefällt diese Sache nicht besser als euch. Aber ich muss wissen, wie der Mörder an den Revolver gekommen ist.«

Nach der Besprechung hielt Anderson ihn im Korridor auf.

»Na, wie sieht's aus?«

Lucas deutete mit dem Kopf auf den Korridor, wo ein halbes Dutzend seiner Karten auf dem Boden verstreut lagen.

»Die meisten haben ihre Karte behalten. Ich kann nur nach Hause fahren und warten.«

6

Durch seinen Kopf flatterten Fledermäuse: kleine Monster mit rasiermesserscharfen Flügeln. Leicht verwundbar, aber praktisch durchsichtig wie Glasscherben und bei Nacht im Dornengestrüpp außerhalb des dunklen Schlosses fast nicht zu erkennen…

Lucas sah zur Wanduhr hinüber. Dreiundzwanzig Uhr vierzig. Scheiße. Falls der Cop, der den Revolver geklaut hatte, anrufen wollte, hätte er's längst tun können. Lucas starrte das Telefon an, als wolle er es hypnotisieren.

Es klingelte. Vor Überraschung wäre er fast vom Zeichenhocker gefallen.

»Ja?«

»Lucas? Ich bin's – Jennifer.«

»He, ich erwarte einen Anruf. Die Leitung muss frei bleiben.«

»Ein Frcund hat mir einen Tipp gegeben«, erklärte Jennifer ihm. »Er sagt, dass es eine Überlebende gegeben hat, die den Killer in die Flucht geschlagen hat. Ich will wissen, wer das gewesen ist.«

»Wer hat dir diesen Scheiß erzählt?«

»Gib dir keine Mühe, Lucas. Der Tipp kommt aus todsicherer Quelle. Die Frau ist 'ne Chicana oder so was.«

Lucas zögerte – und erkannte im nächsten Augenblick, dass er sich durch sein Zögern verraten hatte. »Hör zu, Jennifer, das stimmt, aber ich bitte dich, die Sache für dich zu behalten. Du musst erst mit dem Chief darüber sprechen.«

»Das ist 'ne verdammt gute Story, Lucas. Ich käme mir wie ein Trottel vor, wenn sie mir jemand vor der Nase wegschnappen würde.«

»Sie gehört dir, okay? Falls wir damit an die Öffentlichkeit müssen, kriegst du sie als erste. Aber vorläufig wollen wir nicht, dass der Täter wieder an sie denkt. Wir wollen ihn nicht herausfordern.«

»Komm schon, Lucas ...«

»Jennifer. Hör mir genau zu.«

»Ja.«

»Wenn du diesen Tipp verwertest, bevor du mit dem Chief gesprochen hast, sorge ich dafür, dass dir das schlecht bekommt. Ich gebe an alle Medien weiter, dass du einem geistesgestörten Killer den Namen und die Adresse einer Unschuldigen preisgegeben und sie zur Zielscheibe von Vergewaltigung und Mord gemacht hast. Ich sorge dafür, dass du in die Kontroverse hineingezogen wirst, was bedeutet, dass du deine Informationen nicht mehr auswerten kannst. In Zukunft berichtest du dann von Brainerd aus über Hundeschlittenrennen.«

»Soviel ich weiß, hat er sie in ihrer Wohnung überfallen und weiß also bereits ...«

»Klar. Und nach ungefähr einer Woche heftiger Auseinandersetzungen würde vielleicht auch diese Tatsache bekannt. Aber bis dahin haben dich die hiesigen Feministinnen zerfleischt, und du hättest keine Chance, irgendwo westlich der Sowjetunion einen neuen Job zu kriegen.«

»Zum Teufel mit dir, Lucas! Wann ist Daniel zu sprechen?«

»Wann willst du mit ihm reden?«

»Morgen früh um neun.«

»Okay, ich rufe ihn gleich an. Sei um neun Uhr da.«

Er legte auf, starrte den Hörer sekundenlang an, griff erneut danach und wählte Daniels Privatnummer. Die Frau des Polizeipräsidenten meldete sich und holte ihren Mann an den Apparat.

»Haben Sie ihn?« Die Stimme des Chiefs klang undeutlich.

»Klar doch«, antwortete Lucas trocken. »Wenn Sie vor der City Hall warten, liefere ich ihn in zwanzig Minuten ab. Machen Sie sich keine Sorgen, wenn ich mich ein bisschen verspäte. Sie brauchen bloß auf mich zu warten.«

Daniel brauchte einige Sekunden, um zu merken, dass er auf den Arm genommen worden war. »Verdammt komisch, Davenport. Was wollen Sie?«

»Eben hat Jennifer Carey angerufen. Sie hat einen Tipp wegen der Ruiz bekommen.«

»Scheiße! Aber nicht von Ihnen, stimmt's?«

»Nein.«

»Irgendjemand hat mir erzählt, dass Sie mit der jungen Dame bumsen.«

»Hören Sie, das...«

»Okay, okay. Entschuldigung. Was schlagen Sie vor?«

»Ich habe dafür gesorgt, dass sie vorläufig den Mund hält. Morgen um neun Uhr kommt sie zu Ihnen ins Büro. Mir wär's am liebsten, wenn wir sie wenigstens noch für ein paar Tage von der Ruiz fern halten könnten. Aber wenn sie einen Tipp gekriegt hat, kommt die Sache bald raus.«

»Und?«

»Und deshalb möchte ich, dass Sie ihr morgen ein Interview mit Carla Ruiz versprechen, wenn sie noch ein paar Tage dichthält. Falls die Ruiz einverstanden ist, vereinbaren wir ein Interview für achtzehn Uhr und lassen es Jennifer für die Spätnachrichten aufzeichnen. Während ich mit ihr drüben bin, berufen Sie eine Pressekonferenz für zwanzig Uhr oder zwanzig Uhr dreißig ein. Dazu bringe ich die Ruiz mit, damit die Fernsehreporter sie eine halbe Stunde lang ausquetschen und Material für ihre Sendungen um zweiundzwanzig Uhr mitnehmen können.«

»Ist die Carey nicht sauer, wenn sie ihren Tipp nicht exklusiv auswerten kann?«

»Nö, das kriege ich schon hin. Ihr sage ich, dass Sie keinen Exklusivbericht zulassen wollten, aber dass sie als einzige Reporterin Gelegenheit zu einem persönlichen Interview bekommt. Die anderen Stationen müssen sich mit dem zufrieden geben, was sich auf der Pressekonferenz ergibt. Den *anderen* Stationen sagen wir, dass wir machtlos gewesen sind, weil Jennifer einen bombensicheren Tipp bekommen hat – aber weil Sie ein Freund der Medien sind, haben Sie sich zu einer Pressekonferenz entschlossen. Auf diese Weise sind uns zuletzt alle verpflichtet.«

»Aber wie steht's mit den Zeitungen? Die haben nicht sehr viel davon.«

»Die Pressemenschen lassen wir beim ersten Interview mit der Ruiz zuhören, damit sie an Hintergrundinformationen kommen. Ihre Artikel erscheinen erst am nächsten Morgen, sodass Jennifer trotzdem einen Exklusivbericht senden kann. Den beiden Zeitungen erkläre ich, dass diese Chance eine spezielle Vergünstigung von Ihrer Seite ist. Und ich lasse anklingen, dass die Vorzugsbehandlung gefährdet wäre, wenn wir Schwierigkeiten mit ihnen bekämen.«

»Okay. Morgen um neun rede ich also mit der Carey, halte sie nach Möglichkeit hin und gebe ihr vielleicht sogar ein paar Informationen. Die weiteren Einzelheiten können wir im Laufe des Tages besprechen.«

»Gut, dann bis morgen.«

»Vergessen Sie die Besprechung nicht.«

Nachdem Lucas den Hörer aufgelegt hatte, rieb er sich die Augen und beugte sich wieder über den Zeichentisch. Von einem gelben Notizblock las er mit Bleistift geschriebene Zahlenkolonnen ab, die er in seinen Taschenrechner eingab. Neben ihm stand eine fast leere Kaffeetasse. Er nahm einen kleinen Schluck und verzog das Gesicht.

Lucas erfand Spiele. Phantasievolle Rollenspiele, Rekonstruktionen des Bürgerkriegs und Schlachten aus dem Zweiten Weltkrieg, aus Korea und Vietnam: Stalingrad, Monte Cassino, die Ardennenoffensive, Taipan, Puch Bowl, Bloody Ridge, Dien Bien Phu, Tet.

Vertrieben wurden die Spiele durch einen New Yorker Produzenten, der ihm so viele abnahm, wie er liefern konnte – im Allgemeinen zwei pro Jahr. Im Augenblick arbeitete er an einem Fantasy-Abenteuer. Dieses Genre brachte das meiste Geld, aber es war eigentlich am wenigsten interessant.

Lucas sah erneut auf die Wanduhr. Zehn Minuten nach Mitternacht. Er trat an die Stereoanlage, wählte eine CD aus, schob sie in den Player und tippte weiter Zahlen ein, während Eric Clapton mit »I shot the Sheriff« begann.

Die Story dieses Fantasy-Spiels war ziemlich kompliziert. Irgendwann in naher, aber nicht genauer präzisierter Zukunft kämpfte ein Zug einer amerikanischen Panzerkompanie im Mittleren Osten. Der Zug wurde vor einer anfliegenden Cruise Missile, die mit einem Atomsprengkopf ausgerüstet war, gewarnt und grub sich so gut wie möglich ein.

Im Augenblick der erwarteten Detonation zuckte ein greller Lichtblitz herab, und der Zug fand sich – mitsamt seinen Panzern M3 – in Everwhen wieder: einem Land mit Wasserfällen, Farnen und riesigen Eichen, in dem Zauberei wirkte und nachts auf Waldwiesen seelenlose Elfen tanzten.

Das Ganze war dazu angetan, bei Lucas Kopfschmerzen hervorzurufen. In jedem Fantasy-Spiel der Welt, dachte er, laufen mit Schwertern bewaffnete Computerfreaks durch Landschaften, die von Edgar Allan Poe stammen könnten und mit rothaarigen, vollbusigen, sommersprossigen Schönheiten bevölkert sind …

Aber damit ließ sich gutes Geld verdienen, und Lucas fühlte sich den präpubertären Intellektuellen verpflichtet, die eines Tages vielleicht sein Meisterstück *The Grove of Trees* kaufen würden. Er dachte kurz an sein Spiel über die Schlacht bei Gettysburg nach, das er bei den wöchentlichen Sitzungen im St. Anne's College vervollkommnete. Für Grove brauchte man einen PC, einen eigenen Raum und zwei Teams von Spielern. Allein der Aufbau dauerte einen ganzen Abend. Als Spiel war es viel zu kompliziert und unpraktisch. Aber faszinierend.

Lucas tippte sich mit einem Bleistift an die Vorderzähne und starrte blicklos über den Zeichentisch hinweg. Am fünften Spielabend hatte Jeb Stuart noch keinen Kontakt mit Lee, der die langsam nach Norden in Richtung Gettysburg marschierende Unionsarmee weit ausholend im Osten umritt. So war es damals tatsächlich gewesen, aber diesmal rückte Stuart – der Lebensmittelhändler aus St. Paul – aggressiver vor und konnte Gettysburg so rechtzeitig erreichen, dass ihm noch Zeit blieb, das gute Gelände südlich der Stadt zu erkunden.

Inzwischen hatte Lee seine Schlachtordnung geändert. Auf dem Marsch durch die Berge nach Gettysburg bildete Picketts unablässig weiterdrängende Division die Vorhut. Selbst wenn Reynolds – einer der Studenten – vor Stuart eintraf und es schaffte, im Gegensatz zu damals am Leben zu bleiben, konnte der aggressive Pickett ihn abdrängen, sodass die Konföderierten die Ausläufer der Cemetery Ridge oder sogar die gesamte Hügelkette besetzen konnten. In diesem Fall musste sich die Nordstaatenarmee zwischen einer Offensive oder dem Rückzug nach Washington entscheiden...

Lucas seufzte und zwang sich dazu, nach Everwhen zurückzukehren, in dem natürlich die Kräfte des Bösen die Oberhand zu gewinnen drohten. Die amerikanische Einheit war von einem guten Zauberer hergeholt worden, der dem schon fast verlorenen Krieg durch Einsatz modernster Technologie eine Wende geben wollte. Nachdem der Zug von den Guten angeworben worden war, marschierte er mit seinen Panzern zur wolkenverhangenen Burg des Bösen.

Die Story war nicht sonderlich originell. Und die mühsame Arbeit, aus Details ein logisches Spiel zu machen, war oft eine Qual.

Zum Beispiel die Panzer M3. Woher bekamen sie Treibstoff und Ersatzteile? Durch Zauberkraft. Wie erhielten die Soldaten magische Kräfte? Durch Heldentaten. Die Befreiung einer Jungfrau aus der Gewalt eines Drachen erhöhte den Zauberquotienten. Eine Niederlage im Kampf mit dem Drachen ließ ihn dagegen sinken.

Die Lebewesen, die Everwhen bevölkerten, waren ein lästiges Problem. Sie mussten gefährlich, interessant und einigermaßen originell sein. Darüber hinaus mussten sie exotisch, aber vertraut genug sein, um verständlich zu bleiben. Die besten waren morphologisch mit Tieren auf der Erde verwandt: Echsen, Schlangen, Ratten, Spinnen. Lucas verbrachte Dutzende von Winterabenden mit einem Schreibblock auf den Knien in dem Ledersessel in seiner Bibliothek und dachte sie sich aus.

Die Schlitzer gehörten zu diesen Fantasiewesen. Sie waren eine Kreuzung zwischen einer Fledermaus und einer messerscharfen Glasscheibe. Schlitzer griffen nachts an und zerschlitzten ihre Opfer in Fetzen. Sie waren zu dumm, als dass ihnen mit Zauberei beizukommen gewesen wäre, aber es war einfach, sie mit den richtigen Waffen zu erlegen. Zum Beispiel mit Schrotflinten.

Aber wie konnte man sie überhaupt sehen? Okay, sie benutzten wie Fledermäuse eine Art Sonar. Durch den richtigen Zauber ließen die amerikanischen Funkgeräte sich darauf einstellen. Konnte man sie alle abschießen? Vielleicht. Andernfalls mussten Trefferquoten festgelegt werden, damit feststand, wie viele Treffer tödlich waren. Lucas musste darauf achten, dass die im Spiel vorkommenden Gestalten nicht allzu leicht starben. Das ließen sich die Spieler nicht gefallen. Andererseits durfte das Spiel auch nicht zu leicht sein. Es kam darauf an, das richtige Gleichgewicht zu finden und die Spieler tiefer und tiefer in eine sorgfältig ausgearbeitete Märchenwelt zu locken...

Lucas bewohnte am Mississippi Boulevard dreißig Meter über dem Fluss ein aus Naturstein und Zedernholz erbautes Ranchhaus mit drei Schlafzimmern. Wenn die Bäume im Herbst und Winter kein Laub hatten, konnte er von seinem Wohnzimmer aus die Lichter von Minneapolis sehen.

Das Haus war sehr geräumig. Anfangs hatte er befürchtet, es sei zu groß, und mit dem Gedanken gespielt, stattdessen eine Eigentumswohnung zu kaufen. Irgendeine hübsche Wohnung an einem der Seen, von der aus er Jogger, Segler und Schlittschuhläufer beobachten konnte.

Aber er hatte das Haus gekauft und diesen Kauf nie bereut. Im Jahre 1980 hatte er hundertzwanzigtausend Dollar in bar dafür bezahlt; jetzt war es das Doppelte wert. Und obwohl er seitdem die Dreißiger überschritten hatte und manchmal überlegte, wie es sein würde, vierzig zu werden, dachte er insgeheim noch immer an Kinder und ein großes Haus für sie.

Außerdem hatte sich gezeigt, dass der viele Platz leicht auszufüllen war. Zu dem zwei Jahre alten Porsche in der Doppelgarage gesellte sich ein verbeulter Ford-Geländewagen. Der Hobbyraum wurde sein Gymnastikraum mit Hanteln, Sandsack und Holzboden fürs Kata-Training mit rituellen Karate-Übungen.

Das ausgebaute Dachgeschoss verwandelte er in eine Bibliothek mit über tausendsechshundert Romanen und Sachbüchern sowie weiteren zweihundert kleinen Gedichtbänden. Ein bequemer Ledersessel mit Fußschemel und eine Stehlampe, die gutes Licht gab, waren die wichtigsten Einrichtungsgegenstände in diesem Raum. Für Abende, an denen er keine Lust zum Lesen hatte, standen ihm ein Farbfernseher mit 69-cm-Bildröhre, ein Videorecorder und eine große Stereoanlage zur Verfügung.

Der Keller diente ihm als Waschküche, Werkstatt und Lager für Sportgeräte. In einer Ecke des komplett eingerichteten Werkraums stand sein Waffenschrank, der in Wirklichkeit ein Geldschrank aus der Zeit um die Jahrhundertwende war. Ein erfahrener Tresorknacker hätte ihn in zwanzig Minuten öffnen können, aber Lucas rechnete nicht mit dem Besuch solcher Fachleute in seinem Keller. Ein gewöhnlicher Einbrecher hätte sich an dem alten Panzerschrank die Zähne ausgebissen.

Lucas besaß insgesamt fünfzehn Schusswaffen. Am häufigsten verwendete er eine 9-mm-Heckler-&-Koch P7 mit einem Magazin für dreizehn Patronen. Gelegentlich benutzte er auch eine 9-mm-Beretta 92E Diese beiden Waffen und die kleine Pistole, die er in einem Knöchelhalfter trug, lagen bei Nichtgebrauch in einem Geheimfach seines Arbeitstischs.

Der Geldschrank im Keller enthielt zwei Colts Gold Cup Kaliber 45, die ein texanischer Büchsenmacher für Wettbewerbe unter Einsatzbedingungen weiter verbessert hatte, drei

Kleinkaliberpistolen – darunter eine Ruger Mark II mit vierzehn Zentimeter langem Kugellauf –, eine Browning International Medalist und als einzige nichtautomatische Waffe eine Anschütz Exemplar mit Repetiermechanismus. Im unteren Fach des Tresors lagen vier sorgfältig gereinigte, konservierte und luftdicht verpackte Pistolen, die Lucas im Dienst in die Hände gefallen waren. Auf der Straße sichergestellte Waffen, deren ursprüngliche Besitzer nicht mehr zu ermitteln gewesen waren. Die letzte Schusswaffe, die er ebenfalls im Panzerschrank aufbewahrte, war eine doppelläufige 20er Schrotflinte Browning Citori Upland, mit der er auf die Jagd ging.

Was den Rest des Hauses betraf, standen nur in den beiden kleineren Schlafzimmern tatsächlich Betten.

Das ehemalige Elternschlafzimmer hatte er sich mit einem großen Zeichentisch, Zeichengerät und dem IBM-PC als Arbeitszimmer eingerichtet. Zwei der Wände verschwanden hinter Bücherregalen mit Biografien, die von Alexander dem Großen und Napoleon über Lee und Stuart bis zu Hitler und Mao reichten, Sachbüchern, die Themen wie Waffen der Bronzezeit und russische Panzer behandelten, und SF-Romanen, in denen von zielsuchenden Granaten, Plasmagewehren und Novabomben die Rede war – alles Ideen, die Lucas für seine Spiele brauchen konnte. Die Schlitzer huschten als Phantome durch seinen Kopf, während er weiter Zahlen eintippte.

Als das Telefon klingelte, zuckte Lucas zusammen. Es klingelte selten, weil nur wenige Leute seine Nummer kannten. Seit gestern sind's allerdings über dreißig mehr, dachte er mit einem Blick auf die Wanduhr, die null Uhr zweiundzwanzig anzeigte. Er stand auf, stellte den CD-Player leiser, schaltete den Kassettenrecorder ein, mit dem er Telefongespräche aufnehmen konnte, und nahm den Hörer ab.

»Ja?«

»Davenport?« Ein Mann mittleren Alters oder etwas darüber.

»Yeah.«

»Nehmen Sie unser Gespräch auf?« Die Stimme kam Lucas irgendwie bekannt vor.

»Nein.«

»Woher weiß ich das?«

»Sie wissen's nicht. Was kann ich für Sie tun?«

Der Anrufer machte eine kurze Pause, bevor er sagte: »Ich hab' den Smith mitgenommen, aber ich möchte persönlich mit Ihnen darüber reden.«

»Okay, dann aber sofort«, stimmte Lucas zu. »Die Sache ist verdammt dringend.«

»Was Sie gestern Nachmittag gesagt haben, gilt weiterhin?«

»Natürlich«, bestätigte Lucas. »Unser Gespräch bleibt streng vertraulich.«

Wieder eine Pause, dann fragte der Mann: »Kennen Sie den Taco-Schuppen an der I-94 gegenüber dem Martin Luther College?«

»Yeah.«

»In zwanzig Minuten. Und kommen Sie allein, verdammt noch mal!«

Lucas schaffte es in achtzehn Minuten. Der Parkplatz des Schnellrestaurants war leer. Drinnen hockte ein einziger Gast bei einer Tasse Kaffee vor dem Pappteller mit den Überresten seiner Mahlzeit und starrte aus dem Fenster. Eine Angestellte, die den Boden aufwischte, drehte sich nach Lucas um, als er hereinkam. Das Mädchen hinter der Theke, vermutlich eine Studentin, lächelte ihm nervös entgegen.

»Geben Sie mir ein Diät-Coke«, verlangte Lucas.

»Sonst noch was?« Sie beobachtete ihn weiter misstrauisch. Lucas merkte, dass er mit seiner ledernen Bomberjacke,

Jeans, Stiefeln und Eintagebart leicht bedrohlich wirken konnte.

»Nein. Keine Angst, ich bin ein Cop.« Er grinste, zog das Lederetui aus der Brusttasche und zeigte ihr seine Plakette. Sie erwiderte sein Lächeln.

»Hier gibt's gelegentlich Probleme«, sagte sie.

»Überfälle?«

»Letzten Monat und im Monat davor. Vor vier Monaten sogar zwei. Meistens sind's Biker.«

Als der Cop hereinkam, erkannte Lucas ihn sofort. Graues Haar, beige Windjacke und braune Hose. Roe, dachte er, Harold Roe. Seit vielen Jahren Cop. Dürfte bald pensionsreif sein.

Roe sah sich um, blieb an der Theke stehen, ließ sich einen Kaffee geben und kam herüber.

»Sie?«, fragte Lucas.

»Sind Sie verdrahtet?«

»Nein.«

»Eine Aufzeichnung unseres Gesprächs wäre arglistige Täuschung.«

»Das gebe ich zu. Wenn ich das täte, würde ich Sie arglistig täuschen. Aber ich tu's nicht.«

»Belehren Sie mich über meine Rechte.«

»Nein.«

»Hmmm. Trotzdem ist das alles beschissen«, sagte Roe und nahm einen Schluck Kaffee. »Wenn Sie vor Gericht aussagen müssten, würden Sie vielleicht 'ne ganz andere Story erzählen.«

»Ich sage nicht vor Gericht aus, Harry. Ich könnte sofort aufstehen, zu Daniel gehen und ihm erklären: ›Harry Roe ist unser Mann.‹ Binnen drei Tagen hätte das IAD die nötigen Beweise gegen Sie zusammengetragen. Sie wissen selbst, wie das geht, wenn der Anfang erst mal gemacht ist.«

»Ja, natürlich.« Roe sah sich um und schüttelte müde den Kopf. »Mann, wie mir das zuwider ist!«

»Okay, packen Sie schon aus.«

»Da gibt's nicht viel auszupacken. Ich dachte, den Revolver würde kein Mensch vermissen und er würde nie wieder auftauchen …« Er trank noch einen Schluck. »In meiner Straße hat jemand gewohnt – ein gewisser Larry Rice –, der mit mir aufgewachsen ist. Er hat als Wartungstechniker bei der Stadt gearbeitet. Ich bin ihm oft in der City Hall begegnet. Sie haben ihn dort wahrscheinlich selbst gesehen. Ein stämmiger, hinkender Kerl, der immer 'ne gestreifte Lokführermütze getragen hat.«

»Ja, an den erinnere ich mich.«

»Jedenfalls ist der arme Kerl ganz langsam an irgendeinem Krebs gestorben. Die Krankheit ist in seinem Körper hochgewandert. Erst hat er nicht mehr gehen können, dann hat er die Kontrolle über seine Blase verloren und so weiter. Seine Frau ist in die Arbeit gegangen, und er hat zu Hause im Rollstuhl gesessen. Eines Tages ist eine Bande von Jugendlichen ins Haus gekommen und hat ihm den Fernseher und die Stereoanlage vor der Nase weggeklaut. Er hat sich nicht wehren und sie auch nicht identifizieren können, weil sie sich Papiertüten über die Köpfe gestülpt hatten … diese Arschlöcher!«

»Und deshalb haben Sie ihm den Revolver besorgt?«

»Na ja, nach diesem Überfall ist seine Frau zu uns rübergekommen und hat meine Frau gefragt, ob ich eine Schusswaffe für ihn hätte. Aber ich hatte keine. Ich bin kein Waffennarr … Entschuldigung, ich weiß, dass Sie einer sind, aber ich bin keiner.«

»Okay, schon gut.«

»Deshalb bin ich in die Asservatenkammer gegangen, um die Waffe zu holen, von der ich wusste, weil ich den Fall mitbearbeitet hatte. Ich hab' mir ausgerechnet, dass der Revolver nie wieder gebraucht werden würde.«

»Und Sie haben ihn mitgenommen?«

Roe trank einen Schluck Kaffee. »Stimmt.«

»Und dieser Rice...«

»Der ist vor zwei Monaten gestorben.«

»Scheiße! Was ist mit seiner Frau?«

»Die wohnt noch immer dort. Heute nach unserer Besprechung bin ich bei ihr gewesen und habe sie nach der Waffe gefragt. Sie hat sie gesucht, aber der Revolver war nirgends zu finden. Sie hat mir erzählt, dass Larry in den letzten Wochen vor seinem Tod eine Menge persönliche Sachen zu Geld gemacht hat. Er hat immer gefürchtet, dass sie nach seinem Tod mittellos dasteht. Auf diese Weise hat er fast tausend Dollar in bar hinterlassen.«

»Und sie weiß nicht, wer den Revolver gekauft hat?«

»Nein. Ich habe sie gefragt, wie er das Zeug verkauft hat, und sie hat gesagt, dass er 's an Freunde und Verwandte abgegeben hat. Er hat ein Schild ins Fenster gehängt, aber keine Verkaufsanzeige aufgegeben. Allerdings hätten auch Vorbeikommende das Schild sehen können.« Roe schob einen Zettel über den Tisch. »Ich hab' ihr gesagt, dass Sie sie vermutlich sprechen wollen. Hier ist ihre Adresse.«

»Danke.« Lucas trank sein Coke aus.

»Was passiert jetzt?«, fragte Roe.

»Nichts – wenn Sie die Wahrheit gesagt haben.«

»Das hab' ich getan«, beteuerte Roe ernsthaft. »Ich komm' mir beschissen vor, wenn ich daran denke, wer den Revolver in die Hände gekriegt hat.«

»Ja, das ist wirklich Pech gewesen. Die Sache bleibt unter uns, obwohl ich glaube, dass jemand auf die richtige Fährte kommen könnte, wenn wir Mrs. Rice aussagen lassen müssen. Aber selbst dann hätten Sie nichts zu befürchten.«

»Danke, Mann. Dafür bin ich Ihnen 'nen Gefallen schuldig.«

Roe, der es plötzlich eilig hatte wegzukommen, ging als erster. Nachdem Lucas beobachtet hatte, wie sein Wagen wegfuhr, stand er auf und trat an die Theke.

»Darf ich Ihnen einen guten Rat geben?« fragte er die Bedienung.

»Bitte!« Sie lächelte höflich.

»Sie sind zu hübsch, um hier zu arbeiten. Das ist kein Annäherungsversuch, sondern eine Feststellung. Wenn Sie hier bleiben, passiert Ihnen irgendwann was Unangenehmes.«

»Ich brauche das Geld«, sagte sie mit gepresster Stimme.

»Sie brauchen es nicht so dringend.«

»Mein Studium an der Universität dauert noch zwei Jahre; dazu kommen ein Jahr für den Bachelor of Arts und neun Monate für den Master of Arts.«

Lucas schüttelte den Kopf. »Wenn ich wüsste, wer Ihre Eltern sind, würde ich sie anrufen. Aber ich kenne sie nicht, deshalb sag' ich's Ihnen. Sehen Sie zu, dass Sie einen anderen Job finden.«

Er wandte sich ab und marschierte zum Ausgang davon.

»Danke!« rief sie ihm nach. Aber er wusste, dass sie nichts unternehmen würde. Draußen blieb er stehen, überlegte kurz, dann ging er wieder hinein.

»Wie viele Tacos könnten Sie ausgeben, ohne dass jemand was davon merkt? Jede Nacht, meine ich. Ein paar Dutzend?«

»Warum?«

»Wenn Sie jeden Streifenpolizisten, der zwischen zweiundzwanzig und sechs Uhr vorbeikäme, zu 'ner Tasse Kaffee und 'nem Taco einladen würden, wären nachts fast immer Cops hier. Das wäre ein gewisser Schutz für Sie.«

Die junge Frau war interessiert. »Aber wir müssten nicht gleich mit Hunderten von Cops rechnen, stimmt's?«

»Nein, nein. Höchstens mit zwanzig bis dreißig.«

»Abgemacht!« sagte sie fröhlich. »Der Besitzer findet sowieso kaum Leute, die hier arbeiten wollen. Er sitzt ziemlich in der Klemme. Ich glaube, dass ich die Tacos nicht mal klauen müsste. Ich denke, dass er einverstanden wäre.«

Lucas gab ihr seine Geschäftskarte. »Das ist meine dienstliche Telefonnummer. Rufen Sie mich morgen an. Falls Ihr Boss einverstanden ist, sorge ich dafür, dass die Einladung zu Kaffee und Tacos die Runde macht. Dann können Sie mit Cops aus ganz St. Paul und Minneapolis rechnen.«

»Ich rufe Sie morgen an«, versprach sie. »Nochmals herzlichen Dank!«

Lucas nickte wortlos und ging. Falls diese Sache klappte, hatte er eine weitere Informantin gewonnen.

Seine Spiele entwarf Lucas auf Zeichenkarton, um logische Querverbindungen zwischen den einzelnen Elementen darstellen zu können. Die bildliche Darstellung half ihm, Unstimmigkeiten zu vermeiden, die ihm jugendlich sarkastische Zuschriften von Teenagern eingebracht hätten.

Nach seiner Rückkehr holte er sich vier Bogen Zeichenkarton, ging damit ins unbenutzte Schlafzimmer und befestigte sie mit Reißzwecken an der Wand. Mit einem breiten Filzschreiber schrieb er auf jeden Bogen den Namen einer der Überfallenen: Bell, Morris, Ruiz, Lewis. Unter diese Namen schrieb er die Daten; unter den Daten führte er die hoffentlich relevanten persönlichen Eigenschaften der Opfer auf.

Als Lucas fertig war, legte er sich mit einem Kissen unter dem Kopf aufs Bett und starrte diese Zusammenstellungen an. Aber ihm fiel nichts dazu ein. Er stand auf, holte einen fünften Bogen, den er mit *Werwolf* bezeichnete. Darunter notierte er:

Wohlhabend. – Trägt Nike Airs. Saubere Kleidung Rasierwasser. Hat Immobilienmaklerin davon überzeugt, dass er sich ein teures Haus leisten könnte.

Möglicherweise erst zugezogen: Hat Akzent, hat in Augustnacht T-Shirt getragen.

Könnte aus dem Südwesten stammen: Ruiz hat Akzent wiedererkannt.

Bürotätigkeit: Hände & Körper weich, Arme weiß. Unsportlich, kein Kämpfertyp.

Hellhäutig: Arme sehr blass. Wahrscheinlich blond.

Sexfreak? Spielertyp? Beides? Keines davon?

Intelligent. Hinterlässt keine Spuren. Trägt sogar Handschuhe, wenn er seine Mitteilungen vorbereitet oder eine Waffe lädt.

Lucas dachte kurz nach und fügte dann *Hat Larry Rice gekannt?* hinzu.

Nachdem er die Aufstellung begutachtet hatte, unterstrich er *Immobilienmaklerin* und *Hat Larry Rice gekannt?*

Falls er erst vor kurzem zugezogen war, suchte er möglicherweise tatsächlich ein Haus. Vielleicht hatte er die Lewis auf diese Weise kennen gelernt. Eine Befragung der Immobilienmakler konnte sich also lohnen.

Und er konnte Larry Rice gekannt haben. Aber das stand im Widerspruch zu der Annahme, dass er erst vor kurzem hierher gezogen war – der seit langem schwer kranke Rice hatte bestimmt nicht mehr viele neue Freundschaften geschlossen.

Im Krankenhaus? Ein Krankenhausarzt? Das war denkbar. Zugleich hätte das eine Erklärung für den geschickten Umgang des Werwolfs mit Messern sein können. Und ein Mediziner hätte weiche Hände und wäre wohlhabend. Und die Mobilität bei Ärzten, vor allem bei jüngeren, war hoch. Alle diese Frauen konnten bei einem Arzt gewesen sein …

Lucas ging in seine Bibliothek, nahm eine Geschichte des Verbrechens aus dem Regal und blätterte darin. Ärzte als Mörder wurden in einem eigenen Kapitel geschildert.

Mitte des 19. Jahrhunderts hatte der Arzt Dr. William Palmer in England mindestens sechs, vielleicht sogar ein Dutzend Menschen ermordet, um an ihr Geld zu kommen. Dr. Thomas Cream hatte in Kanada, den USA und England ein halbes Dutzend Patientinnen mit verpfuschten Abtreibungen und durch Gift getötet; Dr. Bennett Hyde in Kansas City hatte mindestens drei Morde verübt; Dr. Marcel Petiot hatte mindestens dreiundsechzig Juden ermordet, denen er versprochen hatte, sie aus dem von Deutschen besetzten Frankreich herauszubringen; Dr. Robert Clements in England hatte seine vier Ehefrauen ermordet, bevor er gefasst wurde. Der »Folterarzt« von Chicago, der ein Medizinstudium begonnen, aber nie abgeschlossen hatte, hatte bis zu zweihundert junge Frauen ermordet, die 1893 zur Weltausstellung in die Großstadt gekommen waren. Am schlimmsten hatten natürlich die Nazis gehaust: Deutsche Lagerärzte hatten Tausende von Häftlingen umgebracht.

Die Liste von Ärzten, die nur einen oder zwei Morde verübt hatten, war ziemlich lang und enthielt auch mehrere berühmte Fälle, die sich seit den Fünfzigerjahren in den USA ereignet hatten.

Lucas klappte das Buch zu, dachte darüber nach und sah auf seine Armbanduhr. Fast zwei Uhr dreißig. Viel zu spät für einen Anruf. Er marschierte auf und ab und sah erneut auf die Uhr. Zum Teufel damit! Er ging ins Arbeitszimmer hinüber, holte die Nummer der Ruiz aus seinem Aktenkoffer und wählte sie. Carla meldete sich nach dem siebten Klingeln.

»Hallo?« Das klang verschlafen.

»Carla?«

»Ja?« Noch immer schläfrig, aber eher misstrauisch.

»Hier ist Lucas ... der Kriminalbeamte. Tut mir Leid, dass ich Sie geweckt habe, aber ich arbeite noch und muss Sie was fragen. Okay? Sind Sie wach?«

»Äh, ja.«

»Wann und wo sind Sie zum letzten Mal bei einem Arzt gewesen?«

»Hmmm ...« Sie machte eine lange Pause. »Vor ein paar Jahren, schätze ich. Bei einer Ärztin in der Poliklinik auf der West Side.«

»Wissen Sie bestimmt, dass das Ihr letzter Arztbesuch gewesen ist? Auch keine Krankenhausbesuche, nichts dergleichen?«

»Nein.«

»Vielleicht mit einer Freundin.«

»Nein, nichts dergleichen. Ich bin seit, na ja, seit über fünfzehn Jahren in keinem Krankenhaus mehr gewesen – seit dem Tod meiner Mutter nicht mehr.«

»Kennen Sie irgendwelche Ärzte?«

»Manchmal kommen welche in die Galerie, nehme ich an. Aber persönlich kenne ich keine. Außer von flüchtigen Gesprächen bei Vernissagen, meine ich.«

»Okay, Sie können wieder ins Bett gehen. Bis heute Abend. Und vielen Dank.«

Lucas knallte den Hörer auf die Gabel. »Scheiße!«, fluchte er laut. Was er sich zurechtgelegt hatte, war möglich, aber eher unwahrscheinlich. Er nahm sich vor, die Stammkundschaft der Galerie auf Ärzte zu überprüfen. Aber das schien nicht sonderlich viel versprechend zu sein.

Er starrte seine Aufstellungen noch minutenlang an, gähnte, machte das Licht aus und ging in sein Schlafzimmer. Der Kerl war gerissen. Verrückt, aber gerissen. Ein Spieler? Möglich.

Vielleicht ein Spieler.

7

Lucas schob sich in den Konferenzraum – wieder einmal verspätet.

»Wo haben Sie gesteckt, verdammt noch mal?«, fragte Daniel aufgebracht.

»Bin spät ins Bett gekommen«, sagte Lucas.

»Setzen Sie sich.« Der Chief sah sich am Tisch um, an dem ein halbes Dutzend Kriminalbeamte in ihren Fallordnern blätterten. »Ich fasse zusammen: Wir haben ungefähr dreihundert Seiten Ermittlungsunterlagen, die praktisch unbrauchbar sind. Oder täusche ich mich? Kann jemand mir sagen, dass ich mich täusche?«

Harmon Anderson schüttelte den Kopf. »Ich sehe nichts. Noch nicht. Es kann drinstecken, aber ich seh's nicht.«

»Wie steht's mit deinen Informationen, Lucas?«, fragte einer der Kriminalbeamten. »Sind die zuverlässig?«

Lucas zuckte mit den Schultern. »Ja, so ziemlich. Vieles ist nur kombiniert, aber die Angaben dürften stimmen.«

»Okay, wie geht's also weiter?«, fragte Daniel. »Wir fahnden nach einem mittelgroßen Weißen, der in einem Büro arbeitet. Das engt den Kreis der Verdächtigen auf eine halbe Million Kerle ein – ohne St. Paul.«

»Der vor kurzem aus dem Südwesten gekommen ist«, ergänzte Lucas. »Damit können wir weitere vierhundertneunundneunzigtausend Kerle streichen.«

»Aber das braucht nicht zu stimmen!« schnaubte der Polizeipräsident. »Wahrscheinlich trifft's nicht zu.«

»Vielleicht wissen wir in ein paar Stunden mehr«, beruhigte Lucas. Daniel zog die Augenbrauen hoch. »Der Revolverdieb hat gestern Abend angerufen. Ich weiß jetzt, wohin die Waffe gekommen ist.«

»Mann, das müssen Sie doch melden!«, explodierte Daniel.

Lucas schüttelte den Kopf. »Machen Sie sich keine zu großen Hoffnungen.« Er erläuterte, wie Larry Rice, der jetzt tot war, zu dem Revolver gekommen war. »Seine Frau hat meinem Informanten erklärt, dass sie keine Ahnung hat, was aus der Waffe geworden ist. Wahrscheinlich ist sie verkauft worden. Sie könnte aber auch gestohlen worden sein, nehme ich an.«

»Okay, das ist immerhin etwas«, meinte Daniel. »Wie lange hat er den Revolver gehabt? Ungefähr ein halbes Jahr? Und er hat ihn vermutlich an einen Bekannten verkauft.«

Der Chief deutete auf Anderson. »Sie setzen Ihren besten Mann – den besten Vernehmer – auf Mrs. Rice an. Wir quetschen sie gründlich aus. Es geht um sämtliche Besucher, die ihr Alter im letzten halben Jahr gehabt hat. Sie muss die meisten davon kennen. Mit etwas Glück steht unser Killer auf der Liste.«

»Ich rede heute Nachmittag mit ihr«, sagte Lucas mit einem Blick zu Anderson hinüber. »Um dreizehn Uhr. Wenn Ihr Mann sich dort mit mir trifft, gehen wir gemeinsam rein.«

»Erfahren wir jetzt, wer den Revolver geklaut hat?«, erkundigte sich Daniel.

Lucas schüttelte den Kopf. »Nein. Ich habe Vertraulichkeit zugesichert. Wahrscheinlich können Sie den Namen aus Mrs. Rice rauskriegen, aber er sollte Sie eigentlich nicht interessieren. Der Mann hat einem Freund einen Gefallen tun wollen. Ansonsten ist er ein anständiger Kerl.«

Daniel musterte ihn prüfend und nickte dann. »Okay. Aber falls der Diebstahl eine Rolle spielt…«

»Den Namen können Sie aus Mrs. Rice rauskriegen«, wiederholte Lucas. »Aber nicht aus mir.«

Nach einer kurzen Pause winkte Daniel ab. »Wir haben ein weiteres Problem«, sagte er. »Irgendjemand hat Jennifer

Carey einen Tipp gegeben, dass ein Opfer den Mordanschlag überlebt hat. Sie kommt in zehn Minuten zu mir, und ich werde versuchen, die Sache abzubiegen. Weiß hier jemand, von wem sie den Tipp gekriegt hat?«

Keiner antwortete.

»So kann's nicht weitergehen«, stellte Daniel klar.

Einer der Kriminalbeamten räusperte sich. »Ich... Äh... ich wüsste 'ne Möglichkeit.«

»Ja?«

»Erinnern Sie sich an den Dokumentarfilm, den sie über Cops in St. Paul gedreht hat? Der im PBS gezeigt worden ist? Sie hat drüben unglaublich gute Quellen.«

»Okay. Vielleicht hat sie den Tipp von dort gekriegt. Also reden wir mit Cops aus St. Paul ab sofort nur noch das Notwendigste. Seid höflich, aber...« Daniel suchte das richtige Wort. »Zugeknöpft.« Er sah sich um. »Noch was?«

Lucas klappte seinen Ordner auf, in dem er sich einige Notizen gemacht hatte.

»Mich interessieren jetzt Ärzte. Haben diese Frauen zufällig den gleichen Arzt gehabt? Die Ruiz ist zuletzt bei einer Ärztin gewesen, aber unter Umständen gehören zu den Stammkunden ihrer Galerie ein paar Ärzte. Sie könnte dem Mörder dort begegnet sein. Das sollten wir prüfen.«

»Okay, wird gemacht«, versprach Anderson.

»Wie steht's mit den Nachsendeanträgen?«

»Das wird schwierig«, antwortete Anderson. »Wir haben mit der Post telefoniert und erfahren, dass es keine Karteikarten für neue Bürger gibt. Bloß für Leute, die wegziehen. Um Neuzugänge überprüfen zu können, müssten wir mit allen Namen aus den Twin Cities und den Vororten zu sämtlichen Postämtern im Südwesten gehen.«

»Die Anträge laufen nicht über einen Computer?«

»Nein. Dafür sind die einzelnen Postämter zuständig.«

»Scheiße.« Lucas sah zu Daniel hinüber. »Wie viele Männer bräuchten wir, um alle Großstädte dort unten überprüfen zu lassen – zehn Mann für drei Wochen? Oder so ähnlich?«

»Eher für drei Monate«, mutmaßte Anderson. »Im Telefonbuch sind allein für Minneapolis und Umgebung – ohne St. Paul! – achtzig Postämter verzeichnet. Ich habe mir die in Frage kommenden Großstädte angesehen und schätze, dass es dort mindestens zweitausend Postämter gibt. Und wir müssten auf jedem nach sämtlichen Postämtern hier oben fragen. Selbst bei guter Zusammenarbeit mit der Post könnten wir von Glück sagen, wenn ein Mann pro Tag drei oder vier schafft.«

»Vielleicht kann uns die Post weiterhelfen«, schlug Daniel vor. »Wir besorgen uns die Adressen aller Postämter, bereiten ein Formular vor, das sie ausfüllen können, und verschicken es. In einem Begleitschreiben erläutern wir, wie wichtig ihre Auskunft ist, und haken dann telefonisch nach, damit alle Vordrucke zurückkommen …«

»Dann kämen wir wahrscheinlich mit zwei, drei Mann aus«, bestätigte Anderson.

»Und die bräuchten nicht mal Cops zu sein«, ergänzte Daniel. »Arbeiten Sie einen Vordruck aus, damit ich mit der Post reden kann. Zur Prüfung der Rückmeldungen schicke ich ein paar Angestellte hinüber.«

»Führerscheine?«, fragte einer der Kriminalbeamten.

»Was?«

»Falls er erst vor kurzem hierhergezogen ist, hat er sich vermutlich einen neuen Führerschein ausstellen lassen müssen. Dafür muss man den alten abgeben.«

»Ausgezeichnet!«, lobte Daniel. »Solche Ideen brauchen wir. Überprüfen Sie das.«

Der Kriminalbeamte nickte.

»Noch was?«, fragte der Chief. »Lucas?«

Lucas schüttelte den Kopf.

»Okay«, sagte Daniel. »An die Arbeit!«

»Lieutenant Davenport!«

Lucas drehte sich um und sah Carla Ruiz lächelnd auf sich zukommen.

»Hallo! Was führt Sie hierher?«

Sie verzog das Gesicht. »Scheidungsprobleme. Als ich ausgezogen bin, sollte mein Ehemaliger unser Haus verkaufen und den Erlös mit mir teilen. Aber er hat's nicht verkauft, und wir versuchen jetzt, ihn rauszuklagen.«

»Unangenehm.«

»Ja, dadurch zieht sich alles nur in die Länge. Ich bin schon zum sechsten Mal hier. Das kriegt man allmählich satt.«

»Haben Sie Zeit für eine Tasse Kaffee?«, fragte Lucas und nickte zur Cafeteria hinüber.

»Nein, leider nicht.« Sie sah auf ihre Uhr. »Mein Termin ist in zwölf Minuten.«

»Dann begleite ich Sie ein Stück«, schlug Lucas vor. Sie gingen nebeneinander her auf die zum County Courthouse führende Passage zu. »Tut mir leid, dass ich Sie heute nacht mit meinem Anruf geweckt habe.«

»Oh, das macht nichts. Heute morgen hab' ich ihn fast für einen Traum gehalten. Hat er was genützt?«

»Ja, in gewisser Beziehung. Ich hatte den Verdacht, ein Arzt könnte der Täter sein. Alle Frauen hätten den gleichen Arzt haben können. Aber durch Ihre Information ist diese Möglichkeit so ziemlich ausgeschlossen.«

»Das hat Sie sicher gefreut.« Sie lächelte wieder.

»In Maßen«, gestand er und blieb stehen. »Aber es gibt vielleicht ein Problem, das Sie betrifft.«

»Oh?« Sie war plötzlich ernst.

»Eine der Fernsehstationen hat einen Tipp in Bezug auf Sie

bekommen. Jennifer Carey, die Reporterin, spricht gerade mit dem Polizeipräsidenten. Sie will ein Interview.«

»Gibt er ihr meinen Namen?«

»Nein. Er versucht, sie hinzuhalten, aber das funktioniert nicht lange. Die Carey hat drüben in St. Paul gute Quellen. Früher oder später kriegt sie Ihren Namen raus und macht Ihnen dann die Hölle heiß.«

»Was soll ich also tun?«

»Wir haben uns überlegt, dass es vielleicht besser wäre, ihr ein Interview zu geben und für die übrigen Stationen eine Pressekonferenz zu veranstalten. Dann haben Sie's hinter sich. Auf diese Weise läuft die Sache kontrolliert ab. Sie brauchen nicht zu befürchten, überraschend mit Reporterfragen konfrontiert zu werden.«

Carla Ruiz wirkte deprimiert, während sie nachdachte.

»Ich traue diesen Leuten nicht.«

»Jennifer Carey gehört zu den Besten«, versicherte Lucas. »Sie ist mit mir befreundet, um es ehrlich zu sagen. Ich habe ihr allerdings nichts von Ihnen erzählt. Woher sie diesen Tipp bekommen hat, weiß ich nicht. Vielleicht aus St. Paul.«

»Ist sie wirklich in Ordnung?«

»Sie geht vermutlich am schonendsten mit Ihnen um. Danach würden wir Sie für ein paar Tage auswärts unterbringen. Sobald sich die erste Aufregung gelegt hat, könnten Sie unauffällig zurückkommen und hätten wahrscheinlich nichts zu befürchten.«

»Kann ich darüber nachdenken?«, fragte Carla.

»Natürlich. Wahrscheinlich ruft der Chief Sie wegen dieser Sache an.«

»Übernimmt die Stadt die Reisekosten? Ich bin nämlich nicht gerade reich.«

»Keine Ahnung. Das müssen Sie den Chief fragen. Sie können auch in mein Ferienhaus ziehen, wenn Sie wollen. Ich habe ein hübsches Blockhaus an einem See in Wisconsin. Dort oben lebt man ganz ruhig und ungestört.«

»Klingt nicht schlecht«, stimmte sie zu. »Lassen Sie mich darüber nachdenken.«

»Klar.«

Während sie weitergingen, entstand eine lange Pause, bis Lucas fragte: »Wie lange sind Sie schon geschieden?«

»Seit fast drei Jahren. Mein Ehemaliger ist Fotograf. Eigentlich kein übler Typ. Er hat sogar Talent, aber er macht nichts daraus. Er tut überhaupt nichts. Er sitzt bloß rum. Andere Leute arbeiten, er hockt in seiner Bude. Ich bin so scharf auf das Geld aus dem Hausverkauf, weil das Haus mit meinem Geld gekauft worden ist.«

»Ah! Ein guter Grund.«

»Ich freue mich auf heute Abend und Aerosmith«, sagte sie. »Ich meine, falls die Einladung noch gilt.«

»Natürlich gilt sie noch«, versicherte Lucas ihr. Er blieb am nächsten Seitengang stehen. »Ich biege hier ab. Sehen wir uns um sechs?«

»Ja. Und ich denke über die Sache mit dem Interview nach.« Carla setzte sich in Bewegung, winkte ihm noch einmal zu und ging rasch weiter. Nett! dachte er, während er ihr nachsah.

Mary Rice wirkte nicht sonderlich intelligent. Sie hockte zusammengesunken auf einem Küchenstuhl und starrte Lucas Davenport und Harrison Sloan, den zweiten Kriminalbeamten, nervös an. Sloan hatte die aufdringlich gewinnende Art eines Staubsaugervertreters.

»Es ist wirklich sehr, sehr wichtig, dass wir von Ihnen eine vollständige Liste bekommen«, säuselte er, während er seinen Stuhl etwas näher an Mrs. Rice heranrückte. Er sieht wie der Frauenarzt einer nachmittäglichen Kitschserie aus, dachte

Lucas. »Am besten nehmen wir einen Kalender zu Hilfe, damit wir Woche für Woche und Tag für Tag festlegen können, wer Ihren Mann besucht hat.«

»Aus mir kriegen Sie nicht raus, wer mir den Revolver gegeben hat«, sagte sie mit zitternder Unterlippe.

»Machen Sie sich deswegen keine Sorgen«, beruhigte Lucas sie. »Ich habe gestern Abend mit dem Mann gesprochen, der Ihnen die Waffe gegeben hat, und die Sache in Ordnung gebracht. Jetzt müssen wir wissen, wer die übrigen Besucher Ihres Mannes gewesen sind.«

»Ach, das sind nicht viele gewesen. Ich meine, wir haben nie viele Freunde gehabt, und in den letzten Jahren sind ein paar gestorben. Als Larry dann Krebs bekommen hat, sind manche nicht mehr hier aufgetaucht. Er hat einen Beutel an seiner Seite tragen müssen, wissen Sie ...«

Lucas zuckte zusammen. »Ich weiß«, murmelte er.

»Trotzdem bleiben noch ziemlich viele Leute übrig«, warf Sloan ein. »Postboten, Nachbarn, Ärzte oder Krankenpfleger, die ins Haus gekommen sind ...«

»Bloß 'ne Krankenschwester«, sagte sie.

»Aber das sind genau die Leute, die wir suchen!«

Lucas hörte einige Minuten zu, wie Sloan sich bemühte, ihre Verkrampfung zu lösen, und schaltete sich dann ein.

»Ich muss weiter«, erklärte er Mrs. Rice. »Detective Sloan bleibt hier und plaudert noch ein bisschen mit Ihnen, aber ich möchte Ihnen rasch ein paar Fragen stellen. Okay?«

Sie sah zu Sloan hinüber und lächelte, als er ihr aufmunternd zunickte.

»Ich suche einen Weißen, der ungefähr meine Größe hat und vermutlich in einem Büro arbeitet. Möglicherweise hat er einen leichten Akzent und redet wie jemand aus dem Südwesten, ein bisschen wie ein Cowboy. Und wahrscheinlich ist er einigermaßen wohlhabend. Weckt diese Beschreibung irgendwelche Erinnerungen bei Ihnen? Können Sie sich an einen Mann dieses Typs erinnern?«

Sie runzelte die Stirn, starrte ihre Hände an, blickte zu Sloan hinüber und sah sich in der Küche um. Zuletzt erwiderte sie Lucas' Blick und schüttelte den Kopf. »Tut mir Leid, den kenne ich nicht. Alle unsere Freunde sind Weiße. Bei uns sind nie Farbige ins Haus gekommen. Und auch keiner, den man wohlhabend nennen könnte.«

»Okay«, sagte Lucas mit schlecht verborgener Ungeduld.

»Ich versuche nur, mich zu erinnern«, wandte sie gekränkt ein.

»Ja, natürlich«, sagte Lucas. »Ist Ihr Mann von Leuten besucht worden, die Sie nicht gekannt haben?«

»Nun, er hatte ein Schild ins Fenster gehängt, dass er ein paar Dinge verkaufen wollte. Vor allem diese kleinen Figuren, die er aus dem Krieg gegen die Japse mitgebracht hatte. Die kennen Sie doch? Die hat dann auch jemand gekauft. Für fünfzehn dieser Schnitzereien hat mein Mann fünfhundert Dollar bekommen. Sie sind wirklich niedlich gewesen. Kleine, ganz zusammengerollte Schweine, Ratten und andere Tiere.«

»Sie wissen nicht zufällig, wer sie gekauft hat?«

»Doch, ich müsste irgendwo 'ne Art Quittung haben.«

Sie sah sich erneut in der Küche um.

»Haben Sie den Mann, der sie gekauft hat, selbst gesehen?«

»Nein, nein, aber ich glaube, dass er älter gewesen ist. Sie wissen schon: in Larrys Alter. Den Eindruck hab' ich gehabt.«

»Okay. Versuchen Sie bitte, die Quittung zu finden, und geben Sie sie Detective Sloan mit. Ist sonst noch jemand zu Ihnen gekommen?«

»Der Postbote hat sich manchmal ein bisschen mit Larry

unterhalten. Er ist jünger, so um die vierzig. Und vom Sozialamt ist ein jüngerer Mann vorbeigekommen. Wir haben keine Sozialhilfe bezogen«, fügte sie hastig hinzu, »aber wir hatten Anspruch auf Krankenkostenbeihilfe…«

»Klar«, nickte Lucas. »Hören Sie, ich bin wirklich in Eile. Wir sind Ihnen für alle Auskünfte dankbar, die Sie Detective Sloan geben können.«

Lucas verließ das Haus durch den Hinterausgang, ließ die Tür ins Schloss fallen und ging die wenigen Stufen hinunter. Als er am Küchenfenster vorbeiging, hörte er Mrs. Rice sagen: »…aber dieser andere gefällt mir nicht sehr. Er macht mich nervös.«

»Da würden Ihnen viele Leute zustimmen, Mrs. Rice«, antwortete Sloan beschwichtigend. »Darf ich Mary zu Ihnen sagen? Lieutenant Davenport…«

»Setzt andere Menschen unter Druck«, unterbrach sie ihn.

»Mit dieser Meinung stehen Sie nicht allein, Mary. Hören Sie, ich hoffe wirklich, dass Sie uns helfen können, den Mörder zu schnappen…«

Lucas grinste, ging zu seinem Wagen, öffnete die Fahrertür, knallte sie wieder zu und ging ins Haus zurück.

Sloan und Mrs. Rice saßen in der Küche vor einem Stenoblock, auf dem der Kriminalbeamte einige Namen notiert hatte. Beide sahen auf, als Lucas wieder hereinkam.

»Darf ich mal telefonieren?« fragte Lucas.

»Ja, das Telefon ist gleich…« Sie deutete auf die Wand neben der Tür.

Lucas warf einen Blick in sein Notizbuch und wählte. Carla Ruiz hob nach dem zweiten Klingeln ab.

»Hier ist Lucas. Wie oft sind Sie wegen Ihrer Scheidung im Gerichtsgebäude gewesen?«

»Oh, vier- oder fünfmal. Warum?«

»Waren Sie kurz vor dem Überfall dort?«

»Augenblick, ich hole meine Handtasche. Die Daten stehen in meinem Terminkalender.«

Während der andere Hörer auf den Tisch gelegt wurde, sah Lucas zu Mrs. Rice hinüber.

»Mrs. Rice, noch mal zu diesem Mann vom Sozialamt. Hat er Sie hier besucht, oder haben Sie ihn im County Courthouse aufsuchen müssen?«

»Nein, nein, Larry ist schwer behindert gewesen, als wir erfahren haben, dass wir Anspruch auf diese Beihilfe hatten – deshalb ist er hergekommen. Er ist sogar zweimal gekommen. Ein netter junger Mann. Aber ich glaube, dass Larry ihn von der Arbeit her gekannt hat.«

»Das Sozialamt gehört zum County. Ich dachte, Ihr Mann hat bei der Stadt Minneapolis gearbeitet?«

»Richtig, das hat er, aber die Leute sind ständig zwischen Rathaus und Gerichtsgebäude unterwegs. Und Larry hat praktisch jeden gekannt. Wenn irgendwas kaputt war, ist immer er gerufen worden, weil er alles reparieren konnte. Auch ... den Polizisten, von dem wir den Revolver gekriegt haben, hat er aus der Cafeteria gekannt.«

Carla Ruiz meldete sich wieder.

»Ich bin drei und vier Wochen vorher dort gewesen«, berichtete sie.

»Bevor Sie überfallen worden sind?«

»Ja.«

»Danke. Hören Sie, wir sehen uns um sechs, aber Sie versuchen bis dahin, sich an alle zu erinnern, denen Sie im Courthouse begegnet sind, okay?«

»Fündig geworden?« fragte Sloan, als Lucas auflegte.

»Schwer zu sagen. Haben Sie die Telefonnummer des Maklerbüros, bei dem die Lewis gearbeitet hat?«

»Augenblick ...« Sloan schlug seinen Fallordner auf, suchte die Nummer heraus und diktierte sie Lucas. Der Lieutenant wählte sie, ließ sich den Chief geben und erklärte ihm, worum es ging.

»… Hat sie manchmal dort zu tun gehabt?«

»Klar, sogar ziemlich oft. Pro Woche einmal. Sie hat eine Menge Papierkram für uns erledigt.«

»Also auch, kurz bevor sie ermordet worden ist?«

»Klar. Ihre Leute haben ihren Terminkalender mitgenommen, aber ich weiß auch so, dass sie wenigstens einmal pro Woche im Gerichtsgebäude zu tun gehabt hat.«

»Danke.« Lucas legte auf.

»Na?«, fragte Sloan.

»Ich weiß nicht recht«, antwortete Lucas. »Zwei der Überfallenen sind kurz vorher im Gerichtsgebäude gewesen. Sogar die Frau aus St. Paul – obwohl Leute aus St. Paul nur selten im Hennepin County Courthouse zu tun haben dürften. Und Mr. Rice ist ständig dort gewesen. Das wäre ein verdammt merkwürdiger Zufall, finde ich.«

»Eine der anderen Frauen, diese Bell, die punkige Serviererin, ist bei Target in der Lake Street als Ladendiebin geschnappt worden«, sagte Sloan. »Das steht irgendwo im Fallordner. Ich möchte wetten, dass im Courthouse gegen sie verhandelt worden ist. Ob die Morris auch dort zu tun gehabt hat, weiß ich allerdings nicht.«

»Ich erkundige mich nach der Morris«, verkündete Lucas. »Vielleicht ist an dieser Theorie was dran.«

»Ich habe ihre Privatnummer – vielleicht ist ihr Mann zu Hause.« Sloan blätterte in seinen Unterlagen und gab Lucas die Nummer. Lucas wählte sie, ließ es zwanzigmal klingeln und legte wieder auf.

»Scheint im Büro zu sein«, mutmaßte Lucas.

»Soll ich den Mann vom Sozialdienst überprüfen?«

»Das könnte nicht schaden.« Lucas wandte sich an Mrs. Rice.

»Hatte der Mann vom Sozialamt irgendeinen Akzent? Möglicherweise einen ganz schwachen?«

»Nein, ich kann mich nicht daran erinnern. Ich weiß, dass er aus Minnesota ist. Das hat er mir erzählt.«

»Schade«, murmelte Lucas.

»Könnte ein Svenska sein«, stellte Sloan fest. »Viele dieser Schweden und Deutschen aus Zentral-Minnesota haben noch immer einen Akzent. Den könnte die Ruiz irrtümlich für einen Südweststaatenakzent gehalten haben.«

»Okay, das lohnt eine Überprüfung«, entschied Lucas.

Von seinem Dienstzimmer aus rief er Anderson an und ließ sich Morris' Büronummer geben. Der Ehemann der Ermordeten meldete sich beim ersten Klingeln.

»Ja, sie ist dort gewesen«, bestätigte er. »Ungefähr vier Wochen vor ... Sie hat oft im Fitness-Center in der Hennepin Avenue trainiert und praktisch jede Woche ein Strafmandat wegen Falschparkens gekriegt. Die Zettel hat sie einfach ins Handschuhfach geworfen und dort vergessen. Sie muss zwölf bis fünfzehn davon gehabt haben. Eines Tages hat sie eine Mitteilung bekommen, dass ein Haftbefehl gegen sie erlassen würde, wenn sie nicht vorbeikommt und die aufgelaufenen Geldstrafen bezahlt. Sie ist dann hingefahren und hat einen halben Tag gebraucht, um wieder alles ins Lot zu bringen.«

»Ist das ihr einziger Besuch im Courthouse gewesen?«

»Nun, zumindest der einzige, von dem ich weiß.«

Nach dem Gespräch mit Morris rief Lucas im Gerichtsgebäude an und ließ sich das Datum der Verhandlung gegen Lucy Bell wegen Ladendiebstahls geben. Sie hatte am 27. Mai vor Gericht gestanden. Er sah auf seinen Kalender. Etwas mehr als vier Wochen vor dem Tag, an dem sie ermordet worden war.

Also waren sie alle im Gerichtsgebäude gewesen. Den Revolver aus der City Hall hatte ein Mann weitergegeben, der häufig in der Cafeteria des Gerichtsgebäudes gewesen war. Lucas fuhr zu Anderson hinauf.

»Okay, was schließen Sie daraus?«, fragte Anderson. »Dass er sie dort anspricht?«

»Oder sie sich auch nur aussucht«, antwortete Lucas. »Drei von ihnen sind in Verfahren verwickelt gewesen, über die es Akten geben muss. Vielleicht verschafft unser Mann sich daraus seine Informationen.«

»Ich lasse prüfen, wer diese Akten eingesehen hat«, entschied Anderson.

»Okay, tun Sie das.«

»Was glauben Sie?«, wollte Anderson wissen.

»Das ist zu leicht gewesen«, meinte Lucas. »So leicht geht uns dieser Mann nicht ins Netz.«

Aerosmith war ein voller Erfolg. Lucas saß zurückgelehnt da und verfolgte amüsiert, wie Carla Ruiz begeistert mitging, zu ihm herüberlachte und gemeinsam mit fünfzehntausend kreischenden Fans die Faust hochreckte, als wolle sie der Gruppe auf dem Podium damit drohen …

Danach lud sie ihn ein, auf eine Tasse Kaffee mit hinaufzukommen.

»So viel Spass habe ich seit … nun, ewig lange nicht mehr gehabt!«, versicherte sie ihm, während sie zwei Tassen Wasser in den Mikrowellenherd stellte.

Lucas machte einen Rundgang durchs Atelier und begutachtete dabei ihre Webarbeiten. »Wie lange machen Sie schon so etwas?«

»Seit fünf, sechs Jahren. Ich habe mit Malerei angefangen, später als Bildhauerin gearbeitet und bin dann irgendwie auf diese Sachen gekommen. Meine Großmutter hat einen Webstuhl gehabt, an dem ich mich schon als Kind versucht habe.«

»Und was ist mit solchen Plastiken?«, fragte er und deutete auf tintenfischartige Hängeplastiken.

»Ach, ich weiß nicht recht. Ich glaube, dass ich nur versucht habe, einem Trend zu folgen. Damals sind sie mir ganz gut vorgekommen, aber jetzt glaube ich, dass ich mir nur was vorgemacht habe. Irgendwie sind sie alle gleich gewesen. In letzter Zeit webe ich nur noch.«

»Schwieriges Geschäft. Kunst, meine ich.«

»Mann, das können Sie laut sagen!« Als der Mikrowellenherd piepste, nahm Carla die Tassen heraus, kippte in jede einen Teelöffel löslichen Feinschmeckerkaffee und rührte um.

»Zimtkaffee«, erklärte sie und gab ihm seine Tasse.

Er kostete einen Schluck. »Heiß – aber gut.«

»Ich wollte Sie was fragen«, begann sie zögernd.

»Ja?«

»Als ich diesen Kerl abgewehrt habe, bin ich der Meinung gewesen, ich hätte mich recht gut gehalten.«

»Das haben Sie auch«, bestätigte Lucas.

»Aber ich hab' noch immer Angst. Ich weiß, dass Sie neulich gesagt haben, dass er wahrscheinlich nicht zurückkommt. Aber ich hab' beim ersten Mal Glück gehabt. Er ist nicht auf Gegenwehr gefasst gewesen. Falls er zurückkommt, hab' ich vielleicht weniger Glück.«

»Also?«

»Ich überlege, ob ich mir eine Schusswaffe besorgen soll.«

Lucas dachte darüber nach und nickte dann.

»Das wäre eine Möglichkeit«, stimmte er zu. »Den meisten Leuten würde ich abraten. Sobald sie eine Waffe kaufen, sind sie augenblicklich selbst in Gefahr. Kaum weniger gefährdet sind Ehepartner und Kinder. An dritter Stelle kommen die Nachbarn. Aber Sie haben weder einen Ehepartner noch Kinder, und Sie bekommen wahrscheinlich auch keinen

Krach mit den Nachbarn. Und ich halte Sie für cool genug, um eine Waffe vernünftig zu gebrauchen.«

»Soll ich mir also eine kaufen?«

»Das kann ich Ihnen nicht empfehlen. Tun Sie's, sind Sie ihr wahrscheinlichstes Opfer – zumindest statistisch gesehen. Andererseits sind Statistiken bei manchen Leuten Unfug. Wenn Sie nicht leichtsinnig sind, keine Selbstmordgedanken hegen oder eine Waffe nicht für ein Spielzeug halten, sollten Sie vielleicht eine kaufen. Natürlich besteht die Chance, dass dieser Kerl zurückkommt. Sie sind die einzige Augenzeugin eines Überfalls.«

»Ich wüsste gern, was ich kaufen soll«, sagte Carla. Sie trank einen kleinen Schluck Kaffee. »Viel könnte ich allerdings nicht ausgeben. Und ich müsste irgendwie lernen, damit umzugehen.«

»Wenn Sie möchten, kann ich Ihnen eine Waffe leihen, bis wir den Kerl geschnappt haben«, antwortete Lucas. »Halten Sie Ihre Hand hoch.«

Sie hielt ihre Hand mit gespreizten Fingern hoch. Er legte seine Handfläche an ihre und verglich die Fingerlängen.

»Kleine Hände«, stellte er fest. »Ich habe einen älteren Charter Arms Special Kaliber 38, der genau richtig sein müsste. Und wir können Munition mit etwas weniger Durchschlagskraft kaufen, damit Sie nicht sämtliche Nachbarn umlegen, wenn Sie mal schießen müssen.«

»Wie meinen Sie das?«

»Die Wände hier bestehen aus Gipskarton«, erklärte Lucas. Er lehnte sich zurück und klopfte an die Trennwand. »Mit zu starker Munition stanzen Sie ein Loch durch sämtliche Räume. Und durch jeden, der im Weg steht.«

»Daran hab' ich nicht gedacht.« Sie wirkte besorgt.

»Das kriegen wir schon! Ganz in Ihrer Nähe hat die Polizei von St. Paul ihren Schießstand. Ich kenne ihn von Wettbewerben her. Wahrscheinlich lässt es sich machen, dass ich Ihnen dort Unterricht gebe.«

»Ich will erst mal darüber schlafen«, sagte sie. »Aber es bleibt dabei, glaub' ich.«

Als Lucas ging, schloss Carla die Tür bis auf einen winzigen Spalt und rief hinter ihm her: »He, Davenport!«

Er blieb stehen. »Ja?«

»Gehen Sie mal wieder mit mir aus?«

»Klar – wenn Sie mich ertragen können.«

»Ich kann«, sagte sie und schloss die Tür. Auf dem Weg zum Aufzug pfiff Lucas vor sich hin, und sie lehnte innen an der Tür, hörte ihn pfeifen und lächelte darüber.

Später lag Lucas in dem unbenutzten Schlafzimmer auf dem Bett und betrachtete die an der Wand hängenden Zeichenkartons. Nach einiger Zeit stand er auf und schrieb in die untere Zeile des Killerbogens: *Treibt sich im Gerichtsgebäude herum.*

8

Die Tageszeitungen begeisterten ihn.

Er wusste, dass er sie an sich nicht aufheben durfte. Wenn die Cops sie bei ihm fanden ... Aber wenn ein Cop sie hier in seinem Apartment sah, war ohnehin alles zu spät. Dann wussten sie Bescheid. Und wie konnte er sie nicht aufheben? Die drei Zentimeter hohen Buchstaben waren Labsal für seine Seele.

SERIENKILLER ERMORDET DREI FRAUEN AUS DEN CITIES hieß es in der *Star-Tribune.* Die Schlagzeile der *Pioneer* Press war größer und besser: SERIENMÖRDER LAUERT FRAUEN AUS DEN TWIN CITIES AUF. Das

Wort »auflauern« gefiel ihm. Es deutete einen weitergehenden, nicht schon abgeschlossenen Vorgang an und ließ auf zielbewusste Arbeit schließen.

An dem Abend, an dem die Story bekannt wurde, sah er zufällig eine Ankündigung in den Neunuhrnachrichten. Die Starreporterin der Station, eine große Blondine in einem Trenchcoat, fauchte das harte Wort »Mord« in ein vor der City Hall aufgebautes Mikrofon. Eine Stunde später zeichnete er die Zehnuhrnachrichten von TV3 mit Ausschnitten aus der Pressekonferenz des Polizeipräsidenten auf.

Die Pressekonferenz hatte chaotisch geendet. Der nervöse Polizeipräsident Daniel gab nur kurze Antworten. Auch die ersten Fragen waren knapp gewesen. Als dann jemand mit erhobener Stimme einen anderen Reporter unterbrach, geriet die ganze Veranstaltung außer Kontrolle. Zuletzt standen Bildreporter vor den Fernsehkameras auf Stühlen und überfielen den Chief und das halbe Dutzend Cops auf dem Podium mit einem regelrechten Blitzlichtgewitter.

Atemberaubend! Er sah sich die Aufzeichnung immer wieder an und kostete jede Nuance aus. Wenn sie die Pressekonferenz nur ganz gezeigt hätten, dachte er, das wäre verantwortungsvoller Journalismus gewesen. Nach kurzer Überlegung rief er bei der Station an. Aber die Leitung war so überlastet, dass er erst nach zwanzig Minuten durchkam. Als es dann endlich soweit war, ließ die Telefonistin ihn einen Augenblick warten, bevor sie ihm mitteilte, »im Augenblick« sei nicht beabsichtigt, die gesamte Pressekonferenz zu übertragen.

»Kann sich das ändern?«, fragte er.

»Keine Ahnung«, antwortete sie irritiert. »Schon möglich. Wir kriegen dauernd Anrufe deswegen. Am besten sehen Sie morgen früh die *Wake Up Show* an. Falls wir die Pressekonferenz bringen, wird sie dann angekündigt.«

Nachdem der Werwolf aufgelegt hatte, ließ er sich mit der Gebrauchsanweisung seines Videorecorders auf die Knie nieder und programmierte ihn mühsam.

Bevor er ins Bett ging, sah er sich die Aufnahme nochmals an und achtete dabei vor allem auf Lucas Davenport. Der Lieutenant war kurz gezeigt worden, wie er mit übergeschlagenen Beinen auf einem Klappstuhl saß. Er hatte Jeans und ein teuer aussehendes Sportjackett getragen. Angeblich war er der cleverste Kriminalbeamte von Minneapolis. Diesen Fall bearbeitete er unabhängig von der Mordkommission.

Am nächsten Morgen stand der Werwolf früh auf, um sich die *Wake up*-Show anzusehen, die aber lediglich Ausschnitte aus den Abendnachrichten brachte. Als er dann später die Morgenzeitungen las, fand er in dem Blatt aus St. Paul eine Kurzbiographie Lucas Davenports mit einem kleinen Foto. Er hatte bereits fünf Menschen erschossen? Und erfand *Spiele*? Wunderbar! Der Werwolf studierte das Foto eingehend. Ein energisches, fast grausames Kinn, fand er. Ein harter Mann.

Der Werwolf konnte an diesem Tag kaum arbeiten, sondern ging den Stapel langweiliger Immobilien- und Erbschaftsfälle auf seinem Schreibtisch mit routinemäßiger Eile durch. Er befasste sich einige Minuten mit den beiden unbedeutenden Strafverfahren, die er bearbeitete, und schob diese Akten dann ebenfalls weg. Eigentlich bevorzugte er Strafsachen – aber leider kamen nicht allzu viele auf seinen Schreibtisch. Innerhalb der Kanzlei war der Werwolf als penibler Sachbearbeiter bekannt, aber es hieß bereits, sein Auftreten vor Gericht lasse zu wünschen übrig. Irgendetwas an ihm war… nicht in Ordnung. Niemand sprach öffentlich darüber, aber alle Kollegen wussten es.

Der Werwolf war unverheiratet und wohnte in der Nähe

der University of Minnesota in einer um die Jahrhundertwende erbauten Villa, die in vier Eigentumswohnungen umgewandelt worden war. Nach der Arbeit fuhr er eilig nach Hause, um die Achtzehnuhrnachrichten nicht zu verpassen. Es gab praktisch keine neuen Informationen, aber TV3 hatte mehrere Kamerateams entsandt, die in der ganzen Stadt Passanten befragt hatten. Die Leute auf der Straße sagten übereinstimmend, sie vertrauten darauf, dass die Polizei den Täter bald fassen würde.

Ein Cop in einem Streifenwagen verriet, dass er das Rufzeichen »Werwolf« habe, und die Nachrichtensprecher gingen auf diese Tatsache ein. Das gefiel dem Werwolf.

Nach den Nachrichten verbrachte er eine Stunde damit, sein penibel ordentliches Apartment zu putzen und aufzuräumen. Im Allgemeinen verbrachte er die Abende vor dem Fernseher oder sah sich auf seinem Videorecorder Leihfilme an. Aber an diesem Abend konnte er nicht stillsitzen. Schließlich fuhr er in die Innenstadt, schlenderte von Bar zu Bar und suchte Zerstreuung in der Menge. In einer Disco, die im Augenblick »in« war, sah er eine James-Dean-Imitation, einen breitschultrigen jungen Mann mit langen schwarzen Haaren, einem T-Shirt unter der schwarzen Lederjacke und einem gekünstelt grausamen Lächeln. Er sprach mit einer jungen Frau, deren sehr tief ausgeschnittenes weißes Minikleid so kurz war, dass es ihre Beine bis fast zu den Pobacken sehen ließ.

Du bildest dir ein, er sei gefährlich, erklärte der Werwolf ihr in Gedanken, *aber er tut nur so. Ich bin der Gefährliche. Mit meinem Sportjackett und meiner Krawatte nimmst du mich nicht einmal wahr, aber ich bin der Gefährliche. Ich bin der Gefährliche!*

Es wurde wieder Zeit, dass er sich auf die Suche machte. Das Bedürfnis würde ihm von Tag zu Tag stärker zusetzen.

Inzwischen kannte er die Entwicklung. In zehn Tagen oder zwei Wochen würde es unerträglich stark sein.

Bisher hatte er sich eine Serviererin, eine Hausfrau und eine Immobilienmaklerin ausgesucht. Wie wäre es mit einer, die ganz anders war? Eine, bei der die Cops wirklich ausflippen würden?

Eine Nutte wie in Dallas? Noch war die Sache nicht eilig, aber es konnte nicht schaden, darüber nachzudenken.

Er schlenderte tief in Gedanken versunken weiter, als eine Stimme seinen Namen rief.

»He, Louie! Louie! Hinter dir!«

Er drehte sich langsam um. Großer Gott, Bethany Jankalo! Eine Kollegin aus der Kanzlei. Groß, blond, leichtes Pferdegebiss. Aufdringlich. Und ständig auf Männerfang, wie er gehört hatte. Sie hatte einen Professorentyp untergehakt, der groß und schweigsam dastand, an seiner Pfeife nuckelte und den Werwolf verächtlich musterte.

»Wir gehen zur Eröffnung der *Mélange*«, trompetete die Jankalo. Sie hatte einen zu großen Mund, der grellrosa geschminkt war. »Komm doch mit, das wird bestimmt lustig.«

Jesus, dachte er, und so was ist Rechtsanwältin!

Aber er marschierte fügsam neben den beiden her. Die Jankalo schwatzte unaufhörlich, und ihr Begleiter nuckelte an seiner Pfeife, die leer zu sein schien, und gab schmatzende Geräusche von sich. Gemeinsam gingen sie einen Block weit zu der Galerie, die sich in einem grauen Klinkergebäude etabliert hatte. Auf dem Gehsteig davor stand bereits ein rundes Dutzend Gäste. Die Jankalo drängte sich durch die Menge und setzte dabei ihre Schultern wie ein Footballspieler ein. Drinnen wanderten Profis aus der Kunstszene mit Weißwein in Plastikbechern vor den Ölgemälden, die an eierschalenfarbenen Wänden hingen, hin und her.

»Wer hat die Pizza fallen lassen?«, lachte die Jankalo, als sie vor dem ersten Bild standen. Ihr Begleiter zuckte zusammen. »Mein Gott, ist das ein Haufen Scheiß!«

Nicht alle Bilder waren schlecht.

Der Werwolf verstand nichts von Kunst; sie interessierte ihn nicht. In seinem Büro hingen zwei Drucke, die Enten aus der jährlich erscheinenden Briefmarkenserie mit Vogelmotiven zeigten. Er hatte sich sagen lassen, sie seien eine gute Investition.

Nun wurden ihm jedoch die Augen geöffnet. Die meisten Gemälde waren tatsächlich miserabel. Aber Larson Deiree malte fesselnde Akte vor bizarren Hintergründen. Die verkrümmten Leiber waren in deutlich sichtbar sexuell verlockenden Posen dargestellt, und die Männer, denen diese Angebote galten – Männer in Mänteln, mit breitkrempigen Hüten und abgewandten Gesichtern –, wurden als teilnahmslose Fremde gezeigt. Diese Bilder versinnbildlichten Machtausübung, und die Frauen waren uneingeschränkte Beutestücke. Der Werwolf war fasziniert.

»Hier hast du ’nen Wein und ein paar Kräcker, Louie«, sagte die Jankalo und reichte ihm einen Plastikbecher mit einer fast farblosen Flüssigkeit und einen kleinen Stapel jetongroßer Kräcker.

»Fast wie ›Ich habe in meinem Living Bra vor dem Obersten Gerichtshof plädiert‹, was?«, fragte sie und deutete auf das Deiree-Gemälde hinter ihm.

»Ich …« Der Werwolf suchte nach Worten.

»Ha?« Die Jankalo machte große Augen. »Gefällt dir das etwa?«

»Nun …«

»Louie, du bist pervers!«, sagte sie mit so lauter Stimme, dass der Werwolf glaubte, dass alle diese Worte gehört hatten. Er sah sich um. Kein Mensch achtete auf sie. »Ein Mann nach meinem Herzen!«

»Mir gefällt's, weil er einen neuen Blickwinkel herausarbeitet«, antwortete der Werwolf. Das überraschte ihn selbst, denn so hatte er bisher nicht gedacht.

»Unsinn, Louie!«, trompetete die Jankalo. »Die nackten Weiber malt er bloß, um mehr Bilder zu verkaufen.«

Der Werwolf wandte sich ab.

»Louie ...«

Er dachte daran, sie zu ermorden. Ganz plötzlich spielte er mit dem Gedanken, sie zu ermorden.

Dieser Mord hätte eine gewisse künstlerische Spontaneität für sich gehabt. Da er weder berechnet noch vorausgeplant gewesen wäre, hätte er in gewisser Beziehung zu seiner Maxime gepasst, jegliches Schema zu vermeiden. Und die Tat wäre bestimmt amüsant gewesen, denn die Jankalo hätte zweifellos bis zu dem Augenblick mitgemacht, in dem er mit dem Messer zustieß. Er spürte ein Ziehen im Unterleib.

»Louie, du kannst ein unglaubliches Arschloch sein«, erklärte die Jankalo, und ließ ihn stehen. Sie hatte gesagt: *Louie, du bist pervers ... ein Mann nach meinem Herzen!* Ein Angebot? Falls diese Vermutung zutraf, hatte er zu lange gewartet. Jetzt war sie bereits wieder zu ihrem Professor unterwegs. Der Werwolf war in Gesellschaft unbeholfen. Er aß einen Kräcker, sah sich um und begegnete Carla Ruiz' Blick.

Er sah weg.

Er wollte ihr nicht in die Augen sehen. Der Werwolf glaubte, dass jeder Blickkontakt ihn verraten könnte: Sie könnte ihm in die Augen sehen und plötzlich *wissen,* wer er war. Schließlich hatten sie gemeinsam eine sehr intime Situation erlebt.

Er sorgte dafür, dass er sie aus dem Gedränge heraus unter verschiedenen Blickwinkeln beobachten konnte. Die Platzwunde auf ihrer Stirn sah schlimm aus, und die blauen Flecken hatten sich gelblich verfärbt. Der Werwolf hatte selbst noch immer Striemen auf dem Rücken und an einem Arm.

Sollte er vielleicht auf sie zurückkommen?

Nein. Das wäre ein Verstoß gegen allzu viele Regeln gewesen. Und das Bedürfnis, sich ihrer zu bemächtigen, war inzwischen abgeklungen.

Aber die Versuchung war groß, sie aus Rache zu töten – wie die Rancherstochter, die er vom Pferd geschossen hatte. Der Gedanke an einen Mord ließ ihn wie einen Nikotinsüchtigen erzittern, der zu lange keine Zigarette mehr geraucht hat.

Das Bedürfnis würde stärker werden. Am besten sah er sich ab Montag nach einem geeigneten Opfer um. Spätestens ab Montag.

9

Jennifer Carey starrte ihn in der Dunkelheit an. Sie schwieg, und doch glaubte er sie zu hören.

»Was?«, fragte er.

»Wieso was?«

»Du starrst mich an.«

»Woher willst du das wissen?«, fragte sie. »Du kehrst mir den Rücken zu.«

»Ich spür's aber.« Lucas drehte sich halb um, bis er sie sehen konnte. Jennifer saß im Bett und blickte auf ihn herab. Die dünne Sommerdecke war heruntergerutscht, und das flackernde Kerzenlicht ließ ihre Haut rosig schimmern.

»Ich bin dreiunddreißig«, sagte sie.

»Mein Gott!«, ächzte er in sein Kissen.

»Ich lasse mir unbezahlten Urlaub geben. Ich arbeite halbtags als Produzentin und freiberufliche Autorin.«

»Dabei kannst du verhungern«, meinte Lucas.

»Ich hab' Geld gespart.« Ihre Stimme klang nüchtern, ungewohnt ernst. »Ich arbeite seit meinem einundzwanzigsten Lebensjahr. Meine Eltern haben mir ein kleines Vermögen hinterlassen. Und ich bin wenigstens noch halbtags bei der Station. Ich komme schon zurecht.«

»Worauf willst du eigentlich hinaus?«

»Auf die alte biologische Uhr«, antwortete sie. »Ich habe beschlossen, ein Baby zu bekommen.«

Lucas schwieg und rührte sich nicht. Jennifer grinste. »Ah, der nervöse Junggeselle, der bereits nach Fluchtwegen Ausschau hält.«

Er antwortete nicht gleich. »Daran liegt's nicht«, sagte er schließlich. »Es kommt nur etwas plötzlich. Ich meine, ich mag dich wirklich. Willst du aussteigen? Sollte ich fragen, wer der Glückliche ist?«

»Nein. Siehst du, ich hab' mir überlegt, dass du vielleicht nicht bereit sein würdest, bei meinem kleinen Plan mitzumachen. Andererseits begegnet man als Frau nicht allzu häufig einem Mann, der intelligent, körperlich annehmbar, heterosexuell *und* ungebunden ist. Deshalb habe ich beschlossen, diese Sache selbst in die Hand zu nehmen, wenn du weißt, was ich meine.«

Lucas drehte sich auf den Rücken und starrte die Zimmerdecke an. Sie bemerkte, dass sich seine Bauchmuskeln strafften; dann hob er mit plötzlich geweiteten Augen den Kopf und richtete sich halb auf.

»Jennifer …«

»Ja. Ich bin schwanger.«

Er ließ sich auf sein Kissen zurückfallen.

»Oh.«

Sie lachte. »Manchmal bist du einer der komischsten Männer, die ich kenne.«

»Wieso das?«

»Ich habe mir überlegt, was du wohl sagen würdest, wenn ich dir diese Mitteilung mache. Auf alles bin ich gekommen – nur auf ›Oh‹ nicht.«

Er setzte sich mit ernstem Gesicht wieder auf. »Wir müssen heiraten. Gleich morgen Die Sache mit der Blutuntersuchung kann ich hinbiegen, damit wir ...«

Jennifer lachte wieder. »Langsam, Davenport! Ich heirate nicht.«

»Aber warum nicht?«

»Gerade vorhin hast du gesagt, dass du mich bloß gern hast. Schon das spricht dagegen. Außerdem will ich dich nicht heiraten.«

»Jennifer ...«

»Hör zu, Lucas, ich finde dein Angebot rührend. Ich bin mir nicht sicher gewesen, ob du's überhaupt machen würdest. Und du wärst ein wunderbarer Vater. Aber als Ehemann wärst du unausstehlich, und das könnte ich nicht aushalten.«

»Jennifer ...«

»Ich hab' mir alles genau überlegt.«

»Was ist mit mir, verdammt noch mal?«, fragte Lucas aufgebracht. Er schleuderte seine Decke fort und richtete sich mit geballten Fäusten auf. Sie wich vor ihm zurück, ließ sich zurücksinken und hatte zum ersten Mal Angst vor ihm. »Das ist auch mein Kind, stimmt's? Ich meine, es ist doch von mir?«

»Ja.«

»Und ich will nicht, dass mein Kind ein verdammter kleiner Bastard wird!«

»Was hast du also vor? Willst du mich zum Traualtar prügeln?«

Er starrte seine geballten Fäuste an und öffnete sie ruckartig. »Nein, natürlich nicht«, antwortete er leise und sank neben ihr aufs Bett.

»Hör zu, ich bin entschlossen, dieses Kind zu bekommen«, erklärte Jennifer ihm. »Falls du nicht willst, dass ich dich als Vater angebe, ist das auch in Ordnung. Wenn's dir recht ist, hätte ich gern, dass wir uns gemeinsam um das Kind kümmern. Ich habe vor, weiter in den Cities zu leben. Und ich nehme an, dass du ebenfalls hier bleibst.«

»Yeah.«

»Das bedeutet, dass wir nach wie vor zusammen sind.«

»Nein, du müsstest ständig hier sein. Hör zu, ich werde die kommenden neun Monate damit verbringen, dich ...«

»Sieben Monate.«

»... die kommenden sieben Monate damit verbringen, dich zu überreden, mich zu heiraten. Und was hältst du davon, wenigstens hier einzuziehen?«

»Lucas, dein Haus ist der reinste Herrenclub. Hier fehlen nur noch die Spucknäpfe.«

»Hör zu, wir können ...«

»Lucas, wir haben monatelang Zeit, alles genau zu planen. Und im Augenblick bin ich irgendwie scharf auf dich. Das muss an deiner Reaktion liegen. Sie ist viel netter ausgefallen, als ich erwartet hatte.« Einige Minuten später sagte sie: »Lucas, du bist nicht bei der Sache.«

Wiederum einige Minuten später gab sie auf. »Ich komme mir vor, als versuchte ich, ein Seil zu lieben. Ein kurzes Stück Seil. Nimm's mir nicht übel.«

Er lachte nicht, sondern sagte: »Mein Gott, ich kriege ein Kind!« Dann legte er eine Hand auf ihren Bauch. »Ich habe mir schon immer ein Kind gewünscht. Am liebsten zwei oder drei.« Er musterte sie prüfend. »Ob's vielleicht Zwillinge werden?«

Am nächsten Morgen betrachtete Jennifer sich im Spiegel über dem Waschbecken, als Lucas an der Tür stehen blieb und ihr zunickte.

»Man sieht nichts«, stellte er fest.

»Erst im nächsten Monat«, antwortete Jennifer. Sie drehte sich nach ihm um. »Hör zu, ich will das Interview mit dieser Chicana.«

»Der Chief...«

»Der Chief ist mir egal! Ich habe inzwischen weitere Informationen über sie zusammengetragen und verwende sie als Hintergrundmaterial, wenn du mir kein Interview mit ihr beschaffst. Heute Abend, morgen Abend.«

»Okay, ich sehe zu, was sich machen lässt.«

Sie sah wieder in den Spiegel und streckte sich die Zunge heraus. »Das wird eine verrückte Sache«, meinte sie dann.

Als Lucas sich angezogen hatte, stand Jennifer unter der Dusche. Er hastete ans Telefon in der Küche, fand Carlas Nummer in seinem Terminkalender und wählte sie. Das Wasserrauschen hörte genau in dem Augenblick auf, in dem am anderen Ende der Hörer abgenommen wurde.

»Carla? Hier ist Lucas.«

»Oh, hallo. Was gibt's?«

»Wir werden wegen des Interviews mit Ihnen verdammt unter Druck gesetzt. Jennifer Carey hat irgendwo einen Informanten. Sie weiß ziemlich gut über Sie Bescheid, und es ist nur noch eine Frage der Zeit, bis irgendjemand Sie aufspürt. Vielleicht wär's besser, wenn Sie ihr ein Interview geben, solange wir die Sache noch einigermaßen kontrollieren können.«

Am anderen Ende herrschte sekundenlang Schweigen.

»Okay, wenn Sie meinen...«

»Die beste Zeit für das Interview wäre nachmittags oder am frühen Abend. Ich melde mich vorher wieder.«

»Soll ich schon mal einen Koffer packen?«

»Oh… ja, natürlich. Ich kann den Chief fragen, ob wir ein Hotel bezahlen – oder möchten Sie's mit meinem Wochenendhaus versuchen?«

»Wie wär's mit dem Haus? Ich bin gern an den Seen.«

»Gut, sehen Sie zu, dass der Koffer gepackt ist. Wir fahren heute Abend hin.«

Lucas legte auf, nahm erneut den Hörer ab und wählte Daniels Nummer.

»Linda? Ich brauche den Chief.«

»Er ist ziemlich beschäftigt, Lucas. Augenblick, ich frage mal nach.«

»Jennifer Carey ist entschlossen, die Story mit der Überlebenden auszuschlachten.«

»Bleiben Sie bitte dran.«

Jennifer kam in die Küche, rubbelte sich ihr nasses Haar mit einem Badehandtuch trocken und holte sich eine Zimtrolle aus dem Kühlschrank.

Lucas hielt die Sprechmuschel mit einer Hand zu. »Irgendwas ist los«, sagte er halblaut.

Sie hörte zu kauen auf. »Was?«

»Keine Ahnung.«

Jennifer zog einen Stuhl unter dem Küchentisch hervor und nahm Platz, als Linda sich erneut meldete. »Ich stelle Sie jetzt durch«, verkündete die Sekretärin.

Eine Sekunde später meldete Daniel sich. »Lucas? Ich wollte Sie gerade anrufen. Sehen Sie lieber zu, dass Sie herkommen.«

»Was ist los?«

»Sie wissen doch, dass Sloan Mrs. Rice wegen der Waffe befragt hat?«

»Ja, ich bin anfangs dabei gewesen.«

»Mrs. Rice hat diesen jungen Mann vom Sozialdienst erwähnt. Sloan hat das mit Ihrer Idee kombiniert, dass er sich seine Opfer im Gerichtsgebäude sucht, und ein paar Auskünfte eingeholt. Dieser Mann vom Sozialamt – er heißt übrigens Smithe – erfüllt ziemlich viele Voraussetzungen. Er ist schwul. Er hat das richtige Alter und die richtige Größe. Und stellen Sie sich vor: Er ist Kunstliebhaber. Sloan hat eine seiner Kolleginnen ausgehorcht, die sehr bedauert hat, dass ein großer, gut aussehender Mann wie er nichts von Frauen hält. Sie ist auf einer Vernissage gewesen und hat ihn dort mit seinem Freund beobachtet. Sloan hat bei der Ruiz nachgefragt und erfahren, dass sie ebenfalls dort gewesen ist – eine Woche vor dem Überfall auf sie!«

»Hmmm.« Lucas überlegte kurz. »Ich weiß nicht recht...«

»Was?«

»Augenblick. Jennifer Carey sitzt hier neben mir.« Lucas bedeckte die Sprechmuschel erneut mit einer Hand. »Geh wieder ins Bad und mach die Tür zu.«

»He, ich...«

»Jennifer, bitte keine Diskussion, ja? Ich führe ein privates Gespräch. Für die Zukunft müssen wir irgendwelche Regelungen ausarbeiten, aber im Augenblick...«

»Schon gut!« Sie stand gekränkt auf, patschte barfuß den Flur entlang und knallte die Badezimmertür hinter sich zu.

Er nahm seine Hand von der Sprechmuschel.

»Ich hab' sie ins Bad geschickt«, berichtete er. »Sie ist natürlich stinksauer... Wissen Sie, was ich finde, Chief? Die Sache kommt mir viel zu einfach vor. Der Kerl ist zu clever, um sich so leicht schnappen zu lassen. Und lediglich eine Woche Vorbereitungszeit zwischen Kennenlernen und Überfall ist verdammt kurz.«

»Sicher, aber wir sind ihm nur durch Zufall auf die Spur gekommen. Er hat nicht vorgehabt, den Revolver am Tatort zu verlieren.«

»Weshalb sind an den Patronenhülsen dann keine Fingerabdrücke gefunden worden? Zum Laden der Waffe muss er Handschuhe getragen haben.«

»Klar, aber ich gehe jede Wette ein, dass er nicht gewusst hat, woher der Revolver ursprünglich kommt – und dass wir seine Spur verfolgen können. Und der Bursche ist schwul. Die Psychologen sagen übereinstimmend, dass der Täter schwul sein könnte.«

Lucas dachte darüber nach. »Das ist ein Argument«, gab er zu.

»Okay. Wahrscheinlich lohnt sich eine Überprüfung.«

»Aber wir dürfen keinen Fehler machen. Am besten versuchen Sie, ... ein paar Informationen über ihn zu sammeln.«

»Okay.« Daniel wollte, dass er die Wohnung des Verdächtigen durchsuchte – natürlich inoffiziell. »Hören Sie, Jennifer Carey will unbedingt mit der Ruiz sprechen. Ich glaube, dass ich ihr ein Interview verschaffen sollte. Das würde sie von dieser anderen Sache ablenken.«

»Was hält die Ruiz davon?«

»Sie scheint einverstanden zu sein. Zumindest könnte ich sie dazu überreden. Wir sollten die Sache so arrangieren, wie wir sie besprochen haben. Dann wäre die Reportermeute abgelenkt, während wir uns mit Smithe befassen.«

»Einverstanden. Und sehen Sie zu, dass Sie herkommen. Wir treffen uns um zehn.«

»Du kannst wieder rauskommen!«, rief er nach draußen. Als niemand antwortete, trat er auf den Flur und sah, dass die Badezimmertür offen stand. Er lief zum Schlafzimmer und stieß die Tür auf. Jennifer war dabei, die Sprechkapsel seines auf dem Nachttisch stehenden Telefons festzuschrauben.

»In zehn Sekunden wäre ich fertig gewesen«, sagte sie, ohne den Versuch zu machen, sich zu entschuldigen.

»Verdammt noch mal, Jennifer!«, rief Lucas aufgebracht.

»Wenn's um Nachrichten geht, lasse ich mir nichts befehlen«, stellte sie klar. »Nicht von Cops.« Sie legte den Hörer auf.

»Wir müssen irgendeine Vereinbarung treffen«, sagte er mit in die Hüften gestemmten Armen. »Was hast du mitgekriegt?«

»Ihr habt einen Verdächtigen. Er ist schwul. Mehr nicht. Und den Teil mit der Ruiz.«

»Hör zu, diese Informationen kannst du nicht verwerten.«

»Versuch ja nicht, mir ...«

»Womöglich bildest du dir ein, das Mithören privater Telefongespräche sei etwas, das zum Image einer hartgesottenen Reporterin gehört, aber dein Anwalt findet das bestimmt nicht sehr amüsant. Und der Sender erst recht nicht, wenn die Verantwortlichen erst mal darüber nachgedacht haben. Außerdem kannst du dich darauf verlassen, dass der Medienrat dir eine Missbilligung ausspricht. Und ich sage dir ganz ehrlich, dass ich vermute, dass dieser Schwule nicht unser Täter ist. Falls er's nicht ist und du ihn durch den Dreck ziehst, ist er nach der Entscheidung über seine Verleumdungsklage der neue Besitzer eures Senders.«

»Gut, ich denke darüber nach.«

»Jennifer, wenn wir unser gemeinsames Kind haben wollen, darfst du nicht mehr versuchen, mich zu überlisten. Ich muss dir vertrauen können. Informationen über Fälle, die ich bearbeite, verwendest du nur mit meiner Erlaubnis.«

»Auf so was lass' ich mich nicht ein!«

»Gewöhn dich lieber daran, sonst haben wir ständig Ärger. Dann sitzen wir herum und trauen uns nicht mehr, miteinander zu reden. Außerdem würde das nur für Fälle gelten, die ich bearbeite.«

Sie dachte darüber nach. »Wir finden schon irgendeinen Modus«, meinte sie, ohne sich festzulegen. »Ich denke nicht daran, deinetwegen den Mund zu halten. Falls ich einen Tipp aus anderer Quelle kriege, verwende ich ihn auch.«

»Okay.«

»Das Problem stellt sich kaum noch, sobald ich als Produzentin anfange«, sagte Jennifer. »Dann konzentriere ich mich auf langfristigere Geschichten. Nicht mehr auf Polizeistories.«

»Das wäre für uns beide besser. Aber was ist mit dieser Sache? Verzichtest du darauf, sie sofort auszuwerten?«

»Was ist mit dieser Ruiz?«

»Die habe ich angerufen, während du unter der Dusche gestanden hast. Sie ist bereit, dir ein Interview zu geben. Das müsste sich für heute Abend arrangieren lassen. Wie du selbst gehört hast, ist Daniel damit einverstanden.«

Jennifer dachte nach und nickte zuletzt. »Okay, abgemacht. Ich halte mich, was den Verdächtigen betrifft, zurück, wenn du mir versprichst, mich als Erste zu informieren, sobald sich irgendwas Neues ergibt.«

»Ich verspreche dir, dich nicht zu benachteiligen.«

»Verdammt noch mal, Lucas...«

»Jennifer...«

»Das wird schwierig«, stellte sie fest. »Okay. Ich kündige unsere Abmachung rechtzeitig, wenn ich mir die Sache anders überlege.«

Er nickte. »Ich rufe die Ruiz noch mal an und vereinbare einen Termin mit ihr.«

»Der Kerl heißt Jimmy Smithe«, erklärte Anderson ihm auf dem Weg zu Daniels Büro. »Ich habe mir seine elektronisch gespeicherte Personalakte übermitteln lassen und die Angaben mit dem von unseren Psychologen erstellten Persönlichkeitsprofil des Täters und den bisher zusammengetragenen Informationen verglichen. Dabei haben sich etliche Übereinstimmungen ergeben.«

»Wie sieht's mit Unstimmigkeiten aus?« fragte Lucas. »Kommt er aus dem Südwesten?«

»Nein. Soviel ich weiß, ist er in Minnesota geboren, hier aufgewachsen, hat an der University of Minnesota studiert und ist nach Aufenthalten in Detroit und New York hierher zurückgekommen, um beim Sozialamt zu arbeiten.«

»Vorstrafen?«

»Nicht der Rede wert. Als Siebzehnjähriger hat er sich mit einer kleinen Menge Marihuana erwischen lassen und eine Geldstrafe gezahlt.«

»Welchen Ruf hat er beim Sozialamt?«

»Sloan sagt, dass er einen ziemlich guten hat. Smithe ist schwul, das stimmt; er gibt sich keine Mühe, diese Tatsache zu verbergen, macht aber auch nicht Reklame dafür. Ein cleverer Bursche. Mit anderen kommt er gut aus – auch mit den Kerlen. Er steht vor der Beförderung zum Abteilungsleiter.«

»Ich weiß nicht recht, Mann. Das klingt zu ausgeglichen.«

»Jedenfalls existiert er. Und wir können ihm eine Verbindung zu zwei der Frauen nachweisen.«

Als Lucas und Anderson den Raum betraten, sprach Daniel bereits mit acht anderen Kriminalbeamten.

»Ich verlange, dass diese Ermittlungen unter uns bleiben«, sagte der Polizeipräsident. »Wir müssen den Kerl genau unter die Lupe nehmen, ohne dass jemand was merkt.«

Sein dicker Zeigefinger deutete auf Sloan.

»Sie hören sich in der Nachbarschaft um. Den Leuten erzählen Sie, dass es sich um eine Sicherheitsüberprüfung vor seiner möglichen Übernahme in den Polizeidienst handelt. Falls Nachfragen kommen, erzähle ich irgendeine Geschichte über einen Verbindungsoffizier zwischen Polizei und hiesigen Schwulen – wegen Aids und anderer Probleme. Wie die

Polizei aufklärend und vorbeugend wirken kann. Das müsste glaubhaft klingen.«

»Okay.« Sloan nickte.

»Eigentlich wäre das keine schlechte Idee«, stellte Lucas fest.

»Wir haben genügend eigene Schwule, ohne uns draußen nach welchen umsehen zu müssen«, wehrte Daniel ab. Er deutete auf Anderson und den neben ihm sitzenden Kriminalbeamten. »Sie sammeln weitere Informationen und überprüfen sie in Bezug auf die übrigen Opfer. Die Verbindung zur Ruiz ist bereits hergestellt. Vielleicht gibt's noch weitere. Und jetzt zu euch, Jungs«, fuhr der Chief fort, indem er sich an die restlichen sechs Kriminalbeamten wandte. »Ihr beschattet ihn mit jeweils zwei Mann Tag und Nacht. Überstunden sind kein Problem. Solltet ihr sehen, wie eine Achtzigjährige aus der Gesellschaft von einer Jugendbande vergewaltigt wird, meldet ihr die Sache telefonisch und vergesst sie sofort wieder. Ihr lasst diesen Hurensohn keine Sekunde aus den Augen, verstanden? Smithe ist der *Einzige*, auf den's ankommt. Und ich verlange viertelstündliche Standortmeldungen – tagsüber an Anderson, nachts an den Wachhabenden.«

Die Cops nickten.

Als die Versammlung auseinander ging, forderte der Polizeipräsident Lucas zum Bleiben auf.

»Haben Sie die Sache mit der Ruiz arrangiert?«

»Ja. Ich habe mit ihr gesprochen, bevor ich zum Dienst gefahren bin. Das Interview wird heute um achtzehn Uhr bei ihr aufgezeichnet. Sie macht mit, weil's vielleicht nützt, und Jennifer Carey ist auf diese Weise ruhiggestellt.«

»Hoffentlich bringt Ihr Schwanz Sie bei dieser Frau nicht in Schwierigkeiten.«

»Alles unter Kontrolle«, versicherte Lucas. »Ich gebe den

Medienleuten den Tipp, dass Sie eine Pressekonferenz geben werden. Und ich sorge dafür, dass die Journalisten ihre Interviews gleichzeitig mit der Carey machen können. Gegen einundzwanzig Uhr sind wir dann zur Pressekonferenz hier. Danach fahre ich für ein paar Tage in mein Blockhaus. Mir steht noch Urlaub für Überstunden zu.«

»Jetzt ist aber ein verdammt ungünstiger Urlaubstermin!«

»Ich habe für alles vorgesorgt. Sollten Sie mich brauchen, hat der Wachhabende meine Telefonnummer.«

»Okay, aber bringen Sie der Ruiz bei, dass sie zur Zusammenarbeit mit uns aufrufen soll, okay? Die übliche Masche.« Daniel lehnte sich in seinen Sessel zurück, legte die Füße auf den Schreibtisch, starrte eine seiner Fotowände an und wechselte das Thema. »Sie wissen, was wir brauchen.«

»Ja.«

»Ich sorge dafür, dass Anderson Sie über die Ermittlungen auf dem Laufenden hält. Wir wissen bereits, dass Smithe allein ein kleines Haus am Lake Harriet bewohnt.«

»Nicht weit vom Arbeitsplatz der Lewis entfernt.«

»Daran haben wir schon gedacht«, bestätigte Daniel. »Aber er hat es nicht bei ihrer Firma gekauft.«

»Hören Sie, hängen Sie sich mit dieser Sache nicht zu weit aus dem Fenster, okay! Sie persönlich, meine ich«, sagte Lucas. »Sollten die Medien einen Tipp bekommen, erklären Sie ihnen, dass wir uns für einen Mann interessieren – und dass Sie den Verdacht für dünn halten.«

»Sie glauben nicht daran?«

»Ich hab' ein schlechtes Gefühl dabei.«

»Können Sie heute Nachmittag etwas unternehmen? Vielleicht würde uns das weiterhelfen.«

»Ich sehe mal zu, was sich machen lässt.«

Keiner der beiden erwähnte, dass damit die illegale Durchsuchung von Smithes Haus gemeint war.

Von seinem Büro aus telefonierte Lucas mit Redaktionen und Fernsehstationen, um seinen Freunden den Tipp zu geben, dass Daniel eine Pressekonferenz einberufen wollte. Dann sprach er mit den Chefs vom Dienst der beiden Zeitungen und schlug ihnen vor, für den Spätnachmittag einen auf den sanften Touch spezialisierten Reporter bereitzuhalten, da gegen achtzehn Uhr ein guter Aufmacher für den nächsten Tag zu erwarten sei.

Danach ließ er sich von Anderson Smithes Adresse und Telefonnummer geben und suchte die Straße auf einem Stadtplan.

Dieses Wohngebiet kannte Lucas. Er schob die Unterlippe vor, während er kurz darüber nachdachte, zog dann die unterste Schreibtischschublade auf, griff weit hinein und ertastete den elektrischen Dietrich. Das batteriegetriebene Gerät war nur halb so groß wie ein Handbohrer mit Akku, und wo der Bohrer hätte sitzen sollen, ragten ein gerader und ein gebogener Stift heraus. Lucas schraubte die Bodenkappe ab, drehte die Batterien in Arbeitsposition und drückte auf den Knopf. Als sich die Stifte eine Sekunde lang bewegten, nahm er den Finger vom Knopf und atmete auf.

Zu Smithes hellbeige gestrichenem Haus gehörte ein briefmarkengroßer Vorgarten mit fünf Meter hohen Wacholderbäumen auf beiden Seiten des zur Haustür führenden Weges aus Betonplatten. Auf den Straßen des ruhigen Wohnviertels waren nur vereinzelt Fußgänger unterwegs. Lucas fuhr zweimal am Haus vorbei und hielt dann neben einer Telefonzelle.

»Anderson.«

»Davenport. Wo ist Smithe im Augenblick?«

»Eben bin ich angerufen worden. Er sitzt an seinem Schreibtisch.«

»Danke.«

Als nächstes wählte er Smithes Privatnummer und ließ das Telefon klingeln. Nach dem dreißigsten Klingeln zog er einen Seitenschneider aus seiner Jeansjacke, sah sich um, knipste den Hörer ab und versteckte ihn unter der Jacke, als er zum Auto zurückging. Da der Hörer fehlte, war es wenig wahrscheinlich, dass jemand, der telefonieren wollte, überhaupt die Zelle betrat, die Gabel herunterdrückte und dadurch die Verbindung unterbrach.

Der Porsche war zu auffällig, als dass Lucas ihn vor Smithes Haus hätte parken können. Statt dessen ließ er ihn einen Block entfernt stehen und ging mit dem elektrischen Dietrich in der Jackentasche zu Fuß weiter. Hinter ihm radelte ein Zehnjähriger über den Gehsteig. Lucas ging absichtlich etwas langsamer, damit der Junge ihn überholen konnte. Vor Smithes Haus bog er ab und folgte dem Plattenweg zum Eingang, ohne sich umzusehen.

Durch die Haustür hindurch war zu hören, wie das Telefon klingelte. Das originelle Türschloss stammte vermutlich noch aus den fünfziger Jahren. Der elektrische Dietrich öffnete es in weniger als einer Minute. Lucas stieß die Tür mit dem Ellbogen einen Spalt auf und steckte den Kopf hindurch. »Hierher!«, rief er dabei. »Platz!« Er pfiff halblaut. Als kein Hund anschlug, trat er über die Schwelle und schloss die Tür hinter sich.

In dem stillen Haus roch es schwach nach irgendeiner Chemikalie. Wonach? Holzpolitur? Bohnerwachs? Lucas machte rasch einen Rundgang durchs Erdgeschoss und blieb dabei nur stehen, um den Telefonhörer abzunehmen und wieder aufzulegen, damit das Klingeln aufhörte.

Das Wohnzimmer war mit einer italienischen Sitzgarnitur, einem gläsernen Nierentisch aus den Fünfzigerjahren und futuristischen Stehlampen spärlich, aber geschmackvoll eingerichtet. Die Küche war ein heller, sonniger Raum mit gelben

Kacheln und einem halben Dutzend Topfpflanzen auf dem Fensterbrett. Ebenfalls im Erdgeschoss lagen das Bad mit einer Gußbadewanne und ein kleines Gästezimmer mit einem in die Ecke geschobenen Doppelbett, einer Kommode mit leeren Schubladen und einem Schreibtisch, an dem Smithe offenbar gelegentlich arbeitete. Lucas zog die Schreibtischschubfächer auf und sah darin Rechnungen, Kontoauszüge und Durchschriften von Einkommensteuererklärungen.

Das so genannte Elternschlafzimmer im Erdgeschoss war mit einer Stereoanlage mit riesigen Lautsprechern und einem Fernsehgerät mit 69-cm-Bildschirm vor einem bequemen Sofa als Medienraum eingerichtet. Eine seiner Wände verschwand fast unter gerahmten Fotos. Auf einem stand Smithe neben einem lächelnden älteren Paar – offenbar seinen Eltern. Eine weitere Aufnahme zeigte ihn mit zwei Jugendlichen, die seine Brüder sein mussten; alle drei trugen Ringertrikots und protzten vor der Kamera mit ihren Muskeln. Weitere Bilder zeigten Smithe mit seinem Vater bei der Heuernte, mit seinem Diplom und engumschlungen mit einem Freund auf einer New Yorker Avenue.

Wo war das Schlafzimmer? Lucas verließ den Raum und stieg in den ersten Stock hinauf. Smithes Schlafzimmer nahm das gesamte Obergeschoss ein und wurde von einem übergroßen französischen Bett beherrscht, das ungemacht war. Jeans, Unterwäsche und andere Kleidungsstücke lagen auf Sesseln verstreut. In einem Bücherregal standen einige Dutzend Bücher, vor allem Sciencefiction-Titel, und eine kleine Sammlung von Homosexuellen-Magazinen. Lucas warf einen Blick in die Schublade des rechten Nachttischs. Schlüssel, eine Flasche Eau de toilette, eine Geldscheinspange mit dem Wappen von Ducks Unlimited, eine kleine Schmuckschatulle und ein Foto, das Smithe mit einem Mann zeigte: beide mit nacktem Oberkörper und um die Schultern gelegten Armen.

Lucas zog die Schublade des zweiten Nachttischs auf. Sie enthielt zwei etwa halbvolle Schachteln Präservative mit und ohne Gleitmittel. Er nahm eines der beschichteten Kondome heraus und steckte es ein. Hinter den Schachteln fand er ein mit einem Gummiband zusammengehaltenes Bündel Briefe, die Smithe von einem gewissen Rich erhalten hatte. Lucas überflog zwei davon: redselige Erzählungen eines ehemaligen Geliebten. Keine Vorwürfe, keine Drohungen.

Dann war der Einbaukleiderschrank an der Reihe. Fünf Paar Sportschuhe. Adidas, Adidas, Adidas, Adidas und Adidas. Keine Nike Airs. Wieder die Treppe hinunter ins Bad. Der Spiegelschrank enthielt Toilettenartikel und vier Medikamente: zwei Penicillinpräparate, eines davon mit überschrittenem Verfallsdatum, ein schwaches Schmerzmittel und Augentropfen.

Durch die Küche zur Kellertreppe und nach unten. Der Keller war noch unausgebaut. Eine Hobbywerkstatt mit einem Gewehrständer mit drei Schrotflinten. Im zweiten Raum ein regelrechtes Fitness-Studio mit Hanteln und einer Drückbank. An den Wänden Großfotos von muskelbepackten Gewichthebern in voller Aktion. Ein handgeschriebener Trainingsplan mit Kästchen, die jeden Tag abgehakt werden sollten. Nur wenige Häkchen fehlten.

Im vorderen Kellerraum: ein Wandschrank – mit weiteren Schusswaffen? Aber der Schrank enthielt nur Heimwerkermaschinen. Die Treppe hinauf, zurück ins Wohnzimmer. An einer Wand drei geschmackvolle Aktzeichnungen von schlanken, sehnigen Frauen. Ein Blick auf die Uhr: Lucas war seit neun Minuten im Haus.

Dann ins Arbeitszimmer. Schubfächer mit Steuerunterlagen und einigen Briefen. Nichts Interessantes. Lucas schaltete den IBM-Computer ein, lud Word Perfect und sah sich auf der Festplatte um. Briefe, Geschäftskorrespondenz, ein paar

Spiele. Smithe arbeitete offenbar viel zu Hause. Keine tagebuchartigen Aufzeichnungen.

Ein letzter Blick auf die Fotos an der Wand des Medienraums. Glücklich und zufrieden, dachte Lucas. Er wirkt glücklich und zufrieden.

Wieder ein Blick auf die Uhr: siebzehn Minuten. Er verließ ohne Eile das Haus.

Lucas betrat Daniels Büro, ohne anzuklopfen.

»Was gibt's?« Der Polizeipräsident sah irritiert auf.

Lucas zog das verpackte Kondom aus seiner Tasche und warf es auf den Schreibtisch. Daniel musterte es prüfend.

»›Share‹«, las er von der Packung ab. Er blickte zu Lucas auf. »Die Ermittlungsordner enthalten eine vom Labor erstellte Liste von Kondomen, die mit dem bei den Frauen gefundenen Gleitmittel beschichtet sind.«

»Stimmt.«

»Steht diese Marke auf unserer Liste?«

»Yeah.«

»Verdammt noch mal! Haben wir irgendwas, mit dem wir einen Haussuchungsbefehl beantragen könnten?«

»Die Begründung wäre fadenscheinig.«

Daniel drückte auf einen Knopf seiner Gegensprechanlage. »Linda, versuchen Sie, Detective Sloan ans Telefon zu bekommen. Harmon Anderson müsste wissen, wo er zu erreichen ist. Ich möchte ihn sofort sprechen.«

Er ließ den Sprechknopf los und betrachtete Lucas. »Irgendwelche Probleme dort draußen?«

»Nein.«

»Ich möchte, dass Sie ein paar Tage nicht im Fernsehen erscheinen. Halten Sie sich bei dieser Pressekonferenz für den Fall, dass jemand Sie da draußen gesehen hat, ganz im Hintergrund.«

»Okay. Aber ich bin nicht gesehen worden.«

»Mann, wenn das der Täter ist, sehen wir gut aus! In Los Angeles jagen sie solche Kerle oft jahrelang, und manche erwischen sie nie.« Daniel fuhr sich mit den Fingern einer Hand durchs Haar. »Smithe muss der Täter sein!«

»So dürfen Sie nicht denken«, widersprach Lucas eindringlich. »Bleiben Sie cool! Sobald wir jemanden festnehmen, flippen die Medien aus. Ist er's dann nicht gewesen, werden Sie gelyncht. Vor allem die Schwulenorganisationen würden Ihren Kopf fordern.«

»Schon gut, schon gut!« murmelte Daniel unbehaglich. Er machte eine Handbewegung, als wehre er Schnaken ab. Dann klingelte sein Telefon, und er riss den Hörer von der Gabel.

»Ja? Okay, stellen Sie das Gespräch durch.« Er sah zu Lucas hinüber und formte mit den Lippen den Namen »Sloan«, bevor er mit dem Anrufer sprach. »Haben Sie die Liste der von der Lewis verkauften Häuser schon überprüft?... Ja. Wie viele?... Und wie sieht's mit Verabredungen aus?... Hmmm. Gut, bleiben Sie dran, versuchen Sie, möglichst viele aufzuspüren. Reden Sie mit ihrem Freund, lassen Sie sich erzählen, in welchen Bars sie gewesen sind, wo sie Smithe über den Weg gelaufen sein könnte... Ja, wir versuchen vielleicht, einen Haftbefehl zu erwirken... Was? Augenblick.«

Daniel sah zu Lucas hinüber.

»Morgen kommt die Müllabfuhr, sagt Sloan. Er will wissen, ob er sich die Abfälle grapschen soll, falls Smithe welche vor die Tür stellt.«

»Gute Idee. Seinen Müll können wir ohne Haussuchungsbefehl sicherstellen. Vielleicht finden wir darin etwas, das einen Durchsuchungsbefehl rechtfertigt.«

Daniel nickte und sprach wieder ins Telefon. »Okay, holen Sie sich den Müll. Gut gemacht, Sloan!... Ja, natürlich.« Er knallte den Hörer auf die Gabel.

»Die Lewis hat ein Haus im übernächsten Block verkauft – sieben Wochen vor ihrer Ermordung.«

»Ach, ich weiß nicht recht…«

»Augenblick, hören Sie erst mal zu! Sloan hat mit Leuten aus der Nachbarschaft gesprochen. Smithe ist ein großer Jogger und läuft fast jeden Abend eine Runde, die genau an diesem Haus vorbeiführt.«

»Das besagt nicht viel.«

»Lucas, wenn noch irgendwas – irgendein Verdachtsmoment – dazukommt, beantrage ich einen Durchsuchungsbefehl. Richter Laushaus würde uns sogar einen ausstellen, der uns zur Durchsuchung der Unterwäsche des Gouverneurs berechtigt. Auch wenn der Gouverneur noch drinsteckt.«

»Der Durchsuchungsbefehl ist nicht das Problem. Ich mache mir Sorgen wegen der Reaktion der Öffentlichkeit.«

»Damit komme ich schon zurecht. Wir sind ganz vorsichtig.«

Lucas schüttelte den Kopf. »Ich weiß nicht recht… Ich habe das Gefühl, dass alle plötzlich nur noch dieser Spur folgen.« Er sah auf seine Uhr. »Ich muss wegen des Interviews mit der Ruiz telefonieren. Bleiben Sie cool, bitte!«

Lucas sprach mit dem Chef vom Dienst der *Pioneer Press:* »Wally? Lucas Davenport.«

»He, Lucas, wie hängt der Hammer?«

»Sehr witzig, Wally. Wo hast du das aufgeschnappt?«

»Ich dachte, so reden die Bullen. Entschuldigung, ich meine, die Cops. Ich wollte bloß freundlich sein.«

»Schon gut. Hör zu, kannst du einen deiner Zeitungsschmierer abstellen, der sich um achtzehn Uhr im Polizeipräsidium von St. Paul mit mir trifft?«

»Was gibt's denn?«

»Es gibt eine Frau, die einen Überfall des Werwolfs überlebt hat, und wir wollen mit ihr an die Öffentlichkeit gehen.«

»Halt! Augenblick!«

Am anderen Ende war gedämpftes Stimmengewirr zu hören, bevor sich eine weibliche Stimme meldete: Denise Ring, die Lokalredakteurin.

»Lucas, hier ist Denise. Wer ist diese Frau?«

»Hallo, Denise. Wie hängt der Hammer?«

»Was?«

»Wally hat mich eben gefragt, wie der Hammer hängt. Ist das etwa keine Redensart bei euch Presseleuten?«

»Der Teufel soll dich holen, Lucas. Und Wally auch! Was ist mit diesem Opfer?«

»Wir haben sie bisher unter Verschluss gehalten, weil wir sie erst ausquetschen wollten. Aber Jennifer Carey hat davon erfahren…«

»Von dir?«

»Nein. Ich weiß nicht, wer ihr den Tipp gegeben hat. Cops aus St. Paul, vermute ich.«

»Du schläfst mit ihr.«

»Mein Gott, lesen denn alle meine Post?«

»Das wissen alle. Ich meine, das ist doch nur eine Frage der Zeit gewesen. Sie ist die letzte verfügbare Frau in den Twin Cities gewesen. Wenn du sie verschmäht hättest, dann hättest du dir eine außerhalb des Staates suchen müssen.«

»Hör zu, Denise, willst du diese Story oder nicht?«

»Klar doch. Nur keine Aufregung!«

»Jennifer hätte die Story selbst gegen unseren Willen gebracht, deshalb haben wir mit der Frau geredet, und sie ist bereit, zur Mithilfe bei der Fahndung aufzurufen. Daniel hat allerdings widersprochen, als Jennifer Exklusivrechte beansprucht hat. Er hat mich angewiesen, euch und die *Star-Tribune* anzurufen – und das tue ich hiermit.«

»Um achtzehn Uhr? Ich schicke Cammeretta hin. Wie sieht's mit Bildern aus?«

»Du kannst einen Fotografen mitschicken. Jennifer interviewt sie vor der Kamera.«

»Ist das auch das Thema dieser für einundzwanzig Uhr angesetzten Pressekonferenz?«

»Richtig. Die Überlebende beantwortet dann Fragen der übrigen Sender, aber ihr, TV3 und die Strib haben das Exklusivmaterial des Interviews um achtzehn Uhr.«

»Das ist kein Exklusivmaterial. Jennifer hat's zuerst.«

»Aber sie hat weniger...«

»Und die Strib ist auch daran beteiligt.«

»Ihr macht bestimmt was Besseres draus.«

»Das tun wir immer«, behauptete die Redakteurin. »Gut, bis achtzehn Uhr. Wie heißt sie gleich wieder?«

Lucas lachte. »Susan B. Anthony. Augenblick... vielleicht ist das doch nicht der richtige Name. Um achtzehn Uhr weiß ich ihn genau.«

»Bis später«, sagte die Lokalredakteurin.

Lucas drückte die Gabel herunter, wählte die Nummer der *Star-Tribune,* erzählte dort die gleiche Story und rief dann Carla an.

»Sie sind auch dabei, stimmt's?« Ihre Stimme klang besorgt.

»Ja. Ich komme gegen siebzehn Uhr, und wir besprechen, was Sie sagen sollen. Um achtzehn Uhr fahre ich zum Präsidium und lotse die Presseleute zu Ihnen. Die Gruppe besteht aus Jennifer Carey, einem Kameramann, zwei Reportern und zwei Pressefotografen. Ich kenne sie alle und garantiere Ihnen, dass sie in Ordnung sind. Das Interview dauert ungefähr eine Stunde. Danach gehen wir einen Happen essen und fahren zur Pressekonferenz nach Minneapolis. Den weiteren Ablauf besprechen wir unterwegs.«

»Okay, ich wasche mir noch die Haare. Was sonst?«

»Am besten tragen Sie eine einfarbige Bluse. Keine gelbe. Hellblau wäre gut. Auch Jeans sind in Ordnung. Kein Make-up, nur etwas Lippenstift. Jennifer ist eine gute Interviewerin. Bei ihr brauchen Sie keine Angst zu haben.«

»Ich bin Jennifer Carey. Wie geht's?«

»Danke gut. Ich kenne Sie aus den Nachrichten ...«

Lucas verfolgte das Gespräch der beiden, während sich Jennifers Kameramann, die beiden Reporter und die Pressefotografen neugierig im Atelier umsahen. Jennifer beobachtete Carla aufmerksam, schätzte ihre Reaktionen ab, lächelte und ermutigte sie dazu, frei zu reden.

»Okay, hört mal zu, Leute«, sagte Jennifer schließlich zu den Reportern. »Ich brauche Bildmaterial, deshalb schlage ich vor, dass Carla euch ihre Story erzählt. Die filmen wir, und ihr könnt Fotos machen. So kann Carla sich schon mal überlegen, was sie vor der Kamera sagen will. Danach nehmen wir das Interview auf.«

»Ich möchte beim Interview dabei sein«, sagte der *Star-Tribune*-Reporter. Sein Kollege von der *Pioneer Press* nickte.

»Kein Problem, aber keine Unterbrechungen, okay?«

Lucas hörte Carla zu, die den beiden Reportern ihre Story erzählte. Bei dieser freundlichen Befragung lockerte sich ihre anfängliche Verkrampfung so weit, dass sie fast redselig wurde, als sie schilderte, wie sie den Killer in die Flucht geschlagen hatte. Nach einer Viertelstunde bat Lucas um eine kurze Pause.

»Wir müssen um einundzwanzig Uhr zur Pressekonferenz«, erklärte er Jennifer. »Am besten fängst du jetzt an.«

»Am besten wär's, wenn Sie uns vorführen würden, wie's gewesen ist, als der Kerl Sie überfallen hat«, sagte einer der Pressefotografen zu Carla. »Das müsste gute Bilder geben.«

Carla ging bereitwillig darauf ein. Sie durchquerte ihr Atelier und spielte eine Frau, die Einkaufstüten trägt und plötzlich angefallen wird. Während sie zunehmend erregt den Überfall nachstellte, deckten die Fotografen sie von allen Seiten mit einem regelrechten Blitzlichtgewitter ein.

Als die beiden fertig waren, verlangte Jennifer, dass Carla den Überfall erneut nachstellte, wobei sie die Rolle des Angreifers übernahm. Dann nahmen Carla und Jennifer zum Interview Platz, bei dem der Kameramann sie aus allen möglichen Blickwinkeln aufnahm.

»Okay, haben wir was vergessen?«, fragte Jennifer. Sie sah auf ihre Uhr.

»Nein, das war's eigentlich«, sagte Carla.

»Seid ihr fertig, Jungs?«, fragte sie die Reporter. Beide nickten zustimmend.

»Okay, Schluss für heute«, entschied Lucas. »Keine zusätzlichen Fragen. Sollte euch was einfallen, das ihr haben müsst, haltet euch an eure Kollegen, die bei der Pressekonferenz gewesen sind. Okay? Alles klar?«

Fünf Minuten später begleitete er Carla hinaus.

»Was halten Sie davon?«, fragte er Carla, als sie allein waren.

»Es ist interessant gewesen«, sagte sie, und ihre Augen glänzten.

»Ja, aber die Pressekonferenz läuft anders ab. Eine Frage nach der anderen, manche vielleicht bösartig. Kein Wort über dieses Interview, sonst flippen die anderen Fernsehleute aus. Bis sie TV3 sehen, müssen Sie längst untergetaucht sein.«

»Wie lange kennen Sie Jennifer Carey schon?« fragte Carla auf der Fahrt zur Pressekonferenz.

Lucas sah zu ihr hinüber. »Jahrelang. Warum?«

»Sie hat an Ihrer Stelle die Initiative übernommen. Und Sie

haben's nicht gemerkt. Meistens lässt das auf… ziemlich enge Vertrautheit schließen.«

»Wir sind seit langem befreundet«, sagte Lucas ausdruckslos.

»Schlafen Sie mit ihr?«

»Wir kennen uns nicht gut genug, um solche Themen zu diskutieren«, wehrte er ab.

»Das klingt wie ein großes Ja, finde ich«, stellte Carla fest.

»Jesus!«

»Hmmm.«

Die Pressekonferenz war kurz, laut und zum Schluss unerfreulich. Nach Carla beantwortete der Polizeipräsident an ihn gestellte Fragen.

»Haben Sie schon einen Verdächtigen?«, rief ein Reporter.

»Wir verfolgen alle Spuren, die…«

»Also keinen!«, stellte der Reporter fest.

»Nein, das wollte ich damit nicht sagen«, widersprach Daniel. Lucas fuhr zusammen.

»Dann *haben* Sie also einen Verdächtigen?«, erkundigte sich eine Journalistin.

»Das habe ich nicht gesagt.«

»Können Sie uns sagen, was Sie sagen wollen? Mit wenigen Worten?«

Als sie eine Stunde nach der Pressekonferenz in Lucas' Porsche auf der I-35 nach Norden rasten, war Carla Ruiz noch immer aufgedreht. »Sie nehmen Jennifers Interview also auf?«

»Ja, der Recorder ist programmiert. Sie können sich die Aufzeichnung ansehen, wenn Sie zurückkommen.«

»Auf der Pressekonferenz war ganz schön was los, nachdem der Chief diesen einen Kerl als Schwachkopf bezeichnet hat«, meinte Carla.

Lucas lachte. »Mir hat's gefallen! Der Kerl ist wirklich ein Schwachkopf. Aber Daniel hat damit keine Punkte gemacht.«

»Und Sie sind nicht bereit, mir von dem Verdächtigen zu erzählen?«

»Nein.«

Die Fahrt zum Wochenendhaus dauerte drei Stunden. Kurz vor dem Ziel hielten sie bei einem General Store, um Lebensmittel einzukaufen, und Lucas fachsimpelte mit dem Besitzer übers Angeln. »Letzte Woche sind's zwei Große gewesen«, erzählte der Ladenbesitzer.

»Wie groß?«

»Sie kennen doch Hennig, den Doktor, der mit Ruderboot und Schleppangel unterwegs ist? Aus dem Seegras vor der Insel hat er einen mit einszwanzig Länge rausgezogen. Schätzungsweise zweiunddreißig Pfund. Und drüben am anderen Ufer hat ein Tourist aus Chicago, der bei Wilson gewohnt hat, einen Achtundzwanzigpfünder rausgeholt.«

»Hat Hennig ihn freigelassen?«

»Yeah. Er sagt, dass er keinen behält, der nicht vielleicht doch vierzig wiegt.«

»Darauf muss er unter Umständen lange warten. In den North Woods gibt's nicht viele Angler, die einen vierzigpfündigen Muskinonge an der Wand haben.«

»Wunderschön!« sagte Carla und blickte über den See.

»Natürlich ist's gut, dass wir Vollmond haben. Eigentlich fast kitschig. Sieht wie 'ne Bierreklame aus.«

»Wunderschön«, wiederholte sie. »Welches Schlafzimmer soll ich nehmen?«

»Das große«, antwortete Lucas. »Sie können es ruhig benutzen, denn ich bin sowieso nicht da. In der Garage steht ein Fahrrad. Der General Store ist eine halbe Meile entfernt; bis in die Stadt sind's drei Meilen. Unten am Steg liegt ein Boot. Kennen Sie sich mit Außenbordmotoren aus?«

»Klar. Früher bin ich jeden Sommer mit meinem Mann zum Angeln gefahren. Wenigstens vom Fischen hat er was verstanden.«

An einem Gestell auf der Veranda steht ein halbes Dutzend Angelruten, und unter der Hollywoodschaukel finden Sie zwei Geräteboxen. Am Rand des Bilsenkrauts vor der Landzunge dort drüben stehen immer ein paar gute Brassen.«

»Okay. Fahren Sie gleich wieder zurück?«

»Ein bisschen später. Wenn ich die Einkäufe im Kühlschrank verstaut habe, hole ich mir ein Bier und setze mich noch eine Weile auf die Veranda.«

»Ich möchte duschen und mich umziehen«, sagte Carla.

Lucas saß in der Hollywoodschaukel und bewegte sie sacht, indem er sich mit einem Fuß von der niedrigen Fensterbank unter dem Fliegengitter abstieß. Die Nächte wurden allmählich kühl, und eine leichte Brise ließ die Tannen rauschen und brachte Harzduft mit sich. Ein Waschbär trottete auf dem Weg zu den Mülltonnen durch den Lichtschein eines benachbarten Wochenendhauses. Einige Grundstücke weiter auf der anderen Seite lachte eine Frau; dann planschte jemand im Wasser. Im Haus hinter ihm verstummte das Plätschern der Dusche. Wenig später erschien Carla in einem rosa Bademantel auf der Veranda.

»Möchten Sie noch ein Bier?«

»Mmm. Ja, noch eines.«

»Ich trinke eines mit.«

Carla brachte ihm ein Bier, setzte sich neben ihm auf die Hollywoodschaukel und zog die Beine unter sich. Ihr Haar war feucht, und die Wassertropfen glitzerten in dem aus den Fenstern fallenden indirekten Licht wie Diamanten.

»Schon ein bisschen kühl«, meinte sie. »Kommen Sie auch im Winter hierher?«

»Ich nutze jede Gelegenheit, um herzukommen. Im Winter bin ich zum Langlaufen hier. Dann gibt's überall Loipen, auf denen man meilenweit laufen kann.«

»Klingt großartig.«

»Sie sind jederzeit eingeladen«, sagte Lucas prompt.

Während sie sich unterhielten, fühlte er die Wärme, die ihr vom Duschen erhitzter Körper abstrahlte.

»Ist Ihnen nicht kalt?«

»Noch nicht. Vielleicht in ein paar Minuten. Im Augenblick ist's angenehm frisch.« Sie drehte sich etwas zur Seite und lehnte ihren Kopf an seine Schulter. »Eigentlich komisch, dass ein Cop wie Sie hier draußen ein Haus hat. Ich meine, ein Drogenfahnder, der einen Porsche fährt.«

»Das Haus hat mir der Arzt verschrieben«, sagte er, »weil ich zu viel gearbeitet habe.« Er legte seinen Arm um sie. »Ich bin den ganzen Tag und manchmal die halbe Nacht auf der Straße unterwegs gewesen und habe danach zu Hause an meinen Spielen gearbeitet. Dabei bin ich so überdreht gewesen, dass ich nicht mehr schlafen konnte, selbst wenn ich todmüde war. Dann bin ich zum Arzt gegangen, um mir ein Schlafmittel verschreiben zu lassen, aber er hat mir erklärt, dass ich eigentlich eine Gelegenheit zum Ausspannen brauche. Hier draußen arbeite ich nie – jedenfalls nicht für Geld. Ich hacke Holz, renoviere die Garage, überhole den Steg und so weiter.«

»Raten Sie mal«, sagte Carla.

»Was?«

»Ich habe unter diesem Bademantel keinen gottverdammten Faden am Leib.« Sie trank kichernd einen Schluck Bier.

»Donnerwetter! Splitterfasernackt, wie?«

»Genau. Ich hab' mir gedacht: Warum eigentlich nicht?«

»Darf ich das als offizielle Einladung betrachten?«

»Willst du lieber nicht?«

»Nein, nein, nein.« Lucas beugte sich nach vorn und küsste sie unter dem Ohr auf den Hals. »Ich habe mich verzweifelt bemüht, meine Chancen auszurechnen. Nachdem ich immer so nett gewesen bin, wär's mir peinlich gewesen, plötzlich zudringlich zu werden.«

»Darum hab' ich beschlossen, den ersten Schritt zu tun«, flüsterte sie. »Weil du mich nicht gedrängt hast wie manche anderen Männer.«

»Jetzt muss ich schlafen«, erklärte sie viel später. »Allmählich spüre ich den langen Tag doch.«

»Nur noch eine Frage«, sagte er in der Dunkelheit. »Als wir den Überfall in deinem Atelier nachgestellt haben, hast du gesagt, der Kerl, der dich überfallen hat, habe sich weicher als ich angefühlt. Findest du das noch immer?«

Carla überlegte kurz. »Ja«, antwortete sie dann. »Ich hatte den klaren Eindruck, dass er ein bisschen… nicht dicklich, aber schwammig gewesen ist. Ein bisschen zu viel Fett, nicht allzu kräftige Muskeln. Ich meine, er ist natürlich stärker als ich gewesen, aber ich wiege nur knapp fünfzig Kilo. Er ist bestimmt nicht sportlich oder durchtrainiert.«

»Scheiße.«

»Hat das irgendwas zu bedeuten?«

»Vielleicht. Ich fürchte, ja.«

Am nächsten Morgen ging Lucas zu seinem Porsche hinaus, griff unter den Fahrersitz, holte einen Charter Arms Kaliber 38 in einem schwarzen Nylonhalfter und zwei Schachteln Munition hervor und brachte sie ins Haus.

»Was ist das?«, fragte Carla, als er damit hereinkam.

»Ein Revolver. Du hast gesagt, du könntest vielleicht einen brauchen.«

»Hmmm.« Carla kniff ein Auge zu und musterte ihn mit dem anderen. »Du hast ihn mitgebracht, aber gestern Abend nicht rausgeholt. Das lässt darauf schließen, dass du damit gerechnet hast, hier zu übernachten.«

»Ein Thema, das wir jetzt nicht näher erörtern wollen«, wehrte Lucas grinsend ab. »Zieh dir Schuhe an. Wir machen einen Waldspaziergang.«

Sie überquerten die Straße hinter dem Blockhaus, folgten im Wald einem kleinen Bach bis zu seinem sumpfigen Quellgebiet und bogen in eine Schlucht ein, die am Fuß eines steilen Hügels endete und sich dort zu einem grasbewachsenen Kessel mit sandigen Kieswänden erweiterte.

»Wir schießen in den Kies«, entschied Lucas. »Wir fangen mit drei Metern Entfernung an und gehen dann auf fünf, sechs Meter zurück.«

»Warum so kurze Entfernungen?«

»Weil du weglaufen oder um Hilfe rufen kannst, wenn du weiter entfernt bist«, antwortete Lucas. »Schießen solltest du nur aus kürzester Entfernung, wenn du verzweifelt bist.« Er sah sich um und deutete auf einen umgestürzten Baumstamm. »Komm, wir sprechen die Sache erst mal durch.«

Sie setzten sich auf den Baumstamm, und Lucas zerlegte die Waffe, demonstrierte die Funktion aller Teile und zeigte Carla, wie sie geladen und entladen wurde. Als er die Patronen in die Trommel schob, hörten sie ein Keckern über sich. Lucas hob den Kopf und sah ein rotes Eichhörnchen.

»Okay«, flüsterte er. »Pass gut auf!«

Er drehte sich langsam auf dem Baumstamm um und zielte auf das kleine Tier.

»Was hast du vor?«

»Ich will dir zeigen, welche Durchschlagkraft ein Achtunddreißiger hat«, antwortete er, ohne das Eichhörnchen aus den Augen zu lassen. Es war halb hinter einem dicken

Ast einer Rottanne verborgen, zeigte sich aber gelegentlich ganz.

»Warum? Warum willst du's erschießen?« fragte Carla mit weit aufgerissenen Augen. Sie war blass geworden.

»Was eine Kugel anrichtet, weißt du erst, wenn du's gesehen hast. Du musst deine Finger in die Wunde stecken können. Wie der ungläubige Thomas, weißt du?«

»He, lass das!«, forderte sie ihn auf. »Lass den Unsinn, Lucas!«

Er zielte weiter auf das Eichhörnchen.

»Man braucht die kleine Bestie nur zwischen den Augen zu treffen, dann spürt sie überhaupt nichts...«

»Lucas!« Carlas Stimme klang schrill, und sie umklammerte seinen Arm mit beiden Händen und zog ihn herunter. Sie war sichtlich bestürzt.

»Warum so entsetzt?«

»Mein Gott, das Eichhörnchen hat dir doch nichts getan!«

»Hast du Angst?«

Sie ließ seinen Arm los und rückte von ihm ab. »Soll das eine Art Lektion sein?«

»Richtig«, bestätigte er und kehrte dem Eichhörnchen den Rücken zu. »Bewahr dir das Gefühl, das du gerade gehabt hast. Du hast Mitleid mit einem Eichhörnchen gehabt. Jetzt stell dir vor, du würdest mit einem Achtunddreißiger auf einen Menschen schießen.«

»Mein Gott, Lucas...«

»Du triffst den Kerl in die Brust, nicht durchs Herz, sondern nur in die Brust, und er liegt da und schnaubt hellrotes Blut mit kleinen Luftblasen, und seine Augen sehen meistens wächsern aus. Er wirft sich vielleicht von einer Seite auf die andere, und er liegt im Sterben. Ihm kann kein Mensch mehr helfen, nur noch der liebe Gott...«

»Ich will keinen Revolver«, sagte sie plötzlich.

Lucas hielt die Waffe hoch. »Schreckliche Dinger«, stellte er fest. »Aber es gibt etwas, das noch schrecklicher ist.«

»Was denn?«

»Das Eichhörnchen zu sein.«

Er gab ihr Schießunterricht in Nahkampfentfernung und ließ sie auf in den Sand gezeichnete menschliche Umrisse schießen. Nach etwa dreißig Schuss begann sie, die Silhouetten regelmäßig zu treffen. Nach fünfzig begann sie, den Revolver zu verreißen.

»Du verreißt die Waffe«, erklärte Lucas ihr.

Sie drückte erneut ab und verriss wieder. »Nein, überhaupt nicht!«

»Ich seh's aber.«

»Ich nicht!«

Lucas klappte die Trommel heraus, steckte drei Patronen in willkürlich gewählte Kammern und gab Carla die Waffe zurück.

»Probier's noch mal.«

Sie drückte erneut ab, verriss wieder und schoss daneben.

»Weiter!«

Diesmal fiel der Hammer auf eine leere Kammer. Der Schuss blieb aus, aber Carla verriss den Revolver trotzdem.

»Das nennt man Mucken«, sagte Lucas.

Sie übten eine Stunde weiter und machten zwischendurch immer wieder Pausen, um über Sicherheitsvorschriften, das beste Waffenversteck in ihrem Atelier und Selbstverteidigungstechniken zu sprechen.

»Ein wirklich guter Schütze wird man nur durch verdammt viel Übung«, sagte Lucas, während sie den Revolver in ihrer Hand betrachtete. »Wir versuchen nicht, dich dazu auszubilden. Aber du musst lernen, ein Ziel zuverlässig aus drei bis fünf Metern Entfernung zu treffen. Das dürfte kein Problem sein. Solltest du jemals in die Lage geraten, auf jemanden schießen zu müssen, zielst du einfach mit dem Revolver und drückst ab, bis die letzte Patrone verschossen ist. Mach dir keine Gedanken wegen Notwehrüberschreitung oder dergleichen. Drück einfach immer wieder ab.«

Nachdem Carla fünfundneunzig der hundert Patronen verschossen hatte, erklärte Lucas die Ausbildung für beendet und gab ihr den mit den letzten fünf Patronen geladenen Revolver.

»So, jetzt hast du eine schussbereite Waffe im Haus«, sagte er dabei. »Nimm sie mit und leg sie an einen Platz, den du schnell erreichen kannst. Du wirst merken, dass sie eine Belastung darstellt. Ab jetzt weißt du, dass du ein Stück Tod im Haus hast.«

»Ich brauche mehr Übung«, antwortete sie einfach.

»Ich habe noch dreihundert Schuss im Auto. Du gehst jeden Tag hierher und verschießt fünfundzwanzig bis fünfzig. Sieh zu, dass du dir das Mucken abgewöhnst.«

»Die Waffe macht mich nervöser, als ich je gedacht hätte«, gestand Carla auf dem Rückweg zum Blockhaus. »Aber zugleich ...«

»Was?«

»Der Revolver liegt gut in der Hand«, meinte sie nachdenklich. »Wie ein Pinsel oder dergleichen.«

»Schusswaffen sind großartige Werkzeuge«, sagte Lucas. »Unglaublich wirkungsvoll. Es ist ein Genuss, sie wie eine Leica oder einen Porsche zu benützen. Ein Vergnügen ganz eigener Art. Das Dumme ist nur, dass man jemanden töten muss, damit sie ihren Zweck erfüllen.«

»Ein netter Gedanke«, gab Carla zurück.

Lucas zuckte mit den Schultern. »Mit Samurai-Schwertern ist's nicht anders. Sie sind Kunstwerke, die erst vollständig sind, wenn sie den Tod bringen.«

Als sie die Straße hinter dem Wochenendhaus überquerten, fragte Carla: »Musst du wirklich weg?«

»Yeah. Ich muss zu einem Spiel.«

»Das verstehe ich nicht«, sagte sie. »Immer diese Spiele!«

»Ich auch nicht«, versicherte Lucas ihr lachend.

Auf der Rückfahrt in die Twin Cities ließ er sich Zeit, genoss die Landschaft und dachte bewusst nicht an den Werwolf. Er kam nach achtzehn Uhr an, fragte nach Anderson und hörte, dass er schon nach Hause gefahren war.

»Sloan ist noch irgendwo unterwegs«, sagte der Wachhabende. »Mir hat keiner aufgetragen, auf irgendwas Besonderes zu achten.«

Lucas fuhr weiter, zog sich zu Hause um, aß in St. Paul in einem Restaurant in der Grand Avenue zu Abend und schlenderte dann zum St. Anne's College hinüber.

»Ah, da kommt Longstreet – langsam wie immer«, sagte Elle, die selbst als General Robert E. Lee ihre dunkle, frisch gestärkte Ordenstracht trug. Eine andere Nonne in unauffälliger Straßenkleidung, die General George Pickett spielte, blätterte in einem Stapel Computerausdrucke. Der Rechtsanwalt – Generalleutnant George Gordon Meade, der Oberbefehlshaber der Unionsarmeen – und der Buchmacher, Kavalleriekommandeur General John Buford, studierten ihre Position auf der Karte. Ein Student, der die Rolle von General John Reynolds übernommen hatte, fütterte den Computer mit Informationen. Er sah auf, als Lucas hereinkam, und nickte ihm zu. Der Lebensmittelhändler, der Jeb Stuart spielte, war noch nicht da.

»Spielmäßig gesehen«, sagte der Buchmacher zu Lucas, »müssen Sie etwas gegen Stuart unternehmen. Vielleicht verordnen Sie ihm 'ne Zwangspause. Er macht sich aus jeder Umklammerung frei, und wenn er Lee den feindlichen Aufmarsch meldet, kann sich alles ändern.«

Lucas ging bereitwillig auf die geäußerten Bedenken ein.

Hier fühlte er sich in seinem Element. Nachdem der Lebensmittelhändler zehn Minuten später eingetroffen war und sich für seine Verspätung entschuldigt hatte, begann das Spiel. Es stand schlecht für die Unionstruppen. Stuart schickte einige seiner Späher als Kuriere zurück, so dass Lee erfuhr, dass die Blauröcke im Anmarsch waren. Er rückte schneller als historisch belegt nach Gettysburg vor, und Picketts Division – die an der Spitze marschierte, anstatt die Nachhut zu bilden – drängte Bufords Kavallerie zurück, stieß durch Gettysburg hindurch vor und eroberte Gulp's Hill und das Nordende der Cemetery Ridge.

Hier wurde das Spiel abgebrochen. Als sie dann zusammensaßen und über den Spielfortgang dieses Abends diskutierten, brachte der Rechtsanwalt das Gespräch auf den Werwolf.

»Was ist mit diesem Kerl?«, wollte er wissen.

»Suchen Sie einen Mandanten?«, fragte Lucas.

»Nur wenn er reichlich Kohle hat«, sagte der Anwalt. »Das ist ein Fall, der in ganz Minnesota Staub aufwirbeln wird. Aber ein interessanter Fall. Tatsächlich könnt ihr in Beweisnot geraten, wenn ihr ihn nicht gerade auf frischer Tat ertappt. Aber der Kerl, der ihn freikriegt..., von dem nimmt dann kein Hund mehr ein Stück Brot.«

»Das müsstet ihr Rechtsverdreher doch gewöhnt sein«, warf der Lebensmittelhändler ein. Er war in aufgeräumter Stimmung. Er rehabilitierte den guten alten J. E. B. Stuart und machte ihn wieder zum Helden.

Der Anwalt verdrehte die Augen. »Wie steht's also?«, fragte er Lucas. »Fasst ihr ihn?«

»Wir kommen nicht recht weiter«, gestand Lucas und rollte sich in der fettigen Pappschachtel ein Stück kalte Pizza zusammen. »Wie sollen wir einen Verrückten erwischen? Mit normalen Methoden ist er nicht aufzuspüren. Sein Verstand arbeitet nicht wie der eines gewöhnlichen Verbrechers. Er mordet nicht etwa aus Habgier. Er tut's nicht, weil er drogensüchtig ist, sich an jemand rächen will oder irgendeinem Impuls nachgibt. Er mordet aus Vergnügen – und lässt sich dabei Zeit. Vielleicht tötet er nicht ganz willkürlich: Wir haben einige Übereinstimmungen gefunden, die uns aber praktisch nur wenig helfen. Wie die Tatsache, dass er dunkelhaarige Frauen überfällt. Das sind vielleicht nur dreißig oder vierzig Prozent der Frauen in den Cities, was ziemlich gut klingt, bis man genauer darüber nachdenkt. Selbst wenn man Kinder und alte Frauen ausklammert, bleibt noch eine Viertelmillion Dunkelhaarige übrig, versteht ihr?«

Der Buchmacher und der Lebensmittelhändler nickten. Die Nonne in Straßenkleidung und der Student kauten ihre Pizza. Elle, die mit den Perlen des Rosenkranzes an ihrer Seite gespielt hatte, sagte plötzlich: »Vielleicht könntest du ihn dazu bringen, zu dir zu kommen.«

Lucas starrte sie an. »Wie?«

»Das weiß ich nicht. Er ist auf einen bestimmten Typ fixiert, den wir kennen – das wäre eine Möglichkeit. Das Problem ist nur, wie du erfährst, ob er den von dir ausgelegten weiblichen Köder wahrgenommen hat. Wenn du einen Köder in seine Nähe bringen könntest, wär's vielleicht möglich, einen Überfall unter Beobachtung zu provozieren.«

»Sie denken hässliche Sachen, Schwester«, meinte der Buchmacher.

»Das ist ein hässliches Problem«, gab sie zurück. »Aber …«

»Ja?« Der Anwalt beobachtete sie mit schwachem Lächeln.

»Interessant«, sagte sie.

10

»Daniel sucht nach Ihnen.« Anderson fuhr sich nervös mit der flachen Hand über sein schütter werdendes blondes Haar, während er in Lucas' Büro trat. Lucas war eben gekommen und ließ seine Schlüssel in der geschlossenen Faust klappern.

»Gibt's was Neues?«

»Wir beantragen vielleicht einen Haftbefehl.«

»Gegen Smithe?«

»Richtig. Sloan hat heute Nacht seinen Müll sortiert. Er hat einige Packungen von Kondomen gefunden, die mit dem bei den Opfern festgestellten Gleitmittel beschichtet sind. Und ein ganzes Bündel Einladungen zu Kunstausstellungen. Wir gehen davon aus, dass er diese Ruiz *kennt.*«

»Ich muss mit dem Chief reden.«

»Wo haben Sie gesteckt?«, wollte Daniel wissen.

»In meinem Wochenendhaus. Ich hab' die Ruiz dort untergebracht«, antwortete Lucas.

Daniel schnalzte mit den Fingern. »Ich hab' nicht gewusst, dass Sie sie wegbringen. Was hat sie in Ihrem Wochenendhaus zu suchen?«

Lucas zuckte mit den Schultern. »Das Interview hat sie nur unter der Voraussetzung gegeben, dass wir sie danach vor den Reportern verstecken. Statt einen Antrag auf Übernahme ihrer Hotelkosten zu stellen, habe ich sie der Einfachheit halber bei mir untergebracht.«

Daniel kniff die Augen zusammen; dann nickte er Lucas kaum merklich zu. »Wie lange fährt man dorthin – drei Stunden?«

»Richtig.«

»Okay, Sie können gleich wieder umkehren. Wir möchten,

dass Sie ihr Fotos vorlegen, um zu sehen, ob sie Smithe identifizieren kann. Dafür kriegen Sie den Hubschrauber.«

»Anderson hat gesagt, dass Sie einen Haftbefehl beantragen wollen«, entgegnete Lucas.

»Vielleicht. Wir haben seinen Müll von Sloan genau untersuchen lassen. Tatsächlich hat er einige leere Kondompackungen der Marke Share gefunden. Seine Verbindung mit Rice ist klar, wir wissen, dass er dieselben Ausstellungen wie die Ruiz besucht hat, und er kann ohne weiteres die Lewis gesehen haben. Und diese junge Punkerin hat sich in Clubs an der Hennepin Avenue rumgetrieben, die auch von Schwulen besucht werden, so dass er sie dort kennen gelernt haben kann. Und wir haben das Gleitmittel. Er hatte Gelegenheit, allen Opfern hier im Gerichtsgebäude zu begegnen. Und der Kerl ist schwul. Je nachdem, was die Befragung der Ruiz ergibt, können wir einen Haftbefehl beantragen. Laushaus ist bereit, uns einen auszustellen.«

»Wir könnten zwanzig Kerle finden, die diese Voraussetzungen erfüllen.«

»Warum sehen Sie bloß immer Probleme, Davenport?«, fragte Daniel irritiert. »Andere Kerle haben Sie schon mit zehnmal weniger Beweismaterial verhaftet.«

»Klar. Aber ich habe gewusst, dass ich recht hatte. Diesmal könnten wir uns irren. Wir haben nichts als leicht beschaffbare Indizienbeweise in der Hand. Ich glaube, dass Smithe ein sportlicher und durchtrainierter Typ ist; die Ruiz hat den Täter als weich und unsportlich geschildert. Smithe stammt aus Minnesota; die Ruiz hat einen Südweststaatenakzent gehört. Der Täter hat Nike Airs getragen; Smithe besitzt fünf Paar Sportschuhe, aber keine Nike Airs.«

»Er benutzt die richtigen Kondome.«

»Das ist ein Verdachtsmoment, mehr nicht.«

»Er kennt sich mit Waffen aus.«

»Nicht mit Faustfeuerwaffen. Zu Hause hat er nur Schrotflinten.«

»Legen Sie einfach der Ruiz die Bilder vor«, forderte Daniel. »Die Fotos können Sie sich unten im Labor abholen.«

»Beantragen Sie den Haftbefehl etwa selbst? Oder überlassen Sie das der Mordkommission?«

»Ich bin ziemlich in diesen Fall eingestiegen«, antwortete der Chief. »Da möchte ich die Verantwortung nicht auf andere abwälzen.«

»Lassen Sie die Mordkommission den Antrag stellen«, drängte Lucas. »Dann können Sie sich die Sache noch immer anders überlegen, falls es Probleme gibt. Und noch was: Vielleicht sollten Sie veranlassen, dass die Kollegen den Haftbefehl vorläufig in der Tasche behalten. Laden Sie den Kerl vor, besorgen Sie ihm einen Anwalt, und sagen Sie ihm, dass Sie einen Haftbefehl gegen ihn haben. Kann er sich dann glaubhaft entlasten, werfen Sie den Haftbefehl weg und schütteln Smithe die Hand.«

»Vielleicht lässt er sich nicht darauf ein.«

»Mann, ich hab' ein verdammt schlechtes Gefühl bei dieser Sache!«

»Bei uns werden Frauen ermordet«, sagte Daniel. »Was ist, wenn wir mit unserem Verdacht Recht haben und zulassen, dass er weiter mordet?«

»Lassen Sie ihn schärfer überwachen. Versucht er's wieder, schnappen wir ihn.«

»Was ist, wenn er sich drei Wochen Zeit lässt? Haben Sie die Fernsehberichterstattung gesehen? Wie damals während der Geiselnahme im Iran! ›Der fünfzehnte Tag der Schreckensherrschaft des Werwolfs.‹ Das kommt als Nächstes!«

»Verdammt noch mal, Chief…«

Daniel winkte ab. »Okay, ich denke darüber nach. Sie fliegen los und legen der Ruiz die Fotos vor. Rufen Sie mich an, sobald Sie ihre Aussage haben.«

Lucas versuchte, Carla von seinem Büro und vom Flughafen aus anzurufen, aber sie meldete sich nicht.

»Haben Sie sie erreicht?«, fragte der Pilot.

»Nein. Aber ich finde sie, wenn wir dort sind.«

Der Hubschrauberflug zum Wochenendhaus dauerte weniger als eine Stunde und führte in niedriger Höhe über Laubwälder mit beginnender Herbstfärbung, eine Übergangszone und das dunkle Grün der North Woods hinweg. Der Pilot landete dreihundert Meter vom Haus entfernt neben einer Straßenkreuzung und begleitete Lucas, der einen großen Umschlag mit Fotos unter dem Arm trug. Carla erwartete sie auf der rückwärtigen Veranda.

»Ich bin mit dem Boot unterwegs gewesen, aber sofort zurückgekommen, als ich den Hubschrauber gehört habe. Was ist passiert?« Sie sah neugierig von einem zum anderen.

»Wir möchten, dass du dir ein paar Bilder ansiehst«, erwiderte Lucas, während sie hineingingen. Er deutete auf seinen Begleiter. »Das hier ist Tony Rubella. Er ist der Hubschrauberpilot, aber auch ein Cop. Die Befragung möchte ich aufzeichnen.«

Lucas stellte den mitgebrachten Kassettenrecorder auf den Tisch, sprach einen Testsatz, spulte die Kassette zurück und überzeugte sich davon, dass die Aufnahme einwandfrei war. Danach begann er erneut, indem er Ort, Datum und Uhrzeit aufs Band sprach.

»Durchgeführt wird die Befragung von Lieutenant Lucas Davenport, Minneapolis Police Department, in Anwesenheit von Officer Anthony Rubella, Minneapolis Police Department. Die Befragte ist Miss Carla Ruiz aus St. Paul. Carla Ruiz ist Lieutenant Davenport persönlich bekannt. Sie wurde in ihrem Atelier von einem Mann überfallen, der in Minneapolis vermutlich eine Reihe von Morden begangen hat. Wir legen Miss Ruiz jetzt zwölf Fotos von Männern vor und fragen sie, ob sie einen oder mehrere der Abgebildeten erkennt.«

Lucas kippte den Inhalt des Umschlags auf den Tisch: auf der Straße gemachte Fotos von jungen Männern, die sich in Größe, Kleidung und Aussehen vage ähnlich waren. Elf von ihnen waren Polizeibeamte oder Verwaltungsangestellte im Polizeipräsidium; der zwölfte Mann war Smithe. Nachdem Lucas die Aufnahmen in einer Reihe angeordnet hatte, beugte Carla sich über sie, um sie zu begutachten.

»Den hier kenne ich ganz bestimmt«, sagte sie und tippte auf einen der Polizeibeamten. »Er ist ein Cop. Außer Dienst arbeitet er als Wachmann in dem Supermarkt.«

»Okay«, sagte Lucas ins Mikrofon. »Miss Ruiz hat das Foto eines Mannes identifiziert, den sie kennt und für einen Polizeibeamten hält. Aus unseren Unterlagen geht hervor, dass er ein Polizeibeamter ist. Ich werde Miss Ruiz jetzt bitten, dieses Foto auf der Rückseite mit einem großen A, dem Datum und ihrer Unterschrift zu kennzeichnen. Miss Ruiz, tun Sie das bitte jetzt?«

Carla unterschrieb auf der Rückseite des Fotos und sah sich die restlichen Aufnahmen an. »Dieser hier kommt mir bekannt vor«, sagte sie und tippte auf Smithes Foto. »Ich habe ihn in der Kunstszene gesehen. Sie wissen schon – auf Parties, bei Vernissagen, auf Ausstellungen. Ich kann mich natürlich irren, aber ich halte ihn aus irgendeinem Grund für schwul.«

»Wissen Sie bestimmt, dass Sie ihn kennen?«

»Ziemlich bestimmt.«

»Okay. Miss Ruiz hat soeben die Aufnahme von Jimmy Smithe identifiziert. Ich werde Miss Ruiz jetzt bitten, dieses

Foto mit einem großen B, dem Datum und ihrer Unterschrift zu kennzeichnen.«

Nachdem Carla ihre Unterschrift auf die zweite Aufnahme gesetzt hatte, forderte Lucas sie auf, sich die restlichen Bilder anzusehen.

»Sonst kommt mir keiner bekannt vor«, sagte sie schließlich.

»Ich zeige Miss Ruiz jetzt sieben weitere Fotos von Jimmy Smithe und frage sie, ob sie ihre Identifizierung des Mannes aus der Zufallsserie aufrechterhält.«

Carla betrachtete die neuen Aufnahmen und nickte zustimmend.

»Ja, ich kenne ihn.«

»Miss Ruiz bestätigt, dass sie Jimmy Smithe erkennt. Darüber hinaus hat sie weitere Einzelheiten genannt: Sie hält ihn für homosexuell, kennt ihn als Besucher von Galerien und glaubt sich zu erinnern, dass er ihr einmal vorgestellt worden ist. Miss Ruiz, fällt Ihnen zu Mr. Smithe noch irgendwas ein?«

»Tut mir Leid, ich kenne ihn nicht wirklich. Ich erinnere mich nur an ihn, weil er gut aussieht und einen intelligenten Eindruck gemacht hat.«

»Okay. Noch was?«

»Nein.«

»Gut, damit ist die Befragung beendet. Danke, Miss Ruiz.« Er drückte die Stoptaste, spulte die Aufnahme zurück, hörte sie sich an, nahm die Kassette aus dem Recorder, schob sie in ihre schützende Box und steckte sie ein.

»Was passiert jetzt?«, wollte Carla wissen.

»Ich muss telefonieren«, erklärte Lucas. Er ließ sich mit dem Polizeipräsidium verbinden.

»Davenport? Was gibt's?«

»Sie kennt ihn«, antwortete Lucas. »Sie hat ihn problemlos rausgepickt.«

»Dann verhaften wir ihn!«

»Wenn's sein muss – aber auf meine Weise, Chief.«

»Ich weiß nicht, ob das noch geht, Lucas. Die Medien haben Wind von der Sache bekommen.«

»Wer?«

»Don Kennedy von TV3.«

»Scheiße.« Kennedy arbeitete eng mit Jennifer Carey zusammen. »Okay, ich bin in eineinhalb Stunden zurück. Wann wollen Sie ihn verhaften lassen?«

»Wir haben nur auf Ihren Anruf gewartet. Von unseren Überwachungsleuten wissen wir, dass er an seinem Schreibtisch im County Building sitzt. Wir brauchen lediglich rüberzugehen und ihn abzuholen.«

»Wer hat den Haftbefehl beantragt?«

Daniel antwortete nicht gleich. »Lester«, sagte er dann.

»Sehr gut! Bleiben Sie dabei.«

Lucas legte auf und wandte sich an Rubella. »Lassen Sie den Hubschrauber an. Wir müssen schnellstens zurück.«

Als Rubella gegangen war, griff Lucas nach Carlas Händen.

»Die anderen wollen Smithe in die Mangel nehmen, aber das gefällt mir nicht. Ich glaube, dass sie damit einen Fehler machen. Du bleibst schön brav hier, verstanden? Ich rufe dich jeden Abend an. Sobald sich die Aufregung gelegt hat, komme ich für ein paar Tage her.«

»Okay«, sagte Carla. »Pass gut auf dich auf.«

Lucas küsste sie zum Abschied und lief dann hinter Rubella her.

Der Rückflug und die Fahrt vom Flughafen ins Präsidium dauerten zwei Stunden. Als Lucas eintraf, saß Anderson hinter seinem Schreibtisch. Er hatte die Füße hochgelegt und starrte geistesabwesend einen Wandkalender an.

»Wo ist er?«, fragte Lucas.

»Unten im Vernehmungsraum.«

»Mit seinem Anwalt?«

»Richtig. Deswegen kann's Probleme geben.«

»Wie das?«

»Weil sein Anwalt dieses Arschloch McCarthy ist«, erwiderte Anderson.

»Verdammt noch mal!« Lucas fuhr sich mit den Händen durchs Haar. »Der übliche Scheiß?«

»Klar, was gongt?«

»Ich gehe mal runter.«

»Der Chief ist auch unten.«

»Wir kriegen nichts aus ihm raus.« Daniel lehnte neben der Tür des Vernehmungsraums an der Wand. »Dieser Arsch McCarthy lässt ihn kein Wort sagen.«

»Er wittert die große Chance«, stellte Lucas fest. »Sollte er Smithe vor Gericht freikriegen, kann er seinen Job beim County aufgeben und mit einer privaten Anwaltspraxis richtig Geld scheffeln.«

»Was haben Sie also vor?«, fragte Daniel.

»Ich trete als guter Kerl auf. Als richtig guter Kerl. Und ich kriege einen Wutanfall und mache McCarthy fertig.«

»Das könnte gefährden, was wir bisher haben.«

»Ich will nur gewisse Zweifel wecken.«

Daniel zuckte mit den Schultern. »Versuchen können Sie's ja mal...«

Lucas zog seine Jacke aus, lockerte die Krawatte, zerzauste sich das Haar, holte tief Luft und stürmte durch die Tür. Die beiden Vernehmungsbeamten, der Rechtsanwalt und Smithe, die an einem Tisch saßen, blickten erstaunt auf.

»Entschuldigung, ich hatte Angst, ich könnte Sie verpassen«, behauptete Lucas. Er nickte McCarthy zu. »Hallo, Del – Sie sind wohl sein Anwalt?«

»Scheißt der Papst in den Wald?« McCarthy war ein untersetzter Mann in einem ausgebeulten braunen Anzug. Sein aschblondes Haar umgab seinen Kopf in einem Afrohaarschnitt, und lange Koteletten rahmten sein quadratisches Gesicht ein. »Ist ein Bär ein Katholik?«

»Schon gut.« Lucas sah zu den Vernehmungsbeamten hinüber. »Daniel weiß, dass ich hier bin. Was dagegen, wenn ich ein paar Fragen stelle?«

»Nur zu, wir kriegen sowieso nichts aus ihm raus«, sagte der dienstältere Cop und schwenkte den ölig aussehenden Kaffeerest in seinem Styroporbecher.

Lucas nickte verständnisvoll und wandte sich an Smithe. »Eines will ich Ihnen im Voraus sagen: Ich habe zu den Leuten gehört, die mit dem Opfer des dritten Überfalls gesprochen haben. Ich glaube nicht, dass Sie's gewesen sind.«

»Spielen Sie mal wieder den netten Kerl, Davenport?« fragte McCarthy, kippte seinen Stuhl zurück und grinste amüsiert.

»Nein, keineswegs.« Lucas deutete auf Smithe. »Das wollte ich Ihnen als erstes sagen. Punkt Nummer zwei: Ich werde jetzt eine Zeit lang reden. Dabei wird McCarthy Ihnen irgendwann raten, nicht mehr zuzuhören. Das würde ich lieber nicht tun, denn ...«

»Augenblick!«, protestierte McCarthy und ließ seinen Stuhl ruckartig nach vorn krachen.

Aber Lucas ließ sich nicht unterbrechen. »... was kann es schaden, einfach nur zuzuhören, wenn Sie nichts zugeben? Und die Prioritäten Ihres Anwalts sind nicht unbedingt mit Ihren eigenen identisch.«

McCarthy stand auf. »Das war's dann. Mein Mandant verweigert weitere Aussagen.«

»Ich will hören, was er zu sagen hat«, warf Smithe plötzlich ein.

»Ich rate Ihnen dringend …«

»Ich will hören, was er zu sagen hat«, wiederholte Smithe. Er nickte zu McCarthy hinüber, ohne Lucas aus den Augen zu lassen. »Warum sind seine Prioritäten nicht mit meinen identisch?«

»Ich zweifle seine moralische Integrität keineswegs an«, erklärte Lucas, »aber falls Sie vor Gericht kommen, wird daraus einer der größten Prozesse dieses Jahrzehnts. Hier in Minnesota gibt's einfach keine Serienmörder. Gelingt es ihm, Sie freizubekommen, ist er ein gemachter Mann. Andererseits sind Sie dann restlos vernichtet – selbst wenn Sie freigesprochen werden. Das ist bedauerlich, aber leider wahr. Sie sind lange genug im Gerichtsgebäude tätig, um zu wissen, dass ich Recht habe.«

»Jetzt reicht's aber!« polterte McCarthy los. »Sie präjudizieren den Fall.«

»Nein, das tue ich nicht. Ich habe nur von Ihrer Rolle in diesem Verfahren gesprochen. Und ich werde sie nicht wieder erwähnen. Ich will nur …«

McCarthy trat zwischen Lucas und Smithe, kehrte Lucas den Rücken zu und beugte sich zu seinem Mandanten hinunter.

»Hören Sie, ich habe nichts dagegen, wenn Sie sich einen anderen Anwalt nehmen. Aber ich rate Ihnen dringend davon ab, jetzt mit ihm zu reden oder …«

»Ich will zuhören, sonst nichts«, unterbrach Smithe ihn. »Sie können hier bleiben und auch zuhören. Oder Sie verschwinden, und ich nehme mir einen anderen Anwalt.«

McCarthy wich kopfschüttelnd einen Schritt zurück. »Ich hab' Sie gewarnt!«

Der Lieutenant trat etwas zur Seite, damit Smithe ihn wieder sehen konnte.

»Falls Sie ein Alibi – vor allem ein gutes Alibi – für eine der

Tatzeiten haben, sollten Sie's jetzt auf den Tisch legen«, empfahl Lucas dringend. »Das ist der beste Rat, den ich Ihnen geben kann. Mit einem Alibi, das Sie erst vor Gericht preisgeben, könnten Sie uns vielleicht demütigen, aber Sie hätten's dann verdammt schwer, wieder einen Job zu kriegen. Irgendwas würde immer hängen bleiben. Und Ihre Verhaftung bliebe gespeichert. Stellen Sie sich vor, Sie würden von einer New Yorker Autobahnstreife angehalten: Der Cop fragt beim National Crime Information Center an und bekommt die Auskunft, dass Sie einmal wegen Serienmordes verhaftet worden sind. Und es gibt noch eine weitere Möglichkeit ...«

»Welche?«

»Dass Sie als Unschuldiger verurteilt werden. Selbst wenn Sie ein gutes Alibi haben, besteht immer die Möglichkeit, dass die Geschworenen Sie schuldig sprechen. So was passiert. Das wissen Sie selbst. Die Geschworenen denken: Zum Teufel mit seinem Alibi, wenn er nicht schuldig wäre, hätten die Cops ihn nicht verhaftet. Das kann McCarthy Ihnen bestätigen.«

Smithe nickte erneut zu McCarthy hinüber. »Er hat mich davor gewarnt, Alibis anzugeben, weil Sie Ihre Leute losschicken würden, um zu versuchen, sie zu widerlegen.«

Lucas beugte sich über den Vernehmungstisch. »Damit hat er völlig Recht. Das würden wir tun. Und wenn wir sie nicht widerlegen können, garantiere ich Ihnen, dass Sie freigelassen werden, ohne dass irgendwas passiert. Sie sind noch nicht in Untersuchungshaft. Sie würden nie in Haft genommen werden. Im Augenblick reichen die Verdachtsmomente für eine Vernehmung, vielleicht sogar für eine Anklage aus. Ich weiß nicht, was die Kollegen Ihnen erzählt haben, aber ich kann Ihnen sagen, dass wir Kontakte mit zweien der Opfer und einem für den Fall wichtigen Mann beweisen können – und dass es einige physische Beweise gibt. Aber ein gutes Alibi würde die ganze Anklage in sich zusammenstürzen lassen.«

Smithe wurde blass. »Physische Beweise kann's nicht geben! Ich meine ...«

»Sie wissen nicht, was wir haben«, ergänzte Lucas. »Aber wir haben etwas. Okay. Ich schlage vor, dass Sie und McCarthy sich ein paar Minuten lang im Flur unterhalten und dann zurückkommen.«

»Ja, das tun wir«, stimmte McCarthy zu.

Die beiden kamen nach fünf Minuten zurück.

»Wir haben die Sache besprochen«, verkündete McCarthy zufrieden.

Lucas starrte Smithe an. »Sie machen einen schlimmen Fehler.«

»Er hat gesagt ...«, begann Smithe, aber McCarthy packte ihn am Arm und schüttelte energisch den Kopf.

»Sie versuchen, uns reinzulegen«, sagte der Anwalt zu Lucas. »Nach allem, was Sie gesagt haben, gibt's nur zwei Möglichkeiten: Sie haben keine Beweise und suchen verzweifelt welche. Dann nehmen Sie ihn nicht in Untersuchungshaft. Oder Sie haben Beweise. Dann nehmen Sie ihn in Untersuchungshaft, egal was wir sagen, und verwenden seine Aussagen gegen ihn.«

»McCarthy, ein Kollege draußen im Flur hat Sie als Arschloch bezeichnet«, antwortete Lucas müde. »Er hat Recht gehabt. Sie sind so dämlich, dass Sie die dritte Möglichkeit, wegen der wir alle Blut und Wasser schwitzen, nicht mal sehen.«

»Und die wäre?«

»Dass wir gute Beweise haben, bei denen einigen von uns unwohl ist. Wir wollen bloß wissen, wo Ihr Mandant sich aufgehalten hat. In zwei Fällen können wir die Tatzeit ziemlich genau eingrenzen; beim dritten ist sie praktisch auf die Minute bekannt. Wenn Mr. Smithe verreist gewesen wäre, mit Klienten gesprochen hätte oder den ganzen Tag im Büro gewesen wäre, könnte der Verdacht gegen ihn nicht aufrechterhalten werden. Wie kann es ihm schaden, uns jetzt Auskunft zu geben, bevor wir ihn in Untersuchungshaft nehmen und …«

»Sie haben nur Angst, ihn einzubuchten, weil Sie wissen, was passiert, wenn Sie den Falschen erwischt haben.«

»Richtig! Die Polizei sieht dann beschissen aus. Und auch für Smithe geht die Sache voll in die Hosen, wenn Sie diesen Ausdruck entschuldigen wollen.«

»He, was soll das heißen, verdammt noch mal?«

»Er weiß, dass ich schwul bin«, warf Smithe ein.

»Das ist eine Vorverurteilung, die …«

»Scheiße!«, rief einer der Vernehmungsbeamten. »Ich hab' genug!«

Er stampfte hinaus. Eine Minute später kam Daniel herein.

»Keine Einigung?«, fragte er Lucas.

Der Lieutenant zuckte mit den Schultern.

»Keine Einigung«, bestätigte McCarthy.

»Bringen Sie ihn rauf, und nehmen Sie ihn in Haft«, wies Daniel den zweiten Vernehmungsbeamten an.

»Augenblick«, sagte Smithe.

»Nehmen Sie ihn in Haft!«, knurrte Daniel. Er stürmte hinaus.

»Gut gemacht, McCarthy, Sie haben Ihrem Mandanten gerade ein Kreuz gezimmert«, stellte Lucas fest.

McCarthys Grinsen war eher ein Zähnefletschen. »Rutschen Sie mir den Buckel runter, Davenport.« Die drei gingen als Gruppe: Smithe, McCarthy und der Vernehmungsbeamte, der sich an der Tür nach Lucas umdrehte.

»Kennen Sie den Unterschied zwischen einem totgefahrenen Stinktier auf der Landstraße und einem totgefahrenen Rechtsanwalt auf der Landstraße?«

»Nein. Woraus besteht er?«

McCarthy drehte sich halb um.

»Vor dem Stinktier sind Bremsspuren zu sehen«, sagte der Cop. Lucas lachte, und McCarthy fletschte erneut die Zähne.

»Sehen Sie sich die dort unten an – wie Höhe auf 'nem Straßenköter«, sagte Anderson mürrisch und stocherte mit einem Plastikzahnstocher zwischen seinen Zähnen herum. Zwischen vor der City Hall geparkten Übertragungswagen wimmelte es von Fernsehreportern, Kameramännern und Technikern.

»Yeah. Lester kriegt ein volles Haus, schätze ich.« Lucas sah, dass Jennifer sich in Richtung Eingang durch die Menge drängte. »Okay, ich muss weiter«, sagte er.

Lucas fing Jennifer dicht hinter dem Eingang ab, schleppte die Protestierende in sein Büro, stieß sie in den Schreibtischsessel und schloss die Tür.

»Du hast Kennedy von dem Schwulen erzählt«, warf er Jennifer vor. »Dabei hattest du mir versprochen, nichts zu verraten.«

»Den Tipp hat er nicht von mir, Lucas, das schwöre ich dir!«

»Glaubst du, ich lass' mich von dir verarschen?«, fragte Lucas aufgebracht. »Das wäre nicht der erste Tipp, den ihr euch gegeben habt. Ich weiß genau, wie das bei euch läuft! Sobald Daniel mir erzählt hat, dass Kennedy einen Tipp bekommen hat, wusste ich, dass er von dir gekommen ist.«

»Und was willst du dagegen machen, Lucas?« Sie war jetzt wütend. »Schließlich lebe ich von meiner Arbeit. Oder hältst du mich für 'ne Hobbyjournalistin?«

»Wundervoll, sich so den Lebensunterhalt zu verdienen!«

»Immer noch besser, als sich als SA-Mann zu verdingen.«

Lucas stemmte die Arme in die Hüften und beugte sich

über den Schreibtisch. Jennifer wich keinen Zentimeter vor ihm zurück. »Weißt du, was du getan hast, bloß um eine Story zu kriegen? Du hast uns keine andere Möglichkeit gelassen, als einen Unschuldigen in Haft zu nehmen – das wird den armen Kerl vermutlich erledigen. Er arbeitet beim Sozialamt mit lauter Kolleginnen, die ihm selbst bei erwiesener Unschuld nie mehr trauen werden. Okay, er ist verdächtig, aber ich glaube nicht, dass er's gewesen ist. Ich hab' versucht, die Sache runterzuspielen, aber dein verdammter Tipp hat Daniel und Lester dazu gezwungen, ihn in Haft zu nehmen.«

»Wenn sie nicht glauben, dass er's gewesen ist, hätten sie ihn nicht verhaften dürfen.«

Lucas schlug sich mit der flachen Hand an die Stirn. »Mein Gott, glaubst du etwa, dass die Sache so einfach ist? Smithe kann schuldig sein. Er kann aber auch unschuldig sein. Ich kann mich in ihm täuschen, und wenn ich erreiche, dass er entlassen wird, könnte er sofort wieder losziehen und die nächste Frau abschlachten. Vielleicht habe ich aber auch Recht, und wir vernichten den armen Kerl, während der wahre Mörder die nächste Tat plant. Wir hätten nur noch etwas Zeit gebraucht, und du hast ein Gespräch an meinem Privattelefon abgehört.«

»Und?«

Lucas richtete sich auf. »Ich muss mir überlegen, ob ich überhaupt noch mit dir rede«, sagte er kühl.

»Ich hätte dein Telefongespräch gar nicht abzuhören brauchen«, behauptete Jennifer. »Diese Informationen hätte ich auch von anderer Seite bekommen. Ich habe hier Quellen, die du nicht für möglich halten würdest. Ich brauche dich nicht, Lucas. Ich könnte dich einfach zum Teufel schicken!«

»Okay, das muss ich riskieren. Ich kann's nicht vertragen, ausspioniert zu werden. Ich überlege, ob ich meinen Anwalt anrufe, damit er sich mit deinem Chef in Verbindung setzt, ihm mitteilt, wie du zu den Informationen gekommen bist, und dem Sender eine Klage wegen Diebstahls vertraulicher Informationen androht.«

»Lucas...«

»Los, verschwinde!«

»Lucas...« Sie brach plötzlich in Tränen aus, und Lucas wich zwei Schritte zurück.

»Tut mir leid«, murmelte er betroffen. »Ich kann's bloß nicht vertragen, von dir... Jennifer... hör auf, verdammt noch mal!«

»Gott, wie ich aussehe... mein Make-up! So kann ich nicht zur Pressekonferenz. Kann ich mal bei dir telefonieren?« Sie tupfte sich das Gesicht mit einem Papiertaschentuch ab. »Ich muss die Station anrufen, damit Kathy Lettice mich hier vertritt. Mein Gott, ich sehe grässlich aus...«

»Jesus, hör zu weinen auf und telefonier schon«, sagte Lucas verzweifelt.

Sie schnüffelte noch immer, als sie nach dem Hörer griff und wählte. Im nächsten Augenblick klang ihre Stimme plötzlich wieder fest. »Don? Jennifer. Der Kerl heißt Smithe, arbeitet beim Sozialamt und...«

»Verdammt noch mal, Jennifer!«, brüllte Lucas. Er riss ihr den Hörer aus der Hand und knallte ihn auf die Gabel.

»Weinen kann ich gut, was?«, fragte sie grinsend und flüchtete aus der Tür.

»Davenport, Davenport«, ächzte Daniel. Er raufte sich die Haare, während er verfolgte, wie Jennifer Carey ihre Reportage beendete.

»...den manche für den intelligentesten Beamten der hiesigen Polizei halten, hat mir selbst erzählt, dass er nicht glaubt, dass Smithe die spektakulären Morde verübt hat, und dass er befürchtet, die vorzeitige Verhaftung könnte das Ende von Smithes hoffnungsvoller Karriere im Sozialamt bedeuten…«

»Hoffnungsvolle Karriere? Solche Ausdrücke sollten Fernsehleute gar nicht gebrauchen dürfen«, murmelte Lucas.

»Was nun?«, fragte Daniel aufgebracht. »Wie haben Sie das bloß tun können?«

»Ich wusste gar nicht, dass ich's tue«, antwortete Lucas gelassen. »Ich dachte, das sei ein Privatgespräch.«

»Ich hab' Sie gewarnt, dass Ihr Schwanz Sie bei dieser Frau in Schwierigkeiten bringen würde!«, stellte Daniel fest. »Zum Teufel, wie soll ich das Lester erklären? Während er vor den Kameras gestanden und seine Argumente vorgebracht hat, haben Sie hinter seinem Rücken mit dieser Mieze gesprochen. Sie haben ihm die Beine unter dem Leib weggezogen. Jetzt hat er's bestimmt auf Ihren Kopf abgesehen!«

»Sagen Sie ihm, dass Sie mich vom Dienst suspendiert haben. Zunächst für zwei Wochen. Dann appelliere ich an den Disziplinarausschuss. Selbst wenn er die Dienstenthebung bestätigt, vergehen bis dahin Monate. Diese Entscheidung müsste sich hinausschieben lassen, bis der Fall so oder so gelöst ist.«

»Gut, das müsste reichen«, seufzte Daniel und nickte. Plötzlich lachte er hämisch und schüttelte den Kopf. »Jesus, bin ich froh, dass die Medien nicht mich in die Mangel genommen haben! Und Sie verschwinden lieber, bevor Lester kommt, sonst müssen wir ihn wegen Körperverletzung einsperren.«

Kurz vor zwei Uhr klingelte das Telefon. Lucas sah vom Zeichentisch auf, an dem er an Everwhen arbeitete, streckte die Hand aus und nahm den Hörer ab.

»Hallo?«

»Noch immer wütend?«, fragte Jennifer.

»*Du Biest!* Daniel hat mich vom Dienst suspendiert. In Zukunft gebe ich jedem Interviews, bloß euch nicht! Mit Arschlöchern will ich nichts …«

»Pfui, was für Ausdrücke!«

Er knallte den Hörer auf die Gabel. Sekunden später klingelte das Telefon wieder. Er beobachtete es wie eine Kobra, nahm dann aber doch ab, weil er der Versuchung nicht widerstehen konnte.

»Ich komme rüber«, kündigte sie an und legte auf. Lucas wollte sie anrufen und auffordern wegzubleiben, aber dann ließ er langsam den Hörer sinken.

Jennifer trug eine schwarze Lederjacke, Jeans, schwarze Stiefel und Fahrerhandschuhe. Ihr japanisches Coupé stand wie ein rotlackiertes Muskelpaket in der Einfahrt. Lucas öffnete die innere Tür und nickte ihr durchs Glas der Sturmtür zu.

»Darf ich reinkommen?«, fragte sie. Statt ihrer Kontaktlinsen trug sie diesmal eine goldgeränderte Brille. Hinter den Gläsern wirkten ihre Augen groß und feucht.

»Klar«, sagte Lucas verlegen und fummelte das Schloss auf. »Du siehst wie ’ne Heavy-Metal-Queen aus.«

»Oh, vielen Dank!«

»Das ist ein Kompliment gewesen.«

Sie musterte ihn prüfend, entdeckte wider Erwarten keinen Sarkasmus, streifte ihre Jacke ab und schlenderte zur Couch im Wohnzimmer.

»Kaffee?«, fragte Lucas, während er die Tür schloss.

»Nein, danke.«

»Bier?«

»Nein, ich möchte nichts. Aber lass dich nicht stören.«

»Gut, dann trinke ich ein Bier.« Als er zurückkam, ruhte Jennifer halb liegend auf einem zweisitzigen Sofa und hatte ein Bein über die Lehne ausgestreckt. Lucas setzte sich ihr gegenüber auf die Couch und beobachtete sie über den niedrigen Marmortisch hinweg.

»Was jetzt?«, fragte er nach einem Schluck aus seiner Bierflasche.

»Ich hab's satt«, antwortete Jennifer müde.

»Die Story? Den Werwolf? Mich?«

»Das Leben, glaub' ich«, antwortete sie trübselig. »Das Baby ist vielleicht ein Versuch gewesen, ins Leben zurückzufinden.«

»Jesus!«

»Die kleine Szene in deinem Büro ... Gott, manchmal weiß ich selbst nicht, was ich tue. Ich versuche, gute Miene zum bösen Spiel zu machen, verstehst du? Muss schnell sein, muss findig sein, muss dickfellig sein, wenn was schief geht. Darf mich von niemandem rumkommandieren lassen. Manchmal komme ich mir vor wie ein ... Erinnerst du dich an den kleinen Chevrolet, den kleinen Nova, den ich zu Schrott gefahren habe, bevor ich den ZX gekauft habe?«

»Natürlich.«

»So fühlt mein Brustkorb sich manchmal an. Völlig eingedrückt. Alles noch ganz hart, aber restlos verbogen. Zusammengedrückt, zerschmettert.«

»Dieses Gefühl kennen Cops auch.«

»Nicht wirklich. Das kann ich mir nicht vorstellen.«

»Hör zu, zeig mir einen Mann, der seit zehn oder fünfzehn Jahren auf der Straße ist, ohne ...«

Sie brachte ihn mit erhobener Hand zum Schweigen. »Ich behaupte nicht, dass der Dienst nicht schwer ist und die Leute nicht auslaugt. Cops erleben schreckliche Dinge. Aber es gibt auch Tage, an denen nichts passiert, an denen man sich Zeit lassen kann. Ich habe niemals Zeit. Passiert mal nichts, muss ich was erfinden, verdammt noch mal! Zeig mir einen ruhigen Tag, an dem ein Cop sich ein bisschen treiben lassen kann, und ich zeige dir einen Tag, an dem Jennifer Carey unterwegs ist, um ein kleines Mädchen zu interviewen, das vor zwei Monaten oder zwei Jahren schreckliche Verbrennungen erlitten hat, nur weil wir bis achtzehn Uhr irgendwas haben müssen! Und wir haben keine Zeit, darüber nachzudenken. Wir tun's einfach. Wenn wir nicht Recht haben, zahlen wir später dafür. Tu's jetzt, zahle später. Und das Schlimmste daran ist, dass es keine Regeln gibt. Man erfährt erst später, ob man richtig gelegen hat. Manchmal erfährt man's überhaupt nicht. Und was heute richtig ist, kann morgen grundfalsch sein.«

Sie schwieg erschöpft. Lucas trank einen Schluck Bier und beobachtete sie nachdenklich. »Weißt du, was du brauchst?«, fragte er schließlich.

»Was? Einen guten Fick?«, erkundigte sie sich sarkastisch.

»Das wollte ich nicht sagen.«

»Was dann?«

»Du solltest im Beruf eine Zeit lang Pause machen, heiraten und hier einziehen.«

»Glaubst du, dass alles wieder gut wird, wenn ich Hausfrau spiele?« Jennifer wirkte beinahe amüsiert.

»Von Hausfrau habe ich nicht gesprochen. Davon hast du angefangen. Ich wollte vorschlagen, dass du hier einziehst und erst mal gar nichts tust. Beleg irgendeinen Kursus. Lass dir alles durch den Kopf gehen. Mach eine Reise nach Paris, bevor das Kind auf die Welt kommt. Irgendwas. Unser Streit von heute Nachmittag, diese künstlichen Tränen... mein Gott, das ist fast unmenschlich gewesen.«

»Meine Tränen sind nicht künstlich gewesen«, widersprach sie. »Ich habe sie nur für meine Zwecke genutzt. Ich dachte immer, bei der Arbeit nicht zusammenbrechen und heulen zu dürfen. Als ich dann heimgekommen bin, hab' ich mir überlegt: Warum eigentlich nicht? Ich meine, ich bin schließlich nicht dumm. Du hast mir einen kleinen Vortrag über Smithe gehalten – aber glaubst du, dass ich nicht weiß, dass ich ihm vielleicht geschadet habe? Das gebe ich zu. Möglicherweise ist er jetzt erledigt. Aber das steht keineswegs fest. Ich bin …«

»Wofür hast du dir diesen Stress überhaupt gemacht?«, unterbrach Lucas sie. »Du hast Kennedy den Namen des Verdächtigen durchgegeben – und wozu? Um zehn Minuten Vorsprung vor den übrigen Reportern zu haben? Jesus!«

»Ich weiß, das weiß ich alles. Deswegen bin ich hergekommen. Ich bin ganz durcheinander. Ich kann nicht sagen, dass ich etwas falsch gemacht habe, aber ich bin mir nicht sicher, ob ich Recht hatte. Ich tappe im Dunkeln und kann doch nicht aufhören.«

Lucas schüttelte den Kopf. »Ich weiß nicht, was ich da tun soll.«

»Augenblick.« Sie nahm ihr Bein von der Sofalehne. »Kannst du herkommen und dich kurz neben mich setzen?«

»Hmmm …« Lucas stand auf, ging um den Tisch herum und setzte sich neben sie.

»Leg deinen Arm um meine Schulter.«

Er legte seinen Arm um ihre Schulter, und sie drückte ihr Gesicht an seine Brust.

»Bist du darauf gefasst?«, fragte Jennifer mit seltsam hoher, quietschender Stimme.

Lucas versuchte, etwas von ihr abzurücken und ihr ins Gesicht zu sehen, aber sie klammerte sich an ihn. »Worauf gefasst?«

Sie drückte ihr Gesicht noch fester an seine Brust und begann Sekunden später zu weinen.

Keinen Sex, sagte sie später. Nur Schlaf. Lucas war schon fast eingeschlafen, als sie flüsterte: »Ich bin froh, dass du der Daddy bist.«

11

Louis Vullion war sauer.

Da er an dem Abend, an dem Smithes Verhaftung bekannt gegeben worden war, erst spät nach Hause gekommen war, hatte er versäumt, sich die Videoaufzeichnungen anzusehen, und die Nachricht erst am nächsten Morgen in der *Star-Tribune* gelesen.

»Das ist nicht recht«, murmelte er und stand wie gelähmt mitten in seinem Wohnzimmer. Er trug einen Schlafanzug und Lederpantoffeln. Aus seinem noch ungekämmten Haar ragte ein Schopf senkrecht in die Höhe.

»Das ist nicht recht«, fauchte er, knüllte die Zeitung zusammen und schleuderte sie in die Küche.

»Diese Leute sind Idioten!«, kreischte der Werwolf.

Er schaltete den Videorecorder ein, sah sich die Aufzeichnung der Pressekonferenz an und wurde dabei immer wütender. Danach Jennifer Carey mit ihrem Bericht. Sie behauptete, dass Lieutenant Lucas Davenport anderer Auffassung sei und glaube, die Polizei habe den Falschen in Haft genommen.

»Ja«, rief er. »Ja!«

Er spulte die Aufnahme zurück und ließ sie erneut ablaufen. »Ja.«

»Ich sollte ihn anrufen«, sagte er sich. Er sah auf die Uhr. »Keine Eile. Ich muss erst darüber nachdenken«, sagte er.

Er durfte jetzt keinen Fehler machen. War das vielleicht eine Falle, die der Spielemacher ihm stellte? Nein. Das war ganz ausgeschlossen. Auch bei diesem Spiel ohne Grenzen gab es *einige* Regeln. Davenport – oder die anderen Cops – durften nicht wagen, diesen Mann, diesen Schwulen, zu kreuzigen, nur um dem Werwolf eine Falle zu stellen. Aber weshalb war er dann verhaftet worden? Außer dem Spielemacher Davenport schien die Polizei zu glauben, dass das Beweismaterial für eine Verurteilung ausreichte. Wie konnten diese Leute sich so täuschen?

»So dumm«, sagte der Werwolf zu seinen eierschalenweißen Wänden. »Sie sind so gottverdammt dumm.«

Er konnte an nichts anderes denken. Er saß an seinem Schreibtisch und starrte blicklos die dort liegenden Akten an, bis seine Sekretärin, die er sich mit Kollegen teilte, ihn fragte, ob er sich unwohl fühle.

»Ja, ein bisschen, fürchte ich; ich muss was Falsches gegessen haben, glaube ich«, behauptete er. »Ich gehe noch zur Anklageerhebung im Fall Barin und nehme die restliche Arbeit dann mit nach Hause. Dort hab' ich's ein bisschen näher … äh … wenn's mal eilig ist.«

Barin war ein jugendlicher Rowdy, der betrunken mit seinem Wagen in eine an einer Fußgängerampel wartende Menschengruppe gerast war. Wie durch ein Wunder war niemand getötet worden, aber mehrere Unfallopfer hatten ins Krankenhaus eingeliefert werden müssen. Schon vor diesem Unfall war Barin einmal der Führerschein wegen Trunkenheit am Steuer entzogen worden, und der Junge hatte zwei Tage Haft absitzen müssen.

Diesmal war die Sache ernster. Minnesota erlebte zur Zeit eine rigorose Kampagne gegen Alkohol am Steuer. Auch mehrere Prominente, deren Verfahren noch vor einem Jahr routinemäßig niedergeschlagen worden wären, saßen hinter Gittern.

Und Barin war ein kleiner Fiesling mit einer großen, vorlauten Klappe. Bedauerlicherweise hatte er einen Vater, der Besitzer einer Firma für Computer-Hardware war, die der Anwaltskanzlei des Werwolfs ein sehr hohes jährliches Pauschalhonorar zahlte. Der Vater verlangte, dass man seinem Sohn aus der Patsche helfen sollte.

Aber Barin junior war nicht zu helfen. Das wusste der Werwolf genau. Auch der Rest der Firma war sich darüber im Klaren – deshalb hatte er den Fall übernehmen dürfen. Der junge Barin würde drei bis sechs Monate sitzen müssen, vielleicht sogar länger. Daraus konnte dem Werwolf niemand einen Vorwurf machen. In diesem Fall war nichts zu machen. Das hatten die Seniorpartner dem Vater bereits geduldig auseinander gesetzt, und der Werwolf, der solchermaßen gegen Misserfolg gefeit war, hoffte im Stillen, dass der Richter das kleine Arschloch für ein Jahr einbuchten würde.

Der Fall Bann sollte an diesem Vormittag als letzter aufgerufen werden. Der Werwolf kam frühzeitig und setzte sich unauffällig auf eine der hinteren Zuhörerbänke. Der Richter blickte auf ein Mädchen in Jeans und weißer Bluse hinab.

»Wie alt sind Sie, Miss Brown?«

»Achtzehn, Richter.«

Der Richter seufzte. »Miss Brown, wenn Sie sechzehn wären, wäre ich sehr überrascht.«

»Nein, Sir, ich bin seit drei Wochen achtzehn und …«

»Schweigen Sie, Miss Brown.« Der Richter blätterte in ihrer Akte, während Staatsanwalt und Verteidiger geduldig hinter ihren Tischen saßen. Die junge Angeklagte hatte große Rehaugen, sehr schön, aber ihr Teint war pickelig, und ihr langes, braunes Haar hing strähnig um schmale Schultern. Das Schönste an ihr sind die Augen, dachte der Werwolf. Ängstlich, aber wissend. Er beobachtete, wie sie von einem Fuß auf den anderen trat und mehrmals rasch zu ihrem Pflichtverteidiger hinübersah.

Der Richter nickte dem Staatsanwalt zu. »Eine Vorstrafe, gleiches Delikt?«

»Wegen des gleichen Delikts, Euer Ehren. Vor acht Monaten. Sie ist inzwischen zu Hause gewesen, aber ihre Mutter hat sie wieder rausgeworfen. Der Bewährungshelfer sagt, dass ihre Mutter drogenabhängig ist.«

»Was würden Sie tun, wenn ich Sie freiließe, Miss Brown?«, fragte der Richter.

»Ich habe mich mit meiner Mutter ausgesöhnt und möchte Geld verdienen, um im nächsten Quartal aufs College gehen zu können. Ich möchte Physiotherapeutin werden.«

Der Richter blätterte in der Akte, und der Werwolf hatte den Verdacht, dass er Mühe hatte, ein Lächeln zu verbergen. Dann hob er den Kopf, seufzte wieder und sah zum Staatsanwalt hinüber, der mit den Schultern zuckte.

»Jugendamt?«, fragte der Richter ihn.

»Letztes Mal ist sie zu Pflegeeltern gekommen, aber nach ein paar Tagen hat die Pflegemutter sie nicht mehr haben wollen«, erläuterte der Staatsanwalt.

Der Richter schüttelte den Kopf und las weiter in der Akte.

Auf ihre eigene Art ist sie sinnlich, überlegte der Werwolf, während er beobachtete, wie sie sich nervös mit der Zungenspitze über die Lippen fuhr. Ein geborenes Opfer – ein Wesen, das einen Wolf zum Angriff verleiten würde.

Zuletzt gelangte der Richter zu dem Schluss, dass in diesem Fall nichts zu machen war. Er verurteilte sie zu hundertfünfzig Dollar Geldstrafe, weil sie sich schuldig bekannt hatte, in der Öffentlichkeit zur Prostitution aufgefordert zu haben.

Barin, der junge Verkehrsrowdy, kreuzte erst auf, als die Anklageverlesung schon begonnen hatte. Als der Werwolf eine halbe Stunde später in die Verwaltungsstelle kam, lag die Akte Heather Brown im Rücklauf. Er zog sie heraus, blätterte darin und stellte fest, dass sie auf der South Hennepin Avenue geschnappt worden war. Heather Brown hieß in Wirklichkeit Gloria Amundsen und verdiente sich ihr Geld seit mindestens einem Jahr auf dem Strich. Der Aussage des Cops, der sie verhaftet hatte, entnahm der Werwolf mit Interesse, dass Heather sich zur Erfüllung jeglicher Wünsche – auch zu Fesseln oder Wasserspielen – erboten hatte.

Der Werwolf nahm seine Arbeit mit nach Hause, aber er brachte nichts zustande. Nach einem hastigen Abendessen – Schinken auf Vollkornbrot, etwas Obst – setzte er sich ins Auto, fuhr in die Stadt, stellte den Wagen ab und ging zu Fuß weiter. Durch den Loring Park mit seinen Schwulen, deren kleine Gruppen sich ständig auflösten, um dann neu zu entstehen. Zur Hennepin Avenue hinüber und weiter nach Süden, fort von der Innenstadt. Überall Punker, die ihn im Vorbeigehen anstarrten. Ein Junge mit einem Mohawk-Haarschnitt und einer schmutzigen schwarzen Jacke lag bewusstlos auf einem Stapel alter Teppichbodenstücke vor einem Drugstore. Skinheads mit in die Kopfhaut tätowierten Hakenkreuzen und Kids aus den Vororten trieben sich hier herum und versuchten, mit Hilfe von Zigaretten und schwarzem Make-up älter zu wirken.

Zwischendurch ein paar Nutten. Nicht allzu aufdringlich, nicht am Straßenrand stehend, um Autos anzuhalten, aber für jeden da, der ihre Dienste brauchte.

Er begutachtete sie im Vorbeigehen. Alle sehr jung. Dreizehn, vierzehn, fünfzehn, dachte er. Wenige sechzehn, noch weniger achtzehn. Ganz wenige noch älter. Die Älteren gehörten zur Schnell-im-nächsten-Hauseingang-einen-blasen-Kategorie: menschliche Wracks, die außerstande waren, ihr Gewerbe irgendwo in geschlossenen Räumen, in einer Sauna, in einem Hinterzimmer auszuüben. Sie waren wenig mehr als feuchte, gedankenlos warme Punkte in der Nacht, die jeder missbrauchen konnte, wie es ihm einfiel.

Der Werwolf entdeckte Heather Brown vor einem Schnellrestaurant. Die meisten Nutten waren Blondinen – von Natur aus oder gefärbt. Mit ihrem dunklen Haar erinnerte Heather ihn an… Wen? Er wusste es nicht, obwohl irgendeine schemenhafte Gestalt durch seine Erinnerungen geisterte. Bei Nacht und außerhalb der grellen Neonbeleuchtung des Gerichtssaals war sie hübscher.

Bis auf ihre Augen. Im Gerichtssaal hatten ihre Augen gelebt. Hier draußen hatten sie den starren Tausendmeterblick eines abgekämpften Soldaten mit Kriegsneurose. Sie trug eine schwarze Seidenbluse, einen schwarzen Minirock, vorn offene hochhackige Pumps und eine übergroße schwarze Umhängetasche. Ihr Körper, ihr Gesicht *sprachen* zu ihm. Ihr *Äußeres* lockte ihn an.

»Hallo«, sagte sie, als er näher kam und vor ihr stehen blieb. »Was gibt's?«

»Ich mache nur einen kleinen Spaziergang«, antwortete er freundlich.

»Schöner Abend dafür, Officer.« Ihr grüner Lidschatten war mit einer Spachtel aufgetragen.

Der Werwolf lächelte. »Ich bin kein Cop. Ich werde nicht mal versuchen, Sie anzumachen. Wer weiß, vielleicht sind Sie einer. Ein Cop, meine ich.«

»Klar doch«, sagte sie und bewegte eine Hüfte, sodass ihr Minirock nach oben glitt.

»Viel Erfolg!«, wünschte er ihr.

»Schiffe, die sich nachts begegnen«, murmelte sie und sah bereits wieder an ihm vorbei die Straße entlang.

»Aber nehmen wir mal an, ich käme demnächst wieder vorbei… Machst du deine Abendrunden immer in dieser Gegend?«

Sie drehte sich um und musterte ihn mit neu erwachtem Interesse. »Klar«, sagte sie. »Das hier ist sozusagen mein Revier.«

»Hast du’n Zimmer, in das wir gehen könnten?«

»Wozu?«, fragte sie vorsichtig.

»Wahrscheinlich für Halb-und-halb, wenn’s nicht mehr als ’nen Fünfziger kostet. Oder vielleicht weißt du was Aufregenderes...«

Sie atmete auf. Er hatte sie angesprochen, eine bestimmte Variante erwähnt und ihr Geld angeboten – folglich war er kein Cop.

»Kein Problem, Honey. Ich kenne alle möglichen Tricks, um ’nen Jungen anzutörnen. Ich bin fast jeden Abend hier, bloß am Donnerstag nicht, weil mein Mann da mit mir ausgeht. Und sonntags auch nicht, weil’s keine Action gibt.«

»Ausgezeichnet. Vielleicht morgen oder übermorgen, was? Und du hast ein Zimmer, in das wir gehen können?«

»Wer Kies hat, kriegt ’n Bett«, versprach sie ihm.

»Wie heißt du übrigens?«

Darüber musste sie kurz nachdenken. »Heather«, antwortete sie schließlich.

»Du machst einen Fehler!« sagte sich der Werwolf am nächsten Abend. Er ging im Wohnzimmer auf und ab. »Das ist bestimmt ein Fehler!«

Aber der Gedanke war verlockend. Er starrte das MPD-Telefonverzeichnis auf dem Couchtisch an. Davenport, Lucas. Seine Dienstnummer, seine Privatnummer. Der Anruf konnte ein Fehler sein – aber was sollte dabei schief gehen? Wenn er Davenport spätabends zu Hause anrief, konnte er ihn überrumpeln. Und dort gab es keine automatische Tonbandaufzeichnung hereinkommender Gespräche.

Er dachte darüber nach, schrieb sich die Telefonnummer auf einen Zettel, ging wieder zu seinem Wagen, fuhr zur übernächsten Telefonzelle und wählte. Das Telefon am anderen Ende klingelte nur einmal. Dann meldete sich ein völlig klarer Bariton. Die Stimme klang nicht im geringsten verschlafen.

»Lieutenant Davenport?«

»Ja. Wer sind Sie?«

»Ein Informant… Ich habe gestern Abend die Fernsehberichterstattung über Ihre Differenzen mit Ihrem Vorgesetzten verfolgt und möchte Ihnen eines versichern: Sie haben absolut Recht, was den Werwolf-Killer betrifft. Der Schwule ist's nicht gewesen. Dieser Schwule ist's nicht gewesen. Haben Sie verstanden?«

»Wer sind Sie?«

»Das verrate ich Ihnen aus verständlichen Gründen nicht, aber ich weiß, dass Sie den Falschen verhaftet haben. Wenn Sie ihn nach den Mitteilungen fragen, die der Killer hinterlassen hat, weiß er nichts davon, stimmt's? Er kann Ihnen nicht sagen, dass man niemals jemanden ermorden soll, den man kennt. Dass man niemals ein Tatmotiv haben soll. Und dass man niemals nach erkennbarem Schema handeln soll. Sie sollten etwas unternehmen, um diesen Fehlgriff zu korrigieren, sonst laufen Sie Gefahr, bloßgestellt zu werden. Der Werwolf wird die Unschuld dieses Mannes irgendwann in naher Zukunft beweisen. Haben Sie das alles verstanden, Lieutenant? Hoffentlich, denn mehr habe ich nicht zu sagen. Leben Sie wohl!«

»Augenblick…«

Der Werwolf hängte ein, hastete zu seinem Wagen und fuhr davon. Gleich nach der ersten Kreuzung musste er vor Aufregung kichern. Diese Woge freudiger Erregung kam unerwartet, aber er spürte sie, als hätte er ein Duell siegreich bestanden. Und in gewisser Beziehung stimmte das auch. Er hatte das Gesicht seines Feindes berührt.

12

Lucas saß mit einem Computerausdruck mit den Regeln für Everwhen vor sich am Zeichentisch. Er rieb sich nachdenklich seinen Mitternachtsbart. Die Regeln. Der Mann hatte von den Regeln des Killers gewusst. Und er hatte mit dem richtigen Akzent gesprochen. Kaum wahrnehmbar, aber trotzdem vorhanden. Texas. New Mexico.

Er griff nach dem Telefonhörer und wählte Daniels Nummer. »Davenport«, meldete er sich.

Daniel war schlaftrunken. »Davenport? Wissen Sie eigentlich, wie spät es ist?«

Lucas sah auf seine Uhr. »Ja, zwölf Minuten nach zwei.«

»Zum Teufel, was …«

»Eben hat mich der Werwolf angerufen.«

»Was?« Der Chief war plötzlich hellwach.

»Er hat die Regeln zitiert, die der Mörder hinterlassen hat. Er hat mit dem richtigen Akzent gesprochen. Und er hat glaubwürdig gewirkt.«

»Scheiße!« Eine kurze Pause. »Was hat er gesagt?«

Lucas wiederholte, was der Anrufer vorgebracht hatte.

»Und er hat glaubwürdig geklungen?«

»Hundertprozentig. Sogar mehr als das – er ist stinksauer gewesen. Er hat den Bericht der Carey über meine Zweifel an Smithes Täterschaft gesehen. Er will, dass ich diesen Irrtum berichtige. Mann, er will als der Täter *anerkannt* werden!«

Am anderen Ende herrschte langes Schweigen. »Chief?«

Daniel ächzte. »Wir haben Smithe eingelocht, und der Werwolf ist auf der Suche nach dem nächsten Opfer!«

»Was Smithe betrifft, müssen wir sofort leiser treten. Am besten versuchen Sie morgen, dem Anwalt gut zuzureden. McCarthy sitzt seinem Mandanten wie ein Blutegel im Nacken. Wenn es uns gelingt, ihn wegzubekommen, können wir Smithe vielleicht zur Vernunft bringen und sein Alibi erfahren. Falls er's angibt – wenn er überhaupt eins hat –, können wir ihn entlassen.«

»Und wenn nicht?«

»Dann müssen wir uns was einfallen lassen. Aber wenn der Kerl, der mich angerufen hat, tatsächlich der Werwolf ist – und darauf gehe ich jede Wette ein –, hat Smithe garantiert ein Alibi. Er kennt jetzt das Hennepin County Detention Center von innen, und Sie wissen selbst, wie's dort zugeht.«

»Okay, so machen wir's. Ich rede morgen mit dem Verteidiger und versuche, mich mit ihm zu einigen. Und Sie schauen morgen früh bei der Mordkommission vorbei und geben das Telefongespräch zu Protokoll. Der Haftprüfungstermin ist für Montag angesetzt, stimmt's? Wenn wir die Sache abbiegen wollen, müssen wir schnell handeln. Oder der Werwolf nimmt uns die Arbeit ab. Dann säßen wir erst recht in der Scheiße.«

»Unser Mann war bis jetzt immer Mitte der Woche aktiv«, stellte Lucas fest. »Heute haben wir Donnerstag. Behält er seine Gewohnheit bei, tut er's heute Abend – oder er wartet bis nächste Woche.«

»Am Telefon hat er ›in naher Zukunft‹ gesagt?«

»Richtig. Es hat nicht so geklungen, als sei er schon jetzt zum nächsten Mord bereit. Aber vielleicht hat er versucht, mich … irrezuführen.«

»Guter Ausdruck.«

»Damit hat er angefangen. Ich sitze hier und versuche zu rekonstruieren, was er genau gesagt hat. Er hat ein paar gute Ausdrücke wie ›Differenzen‹ und ›Fehlgriff‹ gebraucht. Er ist intelligent – und gebildet.«

»Freut mich«, seufzte Daniel müde. »Der Teufel soll ihn holen! Wir reden morgen weiter.«

Nachdem Lucas aufgelegt hatte, konnte er sich nicht mehr auf das Spiel konzentrieren und hörte schließlich auf, daran zu arbeiten. Er schlenderte in die Küche, holte sich ein Bier aus dem Kühlschrank und schaltete das Licht aus. In dieser Sekunde fiel ihm ein gelb-weißes Rechteck ins Auge, das irgend etwas bedeutete. Er trat noch einen Schritt in den Korridor hinaus, runzelte die Stirn, kehrte um und machte wieder Licht. Das gelb-weiße Etwas war ein Telefonbuch.

»Woher hat er meine Nummer?«, fragte Lucas laut.

Lucas Davenport stand nicht im Telefonbuch.

»Aus dem gottverdammten Telefonverzeichnis im Präsidium! Das ist die einzige Möglichkeit.«

Er wählte erneut Daniels Nummer, aber diesmal war sie besetzt. Er legte auf, ging eine Minute lang ruhelos auf und ab und wählte dann wieder.

»Was gibt's?«, knurrte der Chief.

»Hier ist noch mal Davenport. Mir ist eben was Hässliches eingefallen.«

»Los, raus damit!«, verlangte Daniel irritiert. »Das macht meine Albträume farbiger.«

»Wissen Sie noch, wie Sie mich haben beobachten lassen? Weil Sie glaubten, der Täter könnte ein Cop sein – und weil Sie ein paar Gründe dafür gehabt haben?«

»Yeah.«

»Mir ist eben was eingefallen. Dieser Kerl hat mich zu Hause angerufen. Meine Privatnummer steht aber nur in unserem Telefonverzeichnis im Präsidium. Und Carla Ruiz hat einen der Männer auf den Fotos als Cop identifiziert…«

»Hmmm.« Wieder längeres Schweigen. »Lucas, gehen Sie ins Bett. Ich hab' Anderson geweckt, um ihm von dem Anruf zu erzählen. Ich rufe ihn noch mal an und sage ihm, welchen Verdacht Sie haben. Morgen überlegen wir uns dann was.«

»Die Leute würden uns für Idioten halten, wenn wir ignoriert hätten, dass Carla Ruiz den Kerl auf unseren Fotos erkannt hat.«

»Nein, noch schlimmer: Die Leute würden uns für Komplicen des Werwolfs halten!«

Das Telefon klingelte noch einmal, und Lucas öffnete mühsam die Augen. Tageslicht. Er warf einen Blick auf seinen Wecker. Punkt acht Uhr dreißig.

»Hallo, Linda«, sagte er, nachdem er den Hörer abgenommen hatte.

»Woher haben Sie gewusst, dass ich anrufe, Lucas?«

»Weil ich das Gefühl habe, dass die Hölle los ist.«

»Der Chief möchte Sie sofort sprechen. Sie sollen was Anständiges anziehen und so schnell wie möglich herkommen.«

Als Lucas hereinkam, steckten Daniel und Anderson am Schreibtisch des Chiefs die Köpfe zusammen. Lester saß in einem Sessel und blätterte in einer Akte.

»Was ist passiert?«

»Das wissen wir nicht«, antwortete Daniel. »Aber als ich heute morgen reingekommen bin, hat sofort das Telefon geklingelt. McCarthy ist am Apparat gewesen. Smithe will Sie sprechen.«

»Klasse. Haben Sie was von dem Anruf von heute Nacht gesagt?«

»Kein Wort. Aber falls er bereit ist, ein Alibi zu liefern, können wir die Sache vielleicht auf McCarthy abwälzen. Dank Smithes Kooperation mit uns konnten wir ihn als Verdächtigen eliminieren… oder so ähnlich. Wenn wir's geschickt anfangen, stehen wir zum Schluss glänzend da.«

»Falls wir ihn eliminieren können«, warf Anderson ein.

»Was ist mit dem Cop?«, fragte Lucas. »Mit dem, den Carla Ruiz erkannt hat?«

»Ich bin heute Nacht gleich nach dem Anruf vom Chief hergefahren«, erzählte Anderson, »und hab' die Dienstpläne kontrolliert. Als die Ruiz überfallen worden ist, hat er mit seinem Partner Streifendienst im Nordwesten gemacht. Das hat sein Partner bestätigt. Die beiden haben sich zu dieser Zeit mehrmals über Funk gemeldet. Wir haben die Tonbandaufzeichnungen abgehört, und seine Stimme ist tatsächlich drauf.«

»Dann kommt er also nicht in Frage«, stellte Lucas fest.

»Immerhin *ein* Lichtblick«, meinte Daniel. »Sehen Sie zu, dass Sie ins Detention Center kommen und mit Smithe reden. Er wartet schon auf Sie.«

McCarthy und Smithe saßen in einem kleinen Vernehmungsraum. Die Einrichtung war schlicht und dafür bestimmt, Körperflüssigkeiten abzustoßen. Der Anwalt rauchte, und Smithe hockte auf einem gepolsterten Wartezimmerstuhl, rieb sich nervös die Hände und starrte seine Füße an.

»Mir gefällt nicht, wie mein Mandant behandelt wird, und ich werde mich schriftlich darüber beschweren!«, fauchte McCarthy, als Lucas hereinkam.

»Schon recht.« Er nickte Smithe zu. »Würden Sie mal kurz aufstehen?«

»Augenblick! Wir wollten mit Ihnen reden ...«, begann der Anwalt, aber Smithe winkte ab und stand auf.

»Ich hasse diesen Bau«, sagte er. »Er ist weit schlimmer, als ich es mir vorgestellt hatte.«

»Tatsächlich ist's ein ziemlich gutes Gefängnis«, antwortete Lucas gelassen.

»Das hab' ich auch schon gehört«, bestätigte Smithe trübselig. »Warum soll ich aufstehen?«

»Spannen Sie Ihre Brust- und Bauchmuskeln an.«

»Ha?«

»Spannen Sie Ihre Brust- und Bauchmuskeln an. Und sorgen Sie dafür, dass Sie gut stehen.«

Smithe machte ein verständnisloses Gesicht, aber er ließ die Schultern hängen und spannte die Muskeln an. Lucas stieß mit den gespreizten Fingern einer Hand kräftig gegen Smithes Brustkorb, ließ dann die Hand sinken und tastete seine Bauchmuskeln. Beide Muskelpartien fühlten sich steinhart an.

»Machen Sie Krafttraining?«

»Ja, ziemlich intensiv.«

»Was soll das alles?«, fragte McCarthy.

»Es geht um die Aussage des Opfers. Der Killer hat sie von hinten angefallen und umklammert. Sie hat ausgesagt, er habe sich weich und dicklich angefühlt.«

»Nicht ich!«, sagte Smithe mit neu erwachtem Selbstbewusstsein. »Drehen Sie sich um!«

Lucas gehorchte. Smithe trat hinter ihn und umklammerte ihn mit beiden Armen. »Versuchen Sie mal loszukommen«, forderte er Lucas auf.

Der Lieutenant drehte und wand sich, aber die muskelbepackten Arme des anderen hielten ihn eisern umklammert. Obwohl Lucas sich alle Mühe gab, konnte er sich nicht aus Smithes Griff befreien.

»Okay«, sagte Lucas schwer atmend.

Smithe ließ ihn los. »Wenn ich sie hätte, käme sie nicht mehr frei«, versicherte er selbstbewusst. »Beweist das irgendwas?«

»Für mich schon«, bestätigte Lucas. »Aber es würde nicht viele andere Leute überzeugen.«

»Ich hab' den Fernsehbericht gesehen. Es heißt, dass Sie mir glauben«, sagte Smithe. »Und ich halte dieses Gefängnis nicht länger aus. Deshalb habe ich beschlossen, Ihnen zu vertrauen. Ich habe ein Alibi – sogar zwei.«

»Das alles könnten wir beim Haftprüfungstermin vorbringen«, warf McCarthy ein.

»Der ist in vier Tagen«, wehrte Smithe scharf ab. Er wandte sich wieder an Lucas. »Wann komme ich raus, wenn meine Alibis in Ordnung sind?«

Lucas zuckte mit den Schultern. »Wenn sie was taugen und nachprüfbar sind, können wir Sie bis heute Nachmittag rausholen.«

»Okay« Smithe gab sich einen Ruck. »McCarthy hat mir meinen Terminkalender mitgebracht. An dem Tag, an dem die Lewis ermordet worden ist, bin ich auf einem Fachlehrgang gewesen. Von neun Uhr morgens bis siebzehn Uhr. Wir sind ein Dutzend Lehrgangsteilnehmer gewesen und haben gemeinsam zu Mittag gegessen. Das ist noch nicht lange her, deshalb werden die anderen sich an mich erinnern.

Und der Tag, an dem Shirley Morris, die Hausfrau, ermordet worden ist? Da bin ich um sieben Uhr morgens nach New York geflogen. Ich habe das Ticket noch, und ein Freund hat mich zum Flughafen gefahren und gesehen, wie ich an Bord gegangen bin. Auch die New Yorker Hotelrechnung mit Uhrzeit und Datum habe ich aufbewahrt. Die Morris ist nachmittags umgebracht worden – und ich bin nachmittags im Hotel angekommen.

Ich gehe jede Wette ein, dass sie sich dort an mich erinnern, denn als ein Page mich aufs Zimmer begleitet und die Bettdecke zurückgeschlagen hat, ist darunter eine Ratte zum Vorschein gekommen! Wir haben beide vor Schreck aufgeschrien. Dabei sollte das ein gutes Hotel sein! Ich bin zur Rezeption runtergefahren und habe sofort ein anderes Zimmer bekommen, aber ich möchte wetten, dass sie sich an die Ratte erinnern. Das alles können Sie mit ein paar Anrufen nachprüfen. Das Flugticket und die Hotelrechnung hat McCarthy in seinem Büro.«

»Das hätten Sie uns früher erzählen sollen«, warf ihm Lucas vor.

»Ich hab' Angst gehabt. Mr. McCarthy hat gesagt ...« Beide drehten sich um und starrten den Anwalt an.

»Das ist alles ein bisschen viel auf einmal gewesen«, behauptete McCarthy. »Sie haben ihn in die Mangel genommen, alle sind ganz heiß und aufgeregt gewesen, deshalb mussten wir cool bleiben, sonst hätten wir Fehler gemacht.«

»Wir wir's angefangen haben, ist's auch nicht richtig gewesen«, wandte Smithe ein. »Meine Familie wusste, dass ich schwul bin – meine Eltern, meine Geschwister und ein paar alte Freunde daheim –, aber die meisten unserer Nachbarn wussten nichts davon ...«

Er ließ sich auf seinen Stuhl fallen und begann plötzlich zu schluchzen. »Jetzt wissen's alle! Können Sie sich vorstellen, wie's ist, wenn ich wieder auf die Farm heimkomme?«

McCarthy stand auf und versetzte seinem Stuhl einen Tritt.

Der Lieutenant telefonierte aus der Eingangshalle des Detention Centers. »Lucas Davenport«, sagte er. »Können wir uns irgendwo unauffällig treffen? Sofort?«

»Klar«, antwortete sie. »Wo denn?«

Er schlug ein schäbiges kleines Antiquariat an der Nordseite des Loops vor. Als sie ankam, fiel Lucas auf, dass sie hier ziemlich fehl am Platz zu sein schien. Mit perfekter Frisur und makellosem Make-up wanderte sie wie Alice im Wunderland zwischen den Bücherstapeln umher und schien über die Vielfalt verwirrender Artefakte zu staunen. Annie McGowan. Der Stolz des Now Reports in Channel Eight.

»Lucas«, flüsterte sie, als sie ihn sah.

»Annie.« Er trat auf sie zu, und Annie streckte die Hände aus, als erwarte sie, dass Lucas sie umarmte. Stattdessen ergriff er ihre Hände und zog sie an sich.

»Was ich dir jetzt erzähle, muss unser Geheimnis bleiben. Das musst du mir versprechen, sonst kann ich's dir nicht verraten«, sagte er und sah sich um. *Kurs 1043, Systematische Einführung in die Schauspielkunst, sechs Abende.*

»Ja, natürlich«, hauchte sie. Ihr Atem duftete nach Zimt und Gewürznelken.

»Es geht um diesen Schwulen, der wegen der Werwolf-Morde verhaftet worden ist«, flüsterte Lucas. »Er ist es nicht gewesen. Er hat zwei ausgezeichnete Alibis, die in diesem Augenblick überprüft werden. Wahrscheinlich wird er noch heute Nachmittag entlassen. Außerhalb der Polizei weiß bisher niemand davon – nur du, Annie. Wenn du bis kurz nach fünfzehn Uhr wartest, kannst du wahrscheinlich seinen Anwalt abfangen. Du kennst doch McCarthy, den Pflichtverteidiger?«

»Ja, den kenne ich«, bestätigte sie atemlos.

»Du kannst ihn vor dem Detention Center abfangen, wenn er seinen Mandanten abholt. Am besten legst du dich gegen fünfzehn Uhr auf die Lauer. Ich glaube nicht, dass Smithe früher entlassen wird.«

»O Lucas, das ist riesig von dir!«

»Schon gut. Sieh zu, dass du meinen Tipp für dich behältst. Ich kann dir noch einen geben, der aber ebenfalls ›aus gut unterrichteter Quelle‹ kommen muss …«

»Ja?«

»Die Opfer des Werwolfs dürften vergewaltigt worden sein, aber bisher hat sich niemals Sperma nachweisen lassen. Deshalb wird vermutet, dass der Täter irgendeinen … Gegenstand benutzt, weil er impotent ist.«

»Ach, der Ärmste!«

»Ah, ja.«

»Was für einen Gegenstand?«

»Ah, nun, das weiß niemand genau.«

»Meinst du einen dieser riesengroßen Gummischwänze?« Aus ihrem schönen Mund klang dieser Ausdruck so unpassend, dass Lucas spürte, wie ihm der Mund offen stehen blieb.

»Ah, nun, das wissen wir nicht. Irgendwas. Wenn du die Sache richtig aufziehst und mich nicht verrätst, habe ich weitere Exklusivtips für dich. Aber jetzt muss ich verschwinden. Wir dürfen nicht zusammen gesehen werden.«

»Jedenfalls noch nicht«, ergänzte sie. Sie wandte sich ab, schien gehen zu wollen, besann sich aber anders und kam wieder zurück.

»Hör zu, wenn du mich im Sender anrufst, wissen die anderen, wer meine Quelle ist, sobald du deinen Namen nennst. Wenn du mich nicht erreichst, meine ich.«

»Yeah?«

»Vielleicht wär's besser, wenn wir einen Decknamen benutzen würden.«

»Gute Idee«, stimmte Lucas etwas verwirrt zu. Er zog eine seiner Karten aus der Geldbörse und schrieb seine Privatnummer darauf. »Du kannst mich im Dienst oder zu Hause zurückrufen. Wenn ich anrufe, bin ich entweder hier oder dort. Sollte ich dich nicht erreichen, sage ich: ›Nachricht für McGowan, Red Horse anrufen.‹«

»Red Horse«, flüsterte Annie, als müsste sie den Namen auswendig lernen. »Wie'n richtiger Indianerhäuptling?«

»Genau!«, bestätigte Lucas. Annie trat rasch an ihn heran und küsste ihn auf die Lippen; dann hastete sie mit blitzenden Augen und wehendem, hochmodischem Mantel zwischen den Bücherstapeln davon.

Der Ladenbesitzer, ein unromantischer Dicker, der frühe Ausgaben von Mark Twains *Life on the Mississippi* sammelte, tauchte in dem halbdunklen Gang auf und fragte: »Jesus, Lucas, schmust du etwa hier hinten rum?«

Auf dem Rückweg schaute Lucas bei Daniel vorbei und berichtete ihm von Smithes Alibis. Dann gingen sie zur Mordkommission hinunter, um Lester und Anderson zu informieren.

»Ihre Leute sollen alles andere stehen und liegen lassen und seine Alibis überprüfen«, wies Daniel Lester an. »Schicken Sie einen Mann zum Sozialamt; er soll sich nach diesem Lehrgang erkundigen. Das ist dann ein erster Hinweis. Danach sehen Sie sich das Flugticket und seine Hotelrechnung an und führen ein paar Telefongespräche. Falls seine Aussagen stimmen, worauf ich wette, vereinbaren wir für dreizehn oder vierzehn Uhr einen Termin mit der Staatsanwaltschaft. Wir müssen gemeinsam überlegen, was zu tun ist.«

»Ob die Anklage niedergeschlagen werden soll, meinen Sie«, entgegnete Lester.

»Richtig. Wahrscheinlich.«

»Dann zerreißen uns die Medien in der Luft«, warf Anderson ein.

»Nicht, wenn wir's richtig anfangen. Wir sagen ihnen, dass Smithe nur zu Davenport Vertrauen gehabt hat, dass er nur ihm seine Geschichte erzählen wollte. Davenport ist damit zu uns gekommen, und wir haben unseren Irrtum eingesehen.«

»Klingt nicht gerade umwerfend«, murmelte Lester.

»Mehr haben wir nicht«, erwiderte Daniel. »Immer noch besser, als wenn McCarthy uns damit fertig macht.«

Lester war blass geworden. »Ich habe den Haftbefehl beantragt. Jetzt werden sie über mich herfallen.«

»Könnte schlimmer sein«, meinte Daniel gelassen.

»Wie denn?«

»Sie könnten *über mich* herfallen.«

Lucas und Anderson begannen zu lachen. Daniel stimmte ein, und zuletzt lächelte auch Lester.

»Ja, das wäre eine Katastrophe«, bestätigte er.

Den restlichen Vormittag verbrachte Lucas in seinem Büro, um mit Informanten in den Twin Cities zu telefonieren. Allerdings war nicht viel los. Gerüchteweise verlautete, auf der Northeast Side sei bei einem Pokerspiel um hohe Einsätze ein Mann erschossen worden, aber Lucas kannte ein ähnliches Gerücht seit drei Wochen und neigte dazu, es für unbewiesen zu halten. In den Cities waren mehrere hundert geklaute Visa-Karten in Umlauf gebracht worden, und die am meisten geschädigten Geschäftsleute standen in Verhandlungen mit dem Oberbürgermeister. Ein weiteres Gerücht besagte, von Landeplätzen im Red River Valley aus würden automatische Waffen außer Landes gebracht. Das war merkwürdig und musste überprüft werden. Und der Besitzer eines Striplokals beschwerte sich darüber, dass eine benachbarte Bar junge Talente auftreten ließ: »Das ist unfair, diese Mädchen sind noch nicht alt genug, um Haare an der Muschi zu haben. Alle anderen Geschäfte leiden darunter, weil die ganzen Kerle in Frankie's hocken.« Lucas versprach ihm, sich darum zu kümmern.

»Smithes Alibis scheinen zu stimmen«, sagte Daniel. »Wir haben sein Foto nach New York gefaxt, und die Kollegen sind damit ins Hotel gefahren. Der Page kann sich an ihn und die Ratte erinnern. Das genaue Datum hat er vergessen, aber er weiß, in welcher Woche das gewesen ist. Es ist die richtige Woche.«

»Und die Sache mit dem Lehrgang?«

»Die stimmt auch. Daran gibt's nicht den geringsten Zweifel. Sobald wir danach gefragt haben, hat das ganze Sozialamt gewusst, dass wir Scheiß gebaut haben. Bis heute Abend wissen dort drüben alle Bescheid.«

»Und?«

»Um vierzehn Uhr findet eine Besprechung mit dem Staatsanwalt und Smithes Anwalt statt«, antwortete der Chief. »Wir werden vorschlagen, die Anklage fallen zu lassen. Heute Abend geben wir dann eine Pressekonferenz.«

»Smithe klagt garantiert auf Schadenersatz«, warf Anderson ein.

»Wir verlangen eine Verzichterklärung«, sagte Daniel.

»Aussichtslos«, meinte Lucas. »Der Kerl ist stinksauer.« Er sah zu Daniel hinüber. »Wahrscheinlich ist's besser, wenn ich heute Abend nicht zur Pressekonferenz komme.«

»Wahrscheinlich.«

»Falls jemand nach mir fragt – ich bin im Urlaub. Ich nehme mir ein paar Tage frei und fahre nach Norden.«

Um fünfzehn Uhr verließ Lucas die City Hall, schlenderte zum Detention Center hinüber und kaufte sich unterwegs eine Tüte Popcorn. Annie McGowan und ein Kameramann warteten vor dem Gefängniseingang. Lucas setzte sich in diskreter Entfernung auf die Bank einer Bushaltestelle und wartete. Nach einer halben Stunde sah er, dass McCarthy mit Smithe auf die Straße trat. Die beiden wurden von einem älteren Ehepaar begleitet, das Lucas nach den Fotos, die er bei Smithe gesehen hatte, als seine Eltern erkannte. Annie McGowan schoss wie ein Blitz auf sie los, und nach kurzer Diskussion erklärten sie sich offenbar zu einem Interview vor der Kamera bereit. Lucas knüllte die leere Popcorntüte zusammen, warf sie unter die Bank und lächelte.

»Pressekonferenz um neunzehn Uhr«, sagte Anderson, als Lucas ihm in der Eingangshalle über den Weg lief.

»Ich hab' heute Abend was anderes vor«, wehrte Lucas ab. »Und ich versuche, mich für eine Weile unsichtbar zu machen.«

Bevor Lucas ging, vereinbarte er mit dem Streifendienst

Verstärkung für den Abend und fuhr dann nach Hause, um sich die Achtzehnuhrnachrichten anzusehen. Annie McGowan sah wundervoll aus, als sie ihren Exklusivbericht ankündigte. Nach dem zweiminütigen Interview vor dem Detention Center zeigten die Kameras sie wieder im Studio.

»Darüber hinaus hat Now Report Eight erfahren, dass die Polizei den wahren Mörder für impotent hält und vermutet, dass er die Frauen mit irgendeinem stumpfen Gegenstand vergewaltigt hat.«

Sie sah zum Moderator. »Fred?«

»Danke für diesen Exklusivbericht, Annie ...«

Lucas schaltete auf Channel Four um. Dort endete die Nachrichtensendung mit offenbar aus Annies Bericht geklauten Informationen: »Wie wir soeben erfahren, ist Jimmy Smithe, der im Zuge der Ermittlungen wegen der Ermordung von drei Frauen aus den Twin Cities in Haft genommen worden war, aus der Untersuchungshaft entlassen worden, da die Polizei ihn anscheinend nicht mehr für den Täter hält ...«

Fünf Minuten später war Jennifer am Telefon.

»Lucas, hat sie diesen Tipp von dir gekriegt?«

»Wem soll ich welchen Tipp gegeben haben?« fragte Lucas gespielt ahnungslos.

»Hast du der McGowan den Tipp mit Smithes Entlassung gegeben?«

»Ist er denn entlassen worden?«

»Hör zu, du Dreckskerl, wenn ich nächstes Mal rüberkomme, trägst du am besten einen Supporter aus Stahl, denn ich bringe ein Messer mit!«

Später fuhr Lucas in einem neutralen Dienstwagen die Lake Street entlang, beobachtete Passanten, Trinker und Nutten und hielt Ausschau nach irgendeinem von einem Dutzend Gesichtern. Kurz vor zweiundzwanzig Uhr entdeckte er eines.

»Harold. Los, steig ein!«

»Hören Sie, Lieutenant…«

»Steig ein, verdammt noch mal!« Harold, der mit Amphetaminen handelte, stieg widerstrebend ein.

»Harold, du bist mir einen Gefallen schuldig«, erinnerte Lucas ihn. Harold, der keine sechzig Kilo wog, zog seine olivgrüne Feldjacke fester um sich.

»Was woll'n Sie von mir, Mann?«, winselte er. »Ich hab' mit keinem geredet, der…«

»Ich möchte, dass du zu Frankie's gehst und ein bisschen was trinkst. Auf meine Rechnung. Wein oder Bier, aber keine harten Sachen. Ich will nicht, dass du dich besäufst.«

»Wo ist der Haken?«, fragte Harold, der plötzlich munterer wirkte.

»Dort lassen sie 'ne junge Stripperin tanzen. Ganz jung. Sobald sie dran ist, kommst du raus und sagst es mir. Ich bleibe hier stehen. Du kommst raus, sobald sie auftritt, verstanden? Nicht etwa zwei Minuten später, sondern wirklich sofort.« Er drückte Harold einen Zehner in die Hand.

»Zehn? Ich soll dort drinnen mit 'nem Zehner auskommen?« beschwerte sich Harold.

Lucas packte ihn vorn an seiner Feldjacke und schüttelte ihn kurz durch. »Hör zu, Harold, du kannst von Glück sagen, dass ich dir nichts für dieses Vergnügen abknöpfe, okay? Und jetzt schiebst du ab, bevor ich böse werde!«

»Jesus, Lieutenant…« Harold stieg aus, und Lucas sank auf seinem Sitz zusammen und beobachtete die Passanten. Die meisten waren auf einer Sauftour oder schon betrunken. Einige schienen unter Drogeneinfluss zu stehen. Dann kam ein Zuhälter mit einem seiner Pferdchen vorbei. Lucas, der ihn kannte, rutschte noch etwas tiefer und versteckte sein Gesicht hinter einer Hand. Aber der Zuhälter sah nicht einmal zu ihm herüber. Danach ein Pusher, noch ein Pusher, ein dicklicher junger Mann, der frisch vom Land gekommen zu sein schien, und ein betrunkener Vertreter. Lucas beobachtete die Vorbeiziehenden eine halbe Stunde lang, bevor Harold ans offene Beifahrerfenster trat.

»Gerade tritt eine auf, die wirklich jung ist«, flüsterte er.

»Okay. Verschwinde!« Nachdem Harold in der Menge untergetaucht war, forderte Lucas über Funk wie vereinbart Verstärkung an, setzte einen schmalkrempigen Tweedhut und eine Fensterglasbrille auf, stieg aus, sperrte den Wagen ab und machte sich auf den Weg zu Frankie's Bar.

In Frankie's roch es nach abgestandenem Bier und billigem Wein. Die vordere Salonbar war leer bis auf zwei unglücklich dreinblickende Frauen, die sich in einer der Nischen auf roten Kunstlederbänken gegenübersaßen. Der Barkeeper polierte Gläser und beobachtete ohne sonderliches Interesse, wie Lucas zwischen den freien Tischen hindurch auf den bogenförmigen Durchgang zum Hinterzimmer zusteuerte.

Das verqualmte Hinterzimmer war überfüllt. Dort drängten sich dreißig bis vierzig Männer und etwa ein halbes Dutzend Frauen, die den Takt der Rockmusik aus einer Musicbox mitklatschten. Die auf der Bar tanzende Stripperin trug nur noch einen winzigen Büstenhalter und einen durchsichtigen blauen Slip. Lucas arbeitete sich durch die Menge nach vorn und erkannte Frankie, der selbst am Zapfhahn stand und Plastikgläser mit Bier füllte, so schnell es nur ging.

Lucas sah zu der Tänzerin auf. Elf Jahre? Zwölf? Sie wackelte mit den Hüften, biss sich mit fast professionellem Lächeln auf die Unterlippe und griff sich mit einer Hand hinter den Rücken. Die Begeisterung des Publikums schien sie anzustacheln. Während sie weitertanzte, löste sie den BH-Verschluss, schälte sich langsam aus dem Büstenhalter und bedeckte ihre knospenden Brüste dabei sorgfältig mit den Unterarmen. Nach einigen weiteren Tanzschritten schleuderte sie den BH hinter die Theke und steigerte ihr Tempo, wobei ihre nackten Brüste im flackernden Schein der Lichtorgel wippten.

»Hös-chen! Hös-chen! Hös-chen!« skandierte das Publikum, und die Stripperin hakte beide Daumen in den oberen Rand ihres Slips, zog ihn scheinbar widerstrebend mal hier, mal da ein kleines Stück herunter, kehrte ihrem Publikum den Rücken zu, bückte sich, sah zwischen den Beinen hindurch, richtete sich auf, streifte langsam ihren Slip ab, drehte sich wieder um und tanzte nackt weiter.

In diesem Augenblick brüllte der Barkeeper aus dem vorderen Raum: »Achtung, die Cops kommen!«

»Verschwindet!«, rief Frankie laut. Während die Gäste sich an den beiden Ausgängen drängten, streckte er eine Hand aus und packte die Nackte am Knöchel. Lucas warf sich nach vorn, zog seine Pistole, stützte beide Ellbogen auf die Theke und drückte die Mündung an Frankies Wange.

»Vorsicht, damit kein Unfall passiert, Frankie«, sagte er dabei.

»Dieser Abzug ist verdammt leichtgängig.« Der Barbesitzer erstarrte. Drei uniformierte Cops kamen hereingestürmt und drückten die Gäste links und rechts an die Wand. Mindestens ein Dutzend Plastikbeutelchen mit Klemmverschluss, die Crack oder Kokain enthielten, flogen auf den Fußboden. Lucas sah zu der Nackten auf. »Komm runter!« befahl er.

Sie beugte sich nach vorn und spuckte ihm ins Gesicht.

»Was habt ihr mit der Kleinen angefangen?« erkundigte sich Carla. Sie saßen auf dem Bootssteg und ließen die Beine über dem Wasser baumeln. Es war eine Stunde vor Sonnenuntergang, und sie waren gerade von ihrem Schießplatz im Wald zurückgekommen. Der Spätnachmittag war kühl und still, und das dunkle Blau des Himmels spiegelte sich im See. Etwa hundert Meter weit draußen schleppte ein Maskinonge-Angler einen Oberflächenköder über die Randzone einer Untiefe. Das Wasser war spiegelglatt, und sie konnten das raddampferartige Klappern des Köders hören, als der Angler ihn einholte.

»Wir haben sie beim Jugendamt abgeliefert«, sagte Lucas. »Sie versuchen rauszukriegen, wer ihre Eltern sind, und schaffen sie zu ihnen zurück. In zwei Wochen reißt sie dann wieder aus und bringt sich mit Anschaffen, Tanzen oder sonst was durch. In ihrem Alter sind das die einzigen Jobs, die sie kriegen kann.«

»Und was ist mit Frankie?«

»Den haben wir wegen sämtlicher Delikte angezeigt, die uns eingefallen sind. Irgendwas können wir ihm bestimmt anhängen. Er wird einige Zeit sitzen und seine Konzession verlieren.«

»Geschieht ihm recht! Das muss man sich mal vorstellen … eine Zwölfjährige!«

Lucas zuckte mit den Schultern. »Das Durchschnittsalter der Strichmädchen dürfte bei vierzehn liegen. Je jünger sie sind, desto besser verdienen sie. Die Freier wollen nur junges Gemüse.«

»Männer sind so pervers!«, sagte Carla, und Lucas lachte.

»Was willst du tun – zum Angeln rausfahren oder reingehen und ein bisschen rumblödeln?«, fragte er.

Carla rümpfte die Nase. »Geangelt habe ich heute schon«, antwortete sie.

13

Innerhalb der Anwaltsfirma fungierte die Sekretärin des Werwolfs als Gerüchtezentrale. Das hätte ihm in der Büropolitik nützen können – wenn er sich an ihr beteiligt hätte –, aber er kam mit seiner Sekretärin nicht gut aus. Er neigte dazu, sie nicht anzusehen, wenn er mit ihr sprach. Er war sich dieser Angewohnheit bewusst und versuchte, sie abzulegen und seiner Sekretärin in die Augen zu schauen. Das wollte ihm jedoch nicht gelingen, deshalb hatte er sich angewöhnt, ihren Nasensattel anzustarren. Sie wusste, dass er ihr nicht in die Augen sehen konnte.

Noch schwieriger wurde die Situation durch ihre äußere Erscheinung. Sie war viel zu hübsch für den Werwolf. Sie hatte ihm schon kurz nach seinem Eintritt in die Firma klar gemacht, dass Annäherungsversuche unerwünscht waren.

Dafür war er ihr auf seine Weise dankbar. Hätte sie sich an ihn rangemacht und dann zu den Auserwählten gehört, hätte er sie umbringen müssen – und das wäre ein Verstoß gegen eine der Hauptregeln gewesen: Niemals jemanden ermorden, den du kennst.

Als er ins Büro kam, standen drei weitere Frauen schwatzend um ihren Schreibtisch.

»Haben Sie schon gehört, Louis?«, sprach ihn eine Frau aus diesem Quartett an. Sie hieß Margaret Wilson, war als Anwältin auf Schmerzensgeldklagen spezialisiert und sollte zu den bestbezahlten Angestellten der Firma gehören, obwohl sie noch keine dreißig Jahre alt war. Sie hatte hellbraune Augen, war vollbusig und hatte dicke Beine. Der Werwolf fand, dass sie zu viel lachte; tatsächlich hatte er ein bisschen Angst vor ihr. Jetzt blieb er stehen.

»Was gehört?«, fragte er.

»Von dem Schwulen, den sie verhaftet haben, weil sie ihn für den Werwolf-Killer gehalten haben? Er ist's nicht gewesen.«

»Ja, das habe ich gestern Abend in den Nachrichten gesehen. Wirklich schade. Ich dachte, sie hätten den Täter geschnappt«, antwortete der Werwolf so beherrscht wie möglich. Die Pressekonferenz der Polizei, die er in TV3 verfolgt hatte, hatte ihn regelrecht entzückt.

»Angeblich kann er ihn nicht hochkriegen«, lachte die Wilson.

Er blieb verwirrt stehen. »Wie bitte?«

»Sie kennen doch Annie McGowan von Channel Eight? Die Reporterin mit der kurzen Pagenfrisur wie diese Eiskunstläuferin Soundso? Sie hat mit jemandem von der Polizei gesprochen. Sie glauben, dass er impotent ist – dass ihn das zu den Morden treibt«, fuhr sie fort. Wollte sie ihn herausfordern? Lag in ihrer Stimme ein spöttischer Unterton?

»Nun, sie haben sich auch mit dem Schwulen getäuscht...«, begann der Werwolf zögernd.

»Das ist bloß wieder typisches Psychologengeschwätz«, bemerkte seine Sekretärin verächtlich. »Alle anderen sagen, dass er sie vergewaltigt. Wie soll er das können, wenn er ihn nicht hochkriegt?«

»Sie haben niemals Sperma gefunden«, antwortete die Wilson. »Deshalb glauben sie, dass er irgendwas benutzt.«

Die Frauen wechselten wissende Blicke. »Hmmm«, sagte der Werwolf, verschwand in seinem Büro und schloss die Tür hinter sich.

Er blieb einen Augenblick vor Wut wie gelähmt stehen. Impotent? Benutzt irgendwas? Wovon redeten sie überhaupt?

Von draußen drang Gelächter herein, und er wusste, dass sie über ihn lachten. Benutzt irgendwas. Wahrscheinlich wie der alte Louis, was der wohl benutzt? sagten sie jetzt. Sie wussten nicht, wer er war, was er war; sie ahnten nicht, welche Macht er besaß. Und sie lachten über ihn.

Er trat an den Schreibtisch, warf seine Aktentasche darauf, ließ sich in den Sessel fallen und starrte den Entendruck an der Wand an. Drei Stockenten, die in der Abenddämmerung in einen schilfbestandenen Sumpf einfielen. Der Werwolf starrte sie an, ohne sie wirklich zu sehen, und fühlte seinen Zorn wachsen. Draußen im Vorzimmer wurde erneut gelacht. Hätte er eine Pistole bei sich gehabt, hätte er die Tür aufgerissen und sie alle erschossen.

Gegen elf Uhr dreißig verließ er sein Büro und fuhr nach Hause, um sich die Mittagsnachrichten anzusehen. Im Allgemeinen bevorzugte er TV3, weil er glaubte, das bisschen Sorgfalt, mit dem Fernsehnachrichten heutzutage noch recherchiert wurden, sei am ehesten dort zu finden.

Falls diese McGowan jedoch über besondere Quellen verfügte, würde er wohl oder übel zu Channel Eight wechseln müssen.

Er ließ seinen Wagen in der Einfahrt stehen und hastete ins Haus. Wie sich herausstellte, hatte er noch Zeit, sich vor den Zwölfuhrnachrichten eine Dosensuppe zu wärmen. Danach saß er im Wohnzimmer in seinem Sessel und schlürfte die salzige, heiße Flüssigkeit, und als die Nachrichten kamen, war Annie McGowans Story der Aufhänger.

Der Bericht war offenbar zum größten Teil eine Wiederholung ihrer Story vom Vorabend: Die McGowan wurde gezeigt, wie sie den entlassenen Schwulen vor dem Gefängniseingang interviewte, und sie wiederholte dann die Behauptung der Polizei, der Täter sei vermutlich impotent. Ihr schönes, fein geschnittenes Gesicht war vom Ernst ihrer Information durchdrungen. Als die Kamera es zuletzt noch einmal in Großaufnahme zeigte, erschien sie ihm sehr attraktiv, obwohl sein Zorn sich bereits wieder regte.

Der Werwolf versuchte schwer atmend, die Kontrolle über sich zu bewahren, und stellte mit wütendem Knopfdruck den Fernseher ab.

Annie McGowan. Er bildete sich ein, ihr Gesicht noch immer auf dem jetzt leeren Bildschirm zu sehen. Ein interessanter Typ. Viel besser als die Blondine in TV3.

Die Morgenausgabe der *Star-Tribune* lag noch auf seinem Küchentisch. Er blätterte sie erneut durch. Über Smithes Entlassung wurde in großer Aufmachung berichtet, aber von der angeblichen Impotenz des Werwolfs stand in der Zeitung kein Wort.

Weshalb hatte die Polizei der McGowan erzählt, er sei impotent? Sie musste wissen, dass das nicht stimmte. Sie musste wissen, dass das eine Lüge war. Konnte das ein Versuch sein, ihn aus seiner Reserve zu locken? Ein Versuch, ihn bewusst zu reizen?

Aber das wäre doch … verrückt! Die Polizei musste alles vermeiden, was ihn reizen konnte. Oder etwa nicht?

Als er wieder ins Büro zurückfuhr, war sein Zorn keineswegs abgeklungen. Er war versucht, Heather aufzuspüren, um sie sogleich zu opfern. Nein, noch nicht, entschied er, während er über einem Schriftsatz brütete. Er fühlte die Kraft wachsen, aber sie hatte noch nicht das drängende Stadium erreicht, das allein jenes transzendente Erlebnis garantierte, auf das er angewiesen war.

Wenn er Heather jetzt ermordete, könnte er der Polizei einen Schlag versetzen, aber dieser Mord würde sein Bedürfnis nach ihr unangenehm … beeinträchtigen. Er würde der Entwicklung vorauseilen, und das wäre nur enttäuschend. Nein, er musste noch warten.

Der Werwolf arbeitete das ganze Wochenende lang und spürte, wie sein Bedürfnis nach dem Mädchen wuchs, wie es in ihm aufblühte.

Er fühlte sich wohl dabei. Am Samstagnachmittag und erst recht am Sonntag hatte er die Kanzlei ganz für sich allein, wie's ihm am liebsten war. Und er hatte einen interessanten Fall entdeckt. Da es zu einer Verhandlung kommen sollte, war der Werwolf nicht dafür zuständig, aber der Seniorpartner, der den Angeklagten verteidigen würde, hatte ihn über das in der Firma eingeführte Delegationssystem beauftragt, den Fall für ihn zu recherchieren.

Der Angeklagte hieß Emil Gant. Er hatte seine Exfrau und ihre jetzigen Freunde belästigt. Er hatte sie verfolgt, sie beschimpft und ihnen schließlich Gewalt angedroht. Die Drohungen waren glaubhaft gewesen.

Gant war im Augenblick auf Bewährung entlassen, nachdem er dreißig von fünfundvierzig Monaten wegen schwerer Körperverletzung abgesessen hatte. Seine geschiedene Frau war ernstlich besorgt.

Gant war erneut angeklagt worden, nachdem er in der Garage seiner Exfrau, die in dieser Nacht allein zu Hause gewesen war, erwischt worden war. Ein Nachbar hatte beobachtet, dass sich Gant in die offene Garage geschlichen hatte. Der Nachbar hatte die Exfrau angerufen, die Frau hatte 911 gewählt, und die Cops waren wenige Minuten später da gewesen. Gant war, hinter einem Auto versteckt, aufgespürt worden.

Früher wäre er wegen Auflauerns eingebuchtet worden. Diesen Straftatbestand gab es jedoch nicht mehr. Gant konnte nicht wegen tätlichen Angriffs angeklagt werden, weil er niemanden angegriffen hatte. Auch wegen Einbruchs konnte man ihn nicht drankriegen, weil er nicht in die Garage eingebrochen war. Die Anklage lautete schließlich auf unbefugtes Betreten.

Tatsächlich war es der Staatsanwaltschaft ziemlich egal, wie die Anklage lautete. Jede Verurteilung wegen irgendeines

Delikts würde bewirken, dass Gant die restlichen fünfzehn Monate seiner Haftstrafe im Stillwater State Prison absitzen musste.

Beim Studium des Staatsgesetzes über unbefugtes Betreten entdeckte der Werwolf jedoch eine winzige Lücke. Dieses Gesetz sollte nicht vor strafbaren Belästigungen, sondern vor Jägern schützen, die Farmland widerrechtlich betraten. Aber niemand wollte jeden Herbst Tausende von Jägern festnehmen. Die meisten von ihnen waren Wähler. Deshalb enthielt das Gesetz mehrere Spezialklauseln.

Am wichtigsten war die Bestimmung, dass der Unbefugte gewarnt und zum Verlassen des Grundstücks aufgefordert werden musste. Erst wenn er sich weigerte – oder dieser Aufforderung absichtlich nur langsam nachkam –, war der Straftatbestand erfüllt. Der Werwolf studierte die polizeilichen Vernehmungsprotokolle. Kein Mensch hatte mit Gant gesprochen, bevor die Cops gekommen waren. Niemand hatte ihm eine Chance gegeben, freiwillig zu verschwinden.

Der Werwolf lächelte und begann, den Sachverhalt niederzuschreiben. In diesem Fall würde es nie zur Verhandlung kommen: Gant hatte die in Minnesota geforderten Tatvoraussetzungen nicht erfüllt. Er war kurz vor Mitternacht in einer Privatgarage erwischt worden? Und wenn schon! Niemand hatte ihn zum Weggehen aufgefordert …

Als der Werwolf am Sonntagnachmittag die Kanzlei verließ, legte er diese Darstellung des Sachverhalts im Fall Gant auf den Schreibtisch seiner Sekretärin. Am Montagmorgen benützte er zufällig den gleichen Aufzug wie der Seniorpartner, für den er recherchiert hatte. Dessen Assistent war auch dabei. Die beiden nickten dem Werwolf zu, wandten sich ab und beobachteten die aufleuchtenden Stockwerksanzeigen.

Auf halber Strecke räusperte sich der Assistent. »Ich hab' was für Sie im Fall Gant«, sagte er.

»Wirklich?« Olsen wirkte stets elegant. Graue Zweireiher, Seidenkrawatten, perlweiße Zähne und müheloses Lächeln. »Ich dachte, der Bursche sei praktisch schon wieder in Stillwater gelandet.«

»Nicht unbedingt, o großer Meister«, antwortete der Assistent. »Ich hab' mir Gedanken über das Gesetz über unbefugtes Betreten gemacht und bin am Wochenende hier gewesen, um darin nachzulesen. Tatsächlich enthält es sehr interessante Bestimmungen...«

Danach zitierte der junge Mann Absatz für Absatz aus der Ausarbeitung des Werwolfs. Als sie oben ankamen, lachte Olsen begeistert, klopfte seinem Assistenten auf die Schulter und krähte: »Verdammt noch mal, Billy, ich hab' gewusst, warum ich Sie angestellt habe!«

Der Werwolf stand wie gelähmt an der Kabinenrückwand. Keiner der beiden anderen nahm von ihm Notiz. Nach einer halben Stunde tobte er innerlich vor Wut. Er konnte nicht zu Olsen gehen und Anerkennung für seine Arbeit beanspruchen. Das hätte kleinlich gewirkt. Der Assistent hätte einfach behauptet, er sei auf dieselbe Idee gekommen.

So war es immer gewesen. Er war stets übergangen worden. Diese Wut ließ sein Bedürfnis nach dem Mädchen wachsen. Sein Zorn braute sich wie ein Gewitter zusammen, und er fuhr nach Hause, weil das Bedürfnis übermächtig wurde.

Heather Brown war an ihrem Standplatz. Sie trug ihren Lederminirock und eine vorn bis zum Gürtel hinunter offene türkisgrüne Bluse. Eine mehrreihige Glasperlenkette baumelte zwischen ihren kleinen sommersprossigen Brüsten; ein gerolltes Seidentuch fasste ihr Haar zusammen.

Der Werwolf kam den Gehsteig entlang auf sie zu und ließ seinen Blick über ihren Körper gleiten. Seine Aufmachung war sorgfältig überlegt – sorgfältiger als bei seinen bisherigen

Morden, denn diesmal musste er die Auserwählte in der Öffentlichkeit ansprechen und musste damit rechnen, dabei beobachtet zu werden.

Der Werwolf trug Jeans und Stiefel, eine rote Nylonsportjacke und eine John-Deere-Schirmmütze. Damit wirkte er auf der Hennepin Avenue leicht fehl am Platz. Seine Aufmachung war nicht gerade lächerlich, aber doch so ungewöhnlich, dass irgendjemand sich vielleicht an ihn erinnern würde. Er war schlicht und einfach ein Farmer. In einer Menge aus Farmern wäre er nicht im Geringsten aufgefallen, dachte er, solange er den Mund hielt.

In eine der Jackentaschen hatte er ein Loch geschnitten, und die lange, rasiermesserscharfe Klinge mit dem Markenzeichen Chicago Cutlery steckte im Innenfutter der Jacke.

»Heather«, sagte er, als er vor ihr stand. Er sah sich um und stellte fest, dass niemand in der Nähe war. Der nächste mögliche Augenzeuge war ein Schwarzer, der auf der anderen Straßenseite auf der Bank einer Bushaltestelle saß. Er kehrte ihm den Rücken zu. Heather hatte an ihm vorbeigeblickt; jetzt konzentrierte sie sich auf ihn.

»Wie geht's, Honey?«

»Ich hab' neulich abends mit dir gesprochen ...«

»Tut mir Leid, ich erkenn' dich nicht wieder.«

»Ich hab' dir fünfzig für Halb-und-halb geboten ...«

»Ah, richtig!« Sie betrachtete ihn stirnrunzelnd. »Heute siehst du ganz anders aus.«

Der Werwolf schaute an sich hinab, nickte kurz und wechselte das Thema. »Du hast gesagt, du wüsstest noch aufregendere Dinge, wenn ich genug Geld mitbringe.«

»Wie viel hast du dabei?«

»Ich hab' hundert Dollar.«

»Wie hättest du's denn gern, Cowboy?«

Das Motel war erfreulich heruntergekommen. Heather verschwand in der Rezeption, holte den Schlüssel und war nach einer Minute wieder da. Als die Tür hinter ihnen ins Schloss gefallen war, sah der Werwolf sich um und schnüffelte. Desinfektionsmittel. Wahrscheinlich sprühen sie den Raum damit aus, dachte er. Das Bad war winzig, der Teppichboden hatte abgetretene Stellen, und die dünne Tagesdecke auf dem Bett war verschlissen.

»Wollen wir nicht gleich das Finanzielle regeln?«, schlug Heather Brown vor.

»Ja, natürlich! Hundert?« Der Werwolf zog die Scheine aus der Hosentasche und warf sie auf den Toilettentisch. Fünf Zwanziger. »Und wenn du mich wirklich… du weißt schon… dann hab' ich noch 'nen Fünfziger.«

»Mann, du gefällst mir!«, sagte Heather mit strahlendem Lächeln. »Was hältst du davon, wenn wir dort reingehen und alles besprechen, während wir ein bisschen duschen?«

»Fang schon an«, antwortete er, »ich komme gleich nach.« Er schlüpfte aus seiner Jacke, und als Heather ins Bad ging, zog er das Messer heraus und legte es unters Bett.

Das gemeinsame Duschen war eine Qual. Heather wusch sorgfältig sein Glied, und als nichts passierte, erkundigte sie sich: »Gibt's da 'n kleines Problem?« Sie runzelte die Stirn. Die Impotenten waren nicht die unangenehmsten Freier, aber sie konnten einen verdammt lange aufhalten.

»Nein, nein, nein, nicht, wenn wir…«

Sie hatte Seidenschals in ihrer Handtasche: vier Seidenschals, je zwei für Handgelenke und Fußknöchel.

»Bind sie nicht zu fest«, forderte sie ihn auf.

»Ich komme schon zurecht«, knurrte er aus zusammengebissenen Zähnen. Als Erstes fesselte er ihre Füße mit gespreizten Beinen ans untere Bettende. Danach band er ihre Handgelenke links und rechts an die Seitenteile des Betts.

»Wie geht's dir, Honey?«

»Gut«, sagte er und drehte sich nach ihr um. Sein inzwischen halbsteifes Glied stand von seinem Körper ab.

»Wenn du 'ne Minute zu mir raufkommen willst, kann ich dir weiterhelfen«, bot Heather ihm an.

»Nein, nein, mir geht's gut, aber ich möchte einen Gummi nehmen ... Entschuldige bitte ...«

»Nein, das ist völlig in Ordnung«, sagte sie aufmunternd. Er wandte sich ab, hob seine Jacke vom Fußboden auf, nahm ein Kondom aus der Tasche, riss die Umhüllung auf und streifte den Gummi über. Dann zog er das Vliestuch aus der anderen Jackentasche und legte sich neben Heather aufs Bett.

»Mach den Mund weit auf«, verlangte er.

Sie spürte, dass etwas nicht in Ordnung war, versuchte sich aufzusetzen und öffnete den Mund, um zu schreien. Der Werwolf packte sie mit beiden Händen an der Kehle, schnürte ihr die Luft ab und drückte sie aufs Bett. Sie strampelte, so gut es ging, warf sich hin und her und zerrte an den Seidenschals, die sie festhielten. Je mehr er ihr die Kehle zudrückte, desto weiter öffnete sich ihr Mund. Es gelang ihr noch, ein Stöhnen auszustoßen, nicht laut genug, um in einem Motel wie diesem Aufmerksamkeit zu erregen, und dann stopfte er ihr das Vliestuch als Knebel in den Mund.

Als es drinnen war, hielt er ihr mit einer Hand den Mund zu, angelte mit der anderen nach seiner Jacke, fand die Gummihandschuhe und streifte sie nacheinander über. Heather, die sich noch immer von ihren Fesseln zu befreien versuchte, beobachtete ihn mit vor Entsetzen geweiteten Augen. Nachdem er seine Handschuhe angezogen hatte, holte er das Klebeband aus der anderen Jackentasche und fixierte den Knebel mit zwei um ihren Kopf führenden Lagen. Danach kontrollierte er die Fesseln, die tadellos hielten.

»Sieh ihn dir jetzt an«, forderte er Heather auf, während

er über ihr kniete. »Riesig, was? Und da behaupten sie, ich wäre impotent!«

Sie hatte ihre Befreiungsversuche aufgegeben, machte sich so klein wie möglich und beobachtete ihn.

»So, jetzt wollen wir uns ein bisschen amüsieren«, fuhr er fort. Er tastete nach seinem Messer, holte es unter dem Bett hervor und zeigte ihr die im Lampenlicht schimmernde Stahlklinge. »Es tut nicht allzu weh; ich verstehe mich sehr gut darauf«, sagte er. »Lass möglichst die Augen offen, wenn ich's reinstoße; ich beobachte dabei am liebsten die Augen.«

Heather sah weg. Dann erfüllte plötzlich ein seltsamer Geruch den Raum, und er blickte an ihr hinab und erkannte, dass sie sich nass gemacht hatte.

»Pfui Teufel!« schimpfte er. Aber in Wirklichkeit war er entzückt. Sie hatte sich vor Angst nass gemacht. Sie erkannte seine Macht.

Aber er würde sie jetzt nicht vergewaltigen. Die Vorstellung, in kaltem Urin zu liegen, war ihm widerwärtig. Und eine Vergewaltigung war ohnehin nicht erforderlich. Der Werwolf streckte sich neben Heather aus, beugte sich zu ihr hinüber und küsste die entsetzt vor ihm Zurückweichende sanft auf die Wange. »Es dauert nur eine Sekunde«, versprach er ihr. Sie begann verzweifelt an ihren Armfesseln zu reißen. Er drückte die Spitze des Messers gegen einen Punkt unterhalb ihres Brustbeins und spürte den Orgasmus in sich hochsteigen, während er das Messer hineinstieß. Heathers Augen weiteten sich mehr und mehr, um dann schließlich zu brechen. Der Werwolf starrte in ihre leblos werdenden Augen, fühlte seinen Orgasmus abklingen und spürte, wie der Druck, der bisher auf ihm gelastet hatte, allmählich wich.

Alles hat wunderbar geklappt, dachte er. Ganz wunderbar.

Er trat vom Bett zurück und blickte auf sie hinab. Nicht einmal hübsch, dachte er, aber in ihrer Haltung liegt Schönheit. Er streifte das Kondom ab, warf es ins WC und spülte es hinunter. Danach begann er sich anzuziehen und machte häufig Pausen, um das Werk seiner Hände zu bewundern. Innerlich jubelte er.

Als er angezogen war, betrachtete er sie mit einem langen letzten Blick, streichelte ihr Bein, das sich bereits kühl anfühlte, und wollte zur Tür gehen.

»Hoppla!«, ermahnte er sich laut. »Die Mitteilung darfst du nicht vergessen.« Er zog sie aus der Innentasche seiner Jacke und ließ sie auf die Leiche fallen.

Draußen war ein wundervoll klarer, kühler Herbstabend angebrochen. Der Werwolf ging über den asphaltierten Parkplatz und riskierte einen raschen Blick zur Rezeption hinüber. Hinter dem Fenster war ein Angestellter sichtbar, der jedoch nur Augen für den eingeschalteten Fernseher hatte. Der Werwolf ging mit abgewandtem Kopf weiter, folgte dem Gehsteig, bog um die nächste Ecke und zog dort seine Jacke aus. Er wickelte seine Mütze in die Jacke und klemmte sich das kleine Paket unter den Arm.

Wenige Minuten später erreichte er seinen Wagen. Er stieg ein und warf die zusammengerollte Jacke zwischen den Sitzen auf den Wagenboden. Falls ihn jemand einsteigen gesehen hatte, würde er sich keinesfalls an einen Mann mit roter Sportjacke und Schirmmütze erinnern.

Er fuhr sechs Blocks weit zum Loop und ging dort in eine Bar. Als er beim ersten Drink war, raste draußen ein Streifenwagen – mit rotem Blinklicht, aber ohne Sirene – die Hennepin Avenue hinunter. Der Werwolf ließ sich Zeit mit seinem Drink und machte dem Barkeeper dann ein Zeichen, er solle ihm noch einen bringen. Als er aus der Bar trat, war eine Stunde verstrichen, seitdem er das Motelzimmer verlassen hatte.

»Ein weiteres unnötiges Risiko«, sagte er sich. »Ich fahre

auch nicht daran vorbei. Nur nahe genug heran, um sehen zu können, was dort passiert.«

Von der Ampel an der nächsten Kreuzung aus konnte er mindestens vier Streifenwagen vor dem Motel sehen. Während der Werwolf darauf wartete, dass die Ampel grün wurde, fuhr ein Übertragungswagen vor dem Motel vor. Auf der Beifahrerseite stieg eine Dunkelhaarige aus, die er sofort erkannte: Annie McGowan, die Frau, die ihn als impotent bezeichnet hatte.

Als hinter ihm jemand hupte, warf er einen Blick in seinen Rückspiegel und sah dann zur Ampel auf, die grün geworden war. Er bog nach rechts ab und hielt am Randstein. Die McGowan sprach mit einem Polizeibeamten, der den Kopf schüttelte. Von den Blinklichtern und dem Übertragungswagen angelockte Neugierige liefen am Auto des Werwolfs vorbei.

Der Werwolf war versucht, sich ihnen anzuschließen, aber er verzichtete dann doch darauf. Zu gefährlich; er hatte schon genug riskiert. Außerdem waren die angenehmen Nachwirkungen des Mordes noch so stark, dass er lieber heimfuhr, um sich zu entspannen und sie zu genießen. Ein langes, heißes Bad, die Augen schließen und sich an seine Gefühle erinnern, als Heather Browns Augen gebrochen waren.

14

Hinter ihnen lag eines der schönsten Wochenenden des Jahres mit warmen Tagen und klaren, kühlen Nächten. In den Wäldern leuchtete es herbstlich bunt, und der schwache Geruch brennender Birkenholzscheite hing in der Luft.

»Das Laub hält sich noch mindestens eine Woche«, bemerkte Carla. »Vielleicht auch zwei.« Die Ahorne am Nordufer des Sees leuchteten in feurigem Orange. »Nur schade, dass du nicht mehr Ahorne hast.«

»Darüber habe ich nachgedacht, als ich das Haus gekauft habe«, antwortete Lucas. »Ich wollte keine Ahorne. Sie sind hübsch, aber ich wollte Tannen. Nur sie erzeugen die richtige North-Woods-Atmosphäre. Weiter südlich, wo's Ahorne und Eichen gibt, kommt man sich wie im Farmland vor.«

Sie ließen das Boot am Ufer entlangtreiben und warfen ihre künstlichen Fliegen zwischen Bilsenkraut, Stegen und ins Wasser gestürzten Bäumen aus. »Manche Leute behaupten, für die Fliegenfischerei sei's jetzt schon zu spät, aber ich bin anderer Meinung«, sagte Lucas. »Außerdem macht es mehr Spaß, sie auszuwerfen.«

In drei Stunden fingen sie fünf Hechte und hatten zweimal beinahe einen Maskinonge an der Angel.

»Schlechter Tag für Muskies, was?«, fragte Carla, als sie zum Steg zurückfuhren.

»Ich sag's nicht gern, aber das gilt als guter Tag. Zwei Chancen sind in Ordnung. Oft kriegt man überhaupt keinen zu sehen.«

»Großartiger Sport.«

»So müssen wir nicht so viele Fische ausnehmen«, stellte er grinsend fest.

»Wann muss ich von hier weg?« erkundigte sie sich.

»Wieso musst du weg?«

»Ich nehme an, dass die Fernsehleute sich jetzt nicht mehr sonderlich für mich interessieren. Ich könnte also wieder zurück. Aber ich hab' in meinem Atelier mit 'ner Kochplatte gehaust, weißt du. Mir graut davor, dorthin zurückzugehen.«

»Meinetwegen kannst du noch einen Monat bleiben«, versicherte Lucas. »In zwei, drei Wochen muss ich noch den Steg rausziehen. Danach ist nicht mehr viel zu tun, bis Eis und Schnee kommen.«

»Ich nehme die Einladung dankend an«, lachte Carla. »Vielleicht nicht für einen Monat, aber für ein paar Wochen. Du kannst dir nicht vorstellen, wie sehr ich das genieße. Ich habe Zeichenblöcke und Pastellkreiden mitgebracht und find's herrlich, hier zu zeichnen und mich zu entspannen!«

»Gut. Dafür ist das Haus da.«

Sie sah zu ihm hinüber. »Ich bin froh, dass du noch einen Tag länger bleiben konntest. Hier ist's immer ruhig, aber an den Wochenenden sind doch ein paar Leute da. Heute haben wir den See für uns allein gehabt.«

Nach dem Abendessen machte Lucas im offenen Kamin Feuer mit Birkenscheiten, die seit dem Herbst letzten Jahres lagerten. Als das Feuer brannte, saßen sie auf der Couch, unterhielten sich, schalteten den Fernseher ein und sahen sich zuletzt den Videofilm *The Big Chill* an.

Gegen Ende des Films begann Lucas, sich mit ihren Blusenknöpfen zu beschäftigen. Als das Telefon klingelte, hatte er ihr die Bluse abgestreift, und Carla saß im Reitsitz auf ihm und kitzelte ihn. Er blickte zu ihr auf und sagte plötzlich verstimmt: »Am liebsten würde ich mich gar nicht melden. Er hat wieder jemanden ermordet.«

Carla hörte zu kichern auf, drehte sich halb um, nahm den Hörer ab und hielt ihn Lucas hin. Er starrte ihn eine Sekunde an, bevor er widerstrebend danach griff.

»Davenport«, meldete er sich und setzte sich auf.

»Lucas«, sagte Anderson, »er hat wieder eine umgebracht.«

»Scheiße!« Er sah zu Carla hinüber und nickte.

»Am besten kommen Sie gleich her.«

»Wer ist's diesmal?«

»Eine Stricherin. Vorerst kennen wir nur ihren Straßennamen – Heather Brown. Schätzungsweise fünfzehn. Erstochen wie die anderen. Auch diesmal hat der Täter eine Mitteilung hinterlassen.«

»Heather Brown? Der Name sagt mir nichts. Haben Sie Smithe überprüft?«

»Ja, der ist auf der Farm seiner Eltern. Unserer Schätzung nach ist sie gegen neunzehn Uhr ermordet worden. Ein Fernsehteam hat Smithe auf die Farm begleitet und ihn kurz vor achtzehn Uhr gefilmt. Er ist noch immer dort; er kommt nicht als Täter in Frage.«

»Was ist mit dem Zuhälter des Mädchens?«

»Nach dem fahnden wir noch. Deshalb brauchen wir Sie hier – Sie sollen sich das Mädchen ansehen, ob Sie's vielleicht kennen, und vielleicht ein paar Leute aus ihrem Umfeld in die Mangel nehmen.«

»Arbeitet die Sitte schon daran?«

»Klar. Sie kennen das Mädchen, aber sie haben noch keinen brauchbaren Hinweis liefern können.«

»Wo ist's passiert?«

»In Randy's Motel an der South Hennepin Avenue.«

»Das kenne ich. Okay, ich komme so schnell wie möglich.«

Er legte auf, wandte sich an Carla, die ihre Bluse wieder zuknöpfte, und drückte eine Handfläche an ihre Brust.

»Tut mir Leid, aber ich muss fort«, sagte er.

»Wen hat's diesmal erwischt?« Ihre Stimme klang leise, deprimiert.

»Eine Nutte in einem Stundenhotel. Alles deutet auf unseren Mann hin, aber die Sache ist irgendwie… unheimlich. Er scheint fast spontan gehandelt zu haben. Und dies ist das erste Mal, dass er sich für eine Nutte interessiert hat.« Lucas zögerte. »Ich möchte dich um einen Gefallen bitten, den du mir aber nicht übel nehmen darfst.«

Carla zuckte mit den Schultern. »Los, raus mit der Sprache!«, verlangte sie stirnrunzelnd.

»Könntest du für ein paar Minuten einen kleinen Spaziergang zum Steg machen?«

»Klar doch.«

»Ich müsste mal telefonieren und ...« Er machte eine hilflose Handbewegung. »Es ist nicht so, dass ich dir nicht traue, aber es wäre besser, wenn ich ungestört telefonieren könnte. Manchmal tue ich Dinge, die sich am Rande der Legalität bewegen. Wenn es zu einer Schwurgerichtsverhandlung käme ... Ich möchte nicht, dass du einen Meineid leistest oder auch nur denkst, du müsstest für mich lügen.«

Carla lächelte unsicher. »Schon gut. Ich gehe also spazieren. Kein Problem.«

»Mir kommt's wie ein Problem vor.« Lucas fuhr sich mit allen zehn Fingern durchs Haar. »Jede Frau, mit der ich in diese Situation gerate, glaubt sofort, ich hätte kein Vertrauen zu ihr.«

»Hast du das schon oft erlebt?«, fragte sie.

»Mehrmals. Das macht mich ganz verrückt.«

»Okay. Du bist eben ein Cop.«

Sie griff nach einem seiner langärmeligen Flanellhemden, das sie an kühlen Abenden getragen hatte, und lächelte Lucas zu. »Mach dir um Himmels willen keine Sorgen deswegen. Ich bin unten am Steg. Du brauchst nur zu rufen, wenn du fertig bist.«

Er beobachtete, wie Carla das Haus verließ, und sah dann ihre Silhouette vor dem dunklen Wasser, als sie auf den Steg hinaustrat. Erst jetzt nahm er den Hörer ab und wählte eine Nummer.

»Ich muss dringend Annie McGowan sprechen. Es handelt sich um einen Notfall.«

»Und wer möchte sie sprechen?«

»Sagen Sie ihr, dass Red Horse anruft.«

Sekunden später war die McGowan am Apparat.

»Annie, der Werwolf hat wieder eine Frau ermordet. Weißt du das schon?«

»Nein.« Sie sprach hastig, aufgeregt. »Wo ist's passiert?«

»In Randy's Motel in der South Hennepin Avenue. Eine junge Prostituierte, die sich auf der Straße Heather Brown genannt hat. Unsere Leute sind jetzt am Tatort, und ich schlage vor, dass du mit einem Kamerateam hinfährst. Und ich kann dir noch einen Tipp geben, den unsere Psychologen erarbeitet haben. Der Chief und die anderen Kriminalbeamten werden ihn vermutlich abstreiten, weil solche vertraulichen Informationen nicht für die Öffentlichkeit bestimmt sind, aber wir haben damit gerechnet, dass er eine Stricherin ermorden würde.«

»Mein Gott, warum?«

»Unsere Psychologen sagen, dass der Kerl wahrscheinlich so hässlich, für Frauen so unattraktiv ist, dass er nicht nur impotent ist, sondern auch keine Freundin kriegen kann. Vermutlich trägt eines zum anderen bei. Aber wir wissen nicht, ob das an seinem Aussehen liegt. Vielleicht an seiner Körperchemie oder so ähnlich. Wer weiß, vielleicht stinkt er entsetzlich...«

»Wow!«

»Okay, du weißt, was ich meine. Richtig widerwärtig – wie eine menschliche Echse. Diesen Tipp würde ich keinem anderen Reporter geben, aber mir hat gefallen, wie du meinen Hinweis auf seine Impotenz in deine Story eingearbeitet hast. Nachdem er jetzt eine Stricherin ermordet hat, ist dieser Tipp vielleicht geeignet, den Leuten, die den Now Report sehen, einen exklusiven Einblick in die Psyche eines Serienmörders zu geben, denke ich.«

»Das ist wirklich heavy, Lu... äh, Red Horse. Ich muss sofort hin, aber ich melde mich später wieder. Kann ich dich zu Hause erreichen?«

»Nein, ich bin drei Stunden weit weg im Norden. Ich fahre jetzt los und dürfte kurz vor Mitternacht ankommen. Vermutlich bin ich irgendwann nach ein Uhr zu Hause und bis gegen drei Uhr wach. Das wäre die beste Zeit, falls du zurückrufen musst.«

»Okay. Danke, Red Horse.«

Carla stand, in das Flanellhemd gewickelt, auf dem Bootssteg.

»Fährst du jetzt?«

»Ja.«

»Ich begleite dich zum Auto.«

»Ich wäre gern länger geblieben«, sagte er.

»Du kannst ja zurückkommen.«

»Sobald es geht.« Er nahm sie in die Arme und küsste sie zum Abschied. Sie klammerte sich sekundenlang an ihn, machte sich dann frei und ging ins Haus zurück. Lucas setzte sich in seinen Porsche, wendete und fuhr in Richtung Twin Cities davon.

Es war aufregend, auf schmalen Straßen durch die North Woods zu rasen, aber im Allgemeinen tat Lucas das lieber bei Tageslicht. Nachts schienen die Bäume an den Straßenrändern näher zusammenzurücken, sodass die Fahrbahn noch schmaler wirkte. Er fuhr zu schnell, als dass er innerhalb der Reichweite seiner Scheinwerfer hätte bremsen können, und nahm die vorbeiflitzenden Strom- und Telefonmasten kaum noch wahr.

Nach etwa dreißig Meilen – die Grenze Minnesotas lag schon hinter ihm – röhrte er an einem Rastplatz vorbei und sah rote Blinklichter hinter sich, als ein Streifenwagen auf die Straße hinausfuhr. Lucas bremste, hielt am Straßenrand und stieg mit bereitgehaltener Plakettenhülle aus. Der Streifenpolizist stand bereits auf der Fahrbahn, seine rechte Hand lag an der Waffe, in der anderen hielt er eine lange Stabtaschenlampe.

»Ich bin ein Cop aus Minneapolis, der dringend in die Cities zurück muss«, erklärte Lucas dem Uniformierten, während er ihm seine Plakette hinstreckte. »Lieutenant Lucas Davenport. Der Werwolf-Killer hat heute Abend eine junge Nutte ermordet. Ich muss so schnell wie möglich in meine Dienststelle.«

»Aha«, sagte der Streifenpolizist. Er betrachtete die Plakette und den Dienstausweis im Licht seiner Taschenlampe und richtete den Lichtstrahl kurz auf Lucas' Gesicht.

»Wenn Sie Ihren Dispatcher rufen, kann er sich von unserem bestätigen lassen, dass ich …«

»Ich kenne Sie aus dem Fernsehen«, unterbrach ihn der Uniformierte. Er gab Lucas die Plakette zurück. »Von mir kriegen Sie keinen Strafzettel, aber einen guten Rat, okay? Ich hab' Sie mit dreiundachtzig Stundenmeilen gestoppt. Wenn Sie von hier aus bis zur Interstate mit fünfundfünfzig statt dreiundachtzig fahren, verlieren Sie nur zwei Minuten. Prallen Sie mit dreiundachtzig mit einem Hirsch oder Bären zusammen, sind Sie tot. Sie können von Glück sagen, dass Sie noch keinen Zusammenstoß gehabt haben. Vor allem die Bären sind jetzt unterwegs. Mit Ihrem Wagen wäre ein Zusammenprall mit 'ner alten Bärin so gut, als würden Sie gegen 'ne Mauer fahren.«

»Ja, ich weiß. Ich bin nur verdammt in Druck.«

»Gut, aber lassen Sie sich trotzdem Zeit«, riet der Streifenpolizist. »Ich funke die Kollegen auf der Interstate an und sage ihnen, dass Sie ein bisschen Zeit aufholen wollen. Fahren Sie nicht schneller als hundert, dann kriegen Sie auf der Interstate keine Schwierigkeiten.«

»Danke, Mann.« Lucas ging zu seinem Wagen zurück.

»He, Davenport!«

Lucas drehte sich bei halbgeöffneter Tür um. »Ja?«

»Sehen Sie zu, dass Sie den Scheißkerl schnappen!«

Das Motel war ein ebenerdiges, schäbiges L-förmiges Gebäude, an dessen Rezeption ein handgemaltes Schild »Zimmer frei!« hing. Als Lucas vorfuhr, parkten dort ein halbes Dutzend Polizeifahrzeuge und vier Übertragungswagen verschiedener Stationen. Er sah Jennifer und – etwas weiter weg – Annie McGowan, beide mit Kameramännern. Er quetschte den Porsche zwischen zwei Streifenwagen, stieg aus, schloss ab und ging auf das gelbe Trassierband zu, mit dem die Moteleinfahrt abgesperrt war.

»Lucas!«

»He Jennifer ...«

»Du Hundesohn, du hast ihr schon wieder 'nen Tipp gegeben!«

»Wem?«

»Das weißt du genau – der McGowan.« Jennifer sah aufgebracht zu ihrer Konkurrentin hinüber.

»Von mir hat sie keinen Tipp gekriegt«, log Lucas. »Ich bin im Blockhaus gewesen, verdammt noch mal!«

»Okay, aber irgendjemand versorgt sie mit erstklassigen Informationen. Damit ist sie uns allen eine Nasenlänge voraus.«

»So geht's manchmal in der Branche, was?« Er bückte sich, um unter dem gelben Band hindurchzuschlüpfen. »Ruf mich morgen an. Vielleicht hab' ich dann einen Tipp für dich.«

»He, Lucas, bist du etwa noch sauer? Wegen der Sache mit Smithe?«

»Wir müssen miteinander reden«, stellte er fest. »Wir müssen eine Vereinbarung treffen. Hast du morgen Abend frei?«

»Ja, klar.«

»Gut, dann lade ich dich irgendwohin zum Essen ein. Wir werden uns schon einigen.«

»Großartig!«, stimmte sie lächelnd zu. Lucas wandte sich ab und sah Anderson, von Reportern umringt, vor der Rezeption stehen.

»Okay, was ist passiert?«, fragte er und legte eine Hand auf Andersons Arm.

»Am besten sehen Sie's sich selbst an.« Anderson ging über den asphaltierten Parkplatz voraus.

»Wer hat sie gefunden?«

»Der Nachtportier.« Anderson wies mit dem Daumen nach hinten. »Die Kleine hat jeweils beim Kommen und Gehen an sein Fenster geklopft. Auch diesmal hat sie angeklopft, als sie gekommen ist, aber das zweite Klopfen ist ausgeblieben. Nach einiger Zeit hat er seinen Kopf aus dem Fenster gesteckt und einen hellen Lichtschein unter ihrer Tür gesehen. Der Mörder hatte sie offenbar nicht ganz geschlossen. Das hat den Nachtportier so neugierig gemacht, dass er hingegangen ist und angeklopft hat. Und dann hat er sie aufgefunden.«

»Hat er den Täter gesehen?«

»Nein. Er hat nicht mitgekriegt, mit wem sie gekommen ist.«

»Ist der Nachtportier Vinnie Short?«

»Keine Ahnung, wie er heißt«, sagte Anderson. »Aber falls das ein Spitzname ist, passt er gut, denn der Kerl ist ziemlich klein.«

Heather Brown war wie alle Opfer des Werwolfs gefesselt, aber im Gegensatz zu den anderen waren ihre Arme rechtwinklig ausgestreckt, als sei sie gekreuzigt worden. Unter dem Brustbein steckte ein Messer bis zum Heft im Körper. Ihr Kopf mit den weit aufgerissenen Augen war etwas zur Seite gedreht. An den Oberschenkeln hatte sie mehrere lange dünne Narben, die sich sogar unter ihrer allzu gleichmäßigen Sonnenbankbräune weiß abzeichneten.

»Kenn' ich nicht«, sagte Lucas. Ein Kollege vom Sittendezernat kam herein. »Kennen Sie das Mädchen?«

»Ich hab' sie ein paarmal gesehen, sie ist seit ein paar Jahren auf der Straße«, antwortete der Cop. »Sie hat auf der University Avenue in St. Paul gearbeitet, aber dann ist ihr Alter an 'ner Überdosis Crack draufgegangen, und sie ist für einige Zeit untergetaucht.«

»Sie reden von Louis the White?«

»Richtig. Sehen Sie die Narben an ihren Beinen? Die sind sein Markenzeichen gewesen. Er hat seine Mädchen mit Drahtkleiderbügeln geschlagen. Angeblich hat er diese Behandlung nie wiederholen müssen.«

»Aber er ist tot«, stellte Lucas fest.

»Seit acht Monaten. Um Louis ist's nicht schade. Aber ich kann Ihnen eines sagen: Seine Mädchen sind auf Besonderheiten spezialisiert gewesen. Wasserspiele. Fesselspiele, S/M-Spiele und so weiter. Vielleicht hat der Täter sie von daher gekannt. Wie sie gefesselt ist... so kann man nur eine fesseln, die freiwillig mitmacht.«

»Eure Jungs wissen nicht, für wen sie zuletzt gearbeitet hat?«

»Nein. Ich hab' sie schon länger nicht mehr gesehen«, antwortete der Cop vom Sittendezernat.

»Wir haben mit dem Nachtportier gesprochen. Er behauptet, praktisch nichts von ihr zu wissen«, sagte Anderson. »Seiner Aussage nach ist sie seit etwa drei Wochen hergekommen. Sie ist abends in der Rezeption erschienen, hat das Zimmer für die Nacht bezahlt und ist wieder gegangen. Pro Nacht ist sie dann mit zwei, drei Kerlen zurückgekommen und hat jedes Mal beim Kommen und Gehen ans Fenster geklopft. Das Bett hat sie immer selbst in Ordnung gebracht.«

»Wie viel hat sie fürs Zimmer bezahlt?«

»Keine Ahnung«, sagte der Cop vom Sittendezernat. »Aber das kann ich feststellen.«

»Normalerweise ist bei jedem Freier der Zimmerpreis aufs Neue fällig. Die Zimmer werden nicht für die ganze Nacht vermietet. Bestimmt nicht in einschlägigen Motels. Und nicht, wenn die Leute wissen, was in den Zimmern passiert.«

»Das weiß dieser Kerl genau«, erwiderte der Cop.

»Ist der Nachtportier Vinnie Short?«

»Yeah.«

»Wir kennen uns schon lange. Ich rede mal mit ihm«, meinte Lucas. Er sah sich erneut in dem schäbigen Motelzimmer um.

»Nichts, was?«

»Nicht viel – bis auf die Mitteilung, die er hinterlassen hat.«

»Wie lautet sie?«

»›Niemals eine Waffe nach Gebrauch bei sich tragen.‹«

»Dieser Scheißkerl! Viel hinterlässt er nicht gerade.«

Anderson ging wieder hinaus. Nachdem Lucas die Tote erneut betrachtet hatte, griff er nach ihrer Handtasche und sah sich den Inhalt an. Eine billige Plastikgeldbörse enthielt fünfzehn Dollar, einen Führerschein, eine Sozialversicherungskarte und ein halbes Dutzend Fotos. Er zog das deutlichste heraus und ließ es in die Handtasche gleiten. In dem Seitenfach entdeckte er zwei Papierbriefchen. Kokain.

»Hier stecken ein paar Viertelgrammportionen«, teilte Lucas dem Cop vom Sittendezernat mit. »Habt ihr den Tascheninhalt schon aufgenommen?«

»Noch nicht.«

»Tun Sie mir ’nen Gefallen und rufen Anderson her?«

Während der andere Cop vor die Tür trat, steckte Lucas das Foto aus der Geldbörse ein.

»Was gibt's?« Anderson erschien auf der Schwelle.

»Ich hab' zwei Koksbriefchen gefunden. Versiegeln Sie die Handtasche lieber in einem Beweismittelbeutel, bevor sie verschwindet.«

Vincent Short war klein, hatte langes, schütteres rotes Haar und bildete sich ein, wie Woody Allen auszusehen. Er wusste von nichts. Er kratzte sich den Kopf, schüttelte ihn, kratzte sich erneut. Schuppen rieselten wie Schneeflocken auf seinen schwarzen Rollkragenpullover. Zwei Cops aus dem Sittendezernat versuchten, ihn auszuquetschen, als Lucas hereinkam.

»Lieutenant«, sagte er nervös.

»Vincent, mein Freund, wir müssen miteinander reden«, verkündete Lucas fröhlich. Er nickte den beiden Cops zu. »Kann ich unter vier Augen mit ihm reden? Wir sind alte Freunde.«

»Kein Problem«, antwortete einer der Cops.

»Habt ihr die Anmeldung des Mädchens gefunden?«

»Ja, die ist hier.«

Einer der Cops gab ihm die Meldekarte, und Lucas warf einen Blick auf die Endsumme: dreißig Dollar. »Danke. Bis später.«

Als die beiden gegangen waren, wandte sich Lucas an Short, der sich in seinen Sessel drückte.

»Vielleicht sollten wir ins Präsidium fahren, damit wir ungestört reden können«, schlug der Lieutenant vor.

»Davenport, Sie Scheißkerl ...« Short begann zu weinen.

Lucas beugte sich über seinen Sessel und sprach freundlich weiter. »Vincent, du weißt, wer Heather Browns Zuhälter ist. Jetzt musst du dir überlegen, vor wem du mehr Angst hast – vor ihm oder vor mir? Und ich will dir einen Tipp geben. Wir fahnden hier nach einem Serienmörder. Für mich steht mein

Job auf dem Spiel. Darum solltest du ganz entschieden mehr Angst vor mir haben.«

»Scheißkerl...«

»Und vielleicht solltest du daran denken, was der Boss sagen würde, wenn er erführe, dass du 'ner Nutte ein Zimmer für die ganze Nacht für nur dreißig Dollar gegeben hast. Für dich ist dabei ein Nebenverdienst rausgesprungen, stimmt's? Vielleicht ein bisschen Pussy, vielleicht eine kleine Provision? Hab' ich Recht, Vincent?«

»Verdammter Scheißkerl...«

Lucas sah zu den auf die Straße hinausführenden Fenstern. Von draußen blickte niemand herein. Er packte Shorts Nasenscheidewand zwischen Daumen und Zeigefinger der rechten Hand und bohrte den Daumennagel hinein. Short warf den Kopf zurück, als sitze er auf dem elektrischen Stuhl, aber Lucas ließ nicht los und drückte Short seinen linken Daumen gegen den Kehlkopf, damit der andere nicht schreien konnte. Dieser stumme Kampf dauerte einige Sekunden; dann ließ Lucas los und trat einen halben Schritt zurück, während Short zusammensackte und laut stöhnend die Hände vors Gesicht schlug.

Lucas beugte sich über ihn und wischte Daumen und Zeigefinger an Shorts Pullover ab.

»Wer ist ihr Zuhälter?« fragte er halblaut.

»Lassen Sie mich in Ruhe, Davenport!«

»Wenn du glaubst, dass das weh getan hat, weiß ich noch ein paar Stellen, auf die du gar nicht kommen würdest«, drohte Lucas. »Auch dort bleiben keine Spuren zurück.«

»Sparks«, murmelte der andere fast unhörbar leise. »Aber Sie dürfen ihm nicht verraten, wer's Ihnen gesagt hat.«

»Wer?«

»Jefferson Sparks. Sie arbeitet für Sparks.«

»Sparky? Verdammt noch mal!« Lucas klopfte Short auf

die Schulter. »Danke, Vincent. Die Polizei weiß die Mithilfe unserer Bürger zu schätzen.«

Short starrte ihn mit rotgeränderten Augen und tränennassem Gesicht an.

»Hau ab, Arschloch!«

»Sollte das nicht stimmen, sollte Sparky nicht der Richtige sein, komme ich zurück«, versprach Lucas. Er lächelte Short zu. »Schönen Abend noch.«

Draußen wurde gerade die Tote abtransportiert und im grellen Licht der Fernsehscheinwerfer zum Leichenwagen gefahren. Als Lucas herankam, bildeten die Cops vom Sittendezernat eine kleine Gruppe, die den Abtransport vom Gehsteig aus beobachtete.

»Na, hat Ihr alter Freund Ihnen was verraten?«

»Sie hat für Jefferson Sparks gearbeitet«, berichtete Lucas.

»Sparky!«, rief einer der Cops aus. »Ich weiß, wo er sich rumtreibt, glaub' ich.«

»Nehmt ihn fest«, sagte Lucas. »Am besten gleich wegen Zuhälterei. Morgen früh reden wir im Präsidium mit ihm.«

Anderson sprach mit dem Gerichtsmediziner. Dann kam er kopfschüttelnd zu Lucas herüber.

»Nichts?«, fragte Lucas.

»Gar nichts.«

»Lassen Sie die Umgebung nach Zeugen abklappern?«

»Meine Leute sind überall unterwegs. Aber mit Ergebnissen ist nicht vor morgen zu rechnen.«

»Wir wissen, wer ihr Zuhälter gewesen sein soll«, erzählte Lucas. »Die Jungs von der Sitte wollen ihn sich schnappen. Wahrscheinlich haben sie ihn morgen.«

»Hoffentlich weiß er was«, sagte Anderson. »Langsam wird die Sache peinlich.«

Lucas arbeitete eine halbe Stunde an seinem Spiel und korrigierte Handlungsabläufe. Das war der schlimmste Teil der Arbeit an einem neuen Spiel. Mit dem letzten Schliff wurde man niemals fertig. Und da ihn der Mord an Heather Brown beschäftigte, konnte er sich nicht auf seine Arbeit konzentrieren.

Gegen zwei Uhr hörte er auf, aß einen Becher Erdbeerjoghurt, kontrollierte die Fenster und löschte das Licht. Er lag erst zehn Minuten im Bett, als es an der Haustür klingelte. Lucas stand leise auf und ging auf Zehenspitzen ins Arbeitszimmer, von dem aus er die Vorderfront des Hauses überblicken konnte.

Als er aus dem Fenster sah, klingelte es erneut. Vor der Haustür stand Annie McGowan, die im Licht der Straßenlampe leicht verlegen wirkte. Lucas rutschte mit dem Rücken zur Wand auf den Teppichboden und starrte in den dunklen Raum. Jennifer war schwanger. Carla wartete im Wochenendhaus. Lucas liebte Frauen, neue Frauen, unterschiedliche Frauen. Er liebte es, mit ihnen zu reden, ihnen Blumen zu schicken, sich nachts mit ihnen auszutoben. Annie McGowan war eine Schönheit – eine Frau mit dem Gesicht einer Helena, und sie hatte bestimmt einen herrlichen Körper mit rosa Brustspitzen und blasser Haut über festem Fleisch.

Aber sie war leider strohdumm. Lucas rieb sich den Nasenrücken, während er darüber nachdachte.

Draußen wartete Annie McGowan noch eine Minute lang, bevor sie sich abwandte und zu ihrem Wagen zurückging. Lucas stand auf und beobachtete durch den Spalt zwischen Wand und Vorhang, wie sie die Autotür öffnete, zögerte und sich noch einmal umsah. Das Fenster, an dem er stand, ließ sich hochkurbeln. Seine Hand lag auf der Kurbel; er hätte nur Sekunden gebraucht, um das Fenster zu öffnen und ihren Namen zu rufen, bevor sie davonfuhr. Aber Lucas blieb unbeweglich stehen. Sie setzte sich ans Steuer, knallte ihre Tür zu und stieß rückwärts aus der Einfahrt.

Im nächsten Augenblick war sie verschwunden. Lucas ging in sein Schlafzimmer zurück, legte sich hin und versuchte einzuschlafen.

Visionen von Annie…

15

Lucas' Bürotür war offen. Der Cop vom Sittendezernat schlenderte herein und ließ sich auf einen Besucherstuhl fallen.

»Sparky ist weg«, verkündete er.

»Verdammt noch mal!«, sagte Lucas. »Kann denn nichts einfach sein?«

»Wir haben die Wohnung am Dupont Boulevard gefunden, aber er ist letzte Nacht abgehauen«, sagte der Cop. »Von dem Kerl, der über ihm wohnt, wissen wir, dass Sparky gegen Mitternacht heimgekommen ist, sein Zeug ins Auto geworfen hat und mit einer seiner Ladys weggefahren ist. Als ob er nicht wiederkommen wollte, hat der Mann gesagt.«

»Er hat von der Brown gewusst«, mutmaßte Lucas, kippte seinen Stuhl zurück und legte die Füße auf den Schreibtisch.

»Sieht ganz so aus.«

»Wohin ist er abgehauen?«

Der Cop vom Sittendezernat zuckte mit den Schultern. »Wir sind dabei rumzufragen. Er hat noch ein paar andere Frauen. Wir haben gehört, dass sie in einer Sauna draußen in der Lake Street anschaffen. Früher haben sie im Iron Butterfly gearbeitet, aber dieser Club hat zugemacht. Wir müssen eben weitersuchen.«

»Verwandte?«

»Keine Ahnung.«

»Wann haben wir ihn zuletzt drangekriegt?«, fragte Lucas.

»Vor ungefähr einem Jahr – wegen Anstiftung zur Prostitution.«

»Hat er gesessen?«

»Drei Monate im Arbeitshaus.«

»Haben wir seine Akte oben?«

»Yeah. Ich könnte sie raussuchen.«

»Schon gut«, sagte Lucas. »Ich hab' im Augenblick nichts zu tun. Ich gehe selbst rüber und lasse sie mir geben.«

»Wir suchen weiter«, versprach der Cop. »Daniel sitzt uns allen im Nacken.«

Lucas stellte den Hebel des Schlosses seiner Bürotür um und wollte sie von außen schließen, als das Telefon klingelte. Er ging wieder hinein und nahm den Hörer ab.

»Lucas? Hier ist Jennifer. Gehen wir heute Abend aus?«

»Klar. Um neunzehn Uhr?« Vor seinem inneren Auge erschien Carla: ihr Rücken gewölbt, ihre Brüste flach, ihr Mund halb geöffnet.

Carla Ruiz.

Jennifer Carey, schwanger. »Okay, einverstanden. Holst du mich hier ab?«

»Gut, dann bis später.«

Als Lucas hereinkam, wartete der Werwolf in der Verwaltungsstelle des Gerichts auf Akten. Der Werwolf erkannte ihn sofort und zwang sich dazu, wieder in die Akte in seiner Hand zu blicken. Lucas achtete nicht auf ihn. Er stieß die niedrige Schwingtür auf, durchquerte den Raum hinter der Absperrung und trat an den Glaskasten, in dem die Leiterin der Verwaltungsstelle saß. Er steckte seinen Kopf durch die Tür und sagte etwas, das der Werwolf nicht ganz verstand.

Die Leiterin sah auf und lachte, und Lucas ging hinein und setzte sich auf die Kante ihres Schreibtisches.

Der Lieutenant hatte eine lockere Art, um die der Werwolf ihn beneidete. Die Leiterin der Verwaltungsstelle war eine stahlgepanzerte Gerichtsveteranin, der nichts mehr imponieren konnte, aber in Davenports Gegenwart wurde sie zu einem kichernden Backfisch. Während er die beiden beobachtete, drehte Lucas sich plötzlich um und starrte ihn an, sodass ihre Blicke sich kurz begegneten. Der Werwolf erholte sich rasch und blätterte wieder in seiner Akte.

»Wer ist der Laffe an der Theke?«, fragte Lucas.

Sie blickte an ihm vorbei zu dem Werwolf hinüber, der die Akte in den Rücklaufkorb gelegt hatte und jetzt zur Tür ging. »Rechtsanwalt. Die Firma fällt mir gerade nicht ein, aber er ist in letzter Zeit oft hier. Er hatte was mit dem Fall des jungen Barin zu tun – Sie wissen schon, der reiche Junge, der mit dem Auto in eine Fußgängergruppe gerast ist ...«

»Yeah.« Der Werwolf verschwand nach draußen, und Lucas kam zur Sache. »Jefferson Sparks. Übler Bursche. Zuhälter. Ich brauche die neuesten Informationen über ihn.«

»Ich suche sie Ihnen gleich raus. Sie können sich an Loris Schreibtisch setzen. Sie ist heute krank«, sagte die Leiterin und deutete auf einen freien Schreibtisch vor der Absperrung.

Von Sparks existierten drei neuere Akten, die jeweils einen dünnen Stapel Durchschläge enthielten. Lucas studierte sie und fand ein halbes Dutzend Hinweise auf den Silk Hat Health Club. Er griff nach dem Telefon, rief das Sittendezernat an und ließ sich mit dem Kriminalbeamten verbinden, mit dem er vorhin gesprochen hatte.

»Wird der Silk Hat noch immer von Shirley Jensen geführt?«, fragte er, als der andere sich meldete.

»Ja.«

»In Sparkys Akte kommt er mehrmals vor. Halten Sie's für möglich, dass seine Frauen dort arbeiten?«

»Leicht möglich. Dabei fällt mir übrigens ein, dass Shirley im Butterfly die Bücher geführt hat.«

»Danke. Ich fahre mal raus.«

»Halten Sie uns auf dem Laufenden.«

Lucas legte auf, warf die Akten in den Rücklaufkorb und sah auf seine Armbanduhr. Kurz nach zwölf Uhr. Um diese Zeit arbeitete Shirley vermutlich.

Die schwarze Ladenfront des Silk Hats war zwischen einem Second-hand-Kleiderladen und einem Möbelverleih eingezwängt. Die Leuchtschrift im Schaufenster verkündete *Silk Hat Health Club*, und das Glas in Tür und Fenster war so schwarz gestrichen wie die übrige Fassade. Über dem Eingang hing eine klcine schmiedeeiserne Lampe, die irgendein Witzbold rot angesprüht hatte. Oder vielleicht kein Witzbold, dachte Lucas, sondern der Besitzer.

Lucas stieß die Tür auf und betrat den kleinen Warteraum. Hinter einem Couchtisch standen zwei Plastiksessel auf einem hochflorigen roten Teppich. Ein Aquarium mit Guppys nahm die Fensterbank hinter der schwarzgestrichenen Scheibe ein. Auf dem Couchtisch lagen einige abgegriffene *Penthouse*-Hefte.

Den Sesseln gegenüber befand sich eine zwei Meter lange Theke, die wie aus einer Arztpraxis geklaut aussah. Neben der Theke führte eine Tür in die hinteren Ladenräume.

Als Lucas den Warteraum betrat, hörte er einen Türsummer, und Sekunden später erschien eine junge Frau in einem tief ausgeschnittenen schwarzen Kleid hinter der Theke. Sie kaute einen Kaugummi, und auf der sanften Erhebung ihrer linken Brust war gerade noch ein tätowierter Junikäfer sichtbar. Sie sah aus wie Betty Boop, aber sie roch wie Juicy Fruit.

»Yeah?«

»Ich möchte mit Shirley reden«, sagte Lucas.

»Ich weiß nicht, ob sie da ist.«

»Sagen Sie ihr, dass Lucas Davenport auf sie wartet – und dass ich Kleinholz aus ihrer Bude mache, wenn sie ihren fetten Arsch nicht schnellstens hier rauswuchtet.«

Die junge Frau betrachtete ihn gelassen und kaute weiter; sie war nicht beeindruckt. »Ganz schön wild«, meinte sie lakonisch. »Ich hab' 'nen Kerl hier, mit dem Sie vielleicht reden sollten. Bevor Sie Kleinholz aus der Bude machen.«

»Wer?«

Sie musterte ihn und gelangte zu dem Schluss, dass ihm der Name vielleicht etwas sagen könnte. »Bald Peterson.«

»Bald? Okay, der soll auch rauskommen!«, sagte Lucas unbekümmert, griff unter seine Jacke und zog die P7 heraus. Die junge Frau machte große Augen und hob erschrocken die Hände, als wolle sie eine Kugel abwehren. Lucas grinste sie an, trat gegen die Vorderfront der Theke, dass das dünne Holz splitterte, und holte zum nächsten Tritt aus. Die Schwarzgekleidete machte auf dem Absatz kehrt und verschwand eilig in den hinteren Räumen.

»Bald, du Schwanzlutscher, komm dort raus!«, rief Lucas nach hinten. Er griff über die Theke, bekam die Unterseite der Abdeckplatte zu fassen, zerrte daran und riss sie knarrend hoch. Dann ließ er die schräg stehende Platte los, trat erneut gegen die Vorderfront und hörte Holz splittern. »Bald, du Hurensohn …«

Bald Peterson war einsfünfundneunzig groß und wog hundertzwanzig Kilo. Nach einer wenig erfolgreichen Laufbahn als Boxer war er mit besserem Erfolg Berufsringer gewesen. In der Lake Street hielten ihn manche für einen Psychopathen, aber Lucas wusste sicher, dass er keiner war. Vor vielen Jahren, als Lucas noch Streifenpolizist gewesen war, hatte Bald ihn einmal auf dem Parkplatz eines Nachtclubs tätlich angegriffen. Bald hatte seine Fäuste gebraucht. Lucas hatte sich mit einer lederumhüllten Stahlrute gewehrt und ihn damit nach sechs Sekunden der ersten Runde k.o. geschlagen.

Während sie auf einen Krankenwagen gewartet hatten, war Bald wieder aufgewacht, und Lucas hatte ihn am Hemd gepackt und ihm gedroht, ihm bei der nächsten Schwierigkeit die Nase, die Zunge und den Schwanz abzuschneiden. Lucas wurde für einige Wochen vom Dienst suspendiert, bis die Ermittlungen wegen des Verdachts übermäßiger Gewaltanwendung im Sande verlaufen waren. Bald lag vier Monate im Krankenhaus und musste anschließend ein weiteres halbes Jahr im Rollstuhl verbringen.

Wäre Bald tatsächlich ein Psychopath gewesen, dachte Lucas, hätte er ihn mit einem Messer oder einem Revolver überfallen – oder mit den Fäusten, wenn er wirklich verrückt gewesen wäre –, sobald er wieder laufen konnte. Aber das hatte er nicht getan. Seit damals hatte Bald stets einen weiten Bogen um Lucas gemacht.

»Bald, du Scheißkerl!«, brüllte Lucas. Sein nächster Tritt ließ ein weiteres Feld der Holzfront der Theke zersplittern. Hinter der Tür polterte jemand die Treppe herunter, dann kam Shirley Jensen in den Warteraum gestürzt. Lucas steckte seine P7 weg.

»Du Arschloch!«, kreischte die Jensen.

»Halt's Maul, Shirley«, sagte Lucas. »Wo ist Bald?«

»Er ist nicht da.«

»Die andere Fotze hat gesagt, dass er da ist.«

»Er ist nicht da, Davenport. Verdammt noch mal, sieh dir diesen Scheiß an...« Shirley Jensen war Ende vierzig und hatte ein faltiges Gesicht, in dem jahrelange Überdosen von Bourbon, Zigaretten, Höhensonne und Kartoffelchips deutliche Spuren hinterlassen hatten. Sie hatte mindestens fünfzig Kilo Übergewicht. Das Fett schwabbelte unter ihrem Kinn, an Schultern und Oberarmen und unter ihrem breiten Goldlamégürtel. Jetzt verzog sie das Gesicht, und Lucas dachte, sie würde in Tränen ausbrechen.

»Ich will wissen, wohin Sparky getürmt ist.«

»Ich hab' gar nicht gewusst, dass er fort ist«, behauptete sie und starrte weiter ihre zertrümmerte Theke an.

Lucas beugte sich nach vorn, bis sein Gesicht nur mehr eine Handbreit von ihrer Nasenspitze entfernt war. Ihr pfannkuchenartiges Make-up war rissig wie ein ausgetrockneter Salzsee. »Shirley, ich mache Kleinholz aus deiner Bude. Wenn ich diesen Werwolf-Killer nicht fasse, geht's mir an den Kragen, und Sparky könnte Informationen haben, die ich brauche. Ich warte hier …« Er sah auf seine Armbanduhr. »… genau fünf Minuten. Wenn du bis dahin nicht weißt, wo er ist, komme ich hinter die Theke.«

»Sparky weiß was über den Werwolf?« Diese Idee verblüffte sie sichtlich.

»Gestern Nacht ist eines seiner Mädchen ermordet worden. Der Werwolf macht sich jetzt an Nutten ran. Das ist einfacher, als andere Frauen auszukundschaften.«

»Okay, aber lass meinen Laden in Ruhe«, sagte Shirley. Sie wandte sich ab, watschelte hinaus und knallte die Tür hinter sich zu.

Sekunden später wurde die Eingangstür von der Straße aus geöffnet. Lucas wich zurück und trat zugleich einen Schritt zur Seite. Ein blasser, hagerer, schmalbrüstiger Mann in einem Siebzigdollaranzug kam herein, starrte blinzelnd die zertrümmerte Theke an und sah dann zu Lucas hinüber.

»Großer Gott, was ist hier los?«

»Hier findet eine Polizeirazzia statt«, erklärte Lucas unbekümmert. »Aber wenn Sie sich nur fit halten wollen – mit Liegestützen, Orangensaft und so –, können Sie ruhig nach hinten gehen.«

Als der Hagere trocken schluckte, hüpfte sein Adamsapfel zweimal auf und ab. »Okay, schon gut«, murmelte er dann und verschwand nach draußen. Lucas zuckte mit den Schultern, ließ sich in einen der Plastiksessel fallen und griff nach einem *Penthouse*-Heft. »*Ich hätte nie geglaubt, dass so was tatsächlich passiert*«, las er, »*aber bevor ich davon erzähle, sollte ich mich vielleicht kurz vorstellen. Ich studiere an einer großen Universität im Mittleren Westen, und meine Mitstudentinnen hier finden, dass ich ziemlich gut bestückt bin. Eine Freundin hat mich mal vermessen und ist auf zweiundzwanzig Zentimeter steinharten …*«

»Lucas« Shirley kam aus den hinteren Räumen zurück.

»Yeah?« Er warf das Magazin auf den Tisch.

»Ich weiß nicht, wo er genau ist – in welchem Hotel, meine ich«, sagte sie, »aber er scheint in Cedar Rapids in irgendeinem Hotel in der Innenstadt zu sein.«

»Iowa?«

»Richtig. Das Gebiet dort unten grast er ein paarmal pro Jahr ab. Sioux City, Des Moines, Waterloo, Cedar Rapids. Eines seiner Mädchen sagt, dass er dort ist; sie weiß nicht, in welchem Hotel, aber es muss in der Innenstadt sein.«

»Okay.« Lucas nickte. »Sollte er nicht dort sein …«

»Du Scheißkerl, du hast meine Theke demoliert!«

Jennifer Carey gefielen die Blumen. Auf jedem Tisch standen zwei Nelken, eine rote und eine weiße, in einer hohen Glasvase. Das Restaurant wurde von einer vietnamesischen Flüchtlingsfamilie geführt, der in Saigon ein französisches Restaurant gehört hatte. Der Alte und seine Frau finanzierten es, ihre Söhne waren für Küche und Geschäftsführung zuständig, die Schwiegertöchter bedienten, standen hinter der Bar und saßen an der Kasse, die zehnjährigen Enkel räumten Tische ab und spülten Geschirr.

»Einen großen Nachteil hat dieses Restaurant«, sagte Jennifer, »dass es nämlich bald entdeckt werden wird.«

»Warum nicht?«, meinte Lucas. »Sie haben's verdient.«

»Schon möglich.« Jennifer betrachtete den Rotwein in ihrem Glas, in dem sich Lichtreflexe der Straßenbeleuchtung spiegelten. »Wie geht's mit uns weiter?«, fragte sie nach kurzer Pause.

Lucas lehnte sich zurück und schlug die Beine übereinander. »Wie bisher kann's nicht weitergehen«, entschied er. »Du hast mir wirklich einen Tiefschlag verpasst. Daniel weiß von unserer Beziehung, und sobald die Medien irgendetwas erfahren, hat er mich im Visier. Sogar wenn's sich um Channel Eight handelt.«

»Ich arbeite nicht mehr als Reporterin, zumindest vorläufig nicht«, antwortete Jennifer. Sie legte den Kopf schief, sodass ihre Haare vom Gesicht wegfielen, und Lucas bewunderte die sanfte Linie ihres Kinns und glaubte, in sie verliebt zu sein.

»Ja, aber wenn du einen Hinweis bekommst … Sag bloß, dass du ihn nicht an deine Kollegen weitergeben würdest!«, wandte er ein.

Jennifer trank einen Schluck, stellte das Weinglas auf den Tisch, fuhr mit einem Finger über den Glasrand, hob plötzlich den Kopf und sah Lucas in die Augen. »Hast du mit der McGowan geschlafen?«

»Verdammt noch mal, Jennifer!«, sagte Lucas irritiert. »Ich hab's nicht getan!«

»Okay. Aber ich bin mir deiner nicht ganz sicher«, stellte sie fest. »Irgendjemand versorgt sie mit Informationen – und dieser Irgendwer kennt die Ermittlungsergebnisse aus erster Hand.«

»Ich bin's nicht«, versicherte Lucas. Er beugte sich nach vorn. »Außerdem sind diese Tipps, die sie kriegt …« Er machte eine Pause, biss sich auf die Unterlippe. »Ich könnte dir was erzählen, aber ich habe Angst, dass du das verwendest und mich damit wirklich in Schwierigkeiten bringst.«

»Hast du 'ne Story für mich?«

Lucas überlegte. »Es könnte eine werden. Sie wäre ziemlich ungewöhnlich. Und du würdest Annie McGowan damit eins auswischen.«

Jennifer schüttelte den Kopf. »Das täte ich nie. Wir beim Fernsehen tun so was nicht. Das wäre zu gefährlich, weil es einen Krieg auslösen könnte. Erzähl mir, was du weißt, Lucas. Wenn es wirklich so ist, wie du sagst, behalte ich deine Informationen für mich. Das verspreche ich dir!«

Lucas musterte sie prüfend. »Wirklich?«

»Wirklich.«

»Weißt du«, sagte er beiläufig, als messe er diesem Thema keine besondere Bedeutung zu, »ich habe schon früher damit gedroht, nie mehr mit dir zu reden, aber irgendwie hat's immer Gründe gegeben, dich wieder zu treffen. Ich könnte in jedem Fall eine Entschuldigung für das finden, was du getan hast.«

»Das ist riesig von dir.«

»Augenblick! Lass mich erst ausreden. Diesmal hast du mir etwas versprochen. Sollten diese Informationen rauskommen, weiß ich sofort, wer sie verbreitet hat. Und dann weiß ich auch, dass es keine Basis für ein Vertrauensverhältnis zwischen uns gibt. Niemals! Auch mit dem Kind nicht. Ich spiele jetzt kein Spiel – das ist bitterer Ernst.«

Jennifer lehnte sich zurück, blickte zur Decke und sah dann wieder zu Lucas hinüber. »Als kleines Mädchen habe ich mit meinem Vater ein Abkommen getroffen«, sagte sie langsam. »Wenn etwas wirklich wichtig war und er die ganze Wahrheit wissen musste, habe ich sie ihm gesagt und ›Pfadfinderehrenwort!‹ hinzugefügt. Und wenn er mir etwas wirklich Wichtiges mitzuteilen hatte, hat er ›Pfadfinderehrenwort!‹ dazugesagt und das Pfadfinderzeichen gemacht, damit ich wusste, dass er's ernst meinte. Das mag komisch klingen, aber wir haben dieses Ehrenwort eisern gehalten.«

»Und du versprichst mir, nichts ...«

»Pfadfinderehrenwort!«, unterbrach Jennifer ihn und machte mit drei Fingern das Pfadfinderzeichen. »Mein Gott, wir wirken bestimmt lächerlich!«

»Okay«, sagte Lucas, »ich wollte dir Folgendes erzählen: Ich weiß nicht, woher die McGowan ihre Informationen hat, aber sie sind zum größten Teil falsch. Sie sagt, wir würden glauben, dass der Kerl impotent ist, nicht gut riecht oder grässlich aussieht – aber das stimmt alles nicht! Das sind nur Latrinenparolen. Wir vermuten, dass ihr Informant ein ahnungsloser Cop ist, der lediglich am Rande mit den Ermittlungen befasst ist.«

»Das ist alles Unsinn?«, fragte Jennifer ungläubig.

»Richtig! Das mag verblüffend klingen, aber es ist trotzdem wahr. Sie hat eine sensationelle Meldung nach der anderen verbreitet – und alle sind Quatsch gewesen! Wenn du mich fragst, erfindet sie vielleicht alles selbst.«

»Und du schwindelst nicht, Davenport?« Sie starrte Lucas durchdringend an, und er erwiderte gelassen ihren Blick.

»Nein«, beteuerte er.

»Hast du mit der McGowan geschlafen?«

»Nein, ich habe nicht mit ihr geschlafen«, antwortete Lucas. Er machte mit drei Fingern das Pfadfinderzeichen. »Pfadfinderehrenwort«, fügte er hinzu.

Sie spielte mit dem Stiel ihres Weinglases und beobachtete, wie sich der Wein im Glas drehte. »In nächster Zeit muss ich über dich nachdenken, Davenport. Ich bin schon manchmal ... verliebt gewesen. In andere Männer, meine ich. Aber diese Sache scheint sich ganz anders zu entwickeln.«

Am nächsten Morgen schliefen sie aus. Jennifer las die *Pioneer Press*, und Lucas machte das Frühstück, als das Telefon klingelte.

»Hier ist Anderson.«

»Yeah?«

»Aus Cedar Rapids hat ein Cop angerufen. Sie haben Sparky wegen Anstiftung zur Ausübung der Prostitution festgenommen und müssen ...«

»Anstiftung zu was?«

»Irgendein erfundener Tatbestand. Er hat gesagt, dass der Staatsanwalt Sie in den Hintern tritt, wenn er das erfährt. Sie müssten's ihm spätestens heute Nachmittag kurz vor Dienstschluss melden. Wir haben Ihnen für zehn Uhr einen Flug gebucht, sodass Sie noch eine Stunde Zeit haben, um zum Flughafen zu kommen. Das Ticket liegt für Sie bereit.«

»Wie lange fährt man dorthin?«

»Fünf bis sechs Stunden. Das schaffen Sie nie, bevor der Staatsanwalt verständigt werden muss. Dann müssen die Kollegen Sparky vermutlich laufen lassen.«

»Schon gut, sagen Sie mir die Fluggesellschaft.« Lucas notierte sich die Einzelheiten, legte auf und ging ins Schlafzimmer, um Jennifer zu informieren.

»Ich frage lieber nicht, warum«, sagte sie grinsend.

»Wenn du willst, erzähl' ich's dir. Aber dann brauche ich dein Pfadfinderehrenwort, dass du nichts weitersagst.«

»Danke, ich halt's auch so aus«, wehrte Jennifer ab. Sie grinste noch immer. »Und wenn du fliegen musst, machst du am besten den Bourbon auf.«

Die zwischen dem Twin Cities International Airport und Cedar Rapids verkehrende Fluggesellschaft war absolut zuverlässig. Sie hatte noch keinen Absturz zu verzeichnen. Damit warb sie sogar in ihren Anzeigen. Trotzdem umklammerte Lucas die Armlehnen seines Sitzes geradezu krampfhaft. Die alte Dame neben ihm beobachtete ihn neugierig.

»Dies ist bestimmt nicht Ihr erster Flug«, sagte sie zehn Minuten nach dem Start.

»Nein, leider nicht«, antwortete Lucas.

»Fliegen ist viel sicherer als Autofahren«, beschwichtigte die alte Dame ihn. »Es ist sicherer, als über die Straße zu gehen.«

»Ja, ich weiß.« Lucas starrte angestrengt geradeaus. Er wünschte der Alten einen Schlaganfall. Irgendwas, damit sie die Klappe hielt.

»Diese Gesellschaft fliegt wunderbar sicher. Sie hat noch keine Maschine durch Absturz verloren.«

»Mmm.« Lucas nickte.

»Na, machen Sie sich keine Sorgen, in einer Stunde sind wir da.«

Lucas drehte langsam den Kopf zur Seite. Er hatte das Gefühl, dass seine Halswirbel eingerostet waren. »In einer Stunde? Wir sind doch schon ziemlich lange unterwegs.«

»Erst zehn Minuten«, sagte die alte Dame heiter.

»Großer Gott!«

Der Polizeipsychologe hatte ihm auseinander gesetzt, dass er Angst vor dem Verlust an Kontrolle hatte.

»Sie werden nicht mit der Vorstellung fertig, dass Ihr Leben in der Hand anderer liegt – und seien sie noch so kompetent. Aber Sie müssen daran denken, dass Ihr Leben stets in der Hand anderer liegt. Sie könnten auf die Straße treten und von einem Besoffenen in einem Cadillac niedergewalzt werden. Das ist viel wahrscheinlicher als ein Flugzeugabsturz.«

»Okay, aber einen Besoffenen würde ich vielleicht kommen sehen. Ich könnte spüren, dass er auf mich losfährt. Ich könnte mich zur Seite werfen. Ich könnte irgendwie Glück haben. Aber wenn ein Flugzeug nicht mehr fliegt ...« Lucas' Handbewegung imitierte eine abstürzende Maschine. »Finito!«

»Das ist irrational«, entgegnete der Psychologe.

»Das weiß ich«, bestätigte Lucas. »Ich will herausfinden, was ich dagegen tun kann.«

Der Psychologe zuckte mit den Schultern. »Nun, Sie könnten's mit Hypnose versuchen. Und es gibt einige Bücher, die helfen sollen. Aber an Ihrer Stelle würde ich mir einfach ein paar Drinks genehmigen. Und versuchen, möglichst nicht zu fliegen.«

»Was ist mit Medikamenten?«

»Sie könnten's mit Beruhigungsmitteln versuchen, aber von denen werden Sie bloß benommen. Nicht empfehlenswert, wenn Sie am Ziel Ihrer Reise einen klaren Kopf brauchen.«

Auf dem Flug nach Cedar Rapids wurden keine alkoholischen Getränke serviert. Lucas hatte keine Beruhigungspillen bei sich. Als das Fahrwerk ausgefahren wurde, glaubte er, dass sein Herz aussetzen müsste.

»Das sind bloß die Räder, die rauskommen«, sagte die alte Dame beruhigend.

»Das weiß ich«, knurrte Lucas.

Lucas ließ sich den Rückflugpreis erstatten.

»Dabei verlieren Sie aber Geld«, warnte ihn die Hostess.

»Das ist mein geringstes Problem«, versicherte Lucas. Er mietete einen Wagen, den er in Minneapolis zurückgeben konnte, und ließ sich den Weg zum Polizeirevier erklären. Die Station war ein älteres Gebäude, ein vierkantiger Betonklotz, bei dem die Funktion wichtiger als die Form war. Eigentlich typisch Iowa, dachte er. Ein Cop namens MacElreney erwartete ihn dort.

»Caroll MacElreney«, stellte er sich vor. Er hatte ein Pferdegebiss und einen Schnurrbart. Zu seinem grün melierten Tweedsakko trug er eine braune Hose und braun-weiße Golfschuhe.

»Lucas Davenport.« Sie schüttelten sich die Hände. »Sie haben uns einen großen Gefallen getan. Wir sitzen wirklich in der Scheiße.«

»Ja, ich hab' davon gelesen. Sergeant Anderson hat gesagt, dass Sie Sparks nicht für den Täter halten – aber dass er vielleicht was weiß. Das stimmt doch?«

»Yeah. Vielleicht.«

»Mal sehen, was dabei rauskommt.« MacElreney ging zum Vernehmungsraum voraus. »Mr. Sparks ist nicht gern bei uns. Er fühlt sich unfair behandelt.«

»Der Kerl ist ein Arschloch«, stellte Lucas fest. »Haben Sie sein Mädchen aufgegriffen?«

»Ja. Ziemlich jung.«

»Sind sie das nicht alle?«

Sparks saß auf einem der drei Metallbürostühle, als Lucas mit dem Cop aus Cedar Rapids in den Vernehmungsraum kam. Er wird alt, dachte Lucas, während er ihn musterte. Er kannte Sparks seit den frühen Siebzigerjahren von der Straße her. Damals hatte Sparks noch pechschwarzes Haar und einen imposanten Afrohaarschnitt gehabt. Jetzt war er ergraut und hatte tiefe Falten im Gesicht. Seine Nase war breitgeschlagen, und seine nikotingelben Zähne standen schief. Er wirkte sorgenvoll.

»Davenport«, sagte er ausdruckslos. Das Weiße seiner Augen war fast so gelb verfärbt wie seine Zähne.

»Sparky. Tut mir Leid, dass sie dich wieder mal geschnappt haben.«

»Sparen Sie sich den Scheiß, und sagen Sie schon, was Sie wollen!«

»Wir wollen wissen, warum du eine Viertelstunde, nachdem einer deiner Ladys das Herz aus dem Leib geschnitten worden ist, aus der Stadt getürmt bist.«

Sparks zuckte zusammen. »Das Herz …«

»Erzähl keinen Scheiß, Sparky. Uns interessiert nur, wo du das Messer versteckt hast.« Lucas machte eine Pause und sah zu MacElreney hinüber. »Haben Sie ihn über seine Rechte belehrt?«

»Nur wegen der Prostitutionssache.«

»He, dann wird's aber Zeit, dazu brauch' ich meine Karte …« Als Lucas nach seiner Brieftasche griff, unterbrach ihn Sparks.

»Augenblick, Davenport!« Sparks wirkte jetzt noch sorgenvoller. »Verdammt noch mal, ich hab' Zeugen dafür, dass ich nix in dieser Art gemacht hab'. Ich hab' das Mädchen geliebt.«

Lucas schob seine Geldbörse wieder in die Tasche.

»Aber du hast gesehen, wer's getan hat?«

»Nun, ich weiß nicht recht …«

Lucas beugte sich nach vorn. »Ich persönlich glaube nicht, dass du's gewesen bist, Sparky. Aber du musst mir was Brauchbares in die Hand geben. Irgendwas, das ich auf den Tisch legen kann. Die Jungs von der Sitte wollen dir was anhängen. Weißt du, was sie sagen? Klar, sagen sie, wahrscheinlich ist er's nicht gewesen, aber er ist schon längst fällig, und diese Sache können wir ihm anhängen. Wenn wir den alten Sparky nach Stillwater verfrachten, haben wir 'ne Menge Probleme weniger. Das sagen sie. Außerdem hat deine Lady Koks in der Handtasche gehabt, was auch nicht gerade gut ankommt …«

Sparks leckte sich die Lippen. »Dann hat die Schlampe also doch gekokst!«

»Mir ist das egal, Sparky. Was hast du mitgekriegt?«

»Ich hab' diesen Kerl gesehen...«

»Augenblick, ich schalte nur meinen Recorder ein«, sagte Lucas.

Sparks war süchtig nach Crack und brauchte deswegen ständig Geld. An dem Abend, an dem Heather Brown ermordet worden war, hatte er auf der Bank einer Bushaltestelle auf der anderen Straßenseite gesessen und darauf gewartet, dass sie Geld ranschaffte. Er hatte beobachtet, wie ihr letzter Freier sie ansprach.

»Ist's nicht schon ziemlich dunkel gewesen?«

»Yeah, aber dort unten stehen diese großen bläulichen Lampen.«

»Okay.«

Der Werwolf hatte nichts wirklich Auffälliges an sich gehabt. Mittelgroß. Weiß. Regelmäßige Züge, rundliches Gesicht. Okay, vielleicht ein bisschen Übergewicht. Er war geradewegs auf sie zugesteuert; die beiden schienen nicht lange verhandelt zu haben.

»Glaubst du, dass sie ihn gekannt hat?«

»Schon möglich, aber davon weiß ich nichts. Ich hab' ihn vorher nie gesehen, und sie hat schon einige Zeit auf der Straße gestanden. Stammkunde war er keiner – jedenfalls nicht, seitdem sie für mich gearbeitet hat.«

»Ist sie noch immer auf dem S/M-Trip gewesen?«

»Yeah, ein paar Jungs sind extra ihretwegen vorbeigekommen.« Er hob abwehrend die Hände. »Ich hab' sie nie dazu gezwungen. Ihr hat's gefallen, ein bisschen geschlagen zu werden. Und damit hat sie gutes Geld verdient.«

»Okay, bleiben wir bei diesem Kerl. Wie war er angezogen? Modisch?«

»Nein, überhaupt nicht«, antwortete Sparks. »Er hat wie 'n Farmer ausgesehen?«

»Wie ein Farmer?«

»Yeah. Er hat eine dieser Schirmmützen getragen, Sie wissen schon, mit irgend'nem Reklamescheiß über dem Schirm. Und er hat eine dieser billigen Jacken angehabt, die man an Tankstellen kriegt. Baseballjacken.«

»Weißt du bestimmt, dass der Kerl ihr letzter Freier gewesen ist?«

»Yeah, der muss es gewesen sein. Sie ist mit ihm ins Motel gegangen, und ich hab' mir'n Bier gekauft. Als Nächstes hab' ich die Sirenen auf der Straße gehört.«

»Farmer klingt nicht richtig«, stellte Lucas fest.

»Nun ...« Sparks kratzte sich am Kopf. »Er hat auch nicht wie einer ausgesehen. Er hat irgendwas an sich gehabt ...«

»Was?«

»Keine Ahnung. Aber irgendwas ist's gewesen.« Er kratzte sich erneut am Kopf.

»Hast du seinen Wagen gesehen?«

»Nö.«

Lucas bohrte weiter, aber mehr fiel Sparks nicht ein.

»Würdest du ihn wiedererkennen?«

»Hmmm.« Sparks starrte nachdenklich den Fußboden zwischen seinen Füßen an. »Wahrscheinlich nicht. Vielleicht. Ich meine, wenn er nachts mit denselben Klamotten vor mir herginge, würde ich sofort sagen: ›Da, das ist der Bastard!‹ Aber bei 'ner Gegenüberstellung würde ich ihn wohl nicht erkennen. Ich hab' auf der anderen Straßenseite gesessen. Und die Beleuchtung war nicht gerade toll.«

»Okay.« Lucas stellte den Kassettenrecorder ab. »Wir wollen dich in den Cities zurückhaben, Sparky. Du kannst deine Pferdchen traben lassen. Keiner belästigt dich, bis wir diesen Kerl gefasst haben. Sobald wir ihn aufgespürt haben, musst du ihn dir ansehen. Für alle Fälle.«

»Ich werd' nicht eingelocht?«

»Nicht, wenn du cool bleibst.«

»Okay. Und was ist mit dem Scheiß, wegen dem Sie mich hier festhalten?«

MacElreney schüttelte den Kopf. »Wenn Mineapolis Sie nicht will, können wir Sie binnen zehn Minuten entlassen.«

»Wir wollen ihn nicht«, bestätigte Lucas. Er wandte sich erneut an Sparks. »Aber wir wollen dich in den Cities zurückhaben. Falls du auf dem Rückweg weitere Städte in Iowa abgrast, wirst du überall verjagt. Sieh zu, dass du nach Minneapolis zurückkommst.«

»Klar. Mit Vergnügen! Für Leute wie mich geht's hier viel zu bäurisch zu.« Sparks sah zu MacElreney hinüber. »Ich wollte aber niemanden beleidigen, Officer.«

MacElreney schien beleidigt zu sein.

Lucas hatte gerade die Tür des Mietwagens aufgesperrt, als MacElreney von der Treppe vor dem Polizeirevier aus seinen Namen rief. Sparks tauchte hinter ihm auf, und die beiden kamen gemeinsam heran.

»Mir ist eingefallen, was an dem Burschen so komisch gewesen ist«, sagte Sparks. »Sein Haarschnitt ist's gewesen!«

»Sein Haarschnitt?«

»Yeah. Wissen Sie, als die beiden ins Motel abmarschiert sind, hat er die Mütze abgenommen. Sein Gesicht konnte ich dabei nicht sehen, bloß den Hinterkopf. Aber ich dachte noch, dass er keinen richtigen Farmerhaarschnitt hat. Sie wissen doch, dass bei Farmern immer die Ohren rausstehen? Oder dass sie aussehen, als hätte ihre Alte ihnen 'nen Topf aufgesetzt und die Haare rundum abgeschnitten? Aber seine Frisur ist richtig gestylt gewesen. Wie Ihre – oder wie bei 'nem Arzt oder Anwalt oder Geschäftsmann oder so jemand. Topmodisch. Nicht wie bei 'nem echten Farmer. So 'nen Farmer hab' ich noch nie gesehen.«

Lucas nickte. »Okay. Und er ist blond gewesen, stimmt's?« Sparks schüttelte den Kopf. »Nö, echt dunkel.«

Lucas runzelte die Stirn. »Sparky, weißt du das bestimmt? Irrtum ausgeschlossen?«

»Nö, der Kerl war dunkelhaarig.«

»Scheiße.« Lucas dachte darüber nach. Irgendwie passte das nicht. »Sonst noch was?«, fragte er schließlich.

Sparks schüttelte den Kopf. »Nur, dass Sie allmählich alt werden. Ich weiß noch, wie ich Sie kennen gelernt hab', als Sie Bald Patterson krankenhausreif geschlagen haben. Damals ist Ihr Gesicht glatt wie'n Babyarsch gewesen. Man sieht's, dass Sie verdammt viele Meilen draufhaben.«

»Danke, Sparky«, sagte Lucas. »Das hab' ich gebraucht.«

»Wir werden alle nicht jünger.«

»Klar. Das mit deiner Lady tut mir übrigens Leid.«

Sparks zuckte mit den Schultern. »Frauen werden manchmal umgebracht. Und an Huren hat's schließlich keinen Mangel.«

Der Rest des Tages ging für die Rückfahrt drauf. Nachdem Lucas noch in Iowa gehalten hatte, um einen Cheeseburger mit Fritten zu essen, stellte er den Tempomat auf fünfundsiebzig und rollte kurz nach zwanzig Uhr über den Minnesota River nach Minneapolis hinein. Er gab den Mietwagen am Flughafen zurück, fuhr mit einem Taxi nach Hause und fühlte sich nach der langen Fahrt verspannt und schmuddelig. Eine siedend heiße Dusche befreite ihn von seinen Rückenschmerzen. Als er wieder angezogen war, holte er sich ein Bier aus dem Kühlschrank, ging damit ins zweite Schlafzimmer, stellte die Dose neben dem Bett auf den Fußboden, streckte sich aus und betrachtete die großen Blätter an der Wand.

Bell, Morris, Ruiz und Lewis. Der Werwolf. Die Daten. Eigenschaften. Lucas las sie durch, seufzte, stand auf, heftete ein sechstes Blatt an die Wand und schrieb mit seinem Magic Marker *Brown* darauf.

Stricherin. Jung. Dunkelhaarig, dunkle Augen. Die Personenbeschreibung passte. Aber sie war in einem Motel ermordet worden, nachdem der Werwolf sie auf der Straße angesprochen hatte. Alle anderen waren in ihren Wohnungen überfallen worden – oder wie die Lewis in einem unbewohnten Haus, das sie hatte verkaufen wollen.

Er ging die übrigen Details des Falls Brown durch – auch ihr Erscheinen vor Gericht. Konnte der Werwolf ein Rechtsanwalt sein? Oder sogar ein Richter? Ein Gerichtsreporter? Wie stand es mit dem Protokollführer oder einem anderen Justizangestellten? Von denen gab es Dutzende ...

Und dann fiel ihm das Messer auf. Diesmal hatte der Werwolf die Tatwaffe mitgebracht. Chicago Cutlery war eine teure gängige Marke, die in den Twin Cities nur die besten Department Stores und Spezialgeschäfte führten. Konnte er ein Feinschmecker sein? Ein begeisterter Hobbykoch? War es möglich, dass er das Messer erst vor kurzem gekauft hatte – und dass sich bei einer Überprüfung dieser Geschäfte jemand melden würde, der einem etwas dicklichen Weißen ein einzelnes Messer verkauft hatte?

Lucas begutachtete die Angaben auf dem Werwolf-Blatt. Vermutlich wohlhabend, vielleicht noch nicht lange hier. Aus Südwesten gekommen. Bürojob. Sparks hatte bestätigt, dass er hellhäutig war. Die Sache mit dem dunklen Haar war problematisch; Carla wusste bestimmt, dass seine Haut sehr hell gewesen war – und das ließ eigentlich auf helles Haar schließen. Lucas schüttelte den Kopf und schrieb »dunkles Haar?« dazu. Ganz unten auf die Liste notierte er: »Teurer Haarschnitt. Dunkelhaarig? Perücke? Verkleidet sich (Farmer). Feinschmecker?«

Danach sank er wieder aufs Kopfkissen zurück, nahm einen Schluck Bier, ließ die Dose auf seiner Brust stehen und las die Listen erneut durch.

Lucas sah auf seine Armbanduhr. Viertel vor zehn. Er stand auf, nahm das Bier mit, ging ins Arbeitszimmer und nahm den Telefonhörer ab. Nach kurzem Zögern wählte er die Nummer von Channel Eight.

»Sagen Sie Annie, dass Red Horse anruft«, verlangte er. Zehn Sekunden später war die McGowan am Apparat.

»Red Horse?«

»Yeah. Hör zu, Annie, hier ist ein Exklusivtip für dich. Im Fall Brown gibt's einen Augenzeugen, der den Werwolf beobachtet hat. Er sagt, dass er wie ein Farmer ausgesehen hat. Er hat eine dieser Schirmmützen getragen, wie Farmer sie bei der Arbeit aufhaben. Deshalb ist's möglich, dass er vom Land in die Stadt kommt.«

»Ein Killer als Pendler?«

»Ja, so könnte man's ausdrücken.«

»Das heißt, er kommt in die Twin Cities, um Frauen zu ermorden, und fährt dann wieder heim, wo er ein gewöhnlicher Farmer ist, der Kartoffeln klaubt oder so ähnlich?«

»Nun, äh, wir glauben, dass er vielleicht Schweinezüchter ist. Unser Mann – der Augenzeuge – ist an ihnen vorbeigegangen, weil ihn interessiert hat, was ein Farmer mit 'ner Mieze wie der Brown zu schaffen hat. Jedenfalls hat er ausgesagt, dass dieser Farmer ziemlich gestunken hat, wenn du weißt, was ich meine.«

»Du meinst nach … Schweinescheiße?«

»Ah, nach Schweinemist, ja. Das bestätigt gewissermaßen, was wir ursprünglich angenommen haben.«

»Ausgezeichnet, Red Horse! Können wir den Mann vielleicht vor der Kamera interviewen?«

»Nein, bestimmt nicht. Sollte sich daran was ändern, bekommst du Bescheid, aber vorerst halten wir seine Identität geheim. Wenn der Werwolf erfährt, wer er ist, würde er ihn möglicherweise umbringen.«

»Okay. Lass mich wissen, falls sich was ändert. Sonst noch was?«

»Nein, das war's für heute.«

»Danke, Red Horse. Ich meine, ich bin dir wirklich sehr, sehr dankbar.«

Dann folgte kurzes, viel sagendes Schweigen. Lucas setzte sich innerlich dagegen zur Wehr.

»Ah, ja«, murmelte er. »Also bis bald.«

16

Ein Schweinefarmer?

Der Werwolf tobte durch sein Apartment. Sie behaupteten, dass er ein Schweinefarmer war. Sie behaupteten, dass er nach Schweinemist stank.

Es fiel ihm schwer, sich aufs eigentliche Problem zu konzentrieren.

Das eigentliche Problem. Er musste an das eigentliche Problem denken: Irgendjemand hatte ihn gesehen und erinnerte sich an seine Kleidung.

Hatte dieser Augenzeuge auch sein Gesicht gesehen? War ein Künstler dabei, ein Phantombild für Steckbriefe zu zeichnen? Konnten sie schon morgen überall im Gerichtsgebäude aushängen?

Der Werwolf biss auf seinem Daumennagel herum, während er ruhelos auf und ab lief.

Dann durchzuckten Schmerzen seine Hand. Er starrte sie an und stellte fest, dass er ein Stück Nagel abgerissen hatte, sodass die rosa Haut darunter sichtbar war. Blut quoll aus der Risswunde. Er stolperte fluchend ins Bad, fand die Nagelschere und versuchte, den Daumennagel glatt abzuschneiden, wobei seine Hand zitterte. Als er damit fertig war, pochte sein Daumen noch immer; er verarztete ihn mit Heftpflaster und ging ins Wohnzimmer zum Fernseher zurück.

Sport. Er spulte die Videokassette zurück und verfolgte Annie McGowans Exklusivbericht. Schweinefarmer, sagte sie. Kommt vom Lande, um in den Twin Cities zu morden. Riecht nach Schweinemist, was seine Unfähigkeit, normale Beziehungen zu Frauen aufzunehmen, erklären könnte. Er schaltete den Ton ab und starrte nur ihre Erscheinung an: ihr schwarzes Haar mit den in die Stirn fallenden Ponyfransen, ihre unergründlichen dunklen Augen.

Jetzt sprach sie ihn an. Sie sah aus wie… wer? Irgendjemand, den er vor langer Zeit gekannt hatte. Er drückte auf die Stopptaste, spulte die Aufnahme zurück und spielte sie erneut ohne Ton ab. Ja, sie war auserwählt.

Annie McGowan. Das erforderte einige Recherchen, aber er hatte Zeit. Sie war aus mehreren Gründen eine gute Wahl. Sie würde befriedigend sein – und dieser Mord konnte den anderen eine Lektion erteilen. Er war keiner, den man auslachte. Er war keiner, den man als Schweinefarmer bezeichnete. In den Cities würde sich Entsetzen breit machen; niemand würde mehr lachen. Dann mussten sie seine Macht anerkennen. Alle würden sie spüren! Er ging ruhelos in seinem Wohnzimmer auf und ab, beobachtete das Gesicht der McGowan, spulte die Aufnahme zurück und sah sie sich wieder an. Eine Fantasie. Eine Lektion.

Eine Lektion für später, denn es gab noch eine andere Auserwählte. Sie glitt durch seine Träume und Tagträume. Sie ging nicht; sie *glitt dahin.* Sie wohnte keine zwei Blocks von ihm entfernt. Er hatte sie schon mehrmals gesehen, wenn sie in ihrem Rollstuhl den Gehsteig entlangfuhr. Ein Verkehrsunfall im letzten Studienjahr, wie er gehört hatte. Ein Mitstudent war mit ihr in seinem frisierten Sportwagen durch die Nacht gerast. Er hatte sich beim Aufprall gegen den Brückenpfeiler das Genick gebrochen; sie hatte schwere Rückenverletzungen erlitten. Ihre Bergung hatte über eine Stunde gedauert. Beide Zeitungen hatten den Unfall gemeldet.

Aber sie hatte sich nicht unterkriegen lassen, und beide Zeitungen brachten später Berichte über ihre Genesung.

Nachdem sie die Business School absolviert hatte, begann sie ein Jurastudium. Noch eine Juristin; die gab es jetzt in Massen. Am Rollstuhl hatte sie einen Rucksack hängen, in dem sie ihre Bücher transportierte. Den Rollstuhl bewegte sie mit der Kraft ihrer eigenen Arme vorwärts – folglich musste sie stark sein. Sie wohnte allein in einem Apartment in einem etwas heruntergekommenen Haus sechs Blocks von der Law School entfernt.

Der Werwolf hatte ihre Wohnung bereits ausgekundschaftet. Das Haus gehörte einer alten Frau, einer Witwe, die mit einem halben Dutzend dreifarbiger Katzen in der vorderen Parterrewohnung hauste. Den ersten Stock bewohnte ein noch studierendes Ehepaar. Die Behinderte wohnte nach hinten hinaus. Über eine ebenerdige Rampe konnte sie direkt in die Küche ihrer Zweizimmerwohnung fahren. In den Zeitungsausschnitten hieß es, sie schätze ihre Selbstständigkeit, ihre Unabhängigkeit. An einer Kette um den Hals trug sie einen Stahlring, der ihrem tödlich verunglückten Freund gehört hatte. Sie müsse jetzt für sie beide leben, sagte sie.

Der Werwolf hatte seine Recherchen in der Stadtbibliothek angestellt, ihren Namen im Register gefunden und diese Zeitungsberichte auf Mikrofilm gelesen. Schließlich war er sich sicher: Sie war auserwählt.

Falls er noch Gelegenheit hatte, sich ihrer zu bemächtigen. Aber er war gesehen worden. Möglicherweise erkannt worden. Was würde der Morgen bringen? Er ging eine Stunde lang im Apartment auf und ab, zog dann seinen Mantel an und trat auf die Straße. Kalt. Es herrschte bestimmt Frost. Der Winter kündigte sich an.

Mit raschem Schritt brachte er einen Block, dann den zweiten hinter sich und ging am Haus der Behinderten vorbei. Im ersten Stock brannte Licht. Die vordere Parterrewohnung, in der die alte Dame lebte, war dunkel. Er spazierte weiter, sah sich nach der Rückseite des Hauses um und stellte fest, dass die Fenster der Behinderten ebenfalls dunkel waren. Ein Blick auf seine Armbanduhr: ein Uhr fünf. Sie hatte eine der besten Examensnoten ihres Jahrgangs, hieß es in den Zeitungsausschnitten. Er fuhr sich mit der Zungenspitze über die Lippen und fühlte den schneidend kalten Wind danach umso stärker. Er brauchte diese Frau. Er brauchte sie wirklich.

Er setzte den nächtlichen Spaziergang fort: über die Straße, den nächsten Block entlang, noch einen Block weiter. Ständig mit grellen Visionen von der Behinderten vor seinem inneren Auge. Und mit Angst im Herzen. Er war gesehen worden. Würden die Morgenausgaben der Zeitungen sein Phantombild bringen? Würde jemand die Polizei anrufen? Kam der Anruf vielleicht gerade jetzt? Die Cops konnten in diesem Augenblick zu seinem Apartment unterwegs sein, um ihn zu verhaften … Er zitterte, als er weiterging. Er dachte wieder an die Behinderte. Irgendwann später stand er vor einem Studentenwohnheim. Ein neues Klinkergebäude mit einem Münztelefon an der Rückwand der Eingangshalle. Davenport.

Der Werwolf betrat das Studentenwohnheim wie im Trancezustand. Eine blonde Studentin in einem weißen Sweatshirt mit dem Emblem eines Skiteams musterte ihn flüchtig, als er die innere Tür aufstieß und an der Empfangstheke vorbeiging. Das Telefon war ein Wandapparat gegenüber den Toiletten. Er presste seine Stirn an das kühle Ziegelmauerwerk. Was er vorhatte, war dumm und gefährlich. Er tastete in seiner Hosentasche nach einem Quarter.

»Hallo?«

»Davenport?« Er fühlte die plötzliche Spannung am anderen Ende.

»Yeah.«

»Was soll dieser Unsinn? Diese Sache mit den Schweinen?«

»Hören Sie, wer…«

Sie wissen genau, wer ich bin! Und ich will Sie warnen: Ich habe das nächste Opfer ausgewählt. Mit Ihren Spielen erzürnen Sie den Einzigen, und die Auserwählte muss dafür büßen. Ich gehe jetzt, um sie zu betrachten. So nahe bin ich ihr schon. Ich werde sie genau betrachten.«

In seinen eigenen Ohren klangen diese Worte angenehm förmlich. Würdevoll.

Er hängte den Hörer ein, durchquerte die leere Eingangshalle und stieß die ins Freie führende Glastür auf. Schweinefarmer. Als seine Augen zu tränen begannen, senkte er den Kopf und marschierte heimwärts.

Unterwegs wechselten sich neue Visionen von der Behinderten und Annie McGowan mit aufblitzenden Erinnerungen an Davenport in der Verwaltungsstelle des Gerichts ab – wie der Lieutenant den Kopf gehoben, wie er ihn angesehen hatte. Der Werwolf achtete nicht darauf, wohin er ging, bis er sich unerwartet vor seinem Haus wiederfand. Seine Füße hatten den Weg selbst gefunden; er kam sich vor, als sei er aus einem Traum erwacht. Er ging hinein, wollte seinen Mantel ausziehen, zögerte, griff nach dem Telefonbuch, suchte eine Nummer heraus und rief die *Star-Tribune* an.

»Lokalredaktion.« Die Stimme klang barsch und gehetzt.

»Wann kommt Ihre Zeitung heraus?«

»Müsste schon auf der Straße sein. So um diese Zeit.«

»Danke.« Am anderen Ende wurde aufgelegt, bevor er dieses Wort ganz ausgesprochen hatte.

Der Werwolf ging zu seinem Auto hinaus, ließ den Motor an und fuhr über die Washington Street Bridge in die Stadtmitte. Vor dem Redaktionsgebäude der *Star-Tribune* standen zwei grüne Zeitungsautomaten. Er parkte in der Nähe, stieg aus, warf seine Quarter ein und starrte die Titelseite an: WERWOLF EIN SCHWEINEFARMER? TV-STORY SAGT »JA«.

Die Meldung war direkt von Annie McGowans Reportage abgeschrieben. Sie war lediglich durch ein kurzes Telefoninterview mit dem Polizeipräsidenten ergänzt worden: »Ich weiß nicht, woher sie diese Information hat – mir ist jedenfalls nichts davon bekannt«, hatte Daniel gesagt. Er hatte jedoch nicht bestritten, dass der Täter ein Farmer sein könnte. »In diesem Stadium ist alles möglich«, hatte er hinzugefügt.

Die *Star-Tribune* brachte kein Phantombild. Auch keine Personenbeschreibung.

Er ging zum Auto zurück, setzte sich ans Steuer und blätterte rasch die Zeitung durch. Auf Seite drei wurde nochmals über die Morde berichtet; der Artikel verglich sie mit einer ähnlichen Mordserie in Utah. Das war alles. Er starrte nochmals die Titelseite an. Schweinefarmer – so hieß es dort.

Das konnte er nicht zulassen.

17

Daniel saß weit zurückgelehnt in seinem Schreibtischsessel, hielt den Radiergummi, der sich am Ende eines gelben Bleistifts befand, gegen die unteren Schneidezähne gedrückt und beobachtete Sloan. Anderson und Lester hockten nebeneinander in Besuchersesseln. Davenport ging ruhelos auf und ab.

»Das heißt also, dass wir nichts haben«, meinte Daniel, als der Kriminalbeamte mit seinem Bericht fertig war.

»Nichts, womit wir den Kerl fassen können«, bestätigte Sloan. »Aber wenn wir ihn haben, können wir ihn damit festnageln. Wir könnten ihn sogar an Jefferson Sparks vorbeiführen, um zu sehen, ob er sich an den Kerl erinnert. Aber wir haben nichts, was auf seine Identität hinweist.«

»Wie steht's mit den Führerscheinen? Ist dabei was rausgekommen?«

Anderson schüttelte den Kopf. »Neue Einwohner, die ihren Führerschein umschreiben lassen, werden nicht namentlich erfasst.«

Lucas marschierte weiter auf und ab. »Wie sieht's mit den Postämtern aus?«

»Wir haben schon einige Rückmeldungen. Eigentlich zu viele. Bisher sind's hundertsechsunddreißig Umzüge in den vergangenen zwei Jahren – und die sind von Postämtern gemeldet worden, die für rund ein Zehntel der dortigen Bevölkerung zuständig sind. Bleibt es bei dieser Rücklaufquote, müssen wir mit bis zu vierzehnhundert Namen rechnen. Außerdem hat sich gezeigt, dass ledige junge Männer am ehesten umziehen. In diese Kategorie fallen mindestens ein Drittel der Meldungen – was ungefähr fünfhundert Verdächtige ergibt. Und das alles basiert auf der Idee, dass der Täter einen Südweststaatenakzent haben könnte.«

»Und falls er nicht in den letzten zwei Jahren, sondern schon vor drei Jahren hergezogen ist, haben wir sowieso Pech«, knurrte Daniel.

»Aber das ist wenigstens etwas«, widersprach Lucas. »Wie viele dieser Leute sind ledige Männer? Wenn wir voraussetzen, dass der Täter aus dieser Gruppe kommt?«

»Achtunddreißig der hundertsechsunddreißig. Aber etliche von ihnen sind mit einer Frau hergezogen, seither mit einer Frau zusammengezogen oder einfach zu alt. Nach einer flüchtigen Überprüfung der Namen sind zweiundzwanzig Männer übrig geblieben, die alle Grundvoraussetzungen erfüllen: jung, ledig, ungebunden.«

»Angestellte?«, fragte Lucas.

»Bis auf zwei«, bestätigte Anderson. »Arbeiter ziehen nur selten hierher. In Texas gibt's mehr Jobs – und wärmer ist's dort auch.«

»Wovon reden wir also?«, erkundigte sich Daniel.

»Wir reden davon, diese zweiundzwanzig Kerle zu überprüfen. Mindestens die Hälfte müssten wir lediglich durch Augenschein eliminieren können. Danach konzentrieren wir uns ganz auf den Rest. Allerdings kommen natürlich ständig neue Namen dazu.«

»Lucas? Noch irgendwas?«

Der Lieutenant kehrte am Ende des Raums um. Er hatte Daniel nachts angerufen, um ihm von dem Anruf des Werwolfs zu erzählen, und die anderen zu Beginn dieser Besprechung darüber informiert. Er hatte den Anruf auf Band aufgenommen. Er nahm jetzt sämtliche Anrufe auf. An diesem Morgen war er als Erstes in die Universität gefahren und hatte zwei Sprachwissenschaftler gebeten, sich die Aufnahme anzuhören. Sie hatten vorhin bei Daniel angerufen. Texas, hatte der eine gesagt. Der andere hatte sich nicht so exakt festlegen wollen. Texas oder vielleicht der Osten New Mexicos um White Sands herum. Oklahoma und Arkansas schieden aus. »Wir glauben, dass er schon eine Zeit lang hier lebt«, hatte einer der Linguisten hinzugefügt. »Nicht lange genug, um seinen Akzent völlig abgelegt zu haben, aber doch lange genug, dass er die hiesige Klangfärbung angenommen hat.«

»Ah«, sagte Lucas. Er merkte, dass die anderen ihn neugierig anstarrten. »Gestern Abend habe ich mir die Nachrichten in Channel Eight angesehen. Die McGowan hat verbreitet, der Täter sei möglicherweise ein Schweinefarmer – und eine Dreiviertelstunde später ist der Werwolf am Telefon gewesen. Ich habe bei der *Pioneer Press* und der *Star-Tribune* nachgefragt, wann ihre Morgenausgaben erschienen sind, denn beide haben diese Meldung von der McGowan übernommen. Die Zeitungen sind erst erschienen, als der Werwolf schon angerufen hatte.«

»Okay, dann hat er ferngesehen«, schloss Anderson.

»Und ich habe über Annie McGowan nachgedacht«, fuhr Lucas fort. »Sie entspricht dem Typ, auf den's der Werwolf abgesehen hat...«

»Was soll das wieder heißen?« fragte Daniel.

»Dieser Anruf hat mich nervös gemacht. Die ›Auserwählte‹, von der er spricht, hat irgendetwas Besonderes an sich. Das spüre ich.«

»Glauben Sie, dass er daran denkt, die McGowan zu überfallen?«

»Er beobachtet sie im Fernsehen. Äußerlich entspricht sie dem von ihm bevorzugten Typ. Und sie hat lauter irre Stories über ihn verbreitet. Der Kerl scheint auf Anerkennung aus zu sein, aber aus seiner Sicht hat sie bisher nur Negatives gesagt. Er will der ›Einzige‹ sein, und sie behauptet, dass er impotent ist, nach Mist stinkt und Schweine züchtet. Letzte Nacht ist er verdammt sauer gewesen.«

»Das genügt!«, entschied Daniel mit hochrotem Kopf. »Ich

verlange, dass Annie McGowan ab sofort Tag und Nacht bewacht wird.«

»Jesus, Chief...«, begann Anderson.

»Wie viele Leute Sie dafür brauchen, ist mir egal. Lassen Sie ein paar die Uniform ausziehen, wenn's sein muss. Ich verlange, dass sie tagsüber begleitet und nachts ihr Haus bewacht wird.«

»Aber unauffällig!«, warf Lucas ein.

»Was?«

»Durch sie haben wir eine Chance, ihn zu fassen«, antwortete Lucas. Er hob die Rechte, um Einwände abzuwehren. »Ich weiß, ich weiß, wir müssen vorsichtig sein und dürfen sie nicht gefährden. Das weiß ich alles. Aber vielleicht ist das unsere beste Gelegenheit.«

»Wenn Sie Recht haben, macht er sich vielleicht gerade an sie heran«, sagte Lester. »In dieser Minute!«

»Ich glaube nicht, dass er's tagsüber versuchen wird. Sie ist immer mit Leuten zusammen. Der für ihn ideale Zeitpunkt wäre nachts. Wenn sie heimfährt oder zu Hause ist. Er könnte tagsüber bei ihr einbrechen und ihr auflauern. Darauf müssen wir vorbereitet sein.«

»Sie haben wohl schon darüber nachgedacht?«, fragte Daniel und kniff die Augen zusammen.

Lucas zuckte mit den Schultern. »Yeah. Vielleicht ist das bloß 'ne verrückte Idee. Aber wir sollten's versuchen, wie Sie's mit meiner Überwachung versucht haben.«

»Okay.« Daniel drückte auf eine Taste seiner Gegensprechanlage. »Linda, rufen Sie bei Channel Eight an, und sagen Sie dem Stationsmanager, dass ich ihn dringend sprechen möchte.« Er ließ die Taste los. »Lucas, Sie bleiben noch einen Augenblick. Ihr anderen macht euch an die Arbeit! Fangt an, die neuen Bürger zu überprüfen. Das bringt nichts, falls der Kerl schon länger hier ist, aber wir dürfen keine Chance auslassen. Anderson, ich möchte, dass Sie alle Ermittlungsakten erneut daraufhin überprüfen, ob wir vielleicht irgendwas übersehen haben.«

Während die anderen den Raum verließen, lehnte Lucas an der Wand und starrte den Teppich an.

»Also?« fragte Daniel.

»Dieser Kerl ist anders verrückt, als ich bisher gedacht habe. Er ist kein nüchterner, eiskalter Killer. Irgendwie ist er nicht ganz richtig im Kopf. Wie er von dem ›Einzigen‹ und der ›Auserwählten‹ gesprochen hat ...«

»Was bedeutet das für uns?«

»Schwer zu sagen. Vielleicht ist so schwieriger zu erraten, was er als Nächstes vorhat. Möglicherweise reagiert er ganz anders, als wir erwarten.«

»Wie auch immer«, sagte Daniel wegwerfend. »Ich wollte Sie was anderes fragen: Von wem kriegt Annie McGowan diesen Scheiß, den sie in Channel Eight verbreitet?«

Lucas zuckte mit den Schultern. »Wahrscheinlich von einem Uniformierten, der genug mitbekommt, um Tipps geben zu können, aber nicht so viel, dass er richtige Informationen weitergeben kann.«

»Gestern sind Sie also in Cedar Rapids gewesen, wo erstmals seit Beginn der Ermittlungen das Wort ›Farmer‹ gefallen ist. Und als Nächstes höre ich die Gowan im Fernsehen sagen, dass der Werwolf ein Farmer ist!«

»Dass er ein *Schweinefarmer* ist. Das ist was anderes. Der Tippgeber versucht anscheinend, den Täter in Rage zu bringen. Sparks hält den Werwolf übrigens gar nicht für einen Farmer. Ich auch nicht. Ich habe von unterwegs angerufen und Sparks' Aussage durchgegeben, damit Anderson sie in den Ermittlungsordner aufnehmen konnte. Danach? Weiß der Teufel! Irgendwo ist ein Leck, aber die Informationen werden entstellt weitergegeben.«

»Okay«, brummte Daniel.

Er ist misstrauisch, dachte Lucas – mehr als misstrauisch. Er weiß Bescheid und redet nur, um seinen Einspruch zu Protokoll zu geben.

»Ich will Sie nicht weiter nach diesem Zufall fragen. Aber ich möchte bemerken, dass dieses Spiel, das hier vielleicht gespielt wird, verdammt gefährlich sein kann.«

»Wir spielen schon lange ein gefährliches Spiel«, antwortete Lucas. »Der Werwolf lässt uns keine andere Wahl.«

Lucas verbrachte den Nachmittag auf den Straßen, sprach mit Freunden, Informanten und Kontaktpersonen und ließ sie wissen, dass er noch lebte. Angeblich war ein Kolumbianer in Minneapolis gewesen, um einen Kokaindealerring für die Twin Cities aufzubauen. Dieser Ring sollte von drei Männern und einer Frau – alle mit eigenen Territorien und Zuständigkeiten – geleitet werden. Falls einer von ihnen versuchte, in die Territorien anderer einzudringen, würde der Kolumbianer den Unruhestifter von der weiteren Belieferung ausschließen.

Diese Sache interessierte Lucas. Das meiste Kokain in den Twin Cities kam in Portionen zu höchstens drei Unzen aus dem Zwischenhandel in Detroit und Chicago, seltener aus Los Angeles. Schon früher hatte es Gerüchte über Direktverbindungen nach Kolumbien gegeben, die sich jedoch nie bewahrheitet hatten.

Weitere Gerüchte betrafen Aktivitäten hiesiger Gangsterbanden, die sich durch Anwerbungen in Chicago und Los Angeles verstärkt haben sollten. In den Twin Cities wuchs das organisierte Verbrechen nur langsam. Die zu seiner Bekämpfung in beiden Städten aufgestellten Sonderkommissionen hatten mit systematischer Arbeit Erfolg und brachten die einheimischen Gangster so oft und so lange hinter Gitter, dass alle jungen Männer mit einem IQ über 90 sich von den Gangs fernhielten.

Indianer auf der Franklin Avenue sprachen von einer Frau, die von der Franklin Avenue Bridge gesprungen war – oder ins Wasser geworfen worden war. Bisher hatte man keine Leiche gefunden. Lucas nahm sich vor, die River Patrol des Sheriffs anzurufen.

Als er am späten Nachmittag wieder an seinem Schreibtisch saß, rief Annie McGowan an.

»Lucas? Ist das nicht wundervoll?«, sprudelte sie heraus.

»Was?«.

»Du weißt schon, wegen dieser Sache mit dem Werwolf. Ich soll Tag und Nacht überwacht werden!«

»Yeah, ich hab' gehört, dass der Chief sich deswegen mit dir in Verbindung setzen wollte.«

»Nun, ich hab' mich mit der Überwachung einverstanden erklärt – allerdings nur, wenn wir Teile davon aufnehmen dürfen. Wir arbeiten selbstverständlich mit der Polizei zusammen, weißt du, aber wenn's mal natürlich aussieht, schaffen wir eine Kamera ins Haus und nehmen mich auf, wie ich koche oder nähe oder sonst was tue. Sie wollen einen Beobachtungsposten auf der anderen Straßenseite und einen weiteren hinter meinem Haus einrichten. Wir dürfen dann mit der Kamera hin und die Cops mit ihren Fernrohren und der ganzen übrigen Ausrüstung filmen.«

Sie ist nicht nur begeistert, dachte Lucas. Sie ist geradezu ekstatisch.

»Jesus, Annie, das ist keine Sportveranstaltung! Du wirst natürlich beschützt, aber dieser Kerl ist ein Wahnsinniger!«

»Das ist mir egal«, sagte sie bestimmt. »Sollte er's auf mich abgesehen haben, geht die Story über die großen Sender. Dann erscheine ich in ganz Amerika in jeder Nachrichtensendung, und ich verspreche dir: Wenn ich diese Chance richtig wahrnehme, bin ich keine sechs Wochen später in New York!«

»Eine hübsche Vorstellung, aber der Tod könnte dich verdammt zurückwerfen«, stellte Lucas fest.

»Ausgeschlossen!«, meinte Annie zuversichtlich. »Ich werde Tag und Nacht von acht Cops bewacht. An mich kommt er nicht ran!«

Oder falls er's doch schafft, kann er uns unmöglich entkommen, dachte Lucas. »Du bekommst hoffentlich eine Art Notfallalarm?«

»Ja, natürlich. Wir sind gerade dabei, ihn einzurichten. Ich kriege eine Art Piepser, den ich am Gürtel tragen kann. Ich lege ihn niemals ab. Sobald ich drauf drücke, kommen alle angerannt.«

»Werd bloß nicht leichtsinnig! Du weißt, dass Carla Ruiz ihn gar nicht gesehen hat, bevor sie angefallen worden ist. Hätte sie sich nicht nachts allein auf der Straße gefürchtet und eine chemische Keule in der Handtasche gehabt, wäre sie jetzt tot.«

»Sei unbesorgt, Lucas, mir passiert nichts.« Annie senkte vertraulich die Stimme. »Ich würde mich gern nach der Arbeit mit dir treffen, weißt du. Ich wollte dir schon was vorschlagen, aber wenn ich jetzt Tag und Nacht überwacht werde...«

»Klar«, stimmte Lucas hastig zu. »Es wäre nicht gut, wenn der Chief oder auch nur deine Leute wüssten, wie eng unsere Beziehung ist.«

»Großartig!«, sagte sie. »Bis dann, guter alter Red Horse.«

»Pass gut auf dich auf.«

Kriminalbeamte von Drogenfahndung und Sittendezernat richteten die direkte Überwachung ein und wurden von Streifenpolizisten in Zivil unterstützt, die in den Straßen um Annie McGowans Haus in neutralen Dienstwagen Wache hielten. In der ersten Nacht, als die Posten eingerichtet wurden, hielt Lucas sich absichtlich fern. Ein ständiges Kommen und Gehen zu vieler Cops konnte die Nachbarschaft misstrauisch machen. In der zweiten Nacht inspizierte er die Vorkehrungen mit einem Sittencop namens Henley.

»Kennst du ihr Haus?«, fragte Henley.

»Nein. Hübsches Haus?«

»Nicht übel. Ein kleines Haus jenseits der Straße vom Minnehaha Creek. Zweigeschossig. Eineinhalb Parzellen. Nach Osten schließt sich ein großer Garten mit Apfelbäumen an, und im Westen steht das Nachbarhaus rund zehn Meter entfernt – alles ohne Zaun. Muss mindestens hundert Riesen gekostet haben.«

»Geld hat sie bestimmt«, meinte Lucas.

»Mit ihrem Gesicht beim Fernsehen … kein Wunder.«

»Und ihr seid auf beiden Seiten?«

»Yeah, wir haben das Haus genau gegenüber auf der anderen Straßenseite und eines hinten an der Garagenzufahrt«, sagte Henley. »In beiden beobachten wir vom Dachboden aus.«

»Zahlen wir Miete?«

»Der Hausbesitzer der anderen Straßenseite will kein Geld; er meint, das sei doch selbstverständlich. Als wir erzählt haben, dass wir uns vielleicht für ein paar Monate einquartieren, hat er gesagt, das sei kein Problem.«

»Nett von ihm.«

»Der alte Knabe ist ein ehemaliger Architekt im Ruhestand. Ich glaube, dass er froh ist, Gesellschaft zu haben. Wir dürfen unser Zeug im Kühlschrank aufbewahren und die Küche mitbenützen.«

»Und nach hinten raus?«

»Dort wohnt ein altes Ehepaar. Die beiden wollten uns ihren Dachboden kostenlos überlassen, aber sie sehen aus, als könnten sie das Geld brauchen, deshalb haben wir ihn gemietet. Zweihundert Dollar im Monat, zwei Monate Vorauszahlung. Die beiden haben sich ehrlich gefreut.«

»Komisch, hier wohnen doch eigentlich nur reiche Leute«, meinte Lucas.

»Ich habe mit den beiden gesprochen. Ihnen geht's finanziell nicht besonders. Der Alte behauptet, sie hätten zu lange gelebt. Sie haben sich in den Sechzigerjahren zur Ruhe gesetzt – beide mit einer guten Rente – und geglaubt, ausgesorgt zu haben. Aber dann ist die Inflation gekommen. Alles ist teurer geworden – sogar die Steuern sind gestiegen. Den beiden steht das Wasser bis zum Hals.«

»Hmmmm. Wohin sind wir jetzt unterwegs?«

»Zu dem Architekten. Wir parken am anderen Ufer, gehen auf einer Brückc über den Minnehaha Creek, bleiben am Wasser und kommen von hinten in sein Haus. So brauchen wir uns nicht auf der Straße vor dem Schuppen der McGowan rumzutreiben.«

Das geräumige Haus des Architekten war mit Parkettböden, Orientteppichen, antiken Möbeln, Stahl- und Bronzeskulpturen, Radierungen und japanischen Farbholzschnitten luxuriös eingerichtet. Henley führte Lucas drei Treppen hoch in den schwach beleuchteten, nicht fertig ausgebauten Dachboden. Auf Klappstühlen saßen dort zwei Cops, die ein Telefon auf dem Fußboden vor sich und ein Fernglas sowie ein Nachtsichtgerät auf einem Tischchen zwischen sich hatten. In einer Ecke des Raums lag eine Matratze auf dem Fußboden. Daneben spielte ein Ghetto Blaster seichte Unterhaltungsmusik.

»Na, wie geht's?«, fragte einer der Cops. Der andere nickte Lucas wortlos zu.

»Irgendwas los?«, erkundigte sich Lucas.

»Ein Nachbar hat seinen Hund ausgeführt.«

Lucas trat ans Fenster und sah hinaus. Die Fensterscheibe war innen mit einer dünnen spiegelnden Plastikfolie beklebt. Von der Straße aus wirkte das Fenster durchsichtig; dahinter Stehende waren nicht zu erkennen.

»Ist sie zu Hause?«

»Noch nicht. Sie moderiert die Nachrichten um zweiundzwanzig Uhr, schminkt sich ab und geht meistens noch eine Kleinigkeit essen. Wenn sie keine Verabredung hat, fährt sie danach heim. In den nächsten Wochen kommt sie direkt aus dem Studio nach Hause.«

Lucas setzte sich auf die Matratze. »Sollte er's auf sie abgesehen haben, kommt er vermutlich nachts, aber vor Mitternacht. Er ist vorsichtig. Er will nicht auffällig spät unterwegs sein, aber er braucht die Dunkelheit, um nicht erkannt zu werden. Ich rechne damit, dass er versuchen wird, in ihrer Abwesenheit ins Haus zu gelangen und sie zu überfallen, wenn sie zurückkommt. So hat er's bei der Ruiz gemacht. Möglich wäre auch, dass er sie abzufangen versucht, wenn sie die Tür aufschließt. Nach einem Schlag über den Schädel bräuchte er sie nur noch reinzustoßen. Wenn er's richtig anfängt, sieht das so aus, als hätte er sich vor der Haustür mit ihr getroffen.«

»Wir schätzen, dass er's mit 'nem Trick versucht«, sagte einer der Cops. »Dass er bei ihr klingelt und sich als Bote vom Sender oder sonst was ausgibt. Damit sie ihm die Tür aufmacht.«

»Auch das ist möglich«, stimmte Lucas zu. »Trotzdem vermute ich, dass er …«

»Sie kommt!«, sagte der Cop am Fenster.

Lucas stand auf, trat ans Fenster und sah hinaus. Am Randstein vor dem Haus gegenüber hielt ein roter Toyota-Sportwagen. Sekunden später stieg Annie McGowan mit einer Einkaufstüte aus. Sie sah sich bewusst nicht um, sondern stelzte zur Haustür, schloss auf und verschwand nach drinnen.

»Sie ist drin«, sagte der erste Cop. Sein Kollege richtete den Strahl einer winzigen Taschenlampe auf seine Armbanduhr und zählte mit. Eine halbe Minute. Eine Minute. Eineinhalb Minuten. Eine Minute und 45 Sekunden.

Dann klingelte das Telefon. Der erste Cop nahm den Hörer ab.

»Miss McGowan? Alles okay? Gut. Aber lassen Sie den Piepser an, bis Sie ins Bett gehen, ja? Gute Nacht!«

»Kommst du jeden Abend her?« fragte Henley beiläufig.

»Um die Wochenmitte herum«, antwortete Lucas. »Drei, vier Stunden, von einundzwanzig Uhr bis Mitternacht oder ein Uhr, irgendwas in dieser Art.«

»Bloß nicht zu lange, sonst stirbt dir das Gehirn ab.«

»Und wenn's die Überwachung nicht schafft, erledigt diese beschissene Aufzugmusik den Rest!«, behauptete Lucas. Aus dem Kassettenrecorder quoll weiter seichte Unterhaltungsmusik.

Der zweite Cop grinste und nickte zu seinem Partner hinüber. »Kompromiß«, erklärte er. »Ich mag Rock, er kann ihn nicht ausstehen. Er mag Country, ich kann das Hillbilly-Gejaule nicht vertragen. Darum haben wir uns auf diesen Kompromiss geeinigt.«

»Könnte schlimmer sein«, warf Henley ein.

»Unmöglich!«, sagte Lucas.

»Schon mal New Age gehört?«

»Du hast Recht«, gab Lucas zu. »Es könnte schlimmer sein.«

»Verdammt noch mal, Jungs, sie macht's wieder!«

»Was?« Lucas stand von der Matratze auf und trat ans Fenster.

»Zuerst haben wir geglaubt, sie hätte den Spalt zwischen den Vorhängen vielleicht nicht bemerkt«, antwortete der Cop. Sein Partner, der das Haus der McGowan durchs Fernglas beobachtete, sagte: »Komm schon, Baby!« Lucas schob den ersten Cop vom Nachtsichtgerät weg und blickte hindurch. Es war auf einen Spalt zwischen den Vorhängen im ersten Stock gerichtet. Anfangs war nichts zu erkennen, aber dann trat Annie McGowan in den aus der Badezimmertür fallenden Lichtschein. Sie bürstete sich mit erhobenen Armen das Haar. Dabei trug sie einen weißen Baumwollslip. Sonst nichts.

»Seht euch das an!«, flüsterte der Cop mit dem Fernglas.

»Her mit dem Scheißding!«, verlangte Henley und versuchte, es dem anderen wegzureißen.

»Solche gottverdammten, hundertprozentig allamerikanischen Titten«, sagte der Cop andächtig, während er Henley das Fernglas überließ. »Glaubt ihr, dass sie weiß, dass wir sie beobachten?«

Sie weiß es, dachte Lucas mit einem Blick auf ihr Gesicht. Es war rosig überhaucht. Annie McGowan war angetörnt. »Wahrscheinlich nicht«, sagte er laut.

Die ersten fünf Überwachungstage verliefen ergebnislos. Keine verdächtigen Autos vor dem Haus, keine Annäherungsversuche auf offener Straße. Nur fallendes Herbstlaub und ein kalter Wind, der die Dachziegel des Architektenhauses klappern ließ. Der Vorhangspalt wurde nie geschlossen.

»Red Horse?« Es war kurz nach Mittag, und Lucas telefonierte von daheim aus.

»Yeah, Annie. Dies ist kein brandheißer Tipp, aber mir ist unterwegs was aufgefallen, das dich interessieren könnte. In einem Women's Business Club hält ein Psychologe und Universitätsdozent einen Vortrag über – so steht's auf dem Handzettel – ›Die Wechselwirkung zwischen sexuell-sozialer Unzulänglichkeit und antisozialem Verhalten. Mit Anmerkungen über den Serienmörder, der augenblicklich die Twin Cities terrorisiert.‹ Klingt nicht übel, was? Du könntest hinfahren und den Mann interviewen, bevor er seinen Vortrag hält.«

»Hmmm, scheint ziemlich relevant zu sein. Gibst du mir die Adresse von diesem Psychologen?«

»Lucas?« Das war Jennifer, deren Stimme etwas atemlos klang.

»Jennifer! Ich wollte dich eben anrufen. Wie geht's dir?«

»Mir ist jeden Morgen ein bisschen schlecht.«

»Bist du schon beim Arzt gewesen?«

»Jesus, Lucas, mir fehlt nichts. Das ist bei Schwangeren normal. Aber hoffentlich wird's nicht schlimmer! Es hat mich fast mein Frühstück gekostet.«

»Kein Wunder bei dem Frühstück, das du normalerweise isst! Du musst dir diesen Eier-Würstchen-Butter-Toast-Scheiß abgewöhnen, bevor er dich ins Grab bringt. Dein Cholesterinwert liegt vermutlich bei sechshundertacht. Kauf dir Haferflocken oder Malt-O-Meal. Sieh zu, dass du genügend Vitamine kriegst. Warum du nicht schon hundert Kilo wiegst, ist mir ein Rätsel. Um Himmels willen, du musst endlich vernünftig werden!«

»Ja, ja, schon gut. Hör zu, ich rufe nicht an, um mir von dir Feinschmeckertipps geben zu lassen. Dies ist ein offizieller Anruf. Ich habe merkwürdige Gerüchte gehört. Im Fall des Werwolfs soll es bedeutsame Fortschritte geben. Ihr wisst angeblich, wer er ist, und beschattet ihn.«

»Hundertprozentig falsch«, entgegnete Lucas ausdruckslos. »Beweisen kann ich natürlich nichts, aber es stimmt nicht.«

»Ich verlange kein Pfadfinderehrenwort, denn das wäre eine persönliche Sache, und dies ist ein offizieller Anruf.«

»Hör zu, ich will nicht, dass die zukünftige Mutter meines Kindes rumläuft und sich bis zur Erschöpfung abrackert, kapiert? Deshalb erkläre ich dir rein persönlich auf Pfadfinderehrenwort, dass wir keine Ahnung haben, wer er ist.«

»Aber ihr tut irgendwas?«

»Das ist eine offizielle Frage. Jetzt darf ich wieder lügen.«

Jennifer lachte, und Lucas fand ihre Fröhlichkeit ansteckend. »Ich kann in dir lesen wie in einem Buch«, behauptete sie. »Und ich wette, dass ich dir binnen einer Woche auf die Schliche komme.«

»Alles Gute, Dickerchen!«

Anderson und Lucas unterhielten sich in Lucas' Büro, als Daniel hereinkam. Der Polizeipräsident hatte dieses Büro noch nie gesehen. »Gar nicht übel«, meinte er. »Fast so groß wie mein Garderobenschrank.«

»Hinter der Rückwand liegt mein riesiges Luxusbüro, aber ich versenke sie nur, wenn ich allein bin«, behauptete Lucas. »Ich will die Plebejer nicht neidisch machen.«

»Wir besprechen gerade den Fall«, sagte Anderson, wobei er zu Daniel aufsah. »Der letzte Mord des Werwolfs liegt jetzt zehn Tage zurück. Wenn die Psychologen Recht behalten, müsste bald wieder einer fällig sein. Wahrscheinlich nächste Woche.«

»Verdammt noch mal, wir müssen was unternehmen!«, verlangte Daniel. Er rang die Hände, und Lucas fand, dass er in letzter Zeit magerer geworden war. Sein sonst so korrekt gescheiteltes Haar sah aus, als hätte er mit beiden Händen darin gewühlt. Der Werwolf setzte ihm schwer zu.

»Keine Erkenntnisse aus der Überwachung der McGowan?« erkundigte er sich.

»Keine.«

»Lucas. Wissen Sie was Neues?«

»Leider nichts Bestimmtes. Vielleicht können wir die Medien beschwichtigen. Ich überlege, ob wir einige Informationen über ihn veröffentlichen sollten. Irgendwas, das es ihm erschwert, sich an seine Opfer ranzumachen.«

Daniel überlegte. »Was zum Beispiel?«

»Ich denke an einen Handzettel mit Angaben zu dem Frauentyp, auf den er's abgesehen hat: dunkles Haar, dunkle Augen, junges bis mittleres Alter, attraktiv. Dazu vielleicht ein paar Hinweise zu ihm. Dass er hellhäutig, dunkelhaarig, ein bisschen übergewichtig und möglicherweise erst vor kurzem aus dem Südwesten zugezogen ist. Dass er sich mindestens einmal als Farmer verkleidet hat, obwohl wir glauben, dass er ein Angestellter ist. Zum Schluss die Aufforderung an Frauen seines Typs, sich bei uns zu melden, falls sie von einem Mann angesprochen oder belästigt werden, auf den die Personenbeschreibung passt.«

»Großer Gott, können Sie sich vorstellen, wie viele Anrufe wir da kriegen würden?«, fragte Anderson.

»Lässt sich nicht ändern«, sagte Lucas. »Im Moment treten wir auf der Stelle, und falls er nächste Woche weitermordet... In den Medien kommen wir besser weg, wenn der Eindruck entsteht, dass wir wenigstens etwas unternehmen.«

Daniel schob die Unterlippe vor und starrte blicklos die Rauhfasertapete hinter Lucas' Schreibtisch an. Schließlich nickte er. »Okay, wir machen's. Dann tun wir wenigstens was.«

»Und nächste Woche könnten wir erhöhte Alarmbereitschaft anordnen«, schlug Lucas vor. »Wir schicken einen Haufen zusätzlicher Cops auf die Straße. Die Medien werden informiert, aber gebeten, nicht darüber zu berichten. Daran halten sie sich vermutlich nicht, aber sie können sich einbilden, ins Vertrauen gezogen worden zu sein.«

»Keine schlechte Idee«, bestätigte Daniel mit eisigem Lächeln. »Und wenn alles vorbei ist, treffen wir uns im Fernsehen wieder und debattieren über Medienethik – ob's richtig gewesen ist, mit den Cops zusammenzuarbeiten.«

»Genau!«, sagte Lucas. »Auf diesen Scheiß stehen sie doch alle.«

Lucas rief sie von einer Telefonzelle aus an.

»Red Horse?«

»Hör zu, Annie, Daniel hat Anderson – den kennst du doch? – beauftragt, eine Liste mit persönlichen Merkmalen der Opfer und des Werwolfs zusammenzustellen und an die Medien zu verteilen. Wahrscheinlich irgendwann heute Nachmittag. Einige Details sind längst bekannt, aber andere haben wir bisher unter Verschluss gehalten.«

»Wenn ich sie in zehn Minuten habe, komme ich damit noch in die Mittagsnachrichten.«

»Ich kann dir nicht alles sagen, aber wir glauben, dass er noch nicht allzu lange hier wohnt. Wir nehmen an, dass er erst vor ein paar Jahren aus dem Südwesten gekommen ist.«

»Meinst du aus Worthington, Marshall oder so?«

»Nein, nein, nicht aus Südwest-Minnesota, aus dem Südwesten der Vereinigten Staaten. Vielleicht aus Texas. Oder aus New Mexico. Irgendwo von dort unten. Daniel wird bestätigen, dass er als Farmer gesehen worden ist, wie du berichtet hast. Aber wir glauben jetzt, dass er in Wirklichkeit ein Angestellter ist und sich nur verkleidet hat.«

»Großartig! Wirklich großartig, Red Horse. Was noch?«

»Auf der Liste steht mehr, aber das sind die wichtigsten Punkte. Und noch was: Bevor du auf Sendung gehst, rufst du Anderson an und fragst ihn danach. Er erzählt dir garantiert alles. Er ist jetzt in seinem Büro zu erreichen.« Er gab ihr Andersons Durchwahlnummer. »Danke. In einer Viertelstunde sehen wir uns am Bildschirm wieder.«

Früher Nachmittag. Lucas, der nach dem Mittagessen faul war, griff träge nach dem Telefonhörer.

»Lucas?«

»Wie geht's dir, Jennifer?«

»Was läuft mit Annie McGowan?«

»Jennifer, verdammt noch mal, ich…«

»Nein, nein, ich frage nicht, ob du sie gebumst hast. Das hast du bereits auf Pfadfinderehrenwort bestritten. Ich will wissen, wer die Überwachung der McGowan angeordnet hat. Weshalb wird sie von Cops beobachtet?«

Lucas zögerte, bevor er antwortete, und wusste sofort, dass das ein Fehler gewesen war.

»Aha, ihr überwacht sie also tatsächlich!«, triumphierte Jennifer.

»Jennifer, weißt du noch, wie ich dich gebeten habe, mit dem Chief zu sprechen, bevor du etwas wegen Carla Ruiz unternommen hast? Jetzt bitte ich dich, wieder mit ihm zu reden.«

Abend. Die Sonne ging jetzt merklich früher unter. Der Sommer war vorbei. Lucas wartete in Daniels Vorzimmer. Er saß schon eine Viertelstunde dort, als Daniel von draußen hereinkam.

»Also los!«, forderte er Lucas auf. Er zog seinen Mantel aus und warf ihn auf die Couch. »Ich frage Sie geradeheraus: Hat Jennifer Carey den Tipp mit der Überwachung von Ihnen gekriegt?«

»Garantiert nicht. Sie hat ihre eigenen Quellen. Sie hat mich angerufen, und ich habe sie an Sie verwiesen.«

Der Zeigefinger des Chiefs schien ihn durchbohren zu wollen. »Sollte sich was anderes rausstellen, können Sie sich auf was gefasst machen!«

»Ich bin's nicht gewesen. Was ist passiert, als sie angerufen hat?«

»Ich habe den Stationsmanager angerufen, mich mit der Carey und ihm zusammengesetzt und ihnen die Aufruhrakte vorgelesen. Als die Carey mit diesem Medienethikscheiß angefangen hat, ist sie von ihrem Stationsmanager aufgefordert worden, die Klappe zu halten. Er will nicht, dass seinen Sender eine Mitschuld trifft, wenn der Werwolf einen Star einer anderen Station ermordet.«

»Ist das alles gewesen?«

»Sie wollten gleichberechtigten Zugang mit Channel Eight. In der flauen Zeit übers Wochenende wollen sie mit einer Kamera in ihr Haus gehen und die McGowan beim Bügeln oder Kochen aufnehmen. Außerdem lassen wir sie für ein paar Minuten in den Beobachtungsposten. Aber nur einmal!«

»Und sie halten den Film zurück, bis wir den Werwolf geschnappt haben?«

»Das ist vereinbart.«

»Nicht übel«, meinte Lucas anerkennend. »Wie hat Jennifer Carey sich dazu geäußert?«

»Sie ist unzufrieden, aber sie macht mit«, sagte Daniel. »Übrigens ist sie die Produzentin des Interviews mit der McGowan. Das Interview führt dann irgendein Jungreporter... Wenn Sie meine Meinung hören wollen, ist sie eifersüchtig. Ich glaube, dass sie sich wünscht, an Annie McGowans Stelle zu sein.«

»Erinnerst du dich noch an das schreckliche Gedicht, das du für mich geschrieben hast, nachdem wir uns kennen gelernt hatten? Über das Kind, das ich dir schenken sollte?«

»So schrecklich ist's wieder nicht gewesen«, widersprach Lucas und richtete sich auf einem Ellbogen auf. Sein Tonfall klang leicht gereizt. »Ich hab's für ziemlich kunstvoll gehalten.«

»Kunstvoll? Es hat wie 'ne schlechte Rock-'n'-Roll-Ballade aus den Fünfzigerjahren geklungen!«

»Hör zu, ich weiß, dass du meine Gedichte nicht besonders findest, aber…«

»Nein, nein, mir hat's wunderbar gefallen! Ich hab's mir aufgehoben und in mein Schreibmaschinenfach geklebt. Ich lese es ungefähr einmal pro Woche. Gerade heute hab' ich's wieder gelesen und mir dabei gedacht: Siehst du, jetzt bekommst du wirklich ein Kind von ihm!«

Lucas drückte sein Ohr an Jennifers nackten Bauch.

»Müsste ich schon was hören?«

»Hörst du wirklich gut hin?«

»Yeah.« Er presste sein Ohr noch fester auf ihre Haut.

»Nun, wenn du ganz genau hinhorchst…«

»Yeah?«

»Dann hörst du vielleicht das Budweiser, das ich vorhin getrunken habe.«

Am Samstagabend kam Lucas so früh am See an, dass er den Sonnenuntergang noch genießen konnte. Carla war mit dem Rad unterwegs, aber eine halbe Stunde später kam sie mit einer Tüte mit Lebensmitteln und einer Flasche Rotwein zurück. Lucas verbrachte den Samstagabend, den ganzen Sonntag und den größten Teil des Sonntagabends mit ihr. Gegen zwei Uhr morgens küsste er Carla zum Abschied, fuhr in die Cities zurück und sank kurz nach fünf Uhr ins Bett. Zur Besprechung am nächsten Morgen kam er wieder zu spät.

»Was ist übrigens aus der Liste mit Leuten geworden, die wir von Mrs. Rice bekommen haben?«, fragte Lucas am Montag-morgen im Büro des Chiefs. Die Hälfte der Kriminalbeamten wirkte nach einem anstrengenden Wochenende übermüdet. »Ihr wisst, was ich meine: Wir wollen rauskriegen, wer ihrem Mann den Revolver abgekauft hat.«

»Nun, wir haben alle überprüft, an die sie sich erinnern konnte«, antwortete Sloan, der Mrs. Rice befragt hatte.

»Ergebnislos?«

»Wir haben nicht alle vernommen. Auf Leute, die aus dem Raster gefallen sind, haben wir verzichtet. Frauen, Jungen, alte Männer – die haben wir aussortiert. Alle, die dem Profil in etwa entsprochen haben, sind vernommen worden. Leider ergebnislos. Später wollten wir uns den Rest vornehmen, aber dazu ist's nicht mehr gekommen, als Jimmy Smithe als Hauptverdächtiger gegolten hat. Ab dann hat sich alles nur noch auf ihn konzentriert.«

»Wir sollten uns alle noch mal vorknöpfen«, schlug Lucas vor. Er wandte sich an Daniel. »Wir wissen, dass dieser gottverdammte Revolver entscheidend wichtig ist! Vielleicht hat ihn jemand gekauft und weiterverkauft. Ich bin dafür, dass wir jeden überprüfen: Frauen, Jungen, alte Männer, alle.«

»Sorgen Sie dafür«, wies Daniel Anderson an. »Ich dachte, das sei bereits geschehen.«

»Nun...«

»Sorgen Sie einfach dafür.«

Lucas saß auf dem Dachboden auf der Matratze.

»Mittwoch. Ich hätte nicht geglaubt, dass wir's bis Mittwoch aushalten würden«, sagte einer der wachhabenden Cops. »Er ist überfällig.«

»Verflucht kalt hier drinnen«, stellte Lucas fest. »Man spürt den Wind durchkommen.«

»Yeah. Wir lassen die Tür auf, aber hier oben kommt wenig Wärme rauf. Wir haben schon überlegt, ob wir einen Infrarotstrahler aufstellen sollen.«

»Gute Idee.«

»Das Dumme ist nur, dass unsere Dienststelle nicht dafür zahlen will. Und wir haben keine Lust, selbst auf den Kosten sitzen zu bleiben.«

»Ich rede mit Daniel darüber«, versprach Lucas.

»Auto kommt«, meldete der zweite Cop.

Der Wagen kam die Straße entlang, wurde unter ihnen langsamer, rollte weiter und verschwand um die Ecke.

»Haben Sie das Kennzeichen?«

»Dafür ist der Kollege zuständig, der am Ende der Straße in einem Auto sitzt. Er hat auch ein Nachtsichtgerät.«

Das Funkgerät neben der Matratze piepste plötzlich.

»Hast du ihn?«, fragte der Cop.

»Yeah. Nachbar.«

»Vor ihrem Haus ist er langsamer gefahren.«

»Der Bursche ist sechsundsechzig, aber ich schreib's auf«, sagte die Stimme aus dem Funkgerät.

»Wie ist's bei dir?«

»Kalt«, antwortete der Mann im Auto lakonisch.

»Alle Mann auf Gefechtsstation!«, sagte der erste Cop eine Viertelstunde später. »Ich kriege das Nachtsichtgerät.«

Lucas setzte das Fernglas an die Augen. Die McGowan trug ein spitzenbesetztes rosa Negligé mit einem dazu passenden winzigen Slip. Sie erschien, verschwand und erschien wieder hinter dem zwanzig Zentimeter breiten Vorhangspalt – unvergleichlich reizvoller als jede professionelle Stripperin.

»Sie muss es einfach wissen«, sagte der zweite Cop.

»Das glaube ich nicht«, widersprach Lucas. »Wahrscheinlich hat sie sich so an diesen Spalt gewöhnt, dass sie nicht mehr merkt, wenn …«

»Blödsinn! Sehen Sie sich bloß an, wie sie sich jetzt räkelt. Sie bringt sich zur Geltung. Aber sie zeigt nie alles. Sie läuft oben ohne herum, aber man kriegt sie nie ohne ihr Höschen zu sehen – auch nach dem Duschen nicht. Sie legt's darauf an, uns den Mund wässrig zu machen. Ich behaupte, dass sie genau weiß, dass wir …«

Sie diskutierten noch darüber, als der Werwolf die Behinderte umbrachte.

18

Der Werwolf erhielt den Handzettel im County Clerk's Office: einen rosa Zettel, der ihm beim Hinausgehen in die Hand gedrückt wurde. Er überflog den Text, während er auf den Lift wartete.

Dieser Handzettel enthielt nicht einmal den Versuch eines Phantombildes und keine brauchbare Personenbeschreibung. Im Text hieß es, der Täter sei vermutlich ein im Hennepin County Government Center oder in der Minneapolis City Hall angestellter Akademiker. Hellhäutig. Südweststaatenakzent, möglicherweise aus Texas. Einmal als Farmer gekleidet aufgetreten, aber das sei wahrscheinlich eine Verkleidung gewesen.

Der Werwolf faltete den Zettel zusammen, steckte ihn ein und beobachtete die Stockwerksanzeige des Lifts. Als die Tür sich öffnete, trat er in die Kabine, nickte den beiden anderen Mitfahrern zu, wandte sich ab und starrte die Tür an. Er hätte nicht geglaubt, dass er einen Akzent hatte. Stimmte das wirklich? Soviel er beurteilen konnte, redete er wie alle anderen. Er hatte gewusst, dass es ein Fehler war, Davenport anzurufen. Vielleicht musste er jetzt dafür büßen.

Was konnten sie daraus machen? Okay, er hatte also einen Akzent. Den hatten Tausende von Menschen. Er war Angestellter. Das waren die meisten Einwohner der Twin Cities. Und er hatte oft im Government Center zu tun. Dort wimmelte es tagtäglich von Zehntausenden von Menschen, die zum Teil nur die Skyways als Durchgänge benützten.

Eine Verurteilung? Aussichtslos. Oder nahezu aussichtslos.

Allerdings musste er eine gewisse Marge für die Unberechenbarkeit von Geschworenen einkalkulieren. Aber würde er sich für ein Schwurgericht entscheiden? Das war etwas, was sorgfältig überlegt sein wollte. Sollte er geschnappt werden, konnte er verlangen, vor einen Einzelrichter gestellt zu werden. Kein Richter würde ihn allein aufgrund der Hinweise auf dem Handzettel verurteilen. Aber was hatte die Polizei noch? Der Werwolf biss sich auf die Unterlippe.

Was noch?

Während er sich Sorgen machte, wuchs sein Bedürfnis nach einem weiteren Opfer, bis er glaubte, das Gesicht der Jurastudentin vor der Edelstahltür schweben zu sehen. Diese Vision verzauberte ihn so sehr, dass er zusammenzuckte, als die Tür zur Seite glitt, was ihm einen erstaunten Blick der neben ihm stehenden Frau eintrug. Der Werwolf hastete aus der Kabine, die Skyways entlang und in sein Büro zurück. Seine Sekretärin war irgendwo unterwegs. Als er an ihrem Schreibtisch vorbeikam, fiel ihm ein Stück rosa Papier auf, das unter einem Ordner hervorragte. Er blieb stehen, sah sich rasch um und zog es heraus. Einer der Handzettel! Er schob ihn zurück. Wo steckte sie?

Er verschwand in seinem Büro, stellte den Aktenkoffer neben seinen Schreibtisch, ließ sich in den Sessel fallen und verbarg sein Gesicht in den Händen. Er saß noch immer so da, als zögernd angeklopft wurde. Er blickte auf, stellte fest, dass seine Sekretärin ihn durch das schmale senkrechte Fenster neben der Tür beobachtete, und winkte sie herein.

»Ist Ihnen nicht gut? Ich habe Sie dasitzen sehen…«

»Schlimmer Tag«, murmelte der Werwolf. »Hier bin ich eigentlich fertig. Ich schieb' nach Hause ab, glaub' ich.«

»Okay«, meinte sie. »Mr. Wexler hat die Akten des Scheidungsfalls Carison hergeschickt, aber das scheint ein Routinefall zu sein. Außerdem brauchen Sie den nicht vor Ende der Woche zu bearbeiten.«

»Danke«, sagte er. »Wenn Sie nichts Wichtiges mehr zu tun haben, können Sie sich den Nachmittag freinehmen.«

»Oh… Okay«, stimmte sie freudig überrascht zu.

Auf dem Weg zu seinem Wagen dachte er über diese harmlose Unterhaltung nach. Er hatte gesagt: »Schlimmer Tag.« Er hatte gesagt: »Hier bin ich eigentlich fertig. Ich schieb' nach Hause ab, glaub' ich.« Oder bildete er sich nur ein, das gesagt zu haben? Hatte seine Sekretärin die gedehnte Sprechweise eines Texaners gehört? War »abschieben« ein texanischer Ausdruck – oder war er hier ebenfalls üblich?

Redete er wie Lyndon Johnson?

Zu Hause sah der Werwolf in die Tiefkühltruhe, nahm ein Fertiggericht heraus, stellte die Schaltuhr des Mikrowellenherdes ein und drückte auf den Startknopf. Sein Gesicht spiegelte sich in der Frontscheibe des Herdes. Lippen wie rote Würmer. Er steckte eine Hand in die Jackentasche, stieß auf den Handzettel, zog ihn heraus und las ihn erneut durch.

Die Opfer, so hieß es da, gehörten alle zu einem bestimmten Frauentyp. Dunkles Haar, dunkle Augen. Attraktiv. Junges bis mittleres Alter.

Er dachte darüber nach. Das stimmte natürlich. Vielleicht sollte er nächstes Mal eine Blondine auswählen. Aber Blondinen reizten ihn nicht. Die blasse Haut, das helle Haar. Farblose Menschen. Und er wollte keine alte Frau. Diese Vorstellung war widerwärtig. Alte Frauen hätten zu viel über ihren bevorstehenden Tod gewusst. Seine Frauen sollten zum ersten Mal in ihrem Leben mit dieser Möglichkeit konfrontiert werden.

Ich ändere nichts, beschloss er. Das war auch nicht wirklich erforderlich. In den Twin Cities lebten über eine Million Frauen: vermutlich rund eine Viertelmillion entsprachen seinem »Typ«. Eine Viertelmillion Frauen, die auserwählt werden konnten. Angesichts dieser Tatsache war die Beschreibung eines »Typs« praktisch wertlos. Die Polizei hatte keine Chance. Er fühlte neues Selbstbewusstsein in sich aufsteigen: Die Handzettelaktion war bedeutungslos für ihn. Obwohl er von einer Frau in die Flucht geschlagen und mit Heather Brown von einem Augenzeugen beobachtet worden war, wusste die Polizei weniger, als er erwartet hatte. Falls sie wirklich alles preisgegeben hatte…

Als der Mikrowellenherd piepste, nahm er das Fertiggericht heraus und brachte es zum Tisch. Sollten sie mich eines Tages fassen, überlegte er sich, während er einsam aß, könnte ich mich mit Mikrowellen verteidigen. Wie der Angeklagte, der behauptet hat, der überschüssige Zucker zu vieler Twinkies habe ihm den Verstand geraubt. Die Twinkie-Verteidigung; meine wäre die Täter-tot-Verteidigung. Er spießte eine Kartoffelkrokette auf, betrachtete sie und schob sie in seinen Mund.

Heute Abend, dachte er. Ich kann nicht länger warten.

Kurz nach achtzehn Uhr rief er die Behinderte an, aber sie meldete sich nicht. Um neunzehn Uhr wählte er ihre Nummer erneut. Wieder keine Antwort. Um zwanzig Uhr meldete sie sich dann.

»Phyllis?«, fragte er mit möglichst hoher Stimme.

»Nein. Sie müssen sich verwählt haben.« Er hörte zum ersten Mal ihre Stimme. Ein angenehm melodischer Alt.

»Ach, du lieber Gott!«, rief er aus. Das sollte schusselig klingen; jedenfalls nicht nach einem Killer. Er gab eine Telefonnummer an, deren Endziffer sich von ihrer unterschied.

»Dann haben Sie die falsche Nummer«, sagte sie. »Ich habe fünf-vier-sieben-sechs-eins-drei.«

»Oh, tut mir leid«, antwortete er und legte auf. Sie war zu Hause.

Der Werwolf bereitete sich sorgfältig vor, während seine Erregung wuchs, aber weiter unter Kontrolle blieb. Die Erregung eines Jägers, die Vorfreude eines Jägers. Er würde seine beste Tweedjacke, den schwarzen Kaschmirmantel und schwarze Slipper tragen. Dazu einen schwarzen, weichen Filzhut.

Der Mantel hatte große Taschen. Darin war Platz für eine Kartoffel – die Kartoffel hatte sich neulich sehr gut bewährt. Er trat an den Küchenschrank und nahm ein Tuch aus der Schachtel, die er vor einem Vierteljahr gekauft hatte. Klebeband. Latexhandschuhe unter seinen ledernen Fahrerhandschuhen. Ein Schal, der seine untere Gesichtshälfte zum Teil verhüllte, konnte ihn vielleicht davor bewahren, erkannt zu werden. Schließlich war dies etwas Neues: Die Auserwählte wohnte in seiner näheren Umgebung. Du musst bereit sein, das Unternehmen abzubrechen, ermahnte er sich. Vergiss es, falls du vor ihrer Tür gesehen wirst.

Messer? Nein. Sie würde eines haben.

Als er fertig war, betrat er die vom Haus aus zugängliche Anbaugarage, setzte sich ans Steuer seines Wagens, öffnete das ferngesteuerte Garagentor, stieß rückwärts auf die Straße hinaus, schloss das Tor wieder, fuhr zwei Blocks weit und parkte dort. Vom Rücksitz holte er einen großen, braunen Umschlag, öffnete die Klappe und warf einen Blick hinein.

Ein halbes Dutzend Vordrucke von einem der Stände im Erdgeschoss des Government Centers. Vordrucke für Stellenbewerber.

Auf dem Weg zu ihrem Haus wurde seine Erregung fast unerträglich. Ich komme! jubelte er innerlich. Ich gehe zur Auserwählten; der Einzige kommt. Er spürte den kalten Wind im Gesicht und genoss dieses Gefühl, den Geruch des Nordwestens, den bevorstehenden Winter.

Er marschierte rasch zu ihrem Haus – ein Geschäftsmann, der geschäftlich unterwegs war – und bog in die Einfahrt ab, ohne langsamer zu gehen. In die Wohnungstür waren genau in Kopfhöhe vier kleine Scheiben eingesetzt, die zur Hälfte hinter Spitzenstores verschwanden. Er konnte in ihre Küche blicken. Die Behinderte war nirgends zu sehen. Der Werwolf klopfte an die Tür.

Und wartete. Er klopfte erneut. Diesmal glaubte er, etwas zu hören. Dann sah er sie in ihrem Rollstuhl übers Linoleum rollen. Keine reiche Frau, aber ein wundervoll frisches Gesicht für einen Menschen, der so viel durchlitten hatte. Das Gesicht einer Optimistin.

Sie öffnete die innere Tür halb und ließ die äußere noch geschlossen.

»Ja?«

»Miss Wheatcroft? Ich bin Louis Vullion, Anwalt bei Felsen-Gore und Mitglied des Stipendienausschusses der hiesigen Anwaltskammer.« Er zog eine Geschäftskarte seiner Firma aus der Innentasche seines Mantels, öffnete die äußere Tür und überreichte sie ihr. Die Behinderte las die Karte und fragte neugierig: »Ja?«

Er deutete auf den braunen Umschlag. »Ich habe vorhin drüben in der Law School mit Dekan Jensen gesprochen. Tatsächlich bin ich bei ihm gewesen, um die Bewerbungen für die Felsen-Gore Legal Residencies abzuholen, und Dekan

Jensen hat mir erzählt, dass Sie versäumt haben, Ihre Bewerbung abzugeben. Oder ist sie vielleicht verloren gegangen?« Er hielt den braunen Umschlag hoch und begann, die weißen Bewerbungsvordrucke herauszuziehen.

»Von denen habe ich nichts gewusst«, antwortete sie. »Ich habe nie von ihnen gehört.«

»Nie von ihnen gehört?« Der Werwolf spielte den Erstaunten. Wie konnte sie nie von ihnen gehört, haben? »Entschuldigung, aber ich habe angenommen, alle guten Studenten wüssten von unseren Stipendien. Sie sind finanziell sehr attraktiv, wissen Sie, und bei uns bekommt man Einblick in Schadenersatz- und Schmerzensgeldklagen auf höchster Ebene. Sie sind mindestens so begehrt wie Praktika bei Gericht, zumal unsere Vergütung weit höher ist.«

Sie zögerte, musterte sein Gesicht, seine Kleidung, den braunen Umschlag und die Geschäftskarte. »Vielleicht kommen Sie lieber rein, Mr....?«

»Vullion«, sagte er, während er eintrat. »Louis Vullion. Scheußliches Wetter, was?«

Dieser Mord war anders. Beinahe gemütlich. Er nahm sich fast zwanzig Minuten Zeit, sie umzubringen, lag dabei nackt neben ihr auf dem Bett, und das eng sitzende Kondom verhinderte ungewollte Spermaverluste. Er kam einmal, während er sich mit ihr befasste, und ein zweites Mal, als er endlich das Messer unter dem Brustbein in ihren Körper stieß, so dass sie sich aufbäumte und ihn verließ.

Und er fühlte sich schläfrig, während er sie betrachtete, und legte seinen Kopf auf ihre Brust.

Kalt. Steif. Er setzte sich auf, blickte um sich. Mein Gott, er hatte geschlafen! Panik erfasste ihn. Er starrte die Tote an, die bereits kühl wurde, und sah sich dann wild im Schlafzimmer um. Wie lange? Wie lange? Er warf einen Blick auf seine Armbanduhr. Einundzwanzig Uhr fünfzig.

Er stand auf, riss sich das Kondom ab und spülte es im WC hinunter. Sein Körper war mit Blut bedeckt. Er trat in dem winzigen Bad unter die Dusche und spülte das Blut ab. Dabei ließ er die Latexhandschuhe an, denn er wollte keine Fingerabdrücke hinterlassen. Nicht jetzt – nicht in seiner bisher größten Stunde.

Nachdem er das Blut einigermaßen abgespült hatte, trat er aus der Dusche, ließ das Wasser aber weiterlaufen. Falls er in der Duschkabine Haare verloren hatte, konnte der Wasserstrahl sie hinunterspülen. Er griff nach einem Handtuch, legte es jedoch wieder weg. Auch daran konnten Haare zurückbleiben. Er trocknete sich mit seinem Unterhemd ab und stopfte es in die Manteltasche, sobald er einigermaßen trocken war.

Der quälende Gedanke an verlorene Haare ließ ihm keine Ruhe. Sein Schamhaar war wie immer abrasiert, aber er fürchtete, er könnte Brust- oder Kopfhaare verloren haben. Er holte sein Klebeband, wickelte sich ein Stück um die Hand und tupfte damit die Betthälfte ab, auf der er gelegen hatte. Als er danach das Klebeband absuchte, entdeckte er mehrere Härchen, die er nicht zuordnen konnte, und zwei schwarze Schamhaare, die von der Frau stammten. Keine roten Haare. Er stopfte das Klebeband in die Tasche mit dem feuchten Unterhemd, ging ins Bad, stellte die Dusche ab und zog sich an.

Als er fertig war, sah er sich prüfend um. Er trug noch immer die Latexhandschuhe. Tweedsakko, Mantel, Hut, Schal, Lederhandschuhe. Hatte er irgendwas vergessen? Die Geschäftskarte! Er fand sie auf dem Fußboden. Das war alles. Die Socke mit der Kartoffel blieb an der Tür liegen. Auf die Brust der Toten legte er seine Mitteilung: *Niemals riskie-*

ren, zufällig entdeckt zu werden. Fertig. Er tätschelte ihren Bauch und ging.

Er trat ins Freie, folgte der Zufahrt ums Haus und streifte unterwegs seine Latexhandschuhe ab. Die Wohnung der alten Frau war dunkel. Im ersten Stock brannte Licht, aber dort stand niemand am Fenster. Er marschierte rasch den Gehsteig entlang. Als er unter einer Straßenlampe vorbeikam, entdeckte er auf dem linken Handrücken einen dunklen Fleck. Er zögerte, während er ihn anstarrte. Blut? Er berührte ihn mit der Zungenspitze. Blut. Süß. Auf dem Weg zu seinem Auto begegnete ihm niemand. Er sperrte die Fahrertür auf, stieg ein und fuhr davon.

Auf die I-94 hinaus. Druck hinter seinen Augen. Er würde es tun. Eine Telefonzelle neben einem Waschsalon, in dem nur ein Kunde hockte, der Zeitung lesend darauf wartete, dass seine Wäsche fertig wurde. Es war vorher ein Fehler gewesen; es würde wieder ein Fehler sein. Aber er brauchte dieses Erlebnis. Er brauchte es, wie er die Frauen brauchte, mit jemandem reden zu können. Mit jemandem, der Verständnis für ihn hatte. Der Werwolf hielt vor dem Waschsalon und wählte Davenports Privatnummer.

Diesmal meldete sich ein Anrufbeantworter. »Hinterlassen Sie eine Nachricht«, knurrte Davenports Stimme, ohne seinen Namen zu nennen. Danach ein Signalton. Der Werwolf war enttäuscht. Das war nicht das Gleiche wie menschlicher Kontakt. Er kostete mit der Zungenspitze von dem Blutfleck auf seinem Handrücken, genoss den süßlichen Geschmack und sagte: »Ich hab' wieder eine umgebracht.«

Die Verbindung bestand weiter, und er fuhr sich mit der Zungenspitze über die Lippen.

»Es war herrlich«, fügte er hinzu.

19

»Es war herrlich.«

Lucas fühlte seine Verzweiflung wachsen, während er sich die Aufnahme zum zweiten Mal anhörte.

»Scheißkerl!«, flüsterte er.

Er spulte das Band zurück und hörte sich die Aufnahme erneut an.

»Es war herrlich.«

»Scheißkerl!« Er sank in den Schreibtischsessel, stützte einen Ellbogen auf und ließ seine Stirn in der Handfläche ruhen. So blieb er zwei, drei Minuten sitzen, ohne einen klaren Gedanken fassen zu können. Das Haus umgab ihn: dunkel, beschützend, still. Draußen fuhr ein Auto vorbei; Scheinwerferlicht wanderte über die Wand hinter Lucas. Dann raffte er sich endlich auf, rief das MPD an und verlangte den Wachhabenden.

»Uns liegt keine Meldung vor«, erfuhr er. In St. Paul war es nicht anders. Auch Bloomington wusste von keinem Mord. Es gab zu viele Vororte, als dass er alle hätte anrufen können. Außerdem hielt Lucas es für wahrscheinlich, dass der Werwolf diesmal in seinem Zuständigkeitsbereich gemordet hatte. Sie standen jetzt im Wettstreit miteinander. Ganz eindeutig.

»Lucas?« In Daniels Stimme schwang ein hässlicher Unterton mit.

»Ich hab' einen Anruf bekommen. Er sagt, dass er wieder eine umgebracht hat.«

»Großer Gott!«, rief Daniel aus. Im Hintergrund hörte Lucas Mrs. Daniel fragen, ob es wieder einen Mord gegeben habe – und wo er passiert sei.

»Wo, weiß ich nicht«, antwortete Lucas. »Das hat er nicht erzählt. Er hat nur gesagt, es sei herrlich gewesen.«

Die Jurastudentin wurde zwei Tage später gegen Abend aufgefunden. Sie versäumte kaum jemals eine Vorlesung. Als sie am ersten Tag fehlte, wurde ihre Abwesenheit registriert, ohne jedoch Nachforschungen auszulösen. Als sie am zweiten Tag erneut ohne Begründung, ohne ein Wort der Entschuldigung wegblieb, rief eine Freundin bei ihr an – natürlich erfolglos. Die Freundin kam um die Abendessenszeit vorbei und sah in ihrer Wohnung Licht brennen. Sie klopfte an, warf einen Blick durchs Fenster und sah die Fußstütze des Rollstuhls aus der Schlafzimmertür ragen. Da ihr das Sorgen machte, ging sie zu der alten Frau, die mit dem Schlüssel kam. Gemeinsam fanden sie die Auserwählte.

»Ich hatte Angst, der Werwolf könnte sie ermordet haben«, schluchzte die Freundin, als die ersten Cops eintrafen. »Auf der Fahrt hierher hab' ich mir überlegt: Was ist, wenn er sie umgebracht hat?«

»Red Horse?«

»Annie, er hat wieder eine ermordet«, sagte Lucas. Er gab ihr die Adresse an. »Drüben bei der Universität. Eine Jurastudentin, körperbehindert. Sie heißt Cheryl...«

»Bitte buchstabieren!«

»Wheatcroft, C-h-e-r-y-l W-h-e-a-t-c-r-o-f-t. Soviel ich weiß, hat die *Strib* mehrmals über sie berichtet.«

»Das kann ich prüfen. Wir haben eine Online-Bibliothek.«

»Am besten siehst du auch in der *Pioneer Press* nach. Sie ist im letzten Studienjahr gewesen und hat zu den Jahrgangsbesten gehört. Ihre Eltern leben drüben in St. Paul auf der East Side. Bisher weiß noch niemand davon, aber das bleibt nicht mehr lange so. Auf der Straße vor ihrem Haus sind ständig Cops unterwegs. Und der Gerichtsarzt ist auch dort. Nachbarn und Studenten laufen bereits zusammen. Aber wenn du dich beeilst und mit einem Kamerateam rüberfährst, müsstest du die Eltern erwischen, wenn sie rauskommen.«

»Fünf Minuten«, sagte sie und legte auf.

»Cheryl Wheatcroft«, sagte Daniel. Er stand in der Küche: ohne Hut, ohne Mantel, zornig. »Was hat sie getan, um so enden zu müssen, Davenport? Hat sie gesündigt? Hat sie nachts gevögelt? Hat sie am Sonntag die Messe versäumt? Was hat sie getan, verdammt noch mal?«

Lucas ließ Daniels Ausbruch mit gesenktem Kopf über sich ergehen und versuchte, ihn durch eine Frage abzubiegen. »Was haben Sie ihren Angehörigen gezeigt?«

»Nur ihr Gesicht. Ihre Mutter hat mehr sehen wollen, aber ich hab' ihren Alten gebeten, sie rauszuschaffen. Er ist fast so schlimm wie die alte Dame gewesen, aber er hat wenigstens kapiert, was ich meine, und sie weggebracht. Draußen sind sie gleich von einer Fernsehkamera empfangen worden. Jesus, diese Leute sind Tiere, die Scheiß-Fernsehleute sind so schlimm wie der Scheiß-Werwolf!«

Die in der Wohnung arbeitenden Kriminalbeamten hielten ihre Köpfe gesenkt, als biete diese Demutshaltung einen gewissen Schutz vor Daniels Zorn. Sie sprachen nur flüsternd miteinander. Auch nachdem Daniel gegangen war, wurde weitergeflüstert. Als er das Haus verließ, fingen die Fernsehkameras auf der anderen Straßenseite sein Gesicht ein. Chief Daniels wie zu Eis erstarrtes Profil diente Channel Eight danach eine Woche lang als Aufmacher für die Abendnachrichten.

Lucas blieb am Tatort, während die Spurensicherer weiterarbeiteten. »Fällt irgendwas aus dem Rahmen?«, fragte er den Gerichtsmediziner.

Diesmal war der Chef der Gerichtsmedizinischen Abteilung selbst am Tatort. Er sah zu Lucas auf und nickte kaum merklich. »Ja, er hat sie abgeschlachtet. Die anderen hat er mit chirurgischer Präzision erledigt. Aber diese hier hat er bei lebendigem Leibe zerstückelt.«

»Sex?«

»Ob er sie vergewaltigt hat, meinen Sie? Nein, sieht nicht danach aus. Sie hat zahlreiche Stichwunden im Beckenbereich, in der Scheide, im Analbereich und an der ganzen Körpervorderseite. Als ob er ... Heilige Muttergottes!« Der Gerichtsmediziner fuhr sich mit beiden Händen durch sein grau meliertes Haar.

»Sam ...«

»Als ob er rauszukriegen versucht hätte, wo die Schmerzen anfangen. Sie hat einen dicken Ordner mit ihrer Krankheitsgeschichte, und soviel ich feststellen konnte, hat die Rückgratverletzung, die sie gelähmt hat, ziemlich hoch gelegen. Oberhalb der Hüfte, unterhalb der Brust. Dadurch muss die ... Mein Gott, Lucas, das ist ein zu scheußliches Thema! Können Sie nicht auf meinen Bericht warten?«

»Nein. Ich will's jetzt hören.«

»Nun, Rückgratverletzte büßen in unterschiedlichem Ausmaß die Beweglichkeit ihrer Muskeln und das Schmerzempfinden in der unteren Körperhälfte ein. Das kann von leichter Behinderung bis zu völliger Lähmung reichen, wie's bei ihr der Fall gewesen ist. Und je nachdem, an welcher Stelle das Rückgrat verletzt ist, werden unterschiedlich große Teile des Körpers gefühllos. Man empfindet dort keine Schmerzen mehr. Der Täter scheint ihren Körper systematisch erforscht zu haben, um herauszubekommen, wo die Schmerzen einsetzen.«

»Was ist mit den Stichwunden im Vaginalbereich?«

»Wie ich gerade sagen wollte, passen sie nicht zu den übrigen. Sie scheinen sexuell bedingt zu sein. Und das erleben wir bei Sexualmorden häufig. Darüber hinaus hat er angefangen, ihr die Haut von den Brüsten abzuziehen...«

»Was?«

»Er hat ihr die Haut abgezogen. Ich vermute, dass er damit aufgehört hat, als er gemerkt hat, dass sie bald sterben würde. Erst dann hat er mit dem Messer zugestoßen, um es selbst zu tun. Ihr den Tod zu geben, meine ich.«

Spurensicherer trampelten herein und hinaus. Lucas interessierte sich für den Schreibtisch der Behinderten und entdeckte in einer Schublade ein halbes Dutzend Fotos, die sie bei der Entgegennahme ihres Highschool-Diploms zeigten. Er steckte eines davon ein und verließ den Tatort.

Lucas war wach, als die Zeitung gegen seine Fliegengittertür flog. Er blieb noch einige Sekunden mit geschlossenen Augen liegen, gab dann auf und ging hinaus, um die Zeitung reinzuholen.

Eine zweizeilige Schlagzeile zog sich über die Titelseite, die von einem vierspaltigen Farbfoto beherrscht wurde, das die zugedeckte Ermordete beim Abtransport zum Leichenwagen des Gerichtsmediziners zeigte. Der Reporter hatte ein Superweitwinkelobjektiv benutzt, das die Gesichter der Männer an der fahrbaren Krankentrage verzerrte. KÖRPERBEHINDERT hieß es in der Schlagzeile. GEFOLTERT hieß es darin. Lucas schloss die Augen und lehnte sich an die Wand.

Die Besprechung begann in gereizter Stimmung, die sich nicht wesentlich besserte.

»Es gibt also nichts Handgreifliches?« Sie waren im Büro des Chiefs versammelt: Daniel, Lucas, Anderson, Lester, ein halbes Dutzend der wichtigsten Kriminalbeamten.

»Wie bei den anderen auch«, bestätigte Anderson. »Er hat uns nichts hinterlassen.«

»Solche Antworten will ich nicht mehr hören!«, brüllte

Daniel plötzlich los. Er schlug mit der flachen Hand krachend auf die Schreibtischplatte und funkelte Anderson zornig an. »Ich will diesen Scheiß über...«

»Das ist kein Scheiß!«, brüllte Anderson ebenso laut. »Das ist alles, was wir haben. Wir haben eben nichts! Und ich hab' keine Lust, mir von Ihnen oder Davenport Vorträge über die Reaktion der beschissenen Medien halten zu lassen. Davon haben Sie gleich angefangen, als wir reingekommen sind: Was ist mit den Scheißmedien? Meinetwegen soll der Teufel sie holen! Wir tun unser Bestes, verdammt noch mal, und ich denk' nicht daran, mich hier zusammenscheißen zu lassen...« Er sprang auf und stürmte hinaus.

Daniel, dessen eigener Ausbruch durch Andersons Explosion unterbrochen worden war, sank in seinen Sessel zurück. »Okay, jemand soll rausgehen und ihn zurückholen«, verlangte er nach einer Minute.

Als Anderson zurückkam, nickte Daniel ihm zu. »Entschuldigung«, sagte er. »Ich bin eben auch mit den Nerven am Ende. Aber mit gegenseitigen Vorwürfen kommen wir nicht weiter. Wir müssen diesen Kerl fassen. Ideen! Ich brauche Ideen!«

»Die Überwachung der McGowan darf auf keinen Fall eingestellt werden«, warf Lucas ein. »Ich glaube, dass wir da noch immer eine Chance haben.«

»Sie ist prompt wieder am Tatort Wheatcroft aufgekreuzt«, sagte einer der Kriminalbeamten. »Wie hat sie davon erfahren? Sie ist eine halbe Stunde vor den übrigen Medien dagewesen.«

»Das braucht nicht unsere Sorge zu sein«, knurrte Daniel. »Und ich will, dass sie so scharf überwacht wird, dass nicht mal 'ne Ameise an sie rankönnte. Okay? Was noch? Irgendwas? Irgendwer? Was ist mit der Überprüfung der Leute, denen Rice den Revolver verkauft haben könnte?«

»Da hat sich was Merkwürdiges ergeben«, antwortete Sloan. »Rice ist unmittelbar nach dem Zweiten Weltkrieg als Besatzer in Japan gewesen und hat als Andenken kleine Elfenbeinschnitzereien mitgebracht. Netsuke – oder wie die Dinger heißen. Jedenfalls hat er einem Nachbarn davon erzählt, und dieser Mann hat ihm von einer auf fernöstliche Kunst spezialisierten Galerie erzählt. Der Galeriebesitzer ist zu ihm gegangen und hat die Schnitzereien gekauft. Für fünfzehn Stück hat Rice fünfhundert Dollar gekriegt. Die Empfangsquittung dafür haben wir. Ich bin hingefahren, um mit dem Mann zu reden. Er heißt Alan Nester und hat seine Galerie in der Nicollet Avenue.«

»Die kenne ich«, warf Anderson ein. »Alan Nester – Objets d'Art Orientaux. Im Erdgeschoss des Balmoral Buildings.«

»Ziemlich teure Adresse«, meinte Lucas.

»Das stimmt!«, bestätigte Sloan. »Jedenfalls hat der Kerl mich ziemlich abgewimmelt. Er hat mir erklärt, er hätte keine fünf Minuten mit Rice gesprochen und wäre dann wieder gegangen. Er hat keine Ahnung von dem Revolver, hat keinen gesehen und will auch nichts davon wissen.«

»Und?«, fragte Daniel. »Verdächtigen Sie ihn, unser Mann zu sein?«

»Nein, er ist zu groß – mindestens einsneunzig – und ziemlich hager. Und er ist zu alt, um der Täter sein zu können. Gut über fünfzig. Eines dieser wirklich hochnäsigen Arschlöcher, die statt 'ner Krawatte so 'n Halstuch tragen…«

»Plastron?«

»Yeah, so heißen die Dinger wohl. Ich halte ihn nicht für verdächtig, aber er ist auffällig nervös gewesen und hat mich wahrscheinlich angelogen. Ich bezweifle, dass er was über den Werwolf weiß, aber seine Nervosität muss irgendeinen Grund gehabt haben.«

»Okay, sehen Sie zu, was sich rauskriegen lässt«, sagte Daniel. »Wie steht's mit den übrigen Leuten?«

»Sechs sind noch zu überprüfen«, antwortete der Kriminalbeamte. »Das sind die am wenigsten Verdächtigen.«

»Fangen Sie gleich mit ihnen an. Vielleicht springt einer von ihnen auf und versucht, Sie in den Hintern zu beißen.« Daniel sah sich um. »Noch irgendwas?«

»Ich habe nichts«, sagte Lucas. »Ich kann nicht mehr klar denken. Heute Nachmittag gehe ich auf die Straße, um draußen auf dem Laufenden zu bleiben; danach fahre ich aufs Land zurück. Hier kann ich im Augenblick nichts ausrichten.«

»Bleiben Sie noch eine Minute hier, ja?«, forderte Daniel ihn auf. »Okay, das wär's, Leute. Tut mir Leid, dass ich vorhin so ausfallend geworden bin, Andy. Ich wollte nicht brüllen.«

»Ich auch nicht«, sagte Anderson und lächelte bedauernd. »Der Werwolf macht uns alle noch ganz fertig.«

»Anderson will nicht über die Medien sprechen«, sagte Daniel und schlug mit der flachen Hand auf den Zeitungsstapel auf seinem Schreibtisch, »aber wir müssen irgendwas unternehmen. Und ich will nicht darauf hinaus, wie unsere Jobs zu retten sind. Wenn wir Pech haben, entsteht in der Öffentlichkeit eine Panik. In Los Angeles mögen solche Mordserien alltäglich sein, aber hier… Bei uns hat's das nie gegeben. Die Leute haben Angst.«

»Was verstehen Sie unter einer *Panik?* Ausbrüche von Massenhysterie? Dazu kommt's garantiert nicht. Die Leute ducken sich eher ängstlich und…«

»Ich rede davon, dass Männer in der Öffentlichkeit bewaffnet rumlaufen. Ich rede von einem Studenten, der spät nachts heimkommt, wenn die Eltern ihn nicht erwarten, und von seinem Alten mit dem Colt der Familie abgeknallt wird. *Davon* rede ich! Sie sind wahrscheinlich zu jung, um sich daran zu erinnern, aber als Charlie Starkweather in Nebraska gemordet hat, sind auf den Straßen von Lincoln Männer mit Schrotflinten unterwegs gewesen. So was können wir nicht brauchen. Und wir können nicht brauchen, dass die National Rifle Association solche Ängste schürt und für ein Gewehr in jedem Haus, einen Panzer in jeder Garage plädiert.«

»Wir sollten mit den Zeitungsverlegern und den Stationsmanagern oder -besitzern sprechen«, empfahl Lucas, nachdem er kurz nachgedacht hatte. »Sie können ihre Redaktionen anweisen, die Berichterstattung zu mäßigen.«

»Glauben Sie, dass sie's tun?«

Lucas überlegte erneut. »Ja, wenn wir's richtig anfangen. Medienleute werden allgemein verabscheut, aber sie sind wie jedermann sonst: Sie möchten geliebt werden. Geben Sie ihnen eine Chance, ihre Loyalität zu beweisen, dann küssen sie Ihnen die Stiefel. Aber die Initiative muss von Ihnen ausgehen. Sozusagen von Boss zu Boss. Und am besten nehmen Sie die Deputy Chiefs mit. Vielleicht sogar den Oberbürgermeister. Das schmeichelt ihnen, es zeigt ihnen, dass sie geachtet werden. Natürlich werden sie fragen: ›Verlangen Sie etwa, dass wir uns selbst zensieren?‹ Darauf müssen Sie antworten: ›Nein, natürlich nicht. Wir möchten Sie nur auf die Gefahr einer Panikreaktion der Öffentlichkeit aufmerksam machen; wir möchten, dass Sie dafür sensibel sind.‹«

»Muss ich diese Überlegungen mit ihnen *teilen?«,* erkundigte Daniel sich sarkastisch.

Lucas hob abwehrend die Hand. »Das lassen Sie gefälligst!«, sagte er scharf. »Keinen Humor. Sie haben's mit der Presse zu tun. Natürlich sagen Sie *teilen.* Davon reden die Medienleute auch dauernd. ›Ich möchte diese Überlegungen mit Ihnen teilen‹.«

»Und darauf lassen sie sich ein?«

»Warum nicht? So haben die Zeitungen Gelegenheit, Verantwortungsbewusstsein zu beweisen. Das können sie, weil sie ohnehin nichts an dieser Sache verdienen. Mordgeschichten bringen keine zusätzlichen Anzeigenkunden. Und von kurzzeitigen Auflagensteigerungen haben sie nicht allzu viel. Die können sie auch nicht in Werbeeinnahmen umsetzen.«

»Und das Fernsehen?«

»Das ist ein größeres Problem, denn dort *ändern* sich die Einschaltquoten – und *die* zählen. Soviel ich mich erinnere, hat letzte Woche in der Zeitung gestanden, dass demnächst wieder Zuschauerzahlen ermittelt werden. Wenn wir uns nicht irgendwie mit den Sendern einigen, walzen sie diese Werwolfstory erst recht aus.«

Der Chief ächzte. »Einschaltquoten! Jesus, wir sind doch bei der Polizei! Wir haben den Auftrag, Verbrecher zu fangen – und ich sitze hier und schwitze wegen Einschaltquoten!«

»Ich stelle Ihnen eine Liste mit den Namen der Leute zusammen, mit denen Sie reden sollten«, sagte Lucas. »In ungefähr einer Stunde gebe ich sie Linda. Mit den Telefonnummern. Am besten rufen Sie sie direkt an. Dann glauben sie, Sie wüssten, wer sie sind.«

»Okay. Eine Besprechung? Oder zwei? Eine für die Presse, eine fürs Fernsehen?«

»Eine genügt. Die Fernsehleute sind gern bei Diskussionen mit der Presse dabei. Dann kommen sie sich wie richtige Journalisten vor.«

»Was ist mit dem Rundfunk?«, fragte Daniel.

»Den können Sie vergessen.«

Anderson lehnte am Türrahmen von Lucas' Büro.

»Gibt's was Neues?«

»Möglicherweise fährt er einen dunklen Thunderbird, letztes oder vorletztes Modell, wahrscheinlich mitternachtsblau«, sagte Anderson mit unüberhörbarer Befriedigung in der Stimme.

»Von wem habt ihr das?«, erkundigte sich Lucas.

»Okay. Der Gerichtsarzt hat festgestellt, dass sie irgendwann am Dienstagabend ermordet worden ist. Wir wissen, dass sie kurz nach neunzehn Uhr noch gelebt hat, weil sie um diese Zeit mit einer Freundin telefoniert hat. Einer ihrer Nachbarn, der Spätschicht hatte, ist um dreiundzwanzig Uhr zwanzig heimgekommen und hat gesehen, dass bei ihr noch Licht gebrannt hat. Das ist ihm aufgefallen, weil sie sonst immer früh ins Bett gegangen ist.«

»Woher hat er das gewusst?«

»Dazu komme ich gleich. Der Mann arbeitet draußen bei 3-M im Schichtdienst. Wenn er Frühschicht von sieben bis fünfzehn Uhr gehabt hat, ist er ihr auf dem Weg zur Arbeit oft auf dem Gehsteig begegnet. Einmal hat er sie gefragt, warum sie so früh aufgestanden ist, und sie hat ihm erklärt, dass sie das jeden Tag macht, weil sie am besten morgens arbeiten könnte. Abends würde sie nichts zustande bringen. Deshalb ist ihm das Licht aufgefallen, und er dachte, dass sie vielleicht für ein wichtiges Examen lernt!«

»Und ...«

»Wir glauben, dass sie zu diesem Zeitpunkt bereits tot gewesen ist, denn gegen zweiundzwanzig Uhr – vielleicht fünfzehn Minuten früher oder später – ist einem jungen Mann auf dem Nachhauseweg ein Kerl aufgefallen, der auf der anderen Straßenseite in dieselbe Richtung gegangen ist. Mittelgroß. Hut und dunkler Mantel. Auf der Straße unterwegs, die am Haus der Wheatcroft vorbeiführt. Okay, die beiden gehen also ein paar Blocks weit, ohne dass der junge Mann sich sonderlich um den Kerl kümmert. Aber Sie wissen doch, dass man unwillkürlich ein wenig mehr auf andere Passanten achtet, wenn man nachts zu Fuß unterwegs ist.«

»Yeah.«

»So ist's hier gewesen. Die beiden gehen ein paar Blocks weit, bis der Kerl dann bei seinem Thunderbird stehen bleibt. Der junge Mann erinnert sich an den Wagen, weil er ihm gefallen hat. Der Kerl sperrt also auf, steigt ein und fährt weg. Als der junge Mann danach von der Wheatcroft hört, fällt ihm ein, dass der Kerl sich irgendwie komisch benommen hat. Dort gibt's massenhaft Parkplätze – warum hatte er also in einer ganz anderen Straße geparkt und ist zwei, drei Blocks weit durch die Kälte gelaufen?«

»Cleverer Junge.«

»Yeah.«

»Haben Sie ihn überprüft?«, fragte Lucas.

»Ja. Er ist okay. Maschinenbaustudent an der Universität. Lebt mit seiner Freundin zusammen. Der Nachbar scheint ebenfalls in Ordnung zu sein.«

»Hmpf.« Lucas rieb sich die Unterlippe.

Anderson zuckte mit den Schultern. »Das ist keine heiße Spur, aber immerhin etwas. Wir überprüfen die Versicherungsunterlagen von Thunderbirds auf die Namen von Leuten, die ihren Wagen in den letzten drei Jahren hierher umgemeldet haben. Zum Beispiel aus Texas.«

»Viel Erfolg!«

Die Besprechung fand am nächsten Vormittag im Konferenzraum der *Star-Tribune* statt. Die Damen trugen Kostüme, die Herren Anzüge mit Krawatte. Die meisten hatten Schreibmappen aus Leder aufgeschlagen vor sich liegen. Den Oberbürgermeister und Daniel sprachen sie mit Vornamen an.

»Sie verlangen also, dass wir uns selbst zensieren«, sagte der Chefredakteur der *Star-Tribune*.

»Nein, natürlich nicht – wir würden das nicht einmal versuchen« weil wir wissen, dass Sie's nicht täten«, behauptete Daniel mit öligem Lächeln. »Wir versuchen nur, unsere Besorgnis wegen einer möglichen allgemeinen Panik mit Ihnen zu *teilen.* Dieser Mann, dieser Killer, ist geistesgestört. Wir tun, was in unseren Kräften steht, um ihn zu identifizieren und zu verhaften, und ich will die ... die Abscheulichkeit – ist das der richtige Ausdruck? – seiner Verbrechen durchaus nicht bagatellisieren. Aber ich möchte darauf hinweisen, dass er bisher genau fünf der insgesamt fast drei Millionen Menschen in den Twin Cities ermordet hat. Mit anderen Worten: Die Wahrscheinlichkeit, bei einem Großbrand umzukommen, von einem Angehörigen ermordet zu werden oder als Verkehrsopfer zu sterben – von einem plötzlichen Herzschlag ganz zu schweigen –, ist weit höher als die Chance, diesem Killer zu begegnen. Worauf will ich damit hinaus? Eine Panik auslösende Berichterstattung ist unverantwortlich und sogar kontraproduktiv ...«

»In welcher Beziehung kontraproduktiv?«, fragte ein Redakteur der *Star-Tribune.* »Wenn's darum geht, ob Sie Ihren Job behalten?«

»Unverschämtheit!«, knurrte Daniel.

»Ich glaube, diese Frage ist nicht ganz angemessen gewesen«, kommentierte der Herausgeber der *Star-Tribune* mild.

»Um seinen Job braucht er sich ohnehin keine Sorgen zu machen«, stellte der unten am Tisch sitzende Oberbürgermeister von Minneapolis fest. »Chief Daniel leistet ganz hervorragende Arbeit, und ich beabsichtige, ihn unabhängig vom Ergebnis dieser Ermittlungen für eine weitere Amtszeit wieder zu ernennen.«

»Für uns sehe ich da ein Problem«, sagte der Stationsmanager von TV3. »Auf lokaler Ebene ist das im Augenblick die Topstory. So was hab' ich noch nie erlebt! Schränken wir unsere Berichterstattung bewusst ein, ohne dass die Kollegen von Channel Six, Channel Eight und Channel Twelve mitziehen, kann uns das bei den Einschaltquoten schaden. Bei uns zählt nicht die verkaufte Auflage, wir sind auf Einschaltquoten angewiesen. Und da wir die höchsten haben …«

»Nur um zweiundzwanzig Uhr, nicht um achtzehn Uhr!«, warf der Manager von Channel Eight ein.

»Und da wir die insgesamt höchsten Einschaltquoten haben«, fuhr der Manager von TV3 unbeirrt fort, »haben wir am meisten zu verlieren. Ich bezweifle, ehrlich gesagt, dass wir eine Vereinbarung treffen können, an die sich dann alle halten. Dazu steht zu viel auf dem Spiel.«

»Wie wär's, wenn ein paar Cops und ich bei allen Kollegen die Runde machen und jedem auseinander setzen würden, welchen Schaden die Berichterstattung eines bestimmten Senders zufügen kann?«, erkundigte sich Lucas. »Wie wär's, wenn wir sämtliche Cops vom Wachleiter abwärts auffordern würden, nicht mehr mit Leuten von diesem Sender zu sprechen? Mit anderen Worten: Wenn wir eine Station von allen Kontakten mit der Polizei abschneiden würden? Würde sich das auf die Einschaltquoten auswirken?«

»Hören Sie, das ist eine gefährliche Vorstellung!«, rief der Vertreter der *Pioneer Press*.

»Nein, eine durch die Medien erzeugte Panik – das ist eine gefährliche Vorstellung«, widersprach Lucas. »Wer ist im Grunde genommen schuld daran, wenn ein sonst im Wohnheim lebender Student nachts unangemeldet nach Hause kommt und von seinem Alten, der ihn für den Werwolf hält, über den Haufen geschossen wird? Sind daran nicht die Leute schuld, die eine künstliche Angst geschürt haben?«

»Das ist nicht fair!«, protestierte der Manager von TV3.

»Doch«, sagte Lucas. »Sie wollen's bloß nicht wahrhaben.«

»Schon gut, Lieutenant«, wehrte der Oberbürgermeister ab. Er sah sich am Tisch um. »Hören Sie, wir wollen nur, dass Sie Ihre Berichterstattung etwas zurückschrauben. Gestern Abend habe ich bei Channel Eight mitgestoppt: Sie haben in vier Abschnitten insgesamt *sieben* Minuten lang über diesen Fall berichtet! Was Fernsehnachrichten anbelangt, ist das ein Overkill, finde ich. Die übrigen Stories sind völlig in den Hintergrund gedrängt worden. Ich schlage lediglich vor, dass sich jeder von Ihnen bei jeder Meldung fragt: ›Ist sie notwendig? Erhöht sie wirklich die Einschaltquoten? Und was passiert, wenn Chief Daniel, der Oberbürgermeister und die Abgeordneten wirklich zornig sind, sich über verantwortungslose Medien beschweren und dabei Namen nennen? Erhöht das die Einschaltquoten?«

»Schließlich und endlich heißt das also: ›Ärgern Sie uns nicht!‹«, präzisierte der Nachrichtendirektor von Channel Twelve.

»Schließlich und endlich heißt das: ›Handeln Sie verantwortungsbewusst!‹ Wenn Sie's nicht tun, müssen Sie vielleicht dafür büßen.«

»Das klingt wie eine Drohung«, behauptete der Nachrichtendirektor.

Der Oberbürgermeister zuckte mit den Schultern. »Sie sehen die Dinge sehr dramatisch.«

Auf dem Rückweg durch die Eingangshalle des Redaktionsgebäudes sprach Daniel den Oberbürgermeister an.

»Ich bin Ihnen für die Sache wegen meiner Wiederernennung dankbar«, sagte er.

»Ziehen Sie aber noch nicht los, um sie zu feiern«, knurrte der Oberbürgermeister. »Vielleicht überleg' ich's mir anders, wenn Sie dieses Arschloch nicht bald fassen.«

20

Die zwei Tage zwischen der Tat und der Entdeckung der Leiche waren Tage köstlicher Vorfreude gewesen.

Die Verkrampfung des Werwolfs löste sich; er lächelte sogar. Seine Sekretärin fand ihn beinahe charmant. Beinahe. Bis auf die Lippen.

Der Werwolf sah sich immer wieder seine Aufzeichnungen an, auf denen die McGowan vom Tatort im Mordfall Wheatcroft berichtete.

»Dies ist Annie McGowan mit einem Bericht vom Tatort eines weiteren Mordes aus der Serie des Mannes, der sich Werwolf nennt«, sagte sie, wobei ihre Lippen sinnliche Os bildeten. »Polizeipräsident Quentin Daniel aus Minneapolis ist persönlich in diesem Haus, das nur drei Blocks von der University of Minnesota entfernt liegt. Hier ist die als einer der klügsten Köpfe ihres Jahrgangs gefeierte körperbehinderte Jurastudentin Cheryl Wheatcroft von einem Mann, der nach Darstellung der Polizei kaum mehr als eine wilde Bestie ist, gefoltert, erstochen und verstümmelt worden…«

Das gefiel ihm. Sogar die »wilde Bestie« gefiel ihm. Kein »Schweinefarmer« mehr; der war vergessen. Er genoss die Presseberichte, las sie wieder und wieder, lag auf seinem Bett und schwelgte in Erinnerungen an das Sterben der Wheatcroft. Während er masturbierte, hatte er Annie McGowans Gesicht vor Augen.

Die zum Wochenende hin anschwellende Medienreaktion kulminierte in dreiseitiger Berichterstattung in der Sonntagsausgabe der *Star-Tribune* aus Minneapolis und einer kürzeren, aber analytischeren Reportage der *Pioneer Press* aus St. Paul. Am Montag ging die Berichterstattung jedoch schlagartig zurück. Zur Verwunderung des Werwolfs brachten die

Medien kaum noch etwas. War ihr Interesse bereits abgeflaut?

An diesem Nachmittag erschien er auf dem Grundbuchamt und stellte sich höflich als mit Recherchen wegen Grundsteuerfragen beauftragter Rechtsanwalt vor. Nachdem er seine Geschäftskarte vorgelegt hatte, wurde er in die Benutzung der computergespeicherten Steuerakten eingewiesen. McGowan? Die Namen liefen über den Bildschirm: McGowan, Aaron, Abel, Abner, Abigail, Adam, Adeline, Adrian, Aileen, Alastair, Alexis, Alister, Alonzo, Anna, Annie … Das war sie! Haus und Grundstück gehörten ihr allein. Eine gute Wohngegend.

Der Computer nannte ihm die Grundstücksfläche und den Quadratmeterpreis. Aber das genügte ihm nicht. Er verließ seinen Platz am Bildschirm, suchte den Katasterplan heraus und betrachtete ihn stirnrunzelnd.

»Falls Sie Luftaufnahmen brauchen, finden Sie sie in den Planschränken dort drüben«, erklärte die Angestellte ihm lächelnd. »Sie sind nach dem gleichen System geordnet.«

Luftaufnahmen? Umso besser! Er begutachtete sie, suchte das Haus der McGowan heraus und stellte fest, wie es zu den Nachbarhäusern, den Geräteschuppen und der abseits liegenden Garage stand. Sein Zeigefinger verfolgte die Garagenzufahrt hinter dem Haus. Kam er von Norden, konnte er auf diesem Weg den Hintereingang erreichen, die Tür aufbrechen und ins Haus gelangen. Wenn er eindrang, während die McGowan noch im Studio war, blieb ihm genügend Zeit, sich darin umzusehen.

Aber was war, wenn sich jemand in ihrem Haus aufhielt? Das ließ sich leicht feststellen – dafür gab es schließlich das Telefon. Er würde tagsüber und abends während Annie McGowans Sendezeit anrufen und auf eine fremde Stimme achten; ihre war ihm inzwischen sehr vertraut. Vielleicht wohnte sie mit einer Freundin zusammen? Er schloss kurz die Augen, während er darüber nachdachte. Das war seine Chance für eine Dublette! Zwei zur selben Zeit.

Aber das wäre irgendwie nicht richtig gewesen. Eine Ermordung war etwas sehr Persönliches zwischen zwei Menschen.

Eine Erfahrung, die sich teilen, nicht jedoch vervielfältigen ließ. Die Anwesenheit Dritter hätte nur gestört.

Der Werwolf verließ das Grundbuchamt, spazierte durch einen weiteren strahlend schönen Herbsttag zur Stadtbibliothek und machte sich daran, aus dem Katalog Bekenntnisbücher ehemaliger Einbrecher herauszusuchen. Sie sollten, behaupteten die Verfasser, Hauseigentümern helfen, ihren Besitz zu schützen.

Aus anderer Sicht stellten sie zugleich einen Schnellkurs in der Kunst des Einbruchs dar. Er hatte einige von ihnen gelesen, bevor er ins Atelier der Ruiz eingedrungen war. Sie hatten ihm viel geholfen. Der Werwolf hatte eine hohe Meinung von Bibliotheken.

Er blätterte in den Büchern und suchte die vier besten Titel heraus, die er noch nicht gelesen hatte. Während er zwischen den Regalen mit langen Reihen von Büchern über Verbrechen und Verbrecher hervortrat, fiel ihm der Name »Sam« ins Auge. *Son of Sam. Er* hatte viel über Sam gelesen, aber dieses Buch kannte er nicht. Er nahm es ebenfalls mit.

Draußen im Sonnenschein holte der Werwolf tief Luft und beobachtete die Vorbeihastenden. Ameisen, dachte er. Aber es fiel ihm schwer, diesen Gedanken allzu ernst zu nehmen. Dafür war dieser Tag zu schön. Wie der Vorfrühling in Texas. Der Werwolf war nicht unempfänglich für solche Empfindungen.

Die von ehemaligen Einbrechern geschriebenen Bücher lieferten ihm Stoff zum Nachdenken; das Buch über Sam noch mehr.

Sam hätte nicht geschnappt werden dürfen – nicht auf diese Weise.

Bei seiner letzten Mission, wie der Werwolf sie für sich nannte, hatte er auf ein junges Paar geschossen und eine Tote und einen Blinden zurückgelassen. Seinen Wagen hatte er in der Nähe vor einem Hydranten geparkt. Das hatte ihm eine Verwarnung wegen Falschparkens eingebracht.

Eine Frau, die ihren Hund spazieren führte, hatte gesehen, wie die Verwarnung ausgestellt wurde, und später einen Mann beobachtet, der zu diesem Wagen rannte und damit wegfuhr. Als die Medien dann über Sams neuesten Mord berichteten, rief sie die Polizei an. In dem betreffenden Stadtteil waren an diesem Abend nur wenige Verwarnungen ausgestellt worden – und nur eine wegen Parkens vor einem Hydranten. Die Polizei konnte das Kennzeichen von der Durchschrift der Verwarnung ablesen. So wurde Sam gefasst.

Der Werwolf las im Bett. Er ließ das Buch auf seine Brust sinken und starrte die Zimmerdecke an. Obwohl er diese Story kannte, hatte er sie inzwischen vergessen. Er dachte an seine letzte Mitteilung, die er auf der toten Wheatcroft zurückgelassen hatte. *Niemals riskieren, zufällig entdeckt zu werden.* Und er dachte an seinen Wagen. Im schlimmsten Fall genügte eine Verwarnung. Bei näherer Überlegung war ihm klar, dass die Polizei bestimmt alle in der Nähe der Tatorte ausgestellten Verwarnungen kontrollierte.

Er warf das Buch aufs Bett, ging barfuß in die Küche, stellte den Teekessel mit Wasser auf und machte sich einen Becher Fertigkakao. Kakao gehörte zu seinen liebsten Getränken. Sobald er den zartbitteren Schokoladengeschmack auf der Zunge spürte, sah er sich wieder auf der Ranch in der Küche stehen… mit wem nur? Er schüttelte diesen Gedanken ab und ging ins Schlafzimmer zurück.

Im Fall Wheatcroft hatte er richtig gehandelt. Er war mit dem Auto gefahren, um nicht aufzufallen, wenn er das Haus zu Fuß verließ. Er hatte in einiger Entfernung geparkt und war von dort aus weitergegangen, damit sein Wagen nicht in Tatortnähe gesehen werden konnte.

Zu Fuß zum Tatort. Das Auto weit entfernt parken. Sicherstellen, zweimal kontrollieren, dass der Wagen nicht im Park- oder Halteverbot stand. Trotzdem so nahe am Tatort parken, dass er in ein bis zwei Minuten zu erreichen war, wenn man im Notfall fliehen musste, aber doch so weit entfernt, dass etwaige Augenzeugen sich nicht sofort an ein unbekanntes Auto in Tatortnähe erinnern würden.

Fünf Blocks weit entfernt? Was bedeuteten fünf Blocks? Er holte sich Papier und Bleistift, um die Straßenblocks aufzuzeichnen. Okay, parkte er fünf Blocks weit entfernt, mussten die Cops über fünfzig Blocks absuchen, bevor sie seinen Wagen erreichten.

Parkte er jedoch sechs Blocks von Annie McGowans Haus entfernt, mussten sie schon zweiundsiebzig Blocks kontrollieren. Diese Zahl hätte sich verdoppelt, wenn der verdammte Minnehaha Creek auf der anderen Straßenseite nicht gewesen wäre.

Er starrte stirnrunzelnd seine Skizze an. Parkte er nördlich ihres Hauses, lagen sechs der zum Straßenende hin schmaleren Endblocks zwischen ihm und dem Tatort. Außerdem konnte er die Garagenzufahrten zwischen den Endblocks benutzen, die gute Verstecke boten, falls er sich verbergen musste.

Aus den Katasterplänen ging hervor, dass die Parzellen fünfundzwanzig Meter tief mit fünf Meter breiten Zufahrten waren. Die Straßen waren neun Meter breit. Er zählte die Entfernungen zusammen. Knapp zweihundert Meter. Die musste er in weniger als einer Minute laufen können. Er stand auf, trat an seinen Schreibtisch, holte den Stadtplan aus einer Schublade und zählte die sechs Blocks ab.

Nicht sechs Blocks, dachte er. Fünf Blocks wären besser. Parkte er fünf Blocks weit entfernt, stand er auf einer zur Interstate 35 hinausführenden Straße. Selbst wenn er die Geschwindigkeitsbegrenzung einhielt, konnte er in knapp einer Minute auf der Schnellstraße sein.

Er schloss die Augen und stellte sich diese Situation vor. In höchster Eile – in einer Paniksituation – waren es zwei Minuten von ihrem Haus bis zur I-35. Dann weitere acht Minuten bis zu seiner Garage. Damit würde er sich noch beschäftigen müssen.

Die Telefonnummer der McGowan verschaffte sich der Werwolf aus einem für Anwälte zugänglichen städtischen Verzeichnis. Er rief sie zu Hause an, sprach mit ihr: »Phyllis?... Entschuldigung, ich muss mich verwählt haben.« Später rief er nochmals an. Und ein drittes Mal. Ein Anrufbeantworter, aber nie eine fremde Stimme.

Der Werwolf entschloss sich zu einer Erkundungsfahrt, die er in seinem mitternachtsblauen Thunderbird durchführte.

Sonntagnachmittag. Annie McGowan besuchte ihre Eltern in Brookings, South Dakota. Am Montag musste sie wieder arbeiten.

Ihr Haus wurde weiter von Cops überwacht, die davor – bei dem Architekten – und dahinter – bei dem alten Ehepaar – postiert waren. Die etwas weiter entfernt in neutralen Autos Wache haltenden Cops waren abgezogen worden, solange die McGowan verreist war.

In Abwesenheit der McGowan war es schwierig, die Überwachung ernst zu nehmen. Der Cop auf dem Posten hinter dem Haus schmökerte in einem Stapel Comics aus den fünfziger Jahren, die er auf dem Speicher entdeckt hatte, und überlegte, ob er sie klauen sollte. Vielleicht waren sie eine Menge wert, und das alte Ehepaar schien gar nicht mehr zu wissen, dass sie hier lagen. Alle zwei bis drei Minuten sah der Cop zu Annie McGowans Haus hinüber. Andererseits war allgemein bekannt, dass der Werwolf niemals an Wochenenden mordete. Deshalb passte der Cop nicht wirklich gut auf.

Als der Werwolf draußen vorbeifuhr, las er gerade ein Superman-Heft. Hätte der Werwolf auch die Garagenzufahrt hinter dem Haus benutzt, hätte der Cop ihn bestimmt bemerkt – er hätte das Auto hören müssen – und anhalten oder sofort identifizieren können. Aber in der Einfahrt lag eine umgestürzte Mülltonne. Der Werwolf sah sie, als er von der Straße abbiegen wollte, starrte sie kurz an und legte den Rückwärtsgang ein. Es war zu gefährlich, tagsüber außerhalb des Wagens gesehen zu werden, wie er sich an fremden Mülltonnen zu schaffen machte.

Der Cop im Haus des Architekten, das dem der McGowan gegenüberlag, hätte ihn auf der Straße vorbeifahren sehen müssen. Auch er wusste, dass der Werwolf vermutlich einen dunklen Thunderbird fuhr. Aber als der Werwolf vorbeifuhr, stand er unten vor dem Kühlschrank und überlegte, ob er zu seinem kalorienarmen Diät-Coke einen Joghurt oder eine Banane essen sollte. Er hatte es nicht eilig, auf den Dachboden zurückzukommen. Dort oben war es langweilig.

Insgesamt war er eine Viertelstunde lang nicht auf seinem Posten, obwohl er glaubte, nur vier bis fünf Minuten in der Küche gewesen zu sein. Als er zurückkam, riss er den Joghurt auf und sah wieder aus dem Fenster. Vor einem der Nachbarhäuser wusch ein Junge das Auto seines Alten. Ein Hund beobachtete ihn dabei. Sonst war niemand zu sehen. Der Werwolf war längst wieder fort.

Und der Werwolf nahm sich vor: Morgen Abend.

21

Als Lucas ankam, saß Carla, in eine alte Strickjacke gehüllt, mit ihrem Zeichenblock auf den Knien vor dem Haus. Er stieg aus, kam durch raschelndes Herbstlaub auf sie zu und atmete dabei die kristallklare Luft der North Woods tief ein.

»Herrlicher Tag«, sagte er. Dann setzte er sich neben sie und warf einen Blick auf den Zeichenblock. Sie skizzierte die vielfältigen Formen abgefallener Blätter mit Rötelstift auf blaugetöntem Papier. »Und das ist hübsch.«

»Ich glaube – ich weiß es nicht bestimmt –, aber ich glaube, dass aus diesen Vorlagen meine bisher besten Webarbeiten entstehen werden«, sagte Carla. Sie runzelte die Stirn. »Eines der Probleme der Form ist, dass die beste symbolisch ist, während die beste Kunst antisymbolisch ist.«

»Genau«, bestätigte Lucas. Er ließ sich ins Laub zurücksinken und sah zu dem wolkenlos blauen Himmel auf. Leichter Südwind kräuselte die Seefläche.

»Klingt nach Stuss, was?«, fragte Carla mit Lachfältchen in den Augenwinkeln.

»Klingt nach Kunsttheorie«, antwortete er. Dann setzte er sich auf. »Willst du noch immer nach Hause?«

»Ja«, sagte sie bedauernd. »Ich muss leider wieder arbeiten. Ich habe weit über hundert Zeichnungen gemacht, mit denen ich was anfangen muss. Und ich habe meine Galerie in Minneapolis angerufen und erfahren, dass ich ein paar gute Stücke verkauft habe. Dort wartet Geld auf mich.«

»Dann könntest du beinahe anfangen, von der Kunst zu leben«, meinte Lucas trocken.

»Beinahe. Wie ich gehört habe, hat ein Mann aus Chicago – ein Galeriebesitzer – einige meiner Sachen gesehen. Er will, dass ich bei ihm ausstelle. Schon deshalb muss ich wieder nach Minneapolis.«

»Du kannst wieder herkommen. Jederzeit.«

Carla hörte kurz zu zeichnen auf und tätschelte sein Bein. »Danke, Lucas. Ich würde vielleicht gern im Frühjahr zurückkommen. Du kannst dir nicht vorstellen, wie viel dieser Monat für mich bedeutet hat. Gott, jetzt habe ich mehr Arbeit, als ich überblicken kann! Das habe ich gebraucht.«

»Fahren wir am Dienstagabend zurück?«

»Einverstanden.«

Lucas stand auf, schlenderte zum Steg hinunter und begutachtete sein Boot: ein etwas über vier Meter langes Glasfaserboot mit einem 25 PS starken Johnson-Außenbordmotor. Ein kleines, ungedecktes Boot, das sich ideal zum Fischen eignete. Da es in diesem Herbst fast nie benutzt worden war, hatten sich an der Wasserlinie Algen angesetzt.

»Bevor wir fahren, muss ich das Boot rausholen«, sagte Lucas, als er vom Steg zurückkam. »Es ist in letzter Zeit kaum benutzt worden. Der Werwolf hat auch diesen Herbst gekillt.«

»Und ich bin zu beschäftigt gewesen, die Wälder zu erkunden, um auf den See rauszufahren«, sagte Carla einfach.

»Fahren wir zum Angeln raus? Gleich jetzt?«

»Klar. In zehn Minuten bin ich fertig.« Sie hob den Kopf und blickte über den See. »Gott, was für ein Tag!«

Nach dem Mittagessen gingen sie in den Wald zu ihrem improvisierten Schießplatz. Carla trug den Revolver am Gürtel. Diesmal schaffte sie es, eine handtellergroße Fläche aus zwanzig Meter Entfernung achtzehnmal nacheinander zu treffen. Die Treffer lagen mitten in der menschlichen Silhouette, die sie in den Kies gezeichnet hatte. Nach dem letzten Schuss hob sie die Mündung der Waffe an ihre Lippen und blies nonchalant nicht vorhandenen Rauch weg.

»Das ist brauchbar gewesen«, lobte Lucas.

»Nur brauchbar? Ich hab's für großartig gehalten!«

»Nein, nur brauchbar«, wiederholte Lucas. »Solltest du jemals schießen müssen, musst du diese Entscheidung blitzschnell treffen – vielleicht nachts, vielleicht während der Kerl sich auf dich stürzt. Dann sieht alles anders aus.«

»Jesus, was soll ich dann überhaupt mit 'ner Waffe?«

»Augenblick!«, sagte Lucas hastig. »Ich wollte dich nicht runtermachen. Du hast großartig geschossen. Aber das darf dir nicht zu Kopf steigen.«

»Also doch großartig!« Carla blickte lächelnd zu ihm auf. »Wie gefällt dir das Halfter? Hübsch, was?« In die schwarze Nylonklappe hatte sie eine Rose gestickt.

Viel später an diesem Abend blies sie in seinen Bauchnabel, sah auf und meinte: »Mit den kommenden Tagen könnte dies der beste Urlaub werden, den ich je gemacht habe. Ich möchte dir eine Frage stellen, aber ich will den Urlaub nicht ruinieren.«

»Frag nur! Ich wüsste keine Frage, die ihn verderben könnte.«

»Hmmm. Okay, zuerst das Vorwort.«

»Ich liebe Vorworte! Und ich hoffe, dass du ein Nachwort anhängst. Sogar ein Register wäre in Ordnung – oder vielleicht ein …«

»Halt die Klappe! Ich habe hier nicht nur Urlaub gemacht, sondern auch unheimlich viel gearbeitet. Ich habe den Durchbruch geschafft, glaub' ich. Vielleicht werde ich jetzt eine bessere Künstlerin als je zuvor. Aber ich kenne Männer wie dich – in St. Paul lebt ein Maler, der dir in mancher Beziehung verdammt ähnlich ist – und weiß, dass du nach mir andere Frauen haben wirst. Darüber bin ich mir im Klaren; das ist in Ordnung. Die Frage ist nur: Können wir selbst dann Freunde bleiben? Kann ich nach wie vor hierher kommen?«

Lucas lachte. »Ein bisschen Ehrlichkeit genügt, um einen beginnenden Steifen abschlaffen zu lassen!«

»Der wird schon wieder«, tröstete sie. »Aber ich möchte wissen, ob…«

»Hör zu, wie unser Verhältnis sich entwickeln wird, weiß ich nicht. Im Laufe der Jahre habe ich… etliche Beziehungen gehabt – und bin noch heute mit vielen dieser Frauen befreundet. Einige kommen sogar manchmal übers Wochenende her. Manchmal schlafen wir miteinander. Manchmal tun wir's auch nicht, wenn das Verhältnis sich geändert hat. Wir kommen bloß her, um ein geruhsames Wochenende zu erleben. Deshalb…«

»Gut!«, sagte Carla. »Ich verspreche dir, mich zu beherrschen, wenn wir uns trennen. Außerdem werde ich so viel Arbeit haben, dass ich vielleicht gar keine Beziehung in Gang halten könnte. Aber ich würde gern wieder hierher kommen.«

»Selbstverständlich! Darum bezeichnen meine Freunde dieses Haus als ›Miezenfalle‹, die… Autsch! Autsch, lass los, verdammt noch mal!«

»Haben Sie 'ne Minute Zeit?« Sloan lehnte mit einer Ersatzzigarette aus Plastik am Türrahmen.

»Klar.«

Lucas war so völlig entspannt nach Minneapolis zurückgekommen, dass er das Gefühl hatte, kein Rückgrat mehr zu haben. Dieses Gefühl hatte noch genau eine Viertelstunde vorgehalten, als er im Präsidium mit Anderson geredet und seinen Ermittlungsordner auf den neuesten Stand gebracht hatte. Auf dem Weg in sein Büro war seine aus den North Woods mitgebrachte gute Laune dann ganz verflogen. Als er die Tür aufsperrte, erschien Sloan am Ende des Korridors, sah ihn und kam heran.

»Erinnern Sie sich, dass ich von dem Kerl erzählt habe, der mit fernöstlicher Kunst handelt?«, fragte Sloan, während er im Besuchersessel Platz nahm.

»Yeah. Ist was dran?«

»Irgendwas. Ich weiß nicht, was. Ob Sie mal mit ihm reden könnten?«

»Wenn Sie meinen, dass das was hilft.«

»Das meine ich«, sagte Sloan. »Ich verstehe mich darauf, die Leute sanft einzuwickeln. Aber dieser Kerl muss fester angepackt werden.«

Lucas sah auf seine Uhr. »Jetzt?«

»Klar, wenn Sie Zeit haben.«

Als sie hereinkamen, stand Alan Nester mit dem Rücken zu ihnen über eine kleine Porzellanschale gebeugt. Lucas sah sich neugierig um. Auf dem Parkettboden lag ein kostbarer Orientteppich. In beleuchteten Eichenholzvitrinen waren einige wenige Kunstgegenstände aus Jade, Keramik und Porzellan ausgestellt. Die Spärlichkeit dieses Angebots ließ auf ein größeres Lager anderswo schließen. Beim Türgong drehte sich Nester um und verzog sein blasses, hageres Gesicht abweisend.

»Sergeant Sloan«, sagte er irritiert, »ich habe Ihnen unmissverständlich erklärt, dass ich Ihnen nicht helfen kann.«

»Ich dachte, Sie sollten mal mit Lieutenant Davenport reden«, antwortete Sloan. »Vielleicht kann er Ihnen die Situation besser verdeutlichen.«

»Sie wissen, in welcher Sache wir ermitteln, und Sergeant Sloan hat den Eindruck, dass Sie etwas verheimlichen«, begann Lucas. Er nahm eine hauchdünne chinesische Vase in die Hand und betrachtete sie aus zusammengekniffenen Augen. »Das können wir uns wirklich nicht bieten lassen… Oh, tut mir Leid, das sollte nicht so streng klingen. Aber wir sind tatsächlich auf jedes Wort angewiesen. Wenn Sie etwas verheimlichen, muss es irgendwie wichtig sein, sonst würden

Sie's uns nicht verheimlichen. Ist das Erklärung genug für unsere Einstellung?«

»Aber ich verheimliche nichts!«, rief Nester irritiert aus. Er stand auf – ein großer, aber sehr hagerer Mann, der Lucas an einen Blaureiher erinnerte – kam über den Orientteppich und nahm Lucas die Vase aus der Hand. »Fassen Sie hier bitte nichts an. Diese Sachen sind sehr zerbrechlich.«

»Yeah?«, fragte Lucas. Während Nester die Vase hinstellte, griff er nach einer kleiner Porzellanschale.

»Uns interessiert nur, was sich bei Ihrem Besuch bei Rice ereignet hat«, sagte er. »Sobald wir alles wissen, gehen wir wieder. Kein Problem.«

Nester kniff die Augen zusammen, während er beobachtete, wie Lucas die Schale am äußersten Rand hielt.

»Entschuldigen Sie mich für einen Augenblick.« Er trat an seinen Schreibtisch, nahm den Telefonhörer ab und wählte.

»Alan Nester. Geben Sie mir bitte Mr. Lindsay. Schnell!« Er wartete, ohne Lucas aus den Augen zu lassen. »Paul? Hier ist Alan. Die Kriminalbeamten sind wieder da, und einer von ihnen hält eine siebzehntausend Dollar teure Schale aus der Sung-Dynastie am äußersten Rand, als wolle er sie gleich auf den Boden fallen lassen. Könntest du gleich runterkommen?... Oh? Ja, das wäre gut. Die Nummer hast du ja.«

Nester legte auf. »Das ist mein Anwalt gewesen«, sagte er. »Wenn Sie einen Augenblick warten, können Sie mit einem Anruf des Polizeipräsidenten oder des Ersten Bürgermeisters rechnen.«

»Hmpf!« Lucas lächelte sein Luchslächeln. »Hier sind wir tatsächlich nicht willkommen, was?« Er stellte die Schale behutsam ab und wandte sich an Sloan. »Kommen Sie, wir gehen!«

Draußen warf Sloan ihm einen enttäuschten Blick zu. »Das ist kein großer Erfolg gewesen«, meinte er.

»Wir kommen zurück«, antwortete Lucas ungerührt. »Sie haben völlig Recht: Dieser Hurensohn verheimlicht uns etwas. Das ist eine gute Neuigkeit. Im Fall des Werwolfs hat irgendjemand irgendwas zu verheimlichen – und wir wissen davon.«

Sie riefen Mary Rice aus einer Telefonzelle an. Sie war bereit, mit ihnen zu reden. Sloan ging zur Haustür voraus und klingelte.

»Mrs. Rice?«

»Sie sind die Polizisten.«

»Ja. Wie geht's Ihnen?« Mary Rice war um Jahre gealtert; ihre Gesichtshaut war gelbbraun und schrumpelig wie die Schale einer Orange, die zu lange im Kühlschrank gelegen hat.

»Kommen Sie rein, bevor das Haus ganz auskühlt!«, forderte sie die beiden in weinerlichem Tonfall auf. Obwohl es im Haus unerträglich heiß war, trug Mrs. Rice eine Wollhose und hatte sich mit einer dicken Strickjacke vermummt. Ihre Nase war rot und geschwollen.

»Wir haben mit dem Mann gesprochen, der Larry die Elfenbeinschnitzereien abgekauft hat«, berichtete Sloan, als sie am Küchentisch saßen. »Und er scheint nicht ganz koscher zu sein. Hat Ihr ...«

»Glauben Sie, dass er der Mörder ist?«, fragte sie.

»Nein, nein, wir versuchen nur, etwas mehr über ihn rauszukriegen«, antwortete Sloan. »Hat Ihr Mann Ihnen irgendwas über ihn erzählt, das interessant oder ungewöhnlich geklungen hat?«

Sie runzelte nachdenklich die Stirn. »Nein ... bloß dass er diese kleinen Schnitzereien gekauft und Larry gefragt hat, ob er noch andere Sachen hat. Alte Schwerter und so 'n Zeug. Aber Larry hat nichts gehabt.«

»Haben die beiden über irgendwas anderes geredet?«

»Davon weiß ich nichts ... Larry hat gesagt, dass der Mann es so eilig hatte, dass er nicht mal 'nen Kaffee trinken wollte. Er hat ihm bloß das Geld gegeben und ist wieder weggefahren.«

Sloan sah zu Lucas hinüber. Der Lieutenant wandte sich an Mrs. Rice. »Wie haben diese Schnitzereien eigentlich ausgesehen?«

»Ich hab' noch eine«, erklärte sie. »Die allerletzte. Larry hat sie mir als Andenken geschenkt, als wir geheiratet haben. Ich kann sie Ihnen zeigen.«

»Das wäre sehr freundlich.«

Mary Rice verließ die Küche. Als sie nach einigen Minuten zurückkam, streckte sie Lucas ihre Hand hin. In der Handfläche saß eine winzige Elfenbeinmaus. Lucas griff danach, betrachtete sie und holte tief Luft.

»Okay«, sagte er dann. »Können wir sie mal mitnehmen, Mrs. Rice? Sie bekommen eine Empfangsbestätigung dafür.«

»Sicher. Aber ich brauch' keine Empfangsbestätigung. Sie sind schließlich Cops.«

»Okay. Ich bringe sie Ihnen dann wieder zurück.«

Sloan wartete, bis sie das Haus verlassen hatten. »Was?«

»Ich glaube, dass wir unseren Freund Alan Nester jetzt am Kragen haben, aber ich glaube auch zu wissen, in welcher Beziehung er lügt. Und das hat nichts mit dem Werwolf zu tun«, antwortete Lucas bedrückt. Er öffnete seine Hand, um die Elfenbeinmaus zu betrachten. »Was ich von Kunst verstehe, hätte auf der Rückseite einer Briefmarke Platz. Aber sehen Sie sich dieses kleine Kunstwerk an! Nester hat fünfzehn davon für fünfhundert Dollar gekauft. Ich gehe jede Wette ein, dass allein dieses Ding fünfhundert Dollar wert ist. Sollte ich nicht Recht haben, küsse ich Ihnen auf dem Rasen vor dem Gerichtsgebäude den Hintern.«

Beide Männer starrten in seine Hand. Die winzigen Vorder- und Hinterpfoten der Maus umklammerten einen Strohhalm, sodass zwischen den Beinen ein Loch entstand. »Anscheinend ist sie als Knopf oder dergleichen gebraucht worden«, sagte der Lieutenant.

Als Sloan jetzt den Kopf hob, drehte Lucas sich um. Ganz in ihrer Nähe hielt ein Streifenwagen, dessen zwei Mann Besatzung sie durchs Fahrerfenster anstarrten.

»Sie halten uns für Dealer«, lachte Sloan. Er zog seine Plakette aus der Tasche und trat an den Wagen. Als der Fahrer sein Fenster herunterkurbelte, rief Lucas den beiden zu: »Wollt ihr mal 'ne hübsche Maus sehen?«

Als sie von Mrs. Rice kamen, hatte das Institute of Art bereits geschlossen, sodass Lucas die Maus über Nacht mit nach Hause nahm. Sie saß in seinem Arbeitszimmer auf einem Bücherstapel und beobachtete ihn während er die letzten Punktetabellen des Everwhen-Spiels zusammenstellte.

»Verdammt noch mal, dich hätte ich gern!«, sagte Lucas, bevor er ins Bett ging. Am nächsten Morgen stand er früh auf und sah als Erstes nach der Maus. Er hatte Angst, sie könnte nachts weggelaufen sein.

Es dauerte einige Zeit, sich über sie zu informieren. Lucas holte Sloan zu Hause ab. Mrs. Sloan kam mit vor die Tür und sagte: »Ich habe schon so viel von Ihnen gehört, dass ich das Gefühl habe, Sie längst zu kennen.«

»Doch hoffentlich nur Gutes?«

Sie lachte, und Lucas fand sie sympathisch. »Passen Sie gut auf Sloan auf«, ermahnte sie ihn und ging wieder hinein.

»Sogar meine Frau nennt mich Sloan«, knurrte Sloan, als Lucas anfuhr.

Ein Kurator im Institute of Art warf einen Blick auf die Maus, stieß einen leisen Pfiff aus und sagte: »Erstklassiges Stück! Kommen Sie, wir schlagen mal in Fachbüchern nach.«

»Woher wissen Sie, dass das ein erstklassiges Stück ist?« fragte Lucas, während sie dem Kurator folgten.

»Weil sie aussieht, als könnte sie nachts rumlaufen«, antwortete der andere.

Das Nachschlagen dauerte seine Zeit. Sloan besichtigte die Fotogalerie, als Lucas zurückkam.

»Na?«, fragte der Kriminalbeamte.

»Achttausend«, antwortete Lucas.

»Wofür? Für die Maus oder für alle fünfzehn?«

»Für die Maus. Das ist eine sehr konservative Schätzung. Auf einer Auktion könnte sie das Doppelte bringen. Falls die anderen ebenso gut sind, hat Nester einem sterbenden Krebskranken für Netsuke, die zwischen hundertzwanzigtausend und einer Viertelmillion Dollar wert sind, ganze fünfhundert Dollar gezahlt.«

»Langsam!« Sloan war verwirrt. Diese Beträge waren ihm zu hoch. »Heißen sie so – Netsuke?«

»Der Kurator hat sie so genannt.«

»Das hab' ich nicht gewusst.«

»Alan Nester weiß es bestimmt.«

Sie fuhren bei Mary Rice vorbei.

»Achttausend Dollar?«, fragte sie mit schwacher Stimme. Aus einem Augenwinkel quoll ihr eine Träne. »Aber er hat fünfzehn davon gekauft...«

»Mrs. Rice, ich nehme an, dass Ihr Mann Mr. Nester nur zu sich gebeten hat, um die Schnitzereien im Hinblick auf einen späteren Verkauf schätzen zu lassen, das haben Sie uns doch erzählt, nicht wahr?«, fragte Lucas.

»Nun, ich weiß nicht mehr genau, was er...«

»Ich erinnere mich daran, dass Sie das bei der ersten Befragung gesagt haben«, stellte Sloan nachdrücklich fest.

»Ja, schon möglich«, meinte sie zweifelnd.

»Dann hat Nester Sie nämlich betrogen«, fügte Lucas eindringlich hinzu. »Damit hat er sich strafbar gemacht, und Sie könnten sie zurückverlangen.«

»Richtig, deswegen ist er hergekommen – um sie zu schätzen«, sagte Mary Rice, deren Gedächtnis sich plötzlich besserte, energisch nickend. Ihr Zeigefinger berührte die Maus in ihrer Handfläche fast zärtlich. »Achttausend Dollar.«

»Was tun wir jetzt – einen Durchsuchungsbefehl beantragen?«, fragte Sloan, als sie wieder auf dem Gehsteig standen.

»Noch nicht«, sagte Lucas. »Ich weiß nicht, ob wir schon genug in der Hand haben. Ich bin dafür, dass wir uns Nester erst mal vorknöpfen. Wir legen auf den Tisch, was wir haben, und fordern ihn zur Zusammenarbeit in dieser Sache mit dem Revolver auf. Verhält er sich kooperativ, sind wir bereit, Mrs. Rice zu raten, sich über einen Anwalt zivilrechtlich mit ihm zu einigen. Wenn er uns Schwierigkeiten macht, besorgen wir uns einen Durchsuchungsbefehl, stellen seine Bude auf den Kopf und bringen den Fall in die Medien. Wie er einen Krebskranken im letzten Stadium, der seiner Frau noch ein bisschen was hinterlassen wollte, betrogen hat …«

»Ooooh, wie hässlich!«, meinte Sloan grinsend. »Das gefällt mir.«

»Wo ist Nester?«

Der Mann hinter dem Schreibtisch war klein, dunkelhaarig und viel jünger als Nester.

»Nicht da«, antwortete der Mann. Die Atmosphäre war frostig; Davenport und Sloan sahen nicht wie Kunden aus.

»Polizei. Wir müssen mit ihm reden.«

»Das können Sie leider nicht«, sagte der junge Mann, indem er die Augenbrauen hochzog. »Er ist mittags nach Chicago geflogen. Jetzt ist er bereits dort, und ich habe keine Ahnung, wo er übernachtet.«

»Scheiße!«, sagte Sloan.

»Wann kommt er zurück?«, fragte Lucas.

»Am Dienstag. Er dürfte mittags wieder im Geschäft sein.«

»Führen Sie Netsuke?«, wollte Sloan wissen.

Der junge Mann zog erneut die Augenbrauen hoch. »Ich glaube, dass wir einige haben, aber danach müssen Sie Alan fragen. Für die wirklich teuren Stücke ist er zuständig.«

22

Lucas zog seinen Mantel aus und warf ihn auf die Matratze. Die beiden wachhabenden Cops, einer groß, einer klein, saßen sich auf Klappstühlen gegenüber und hatten einen dritten Stuhl zwischen sich. Sie spielten Rommé und benutzten den mittleren Stuhl als Spieltisch. Immer wenn einer sein Blatt begutachtete, behielt der jeweils andere die Straße im Auge. Obwohl die beiden zur wichtigsten Zeit Dienst hatten, klappte das tadellos.

»Nichts?«, fragte Lucas.

»Nichts«, bestätigte der große Cop.

»Irgendwas von den Wagen?«

»Überhaupt nichts.«

»Mit wem sind sie besetzt?«

»Davey Johnson und York stehen im Norden hinter dem Haus der McGowan. Sally Johnson und Sickles sind im Osten stationiert. Blaney ist mit Cochrane – einem Neuen, den ich nicht kenne – drüben im Westen.«

»Cochrane ist dieser große Blonde, dieser Baseballstar«, warf der kleine Cop ein. Er breitete seine Karten fächerartig aus, warf sie auf die Sitzfläche des Stuhls zwischen ihnen und sagte: »Gewonnen!«

Das auf dem Boden stehende Radio spielte Golden Oldies der Rockmusik. Das Funkgerät daneben war stumm.

»Allmählich ist er wieder fällig«, sagte Lucas mit einem Blick auf die Straße hinaus.

»Diese Woche«, bestätigte der Kleine. »Eigentlich merkwürdig, wenn man darüber nachdenkt.«

»Was ist merkwürdig?«

»Nun, in einer seiner Mitteilungen hat es geheißen: ›Nie erkennbar schematisch handeln‹ – oder so ähnlich. Und was tut er jetzt? Er bringt alle zwei Wochen jemanden um. Ist das etwa kein Schema?«

»Er mordet, wenn er den Drang danach verspürt«, erklärte Lucas. »Dieser Drang wird allmählich stärker, bis er ihm nicht mehr widerstehen kann.«

»Und das dauert jeweils zwei Wochen?«

»Sieht ganz danach aus.«

Das Funkgerät piepste, und die drei drehten sich nach ihm um. »Auto«, meldete eine Stimme. Sekunden später sagte sie: »Hier ist Cochrane. Der Wagen ist ein roter Pontiac Bonneville.«

Der große Cop lehnte sich zurück und griff nach dem Mikrofon des Funkgeräts. »Weiter beobachten«, verlangte er. »Die Größe stimmt, auch wenn's die falsche Farbe ist.«

»Der Wagen fährt in eure Richtung«, antwortete Cochrane. »Wir haben sein Kennzeichen und lassen es überprüfen.«

Lucas und die beiden Cops beobachteten, wie das Auto weiterfuhr und vor dem übernächsten Haus hielt. Als es über eine Minute lang mit eingeschaltetem Licht dagestanden hatte, entschied Lucas: »Ich gehe mal runter.«

Er war schon an der Treppe, als der große Cop sagte: »Sie können dableiben.«

»Warum?«

»Anscheinend holt er das Mädchen ab.«

»Eine Schülerin, die dort wohnt«, warf der kleine Cop ein. »Sie kommt gerade aus dem Haus. Muss 'ne Verabredung sein.«

Als Lucas das Fenster erreichte, sah er das Mädchen einsteigen. Dann fuhr der Wagen ab.

»Mit ihrem Telefon scheint irgendwas faul zu sein«, sagte der kleine Cop einige Zeit später. Für die Telefonüberwachung war der zweite Posten hinter Annie McGowans Haus zuständig.

»Mit dem Telefon der McGowan?« fragte Lucas.

»Letzte Woche und übers Wochenende ist sie mehrmals nacheinander angerufen worden. Jeweils mehrere Anrufe in Abständen von ungefähr einer halben Stunde. Aber der oder die Anrufer haben keine Nachricht auf dem Anrufbeantworter hinterlassen. Sie haben einfach aufgelegt.«

»Das tut doch jeder – bei Anrufbeantwortern auflegen, meine ich«, sagte Lucas.

»Yeah, aber dieser Fall liegt etwas anders. Erstens hat's vorher noch nie mehrere Anrufe nacheinander gegeben. Zweitens steht ihre Nummer nicht im Telefonbuch. Wär's ein Freund gewesen, hätte er doch wohl eine Nachricht auf Band gesprochen, anstatt immer wieder anzurufen.«

»Als ob jemand kontrollieren wollte, ob sie zu Hause ist«, sagte der große Cop.

»Lässt sich nicht feststellen, woher die Anrufe kommen?«

»Es klingelt zweimal, dann macht's *klick!,* und er hat aufgelegt.«

»Vielleicht sollten wir den Anrufbeantworter umstellen«, schlug Lucas vor.

»Gute Idee. Wann kommt sie heim? In ungefähr eineinhalb Stunden?«

»So etwa.«

»Bei der Gelegenheit könnten wir das Gerät auf fünf Klingelzeichen umstellen.«

Lucas ging zur Matratze zurück, und die beiden Cops begannen ein neues Spiel.

»Wie viel bin ich dir schuldig?«, fragte der Große.

»Hundertvierzigtausend«, antwortete der Kleine.

»Spielen wir um doppelt oder nichts?«

Lucas grinste, schloss die Augen und versuchte, über Alan Nester nachzudenken. Der Kerl hatte irgendwas zu verheimlichen. Wahrscheinlich fürchtete er, die Sache mit den Netsuke könnte auffliegen. Sein Kauf war fast betrügerisch. Mehr steckte vermutlich nicht dahinter. Verdammt noch mal! Was gab es noch?

Eine halbe Stunde später piepste das Funkgerät erneut.

»Hier ist Davey«, sagte eine leicht aufgeregt klingende Stimme. »Jetzt geht's rund, Leute!«

Lucas kam auf die Beine, und der große Cop griff hinter sich nach dem Mikrofon.

»Was gibt's, Davey?«

»Wir haben einen einzelnen Weißen zu Fuß in dunkler Hose, dunkler Jacke, schwarzen Handschuhen, schwarzer Wollmütze und schwarzen Schuhen«, meldete Davey Johnson. Johnson war jahrelang im Streifendienst gewesen. Er war nicht leicht aus der Ruhe zu bringen, aber jetzt war seine Aufregung unüberhörbar. »Er kommt die Straße entlang auf euch zu, genau auf euch zu. Falls er zur McGowan will, müsste er in einer Minute vom rückwärtigen Posten aus zu sehen sein. Dieser Kerl hat irgendwas vor, Mann, der macht nicht bloß 'nen Abendspaziergang!«

»Ist York bei dir?«

»Er ist zu Fuß los, hinter dem Kerl her, hält sich aber außer Sicht. Ich bleibe im Wagen am Funk. Verdammt noch mal, er marschiert weiter, jetzt überquert er die Straße, ihr anderen in den Kulissen, bewegt euch, verdammt noch mal...«

»Wir sehen ihn aus dem Seitenfenster unseres Hauses«, sagte eine neue Stimme.

»Das ist Kennedy auf dem anderen Posten«, erklärte der große Cop Lucas.

Lucas machte kehrt und hastete zur Treppe. »Ich gehe runter!«

»Er verschwindet in der Garagenzufahrt«, hörte er Kennedy melden, während er die Treppe hinunterrannte. »Er ist hinter ihrem Haus. Los, los, bewegt euch, sonst...«

Lucas lief die drei Treppen hinunter, drängte sich an dem weißhaarigen Architekten vorbei, der mit Pfeife und Zeitung in der Diele stand, und stürmte über die Straße.

Der Werwolf parkte seinen Wagen fünf Blocks vom Haus der McGowan entfernt mit Fahrtrichtung zur Interstate. Er überzeugte sich davon, dass er dort legal parkte. Auf dieser Straßenseite standen viele Autos.

Das Wetter hatte sich seit dem frühen Morgen verschlechtert.

Nachmittags war eine Zeit lang ein kalter Regen gefallen, der dann aufgehört, später wieder eingesetzt und erneut aufgehört hatte. Jetzt schien Schnee in der Luft zu liegen. Der Werwolf ließ seinen Wagen unabgesperrt stehen. In dieser Gegend war das kein großes Risiko.

Er ging in raschem Tempo den noch feuchten Gehsteig entlang. Sein linker Arm schwang dabei vor und zurück, während der rechte ein kurzes Brecheisen an seinen Körper drückte. Genau das richtige Werkzeug für eine Hintertür.

Den ersten Block entlang, dann den zweiten, dritten und vierten bis zu dem Block mit dem Haus der McGowan. Als in einiger Entfernung ein Auto anfuhr, ging der Werwolf langsamer und horchte in diese Richtung. Aber der Wagen schien abgebogen zu sein. Er sah sich rasch um – nur einmal, denn er wusste, dass allzu viel Aufmerksamkeit an sich bereits Verdacht erregen konnte. Wie vor jeder Tat verspürte er ein angenehmes Ziehen im Unterleib. Diese Tat würde ein Meisterstück werden. Sie würde die Twin Cities schockieren. Sie würde ihn berühmter als Sam, berühmter als Manson machen.

Vielleicht nicht berühmter als Manson, dachte er.

Er bog in die Garagenzufahrt ab. Im Hintergrund wurde ein Motor angelassen. Zwei Autos? Er folgte der Zufahrt, erreichte die Rasenfläche hinter dem Haus der McGowan, sah sich erneut um und trat auf den Rasen. Dann quietschten einen Block entfernt am anderen Ende der durchgehenden Zufahrt die Reifen eines scharf abgebremsten Wagens.

Cops!

In diesem Augenblick, als die Autoreifen auf dem Asphalt quietschten, ahnte er instinktiv, dass er in eine Falle geraten war.

Er wusste es! Cops.

Er rannte den Weg zurück, den er gekommen war.

Ein weiteres Fahrzeug am anderen Ende dieses Blocks. Hinter ihm ein gewaltiges Scheppern und Krachen; einer der Wagen musste gegen etwas gefahren sein. Noch mehr Cops. Auf der anderen Straßenseite fiel eine Tür ins Schloss. Gleich danach eine zweite irgendwo hinter dem Haus der McGowan.

Er rannte aus der Zufahrt, ohne darauf zu achten, dass die Brechstange unter seiner Jacke hervorglitt und ins Gras fiel, spurtete über den Rasen des Nachbarhauses, trampelte Spiräen nieder, hetzte weiter durch die Nacht, verfing sich in einem Fliederbusch, stürzte, rappelte sich auf und hörte Männer rufen: »Stehen bleiben, stehen bleiben …«

»Scheiße!« fluchte Cochranes Partner laut, als der junge Cop am Steuer unabsichtlich die Reifen quietschen ließ, während er scharf bremste, um nach links in die Garagenzufahrt abzubiegen, und dann sahen sie den Werwolf hastig wie eine flüchtende Ratte in der Zufahrt vor ihnen verschwinden. Cochrane gab wieder Gas, rammte zwei leere Mülltonnen, die zur Seite flogen, und nahm die Verfolgung auf.

Während der Werwolf zwischen benachbarten Häusern weiterlief, röhrte ein zweites Fahrzeug aus der Gegenrichtung auf sie zu, und Cochrane hätte es beinahe gerammt. Die Türen des anderen Wagens flogen auf, und die beiden Cops sprangen heraus, um den Werwolf zu verfolgen, und Cochranes Partner Blaney brüllte: »Los, los, weiter, auf die Straße zurück!«, und Cochrane fuhr um das stehende Auto herum in Richtung Straße weiter.

Sally Johnson sprang aus dem Wagen, sah Lucas über die Straße rennen, wandte sich ab und folgte ihrem Partner Sickles zwischen die Häuser, während Cochrane um ihr stehendes Auto herum in Richtung Straße weiterfuhr.

Der Werwolf hatte bereits die nächste Straße überquert. Sally Johnson riss ihr Funkgerät aus der Gürtelhalterung und versuchte, ihre Kollegen zu benachrichtigen, aber sie fand keine Worte, während sie fünf Meter hinter Sickles herlief, der seinen Revolver gezogen hatte. Ein weiterer Cop – York – erschien mit ebenfalls schussbereitem Revolver seitlich hinter ihr. Auch Sally Johnson versuchte, ihren Revolver zu ziehen, und sah, wie der Werwolf vor ihnen auf der anderen Straßenseite über einen Bretterzaun setzte.

Der Werwolf, den Angst und Adrenalin so blendeten, dass er nur mehr einen tunnelförmigen, von Cops freien Raum vor sich wahrnahm, sprintete schneller als je in seinem Leben über die Straße, erreichte den Bretterzaun und überwand ihn mit einem einzigen Satz. Bei klarem Verstand wäre er nie dazu im Stande gewesen, denn der massive Zaun war fast brusthoch, aber er nahm ihn wie ein Leistungssportler und landete in einem Garten mit einem leeren Swimmingpool, einem kleinen Boot unter einer Segeltuchplane und einer Hundehütte.

Diese Hundehütte hatte zwei getrennte Abteilungen, deren Türen aus vorgehängten Teppichbodenstücken bestanden, und in jeder hauste ein schwarzer Dobermann: die Hündin July und der Rüde August.

August hörte den Lärm, spitzte die Ohren und steckte seinen Kopf ins Freie. In diesem Augenblick setzte der Werwolf über den Zaun, stolperte, rappelte sich auf, spurtete durch den Garten und sprang über den rückwärtigen Zaun. Beide Hunde hätten ihn stellen können, wenn sein plötzliches Auftauchen sie nicht so überrascht hätte. So bekam July, die aus ihrer Hütte hervorbrach, nur ein Bein des Mannes zu fassen und schlug ihre Zähne hinein, aber dann war der Eindringling über den Zaun verschwunden. Trotzdem gab es gleich wieder etwas zu tun. July hatte eben erst von ihrem Opfer abgelassen, als schon der zweite Mann über den vorderen Zaun kam.

Der Werwolf sah den Dobermann erst, als das Tier von schräg hinten auf ihn zuschoss. Und das war gut so, denn sonst hätte er vielleicht gezögert. Erst dicht vor dem Zaun sah er das Tier als dunklen Schatten zu seinen Füßen und spürte dann einen reißenden Schmerz in seiner Wade, als er über den hinteren Zaun sprang.

Carl Werschel und seine Frau Lois wollten eben ins Bett gehen, als die Hunde im eingezäunten Garten hinter ihrem Haus anschlugen.

»Was war das?«, fragte Lois. Sie war eine nervöse Frau und litt unter der Angstvorstellung, sie könnte auf einer einsamen Landstraße in den North Woods von einer Gang schwarzer Biker vergewaltigt werden, obwohl weder sie noch sonst wer jemals eine schwarze Biker-Gang in den North Woods gesehen hatte. Trotzdem sah sie diese Szene in ihren Träumen ganz deutlich: Am dunkler werdenden Himmel kreisten Raben, während die Biker sich zusammenrotteten, um ihr auf der Motorhaube einer Limousine, die ein 1947er Cadillac hätte sein können, Gewalt anzutun. »Das klingt fast wie…«

»Du bleibst hier«, befahl Carl. Er war ein übermäßig dicker Mann, der sich auch Sorgen wegen schwarzer Biker-Gangs machte und für diesen Tag mit reichlich Munitionsvorrat und Tarnanzügen vorgesorgt hatte. Er holte seine großkalibrige Remington-Schrotflinte unter dem breiten Ehebett hervor, watschelte zur Hintertür des Hauses und hebelte dabei schon mal die erste Patrone in die Kammer.

Für einen kurzen Augenblick empfand Sickles, der fünfundvierzig war, eine gewisse Befriedigung, als er über den Bretterzaun sprang. Er war fünfzehn Meter und einen Zaun weit hinter dem Werwolf; er war gut in Form. Mit etwas Glück würden seine Kollegen und er den Kerl…

Die Hunde fielen ihn wie ein Wirbelsturm an, und er ging zu Boden, wobei er den Revolver fest hielt, aber die Taschenlampe aus der anderen Hand verlor. Die Hunde schnappten nach Armen und Schultern, knurrten zähnefletschend, kläfften wie verrückt, zerfleischten seine Hände, seinen Nacken…

Sally Johnson sprang über den Zaun und wäre beinahe in dem knurrenden, zähnefletschenden Tierknäuel um Sickles herum gelandet. Einer der Hunde ließ mit speicheltriefenden

Lefzen von dem Mann ab, um sich auf sie zu stürzen, und Sally Johnson streckte ihn mit zwei Schüssen nieder. Dann kam der andere auf sie zu, und sie warf sich herum, zielte erneut, sah Sickles auf allen vieren nach links kriechen, sodass sie genügend Schussfeld hatte, und drückte wieder ab: einmal, zweimal...

Carl Werschel kam mit seiner Schrotflinte aus dem Haus gelaufen und sah einen jungen Kerl in Jeans und schwarzer Jacke, der auf seine Hunde schoss, der sie niederschoss. Er brüllte: »Stop!« – aber in Wirklichkeit meinte er: »Stirb!«, als er mit atavistischem Kriegerinstinkt die Waffe hochriss und Sally Johnson aus zehn Meter Entfernung eine Schrotladung in den Kopf jagte. Die junge Polizeibeamtin sah noch, wie der lange Lauf seiner Waffe in die Höhe zuckte, und wünschte sich, sie könnte über Funk etwas sagen, um abzuwenden, was jetzt kommen würde...

Sickles spürte, dass die Hunde von ihm abließen, und wollte sich, vor Blut halbblind, auf den Bauch wälzen, als der lange Flammenfinger nach Sally griff und seine Partnerin, die ihn vor den Hunden gerettet hatte, zurücktaumeln ließ. Sickles wusste nur, dass er gerettet war. Dann blitzte der Flammenfinger wieder auf, und Sally brach zusammen.

Sickles war lange genug Cop, um »Schrotflinte!« zu denken. Er drückte dreimal ab. Der erste Schuss durchschlug Werschels Bauch, zerfetzte seine Leber und warf ihn gegen die Hauswand; der zweite traf sein Herz. Werschel war tot, bevor er den Boden berührte, obwohl sein Verstand noch einige Sekunden lang arbeitete. Die dritte Kugel ging durch die Hauswand, durchschlug im Geschirrschrank des Esszimmers einen Stapel Teller, trat durch die gegenüberliegende Wand aus und wurde nie mehr gefunden.

Als Werschel mit der Schrotflinte das Feuer eröffnete, hatte der Werwolf die Straße überquert und war in den Schacht einer Kanalbaustelle gefallen. Ihr Boden bestand aus knietiefem nassem Lehm. Über und über mit Schlamm bedeckt, kletterte er auf der anderen Seite heraus, ohne zu begreifen, weshalb er noch nicht geschnappt worden war.

Und er wäre auch gestellt worden, aber das von Norden kommende Fahrzeug, in dem Davey Johnson saß, erreichte den Block gerade, als der Schrotschuss die Nacht erhellte. Johnson ließ sofort den Wagen stehen und lief auf die Stelle zu, wo der Schuss gefallen war. Sein Partner York, der zu Fuß unterwegs war, hatte den Richtungswechsel des Werwolfs nicht mitbekommen und trabte hinter Sickles und Sally Johnson her – unmittelbar vor Lucas, der quer durch den Garten der McGowan gehetzt war.

Cochrane und Blaney hatten die Garagenzufahrt verlassen, um nach Norden abzubiegen – wohin der Werwolf rannte, als das Feuergefecht begann. Diese Schießerei war wichtiger als alles andere. Die beiden vermuteten, Sickles und Sally Johnson hätten den Werwolf gestellt, der sich seinen Fluchtweg freizuschießen versuchte. Und wenn der Böse eine Schrotflinte hatte… Wie Davey Johnson ließen sie den Wagen stehen und rannten weiter.

Lucas war gerade mit seinem Revolver in der Faust über den Zaun geklettert und brüllte, jemand solle Krankenwagen und Verstärkung anfordern, als sich der Werwolf aus dem Graben zog, durch einen weiteren dunklen Garten lief, eine Einfahrt überquerte, den nächsten Garten hinter sich ließ und weiterhastete. Vierzig Sekunden später erreichte er seinen Wagen. Nach einer weiteren Minute war er kurz vor der Interstate. Hinter ihm waren keine Scheinwerfer zu sehen. Irgendetwas war passiert – aber was?

Im Garten der Werschels presste Lucas sein Hemd auf Sally Johnsons zerfetzten Hals, obwohl er wusste, dass das sinnlos war, und Sickles jammerte monoton *O mein Gott, o mein Gott.* Cochrane sprang mit schussbereitem Revolver über den Zaun und rief: *Was ist passiert, was ist passiert?* und zeigte auf den toten Werschel und brüllte: Ist er das?

Lois Werschel trat aus der Hintertür des Hauses und rief: »Carl?«

Schon wenige Sekunden nach der Schießerei forderte Blaney über Funk einen Notarztwagen und Verstärkung an. Die später für die Medien freigegebene Tonbandaufzeichnung bewies, dass Lucas sich sechs Minuten später mit Cochranes Funkgerät gemeldet und verlangt hatte, alle dunklen Thunderbirds neuerer Bauart in South Minneapolis anzuhalten und ihre Insassen zu überprüfen.

Als die Dispatcherin hörte, dass ein Cop angeschossen worden war, verlor sie für kurze Zeit den Überblick, fragte nach Namen und Zustand und konzentrierte sich darauf, den Notarztwagen und Verstärkung zu informieren. Da sie annahm, dass dieser Funkverkehr Vorrang habe, gab sie Lucas' Befehl, sämtliche Thunderbirds anzuhalten, erst zwei Minuten später weiter. Zu diesem Zeitpunkt durchquerte der Werwolf bereits die Innenstadt. Zwei Minuten später erreichte er seine Ausfahrt und wartete nach knapp einer weiteren Minute vor seiner Garage, deren ferngesteuertes Tor sich öffnete.

Der Notarztwagen erreichte das Haus der Werschels, bevor der Werwolf in seine Garage einfuhr, aber für Sally Johnson und Carl Werschel kam jede Hilfe zu spät. Notarzt und Sanitäter stellten mit einem Blick fest, dass Werschel tot war, aber Sally hatte noch etwas Puls, deshalb schlossen sie die Schwerverletzte an einen Tropf an, bemühten sich, die Blutung aus der Halswunde durch eine Kompresse zum Stehen zu bringen, versorgten die schreckliche Kopfverletzung, schafften Sally in den Rettungswagen, wo ihr Puls aussetzte, injizierten ein herzstärkendes Mittel und rasten zum Hennepin Medical Center zurück, aber Sallys Pupillen waren starr vergrößert. Sie bemühten sich weiter um sie, obwohl sie genau wussten, dass ihr schwacher Lebensfunken erloschen war…

Lucas wusste, dass sie tot war. Als sie abtransportiert wurde, stand er auf der Straße vor dem Haus der Werschels und beobachtete die Blinklichter, bis sie verschwanden. Dann ging er langsam in den Garten zurück, wo Lois Werschel und Sickles, die jetzt beide in einen Schock versanken, von zwei weiteren Sanitätern versorgt wurden. Carl Werschel, der an einen angeschwemmten Wal erinnerte, lag in einem Beet mit vom Nachtfrost braunen Ringelblumen auf dem Rücken.

»Wer war das mit dem Wagen, der die Reifen hat quietschen lassen?«, fragte Lucas ruhig. Blaney sah kurz zu Cochrane hinüber. Lucas bemerkte diesen Blick, und Cochrane öffnete den Mund zu einer Erklärung, kurz bevor Lucas' Gerade seine Nase traf. Cochrane ging zu Boden, und dann wurden sie von Halogenlicht überflutet. Lucas packte Cochrane an der Jacke und riss ihn halb hoch, dann traf er mit der anderen Faust seinen Mund, und York umschlang Lucas von hinten und zerrte ihn mühsam weg.

»Du Scheißkerl, du hast Sally auf dem Gewissen, du dämliches Arschloch!«, kreischte Lucas, und das Licht blendete ihn. York brüllte: »Aufhören! Aufhören!« Cochrane hielt sein gebrochenes Nasenbein und die ausgeschlagenen Zähne mit einer Hand bedeckt, während er sich mit der anderen hochzustemmen versuchte, wobei die Augen in seinem Lucas zugewandten Gesicht vor Angst geweitet waren. Lucas wehrte sich einige Sekunden gegen Yorks Haltegriff; dann gab er nach und sackte zusammen, und York stieß ihn von sich fort. Lucas drehte sich um und sah die auf die Menschen im Garten gerichtete Fernsehkamera und die Scheinwerfer am Zaun. Die Gestalten dahinter waren nur schemenhaft zu erkennen, aber als er sich in Bewegung setzte, um die Scheinwerfer umzureißen, trat Annie McGowan hinter ihnen hervor und fragte: »Lucas? Habt ihr ihn erwischt?«

Als die Besprechung zu Ende ging, brach draußen bereits der Tag an. Daniel wirkte überanstrengt, vor Müdigkeit fast ausgemergelt. Er war unrasiert und trug keine Krawatte. Lucas hatte ihn im Dienst noch nie ohne Krawatte gesehen. Die beiden Deputy Chiefs rutschten nervös in ihren Sesseln hin und her.

»... begreife nicht, weshalb wir nicht automatisch sämtliche Thunderbirds angehalten haben, als diese Sache losgegangen ist«, sagte Daniel.

»Das hätten wir tun sollen, aber keiner hat sich zuständig gefühlt«, antwortete der Chef des Überwachungsteams. »Als die Schießerei angefangen und Blaney nach Krankenwagen und Verstärkung gerufen hat, hat niemand mehr daran gedacht. Lucas hat den Befehl ziemlich schnell gefunkt – nur sechs Minuten später ...«

»Sechs Minuten – Jesus!« Daniel lehnte sich mit geschlossenen Augen in seinen Sessel zurück. Er sprach ruhig, aber seine Stimme zitterte. »Wenn eines der Überwachungsteams das Auftauchen des Werwolfs sofort gemeldet hätte, wäre der Befehl an alle Streifenwagen weitergegeben worden, bevor Blaneys Meldung eingegangen wäre. Damit wäre die Fehlentscheidung der Dispatcherin vermieden worden – und wir wären acht bis neun Minuten schneller gewesen. Falls der Werwolf – wie Lucas vermutet – in der Nähe der Einfahrt zur

Interstate geparkt hatte, hat er zu dem Zeitpunkt, als die Fahndung nach seinem Wagen angelaufen ist, bereits irgendwo in einer Stadt bei einem Drink gesessen.«

Alle schwiegen bedrückt.

»Was ist mit diesem Carl Werschel?«, fragte einer.

Daniel öffnete ein Auge und sah zu dem städtischen Juristen hinüber, der mit seinem Aktenkoffer zwischen den Füßen im Hintergrund saß.

»Das müssen wir noch prüfen«, sagte der Rechtsanwalt. »Es dürfte zum Prozess kommen, aber wir sind eindeutig berechtigt gewesen, sein Grundstück in Verfolgung eines Mörders zu betreten. Theoretisch hätte er so bissige Hunde trotz des hohen Zauns in einem geschlossenen Zwinger halten müssen. Und als er aus dem Haus gekommen ist und das Feuer eröffnet hat, ist Sickles eindeutig berechtigt gewesen, seine Partnerin und sich zu verteidigen. Er hat richtig gehandelt.«

»Da gibt's also keine Probleme?«, fragte der andere Deputy Chief.

»Kann sein, dass die Geschworenen der Ehefrau ein paar Dollar Schadenersatz zusprechen, aber darüber würde ich mir keine Sorgen machen«, antwortete der Jurist.

»Unser Problem besteht darin«, stellte Daniel ausdruckslos fest, »dass dieser Killer noch immer auf freiem Fuß ist, während wir wie Clowns aussehen, die kopflos rumlaufen und Unbeteiligte abknallen. Von Prügeleien nach Misserfolgen ganz zu schweigen.«

Danach entstand wieder eine Pause. »Okay, machen wir uns wieder an die Arbeit«, sagte Daniel schließlich. »Lucas? Ich möchte mit Ihnen reden.«

»Was haben Sie noch?«, fragte er, als sie wieder allein waren.

»Nichts, überhaupt nichts. Bei dieser Sache mit der McGowan hab' ich irgendwie geahnt, dass...«

»Reden Sie keinen Scheiß, Lucas! Wir wissen beide genau, dass Sie sie als Köder benutzt haben, und ich sage Ihnen, dass ich sofort wieder zustimmen würde, wenn wir diese Chance noch einmal hätten. Das hätte klappen müssen! Dieser Scheißkerl!« Daniel schlug mit einer Faust auf den Schreibtisch. »Wir haben den Burschen praktisch in der Hand gehabt. Wir haben diesen verdammten Hurensohn so gut wie gehabt!«

»Ich hab' versagt«, gestand Lucas trübselig. »Als die Schießerei angefangen hat, bin ich über den Zaun gesprungen und habe Werschel dort liegen sehen und gleich gewusst, dass er nicht der Werwolf sein konnte, weil der Werwolf ganz schwarz gekleidet war. Sally hat stark blutend dagelegen, aber Sickles und die anderen Jungs hätten sich um sie kümmern können. Ich hätte die Verfolgung nicht abbrechen dürfen. Ich hätte den Werwolf über den hinteren Zaun verfolgen und Sally den anderen Jungs überlassen müssen. Daran dachte ich auch. Ich hatte den Impuls, den Kerl weiterzuverfolgen, aber Sally blutete stark, und von den anderen rührte sich keiner ...«

»Sie haben richtig gehandelt«, unterbrach Daniel ihn, um Lucas' Bekenntnis zu beenden. »Sally ist praktisch vor Ihren Augen niedergeschossen worden! Da ist's bloß menschlich, sich um sie zu kümmern.«

»Ich hab' versagt«, murmelte Lucas.

»Ich kann hören, wie die Medien ihre Nägel zurechtlegen. Sie werden uns ans Kreuz schlagen«, sagte Daniel.

»Ziemlich schwer, sich noch für diesen Scheiß zu interessieren«, knurrte Lucas.

»Warten Sie nur ab! In ein paar Tagen interessiert er sie bestimmt wieder.« Der Chief zögerte. »Channel Eight hat Aufnahmen von Cochrane und Ihnen, sagen Sie?«

»Yeah. Verdammt noch mal, das tut mir Leid! Der Junge ist noch neu. Ich hab' einfach die Nerven verloren.«

»Soviel ich gehört habe, wird's schwierig sein, Ihre Vorwürfe zurückzunehmen. Die meisten der Cops, die dabei waren, finden, dass Sie Recht hatten. Sally ist bei den Kollegen sehr beliebt gewesen. Wenn Cochrane ruhig geblieben wäre, hätte er die Garagenzufahrt abriegeln können, ohne dass der Werwolf etwas gemerkt hätte. Ihr hättet ihn zwischen euch eingekesselt, und keiner hätte diesen Garten mit den Scheißhunden betreten müssen.«

»Die Gewissheit, ihn nur knapp verfehlt zu haben, hilft uns auch nicht weiter«, stellte Lucas fest.

»Schlafen Sie ein paar Stunden, und kommen Sie nachmittags wieder her«, riet Daniel. »Dann müsste ein wenig mehr Klarheit herrschen. Bis dahin wissen wir auch, was wir von den Medien zu erwarten haben. Und wir können uns überlegen, wie wir weitermachen wollen.«

»Ich kann Ihnen keinen Rat geben«, sagte Lucas. »Ich bin völlig ausgelaugt.«

23

Sie holten ihn nicht ab.

Irgendwo im Hinterkopf konnte er kaum fassen, dass sie ihn nicht abholten.

Er torkelte durch die Verbindungstür zwischen Garage und Wohnung, trat einen Schritt ins Wohnzimmer, merkte dann, dass er klebrigen, gelben Lehm an den Schuhen hatte, und blieb stehen. Er verharrte eine Minute lang unbeweglich, während seine keuchenden Atemzüge sich beruhigten, trat danach vorsichtig auf den gefliesten Küchenboden zurück und zog sich aus. Er streifte sämtliche Kleidungsstücke ab – auch die Unterwäsche – und ließ sie in einem Stapel auf dem Boden liegen.

Sein Bein blutete, und er saß auf dem Rand der Badewanne, um es zu betrachten. Die Bisswunde war nicht allzu tief, aber an den Rändern ausgefranst. Unter normalen Umständen hätte er eine Notfallambulanz aufgesucht, um diese Wunde nähen zu lassen. Das konnte er jetzt nicht. Er biss die Zähne zusammen und wusch die Wunde sorgfältig mit Seife und heißem Wasser aus. Danach zog er den Duschvorhang zu und säuberte auch den Rest seines Körpers, seine Hände, sein Haar und sein Gesicht. Vor allem bürstete er sich die Fingernägel, unter denen Lehmspuren zurückgeblieben sein konnten.

Noch während er unter der Dusche stand, verlor er plötzlich die Selbstbeherrschung und begann zu würgen. Er lehnte ängstlich und nervös an der gekachelten Wand. Aber er durfte sich nicht gehen lassen. Dieser Luxus blieb ihm versagt. Auch den Luxus, über seine Lage nachzudenken, konnte er sich nicht leisten. Er musste handeln.

Der Werwolf rang um Selbstbeherrschung. Er duschte zu Ende, trocknete sich mit einem rauen Badetuch ab und verband die Bisswunde mit einem Mullpolster und Heftpflaster. Danach zog er im Schlafzimmer saubere Sachen an und ging in die Küche zurück.

Alle Kleidungsstücke, die er an diesem Abend getragen hatte, waren überall erhältlich: Jeans, ein schwarzer Rollkragenpullover, eine schwarze Skijacke aus einem Sportgeschäft. Jockey-Unterwäsche. Eine schwarze Wollmutze ohne Markenzeichen. Joggingschuhe. Er leerte seine Jackentaschen aus. Das Tuch, die Handschuhe, das Klebeband, die Socke, die Kartoffel und die Kondompackung bildeten einen kleinen Haufen auf dem Fußboden.

Das Brecheisen hatte er auf der Flucht verloren, aber darauf waren bestimmt keine Fingerabdrücke zu finden; die Cops konnten nichts damit anfangen. Er raffte die Kleidung zusammen, steckte sie mitsamt den Schuhen in die Waschmaschine und stellte sie an.

Während die Maschine lief, ging er mit dem Staubsauger in die Garage und saugte den Wagen aus. An einigen Stellen war der Lehm noch feucht und klebte zäh im Teppichboden. Er ging ins Haus zurück, holte einen Plastikeimer mit Wasser, dem er etwas Spülmittel zusetzte, und machte sich daran, die schmutzigen Stellen sorgfältig auszuwaschen. Falls die Cops den Wagen in einem kriminaltechnischen Labor untersuchen ließen, waren bestimmt noch Lehmpartikel zu finden. Darüber musste er noch nachdenken. Und um ganz sicherzugehen, würde er den Teppichboden nochmals absaugen, sobald die feuchten Stellen trocken waren.

Nachdem der Werwolf mit dem Wagen fertig war, ging er ins Haus zurück, sah nach der Waschmaschine, deren Waschvorgang beendet war, und steckte Kleidung und Schuhe in den Trockner.

Dann zog er ein Paar Latexhandschuhe an. Unter dem Ausguss holte er eine Rolle mit großen schwarzen Müllbeuteln hervor, riss einen davon ab, öffnete ihn, nahm den Filterbeutel aus dem Staubsauger und warf ihn hinein. Danach folgten die Sachen aus den Jackentaschen sowie die angebrochene Packung Haushaltstücher aus dem Putzschrank.

Noch etwas? Die Kartoffeln? Aber das wäre lächerlich gewesen. In jedem Haushalt gab es Kartoffeln. Andererseits war es vielleicht möglich, durch genetische Untersuchungen nachzuweisen, dass sie alle vom selben Feld stammten. Die Kartoffeln wanderten in den Müllbeutel.

Seine Kleidungsstücke waren noch im Trockner. Der Werwolf ging ins Schlafzimmer zurück und nahm die Klarsichthülle mit Zeitungsausschnitten aus der Kommode. Die oberste Schlagzeile hieß: SERIENMÖRDER LAUERT FRAUEN AUS DEN TWIN CITIES AUF. Auf dem Weg ins Bad zog er den Ausschnitt aus der Klarsichthülle und überflog ihn ein letztes Mal. Dann zerriss er einen Ausschnitt nach dem anderen in winzige Fetzen, die er in der Toilette hinunterspülte.

Als seine Sachen trocken waren, kamen sie in einen weiteren Müllbeutel. Um dreiundzwanzig Uhr hatte er seine gesamte Ausrüstung und alle Kleidungsstücke, die er bei dem Unternehmen McGowan getragen hatte, in zwei Müllbeuteln verpackt. Er rief eine Leihwagenfirma am Flughafen an und erfuhr, dass ihr Schalter bis Mitternacht geöffnet war. Er ließ sich einen Wagen auf seine Visa-Karte reservieren, telefonierte nach einem Taxi, fuhr zum Flughafen, übernahm den Mietwagen und fuhr damit nach Hause zurück. Er hielt es für besser, sein eigenes Auto eine Zeit lang nicht zu benutzen. Der Lärm vor dem Haus der McGowan und die Schießerei mussten die gesamte Nachbarschaft geweckt haben. Falls jemand beobachtet hatte, wie er weggefahren war … Und die Cops waren womöglich verzweifelt genug, um jeden Thunderbird auf der Straße anzuhalten und die Insassen zu überprüfen.

Zu Hause verstaute er die Müllbeutel mit Kleidungsstücken und seiner Ausrüstung im Kofferraum des Leihwagens. Wenige Minuten nach Mitternacht war er auf der Interstate 95 nach Osten unterwegs, durchquerte St. Paul und fuhr nach Wisconsin. Er hielt an jedem Rastplatz zwischen St. Paul und Eau Claire, um einzelne Kleidungsstücke und Ausrüstungsgegenstände in verschiedene Abfallbehälter zu werfen.

Von der Skijacke, die hundertsechzig Dollar gekostet hatte, trennte er sich nur ungern. Aber auch sie musste weg. Möglicherweise waren in den Gewebeporen auch nach dem Waschen mikroskopisch kleine Lehmpartikel zurückgeblieben. Aber er konnte sie nicht einfach in die nächste Mülltonne stopfen. Dazu war sie zu teuer. Irgendjemand konnte sich fragen, weshalb sie weggeworfen worden war – und die Medien würden in sensationeller Aufmachung über den Anschlag des schwarz gekleideten Werwolfs auf Annie McGowan berichten. Er ließ die Jacke in einem Fernfahrertreff auf der Toilette hängen, als hätte jemand sie dort vergessen. Mit etwas Glück würde sie in Boise, Idaho, landen.

Ähnlich problematisch waren die Schuhe, neue, modische mattschwarze Reeboks, die sich gut trugen. Er warf sie mit über einer Meile Abstand einzeln durchs offene Autofenster in den Straßengraben. Als Ersatz würde er sich neue Sportschuhe kaufen müssen. Für den Fall, dass die Cops im Lehm seine Abdrücke fanden und die Schuhe als Reeboks identifizierten, blieb er jedoch am besten bei Nike Airs.

In Eau Claire nahm der Werwolf sich in einem etwas abgelegenen Motel ein Zimmer und zahlte mit seiner Visa-Karte. Die Quittung trug keinen Zeiteindruck. Sollte die Polizei eines Tages hinter ihm her sein, würde der verschlafene Jüngling an der Rezeption sich bestimmt nicht mehr an ihn erinnern – und erst recht nicht an seine Ankunftszeit. Und die Quittung konnte unter Umständen beweisen, dass er zum Zeitpunkt des Überfalls auf die McGowan in Eau Claire gewesen war.

In seinem Zimmer zog er sich aus, duschte noch einmal und verband die Bisswunde neu. Gegen drei Uhr lag er endlich im Bett, schaltete die Nachttischlampe aus und zog seine Decke bis unters Kinn hoch.

Jetzt konnte er nachdenken. Er lag hellwach in der Dunkelheit und rief sich seinen Weg vom Auto zum Haus der McGowan ins Gedächtnis zurück. Schwach beleuchtete Nebenstraßen entlang. Ein anspringender Automotor. Wo war er zu diesem Zeitpunkt gewesen? Der Werwolf war noch nicht auf die Garagenzufahrt abgebogen. Dann ein zweiter Wagen, dessen Motor plötzlich ansprang.

Die Polizei hatte das Haus der McGowan überwacht, darüber war er sich jetzt im Klaren. Sie hatte dem Werwolf eine Falle gestellt, die eigentlich hätte zuschnappen müssen. Davenport? Höchstwahrscheinlich. Der Lieutenant hatte ihn – vermutlich mit der Frau als Komplizin – förmlich zu diesem Überfall getrieben.

Der Werwolf wusste, dass er eines Tages gefasst werden würde.

In dieser Beziehung machte er sich keine Illusionen. Aber er hatte stets angenommen, dass unkontrollierbare und unvorhersehbare Umstände ihn ans Messer liefern würden. In wach erlebten Albträumen hatte er sich den Kampf mit einer Frau vorgestellt – vielleicht wie der Kampf mit Carla Ruiz. Und das Dazwischentreten eines Mannes oder sogar einer Menschenmenge, die ihn lynchen wollte.

In diesen Visionen schien der Mob ihn durch ein Kaufhaus zu verfolgen, wobei Kundinnen kreischten, Kleiderständer durcheinanderfielen und Vitrinen zu Bruch gingen. Die Idee war lächerlich, aber sie wirkte durchaus real: Der Werwolf sah sich durch scheinbar endlose Alleen von Kleiderständern flüchten, während der Mob ihm dicht auf den Fersen war und allmählich aufholte.

Aber er hatte sich nicht vorgestellt, überlistet, hereingelegt zu werden. Er hatte sich nicht vorgestellt, *das Spiel zu verlieren, weil der Gegner zu unfairen Mitteln griff.*

Trotzdem hatte er beinahe verloren.

Im Hinterkopf konnte er noch immer nicht glauben, dass sie nicht gekommen waren, um ihn abzuholen. Dass sie nicht wussten, wer er war.

In Gedanken ging er nochmals die Vernichtung des Beweismaterials in seinem Apartment durch. Er war davon überzeugt, gute Arbeit geleistet zu haben – aber war irgendwo eine verräterische Lehmspur zurückgeblieben? War es möglich, dass jemand sich sein Autokennzeichen gemerkt hatte?

Die Videokassette! Verdammt noch mal, er hatte die Videokassette mit den Nachrichtensendungen vergessen! Augenblick: Da nicht feststand, wann über den Werwolf berichtet werden würde, hatte er vorsichtshalber ganze Sendungen aufgezeichnet. In manchen – die in den letzten Wochen allerdings selten gewesen waren – war er überhaupt nicht erwähnt worden. Deshalb war die Videokassette vermutlich nicht verräterisch. Auf ihr befanden sich keine so deutlichen Hinweise auf den Werwolf, wie die Zeitungsausschnitte sie enthalten hatten.

Wegen der Vernichtung der Zeitungsausschnitte empfand er ein gewisses Bedauern. Vielleicht hätte er sie doch behalten sollen; vielleicht hätte er sie mitnehmen und morgen in Eau Claire in einem Bankschließfach deponieren sollen.

Zu spät! Und vermutlich zu gefährlich. Wenn er mit den Frauen fertig war, wenn er die Twin Cities verließ – vielleicht wurde es allmählich Zeit –, konnte er sich in der Stadtbibliothek Fotokopien besorgen.

Während die nächtlichen Ereignisse vor seinem inneren Auge kaleidoskopartig wechselnde Formen annahmen, zog der Werwolf, dessen Wade jetzt wie Feuer brannte, die Bettdecke etwas höher und wartete auf den Morgen.

24

Auf dem Heimweg schaute Lucas noch einmal bei Annie McGowan vorbei. Vor Werschels Haus standen ein halbes Dutzend Streifenwagen, drei neutrale Dienstwagen und der Laborwagen der Spurensicherer. Zwei weitere Streifenwagen parkten unmittelbar vor dem Haus der McGowan. Ein Übertragungswagen von Channel Eight mit einer Satellitenantenne auf dem Dach war rückwärts auf ihren Rasen gefahren; fünf oder sechs schwarze Kabel schlängelten sich aus dem Fahrzeug aufs Haus zu und verschwanden darin.

Ein Lieutenant vom Streifendienst sah ihn kommen und stieg aus seinem Wagen.

»Lucas! Ich dachte, Sie sind heimgefahren«, sagte er.

»Bin dorthin unterwegs. Wie sieht's aus?«

»Wir suchen die ganze Umgebung ab. Im Kanalschacht haben wir Fußabdrücke gefunden, als sei er dort reingefallen. Dabei könnte er sich verletzt haben.«

»Blutspuren?«

»Nein. Aber wir haben alle Krankenhäuser alarmiert und die Personenbeschreibung auf dem Handzettel um einen Hinweis auf mögliche Lehmspuren ergänzt. In den Krankenhäusern halten sie jetzt die Augen offen.«

»Gut. Habt ihr jemanden gefunden, der ihn gesehen hat, nachdem er aus dem Graben geklettert ist? Weiter im Norden?«

»Bisher noch nicht. Wir wollen sechs, sieben Blocks weit von Haus zu Haus gehen und …«

»Konzentriert euch auf die zur Interstate führende Straße. Ich gehe jede Wette ein, dass er dort geparkt hat.«

Der Lieutenant nickte. »Das haben wir bereits getan. Zum Teil haben wir die Leute schon vor Tagesanbruch aus den Betten geholt. Ergebnislos.«

»Was ist mit den Fußabdrücken? Sind sie brauchbar?«

»Yeah, sie sind ziemlich gut. Sie stammen von …«

»Nike Airs«, warf Lucas ein.

»Nein«, sagte der Lieutenant stirnrunzelnd. »Er hat Reeboks getragen. Als wir den Fund gemeldet haben, ist ein Techniker mit einem Sohlenkatalog gekommen und hat die Abdrücke verglichen. Er macht jetzt Abgüsse davon, damit sie im Labor identifiziert werden können, aber die Marke steht eindeutig fest. Er hat ladenneue Reeboks ohne Abnutzungsspuren an den Sohlen getragen.«

Lucas kratzte sich am Kopf. »Reeboks?«

Annie McGowan strahlte. Obwohl es erst sieben Uhr war, machte sie den Eindruck, schon stundenlang wach zu sein.

»Lucas!«, rief sie, als sie ihn an der Haustür stehen sah. »Komm doch rein!«

»Große Show heut Abend?«

»Eher mittags, nachmittags *und* abends. Im Augenblick bereiten wir eine Übertragung zur *Good-Morning-Show* vor.« Sie warf einen Blick auf ihre Uhr. »In einer Viertelstunde.«

Ein Produzent kam aus dem Wohnzimmer, erkannte Lucas und hastete auf ihn zu. »Lieutenant, wie sind die Aussichten für ein kurzes Interview mit Ihnen?«

»Worüber?«

»Über die Sache von heute Nacht. Wie alles gelaufen ist, was schief gegangen ist.«

Lucas zuckte mit den Schultern. »Wir haben Scheiß gebaut. Soll ich das vor der Kamera sagen?«

»Wenn Sie's sagen wollen, würden wir's wahrscheinlich so senden«, antwortete der Produzent.

»Haben Sie vor, die Aufnahmen von der Schlägerei zu verwenden?«

Der Produzent kniff die Augen zusammen. »Die bringen unglaublich Action rein«, bekannte er.

»Wenn Sie die verwenden, sage ich kein Wort«, erklärte Lucas. »Wenn Sie darauf verzichten, kriegen Sie das Interview.«

»Ich kann Ihnen nichts versprechen«, antwortete der Produzent. »Aber ich rede mit dem Nachrichtendirektor darüber.«

»Okay«, sagte Lucas müde, »ich gebe ein kurzes Interview. Aber ich will vorher wissen, welche Fragen kommen, und dulde keine Tricks, verstanden?«

»Großartig!«

»Und Sie versuchen, die Aufnahmen von der Schlägerei zurückzuhalten?«

»Yeah, klar.«

Die Aufzeichnung des Interviews dauerte – durch die Direktübertragung mit Annie McGowan unterbrochen – fast eine Stunde. Als Lucas heimkam, stöpselte er das Telefon aus und ließ sich aufs Bett fallen, ohne sich erst auszuziehen. Er wachte von einem Hämmern gegen die Haustür auf, setzte sich auf und sah auf den Wecker. Es war kurz vor dreizehn Uhr.

Das Hämmern verstummte. Lucas setzte die Füße auf den Boden, rieb sich den Nacken und stand auf. Dann klirrte etwas gegen sein Schlafzimmerfenster. Er runzelte die Stirn hob die Jalousie an und sah Jennifer Carey auf dem Rasen stehen.

»Mach auf!«, rief sie laut. Er nickte, ließ die Jalousie herunterfallen und ging zur Haustür.

»Ich hab's geahnt«, sagte Jennifer aufgebracht. »Ich weiß nicht, warum ich nicht gleich draufgekommen bin, aber sowie der versuchte Überfall gemeldet worden ist, hab' ich's genau gewusst.« Sie behielt ihren Mantel an und blieb in der Diele stehen, anstatt wie sonst in die Küche weiterzugehen.

»Was gewusst?«, fragte Lucas verschlafen.

»Du hast Annie McGowan als Köder benutzt. Absichtlich. Du hast ihr die verrückten Tipps gegeben, um den Werwolf in Rage zu bringen und auf sie zu hetzen.«

»Mein Gott, Jennifer.«

»Ich hab' recht, stimmt's?«

Er winkte ab und wollte ins Wohnzimmer gehen.

»Na, jedenfalls hat sie's dir kräftig heimgezahlt«, spottete Jennifer.

Lucas drehte sich um. »Was soll das heißen?«

»Zuerst deine grässliche Beichte vor der Kamera. Du weißt schon – dass alles deine Schuld gewesen ist. Und anschließend die Szene, in der du diesen armen Jungen zusammenschlägst.«

»Das wollten sie nicht zeigen«, murmelte Lucas betroffen. »Wir hatten eine Abmachung...«

»Worüber?«

»Ich habe ihnen das Interview gegeben, und der Produzent wollte mit dem Nachrichtendirektor reden, damit die Aufnahmen nicht gesendet werden.«

Jennifer schüttelte den Kopf. »Mein Gott, Lucas, manchmal bist du so naiv! Dabei kennst du dich angeblich mit den Medien aus. Diese Aufnahmen *mussten* sie doch verwenden! Mann, das war tolle Action: erst eine Riesenschießerei mit zwei Toten und dann ein Lieutenant, der einen jungen Kollegen zusammenschlägt, der an allem schuld gewesen sein soll. Wahrscheinlich bist du heute Abend in ganz Amerika im Fernsehen zu bewundern.«

»Ach, Scheiße.« Lucas sank aufs Sofa und fuhr sich mit allen zehn Fingern durchs Haar.

Jennifer, die ihm gefolgt war, strich ihm sanft über den Kopf.

»Ich bin rübergekommen, um zu sehen, ob wir dich noch mal gebrauchen können. Und ich meine *gebrauchen.*«

»Wie denn?«

»Wir möchten ein Interview mit dir und Carla Ruiz aufzeichnen. Du erzählst, was du über den Mörder weißt, und die Ruiz schildert, wie er sie überfallen hat. Das Interview führt Ellie Carlson – ich bin die Produzentin.«

»Warum gerade jetzt?«

»Willst du die Wahrheit hören? Wenn wir heute Abend nicht auch eine kleine Sensation bringen, schaden die McGowan und Channel Eight uns so sehr, dass wir wochenlang darunter zu leiden haben. Das tun sie ohnehin, aber durch euer gemeinsames Interview können wir uns wenigstens bei einer der Nachrichtensendungen einen gewissen Zuschaueranteil sichern. Vor allem, wenn wir die Sache richtig aufziehen.«

»Werden diese Woche wieder Einschaltquoten ermittelt?«

»Erraten!«

»Ich muss erst mit dem Chief reden.«

Daniel war mürrisch und einsilbig. Er bot Lucas mit einer Handbewegung einen Sessel an, wandte sich ab und starrte auf die Straße hinunter.

»Ich habe Ihr Interview in Channel Eight gesehen. Sie haben versucht, die Schuld auf sich zu nehmen. Nett, dass Sie's getan haben.«

»Ich dachte, das könnte vielleicht nützen.«

»Wie denn? Ich habe Cochrane zwei Wochen Sonderurlaub gegeben. Er soll sich von den Medien fern halten und sein Gesicht in Ordnung bringen lassen. Sie haben ihn scheußlich zugerichtet.«

»Ich könnte ihn besuchen und mit ihm reden«, bot Lucas an.

»Ach, ich weiß nicht«, meinte Daniel. »Vielleicht lassen Sie sich lieber nicht so schnell wieder bei ihm blicken.«

Lucas rutschte unbehaglich hin und her. »Ich fange nicht gern davon an, aber Jennifer Carey will ein gemeinsames Interview mit mir und Carla Ruiz. Wegen der Einschaltquoten – das gibt sie ganz ehrlich zu. Sie glaubt, Channel Eight mit einem guten Interview etwas Konkurrenz machen zu können. Für uns hätte das den Vorteil, dass auch mal was Positives gesendet würde.«

»Tun Sie, was Sie für richtig halten«, sagte Daniel ohne sonderliches Interesse und starrte weiter auf die Straße hinunter.

»Haben die Jungs am Tatort was gefunden, das wir verwenden könnten?«

»Nicht, dass ich wüsste«, antwortete Daniel. Sie saßen einen Augenblick schweigend da, bevor der Chief sich seufzend umdrehte.

»Die Mordkommission erwischt diesen Kerl höchstens durch Zufall«, stellte er fest. »Nachdem er diesmal nur knapp davongekommen ist, haben wir ihn für ein, zwei Wochen vergrämt – aber er kommt zurück. Oder er beschließt, Minneapolis ganz zu verlassen und anderswo weiterzumachen. Aber das muss verhindert werden! Ich will ihn hier stellen. Und dazu brauche ich Sie. Gut, die Sache mit der McGowan ist eine Katastrophe gewesen, aber ich denke trotzdem immer: Es war keine totale Katastrophe. Ich sage mir: Schließlich hat Davenport den Kerl richtig eingeschätzt. Und was ihm einmal gelungen ist, schafft er vielleicht auch ein zweites Mal. Vielleicht … Ich weiß es nicht.«

»Mein gottverdammtes Hirn ist ausgebrannt«, seufzte Lucas.

»Sie sind durcheinander«, stellte Daniel fest. »Aber das gibt sich. Dann funktioniert auch Ihr Gehirn wieder.«

»Sie beurteilen die Lage falsch«, sagte Lucas. »Er geht uns nicht ins Netz, weil ich ihn richtig eingeschätzt habe, denn das habe ich nicht. Wir kriegen ihn nur mit viel Glück.«

»Ich hasse es, auf Glück zu vertrauen; ich hatte gehofft, wir könnten etwas Verlässlicheres finden.«

»Auf dieser Welt ist auf nichts Verlass«, antwortete Lucas. »Der Werwolf war bisher wirklich vom Schicksal begünstigt. Die Ruiz hätte mehr über ihn wissen müssen – ich meine, sie hat ihn doch angefasst. Hätte sie ihm die Sturmhaube vom

Kopf gerissen … Auch im Fall Brown hätten wir eine bessere Personenbeschreibung kriegen müssen. Ich denke immer: Wäre Sparks doch auf der anderen Straßenseite gewesen! Vielleicht hätte er sein Gesicht zu sehen bekommen. Und ich denke: Hätte die Lewis sich doch seinen Namen notiert! Hätte sie sich *irgendwas* über ihn notiert. Wir hätten ihn bei der McGowan stellen müssen, zumindest hätten wir, nachdem er geflüchtet war, seinen Wagen – falls er wirklich einen Thunderbird fährt – anhalten müssen. Bisher hat der Kerl unglaublich viel Glück gehabt. Aber in der Welt der Spieler gibt es eine Gewissheit: Irgendwann verlässt einen das Glück, genauso wie jede Pechsträhne irgendwann einmal zu Ende ist.«

»Weiß der Teufel, jetzt sind allmählich wir dran!«, sagte Daniel.

Jennifer hatte bereits mit Carla über ein Interview gesprochen, und als Lucas sie anrief, um sich einverstanden zu erklären, teilte sie ihm mit, dass auch Carla bereit war. Jennifer würde das Interview ab fünfzehn Uhr aufzeichnen und um achtzehn Uhr in einer stark gekürzten Fassung senden. Das ungekürzte Interview sollte dann für die zu diesem Zweck eigens verlängerten Zweiundzwanziguhrnachrichten angekündigt werden.

»Zieh einen Anzug an«, sagte sie, »und ein blaues Hemd.«

Das Interview dauerte fast eine Dreiviertelstunde. Lucas war kühl und distanziert, Carla warm und engagiert. Nach entsprechenden Schnitten würde es gut wirken. Während Jennifer verfolgte, wie die Interviewerin mit den beiden sprach, erkannte sie plötzlich, dass Lucas mit Carla schlief – oder mit ihr geschlafen hatte.

Nach dem Interview verließ sie das Atelier nach den Technikern, die ihre Geräte zum Fahrzeug hinunterbrachten, gemeinsam mit Lucas. Im Aufzug sagte sie plötzlich: »Ich habe dich in Verdacht gehabt, mit Annie McGowan zu schlafen.

Jetzt weiß ich, dass ich mich getäuscht habe. Du hast mit Carla Ruiz geschlafen.«

»Ach, Mann, Jennifer, lass mich heut damit in Ruhe«, wehrte Lucas ab. Er starrte den Kabinenboden an.

»Eigentlich macht mir das nicht viel aus«, fuhr sie traurig fort. »Ich wusste, dass es eines Tages passiert. Ich hab' nur gehofft, dass es nicht schon so bald passieren würde.«

»Damit ist's vorbei, glaub' ich«, antwortete Lucas niedergeschlagen.

»Bloß ein flüchtiges Abenteuer?«

Lucas schüttelte den Kopf. »Vor ein paar Tagen hat sie mir einen kleinen Vortrag gehalten. Sie hat mich gern, aber sie ist bereit, mir den Laufpass zu geben, sobald ich sie bei der Arbeit störe.«

»Du Ärmster, das ist dir noch nie passiert, was?«, fragte Jennifer. Ihre Stimme klang sarkastisch, aber zugleich rollte ihr eine Träne über die Wange.

Lucas wischte die Träne mit dem Daumen weg. »Lass das, verdammt noch mal!«

»Warum? Verträgst du keine wahren Gefühlsregungen?«

Er starrte wieder den Boden zwischen seinen Füßen an, bevor er dann ruckartig den Kopf hob. »Manchmal kennt man sich doch nicht so gut, wie man glaubt. Du machst mich fertig, und ich soll das ertragen wie ein Mann. Weißt du, wonach mir zumute ist? Ich würde am liebsten heimfahren, meinen Fünfundvierziger in den Mund stecken und mir eine Kugel durch den Kopf jagen. Ein Verrückter hat mir eine schwere Niederlage beigebracht. Vielleicht erhole ich mich davon, vielleicht auch nicht. Aber ich werde sie nie vergessen… nicht in diesem Leben!«

Dann öffnete sich die Aufzugtür, und Lucas ging davon, ohne sich noch einmal umzusehen.

Elle beobachtete ihn über den großen Spieltisch hinweg. Der Buchmacher und der Rechtsanwalt waren zusammen weggegangen; die beiden Studenten waren ihnen wenig später gefolgt. Der Lebensmittelhändler stand noch über die Landkarte gebeugt und dachte nach.

Meade war kein Dummkopf. Nach eintägigen Kämpfen, bei denen die Konföderierten die meisten Höhenzüge südlich von Gettysburg beherrschten, ging er langsam in Richtung Washington nach Süden zurück. Dort erwarteten ihn vorbereitete Stellungen. Jetzt war Lee am Zug. General Lee – Elle, der Lucas als Longstreet Ratschläge gab – konnte weiter nach Norden vormarschieren. Die besetzten Unionsgebiete konnte er jedoch vermutlich nicht halten. Oder er konnte Meades nach Süden zurückgehende Armee verfolgen. Diese Armee würde ohnehin vernichtet werden müssen. Eine Verfolgung Meades durch Lee entsprach dem napoleonischen Angriff, der damals bei Gettysburg fehlgeschlagen war. Stellte er den Gegner bei Washington, wo er die Berge im Westen und den Potomac im Süden hatte, musste es zu einer erbitterten Entscheidungsschlacht kommen. Lucas' Spiel konnte den amerikanischen Bürgerkrieg zwei Jahre früher beenden …

»Du darfst nicht ständig darüber nachdenken«, sagte Elle.

»Was?« Lucas hatte auf den hinteren Beinen seines Stuhls balanciert und die Zimmerdecke angestarrt.

»Du darfst nicht ständig über euren Misserfolg bei Annie McGowans Haus grübeln. Das hat keinen Zweck. Du hättest ihn beinahe gefasst. Du hast ihn erfolgreich angelockt. Wenn du aufhörst, vor Selbstmitleid zu zerfließen, fällt dir wieder was Neues ein.«

Lucas ließ den Stuhl nach vorn kippen und stand auf.

»Das Problem ist, dass mir nichts mehr einfällt. Mein Verstand ist wie gelähmt. Ich glaube, dass der Kerl nicht wieder auftaucht.«

»Nein, demnächst passiert was«, behauptete sie. »Du kennst doch den Rhythmus solcher Spiele, der uns sagt, dass irgendwas passieren wird, selbst wenn es nicht zwingend notwendig erscheint. Diesen Rhythmus spüre ich auch hier. Und er kündigt an, dass der ganze Fall kurz vor der Lösung steht.«

»Das Problem ist nur: Wie?«, warf der Lebensmittelhändler ein.

»Richtig, das ist das Problem«, bestätigte Lucas. »Genau! Was ist, wenn der Kerl einfach wegzieht? Er könnte anderswo weitermachen, ohne dass wir auch nur davon erführen. Und wir haben eigentlich nichts gegen ihn in der Hand. Keinen wirklich brauchbaren Hinweis. Wenn er abhauen will, können wir ihn nicht daran hindern.«

»Das tut er nicht«, behauptete Elle nachdrücklich. »Diese Sache nähert sich ihrem Ende. Ich spüre, dass alle Räder in Bewegung sind.«

»Hoffentlich«, murmelte Lucas. »Das halte ich nicht mehr lange aus, fürchte ich.«

»Wir beten für dich«, antwortete Elle, und Lucas merkte, dass auch die zweite Nonne ihn beobachtete. Sie nickte ihm zu. »Jeden Abend, Lucas. Gott wird uns erhören. Du musst den Kerl fassen!«

25

Der Werwolf meldete sich von dem Motel in Eau Claire aus telefonisch krank. Er blieb im Bett liegen, sah im Kabelfernsehen Übertragungen aus den Twin Cities und verließ das Motel dann kurz vor Mittag, weil die Zimmer bis zwölf Uhr geräumt sein mussten. Er kam am frühen Nachmittag nach Hause, zog sich um, fuhr ins Büro und behauptete, dass es ihm wieder besser ginge. Er versuchte zu arbeiten, aber das gelang ihm nicht.

Das Fiasko beim Haus der McGowan war die große Sensation. Das ganze Büro sprach davon. Der Werwolf hatte keine Freude an diesem Geschwätz, schöpfte keine Kraft daraus. Man hatte ihm eine Falle gestellt. Davenport hatte sie ihm gestellt, hatte ihn mit Annie McGowan geködert. So gut verstand Davenport ihn also! Er hatte eine Wolfsfalle gestellt. Und er war nur durch Umstände gescheitert, die so bizarr gewesen waren, dass sie sich niemals wiederholen würden.

Der Werwolf wusste, dass er Glück gehabt hatte. Unglaubliches Glück. Es wurde Zeit, über das Spiel nachzudenken. Sollte er lieber aufhören? Nach Punkten führte er mit weitem Vorsprung. Aber konnte er aufhören? Schwer zu sagen. Falls er's nicht schaffte, konnte er vielleicht von hier weggehen. Zurück nach Texas. Fort aus dieser Kälte. Über das Spiel nachdenken.

Er brauchte bis kurz nach siebzehn Uhr, um die Akten auf seinem Schreibtisch – routinemäßige Immobiliensachen und Erbschaftsfälle – aufzuarbeiten. Als er ging, war im Büro eines Kollegen der Fernseher eingeschaltet, was während der normalen Bürozeit nicht gestattet war. Auf dem Bildschirm war Lucas Davenports Gesicht in Nahaufnahme zu sehen. Er hatte Schatten unter den Augen, wirkte aber kühl und beherrscht. Das Bild erstarrte sekundenlang, bevor die Kamera wieder die Moderatorin zeigte.

Der Werwolf trat näher heran, um zu hören, was sie sagte. »...und das vollständige Interview mit Carla Ruiz, dem Opfer, das einen Überfall mit heiler Haut überstanden hat, und Lieutenant Lucas Davenport bringt TV3 heute Abend in den erweiterten Zehnuhrnachrichten.«

Er fühlte sich zwischen Channel Eight und TV3 hin- und hergerissen. Channel Eight hatte während des Spiels die interessantesten Nachrichten gebracht, aber das Interview in TV3 konnte ihm Aufschluss über den Mann geben, der ihm die Falle gestellt hatte. Als er die Gebrauchsanweisung seines Videorecorders studierte, wurde ihm klar, dass er TV3 aufzeichnen konnte, während er Channel Eight sah. Er nahm probeweise eine Fernsehkomödie auf. Es funktionierte tatsächlich.

Annie McGowan war der schöne Star der Abendnachrichten und beherrschte sie. Sie schilderte die polizeiliche Überwachung und zeigte den Alarmpiepser, den sie am Gürtel getragen hatte. Sie erzählte, dass sie nachts im Bett gesessen, auf jeden Laut gehorcht und sich ständig gefragt hatte, ob der Werwolf kommen würde. Sie wurde gezeigt, wie sie sich eine Portion Rührei machte. An den Wänden ihrer Küche hingen unbenutzte Kupferkasserollen. Im Hintergrund tickte eine alte Standuhr.

Nach dieser Einführung schilderte Annie McGowan den Überfall, lief durch die Nacht, wobei die Handkamera ihr unstet springend folgte, und schloss mit der nachgestellten Schießerei, bei der sie alle Rollen selbst spielte. Zuletzt ging es noch über den Zaun zum Kanalschacht, in dem sie auf die Fußabdrücke des Werwolfs im gelben Lehm hinwies.

Das Ganze war professionelles Theater und endete wie ein brillantes Stück mit einem Knalleffekt: der Schlägerei, bei der Davenport, dessen fliegende Fäuste verschwammen, den jungen Cop im grellen Licht der Fernsehscheinwerfer krankenhausreif schlug. Danach kam der Lieutenant mit Mordlust im Blick auf die Kameras zu, bis Annie McGowans Stimme ihn zum Stehen brachte.

Brutal. Davenport war nicht nur ein Spieler. Er war eine Bestie.

Nach der Sendung starrte der Werwolf einige Sekunden lang den Bildschirm an, bevor er das aufgezeichnete TV3-Interview abspielte.

Wieder Davenport, aber diesmal anders. Kühler. Berechnender. Ein Jäger, kein Kämpfer. Diese Eigenschaft erkannte der Werwolf instinktiv. Er kannte sie von Ranchern, die Nachbarn seines Vaters gewesen waren – Männer, die von meinem Rotwild und meinen Antilopen gesprochen hatten.

Carla Ruiz – ihr Gesicht, ihre dunklen Augen – reizte ihn noch immer. Ihr Verhältnis zueinander tat nichts zur Sache; es war kein enges Verhältnis wie zu einer Auserwählten, denn dieses Vorrecht hatte sie längst verspielt. Aber es gab noch unbestreitbare Spuren ihrer früheren Beziehung, und der Werwolf nahm sie wahr und dachte über sie nach.

Wurde er wieder manipuliert? War dies ein weiterer Trick von Davenport? Er glaubte es nicht.

Der Werwolf hatte niemals eine partnerschaftliche Beziehung zu einer Frau gehabt, aber er war äußerst sensibel, was die Beziehungen anderer betraf. Nach etwa der Hälfte des Interviews wurde ihm klar, dass Davenport und Carla Ruiz durch ein spezielles Verhältnis verbunden waren. Sexuell? Ja. Je länger er die beiden beobachtete, desto überzeugter war er, richtig getippt zu haben.

26

»Los, kommen Sie schon mit!« Sloan lehnte am Türrahmen.

»Der Scheiß lohnt nicht, Mann«, wehrte Lucas ab. Er war lethargisch, emotional erstarrt. »Wir wissen, was er zu verbergen hat. Er ist um seinen guten Ruf besorgt. Er hat Rice reingelegt und fürchtet jetzt, bloßgestellt zu werden.«

»Wie fühlen Sie sich?«

»Ha?«

»Wie fühlen Sie sich? Seit dem Fuck-up?«

Lucas musste unwillkürlich grinsen. Das Fiasko bei der McGowan hieß jetzt allgemein »der Fuck-up«. Vom Oberbürgermeister bis hinunter zum kleinsten Cop gebrauchte jeder diesen Ausdruck. Lucas vermutete, dass die ganze Stadt ihn benutzte. »Ich fühl' mich wie Scheiße.«

»Also kommen Sie mit!«, drängte Sloan. »Wir fahren rüber und nehmen dieses Schwein in die Mangel. Das bringt Sie auf andere Gedanken.«

Das war besser, als im Büro zu hocken. Lucas stand ruckartig auf. »Okay, und danach gehen wir irgendwo essen.«

»Und Sie zahlen?«

Der junge Verkäufer ging nach hinten, um Nester zu holen, der sich nicht über ihren Besuch freute.

»Ich dachte, Sie hätten meine Position begriffen«, sagte er und ging ans Telefon. »Sie wollen mich anscheinend systematisch belästigen. Ich rufe jetzt gleich meinen Anwalt an, statt mir anzuhören, was Sie zu sagen haben.«

»Das überlassen wir Ihnen, Nester«, sagte Lucas mit seinem Luchslächeln. »Vielleicht ist das keine schlechte Idee. Wir überlegen noch, ob wir Sie wegen Betrugs verhaften oder Mrs. Rices Anwalt Gelegenheit geben sollen, die Sache zivilrechtlich zu klären. Wenn Sie auf stur schalten, legen wir Ihnen jetzt sofort Handschellen an, nehmen Sie mit und stecken Sie in Untersuchungshaft.«

Der Verkäufer bewegte den Kopf wie beim Tennis von links nach rechts und wieder zurück. Nester sah zu ihm hinüber und behauptete, ohne die Hand vom Telefon zu nehmen: »Ich habe keine Ahnung, wovon Sie reden.«

»Doch, doch«, widersprach Lucas. »Wir reden von Netsuke, die bis zu einer Viertelmillion Dollar wert sein können und die Sie für Versicherungszwecke schätzen sollten. Sie haben dem Besitzer erklärt, die Stücke seien fast wertlos, und sie ihm für ein Butterbrot abgekauft.«

»Das stimmt nicht!«, widersprach Nester aufgebracht. »Ich bin niemals aufgefordert worden, diese Netsuke zu schätzen. Sie sind zum Verkauf angeboten gewesen, und ich habe den geforderten Preis gezahlt. Das war alles.«

»Mrs. Rice schildert die Sachlage ganz anders. Sie ist bereit, damit vor Gericht zu gehen.«

»Bilden Sie sich ein, die Geschworenen würden irgendeiner... irgendeiner Waschfrau mehr glauben als mir? Wenn Aussage gegen Aussage steht...«

»Sie hätten keine Chance«, schaltete sich Sloan mit seiner öligsten Stimme ein. »Nicht die geringste. Hier haben wir einen Mann, der für sein Land gekämpft und sich ein paar Andenken mitgebracht hat, ohne zu wissen, was sie wert sind. Dann lebt er friedlich weiter, ein netter Kerl, arbeitet als städtischer Arbeiter und stirbt schließlich an Krebs, der seinen ganzen Körper Stück für Stück auffrisst. Zuletzt verkauft er seine persönlichen Habseligkeiten, um seiner Frau wenigstens ein bisschen Geld zu hinterlassen. Sie ist selbst schon älter, und die beiden leben von der Hand in den Mund. Wahrscheinlich essen sie Hundefutter... Unter jeder Garantie, wenn ihr Anwalt sich erst mal mit der Sache befasst hat.«

»Vielleicht auch Katzenfutter. Thunfischstücke«, warf Lucas ein.

»Und sie besitzen diesen Schatz, ohne etwas davon zu ahnen«, fuhr Sloan fort. »Daraus könnte ein Happy-End werden – genau wie im Fernsehen. Aber was passiert? Bei ihnen kreuzt ein gerissener Antiquitätenhändler auf, der ihnen für Kunstwerke, die eine Viertelmillion Dollar wert sind, ganze fünfhundert Dollar zahlt. Glauben Sie wirklich, dass die Geschworenen sich auf Ihre Seite schlagen würden?«

»Wenn Sie das glauben, leben Sie in einer Traumwelt«, fügte Lucas hinzu. »Wissen Sie, ich habe gute Freunde bei der

Presse. Diese Geschichte könnte Sie berühmter als den Werwolf-Killer machen.«

»Keine schlechte Idee, finde ich«, stimmte Sloan zu, indem er diesen Gedanken aufgriff. »Wir nehmen ihn mit, stecken ihn wegen Betrugs in Untersuchungshaft und geben eine Pressemitteilung mit seiner Story heraus. Das verringert den Druck, unter dem wir ...«

»Kommen Sie bitte mit nach hinten in mein Büro«, sagte Nester, der jetzt leichenblass war.

Die beiden folgten ihm durch eine schmale Tür nach hinten. Den größten Teil des anderen Raums nahmen die mit Alarmanlagen gesicherten Stahlschränke des Lagers ein, aber in einer Ecke befand sich Nesters elegantes kleines Büro. Der Antiquitätenhändler ließ sich in seinen Schreibtischsessel fallen, blätterte geistesabwesend im Terminkalender und fragte dann: »Wie lässt sich diese Sache aus der Welt schaffen?«

»Wir könnten Sie wegen Betrugs in Haft nehmen, aber daran liegt uns eigentlich nichts. Wir haben andere Sorgen«, antwortete Lucas und nahm auf einem Louis-IV-Stuhl Platz. »Sagen Sie uns einfach, was wir wissen wollen, dann schlagen wir Mrs. Rice vor, sich einen Anwalt zu nehmen und sich gerichtlich mit Ihnen auseinander zu setzen. Oder Sie könnten versuchen, zu einem Vergleich mit ihr zu kommen.«

»Ich habe mit Ihrem Kollegen bereits gesprochen«, protestierte Nester und nickte zu Sloan hinüber. »Ich habe ihm alles gesagt, was zwischen Mr. Rice und mir vorgefallen ist.«

»Ich hatte den starken Eindruck, dass Sie irgendwas zu verheimlichen haben«, sagte Sloan. In dieser Beziehung irre ich mich selten.«

»Hmmm. Offen gesagt habe ich befürchtet, Sie könnten den Preis, den ich für die Netsuke gezahlt habe, übrigens genau den von Mr. Rice geforderten Preis – Verkäufer sollten sich in Acht nehmen! –, für … für unangemessen halten. Ich habe nichts verheimlicht; ich bin lediglich diskret gewesen.«

Lucas verzog das Gesicht. »Hätten Sie uns das gesagt oder wenigstens andeutungsweise erwähnt, hätten wir Sie nicht weiter belästigt«, stellte er fest. »Wir sind hinter dem Revolver her, den Rice gehabt hat. Deshalb befragen wir alle, die kurz vor seinem Tod bei ihm gewesen sind.«

»Ich habe keinen Revolver gesehen; er hat keinen erwähnt oder zum Kauf angeboten«, antwortete Nester. »Bei meinem Besuch habe ich außer ihm niemanden zu sehen bekommen – nicht mal Mrs. Rice. Wir haben kaum miteinander gesprochen. Ich bin hineingegangen und habe gebeten, die Netsuke besichtigen zu dürfen. Er ist im Rollstuhl zum Schrank gefahren, hat eine Schachtel hervorgeholt, sie mir hingelegt und sich wieder in seine Lektüre vertieft. Ich habe nach dem Preis gefragt, und er hat fünfhundert Dollar verlangt. Ich habe ihm einen Scheck ausgestellt und bin gegangen.«

»Das klingt aber nicht nach Rice«, wandte Sloan ein. »Er soll ziemlich redselig gewesen sein.«

»Nicht mir gegenüber«, sagte Nester.

Lucas sah zu Sloan hinüber und schüttelte den Kopf.

»Vermutlich ist er so schweigsam gewesen, weil er mit seinem Testament zu tun hatte«, fuhr Nester fort. »Er musste es durchlesen und unterschreiben, damit sein Anwalt es abholen konnte.«

»Sein Anwalt?« fragte Lucas. Er wandte sich stirnrunzelnd an Sloan. »Sein Anwalt?«

Sloan begann in seinem Ermittlungsordner zu blättern.

»Rice hat gesagt, sein Anwalt sei zu ihm unterwegs«, fügte Nester hinzu. »Hilft Ihnen das weiter?«

»Wir haben hier keinen Anwalt«, stellte Sloan fest.

Lucas schluckte trocken. »Hat er den Namen seines Anwalts zufällig erwähnt?«

»Nein, das glaube ich nicht«, antwortete Nester. »Oder ich hab' ihn vergessen.«

»Vielleicht brauchen wir Sie noch«, sagte Lucas und stand auf. »Kommen Sie, Sloan!«

Sloan steckte einen Quarter in den Einwurfschlitz des Münztelefons. Mary Rice nahm nach dem ersten Klingeln ab.

»Es geht um das Testament Ihres Mannes, Mrs. Rice – haben Sie eine Abschrift davon?... Könnten Sie sie holen?... Gut, ich warte.«

Lucas stand neben ihm, blickte die Straße entlang, wippte auf den Zehenspitzen und überlegte. Ein Rechtsanwalt. Nicht schlecht, aber viel zu einfach! Während Sloan wartete, trat er von einem Fuß auf den anderen.

»Haben Sie auch in der oberen Kommodenschublade nachgesehen?«, fragte Sloan schließlich. »Sie haben mir mal erzählt, dass Sie dort alles Mögliche aufbewahren...«

»Was macht sie bloß?«, knurrte Lucas nervös. Er hätte Sloan am liebsten den Hörer aus der Hand gerissen und sie angebrüllt, sie solle sich beeilen.

»Kann's nicht finden«, antwortete Sloan.

»Kommen Sie, wir fahren hin und stellen das Haus auf den Kopf...«

Sloan hob die freie Hand und sprach weiter. »Sie haben's gefunden? Gut. Sehen Sie bitte auf der letzten Seite nach – steht dort der Name des Anwalts?... Nein, nicht die Firma, sondern der Anwalt. Sein Name müsste in Maschinenschrift unter einer Unterschrift stehen... Okay, buchstabieren Sie ihn mir bitte. L-o-u-i-s V-u-l-l-i-o-n. Vielen Dank, Mrs. Rice.«

Lucas sah ihm über die Schulter, als er den Namen in seinen Ermittlungsordner schrieb. »Nie von ihm gehört«, behauptete Lucas kopfschüttelnd.

»Wir müssen noch mal telefonieren«, sagte Sloan. Er zog

ein kleines schwarzes Telefonverzeichnis aus der Hemdtasche, suchte eine Nummer heraus und wollte einen Quarter einwerfen. Aber seine Hand kam leer aus der Hosentasche zurück.

»Haben Sie 'nen Quarter?«, fragte er Lucas.

Lucas wühlte in seinen Taschen. »Nein.«

»Scheiße, dann müssen wir erst wechseln...«

»Augenblick, wir können meine Telefonkreditkarte nehmen – Sie brauchen bloß die Null zu wählen. Hier, geben Sie mir den Hörer. Wen wollen Sie überhaupt anrufen?«

»'ne Mieze, die ich bei Public Safety kenne.«

Lucas wählte die Nummer und gab Sloan den Hörer zurück, als es am anderen Ende klingelte. Sloan fragte nach Shirley Jensen.

»Hier ist Sloan vom MPD«, meldete er sich. »Wie geht's?... Ja. Ja. Wunderbar. Hör zu, Schätzchen, tust du mir 'nen Gefallen und überprüfst schnell 'nen Namen für mich?... Am besten sofort?... Okay, danke. Der Kerl heißt Louis Vullion.« Er buchstabierte ihr den Namen, wartete eine halbe Minute und sagte dann: »Ja, gib mir alles, was ihr habt.«

Er hörte aufmerksam zu und sagte dabei: »Ach, Scheiße!« und »Donnerwetter!« und »He, vielen Dank, Schätzchen.« Dann hängte er ein und wandte sich an Lucas.

»Yeah?«

»Louis Vullion: Weißer, siebenundzwanzig Jahre, einsfünfundsiebzig Meter, einundachtzig Kilo, blaue Augen. Und eine gute und eine schlechte Nachricht. Welche wollen Sie zuerst hören?«

»Die schlechte Nachricht«, antwortete Lucas rasch.

»Sparks will beschwören, dass der Verdächtige dunkelhaarig gewesen ist. Aber dieser Scheißkerl hat rote Haare!«

Lucas fuhr sich mit der Zungenspitze über die Lippen, während er Sloan anstarrte. »Rote Haare?«

»So steht's im Führerschein.«

»Verdammt noch mal, das ist ja wunderbar!«, flüsterte Lucas mit versteinerter Miene.

»Was?«, fragte Sloan verständnislos.

»Die Ruiz ist der festen Überzeugung gewesen, er sei hellhäutig – und am hellhäutigsten sind die Rothaarigen. Sparky hat ausgesagt, er sei dunkelhaarig gewesen. Das habe ich mir nicht erklären können. Aber ein Rothaariger, der nachts unter den Quecksilberdampflampen an der Hennepin Avenue steht…« Lucas tippte Sloan an, um ihn zum Weitersprechen aufzufordern.

»Verdammt! Der könnte dunkelhaarig aussehen!«, bestätigte Sloan plötzlich aufgeregt.

»Quatsch könnte!«, widersprach Lucas. »Er muss dunkelhaarig aussehen. Besonders aus einiger Entfernung. Das passt alles genau zusammen!« Er fuhr sich erneut mit der Zungenspitze über die Lippen. »Wenn das die schlechte Nachricht gewesen ist – wie lautet dann die gute?«

Sloan hob den Zeigefinger. »Auf seinen Namen ist ein mitternachtsblauer Ford Thunderbird angemeldet«, sagte er. »Er hat ihn vor einem Vierteljahr gekauft.«

Die Tür von Daniels Büro war geschlossen. Linda, seine Sekretärin, tippte Briefe.

»Wer ist bei ihm drinnen?«, fragte Lucas und nickte zur Tür hinüber. Sloan stand dicht hinter ihm.

»Pettinger aus der Buchhaltung«, antwortete Linda. »Halt, Lucas, warten Sie, Sie können nicht einfach…«

Aber Lucas hatte bereits die Tür aufgerissen und stürmte ins Büro des Chefs, während Sloan ihm langsamer und leicht verlegen folgte. Daniel hob überrascht den Kopf, sah ihre Gesichter und wandte sich an den Buchhalter.

»Tut mir Leid, aber ich muss Sie jetzt rausschmeißen,

Don«, sagte er. »Den Rest besprechen wir heute Nachmittag.«

»Ah, gewiss.« Der Buchhalter nahm seinen Stapel Computerausdrucke mit, warf Lucas und Sloan einen neugierigen Blick zu und ging hinaus.

Der Chief schloss die Tür hinter ihm. »Wer ist er?«, knurrte er dann.

»Ein Rechtsanwalt«, sagte Lucas. »Ein Anwalt namens Louis Vullion.«

27

»Wo ist er?« Lucas sprach in sein Handfunkgerät, während er einen Block vom Apartment des Werwolfs entfernt am Randstein hielt. Der drei Jahre alte Ford Escort passte nahtlos in dieses Wohngebiet.

»Fährt auf der Brücke nach Süden. Scheint zur Burnsville Mall unterwegs zu sein. Wir sind etwas nördlich davon.«

Der Werwolf wurde von zwölf Cops – fünf Männer und sieben Frauen – mit sechs Fahrzeugen beschattet. Sie folgten ihm von der Wohnung zu einem Parkhaus in der Nähe seines Büros. Sie beobachteten, wie er in der Kanzlei verschwand und erst wieder zum Vorschein kam, um mittags in Soukoup's Deli gleich um die Ecke allein zu essen. Er hinkte etwas und schonte ein Bein. Eine Folge des Sturzes in den Kanalschacht? Sie beschatteten ihn auf dem Rückweg in die Kanzlei, bei einem Besuch im Gerichtsgebäude, im County Clerk's Office und dann wieder auf der Rückfahrt ins Büro.

Während er nachmittags arbeitete, installierte ein Techniker unter der Stoßstange seines Wagens einen leistungsfähigen Minisender. Als der Werwolf abends aus dem Büro kam, begleiteten die Überwacher ihn zu seinem Wagen zurück. Er fuhr nach Hause, aß offenbar zu Abend und fuhr wieder fort – diesmal nach Süden.

»Auf den Parkplatz der Ladenpassage abgebogen.«

Lucas sah auf die Borduhr. Selbst wenn der Werwolf sofort wendete und so schnell wie möglich zurückkam, konnte er erst in etwa zwanzig Minuten eintreffen. Das reichte schon fast.

»Steigt aus, geht rein«, meldete das Funkgerät. Die Überwacher mussten ihm jetzt zu Fuß folgen.

Lucas schaltete sein Funkgerät aus und steckte es in die Innentasche seiner Jacke. Er wollte nicht, dass vielleicht im falschen Augenblick Polizeimeldungen aus seiner Tasche drangen. Der elektrische Dietrich und eine Stabtaschenlampe lagen in einer Plastiktüte unter dem Fahrersitz. Lucas zog sie heraus, steckte die Lampe in eine andere Tasche und nahm den Dietrich in seiner Jacke unter den Arm.

Er stieg aus, schlug den Jackenkragen hoch und hastete den Gehsteig entlang, auf dem das letzte Herbstlaub unter seinen Füßen raschelte.

Der Werwolf lebte in einer viktorianischen Villa, die in vier Eck-Eigentumswohnungen mit je zwei Geschossen und Speicher aufgeteilt worden war. Zu jedem dieser vier Apartments gehörten eine angebaute Einzelgarage und eine winzige Veranda mit Platz für Geranien und Petunien auf dem kurzen Geländer. Die Blumentöpfe standen leer und kalt da.

Lucas steuerte sofort das Apartment des Werwolfs an, bog auf den Weg zu seinem Eingang ab und stieg die wenigen Stufen zur Haustür hinauf. Dort drückte er einmal, zweimal auf den Klingelknopf und überzeugte sich davon, dass das Telefon noch immer klingelte. Er sah sich um, holte den elektrischen Dietrich unter seiner Jacke hervor und schob ihn ins Schlüsselloch. Das Gerät arbeitete verdammt laut, aber schnell und wirkungsvoll. Die Tür sprang auf – und wurde von der eingehakten Sicherheitskette festgehalten! Der Werwolf war direkt in die Garage hinausgegangen, deren Tor elektronisch verriegelt war.

Lucas fluchte, griff in seine Jackentasche und holte ein Stück Wellpappe mit einem halben Dutzend Reißzwecken und mehreren Gummibändern heraus. Nachdem er sich erneut davon überzeugt hatte, dass ihn niemand beobachtete, drückte er die Tür bis zum Ende der Kette auf. Dann griff er möglichst weit hinein und drückte einen Reißnagel mit herabhängendem Gummiband in die Rückseite der Tür. Zuletzt streifte er das untere Ende des Gummibands über den Knopf der Sperrkette. Wenn er jetzt die Tür schloss, zog sich das Gummiband zusammen und hob den Knopf in seiner Führung nach oben. Ein paar Rucke genügten, um ihn herausfallen zu lassen.

»He, Louis, wo steckst du, alter Junge?«, rief Lucas, während er die Tür aufstieß. Keine Antwort. Er pfiff nach einem Hund. Wieder nichts. Er schloss die Tür, machte in der Diele Licht und zog den Reißnagel aus dem Holz. Das kleine Loch war praktisch nicht zu sehen. Lucas griff nach seinem Funkgerät, schaltete es ein und rief das Überwachungsteam.

»Wo ist er?«

»Gerade in ein Sportgeschäft gegangen. Sieht sich Jacken an.«

Lucas ließ die Überwachungsfunktion des Funkgeräts eingeschaltet und suchte die Wohnung rasch nach eindeutigen Beweisen dafür ab, dass Vullion der Werwolf war. Als er am Telefon vorbeikam, nahm er den Hörer ab, damit das Klingeln verstummte, und legte ihn gleich wieder auf.

Die rasche Durchsuchung des Erdgeschosses führte Lucas in den Wirtschaftsraum mit Elektroboiler, Waschmaschine, Trockner und einer Werkbank, in deren Schubfach billiges

Werkzeug lag. Durch diesen Raum gelangte man in die Garage. Er öffnete die Verbindungstür, machte Licht und sah sich um. Ein Rasenmäher, eine Schneeschaufel und mehrere braune Papiertüten mit zur Abholung verpackten Zeitungsstapeln. Hätte Lucas mehr Zeit gehabt, hätte er sich die Zeitungen angesehen. Mit etwas Glück hätte er eine finden können, aus der die Buchstaben für eine der Mitteilungen des Werwolfs herausgeschnitten worden waren. Sonst gab es hier nichts von Interesse.

Er schloss die Verbindungstür, ging durch die winzige Küche, spähte im Vorbeigehen in einige der Wandschränke, warf einen Blick ins Wohnzimmer, sah sich die Dusche mit Toilette an und begutachtete zuletzt den etwas größeren Arbeitsplatz mit einem IBM-PC und einigen juristischen Fachbüchern.

Der erste Stock war in zwei Schlafzimmer und ein geräumiges Bad unterteilt. Eines der Schlafzimmer war eingerichtet; das andere diente als Lagerraum. Dort fand er die leeren Reisetaschen und Koffer des Werwolfs, ein elektronisches Keyboard, das unbenutzt aussah, und eine billige Drückbank mit Amateurhanteln. Lucas sah sich die Kanten der Hantelscheiben an. Wie das Keyboard schienen sie fast unbenutzt zu sein. Vullion war ein Mann unausgelebter Interessen …

Neben dem durchgesessenen Sofa in einer Ecke standen drei Kartons mit Zeitschriften: einer Playboy-Sammlung, die mindestens ein Dutzend Jahre zurückreichte. Lucas verließ den Lagerraum und ging ins andere Schlafzimmer hinüber.

In die Decke des Flurs zwischen den beiden Räumen war die Abdeckplatte einer Falttreppe eingelassen. Als Lucas an ihrem Handgriff zog, klappte die Platte mitsamt einer leichten Treppe in den Flur herunter. Er stieg einige Stufen hinauf, bis er den Dachboden ableuchten konnte. Zu jedem Apartment gehörte ein mit dünnen Wänden aus Sperrholz abgetrenntes Viertel des Speichers. Vullions Dachbodenanteil war leer. Lucas stieg die Bodentreppe hinunter, klappte sie wieder hoch und nahm das Funkgerät heraus.

»Wo ist er?«

»Noch immer im Geschäft.«

An die Arbeit!

Lucas steckte das Funkgerät wieder ein, zog aus einer anderen Tasche ein Mini-Diktiergerät, schaltete es ein und betrat das Schlafzimmer.

»Schlafzimmer«, diktierte er. »Kleiderschrank. Sportsakkos: Größe achtundvierzig. Anzüge: Größe achtundvierzig. Hosen: Größe neunzig. Schuhe. Nike Airs, blau, Luftblase unter äußerem Sohlenrand. Keine Reeboks...

Kommode im Schlafzimmer... mit Gleitmittel beschichtete Zwölferpackung Präservative der Marke Trojan, von denen sieben fehlen...

Arbeitszimmer«, sagte er. »Beitragsrechnung der University of Minnesota Law Alumni Association. Einkommensteuerbescheide der letzten acht Jahre. Minnesota, Minnesota, Minnesota, Minnesota, Minnesota, Texas, Texas, Texas. Adresse in Houston, Texas, unter dem Namen Louis Vullion.

Computerdateien, nur juristische Schriftsätze und Korrespondenz, öffne Korrespondenzdatei, ausschließlich geschäftlich...

Küche. Unter dem Ausguss eine Tüte Zwiebeln, keine Kartoffeln...«

Lucas durchsuchte die Wohnung methodisch nach irgendetwas, das eine Direktverbindung zwischen Vullion und den Morden hergestellt hätte. Außer den Nike Airs war jedoch nichts zu finden. Aber es gab immer mehr Indizienbeweise: das Leben in Texas vor seinem Jahr an der Law School der University of Minnesota, die richtige Konfektionsgröße, die Kondome...

»Wo ist er?«

»Sieht sich Schuhe an.«

Das Fehlen eindeutiger Beweise konnte einen in Wut bringen. Hätte Vullion Andenken an seine Morde aufbewahrt, hätte Lucas eine Schachtel Chirurgenhandschuhe neben einer Box mit Haushaltstüchern und einer Rolle Klebeband entdeckt... hätte auf dem Küchentisch eine zerschnipselte Zeitung gelegen, aus der eine seiner Mitteilungen ausgeschnitten worden war...

Wenn er solche Dinge aufbewahrt hätte, könnten sie einen Haftbefehl beantragen und Vullion festnehmen. Aber hier war nichts dergleichen zu finden. Lucas stand mit in die Hüften gestemmten Armen mitten im ordentlich aufgeräumten Wohnzimmer, sah sich um und erkannte: Es war unnatürlich gut aufgeräumt.

»Wir haben dem Scheißkerl Angst eingejagt, und er hat alles Beweismaterial weggeschafft«, sagte Lucas laut. Hätten sie schon früher mit Nester gesprochen, schon vor dem vereitelten Überfall auf die McGowan... Aber solche Überlegungen brachten niemanden weiter. Er wollte gerade das Wohnzimmer verlassen, als sein Blick auf den Videorecorder fiel. Kassetten waren nirgends zu sehen – aber neben dem Fernsehgerät stand eine leere Kassettenbox. Lucas schaltete den Recorder ein und drückte die Auswurftaste. Nach kurzem Surren spuckte das Gerät eine Kassette aus.

»Wo ist er?«

»Verlässt das Schuhgeschäft.«

Lucas schaltete das Fernsehgerät ein und ließ das Videoband laufen. Es war leer. Er hielt es an, spulte die Kassette bis zum Anfang zurück, ließ sie erneut laufen und war erstaunt, als sein eigenes Gesicht auf dem Bildschirm erschien.

»Verdammt noch mal – das Interview«, murmelte er vor sich hin. Die Kamera zeigte jetzt Carla Ruiz. Lucas sah sich das Interview ganz an, wartete ab, bis auf dem Bildschirm nichts mehr zu sehen war, und schaltete dann Fernsehgerät und Recorder aus.

Mit der Entdeckung der Videokassette hatten sich seine letzten Zweifel verflüchtigt. Lucas ging ins Schlafzimmer hinauf, hob die Tagesdecke des großen Betts hoch und tastete die Oberfläche des Matratzenschoners ab. Unter der Matratze lag nichts.

Aus seiner Hemdtasche zog Lucas einen Umschlag mit Fotos: Lewis, Brown, Wheatcroft und die anderen. Er fasste sie sorgfältig nur an den Rändern an und schob sie so weit wie möglich unter die Matratze. Dort würden sie bei einer gründlichen Durchsuchung gefunden werden.

Dann zog er die Tagesdecke gerade, machte sich daran, die Wohnung zu verlassen, und ging dabei so methodisch vor wie beim Hereinkommen. Alles an seinem Platz. Alles kontrolliert. Alle Lichter aus. Er beobachtete den Gehsteig. Dort draußen war niemand. Lucas legte die Sperrkette wieder vor und ging in die Garage. Er nahm sich die Zeit, zehn Minuten lang die Zeitungen zu überprüfen, von denen keine zerschnipselt war. Lucas stapelte die Bündel so auf, wie er sie vorgefunden hatte, und trat durchs Garagentor ins Freie.

Sobald er den Gehsteig erreicht hatte, ging er rasch davon. Er war schon fast wieder bei seinem Ford Escort, als das Funkgerät piepste.

»Er kommt aus der Ladenpassage und geht zu seinem Wagen. Drei und fünf bleiben dicht dran, die anderen halten sich abfahrtbereit …«

Daniel und Lucas saßen allein im halbdunklen Büro des Chiefs, das nur durch eine Schreibtischlampe erhellt wurde.

»Selbst wenn wir reinkämen, würden wir also nichts finden?«, fasste Daniel zusammen.

»Beschwören kann ich's nicht, aber ich habe den Eindruck, dass er alles Belastungsmaterial weggeschafft hat«, antwortete Lucas. »Vielleicht ist noch irgendwo was versteckt – ich habe nicht genug Zeit gehabt, um die Bude ganz auf den Kopf zu stellen. Aber ich habe nichts wirklich Belastendes gefunden. Die Nike Airs stimmen, die Kondome stimmen, seine Größe stimmt, der Wagen stimmt. Diese Kombination könnten wir bei fünfzig anderen Männern finden.«

»Bei fünfzig Männern, die noch dazu Anwälte sind, oft im Gerichtsgebäude zu tun haben, mit texanischem Akzent sprechen und Rice einen Revolver abgekauft haben?«

»Aber wir haben keinen direkten Beweis dafür, dass er der Käufer von Rices Revolver gewesen ist. Und das ganze andere Zeug ist wirklich dünn. Wie Sie sich vorstellen können, würde er sich den besten Anwalt nehmen, und ein Staranwalt kann uns in Stücke reißen.«

»Wie wär's mit einer Stimmenanalyse der Tonbänder?«

»Sie wissen, was die Gerichte davon halten.«

»Aber sie wäre ein zusätzlicher Beweis.«

»Ja, ich weiß. Das reizt mich natürlich auch...«

»Aber?«

»Aber wenn wir ihn weiter beschatten, müssten wir ihn fassen können. Er ist um seinen Mord gebracht worden. Im Augenblick hat er Angst, aber falls er zwanghaft mordet, dürfte er bald wieder unterwegs sein. Früher oder später. Ich tippe auf nächste Woche. Diesmal lassen wir uns nicht abschütteln. Wir schnappen ihn uns, wenn er in ein Haus eindringt und alles in den Taschen hat: Tuch, Kartoffel, Latexhandschuhe... den ganzen Scheiß. Dann haben wir ihn!«

»Ich rede mit dem Staatsanwalt. Ich erzähle ihm, was wir haben und was wir vielleicht kriegen können. Mal hören, was er dazu sagt. Aber im Prinzip bin ich Ihrer Meinung. Mit so schwachen Beweisen dürfen wir nichts riskieren.«

Die Überwachungsposten wurden in einer Wohnung gegenüber dem Apartment des Werwolfs, im Nachbarhaus, in einem Haus dahinter und im übernächsten Haus eingerichtet.

»Mehr war nicht zu machen, aber was wir haben, ist nicht mal schlecht«, sagte der Chef des Überwachungsteams. »So können wir beide Ausgänge und sämtliche Fenster beobachten. Da im Süden die Interstate vorbeiführt, kann er nur nach Norden wegfahren – und wir sitzen nördlich von ihm. Außerdem kriegt er uns sowieso nicht zu sehen.«

»Was bedeutet der Lichtschein? Liest er im Bett?«

»Wir tippen auf ein Nachtlicht«, antwortete der Chef des Überwachungsteams.

Lucas nickte. Er erinnerte sich daran, im Schlafzimmer eines gesehen zu haben, durfte aber nichts davon erzählen. »Er versucht wohl, die Albträume zu vertreiben«, sagte er stattdessen.

»Wenn überhaupt jemand welche hat, dann bestimmt er«, bestätigte der Chef des Überwachungsteams. »Kommen Sie in nächster Zeit regelmäßig her?«

»Ich bin jeden Abend hier«, antwortete Lucas. »Sollte er tagsüber seinen gewohnten Arbeitsablauf unterbrechen, möchte ich angepiepst werden. Ich komme dann so schnell wie möglich. Da er noch nie am frühen Morgen unterwegs gewesen ist, fahre ich heim, sobald er im Bett ist, und schlafe selbst. Morgens rufe ich als erstes Ihr Team an.«

»Bleiben Sie erreichbar. Falls was passiert, kann's verdammt schnell gehen.«

»Yeah. Ich bin beim Fuck-up dabeigewesen.«

Lucas starrte den schwachen Lichtschein hinter einem der Fenster im ersten Stock der Wohnung des Werwolfs an. Diesmal durfte nichts schief gehen.

28

Der Werwolf hätte niemals merken dürfen, dass er beschattet wurde. Dass er darauf aufmerksam wurde, war reiner Zufall.

An einem Spätnachmittag kam er nach einer Vertragsunterzeichnung wegen eines Immobiliengeschäfts aus einer Bank in Hastings, das etwas mehr als zwanzig Meilen südlich der Twin Cities am Mississippi River liegt. Es war bereits dunkel.

Er überquerte den Fluss in Hastings und fuhr auf dem Highway 61 durch die vorgelagerten Kleinstädte Cottage Grove, St. Paul Park und Newport nach Norden. Auf der Fahrt durch St. Paul Park befand er sich plötzlich hinter einem hoch mit Kies beladenen LKW, der ständig Steine verlor, die auf die Fahrbahn prasselten. Jeder dieser Kiesel konnte seine Windschutzscheibe zersplittern lassen.

Der Werwolf dachte an den Lack seines fast neuen Thunderbirds, scherte nach links aus und überholte den Kieslaster. Nun hatte das ihm folgende Überwachungsfahrzeug den LKW unmittelbar vor sich. Da der Werwolf es nicht eilig zu haben schien, sondern nur den Laster überholt hatte, blieben die Überwacher dahinter.

Vor dem Überwachungsfahrzeug hüpften und sprangen Steine über die Fahrbahn, aber die beiden Cops störte das nicht weiter. Ihr Auto war mechanisch in Ordnung, aber wie die meisten neutralen Dienstwagen nicht gerade eine Luxuslimousine, sondern nur ein schlichter cremeweißer Dodge. Auf ein paar Lackkratzer mehr oder weniger kam es bei diesem Wagen nicht mehr an. Und hinter dem Kieslaster waren sie gut getarnt.

Soweit wäre alles in Ordnung gewesen, wenn nicht ein besonders großer Kiesel vom Asphalt hochgesprungen wäre und das linke Blinkerglas zur Hälfte zertrümmert hätte. Die beiden Cops hörten den Aufprall, konnten das zersplitterte Glas jedoch nicht sehen.

»Diesem Arschloch sollten wir eine Verwarnung verpassen«, sagte einer der Cops, nachdem der Kiesel ihren Wagen getroffen hatte.

»Richtig!«, stimmte der Fahrer zu. »Setz die Blinkleuchte aufs Dach!«

»Kannst du dir Daniels Gesicht vorstellen? Wir stehen da und sagen: ›Na ja, wir haben ihn beschattet, als dieses unglaubliche Arschloch mit 'nem Kieslaster vor uns hergefahren ist...‹«

»Er würde uns einsperren lassen«, bestätigte der Fahrer. »Irgendwie würde er's schaffen.«

Der Werwolf beschloss, in ein Schnellrestaurant an der um die Twin Cities herumführenden I-494 zu gehen. Die Kreuzung zwischen Interstate und Highway 61 lag am Nordrand der Kleinstadt Newport. Als der Werwolf auf das zur I-494 führende Kleeblatt abbog, sah er in den Außenspiegel und registrierte ohne sonderliches Interesse, wie merkwürdig der Wagen hundert Meter hinter ihm blinkte. Der Blinker leuchtete halb orangerot, halb reinweiß.

Das Nahüberwachungsteam folgte dem Werwolf in geringerem Abstand als normalerweise üblich. Der vorausfahrende Wagen war auf dem Highway 61 über die Kreuzung mit der Interstate hinausgefahren und musste jetzt irgendwo wenden, um dann aufzuschließen. Bis eines der rückwärtigen Fahrzeuge nahe genug war, um die Spitze zu übernehmen, durften die beiden Cops hinter dem Thunderbird kein Risiko eingehen. Sie blieben dran.

Sie waren dicht hinter ihm, als der Werwolf, der zu einem Restaurant unmittelbar nördlich der Kreuzung wollte, die

Ausfahrt Robert Street benutzte. Während er die Rampe hinunterrollte und an der Ampel hielt, fiel ihm wieder das Auto mit dem seltsamen Blinker auf. Irgendwas ist damit nicht in Ordnung, dachte er. Wahrscheinlich ein defektes Blinkerglas. Der andere Wagen rollte auffällig langsam die Rampe hinab.

Als die Ampel auf Grün umsprang, dachte der Werwolf nicht mehr an den Wagen. Er bog links ab, fuhr den Hügel hinauf und parkte vor einem Schnellrestaurant. Vor dem Eingang kaufte er sich eine Ausgabe von *USA Today* und nahm sie mit hinein.

Während der Werwolf aß und seine Zeitung las, versorgten sich die Überwachungsteams abwechselnd in dem eine halbe Meile entfernten McDonald's mit Hamburgern und Coke. In dieser Zeit beobachteten jeweils zwei Teams den Werwolf.

Als der Werwolf das Restaurant verließ, beschloss er, auf der Robert Street nach St. Paul weiterzufahren. Diese Straße war schmal und verkehrsreich, aber an ihr lagen nicht allzu weit entfernt zwei Kinos. Ein Film wäre zur Entspannung gerade recht gewesen.

Etwa nach halber Strecke fiel ihm erneut der beschädigte Blinker auf. Das Fahrzeug befand sich drei Wagen hinter ihm. Anfangs war er sich seiner Sache nicht sicher, aber dann sah er den Blinker nochmals ganz deutlich. Und danach ein drittes Mal.

Sie waren hinter ihm her.

Er wusste es.

Er blieb stehen, obwohl die Ampel längst Grün zeigte, und starrte blicklos geradeaus, bis die Fahrer hinter ihm zu hupen begannen. Sollte er fliehen?

Nein. Falls er beschattet wurde, hätte er den Überwachern dadurch verraten, dass er sie entdeckt hatte. Er brauchte Zeit zum Nachdenken. Außerdem hatte er sich vielleicht getäuscht. Ein defekter Blinker war noch kein Beweis. Das konnte Zufall sein.

Aber es kam ihm nicht wie ein Zufall vor.

Er fuhr an einem Einkaufszentrum vorbei, bog rechts ab und fuhr zum vierspurig ausgebauten Highway 3 hinunter, der nach Norden zur Interstate 94 führte. Auf der Zufahrtsrampe sah er wieder in den Rückspiegel. Der Wagen, der hinter ihm die Rampe hinunterfuhr, hielt so viel Abstand, dass sein Blinker nicht zu erkennen war.

Der Werwolf überlegte, ob er auf der Standspur halten und eine Panne vortäuschen sollte. Aber das konnte unerwünschte Folgen haben und sie zwingen, ihre Karten aufzudecken. Er war sich nicht darüber im Klaren, ob er das wollte. In Gedanken ging er die entscheidenden Punkte durch. In seinem Apartment war nichts zu finden. Nichts. Auch in seinem Auto lag nichts Verdächtiges. Sie konnten ihm nichts anhängen. Falls sie ihn wirklich beschatteten, mussten sie darauf warten, dass er eine Frau überfiel.

Auf der LaFayette Bridge vor der I-94 setzte der Werwolf plötzlich seine Geschwindigkeit erheblich herab. Dadurch kamen die Wagen hinter ihm näher heran, und er sah das Überwachungsfahrzeug auf der Nebenspur schräg hinter sich. Einzelheiten waren schlecht zu erkennen, aber der Blinker war ganz offensichtlich defekt.

Zwei Cops in einem der hinteren Wagen hatten aufgeschlossen und den Werwolf schließlich überholt, während sie alle auf dem Highway 3 nach Norden unterwegs waren. Vor der I-94 vermuteten die beiden Beamtinnen in dem neuen Führungsfahrzeug logischerweise, der Werwolf sei auf der Interstate nach Minneapolis unterwegs, und bogen auf die I-94 ab. Hinter ihnen fuhr der Werwolf geradeaus weiter und erreichte das Labyrinth halbdunkler Straßen der Lowertown von St. Paul. Die Überwacher benutzten Parallelstraßen und hielten weiter Fühlung mit ihm. Da der erste Wagen falsch abgebogen war, mussten die Nahüberwacher etwas dichter aufschließen. So dicht, dass sie vorbeifahren mussten, als sie um eine Ecke bogen und den Werwolf rückwärts einparken sahen.

Und der Werwolf, der sie erwartete, erkannte deutlich das zersplitterte Blinkerglas.

Er wurde beschattet. Natürlich gab es auch unwahrscheinliche Zufälle. Aber wer diese wiederholten Beobachtungen für Zufälle hielt, konnte ebenso gut an Märchen glauben.

Der Werwolf sperrte sein Auto ab, verschwand in einer Ladenpassage und fuhr mit dem Lift in den ersten Stock. Die Nahüberwacher hatten den Fahrern der folgenden Wagen gemeldet, dass der Werwolf parkte. Ihre Beifahrer waren auf der Straße, bevor der Werwolf seinen Motor abgestellt hatte, und folgten ihm ins Kino.

Im Halbdunkel konnte er in Ruhe nachdenken. Wie waren sie auf ihn gestoßen? Vielleicht hatten sie im Zuge der Überwachung der McGowan routinemäßig alle Autokennzeichen in der Umgebung ihres Hauses notiert. Vielleicht hatte jemand die Schüsse gehört, ihn wegfahren sehen und sich seine Nummer aufgeschrieben. Vielleicht hatten sie auch nur ein Kennzeichen notiert, das nicht recht in die dortige Gegend passte. Vielleicht musste er überlegen, wie sich sein Abstecher dorthin glaubhaft begründen ließ. Im Augenblick fiel ihm nichts ein, aber wenn er das Problem ernsthaft anging, würde es sich bestimmt lösen lassen.

Falls er wirklich beschattet wurde, konnte er nichts dagegen unternehmen. Keineswegs durfte er versuchen, sich der Überwachung zu entziehen. Dadurch hätte er sich schuldig bekannt. Er hatte sämtliche Beweise für seine Täterschaft vernichtet. Soviel er wusste, existierte nirgends ein brauchbarer Beweis gegen ihn.

Als der Werwolf nach der Vorstellung zu seinem Wagen zurückging, musste er gegen einen fast übermächtigen Drang ankämpfen, sich umzusehen und die Hauseingänge in seiner Nähe nach Beobachtern abzusuchen. Natürlich hätte er sie nicht zu Gesicht bekommen. Dazu waren sie bestimmt zu gut. Er folgte der Hauptverkehrsstraße bis zur I-94 und bog dann nach Osten zu seiner eigenen Ausfahrt ab, ohne den Wagen mit dem defekten Blinkerglas noch einmal gesehen zu haben. Wie er recht gut wusste, hatte das nichts zu sagen, aber es weckte trotzdem einen Funken Hoffnung in ihm. Vielleicht war es doch ein Zufall gewesen.

Auf der Interstate herrschte dichter Verkehr, und obwohl er den Rückspiegel im Auge behielt, sah er kein Fahrzeug mit zersplittertem Blinkerglas. Er seufzte und fühlte, dass sich seine Anspannung lockerte. Bei seiner Ausfahrt ließ er den Wagen die Rampe hinauf ausrollen, kam an der roten Ampel zum Stehen und wartete. Hinter ihm bog ein weiteres Auto von der Interstate ab und kam langsam – zu langsam – heran.

Die Ampel schaltete auf Grün um. Der Werwolf wartete. Das andere Fahrzeug rollte heran. Die Hälfte des linken Blinkerglases fehlte, sodass es halb orange, halb weiß blinkte. Der Werwolf hob den Kopf, sah das Grün und bog rechts ab.

»Gott, sehen Sie schlecht aus! Sind Sie krank?« Seine Sekretärin wirkte besorgt.

»Nein, nein. Ich hab' nur zwei Nächte hintereinander nicht sonderlich gut geschlafen. Bringen Sie mir bitte die Verträge über den Grundstücksverkauf Parker-Olsen?«

Der Werwolf saß bei geschlossener Bürotür mit einem leeren Notizblock vor sich an seinem Schreibtisch. Denk nach!

In der Berichterstattung über die Überwachung der McGowan war erwähnt worden, dass die Cops vor und hinter ihrem Haus Beobachtungsposten eingerichtet hatten. Hatten sie das auch bei ihm getan? Vermutlich. In der näheren Umgebung seines Hauses gab es leer stehende Wohnungen; er hatte die Vermietschilder gesehen, aber nie richtig darauf geachtet. Und außer den drei übrigen Parteien im selben Haus kannte er die Nachbarn kaum. Konnte er also die Beobachtungsposten ausfindig machen?

Der Werwolf stand auf, trat ans Fenster, vergrub die Hände in den Jackentaschen und starrte blicklos auf die Straße hinunter.

Vielleicht. Vielleicht waren sie auszumachen; vielleicht konnte er sie durch logische Überlegung aufspüren. Aber was nützte ihm das? Falls sie kamen, um ihn abzuholen, würde er keinen Widerstand leisten. Das wäre zwecklos. Hatte er sich nicht oft vorgestellt, wie er vor Gericht stand und sich gegen seine Ankläger verteidigte? Und hatte er nicht davon geträumt, die Geschworenen durch seine Beredsamkeit zu fesseln?

Gewiss, das hatte er getan. Aber jetzt fiel es ihm schwer, sich in der Rolle des wortgewaltigen Strafverteidigers zu sehen. In seinem Innersten wusste er, dass er kein guter Anwalt war – zumindest nicht vor Gericht. Darüber hatte der Werwolf noch nie bewusst nachgedacht, aber es war eine unbestreitbare Tatsache.

Er ging nervös zwei Schritte nach rechts, zwei nach links und zupfte dabei an seiner Unterlippe. Sie beobachteten ihn. Unabhängig davon, wie lange er den Drang unterdrückte, einen weiteren Mord zu verüben, würden sie ihn irgendwann abholen. Sie würden nicht endlos lange warten.

Er setzte sich, starrte den Notizblock an und fasste seine Erkenntnisse zusammen.

Sie wussten noch nicht genug, um ihn zu verhaften.

Sie konnten nicht ewig warten.

Was hatten sie vor?

Er dachte an den Spieler Davenport. Was würde der Spieler tun?

Ein Spieler würde Beweismaterial fälschen.

Zu Hause in seiner Garage brauchte er nur eine halbe Minute auf den Knien, um den Minisender unter der Stoßstange zu finden. Eine weitere Stunde dauerte es, bis er die Fotos unter seiner Matratze entdeckt hatte. Den kleinen Sender ließ er unberührt. Die Fotos starrte er angsterfüllt an. Wäre die Polizei in diesem Augenblick bei ihm eingedrungen, wären ihm achtzehn Jahre Haft – in Minnesota lebenslänglich – sicher gewesen.

Er nahm die Fotos mit in die Küche, verbrannte sie einzeln und beobachtete, wie sie sich in der Flamme des Gasherdes wellten, um dann zu verkohlen. Als sie zu Asche geworden waren, zerstampfte er die schwarzen Überreste zu Pulver und spülte es im Küchenausguss hinunter.

An diesem Abend zwang er sich dazu, eine Viertelstunde im Bett zu liegen, bevor er ans Fenster kroch und nach draußen sah. Hinter vielen Fenstern brannte Licht, aber es gab noch viel mehr, die dunkel waren. Nachdem er sie einige Zeit beobachtet hatte, kroch er zu seinem Bett zurück, holte sich beide Kissen, legte eines auf den Teppichboden und stellte das andere so an die Wand, dass er es im Rücken hatte. Die Nacht würde lang werden.

Nach drei Stunden döste der Werwolf ein, und sein Kopf fiel nach vorn. Er hob ihn ruckartig und starrte benommen aus dem Fenster. Draußen schien sich nichts verändert zu haben, aber er konnte nicht länger wach bleiben. Nur noch zwei Fenster waren beleuchtet; er hatte sie sich gemerkt und war einfach zu müde, um auf seinem Posten zu bleiben.

Er nahm seine Kissen mit, kroch zurück und ließ sich mit dem Gesicht nach unten aufs Bett fallen. Aber sobald er bereit war, sich Schlaf zu gönnen, war er paradoxerweise hellwach. Gedanken rasten wie ein Nachtexpress durch sein Gehirn: hektisch, stampfend, kaum als Einzelvorstellungen zu unterscheiden. Ein Sammelsurium von Bildern – seine Frauen, ihre Augen, Lucas Davenport, die Flucht vor dem Haus der McGowan, das zersplitterte Blinkerglas.

Aus dem Sammelsurium entstand eine Idee. Der Werwolf widerstand ihr anfangs, denn sie hatte etwas Albtraumhaftes an sich und erforderte eine breit angelegte Aktion unter denkbar größter Stressbelastung. Schließlich befasste er sich doch mit ihr und ging die Einwände nacheinander durch. Je länger er über seine Idee nachdachte, desto brauchbarer erschien sie ihm.

Eine großartige Idee! Und die Überwachung? Konnte es denn ein besseres Alibi geben? Würde er den Mut haben, dieses Meisterstück zu wagen? Oder würde er weiter wie ein verschrecktes Kaninchen da hocken und darauf warten, dass der Jäger ihm den Kragen umdrehte?

Er biss sich auf die Unterlippe. Er würde es wagen.

29

Lucas saß auf einem hohen Dreibeinhocker über seine Werkbank gebeugt und arbeitete mit weißen PVC-Rohrabschnitten mit fünf Zentimeter Durchmesser, Schrauben, Flügelmuttern, Aluminiumrohren und Stücken des Thinsulate-Futters einer alten Winterjacke.

Er hatte gehofft, den Werwolf selbst erledigen zu können. Stattdessen hatten die Ermittlungen jetzt Ähnlichkeit mit einer langwierigen Schachpartie. Wie sie ausging, würde vermutlich nicht von einem *Coup de maître,* sondern von mühsam erkämpften strategischen Vorteilen abhängen.

Trotzdem musste er seine Vorbereitungen für den Coup treffen, der doch noch möglich werden konnte.

Sein erster Versuch, einen Schalldämpfer zu bauen, hatte ihn Blut gekostet.

»Komisches Ding!«, sagte er laut. Es würde wahrscheinlich funktionieren, aber es sah grässlich aus. Ein dreißig Zentimeter langes PVC-Rohr war der Länge nach aufgeschnitten und mit Schrauben und Flügelmuttern wieder so zusammengeschraubt worden, dass der Spalt nicht ganz geschlossen war. Durch diese Lücken quoll das fest zusammengedrehte Thinsulate-Futter in weichen Bäuschen heraus. Das Aluminiumrohr im Inneren dieses improvisierten Schalldämpfers wies Dutzende von handgebohrten Löchern auf.

Lucas brachte das Gerät vor einer seiner nicht mehr nachweisbaren Straßenwaffen an: einer Smith & Wesson Modell 39 in 9 mm Parabellum. Er schaltete einen Kassettenrecorder ein, lud die Pistole durch, zielte auf einen Stapel Branchenverzeichnisse aus St. Paul und drückte ab. Der Knall wurde hervorragend gedämpft, aber während das Geschoss in die Telefonbücher einschlug, zuckte der Schalldämpfer in seiner Hand und platzte zur Hälfte auf. Dabei schnitt ein scharfer PVC-Splitter ihn seitlich in den linken Mittelfinger.

»Scheiße!«, fluchte Lucas. Er stellte den Recorder ab, ging nach oben, untersuchte die Schnittwunde, die nur oberflächlich war, desinfizierte und verband sie und ging wieder hinunter.

Der Kassettenrecorder hatte den gedämpften Schuss und das Zerspringen des Schalldämpfers aufgezeichnet, aber Lucas hätte keines der beiden Geräusche für einen Schuss gehalten.

Der Schalldämpfer war ziemlich demoliert. Das innere Rohr war durch den Gasdruck oder das Geschoss selbst aus der Verlängerung der Seelenachse gedrückt worden. Trotzdem war die Flugbahn des Geschosses praktisch unverändert geblieben. Lucas merkte sich, welche Veränderungen noch erforderlich waren. Der Schalldämpfer musste sich leicht von der Pistole abnehmen und ebenso leicht zerlegen lassen. Präzision spielte überhaupt keine Rolle.

Nachdem er den Schalldämpfer untersucht und sich Klarheit über die notwendigen Änderungen verschafft hatte, schnitt er die Kugel aus den Telefonbüchern heraus, um sie zu begutachten. Das für die Jagd mit Handfeuerwaffen entwickelte Geschoss mit Hohlspitze hatte sich so verformt, dass nur ein Ballistiker sein genaues Kaliber hätte feststellen können.

Lucas nickte befriedigt. Er hatte die richtige Munition, aber er brauchte Zeit, um den Schalldämpfer zu verbessern.

Und er musste noch die Platzpatrone anfertigen.

Früher Vormittag. Graues Tageslicht fiel durch die Küchenfenster, während er versuchte, mit Kaffee und einer altbackenen Zimtrolle aufzuwachen. Die Smith & Wesson mit dem angesetzten umgebauten Schalldämpfer lag in einer schäbigen Sporttasche, die Lucas ganz hinten in einem Kleiderschrank gefunden hatte. Diese Kombination aus Schusswaffe und Schalldämpfer war höchst illegal. Sollte sie durch einen dummen Zufall in seinem Wagen entdeckt werden, musste er behaupten, sie auf der Straße sichergestellt zu haben.

Draußen fiel eine Autotür ins Schloss. Er nahm seinen Kaffee mit, ging in die Diele und spähte aus dem Fenster neben der Haustür. Carla Ruiz, deren Taxi eben wegfuhr, kam auf die Tür zu. Er schob die Sporttasche unter den Ausguss, ging in sein Schlafzimmer und zog eine Trainingshose an. Als dann geklingelt wurde, schlüpfte er in ein Sweatshirt, ging zur Haustür und ließ Carla herein.

»Hallo«, sagte sie leise. Sie hielt den Kopf gesenkt und sah ihn nur von unten herauf an.

»Was ist los?«

»Trinken wir eine Tasse Kaffee miteinander?«

»Klar«, sagte Lucas neugierig. »Das Wasser ist noch heiß.« Er führte sie in die Küche, kippte zwei Löffel Pulverkaffee in einen großen Keramikbecher, goss Wasser auf und stellte ihn Carla hin.

»Jennifer Carey ist gestern Abend bei mir gewesen«, sagte sie, als sie Platz nahm. Sie knöpfte ihren Mantel auf, ohne ihn jedoch auszuziehen.

»Oh.« Lucas setzte sich ihr gegenüber an den Tisch.

»Wir haben uns ausgesprochen.«

Lucas runzelte die Stirn. »Und habt ihr über meine Zukunft entschieden? Nur ihr zwei?«

Carla gestattete sich ein kleines Lächeln. »Yeah«, bestätigte sie und trank einen Schluck Kaffee.

»Nett von euch, dass ihr mich ins Vertrauen zieht«, knurrte Lucas aufgebracht.

»Wir dachten, das wäre nur höflich«, antwortete Carla, und Lucas musste unwillkürlich lachen.

»Wozu habt ihr euch entschlossen?«

»Sie behält das Sorgerecht«, sagte Carla.

»Stört dich das nicht?«

»Doch, irgendwie schon... Ich bin verdammt sauer, weil du abwechselnd mit uns beiden geschlafen hast – mit einer hier, mit der anderen in den North Woods. Aber ich hab' mir überlegt, dass unsere Beziehung ohnehin nicht ewig gehalten hätte. Wir leben in zu verschiedenen Sphären. Ich webe, du erschießt Leute. Und mit dem Baby und so hat sie unbestreitbar ältere Rechte.«

»Was ist mit meinen Wünschen?«

»Wir haben uns überlegt, dass sie keine große Rolle spielen. Jennifer meint, dass du dich drehen und wenden, aber zuletzt doch nachgeben wirst.«

»Hör mal, das macht mich verdammt sauer!« Lucas lächelte nicht mehr.

»Pech für dich«, sagte Carla.

Die beiden starrten sich über den Tisch an. Lucas sah zuerst weg. »Vielleicht sage ich Jennifer einfach, dass sie verschwinden soll«, murmelte er.

»Nicht, solange sie schwanger ist«, antwortete Carla kopfschüttelnd. »Ausgeschlossen! Das ist Jennifers Meinung, und ich stimme ihr zu. Ich habe sie gefragt, was sie täte, wenn du dir 'ne andere suchen würdest. Sie hat gesagt, sie würde auch zu dieser anderen gehen und sich mit ihr aussprechen.«

»Jesus!« Lucas schloss die Augen, legte den Kopf nach hinten und massierte sich den Nacken. »Was hab' ich getan, um das zu verdienen?«

»Du hast mit einer Frau zu viel geschlafen«, erklärte Carla. »Eigentlich solltest du dich sogar sehr geschmeichelt fühlen. Sie ist klug und hübsch. Und auf ihre eigene verrückte Art ist sie in dich verliebt. Auf meine eigene verrückte Art bin ich's nicht, obwohl ich trotzdem gern ein paarmal im Jahr dein Wochenendhaus benutzen würde. Bis ich mir ein eigenes leisten kann.«

»Jederzeit«, versprach Lucas bedauernd. Er hätte gern mehr gesagt, aber ihm fiel nichts ein.

Carla trank einen letzten Schluck Kaffee, schob den noch halb vollen Becher in die Tischmitte und stand auf.

»Ich hab's eilig«, sagte sie. »Das Taxi holt mich gleich wieder ab.«

Lucas blieb unbeweglich sitzen. »Nun, immerhin ist's real gewesen.«

»Was soll das wieder heißen?«, fragte Carla und griff nach ihrer Handtasche.

»Das sagt man, wenn einem nichts anderes mehr einfällt.«

»Okay.« Sie knöpfte ihren Mantel zu. »Ciao!«

»Wie kommt's, dass Jennifer mir die frohe Botschaft nicht selbst überbracht hat?«

»Wir haben darüber gesprochen und entschieden, dass ich's tun sollte, damit der Bruch zwischen uns klar ist. Außerdem hat sie behauptet, dass du ungefähr eine halbe Stunde auf irgendeinem katholischen Schuldtrip sein, dann einen Wutanfall bekommen und Möbelstücke mit Fußtritten bearbeiten und zuletzt versuchen wirst, sie anzurufen, um sie anbrüllen zu können. Und nach ungefähr zwei Stunden wirst du anfangen, darüber zu lachen. Sie hat gesagt, dass sie sich den Auftakt lieber sparen will.« Carla sah auf ihre Uhr. »Sie kommt in zwei Stunden zu dir.«

Vor dem Haus wartete ein Yellow Cab. Carla hielt die Fliegengittertür noch einen Augenblick auf. »Ich ruf' dich nächstes Frühjahr an. Um zu fragen, wann ich das Haus haben kann.«

Es wurden eher drei Stunden. Als Jennifer ankam, wirkte sie nicht im Geringsten verlegen.

»Hallo«, sagte sie, als er ihr die Tür öffnete. Sie ging an Lucas vorbei, schlüpfte aus ihrem Mantel und warf ihn auf die Couch. »Carla hat angerufen, um mir zu sagen, dass eure Unterredung wie erwartet verlaufen ist.«

»Ich bin sehr unglücklich ...«, begann Lucas, aber Jennifer winkte ab.

»Spar dir deine Beteuerungen. Übrigens geht Annie McGowan zur ABC. Das ist schon Stadtgespräch.«

»Die McGowan soll der Teufel holen!«

»Dann muss er sich beeilen«, sagte Jennifer. »In einem

Monat ist sie weg. Aber ich finde trotzdem, dass du dich ihr gegenüber grässlich benommen hast. Die McGowan ist bloß zu doof, um es zu merken.«

»Verdammt noch mal, Jennifer …«

»Wenn du brüllen willst, können wir uns ein andermal aussprechen.«

»Ich habe nicht vor, dich anzubrüllen«, sagte Lucas grimmig. Er dachte daran, sie zu erwürgen.

»Okay. Ich sollte dir wohl meine Position erklären. Natürlich nur, falls du sie hören willst.«

»Klar doch. Ich meine, warum nicht? Nachdem du dir vorgenommen zu haben scheinst, über den Rest meines Lebens zu bestimmen …«

»Meine Position ist: Ich bin schwanger, und der Daddy sollte keine andere bumsen, bis das Baby geboren und vielleicht …« Sie machte eine Pause, als müsste sie nachdenken, was ein faires Angebot wäre. »… vielleicht ein Jahr alt ist. Vielleicht zwei Jahre alt. Dann kann ich gewissermaßen so tun, als wäre ich verheiratet und dir von dem Baby erzählen – was es tagsüber gemacht hat, wie es die ersten Worte gesagt hat und wie gut es schon laufen kann – und brauche mir keine Sorgen darüber zu machen, ob du etwa Dummheiten machst. Und wenn du's dann nicht mehr aushalten kannst und wieder mit Dummheiten anfängst, kann ich einfach so tun, als wäre ich geschieden.«

Sie lächelte freundlich. Lucas war entsetzt.

»Das ist der absolut kälteste, nüchternste Vorschlag, den ich je gehört habe!«, protestierte er.

»Meine kleine Rede ist keineswegs improvisiert gewesen«, antwortete Jennifer. »Ich habe sie rund ein Dutzend Mal umgeschrieben. Ich finde, dass sie den Sachverhalt klar darlegt – aber genügend Emotionen enthält, um überzeugend zu wirken.«

Lucas begann zu lachen. Dann verstummte er und ließ sich in einen Sessel fallen. Er sieht abgehärmt aus, dachte sie. Oder ausgelaugt. »Okay, ich gebe auf«, sagte er.

»Du bist mit allem einverstanden?«

»Yeah. Mit allem.«

»Pfadfinderehrenwort?«

»Klar.« Er hielt drei Finger hoch. »Pfadfinderehrenwort.«

Spätabends lag Lucas auf der Matratze des Überwachungsteams und dachte darüber nach. Wahrscheinlich konnte er damit leben. Aber zweieinhalb Jahre? Vielleicht.

»Verrückt«, sagte der erste Cop. »Hast du das gesehen?«

»Ich hab' nichts gesehen«, antwortete sein Partner.

»Was denn?«, fragte Lucas.

»Weiß ich selbst nicht. Als ob sich dort drüben was bewegen würde. Bloß 'ne winzige Bewegung am Fensterrahmen.«

Lucas kroch zu ihnen. Der einzige Lichtschimmer im Apartment des Werwolfs kam von seinem Nachtlicht.

»Ich sehe nichts«, stellte er fest. »Glauben Sie, dass er irgendwas macht?«

»Schwer zu sagen. Wahrscheinlich nicht. Aber manchmal ... manchmal kommt's mir vor, als würden wir beobachtet.«

30

Mit dieser Tat konnte er den Sieg erringen. Wenn er die Nerven behielt, musste sie gelingen. Er stellte sich Davenports Gesicht vor. Davenport würde *wissen*, dass er's gewesen war – aber er würde nicht wissen, wie er die Tat verübt hatte, und absolut nichts dagegen tun können.

In gewisser Beziehung musste das natürlich eine intellektuelle Meisterleistung werden. Obwohl er diese Frau nicht *brauchte,* würde er sie trotzdem ermorden. Der Polizei – nicht Davenport, sondern den anderen – würde das logisch erscheinen. Sie mussten ihm bestimmte Beweggründe unterstellen.

In der Zwischenzeit hatte der *andere* Druck wieder zugenommen. In Richfield lebte eine Frau, eine Lehrerin mit Mandelaugen, schwarzer Haarpracht und den breiten weißen Zähnen einer Russin. Er hatte sie mit einer Horde ihrer Kinder im Erdgeschoss des Government Centers gesehen, wo sie die Arbeiten eines Kindermalwettbewerbs aufgehängt hatten …

Nein. Er verdrängte sie aus seinen Gedanken. Das Bedürfnis würde wachsen, aber er musste es unter Kontrolle halten. Das war eine Willensfrage. Und um den großen Coup planen zu können, musste er einen klaren Kopf bewahren.

Als Erstes galt es, die Überwacher abzuschütteln – und wenn es nur für zwei Stunden war. Obwohl sie unerkannt blieben, war er davon überzeugt, dass seine Beschatter ein Netz bildeten, das ihn durch die Skyways und Straßen der Stadt begleitete. Seine Nachtwachen und die Erforschung des Dachbodens hatten sich gelohnt: Er glaubte jetzt zu wissen, wo zwei ihrer Beobachtungsposten eingerichtet waren. Die Zeiten, zu denen dort Licht brannte, passten nicht zu Familien oder Einzelmietern, und er hatte mehrmals Autos gesehen, die zu merkwürdigen Zeiten vor diesen beiden Häusern vorgefahren waren. Außerdem wusste er bestimmt, dass eines dieser Häuser noch vor kurzem leer gestanden hatte.

Sie lauerten darauf, dass er etwas unternahm. Bevor er das konnte, musste er die Überwacher abschütteln. Bloß für zwei Stunden. Er glaubte, eine Möglichkeit gefunden zu haben.

Die Anwaltsfirma Woodley, Gage & Whole residierte in

drei Stockwerken eines Bürogebäudes, das nur zwei Blocks von seinem eigenen entfernt war. Mit einem Anwalt dieser Firma, einem gewissen Kenneth Hart, hatte er schon mehrmals beim Abschluss von Immobiliengeschäften zusammengearbeitet. Nach jedem Vertragsabschluss waren sie gemeinsam zum Essen gegangen. Hätte jemand den Werwolf nach seinen Freunden gefragt, hätte er Hart erwähnt. Jetzt hoffte er, dass Hart sich an ihn erinnerte.

Bei Woodley, Gage & Whole war der Status jedes Mitarbeiters an der Lage seines Büros abzulesen. Der Empfang befand sich im zweiten Stock, den die Partner sich teilten. Die weniger großen Lichter hatten ihre Büros im dritten Stock. Die kleinsten Lichter arbeiteten im vierten Stock. Bei weniger wohlhabenden Firmen wurden Besucher, die Anwälte im dritten oder vierten Stock sprechen wollten, vom Empfang zu den Aufzügen zurückgeschickt. Nicht jedoch bei Woodley, Gage & Whole: dort gab es einen internen Lift und eine interne Treppe.

Noch vorteilhafter war jedoch, dass das benachbarte Parkhaus von den ersten sieben Stockwerken aus direkt zugänglich war. Falls es ihm gelang, Woodley, Gage & Whole im zweiten Stock zu betreten – und falls die Cops nichts von dem internen Aufzug wussten –, konnte er durch den vierten Stock verschwinden. Aber bevor er diesen Plan in die Tat umsetzen konnte, war noch eine Exkursion notwendig, die vor den Nasen der Überwacher stattfinden musste.

Der Werwolf machte früher Feierabend als sonst, fuhr mit seinem Thunderbird, der einen Minisender unter der Stoßstange hatte, in die Lake Street, fand einen Parkplatz, stieg aus und ging eine Reihe schäbiger Läden entlang. Er kam an einem Antiquitätengeschäft vorbei, warf einen Blick durch das halbblinde Schaufensterglas und atmete erleichtert auf. Die Angelköder lagen noch im Schaufenster.

Er ging einen halben Block weiter zu einem kleinen Computershop, kaufte dort einen Karton Endlospapier, machte sich langsam auf den Rückweg zu seinem Auto und setzte dabei den Schaufensterbummel fort. Vor dem Antiquitätengeschäft blieb er erneut stehen, als überlege er, ob er hineingehen sollte oder nicht. Aber er durfte nicht übertreiben; die Beschatter waren Profis, die Verdacht schöpfen konnten. Er ging hinein.

»Was kann ich für Sie tun?«

Aus dem Raum hinter dem Laden kam eine Frau. Sie trug ihr eisgraues Haar zu einem Nackenknoten zusammengefasst und hielt die Hände vor der Brust gefaltet. Hätte sie ein Umschlagtuch getragen, hätte sie für eine Oma auf einer Lebkuchendose Modell stehen können. Tatsächlich trug sie ein billiges blaues Kostüm mit rotem Schal und hatte den angestrengt wässrigen Blick einer alten Trinkerin.

»Mich interessieren die Angelköder im Schaufenster – sind sie teuer?«, fragte der Werwolf.

»Manche schon, manche nicht«, antwortete die Grauhaarige. Sie schwankte an ihm vorbei zur Auslage – breitbeinig gehend, um besser das Gleichgewicht halten zu können. Sie ist besoffen! dachte der Werwolf.

»Zum Beispiel der Sonnenfisch-Köder?«, fragte der Werwolf.

»Ein handgeschnitztes, handbemaltes Stück aus Winnibigoshish. Es gibt viele Fälschungen, wissen Sie, aber der hier ist echt. Letzten Sommer, als ein alter Mann dort seinen Keller ausgeräumt hat, hab' ich ihm 'nen ganzen Schwung abgekauft.«

»Also wie viel?«

Sie musterte ihn prüfend. »Zwanzig?«

»Gekauft.«

Die Grauhaarige schien zu bereuen, nicht mehr verlangt zu

haben. »Plus Steuer«, sagte sie rasch. Er verließ den Laden mit dem in einer braunen Tüte verpackten Angelköder und fuhr zu seiner Bank, wo er zweitausend Dollar abhob.

Der Sonnenfisch, unter dessen Körper drei rostige Dreifachhaken baumelten, war aus einem massiven Stück Tannenholz geschnitzt. Ein alter Hechtköder, hatte die Frau gesagt, wahrscheinlich aus den Dreißigerjahren. Der Werwolf verstand nichts von Angelködern, aber dieser hier besaß die rustikale Seriosität wahrer Volkskunst. Hätte er irgendetwas gesammelt, hätte er sich vielleicht wie Hart auf solche Stücke spezialisiert.

Morgen würde er Kenneth Hart besuchen – gleich nach dem Mittagessen.

In dieser Nacht ging er das gesamte Projekt erneut durch und beschloss, es nicht weiterzuverfolgen. Bei Tagesanbruch torkelte er benommen ins Bad und schluckte eine halbe Tablette. Kurz bevor sie zu wirken begann, überlegte er sich die Sache wieder anders und beschloss weiterzumachen.

»Hallo, Ken?«

»Hier ist Ken Hart...« Zurückhaltend, etwas misstrauisch.

»Hier ist Louis Vullion von Felsen-Gore...«

»Klar. Was gibt's?« Ausgesprochen freundlich.

»Haben Sie jetzt ein paar Minuten Zeit?«

»Ich habe um vierzehn Uhr eine Besprechung...«

»Ich halte Sie nur eine Minute auf. Ich hab' was für Sie.«

»Okay, kommen Sie rüber.«

Das unsichtbare Netz umgab ihn auf allen Seiten – davon war er überzeugt – während er die Skyways benutzte. Er versuchte, nicht nach Überwachern Ausschau zu halten, aber das fiel ihm schwer. Er wusste, dass viele seiner Verfolger Frauen sein würden, weil sie sich am besten auf dieses Geschäft verstanden. Zumindest wurde das in den Büchern behauptet.

Der Werwolf hatte seinen Mantel in der Kanzlei gelassen und war im Anzug und mit einem Aktenkoffer in Harts Büro unterwegs. Sein Aktenkoffer enthielt einen zusammengerollten beigen Trenchcoat und einen weichen Tweedhut.

Bei Woodley, Gage & Whole marschierte der Werwolf geradewegs zum Empfang.

»Ich möchte zu Ken Hart«, erklärte er der Empfangsdame.

»Haben Sie einen Termin, Mr. ...«

»Vullion. Ich bin Anwalt bei Felsen-Gore. Ich habe vorhin mit Ken telefoniert und ihm gesagt, dass ich rüberkomme.«

»Okay.« Sie lächelte ihn an. »Gehen Sie bitte den Korridor entlang und ...«

Er erwiderte ihr Lächeln so freundlich wie möglich. »Danke, ich kenne den Weg.«

Er ging den Korridor entlang und fuhr mit dem Privatlift in den vierten Stock hinauf. Die Überwacher würden sich hoffentlich auf den zweiten Stock konzentrieren.

»Ken?« Sein in einem Schriftsatz blätternder Kollege sah auf und nickte dem Werwolf zu.

»Louis! Kommen Sie rein, nehmen Sie Platz.«

»Ah, tut mir Leid, ich hab's furchtbar eilig«, sagte der Werwolf mit einem Blick auf seine Uhr. »Ich wollte nur was vorbeibringen. Sie haben mir neulich beim Essen erzählt, dass Sie alte Angelköder sammeln. Ich bin vor ein paar Wochen im Norden gewesen ...« Er ließ den Köder aus der Papiertüte auf Harts Schreibtisch plumpsen.

»He, das ist ein Klassestück!« Hart war sichtlich begeistert. »Danke, Mann. Was bin ich Ihnen schuldig?«

»Ich hab' das Ding praktisch geklaut«, grinste der Werwolf kopfschüttelnd. »Mir wär's peinlich, wenn ich's Ihnen verraten müsste. Aber wenn Sie nächstes Mal 'nen Cheeseburger ausgeben wollen …«

»Abgemacht!«, stimmte Hart freudig zu. »Mann, der ist wirklich toll!«

»Tut mir Leid, aber ich muss weiter. Komme ich hier raus, oder muss ich runterfahren und …?«

»Nein, gleich von hier aus.« Hart trat an die Tür, um ihm zu zeigen, in welche Richtung er gehen musste. »Noch mal vielen Dank, Louis!«

Ich danke *dir*, dachte der Werwolf im Davongehen. Die ganze Komödie hatte er nur gespielt, um die Tür im vierten Stock benutzen zu können. Jetzt zögerte er, bevor er sie öffnete. Dies war der kritische Augenblick. Falls draußen im Korridor jemand unterwegs war, der beobachtete, wie er zum Parkdeck ging, würde er das Unternehmen abblasen müssen. Er holte tief Luft und stieß die Tür auf. Der Flur war menschenleer.

Der Werwolf folgte dem Korridor bis zum Parkdeck, machte vor der Stahltür halt, zog Mantel und Hut aus seinem Aktenkoffer, schlüpfte in den Trenchcoat, setzte den Hut auf und öffnete die Tür. Vom Parkdeck aus führte ein eigener Aufzug nach unten, aber der Werwolf benutzte die Treppe und kontrollierte jeden Absatz, bevor er weiterging. Im Erdgeschoss hielt er den Kopf gesenkt und trat einen ganzen Block vom Eingang zu Harts Bürogebäude entfernt auf die Straße. Er überquerte sie, indem er sich durch den Verkehr schlängelte, betrat ein anderes Bürogebäude und erreichte im ersten Stock einen der abgelegensten Skyways des gesamten Systems. Nachdem er zwei Minuten gegangen war, sah er sich rasch um. Hinter ihm war niemand.

Er war allein.

Der Werwolf nahm sich ein Taxi, das ihn direkt zu dem keine Meile von seiner Wohnung entfernten Verkaufsplatz eines Gebrauchtwagenhändlers in der University Avenue brachte.

Er begutachtete die Reihe der ausgestellten Wagen und entschied sich für einen braunen Chevrolet Cavalier, auf dessen Windschutzscheibe mit weißer Farbe der Preis – 1695 Dollar – angeschrieben war. Ein Blick durchs Fahrerfenster zeigte ihm, dass der Meilenzähler auf 94 651 stand. Ein Verkäufer arbeitete sich krabbenartig über den Verkaufsplatz heran und rieb sich dabei die Hände.

»Na, wie gefällt Ihnen unser Wetter, wirklich scheußlich, was?«, sagte der Verkäufer.

Der Werwolf ignorierte diese Eröffnung. Der Chevrolet war in Ordnung. »Ich suche was Billiges für meine Frau«, behauptete er. »Irgendwas, mit dem sie durch den Winter kommt.«

»Damit wär' sie erstklassig bedient«, beteuerte der Verkäufer. »Prima kleiner Wagen. Braucht etwas Öl, aber …«

»Ich gebe Ihnen vierzehnhundert dafür, und Sie übernehmen die Steuer«, unterbrach ihn der Werwolf.

Der Verkäufer musterte ihn prüfend. »Fünfzehnhundert, und Sie zahlen die Steuer.«

»Fünfzehnhundert ohne Steuer«, sagte der Werwolf.

»Fünfzehn – und wir teilen uns die Steuer.«

»Haben Sie den Fahrzeugbrief hier?«, fragte der Werwolf.

»Klar doch.«

»Lassen Sie die Windschutzscheibe putzen und den Ölstand kontrollieren«, verlangte der Werwolf. Er zeigte dem Verkäufer einen Packen Fünfziger. »Ich nehme ihn gleich mit.«

Er behauptete, Harry Barber zu heißen. Da er einen Packen Fünfziger in der Tasche hatte, brauchte er sich nicht auszuweisen. Er unterschrieb eine Bestätigung, dass er versichert sei.

Auf der Rückfahrt zu seiner Wohnung hielt der Werwolf

bei einem Laden für Artikel aus Brand- und Versicherungsschäden.

Dort kaufte er einen halben Meter Autoheizungsschlauch, einen Sack Katzenstreu, eine Rolle silbernes Klebeband und ein Paar Arbeitshandschuhe. An der Kasse fiel sein Blick auf einen Ständer mit Tränengassprühdosen der Marke, die Carla Ruiz gegen ihn eingesetzt hatte.

»Funktionieren die Dinger?«, fragte er die Kassiererin.

»Klar. Große Klasse.«

»Geben Sie mir eine.«

Im Auto klebte er den gekauften Heizungsschlauch an einem Ende zu, füllte ihn mit Katzenstreu und verschloss auch das andere Ende mit Klebeband. Als er damit fertig war, hielt er einen leicht biegsamen, ziemlich gewichtigen Gummiknüppel in den Händen. Er versteckte ihn unter dem Fahrersitz und warf das silberne Klebeband in den Sack mit Katzenstreu.

Nun brauchte er nur noch zwei Dinge. Wenn er sich recht erinnerte …

Die Verkaufsautomaten des Motels befanden sich alle in einer Nische. Er warf die Münzen ein, zog eine einzeln verpackte Monatsbinde aus dem Automaten und stopfte sie hastig in die Tasche. Einige weitere Münzen verschafften ihm zwei schmale Rollen Heftpflaster.

Er warf den Sack Katzenstreu mit dem silbernen Klebeband in eine Mülltonne des Motels, sperrte alles andere in den Kofferraum und fuhr rasch, aber vorsichtig an seinem Haus vorbei. Er parkte in einer drei Blocks von seiner Wohnung entfernten Seitenstraße und überzeugte sich davon, dass er nicht im Parkverbot stand. Dort konnte der Wagen ruhig ein paar Tage stehen. Mit etwas Glück – und wenn er die Nerven behielt – würde er ihn schon in ein paar Stunden wieder brauchen.

Der Werwolf sah auf seine Armbanduhr. Harts Büro hatte er vor gut eineinhalb Stunden verlassen. Um den Gipfel spielerischer Eleganz zu erreichen, hätte er in Harts Büro im vierten Stock zurückkehren, in den zweiten Stock hinunterfahren und an der Empfangsdame vorbei hinausgehen müssen. Es war denkbar – sogar wahrscheinlich –, dass sich die Cops nicht danach erkundigt hatten, bei wem er die ganze Zeit gewesen war.

Hatten sie es jedoch getan und erfahren, dass er Harts Büro längst verlassen hatte, hätte die angebliche Rückkehr ihn verraten. Dann hätten sie gemerkt, dass er alles wusste. Wahrscheinlich hätten sie sofort zugegriffen – und das wollte er vermeiden, weil es seinen Plan zunichte gemacht hätte.

Wenn er andererseits auf dem belebten Skyway ganz harmlos ohne Hut und Mantel an der von seinen Verfolgern bewachten Anwaltsfirma im zweiten Stock vorbeischlenderte …

Obwohl er auf unerklärliche Weise verschwunden war, würden sie bestimmt annehmen, dass er nur einen harmlosen Spaziergang gemacht hatte. Zum Beispiel zum Mittagessen.

Er hoffte, dass sie das denken würden.

Sein *Coup* hing davon ab.

Der Werwolf ging über die Straße zu einem Studentenwohnheim, um ein Taxi zu rufen.

31

»Er hat euch abgehängt?« Lucas' Augen waren schwarz vor Wut.

»Mindestens zwei Stunden war er weg«, gab der Überwachungschef bedrückt zu. Er dachte an Cochrane und die Schlägerei nach dem Fuck-up. »Allerdings wissen wir nicht, ob er uns reingelegt hat oder unabsichtlich verschwunden ist.«

»Was ist passiert?« Die beiden Männer saßen vor Vullions Bürogebäude in Lucas' Wagen. Der Werwolf war in der Kanzlei und arbeitete.

»Er ist wie schon oft mit seinem Aktenkoffer losgezogen – diesmal allerdings ohne Hut und Mantel.«

»Ohne Mantel?«

»Richtig, obwohl's draußen verdammt kalt ist! Jedenfalls ist er zwei Blocks weit zu einer anderen Anwaltsfirma rübergegangen. Zu der großen Firma mit dem verglasten Empfangsbereich im zweiten Stock der Hops Exchange.«

»Yeah, die kenne ich. Woodley und Partner.«

»Genau! Wir haben also den Eingang überwacht und uns für den Fall, dass er den Hinterausgang benutzt, im zweiten Stock verteilt. Außerdem haben wir die Skyways-Ebene und die Ausgänge im Erdgeschoss beobachtet. Als er nach ungefähr eineinhalb Stunden noch immer nicht rausgekommen war, haben wir angefangen, uns Sorgen zu machen. Wir haben Carol anrufen lassen...«

»Hoffentlich mit 'ner guten Ausrede!‹

»Nicht gerade originell, aber doch ausreichend. Carol hat am Telefon gesagt, sie habe eine wichtige Nachricht für Mr. Vullion, und die Empfangsdame gebeten, ihn an den Apparat zu holen. Die hat irgendwo angerufen – das haben wir von außen beobachtet – und Carol dann mitgeteilt, dass er schon längst fort war. Er war nur ein paar Minuten bei einem gewissen Hart.«

»Okay, wo ist er also hin?«

»Dazu komme ich gerade«, verteidigte sich der Überwachungschef. »Carol hat behauptet, die Nachricht sei wirklich sehr wichtig, und sich sozusagen von Frau zu Frau erkundigt, ob die Empfangsdame ihn beim Weggehen gesehen hat. Er sei so schusselig, hat Carol gesagt, wie Anwälte eben seien. Die Empfangsdame hatte ihn nicht mehr gesehen, aber sie vermutete, dass er den Ausgang im vierten Stock benutzt habe. Man kommt nur durch den Empfang rein, wissen Sie, aber die Büros liegen in drei Stockwerken, die alle eigene Ausgänge haben. Intern sind sie durch einen Lift verbunden, von dem wir nichts gewusst haben.«

»Aber er kann davon gewusst haben«, sagte Lucas. »Das ist sogar wahrscheinlich. Hat er euch bewusst abgehängt? Glauben Sie, dass er gemerkt hat, dass er überwacht wird?«

»Nein, vermutlich nicht. Ich habe mit den Leuten gesprochen: Sie glauben alle, dass wir clean sind.«

»Eine schöne Scheiße!«, knurrte Lucas.

»Sollen wir ihn uns lieber schnappen?«

»Keine Ahnung. Wie haben Sie ihn zurückgekriegt?«

»Nun, wir sind natürlich verdammt nervös gewesen, und ich habe mit allen gesprochen, um zu hören, ob jemand *irgendwas* gesehen hat. Und dann ist er plötzlich frisch und munter im Skyway aufgekreuzt – mit seinem Aktenkoffer und einem zusammengerollten *Wall Street Journal* unter dem Arm. Er ist an unserem Posten vorbeigerauscht, als hätte er's eilig.«

»Er ist geradewegs in sein Büro zurückgegangen?«

»Geradewegs.«

»Okay, was halten Sie davon?«

Der Überwachungschef biss sich auf die Unterlippe, während er nachdachte. »Weiß ich nicht«, gab er dann zu. »Sollte er bewusst versucht haben, uns abzuhängen, kann er übers Parkdeck im vierten Stock abgehauen sein. Andererseits…«

»Yeah?«, drängte Lucas.

»Ich sag's nicht gern, aber er könnte an unserem Mann im Skyway vorbeigekommen sein. Völlig harmlos. Für den Fall, dass er uns irgendwie abhängt, haben wir 'ne Menge Ausgänge blockieren müssen. Unser Mann im Skyway hatte die Aufzüge *und* die Treppe zu beobachten. Falls Vullion genau in dem Augenblick, in dem sich ein Aufzug geöffnet hat, die Treppe runtergekommen und in Gegenrichtung weggegangen ist…«

»Dann hätte er an ihm vorbeikommen können?«

»Richtig.«

»Verdammt noch mal, wir wissen also nichts!«, schimpfte Lucas. Er blickte zum Fenster von Vullions Büro hinauf. Hinter der Jalousie brannte noch Licht.

»Ich glaube fast, dass er…«

»Yeah?«, fragte Lucas.

»In der Richtung, aus der Vullion zurückgekommen ist, liegen ein paar bessere Restaurants. Und er hat die Zeitung zusammengerollt unter dem Arm gehabt, als hätte er sie bereits gelesen. Ich könnte nichts beschwören, aber ich glaube fast, dass er nur beim Mittagessen gewesen ist. Er hatte noch nicht gegessen.«

»Hmpf.«

»Okay, was tun wir jetzt?«

Der Lieutenant fuhr sich mit zehn Fingern durchs Haar und dachte an den Fuck-up. Die Sache hätte ihn nicht mehr beeinflussen dürfen, aber sie wirkte trotzdem nach.

»Wir lassen ihn erst mal in Ruhe«, entschied Lucas. »Aber hoffentlich liegt in keinem Skyway-Shop 'ne Leiche unter dem Ladentisch!«

»Gut«, stimmte der Überwachungschef erleichtert zu. Hätten sie sich Vullion greifen müssen, weil die Überwacher versagt hatten, wäre er im Februar zum Abschleppdienst versetzt worden.

Das Spiel war zu Ende; am letzten Abend war nur mehr diskutiert, nicht mehr gespielt worden. Es galt allgemein als großer Erfolg, auch wenn einige kleine Änderungen wünschenswert erschienen…

Trotz schwerer eigener Verluste hatten Meades Truppen, die am Pipe Creek gut verschanzt waren, Lees Angriffe zurückgeschlagen. Die dreitägigen Kämpfe waren so blutig und verworren wie bei Wilderness oder Shiloh gewesen. Am schlimmsten hatte es Pickett getroffen, dessen Division als erste in Gettysburg eingerückt war und die Anhöhen knapp südlich der Stadt besetzt gehalten hatte. Bei der Verfolgung der in Richtung Washington zurückweichenden Unionstruppen hatte Picketts Division die Nachhut gebildet. Am letzten Tag von Pipe Creek hatte Lee diese noch verhältnismäßig frische Division in den Brennpunkt der Schlacht geworfen, wo sie aufgerieben worden war. Die Unionstruppen hielten ihre Stellungen, und die Konföderierten wichen hastig über den Potomac zurück. Die Südstaatenflut ebbte ab.

»Irgendwas hat sich verändert«, sagte Elle zu Lucas. Sie standen etwas abseits an der Tür. Elle sprach halblaut.

Lucas nickte. »Wahrscheinlich wissen wir, wer er ist«, bestätigte er ebenso leise. »Vielleicht haben deine Gebete geholfen: ein Geschenk Gottes. Ein Zufall. Schicksal. Was auch immer.«

»Warum habt ihr ihn nicht verhaftet?«

Lucas zuckte mit den Schultern. »Wir wissen, dass er's ist, aber wir können ihn nicht überführen. Noch nicht ganz. Wir warten darauf, dass er sich eine Blöße gibt.«

»Ist er ein intelligenter Mann?«

»Tut mir Leid, das weiß ich nicht.« Lucas sah sich um und sprach noch leiser. »Ein Anwalt.«

»Vorsicht!«, warnte Elle ihn. »Dieses Spiel steht vor seiner entscheidenden Phase. Er hat es mitgespielt, und wenn er ein richtiger Spieler ist, spürt er das bestimmt auch. Vielleicht versucht er's mit einem *Coup de maître.*«

»Ich sehe keine Gelegenheit dazu. Wir zermürben ihn langsam, aber sicher.«

»Schon möglich«, stimmte Elle zu. Ihre Hand berührte seinen Jackenärmel. »Aber denk daran, dass er vielleicht nicht unbedingt auf freiem Fuß bleiben muss, um nach seiner Auffassung zu gewinnen. Er ist Anwalt: Möglicherweise sieht er sich vor Gericht obsiegen und mit seinem Freispruch das Spiel als strahlender Gewinner beenden.«

Gegen zwanzig Uhr verließ Lucas das St. Anne's College, fuhr unruhig nach Hause, schaltete seinen PC ein, saß im Lichtkreis der Schreibtischlampe und versuchte, Everwhen den letzten Schliff zu geben. Schon die Einleitung musste mit Andeutungen über vollbusige, langbeinige Maiden, Schwertergeklirr in dunklen Gewölben, fantastische Reisen und tapfere, wagemutige Kameraden locken – alles Dinge, die ein fünfzehnjähriger Computerfreak in Suburbia nicht hatte und nach denen er sich sehnte. Und dabei galt es, Pornografie und alles andere, was die Mutter des Jungen stören könnte, peinlich zu vermeiden.

Aber Lucas brachte nichts zustande. Er seufzte, speicherte den Text ab, schaltete seinen PC aus, ging in die Bibliothek und ließ sich in der Dunkelheit in einen Sessel fallen, um nachzudenken.

Die fehlenden zwei Stunden machten ihm Sorgen. Es *konnte* Zufall gewesen sein, aber... Was hatte der Werwolf getrieben, falls er seine Überwacher bewusst abgehängt hatte? Wo war er gewesen? Wie und wann hatte er gemerkt, dass er beschattet wurde? Er war nicht losgezogen, um zu morden – bestimmt nicht ohne seine Ausrüstung. Es sei denn, er hatte sie im Aktenkoffer bei sich getragen, und so dumm war er nicht.

Auch seine gestrige Fahrt zu diesem Antiquitätengeschäft

war beunruhigend. Gewiss, als Erstes hatte der Werwolf in dem kleinen Computershop einen Karton Endlospapier gekauft. Aber Lucas erinnerte sich daran, unter seinem Drucker einen halb vollen Karton gesehen zu haben. An sich hätte er kein Papier gebraucht. Jedenfalls nicht so dringend, um dafür eigens in die Lake Street zu fahren. Dann war er in das Antiquitätengeschäft gegangen, und ein am Schaufenster vorbeischlendernder Überwacher hatte gesehen, wie die Inhaberin den Angelköder herausgenommen hatte. Sloan gegenüber, der nach dem Werwolf in den Laden geschickt worden war, hatte die Frau diesen Kauf bestätigt.

Ein antiker Angelköder. Wozu? Da die Wohnung des Werwolfs gänzlich schmucklos war, konnte sich Lucas nicht vorstellen, dass er den Köder für sich selbst gekauft hatte.

Ein Geschenk? Aber für wen? Soviel Lucas wusste, hatte er keine Freunde. Er telefonierte nur geschäftlich und bekam zu Hause keine Anrufe. Seine ganze Post bestand aus Rechnungen und Werbematerial.

Wozu hatte er den Köder gekauft?

Lucas saß mit geschlossenen Augen im Dunkeln, beleuchtete das Problem von allen Seiten, drehte es wie einen Rubik-Würfel und hatte stets verschiedenfarbige Seiten vor sich.

Zwecklos, noch länger hier zu hocken, dachte er schließlich. Er sah auf seine Armbanduhr. Gerade einundzwanzig Uhr. Er stand auf, zog eine Jacke an und ging zu seinem Wagen hinaus. Die Nächte waren jetzt sehr kalt, und der eisige Wind weckte Erinnerungen ans Skifahren. Es wurde Zeit, bei den Skiern die Kanten zu schleifen. Bis der Winter endete, hatte er ihn immer ziemlich satt, aber auf seinen Beginn freute er sich jedes Jahr.

Bis zur Wohnung des Werwolfs waren es fünf Meilen. Unterwegs hielt Lucas an einem Zeitungskiosk, um die neuesten Ausgaben von *Powder* und *Skiing zu* kaufen.

»Nichts«, meldete der wachhabende Cop, als er die Treppe heraufkam. »Er sitzt vor der Glotze.«

Lucas sah zum Apartment des Werwolfs hinüber. Hinter den zugezogenen Wohnzimmervorhängen war nur das bläuliche Leuchten eines Bildschirms zu erkennen. »Mach was, du Hurensohn!«, flüsterte er.

32

Der Werwolf zwang sich, wie immer zu Abend zu essen und das Geschirr abzuwaschen. Um neunzehn Uhr schaltete er den Fernseher ein. Alle Vorhänge waren zugezogen. Er sah sich um. Jetzt oder nie!

Der Werwolf hatte nie mehr als das nötigste Werkzeug besessen, aber für die einfache Arbeit, die er sich vorgenommen hatte, reichte es aus. Aus dem Werkraum holte er einen großen Schraubenzieher, einen Klauenhammer, eine Kneifzange und eine Taschenlampe. Er brachte alles in den ersten Stock. Um das Geräusch seiner Schritte zu dämpfen, zog er im Schlafzimmer zwei Paar Sportsocken übereinander an. Als er fertig war, klappte er vorsichtig die Bodentreppe herunter.

Der Speicher war kaum mehr als ein mit dünnen Sperrholzplatten vierfach unterteilter Kriechraum unter dem Dachstuhl der ehemaligen Villa. Da die Deckenisolierung der Wohnungen auf dem Boden lag und der Speicher selbst ungeheizt war, eignete er sich nur für die Lagerung von Dingen, denen die eiskalten Winter Minnesotas nichts anhaben konnten. Der Werwolf war nur zweimal hier oben gewesen: Als er seine Wohnung gekauft hatte, um die Sperrholzwände zu begutachten, und an dem Tag, an dem er den *Coup* geplant hatte.

Der Werwolf schlich lautlos über den Dachboden bis zur Trennwand des Speicherabteils, das zu der zur Straße hinausführenden Nachbarwohnung gehörte. Hier war die Sperrholzplatte von seiner Seite so schlampig auf das Lattengerüst genagelt, dass er wenig Mühe hatte, sie mit dem Schraubenzieher hochzuhebeln. Er brauchte zehn Minuten, um die Platte so weit zu lockern, dass die Nägel sich mit Klauenhammer und Kneifzange herausziehen ließen. Auch hier wieder schlampige Arbeit: Die Platte war lediglich mit einem Dutzend Nägel befestigt.

Als die Platte frei war, zog er sie ein wenig zurück, bis er ins andere Speicherabteil hinüberschlüpfen konnte, das fast so leer wie seines war. Jetzt kam es besonders darauf an, geräuschlos zu arbeiten, und er ließ sich Zeit, denn er hatte es keineswegs eilig.

Er würde das Haus ohnehin erst verlassen, wenn die Polizeispitzel glaubten, er sei zu Bett gegangen. Im Licht seiner Taschenlampe arbeitete er lautlos verbissen, um die Sperrholzplatte zwischen dem Speicherabteil seiner Nachbarn und dem der Frau zu lösen, der das Apartment gehörte, das seiner Wohnung diagonal gegenüberlag.

Dorthin wollte er. Die Wohnungseigentümerin war eine vor kurzem geschiedene Krankenschwester, die seit ihrem Einzug Nachtdienst auf der Intensivstation im St. Paul Ramsey Medical Center machte. Er hatte vom Büro aus im Krankenhaus angerufen, sie verlangt und die Auskunft bekommen, dass sie ab dreiundzwanzig Uhr Dienst hatte.

Er brauchte eine halbe Stunde, um in ihr Speicherabteil zu gelangen. Als der Zugang frei war, stellte er die Platten wieder so auf, dass bei flüchtigem Hinsehen nichts auffiel. Danach schlich er über die Bodentreppe in sein Apartment hinunter und ließ Nägel, Werkzeug und Taschenlampe auf dem Dachboden liegen. Bei seiner Rückkehr würde er die

Nägel so weit wie möglich in ihre Löcher drücken. Sobald seine Nachbarn morgens in die Arbeit gefahren waren – und bevor das letzte Opfer des Werwolfs aufgefunden worden war –, würde er wieder hinaufsteigen, um sie ganz einzuschlagen.

In seiner Wohnung dachte er über einen raschen Trip zu einem bis Mitternacht geöffneten Lebensmittelgeschäft in der Nähe nach. Ein Ausflug zu Fuß. Das mochte eine überflüssige Provokation sein, aber er glaubte, sie sich leisten zu können. Er stellte den Fernseher ab, zog seine Jacke an, überzeugte sich davon, dass er Geld in der Tasche hatte, und verließ das Haus. Er bemühte sich, die zwei Blocks ohne erkennbare Eile zurückzulegen. Er ging über den asphaltierten Parkplatz des Geschäfts, betrat den Laden und kaufte etwas Gebäck, ein Fertigmüsli, eine Flasche Milch und die neue Ausgabe von *Penthouse*. Als er danach wieder im Freien stand, biss er in einen Krapfen, genoss die hervorquellende süße Marmeladefüllung und schlenderte nach Hause zurück.

Das dürfte genügen. Das müsste ausreichen, um die Beobachter davon zu überzeugen, dass er den Rest der Nacht in seiner Wohnung verbringen wollte. Er überquerte seine kleine Veranda, sperrte auf, trat in die Wohnung, schloss die Haustür hinter sich ab, stellte die Milch in den Kühlschrank und schaltete den Fernseher ein.

Das Footballspiel begann gerade. Cowboys gegen Giants. Er verfolgte die erste Halbzeit ohne sonderliches Interesse und verlor es gänzlich, als die Giants immer besser ins Spiel kamen. In der Halbzeitpause schob er die Kassette mit Davenport in den Videorecorder und sah sich das Interview an. Davenport, der Spieler. Carla Ruiz, die einmal und nie wieder Auserwählte. Er ließ das Interview ein weiteres Mal laufen, stellte es dann ab und machte einen bewusst langsamen Rundgang durch die Wohnung. In die Küche gehen. Einen

Blick in die Besteckschublade werfen. Kühlschrank öffnen, Milch trinken, Glas abspülen. Viertel vor elf. Hörer abnehmen, die Krankenschwester anrufen. Zwanzig Klingelzeichen. Dreißig Klingelzeichen. Vierzig. Fünfzig. Am liebsten hätte er das Krankenhaus angerufen und nach ihr gefragt, aber das war nicht ratsam. Vielleicht wurde sein Telefon abgehört. Ein Risiko, mit dem er leben musste.

Der Werwolf löschte das Licht und ging nach oben, wo er sich auszog, seine Sachen in einem Haufen auf dem Boden liegen ließ und sich wieder anzog. Schwarzer Rollkragenpullover. Jeans. Die Nike Airs hängte er sich mit zusammengebundenen Schnürsenkeln um den Hals. Neue Skijacke – marineblau mit dunkeltürkisgrünem Blitz auf der Brust. Handschuhe. Wollmütze. Dann machte er auch im Schlafzimmer das Licht aus.

Indem er sich in der Dunkelheit die Wände entlangtastete, schlich er auf Strumpfsocken in den Flur und die Bodentreppe hinauf. Oben fand er die Taschenlampe, schaltete sie ein. Er gelangte durchs Speicherabteil des Nachbarn in das der Krankenschwester. Er löste die Verriegelung der Treppe, öffnete sie einen Spalt und horchte. Kein Laut. Nirgends Licht.

Die Wohnung war eine spiegelbildlich angelegte Version seiner eigenen. Als Erstes leuchtete er mit seiner Taschenlampe kurz ins Schlafzimmer. Das Bett war ordentlich gemacht und leer. Er ging nach unten in die Küche, sah das Telefon, blieb stehen und dachte: Warum nicht? Er schlug im Telefonbuch nach, rief das Krankenhaus an und fragte nach ihr.

»Schwester Sylvia.« Er legte rasch auf, als sei die Verbindung durch einen Leitungsfehler unterbrochen worden. Sie war also im Krankenhaus.

Er ging durch die Küche in den Wirtschaftsraum und öffnete die Verbindungstür zur Garage. Leer. Im Schutz der

Hecke zum Nachbargrundstück musste er das Garagentor fast einen halben Meter weit öffnen können, ohne gesehen zu werden. Nachdem er sich davon überzeugt hatte, dass das Tor nicht verriegelt war, hob er es langsam, ganz langsam hoch. Als es kniehoch offen war, rutschte er auf dem Rücken liegend darunter hindurch.

Die Nacht war dunkel, wolkenverhangen, und er blieb einen Augenblick in der Tornische liegen, wo er von der Straße aus nicht zu sehen war, und sammelte Mut. Als er seine flatternden Nerven wieder unter Kontrolle hatte, schloss er das Garagentor bis auf einen kleinen Spalt. Bei seiner Rückkehr konnte er es dann leichter hochheben.

Jetzt der schlimmste Teil, dachte er. Er kroch auf Händen und Knien bis zur Hecke und robbte bis zum Gehsteig. Er spähte nach beiden Seiten. In den benachbarten Häusern wohnten überall Familien. Die beiden Beobachtungsposten, von denen aus sein Apartment überwacht wurde, lagen jetzt hinter ihm. Schwierigkeiten konnte es nur geben, wenn auf der Straße außer Sichtweite seiner Wohnung weitere Cops in neutralen Fahrzeugen Wache hielten. Aus polizeilicher Sicht konnte es nicht zweckmäßig sein, Männer dort zu postieren, wo sie das Apartment des Verdächtigen nicht sehen konnten – aber unmöglich war es nicht.

Er gab sich einen Ruck, trat hinter der Hecke hervor und marschierte mit energischem Schritt von seinem Haus weg den Gehsteig entlang. Dabei kontrollierte er möglichst unauffällig die geparkten Wagen. Alle unbesetzt. Falls es Straßenposten gab, hätten sie hier in der Nähe stehen müssen. Dass sie in Richtung Interstate postiert waren, war unwahrscheinlich, denn dort hinten endete die Straße als Sackgasse.

Nach drei Blocks hatte er den Chevrolet Cavalier erreicht. Er sperrte auf, setzte sich ans Steuer und zog eine erste Bilanz. Er war davon überzeugt, nicht gesehen worden zu sein. Alles wirkte richtig. Er blieb noch einen Augenblick sitzen, *fühlte* sich in seine nächtliche Umgebung ein und nahm ihre Schwingungen in sich auf. Er war frei! Er ließ den Motor an, schaltete die Scheinwerfer ein und fuhr los.

Nun erhob sich eine neue Frage, über die er schon nachgedacht hatte, ohne sie beantworten zu können. Jetzt hatte er Gelegenheit dazu. Davenport fuhr einen Porsche – das hatte in den Zeitungen gestanden. War er vor einem der Beobachtungsposten geparkt – falls sie tatsächlich in den Häusern eingerichtet waren, in denen er sie vermutete? Er bog auf die hinter seinem Haus vorbeiführende Straße ab und fuhr an dem Haus vorbei, das er verdächtigte. Zwei Autos, unscheinbare Ford-Limousinen, wie sie Cops vermutlich fuhren. Und das andere Haus? Er bog links ab, fuhr zwei Blocks weit und sah im Licht seiner Scheinwerfer einen entgegenkommenden Wagen. Einen Porsche! Beim Abbiegen gelang es ihm, einen flüchtigen Blick auf Davenports Gesicht zu erhaschen. Der Werwolf fuhr langsamer, wendete auf der Straße und fuhr zurück. Davenport hielt vor dem zweiten Beobachtungsposten. Jetzt stieg er mit einer quadratischen weißen Schachtel aus… Offensichtlich hatte er eine Pizza geholt.

Eine Pizza!

Damit war seine nächste Frage beantwortet. Er hatte noch keine rechte Vorstellung davon, wie er ins Atelier der Ruiz gelangen sollte. Er hatte überlegt, ob er den Feuermelder betätigen sollte. Dann könnte er sie niederschlagen, wenn sie aus der Tür kam. Wenn der Hausmeister aber merkte, dass ein Fehlalarm vorlag, konnte er auf die Idee kommen, das Gebäude zu überprüfen und die Leute zu befragen. Außerdem konnte irgendjemand vor der Ruiz auf dem Flur erscheinen. Der Werwolf hatte mit dem Gedanken gespielt, Davenports Stimme zu imitieren – aber was war, wenn sie die Sicherheitskette der Ateliertür eingehängt ließ, durch den Spalt blickte und draußen einen Fremden stehen sah? Sie würde *wissen*, wer er war.

Aber eine Pizza...

Er fuhr zu einer Pizzeria, bestellte eine Pizza zum Mitnehmen und wartete ungeduldig, während der Pizzabäcker den Teig knetete, hochschleuderte, auswalzte, belegte und endlich in den Ofen schob. Das Backen dauerte zehn Minuten. Der Werwolf sah auf seine Armbanduhr. Fünfundzwanzig Minuten vor Mitternacht. Jetzt musste er sich beeilen. Der Hausmeister sperrte das Gebäude, in dem die Ruiz wohnte, gewöhnlich um zwölf Uhr ab.

Die Fahrt zu dem alten Klinkerbau des Lagerhauses in St. Paul, das bereits von der Interstate aus zu sehen war, dauerte weitere zehn Minuten. Er parkte in der Nähe des Haupteingangs und holte seine Ausrüstung aus dem Kofferraum: den mit Katzenstreu gefüllten Schlauch, die Sprühdose mit der chemischen Keule, das Klebeband und die Arbeitshandschuhe. Bis auf den Schlauch verschwand alles in seinen Taschen.

Er betrat das Gebäude und ging die Treppe hinauf; der Hausmeister, der zugleich der Fahrstuhlführer war, hielt sich im Allgemeinen in der Nähe des Aufzugs auf, um Musik zu hören. Im ersten Stock war alles still. Im zweiten Stock lief irgendwo ein Radio, und ein leises Lachen verhallte zwischen den Stahlbetonpfeilern des Korridors. Im dritten Stock war es ebenso still wie im vierten.

Unter der zweiten Tür war ein Lichtschein zu sehen. Er atmete erleichtert auf. Sie war zu Hause. Er war darauf vorbereitet gewesen, das Unternehmen notfalls abzubrechen und ein andermal zu wiederholen. Das war jetzt nicht nötig. Der Coup konnte stattfinden.

Der Werwolf zog die gelben Baumwollhandschuhe an, holte tief Luft, atmete langsam aus, klopfte an die Tür und rief: »Pizza!« Sein Gesicht hatte die Ruiz nie gesehen.

Er hörte ihre Schritte herankommen. »Ich hab' keine Pizza bestellt«, sagte sie durch die Tür.

»Hören Sie, ich soll in diesem Atelier 'ne Pizza für Lucas Davenport abgeben. Und ich soll bestellen, dass der Wein nachkommt, wenn er nicht schon da ist.«

Hinter der Tür herrschte kurzes Schweigen, dann hörte er ein leises: »O nein!«

Wieso? Was stimmte hier nicht? In seiner Nervosität wollte der Werwolf bereits fliehen, aber dann wurde die Tür geöffnet.

Die Sperrkette war eingehängt. Carla Ruiz schien allein zu sein. Sie linste durch den Türspalt und sah den Pizzakarton.

»Augenblick«, sagte sie mit leicht resigniertem Unterton. Hier ging irgendetwas vor, das er nicht verstand. Die Ruiz schloss die Tür, und er hörte, wie die Kette ausgehakt wurde. Er balancierte den Pizzakarton auf der Hand, in der er den Schlauch hielt. In der anderen hielt er die chemische Keule. Die Ruiz öffnete die Tür, hinter ihr stand niemand. Der Werwolf schleuderte ihr die Pizza entgegen und trat gleichzeitig über die Schwelle. Sie wich zurück, sah zu ihm auf, als die Pizza ihr so unerwartet heftig entgegenkam, bemerkte die Handschuhe und wusste im selben Augenblick, wer er war, aber der Werwolf hatte bereits die Sprühdose hochgerissen und traf Mund und Augen mit dem Strahl. Carla versuchte, ihr Gesicht zu schützen, würgte und torkelte rückwärts. Der Werwolf folgte ihr ins Atelier und holte mit dem Schlauch aus. Ihr erhobener Arm lenkte den ersten Schlag ab. Noch immer würgend wandte sie sich halb ab und stolperte mit ausgestreckten Händen auf ein Bücherregal zu. Der Werwolf war sofort hinter ihr, nachdem er die Tür mit einem Fuß ins Schloss gedrückt hatte. Sie tastete halb blind das Bücherregal ab, suchte irgendetwas. Der Werwolf war wieder bei ihr, und sie hielt plötzlich eine chromblitzende kleine Pistole in der

Hand. Er traf die Ruiz mit seinem beschwerten Schlauch, und sie ging zu Boden. Der Werwolf sah kristallklar, dass sie nur den Pistolengriff umklammerte und ihr Zeigefinger noch nicht am Abzug lag, deshalb ließ er sich eine Zehntelsekunde länger Zeit, um richtig auszuholen, und traf Carla am Hinterkopf und wieder, diesmal an der Schulter, und wieder, voll ins Gesicht... bis sie unbeweglich in fetaler Stellung zusammengekrümmt dalag...

Der Werwolf ließ keuchend den Schlauch fallen und stürzte sich auf sie wie ein Tiger auf eine angepflockte Ziege. Er riss ihren Kopf nach hinten, stopfte ihr die Monatsbinde in den Mund und umwickelte den Knebel mit Klebeband. Sie war benommen, leistete keinen Widerstand. Er fürchtete sekundenlang, er könnte sie getötet haben, und dachte dann absurderweise: Sie ist keine Auserwählte, dies ist ein Kommandounternehmen, deshalb spielt's keine Rolle, wenn sie tot ist...

Die Pistole lag auf dem Fußboden. Er schob sie weg, stand auf, packte die Wehrlose am Hemdkragen und schleppte sie ins Schlafzimmer. Er fesselte sie mit Klebeband an ihr Bett. Sie trug ein Männerhemd aus Flanell, und er riss es mit solcher Gewalt auf, dass ein Knopf absprang und gegen die Wand klickte, was der Werwolf mit übernatürlich scharfem Gehör – eine Folge der bei ihm einsetzenden Euphorie – genau registrierte. Seine Hand griff unter ihren Büstenhalter, sprengte ihn auf und riss mit einem Ruck die Träger ab. Er zog den Reißverschluss ihrer Jeans auf, streifte sie bis über die Knie herab, fetzte den Zwickel aus ihrem Höschen und schob es nach oben über ihren Bauch.

Dann trat er zurück, um die Gefesselte zu betrachten. Sie war keine Auserwählte, aber sie konnte Spass machen. Er streckte eine Hand aus und rubbelte ihr buschiges Schamhaar.

»Schön dableiben!« forderte er sie freundlich sarkastisch auf. »Für den Rest brauche ich was Scharfes.«

33

»Ist er ins Bett gegangen?« fragte Lucas.

»Yeah«, antwortete der erste Beobachter, der große Cop.

»Scheiße.« Lucas starrte missmutig die Zimmerdecke an. Ob er gemerkt hatte, dass er überwacht wurde? »Er muss bald wieder aktiv werden. Er *muss* einfach!«

»Erst mal ist mein Magen aktiv«, erklärte der zweite Überwacher. »Ich brauch' was zu essen.«

»Noch drei Stunden«, seufzte sein Partner.

»Jesus!« Der zweite Cop sah zu Lucas hinüber. »Sie haben wohl gerade zu tun?«

Lucas lag auf der Matratze und las die Ausgabe von *Powder.*

»Äh…«

»Sie hätten wohl keine Lust auf 'ne Pizza?«

»Klar, warum nicht?« Lucas kam auf die Beine.

»Drüben bei der Universität machen sie 'ne verdammt gute Pizza«, sagte der hungrige Cop. »Ich rufe an, damit sie fertig ist, wenn Sie kommen.«

»Haben Sie Ihr Funkgerät mit?« fragte der erste Cop.

»Yeah.«

»Ich ruf' Sie, falls was passiert.«

Die Pizza war nicht fertig, als er kam, aber sie war kurze Zeit später fertig. Er brachte sie zum Auto hinaus, fuhr zurück, ließ den Porsche ein bisschen laufen und hätte beim Abbiegen in die zum Beobachtungsposten führende Straße beinahe einen entgegenkommenden Wagen gestreift. Fahr gefälligst anständig! ermahnte er sich, als die Scheinwerfer des anderen Autos über ihn hinwegglitten. Was er bestimmt nicht brauchen konnte, war eine Prügelei mit einem ortsfremden Redneck, dem sein rasanter Fahrstil nicht passte.

Er trug die noch heiße Pizza eilig die drei Treppen zum Beobachtungsposten im obersten Stock hinauf.

»Nichts«, sagte der erste Cop.

»Still wie'n gottverdammtes Karnickel«, fügte der andere hinzu. Er klappte die Pizzaschachtel auf. »Wenn auf diesem Ding Anchovis sind, können Sie Ihr Testament machen!«

Lucas nahm sich ein Stück Pizza und las wieder sein Magazin.

»Das Nachtlicht muss durchgebrannt sein«, stellte der erste Cop nach einiger Zeit fest.

»Hmmm?«

»Heute brennt kein Nachtlicht.«

Lucas ging ans Fenster und sah hinaus. Das Schlafzimmerfenster des Werwolfs war ein glattes schwarzes Rechteck ohne den geringsten Lichtschein. Merkwürdig! dachte Lucas. Wer nur mit einem Nachtlicht schlafen kann, braucht es doch immer …

»Verdammt noch mal«, murmelte er, drehte sich um und blieb mit hochgezogenen Knien an der Wand sitzen.

»Was gibt's?«

»Weiß ich nicht.« Er drehte den Kopf zur Seite und starrte übers Fensterbrett. »Das versteh' ich nicht. Da stimmt irgendwas nicht!«

»Bloß so'n beschissenes Nachtlicht«, sagte der hungrige Cop, während er sich nach dem letzten Stück Pizza die Finger ableckte.

»Irgendwas stimmt da nicht!«, wiederholte Lucas. An dieser Sache war etwas faul, das roch er. Seit fast zwei Wochen beobachtete er nun den Werwolf, bei dem jede Nacht ein Nachtlicht gebrannt hatte. Aber es gab keine Möglichkeit, das Haus dort drüben ungesehen zu verlassen. Es sei denn, man stemmte ein Loch in die Mauer…

Der Dachboden! dachte er. Der Scheißdachboden!

Lucas lief zum Telefon. »Welche Nummer hat er?«, fragte er den ersten Cop und schnalzte ungeduldig mit den Fingern.

»Jesus, wollen Sie etwa…?«

»Geben Sie mir die gottverdammte Nummer!«, forderte Lucas mit eisiger Stimme.

Der erste Cop sah zu seinem nicht mehr hungrigen Kollegen hinüber, der mit den Schultern zuckte, ein kleines Notizbuch aus der Hemdtasche zog und die Nummer vorlas. Lucas tippte sie ein.

»Falls er sich meldet, hab' ich mich bloß verwählt«, sagte er mit einem Blick zu den beiden Cops hinüber. »Ich frage nach Trixie.« Das Telefon des Werwolfs klingelte. Fünfzehn Klingelzeichen lang. Dreißig. Kein Licht hinter dem Fenster. Nichts.

»Dieser Hundesohn«, zischte der erste Cop.

»Noch mal die Nummer«, verlangte Lucas. »Vielleicht hab' ich mich verwählt.« Der Cop las sie ihm wieder vor, und Lucas tippte sie ein. »Wissen Sie bestimmt, dass das die richtige Nummer ist?«

»Die Nummer stimmt«, bestätigte der Cop. Das Telefon klingelte. Und klingelte. Keine Antwort.

»Lasst es klingeln«, wies Lucas die beiden an und war bereits zur Tür unterwegs. »Ich gehe rüber!«

»Jesus…«

Lucas stürmte aus dem Haus und rannte über die Straße zur Haustür des Werwolfs. Hinter dieser Tür hörte er deutlich das Telefon, während er den Daumen auf dem Klingelknopf ließ. Fünf Sekunden, zehn. Kein Licht. Er riss die äußere Sturmtür auf und rüttelte an der Haustür. Abgesperrt. Keine Zeit für subtile Methoden. Er machte einen Schritt zurück, trat mit voller Gewalt gegen das Schloss und sprengte die Tür auf.

Drinnen rannte er zur Treppe.

»Vullion?« Während er die Treppe hinaufstürmte, hielt er die Heckler & Koch P7 schussbereit. »Vullion?«

Im Wohnzimmer flammte Licht auf. Als Lucas sich herumwarf, sah er den ersten Cop, der ihm mit gezogener Pistole folgte. Lucas hastete weiter und sah von den obersten Stufen aus die in den Flur heruntergeklappte Bodentreppe.

»Der Scheißkerl ist weg!«, rief er dem Cop hinter sich zu. »Nehmen Sie das Telefon ab, ja?« Nach einem kurzen Blick ins Schlafzimmer stieg Lucas zum Dachboden hinauf. Die Trennwände zwischen den Speicherabteilen waren lose. Als Lucas wieder die Treppe hinabpolterte, hörte das Telefon zu klingeln auf.

»Er ist über den Dachboden in eine andere Wohnung und so aus dem Haus gekommen!«, brüllte er. »Sorgen Sie dafür, dass sofort nach einem Kerl zu Fuß gefahndet wird. Notfalls können wir ihn wegen Einbruchs verhaften.«

Der Cop rannte aus dem Haus. Lucas ging quer durchs Wohnzimmer, machte auf dem Absatz kehrt und sah sich um. Nichts. Überhaupt nichts. Dann kniff er die Augen zusammen, lief wieder nach oben und griff im Schlafzimmer unter die Matratze. Seine Hand tastete den Matratzenschoner ab. Die Fotos waren verschwunden.

Lucas hastete nach unten ans Telefon, um Daniel anzurufen und Verstärkung anzufordern. Als er den Hörer abnahm, fiel ihm die winzige rote Leuchtdiode des Videorecorders auf. Vullion hatte sich eine Kassette angesehen. Lucas ließ den Hörer fallen, schaltete das Fernsehgerät ein, spulte die Kassette ein Stück weit zurück und drückte auf den Startknopf.

Carla. Lucas starrte den Bildschirm wie betäubt an. Das Interview. Carla.

Lucas rannte, und während er die Möglichkeiten analysierte, die sich ihm boten, tat sein Körper bereits das, wofür sein Verstand sich letztlich entscheiden würde. Vullion hatte es auf Carla abgesehen. Er würde nicht mit dem Bus fahren, also musste er sich irgendwie ein Auto besorgt haben. Lucas hatte ein Handfunkgerät. Er konnte die Cops in St. Paul alarmieren und veranlassen, dass jemand in drei bis vier Minuten Carlas Atelier kontrollierte. So lange würden die Cops brauchen, um zu verstehen, was sie tun sollten, sich in Bewegung zu setzen und das alte Lagerhaus zu erreichen.

Aber er war nur sechs Meilen davon entfernt. Mit dem Porsche war das in fünf, höchstens sechs Minuten zu schaffen. Konnten diese zusätzlichen Minuten Carla das Leben kosten? Wenn nicht, hatte er vielleicht Gelegenheit zu seinem *Coup*.

Lucas warf sich in den Porsche, ließ den Motor an, trat das Gaspedal durch, fuhr mit quietschenden Reifen durch die erste Kurve, bewältigte die zweite mit siebzig und bremste danach herunter, um auf die Einfahrt zur Interstate abzubiegen. Vor ihm fuhr ein Honda Civic her. Lucas riss den Porsche nach links, geriet mit zwei Rädern ins Grüne, raste mit hundertzehn an dem Honda vorbei und nahm dabei das entsetzte Gesicht des anderen Fahrers als blassen Halbmond am Rande seines Blickfelds wahr. Am Ende der Einfädelspur hatte er bereits hundertvierzig erreicht und gab Vollgas, sodass die Tachometernadel, ohne zu zögern, immer weiterkletterte. Bei Tempo zweihundert schien der übrige Verkehr auf der Interstate still zu stehen, und die Ausfahrten klickten wie Pulsschläge vorbei.

Zwei Minuten. Lexington Avenue. Drei Minuten. Dale

Avenue. Drei Minuten und zwanzig Sekunden, bremsen, auf die Tenth Street abbiegen, bremsen, herunterschalten, mit aufheulendem Motor über die erste Kreuzung schießen, das alte Lagerhaus war bereits in Sicht. Lucas hielt am Randstein, holte seine Sporttasche mit der schallgedämpften Pistole hinter dem Fahrersitz hervor und stürmte auf den Nebeneingang des Gebäudes zu.

Als er ihn schon fast erreicht hatte, erschien der Hausmeister mit einem Schlüsselbund in der Hand.

»Nein!«, brüllte Lucas. Der andere blieb verwirrt stehen. Lucas tastete in der Hemdtasche nach seiner Plakette und wies sie vor, während er sich an dem Hausmeister vorbei durch die Tür drängte.

»Sie bleiben hier«, wies er den verblüfften Hausmeister an.

»Sobald weitere Cops aus St. Paul kommen, bringen Sie sie mit dem Lift nach oben. Sie warten hier, verstanden?«

Der Hausmeister nickte. »Hier warten«, bestätigte er.

»Genau!« Lucas klopfte ihm auf die Schulter und spurtete die Treppe hinauf.

Carlas Tür hat bessere Schlösser, dachte Lucas, als er die letzten Stufen hinaufkeuchte, aber sie bietet trotzdem nicht viel Schutz. Darüber konnte er sich nicht lange den Kopf zerbrechen. Jesus, wenn der Werwolf nicht da war, konnte diese Sache peinlich werden! Lucas hastete den Korridor entlang und sah einen Lichtschein unter der Tür. Er ließ die Sporttasche fallen, machte einen Schritt zurück und trat die Tür ein. Danach stürzte er sich mit beidhändig gehaltener Heckler & Koch in den Raum.

Das Atelier war leer.

34

Von links kam ein leises Geräusch, als sei eine Katze von einem Bücherregal gesprungen. Aber es war keine Katze. Lucas warf sich mit schussbereiter Pistole herum. Dort hatte er einen kleinen, dunklen, höhlenartigen Raum vor sich. Ein Stöhnen. Er trat vor. Konnte nichts erkennen. Trat weiter vor, konnte noch immer nichts ausmachen. Ein weiterer Schritt bis auf einen Meter an die Tür heran. Eine weiße Gestalt auf dem Bett, gefesselt, geknebelt, sich aufbäumend, wieder ein Stöhnen, sonst nichts …

Noch ein Schritt, dann war Vullion plötzlich da: die Augen weit aufgerissen, der Blick starr, flauschige gelbe Handschuhe an den Händen, in einer Hand irgendein Rohrstück, das jetzt herabsauste. Lucas warf sich herum, um schießen zu können. Das Rohr traf seinen Handrücken, so dass die Pistole klappernd zu Boden fiel. Lucas spürte die Knochen seiner rechten Hand zersplittern und wehrte das Rohr mit der Linken ab. Vullions andere Hand stieß weit ausholend auf ihn zu, und das Messer, das sie führte, zielte wie ein Dolch auf Lucas' Unterleib. Lucas wich aus, fing den Stoß mit seiner gebrochenen Hand ab, fühlte sie nachgeben und schrie vor Schmerz laut auf. Aber die blitzende Klinge zischte an seinem Arm vorbei, und er bekam Vullions Messerhand mit der linken Hand zu fassen. Er schmetterte seinen rechten Ellbogen in die Augenhöhle des Angreifers. Dieser Schlag warf Vullion zurück, und sie torkelten miteinander in das kleine Schlafzimmer. Vullions Beine gaben nach, als er ans Bett stieß. Die Kämpfer fielen auf Carla, und Lucas schlug Vullion einmal, zweimal, dreimal mit dem Unterarm ins Gesicht, wobei der von seiner gebrochenen Hand ausgehende Schmerz wie grelle Lichtblitze durch sein Gehirn zuckte.

Und dann bewegte sich Vullion nicht mehr. Lucas verdrehte ihm den Messerarm, bis die Waffe zu Boden fiel. Vullion war benommen, aber nicht bewusstlos. Lucas schlug zweimal mit der linken Faust zu, traf dabei Vullions Ohr, wälzte ihn von Carla herunter in den schmalen Raum zwischen Bett und Wand und kniete sich auf seinen Oberkörper.

»Scheißkerl!«, ächzte Lucas. Er hörte sich selbst stoßweise hecheln. Mit der unverletzten linken Hand angelte er unbeholfen seinen Schlüsselring, an dem die Miniaturausgabe eines Tekna-Messers baumelte, aus der Tasche. Er zog das Messer aus der Plastikscheide, schob die Klinge vorsichtig unter das um Carlas Kopf führende Klebeband und zerschnitt es mit einem Ruck. Als er ihr den Knebel aus dem Mund zog, holte sie keuchend Luft und wimmerte dann leise wie ein verletztes Tier. Sie lebte.

»Verletzt«, stöhnte Vullion unter Lucas' Knien. »Ich bin verletzt.«

»Halt's Maul, Scheißkerl!«, knurrte Lucas. Er holte wieder aus und traf Vullions Kopf mit der linken Faust. Der andere stöhnte laut, wobei sein Körper krampfartig zuckte.

Lucas beugte sich nach vorn, zerschnitt das Klebeband, mit dem Carlas Arme ans Bett gefesselt waren, und befreite dann auch ihre Beine.

»Ich bin's... Lucas«, sagte er ihr leise ins Ohr. »Keine Angst, du wirst gleich versorgt. Der Krankenwagen ist schon unterwegs, bleib einfach liegen.«

Lucas stemmte sich vom Bett hoch, packte Vullion am Kragen, riss ihn in die Höhe und stieß den Schwankenden ins Atelier. Lucas sah seine bis an die Wand gerutschte Pistole auf dem Boden. Mit einem blitzschnellen Tritt zog er Vullion die Beine weg und achtete darauf, dass er nicht mit dem Kopf auf den Fußboden knallte. Er konnte keinen Bewusstlosen brauchen. Vullion klappte zusammen wie eine Marionette, deren Schnüre durchschnitten worden sind.

Nachdem er zu Boden gegangen war, griff sich Lucas die Pistole, erreichte rasch rückwärts gehend die Tür und holte die Sporttasche herein. Er schloss die Tür mit dem Fuß hinter sich.

Vullion, der auf dem Bauch lag, bedeckte seine Ohren mit den Händen.

»Steh auf!«, befahl Lucas. Als Vullion nicht reagierte, trat Lucas ihn gegen die Hüfte. »Aufstehen, hab' ich gesagt! Los, steh auf!«

Vullion stemmte sich hoch, fiel auf den Bauch zurück und richtete sich dann auf einem Knie auf. Blut lief ihm aus der Nase in den Mund. Die Pupille des einen Auges war schreckhaft geweitet. Das andere Auge, das Lucas mit dem Ellbogen getroffen hatte, war verfärbt und bereits zugeschwollen.

»Auf die Beine, Arschloch, sonst tret' ich dich tot, das schwör' ich dir!«

Vullion starrte ihn noch immer benommen aus dem einen Auge an. Er rappelte sich mit letzter Kraft auf und blieb schwankend stehen.

»So, und jetzt zurück. Fünf Schritte.« Lucas zielte mit der Pistole auf Vullions Brust. Der andere bewegte sich unsicher rückwärts, machte jedoch den Eindruck, als erhole er sich allmählich.

»Okay, jetzt stehen bleiben!«, forderte Lucas, während er ans Telefon trat.

»Ich habe gewusst, dass ich überwacht werde«, murmelte Vullion undeutlich, weil ihm jetzt einige Zähne fehlten.

»Das ist mir vor ungefähr zehn Minuten klar geworden«, erwiderte Lucas. Er machte eine wegwerfende Bewegung mit der linken Hand.

»Ist Ihre andere Hand gebrochen?«

»Maul halten!«, fuhr Lucas ihn an.

»Haben Sie mich bewusst hergelockt? Mit Ihrer Freundin als Köder? Wie Sie's mit der McGowan gemacht haben?«

»Diesmal nicht«, antwortete Lucas. »Die McGowan ist allerdings ein Köder gewesen.«

»In mancher Beziehung sind Sie schlimmer als ich«, behauptete Vullion. Von seinem Kinn tropfte Blut. Er schwankte wieder und stützte sich auf Carlas Waschbecken. »Ich habe Leute vereinnahmt, die... Spielmarken gewesen sind. Sie haben eine Freundin als Einsatz benutzt. Das würde ich niemals tun, wenn ich einen Freund hätte.«

»Wie ich den Reportern gesagt habe, sind Sie kein richtiger Spieler«, sagte Lucas leise, beinahe flüsternd.

»Das werden wir ja sehen!« Der Werwolf kam sichtlich wieder zu Kräften, was Lucas unwillkürlich beeindruckte. »Immerhin bin ich nicht ganz wehrlos. Sie werden mir keinen einzigen Mord nachweisen können. Schließlich habe ich Miss Ruiz nicht umgebracht. Und Sie werden feststellen, dass ich diesmal anders vorgegangen bin. Sie finden keine zurückzulassende Mitteilung. Die wollte ich erst nach der Tat hier anfertigen. Wenn's zu Absprachen kommt, plädiere ich auf Unzurechnungsfähigkeit. Ein paar Jahre in einer geschlossenen Anstalt, dann bin ich wieder draußen. Und sollte ich schlimmstenfalls wegen Mordes verurteilt werden, heißt das achtzehn Jahre in Stillwater. Die stehe ich durch!«

Lucas nickte. »Das hab' ich mir auch schon überlegt. Wenn Sie mit dem Leben davonkämen, hätte ich praktisch verloren. Das könnte ich nicht ertragen. Nicht im Duell mit einem minderwertigen Spieler.«

»Was soll das heißen?«

Lucas ignorierte ihn. Er wühlte in seiner Hosentasche und brachte eine einzelne 9-mm-Patrone zum Vorschein. Während er Vullion wachsam im Auge behielt, klemmte er sich die Pistole unter seine rechte Achsel und zog das Magazin heraus. Dies war der Augenblick, in dem Vullion sich auf ihn hätte stürzen müssen; aber er stand unbeweglich da und beobachtete verwirrt, wie Lucas die Platzpatrone ins Magazin drückte, es in seine Waffe zurücksteckte und die Pistole durchlud.

»Was haben Sie vor?«, fragte Vullion. Hier geschah irgendetwas – irgendetwas, das nicht richtig war.

»Als Erstes rufe ich die Cops«, antwortete Lucas. Er nahm den Hörer von Carlas Wandtelefon ab und wählte 911. Als die Notrufzentrale sich meldete, nannte er seinen Namen und verlangte einen Krankenwagen und Verstärkung. Die Dispatcherin forderte ihn auf, die Verbindung nicht zu unterbrechen, und Lucas bestätigte, dass er sich an das in solchen Fällen übliche Verfahren halten würde. Er ließ den Hörer an der Schnur baumeln und trat vom Telefon zurück.

Vullion beobachtete ihn noch immer stirnrunzelnd. Als Lucas sich vom Telefon entfernte, trat der Werwolf vom Waschbecken zurück. Lucas zielte mit seiner Pistole auf die Atelierdecke, drückte einmal ab und merkte sich, wohin die ausgeworfene Patronenhülse fiel. Bei dem lauten Knall riss der Werwolf unwillkürlich das nicht zugeschwollene Auge auf. Die Reaktion war noch nicht abgeklungen, als Lucas zwei weitere Schüsse abgab. Einer durchschlug Vullions rechte Lunge, der andere die linke.

Alle drei Schüsse fielen in musikalischem Rhythmus rasch nacheinander: *Peng! Peng-peng!*

Vullion torkelte einen, zwei Schritte rückwärts und sackte dann in sich zusammen, als seien seine Knochen geschmolzen. Er bewegte die Lippen, ohne mehr als ein Stöhnen herauszubringen, und wälzte sich auf den Rücken. Beide Schüsse waren tödlich, aber nicht zu gut gezielt, denn das Ganze musste nach einem Schusswechsel aussehen. Lucas trat vor und blickte auf den Sterbenden hinab.

»Was ist passiert?«

Die Stimme war kaum mehr als ein heiseres Krächzen. Lucas drehte sich um und sah Carla in der Schlafzimmertür stehen. Sie blutete nicht mehr, aber sie war übel zugerichtet und hatte einen Nasenbeinbruch und Schnitte im Gesicht. Sie kam auf ihn zugewankt.

»Du musst dich wieder hinlegen«, sagte Lucas.

Eine Augenzeugin konnte für ihn tödlich sein.

»Warte!«, protestierte Carla, als er sie am Arm fasste. Sie blickte auf Vullion hinab. »Ist er tot?«

»Yeah. Er ist hinüber.«

Aber Vullion war noch nicht ganz tot. Sein nicht geschlossenes Auge war starr auf die über ihm stehende dunkelhaarige Frau gerichtet. Aus seinem Mundwinkel lief ein dünner Blutfaden, als er die Lippen öffnete.

»Mom?«, fragte er.

»Was?«, sagte Carla, während Vullions Beine zuckten.

»Vergiss es!«, drängte Lucas. Er schob sie ins Schlafzimmer und drückte sie mit sanfter Gewalt aufs Bett. »Bleib liegen. Du bist verletzt.« Sie nickte stumm und ließ sich zurücksinken.

Seine Zeit war beinahe abgelaufen. Die Cops aus St. Paul mussten jede Sekunde eintreffen. Er verließ das Schlafzimmer und ging rasch zu Vullion hinüber. Der Werwolf war tot. Lucas nickte, öffnete den Reißverschluss der Sporttasche und holte die Pistole mit Schalldämpfer heraus. Er drückte sie Vullion in die behandschuhte Rechte, zielte auf das Regal mit Carlas Kunstbüchern und drückte ab. Pfft! machte die Pistole; plop! machte die Kugel, als sie in einen dicken Wälzer mit dem Titel *The Great Book of French Impressionism* einschlug. Lucas nahm den Schalldämpfer ab und legte die Pistole einen halben Meter von Vullions ausgestreckter Hand entfernt auf den Fußboden. Er sah sich um, fand die

Hülse der Platzpatrone, die er verschossen hatte, und steckte sie ein.

Draußen kam der Aufzug herauf. Lucas begann, den Schalldämpfer zu zerlegen, während er den Tatort begutachtete.

An Vullions Handschuh, am bloßen Handgelenk, am Jackenärmel und an seinem Gesicht würden Pulverschmauchspuren gefunden werden. Falls die Kugel im Bücherregal überhaupt ballistisch untersucht werden konnte, würde sich zeigen, dass sie aus der neben Vullion gefundenen Smith & Wesson stammte. Dass sie wie Lucas' Heckler & Koch 9-mm-Patronen verschoss, war die Erklärung dafür, dass die Schüsse auf dem in der Notrufzentrale mitlaufenden Tonband gleich klangen. Und die Schüsse waren so rasch nacheinander gefallen, dass niemand bezweifeln konnte, dass Lucas in Notwehr geschossen hatte.

Er trat ans nächste Fenster, riss es auf und warf die beiden großen Plastikteile des Schalldämpfers hinaus. Im Straßenmüll würden sie nicht auffallen. Das Thinsulate-Futter und das innere Aluminiumrohr versteckte er unter Carlas Webmaterial. Beides konnte er sich später zurückholen und irgendwo wegwerfen.

Er steckte seine eigene Pistole ins Halfter und ging wieder in Carlas Schlafzimmer. Sie lag unbeweglich auf dem Bett, aber ihre Brust hob und senkte sich gleichmäßig.

»Ich bin's wieder – Lucas«, sagte er und umfasste ihr Bein mit der unverletzten Linken. »Gleich wirst du versorgt. Ich bin's … Lucas.«

Er hörte den ersten Cop aus St. Paul ins Atelier stürmen und rief: »Hier drüben, Lucas Davenport vom MPD, schnell, wir brauchen einen Krankenwagen …!«

Während er das rief, erschien vor seinem inneren Auge sekundenlang das verwirrte, vom Tode gezeichnete Gesicht Louis Vullions. Und er dachte: »Damit sind's sechs.«

35

Zwei Tage nach Weihnachten überquerte Lucas Davenport, dessen rechte Hand sechs Wochen nach der Operation noch immer eingegipst war, auf dem Weg zu Elle Krugers Büro in der Fat Albert Hall bei heftigem Schneesturm den menschenleeren Campus. Ihr Büro befand sich im zweiten Stock. Während er die ausgetretenen Betonstufen nahm, öffnete er den Reißverschluss seines Parkas und wischte sich Schnee von den Schultern. Der Korridor im zweiten Stock war unbeleuchtet. Ganz am Ende brannte Licht hinter der Milchglasscheibe einer Bürotür. Seine Schritte hallten durch den Flur, als er darauf zuging und anklopfte.

»Komm rein, Lucas.«

Er stieß die Tür auf. Elle saß lesend in einem Sessel, der neben ihrem Schreibtisch einer kleinen Couch gegenüberstand. Aus den Lautsprechern einer preiswerten Stereoanlage kam »Das große Tor in Kiew« aus *Bilder einer Ausstellung*. Lucas überreichte ihr das kleine Päckchen aus seiner Jackentasche.

»Oh, ein Geschenk!« Elle strahlte, während sie das Päckchen in der Hand wog. »Es ist hoffentlich nicht allzu teuer gewesen?«

Lucas hängte den Parka an den Garderobenständer und ließ sich auf die Couch fallen. »Um ganz ehrlich zu sein: Es hat ein Heidengeld gekostet.«

Ihr Lächeln wurde etwas schwächer. »Du weißt, dass wir nach Armut streben.«

»Dieses Geschenk macht dich nicht reicher«, erklärte Lucas. »Solltest du's jemals verkaufen, komme ich und erwürge dich.«

»Ah! Dann muss ich's wohl ...« Sie schüttelte den Kopf und

begann, die Schachtel auszupacken. »Mein größtes Problem, die Ursache meiner schwersten Sünde, ist die Neugier.«

»Die Kirche werde ich nie verstehen«, meinte Lucas.

Die Nonne öffnete das kleine rote Etui und nahm ein goldenes Medaillon an einer langen Kette heraus. »Lucas!« sagte sie.

»Lies die Inschrift«, forderte er sie auf.

Elle, in deren Handfläche das Medaillon jetzt ruhte, las vor:

»›*Agnus Dei: qui tollis peccata mundi, miserere nobis ...*‹ Das ist aus dem Messbuch. ›O Lamm Gottes, das du die Sünden der Welt hinweg nimmst, erbarme dich unser ...‹«

»Das ist doch bestimmt fromm genug!«

Sie seufzte. »Es ist trotzdem aus Gold.«

»Dann trägst du's eben mit Verachtung. Wenn's dir zu gefallen beginnt, kannst du's Mutter Teresa schicken.«

Sie lächelte. »Mutter Teresa«, sagte sie. Dann betrachtete sie das Medaillon erneut.

»Ich werde es für immer in Ehren halten. Ich weiß nur nicht, was meine Mitschwestern denken werden, wenn sie's an meiner Leiche finden ...«

»Sie können's Mutter Teresa schicken«, schlug Lucas vor.

Sie sprachen von alten Freunden, von gespielten Ohnmachtsanfällen, wenn nach dem Unterricht der Rosenkranz gebetet wurde, und von dem Jungen, der in der vierten Klasse zugegeben hatte, dass er nicht an Gott glaubte. Er hatte Gene geheißen, das war alles, was sie noch von ihm wussten.

»Bei dir alles in Ordnung?«, fragte Elle nach einiger Zeit.

»So einigermaßen.«

»Und deine Beziehung ...?«

»Danke, der geht's gut. Ich will Jennifer heiraten, aber sie will nicht.«

»Offiziell bin ich entsetzt. Inoffiziell vermute ich, dass sie eine recht intelligente Frau ist. Eine Ehe mit dir wäre tatsächlich höchst riskant... Was ist mit Carla Ruiz?«

»Nach Chicago gezogen. Sie hat einen neuen Freund.«

»Die Albträume?«

»Werden schlimmer.«

»Die Ärmste!«

»Sie macht eine Therapie.«

Und noch später.

»Du hast keine Gewissensbisse wegen Louis Vullions Tod?«

»Keine. Sollte ich welche haben?«

»Die Umstände sind mir eigenartig vorgekommen«, gestand sie.

Lucas überlegte kurz. »Elle. Wenn du alles wissen willst, erzähle ich dir alles.«

Nun wurde sie nachdenklich. Sie drehte sich halb nach dem großen Fenster um: eine schwarze Silhouette vor dem Flockenwirbel, den der Wind gegen die Scheibe trieb.

Nach einiger Zeit schüttelte Elle den Kopf, und er sah, dass sie das Medaillon umklammert hielt. »Nein, ich will nicht alles wissen. Ich bin kein Beichtvater. Und ich werde für Louis Vullion und dich beten. Was dein Angebot betrifft...«

Als Elle sich wieder nach ihm umdrehte, stand ein grimmiges kleines Lächeln auf ihrem Gesicht. »... bin ich's zufrieden, nicht klüger zu sein als zuvor.«

EisNacht

Aus dem Amerikanischen
von Elke vom Scheidt und
Joachim Körber

1

Der Wind pfiff über den gefrorenen Lauf des Shasta Creek, zwischen den schwarzen Mauern aus Fichten hindurch. Die dünnen, nackten Erlen und die geschmeidigen jungen Birken bogen sich. Nadelspitze Kristalle jagten durch die Luft und schliffen wie Sandpapier Arabesken in den treibenden Schnee.

Der Eismann folgte dem Flußlauf zum See hinunter; er richtete sich sowohl nach seinem Gefühl als auch nach der Zeit und nach bekannten Wegmarken. Als das Leuchtzifferblatt seiner Taucherarmbanduhr zeigte, daß sechs Minuten vergangen waren, begann er, nach der toten Fichte Ausschau zu halten. Zwanzig Sekunden später wurde ihr vom Wind gegerbter Stamm vom Scheinwerferlicht des Schneemobils eingefangen und glitt dann wieder davon wie ein geisterhafter Anhalter.

Jetzt. Sechshundert Meter, Kompaß auf 360...

Zeit Zeit Zeit...

Fast wäre er gegen die westliche Uferböschung des Sees gefahren, die vom Haus her abfiel, Weiß auf Weiß, und sich plötzlich vor ihm erhob. Er zog eine Kurve, verlangsamte die Fahrt und folgte dem Verlauf des Seeufers. Das künstliche Blau eines Hoflichts wurde durch den fallenden Schnee sichtbar, und er zog den Schlitten am Ufer hoch und stellte den Motor ab.

Der Eismann schob das Visier des Helms hoch und blieb lauschend sitzen. Er hörte nichts als den auf seinen Anzug und Helm rieselnden Schnee, das Ticken des abkühlenden Motors, seinen eigenen Atem und den Wind. Er trug eine wollene Schneemütze mit Löchern für Augen und Mund. Der Schnee blieb in der weichen Wolle hängen, und nach einem Augenblick begann Schmelzwasser durch die Augenöffnungen und über seine Wangen zu laufen. Er war dem Wetter und der Fahrt entsprechend gekleidet: Der Schneeanzug hielt Wind und Nässe ab, die Beinlinge steckten in schweren Stiefeln, die Ärmel endeten in dicken Fäustlingen, und der Anzugkragen war direkt mit dem schwarzen Helm verbunden. Er war buchstäblich in Wolle und Nylon verpackt, und doch drang die Kälte durch die Nähte und dünneren Stellen und nahm ihm den Atem...

Ein Paar Schneeteller war hinter seinem Sitz auf dem Gepäckträger befestigt, zusammen mit einem in Zeitungspapier gehüllten Messer. Er drehte sich im Sattel zur Seite, holte eine Miniatur-Taschenlampe aus seinem Parka und richtete ihren Lichtstrahl auf den Gepäckständer. Seine Fäustlinge waren zu dick, um damit arbeiten zu können; er streifte sie ab und ließ sie an den Ärmelklammern hängen.

Der eisige Wind traf seine nackten Finger, als er die Schneeteller vom Gepäckträger löste. Er ließ sie zu Boden fallen, trat in die Bindungen, ließ sie zuschnappen und zog rasch die Fäustlinge wieder an. Seine Hände waren der Kälte kaum eine Minute ausgesetzt gewesen, und doch fühlten sie sich schon steif an.

Die Handschuhe wieder an den Händen, stand er auf und prüfte den Schnee. Die oberste Schicht war weich, aber die bittere Kälte hatte den Untergrund hart gefroren. Er sank fast nicht ein. Gut.

Wieder läuteten die Glocken in seinem Kopf: *Zeit.*

Er hielt inne, um ruhig zu werden. Das ganze komplizierte Uhrwerk seiner Seele war in Gefahr. Er hatte schon einmal getötet, aber das war fast zufällig passiert. Er hatte rings um die Leiche ein Selbstmordszenarium improvisieren müssen.

Und es hatte beinahe funktioniert.

Gut genug funktioniert, um die Gefahr auszuschließen, daß sie ihn fassen würden. Diese Erfahrung hatte ihn verändert, ihm einen Geschmack von Blut, einen Geschmack von *wirklicher* Macht gegeben.

Der Eismann warf den Kopf zurück wie ein Hund, der Witterung aufnimmt. Das Haus lag hundert Fuß weiter oben am Hang. Er konnte es nicht sehen; bis auf den entfernten Schein der Hoflampe lag es in tiefer Dunkelheit. Er nahm das Messer vom Gepäckträger und begann, den Abhang hinaufzusteigen. Das Messer war ein schlichtes Instrument, aber perfekt für einen Überfall aus dem Hinterhalt in einer Schneenacht, falls die Gelegenheit sich bieten sollte...

Bei Sturm, vor allem nachts, schien Claudia LaCourts Haus an den Rand der Welt zu rutschen. Während der Schnee immer dichter fiel, wurden die Lichter, die über den zugefrorenen See schienen, schwächer und verschwanden dann eins nach dem anderen.

Gleichzeitig rückte der Wald heran, Fichten und Tannen drängten näher und neigten sich mit einem unerträglichen Gewicht über das Haus. Der Lebensbaum raschelte gegen die Fenster, und die nackten Birkenäste kratzten am Dachgesims. Zusammen hörten sie sich an, als nähere sich etwas Böses, ein Tier mit Klauen und spitzen Zähnen, das an den Schindelwänden klapperte und festen Halt suchte. Ein Tier, das imstande wäre, das Haus zu zertrümmern.

Wenn sie allein oder mit Lisa zu Hause war, spielte Claudia ihre alten Langspielplatten von Tammy Wynette oder sah sich Spielshows im Fernsehen an. Doch der Sturm drang immer durch, dröhnend und kreischend. Oder irgendwo riß eine Leitung: Die Lampen flackerten und gingen aus, die Musik verstummte, jeder hielt den Atem an... und da war der Sturm mit seinen Pranken. Kerzenlicht machte alles nur schlimmer, und Sturmlaternen halfen auch nicht viel. Das

Böse, das sich die Phantasie bei einem nächtlichen Blizzard ausmalte, war nur mit den Segnungen der modernen Wissenschaft zu bekämpfen: Satellitenfernsehen, Radio, CDs, Telefone, Computerspiele, Bohrmaschinen. Dinge, die Maschinenlärm machten. Dinge, die die düsteren Klauen vertrieben, die an dem Haus zerrten.

Claudia stand am Spülbecken, wusch Kaffeetassen ab und stellte sie auf das Ablaufbrett. Ihr Gesicht wurde vom Fenster wie von einem Spiegel reflektiert, aber mit dunkleren Augen, dunkleren Umrissen, wie bei einer alten Daguerreotypie.

Von außen hätte sie ausgesehen wie eine Madonna auf einem Gemälde, das einzige Anzeichen von Licht und Leben in dem Schneesturm; doch sie selbst sah sich nie als Heilige. Sie war eine Mutter mit noch immer guter Figur, rötlich getöntem Haar, Sinn für Humor und einer Vorliebe für Bier. Sie konnte ein Fischerboot fahren und Softball spielen, und ein- oder zweimal im Winter, wenn Lisa bei Freunden übernachtete, fuhren sie und Frank nach Grant und nahmen ein Zimmer im Holiday Inn, wo die Schränke neben dem Bett von oben bis unten verspiegelt waren und sie sich nächtelang liebten.

Claudia schabte den letzten Rest verbrannter Kruste aus der Kuchenform, spülte sie ab und stellte sie auf das Abtropfbrett.

Ein Zweig kratzte an der Fensterscheibe; sie schaute hinaus, doch ohne Furcht. Sie summte vor sich hin, ein altes Lied aus Schulzeiten. Wenigstens waren sie und Lisa heute nacht nicht allein. Frank war da. Eben kam er die Treppe herauf, ebenfalls leise summend. Das geschah oft, daß sie gleichzeitig dasselbe taten.

»Hm«, sagte er, und sie drehte sich um. Das schütter werdende schwarze Haar fiel über seine dunklen Augen. Er sieht wie ein Cowboy aus, dachte sie, mit seinen hohen Wangenknochen und den in abgetragenen Stiefeln steckenden Jeans. Er trug eine fleckige Arbeitsschürze über dem T-Shirt und hielt einen Pinsel mit blutrotem Lack in der Hand.

»Hm was?« fragte Claudia. Sie waren beide zum zweiten Mal verheiratet, beide ein wenig angeschlagen, und sie mochten sich sehr.

»Ich hab' gerade mit dem Bücherschrank angefangen, und da fiel mir ein, daß ich den Holzofen fast habe ausgehen lassen«, sagte er reumütig. »Ich brauche noch eine Stunde, bis ich mit dem Bücherschrank fertig bin. Bei dem Lack kann ich wirklich nicht aufhören.«

»Verdammt, Frank...« Sie verdrehte die Augen.

»Tut mir leid...« Das klang auf jungenhaft charmante Weise bedauernd.

»Was ist mit dem Sheriff?« fragte sie. Themawechsel. »Wirst du's wirklich machen?«

»Ich seh' ihn morgen«, sagte er. Er wandte den Kopf ab und wich ihrem Blick aus.

»Das bringt nichts als Schwierigkeiten«, sagte sie. Sie hatten schon über das Thema gestritten. Sie trat vom Spülbekken zurück und beugte sich nach hinten, um durch den Flur zu Lisas Zimmer hinüberschauen zu können. Ihre Tür war geschlossen, und gedämpft klang die Musik von *Guns N'Roses* herüber. Claudias Stimme wurde schärfer und klang besorgt. »Wenn du bloß den Mund halten würdest... Es ist nicht *deine* Verantwortung, Frank. Du hast Harper davon *erzählt.* Jim war *sein* Junge. Falls es Jim ist.«

»Es ist Jim, das ist eindeutig. Und ich hab' dir gesagt, was Harper getan hat.« Frank schloß den Mund zu einem schmalen, strengen Spalt. Claudia kannte diesen Ausdruck, sie wußte, daß er es sich nicht anders überlegen würde. Wie dieser Soundso in *High Noon.* Gary Cooper.

»Ich wollte, ich hätte das Bild nie gesehen«, sagte sie und senkte den Kopf. Mit der rechten Hand rieb sie sich die Schläfe. Lisa hatte sie zu sich in ihr Zimmer geholt, um es ihr zu geben. Sie wollte nicht, daß Frank es sah.

»Wir können es nicht einfach auf sich beruhen lassen«, beharrte Frank. »Das hab' ich Harper gesagt.«

»Es wird Ärger geben, Frank«, sagte Claudia.

»Damit kann die Justiz fertigwerden. Es hat nichts mit uns zu tun«, sagte er. Nach einem Moment fragte er: »Kümmerst du dich um den Ofen?«

»Ja, ja. Das mach' ich schon.«

Claudia sah aus dem Fenster zu der Quecksilberdampflampe unten bei der Garage. Der Schnee schien von einem Punkt direkt unter der Lampe zu kommen, als werde er durch einen Tunnel auf das Fenster auf ihre Augen zugeblasen. Kleine Kugeln, wie Vogelmist. »Sieht aus, als würde es nachlassen.«

»Es hätte überhaupt nicht schneien sollen«, sagte Frank. »Arschlöcher.«

Er meinte die Wetterleute im Fernsehen. Sie hatten gesagt, in Ojibway County würde es klar und kalt sein, und nun schneite es wie verrückt.

»Überleg dir, ob du es nicht doch bleiben läßt.« Jetzt klang ihre Stimme flehend. »Denk noch einmal darüber nach.«

»Ich werd's mir überlegen«, sagte er. Dann drehte er sich um und ging zurück in den Keller.

Er würde es sich überlegen, aber er würde seine Meinung nicht ändern. Claudia, die an das Bild dachte, zog ein Sweatshirt an und ging hinaus in den Vorraum. Frank hatte seine Autohandschuhe naß werden lassen und über das Ofenrohr gelegt; der Raum roch nach trockener Wolle. Sie zog ihren Parka und eine Mütze an, nahm ihre Handschuhe, schaltete vom Vorraum aus das Garagenlicht an und trat hinaus in den Sturm.

Das Bild. Die Personen hätten alle möglichen Leute sein können, aus Los Angeles oder Miami, wo sie solche Sachen machten. Aber das waren sie nicht.

Sie waren aus Lincoln County. Der Druck war schlecht, und das Papier war so billig, daß es einem fast in den Fingern zerfiel. Aber es war der Harper-Junge, das stimmte. Wenn man genau hinsah, erkannte man den Fingerstummel an der linken Hand, mit der er in eine Holzsäge geraten war; und man erkannte den Ohrring. Er saß nackt auf einer Couch, einen dumpfen Ausdruck im Gesicht. Es war das Gesicht eines Heranwachsenden, aber sie konnte noch immer den Schatten des kleinen Jungen sehen, den sie gekannt hatte und der in der Tankstelle seines Vaters arbeitete...

Im Vordergrund des Bildes sah man den Torso eines erwachsenen Mannes, dick, mit behaarter Brust. Claudia erinnerte sich nur allzugut daran. Sie war vertraut genug mit Männern und deren Körpern, aber dieses Bild hatte etwas an sich, etwas so Übles... die Augen des Jungen waren wie schwarze Punkte. Als sie genau hingesehen hatte, war es ihr vorgekommen, als habe bei der Zeitschrift jemand mit einem Filzstift die Pupillen geschwärzt.

Sie erschauerte bei dem Gedanken und eilte den schneeverwehten Pfad entlang, den sie zur Garage und zum Holzschuppen hinüber zwischen den Schneewänden geschaufelt hatten. Zehn Zentimeter Neuschnee lagen bereits von neuem auf dem Weg; sie würde ihn morgen früh wieder freischaufeln müssen.

Der Pfad endete an der Garagentür. Sie drückte die Tür auf, trat ein, schaltete das Licht ein und stampfte mit den Füßen auf, um den Schnee abzutreten. Die Garage war gut isoliert und wurde mit einem Holzofen beheizt. Vier dicke Scheite Eiche brannten langsam und gaben genug Wärme, um die Innentemperatur auch in den kältesten Nächten über dem Gefrierpunkt zu halten. Warm genug jedenfalls, um die Autos anzulassen. Hier draußen in Chequamegon konnte es lebenswichtig sein, daß die Autos ansprangen.

Der Ofen war noch heiß. Das Holz war zu Kohle verbrannt, aber Frank hatte den Ofen am Vorabend geleert – wenigstens das brauchte sie nicht zu tun. Sie drehte sich um, zu dem Holzstoß neben der Tür. Genug für die Nacht, aber nicht mehr. Sie warf ein paar dünne Scheite harziges Fichtenholz auf die Glut, um Flammen zu erzeugen, und legte dann vier dicke Stücke Eichenholz darauf. Das sollte reichen.

Sie warf einen Blick zu der Stelle, wo noch mehr Holz hätte sein sollen, seufzte und beschloß, daß sie ebensogut jetzt gleich ein paar neue Scheite holen könnte – damit sie bis zum Morgen auftauten. Sie ging wieder nach draußen, zog die Tür hinter sich zu und stapfte zur Seite der Garage, wo in einem Anbau das Holz lagerte. Sie nahm vier dicke Eichenscheite, trottete zurück zur Garagentür, stieß sie mit dem Fuß auf und ließ die Scheite neben dem Ofen zu Boden fallen. Noch ein Gang, dachte sie; den Rest konnte Frank morgen machen.

Sie ging wieder hinaus, trat in die Dunkelheit des Holzschuppens und nahm zwei weitere Eichenscheite.

Und spürte, wie sich die Härchen in ihrem Nacken sträubten.

Sie war nicht allein...

Claudia ließ das Eichenholz fallen und fuhr sich mit einer behandschuhten Hand an die Kehle. Im Schuppen war es dunkel. Sie konnte es spüren, aber nicht sehen, sie hörte, wie ihr Herz pochte und wie draußen der Schnee leise rieselte. Sonst nichts, aber dennoch...

Sie wich zurück. Nichts, nur Schnee und der blaue Lichtschein der Hoflampe. Als sie den Pfad mit dem verwehten Schnee erreicht hatte, hielt sie inne, lauschte in die Dunkelheit... und dann rannte sie.

Zurück zum Haus. Noch immer hatte sie das Gefühl, jemand sei hinter ihr, strecke aus nächster Nähe die Hand nach ihr aus. Sie krallte sich an den Türgriff, drückte ihn nieder, stieß mit dem Handballen die Tür auf und trat in die Wärme und Helligkeit des Vorraums.

»Claudia?«

Sie schrie.

Frank stand da, den Pinsel in der Hand, und starrte sie mit aufgerissenen Augen verwundert an. »Was ist denn?«

»Mein Gott«, sagte sie. Sie zog den Reißverschluß des Schneeanzugs auf, mühte sich mit dem Mützenverschluß ab und stammelte: »Mein Gott, Frank, da draußen bei der Garage ist jemand.«

»Was?« Er runzelte die Stirn, ging zum Küchenfenster und schaute hinaus. »Hast du ihn gesehen?«

»Nein, aber ich schwöre bei Gott, Frank, da draußen ist jemand, ich habe ihn *gespürt*«, sagte sie, faßte nach seinem Arm und schaute neben ihm aus dem Fenster. »Ruf die Polizei an.«

»Ich sehe nichts«, meinte Frank. Er ging durch die Küche, beugte sich über die Spüle und schaute hinaus in Richtung Hoflicht.

»Man *kann* nichts sehen«, sagte Claudia. Sie schob den Türriegel vor und trat dann in die Küche. »Frank, ich schwöre dir, da draußen ist jemand...«

»Also gut«, sagte er. Er nahm sie ernst. »Ich gehe nachsehen...«

»Warum rufen wir nicht an...?«

»Ich gehe nachsehen«, sagte er wieder. »Sie würden bei diesem Sturm keinen Polizisten hier rausschicken. Nicht, wenn du nicht mal jemanden gesehen hast.«

Er hatte recht. Claudia folgte ihm in den Vorraum und hörte sich stammeln: »Ich hab im Ofen Holz nachgelegt, und dann bin ich nach draußen gegangen, um ein paar Scheite für morgen früh hereinzuholen...« *Das bin doch nicht ich,* dachte sie.

Frank setzte sich auf die Bank im Vorraum, zog die Stiefel aus, stieg in den Schneeanzug und dann in die Stiefel; er verschnürte sie, zog den Reißverschluß des Anzugs zu und nahm seine Handschuhe. »Bin gleich wieder da«, sagte er. Es klang entnervt, aber er kannte sie. Sie war nicht der Typ, der leicht in Panik geriet.

»Ich komme mit«, stieß sie hervor.

»Nein, du wartest hier«, sagte er.

»Frank, nimm die Pistole mit.« Sie rannte zur Kommode und zog die Schublade auf. Ganz hinten, hinter einer falschen Rückwand, lag eine geladene 357er Smith and Wesson. »Vielleicht ist es Harper. Vielleicht...«

»Himmel«, sagte er und schüttelte den Kopf. Er grinste sie reumütig an, zog die Handschuhe an und ging aus der Tür.

Draußen auf der Vortreppe stach ihm der Schnee wie mit Nadeln ins Gesicht. Er wandte sich halb um. Solange er nicht direkt in den Wind schaute, hielt ihn der Schneeanzug warm. Aber er konnte nicht viel sehen und hörte nichts als das Pfeifen des Windes an seiner Nylonkapuze. Mit abgewandtem Kopf ging er die Stufen hinunter und trat auf den schneeverwehten Weg zur Garage.

Der Eismann war da, neben dem Holzstoß, die Schulter an die Ecke des Schuppens gedrückt, den Rücken dem Wind zugewandt. Er war auf dem Grundstück gewesen, als Claudia herauskam. Er hatte versucht, sie zu erreichen, aber nicht gewagt, seine Taschenlampe zu benutzen. Im Dunkeln hatte er sich im Gebüsch verfangen, und er hatte stehenbleiben müssen. Als sie wieder ins Haus rannte, hätte er fast kehrtgemacht, um zu seinem Schneemobil zurückzukehren. Die Gelegenheit war verpaßt, hatte er gedacht. Irgend etwas hatte sie gewarnt. Und die Zeit drängte. Er sah auf seine Uhr. Er hatte eine halbe Stunde, nicht mehr.

Doch nach einem Augenblick des Nachdenkens hatte er methodisch seine Schneeteller aus dem Gebüsch befreit und war weiter auf den dunklen Schatten der Garage zugegangen. Er mußte die LaCourts zusammen erwischen, in der Küche, wo er sich um beide gleichzeitig kümmern konnte. Sie würden bewaffnet sein, also mußte er schnell handeln.

Der Eismann trug einen Colt Anaconda unter dem Arm. Er hatte ihn einem Mann abgenommen, der gar nicht gemerkt hatte, daß er ihm gestohlen wurde... Das hatte er oft getan, in den alten Zeiten. Hatte sich eine Menge gutes Zeug besorgt. Der Colt Anaconda war ein Schatz, jede Rundung und jede Einbuchtung war genau durchkonstruiert und bis ins letzte ausgeklügelt...

Das Messer dagegen war in seiner Einfachheit fast elegant. Es war selbstgemacht, mit rohem Holzgriff und sah ein bißchen wie eine Machete aus, aber mit dünnerer Klinge und eckiger Spitze. Früher war es zum Hacken von Maisstengeln benutzt worden. Die Klinge hatte eine Patina von Rost, aber er hatte die Kanten geschliffen, und die neue Schneide war silbrig und glatt und scharf genug, um sich damit zu rasieren.

Das Messer konnte töten, aber dazu hatte er es nicht mitgebracht. Es erzeugte einfach Angst. Wenn er sie bedrohen mußte, um das Bild zu bekommen, wenn er dem Mädchen etwas antun mußte, ohne es gleich zu töten, dann war das Messer genau richtig.

Der Eismann stand hoch auf dem Schnee und fühlte sich wie ein Riese, weil sein Kopf fast den Dachgiebel der Garage erreichte, während er an ihr entlangging. Er sah Frank ans Fenster treten und hinausschauen und blieb stehen. Hatte Claudia ihn vielleicht doch gesehen? Unmöglich. Sie hatte sich umgedreht und war weggelaufen, und er hatte sie kaum sehen können, obwohl in der Garage und im Hof Licht gewesen war. Er selbst hatte in der Dunkelheit gestanden, ganz in Schwarz gekleidet. Unmöglich.

Der Eismann schwitzte von dem kurzen Anstieg den Hügel hinauf und dem Kampf mit dem Gebüsch. Er löste die Bindungen seiner Schneeteller, blieb aber darin stehen. Er mußte vorsichtig sein, wenn er den Pfad hinabstieg. Er blickte auf seine Uhr. *Zeit. Zeit. Zeit...*

Er zog den Reißverschluß seines Parka auf, streifte den Handschuh ab und langte unter die Jacke nach dem Colt. Gerade als er auf den Pfad hinabsteigen wollte, öffnete sich die Tür, und ein Streifen Licht fiel über die Vortreppe. Der

Eismann wich zurück, schleifte die Schneeteller mit seinen Stiefeln nach und suchte, an die Wellblechwand der Garage gedrückt, im Dunkel hinter dem Schuppen Schutz.

Franks Silhouette zeichnete sich im Licht der geöffneten Tür ab, und gleich darauf kam er den Hohlweg zur Garage entlang. Er hatte eine Taschenlampe in der Hand und ließ ihren Lichtkegel über die Seitenwand der Garage wandern. Der Eismann zog sich ganz zurück, als das Licht über die Wand strich, wartete noch ein paar Sekunden, bis Frank außer Sicht sein mußte, und spähte dann um den Schuppen herum. Frank hatte die Garagentür erreicht, öffnete sie. Der Eismann schlich zur Ecke der Garage, den Colt in der linken Hand, das Messer in der rechten, und die eisige Kälte stach seine nackten Hände wie glühende Nadeln.

Frank schaltete das Garagenlicht an und trat ein. Wenig später ging das Licht wieder aus. Frank kam heraus, zog die Tür hinter sich zu und rüttelte am Türknauf, um sicherzugehen, daß sie fest geschlossen war. Dann folgte er dem Pfad weiter, ließ das Licht der Taschenlampe langsam über den Hof hinüber zum Gastank gleiten. Trat noch einen Schritt vor.

Der Eismann wartete schon. Das Messer blitzte auf, fuhr nieder. Frank sah es kommen, gerade noch rechtzeitig, um zurückzuzucken, aber zu spät, um ihm noch auszuweichen. Die Schneide durchschlug Franks Parkamütze und seine Schädeldecke; die Wucht des Aufpralls durchzuckte den Arm des Eismanns. Es war ein vertrautes Gefühl, als hätte er das Messer in einen Zaunpfahl gerammt.

Die Schneide kam wieder frei, als Frank zusammenbrach. Er war schon im Fallen tot, aber aus seinem Körper drang ein Geräusch wie das einer Schlange, auf die man getreten war, ein scharfes Zischen, und dann färbte das Blut den Schnee rot.

Für einen kurzen Augenblick war der Sturm verstummt, als hielte die Natur den Atem an. Gleichzeitig hatte es offenbar aufgehört zu schneien, und etwas bewegte sich am Saum des Waldes, am Rande des Gesichtsfelds des Eismanns. Etwas war da draußen ... Der Eismann erschauerte. Er sah sich um, aber jetzt war alles wieder ruhig, und der Sturm und der Schneefall hatten ebenso schnell wieder eingesetzt wie sie aufgehört hatten.

Der Eismann ging den Pfad entlang, näherte sich dem Haus. Claudias Gesicht erschien am Fenster; er konnte sie durch den Sturm sehen. Er hielt inne, sicher, daß sie ihn ebenfalls gesehen hatte. Doch sie drückte ihr Gesicht nur dichter an die Scheibe und spähte hinaus, und da wurde ihm klar, daß sie ihn noch immer nicht bemerkt hatte. Nach einem Augenblick verschwand sie vom Fenster. Der Eismann schritt wieder auf das Haus zu, stieg die Vortreppe hinauf, so leise er konnte, drehte den Türknauf und stieß die Tür auf.

»Frank?« Claudia war da, sie stand in der Tür zur Küche. Ihre Hand fuhr hoch, und der Eismann sah das Glänzen von Chrom, erkannte es, reagierte, hob die große 44er Magnum.

»Frank?« Claudia schrie. Die 357er hing in ihrer Hand, an ihrer Seite, nicht entsichert, vergessen, ein wertloses Symbol der Selbstverteidigung. Der Eismann nahm Claudia ins Visier. Das hatte er stundenlang geübt, das Anvisieren von Zielen, und er wußte, er hatte sie, spürte die Treffsicherheit in den Knochen, eins mit seinem Ziel.

Der Schuß traf Claudia in die Stirn, und die Welt stand still. Keine Lisa mehr, kein Frank mehr, keine Nächte mit Spiegeln im Holiday Inn mehr, keine Erinnerungen, kein Bedauern. Nichts. Sie prallte nicht zurück wie im Film. Sie stürzte nicht nieder, sondern sank einfach um, mit aufgerissenen Augen und offenem Mund. Der Eismann, der den Colt senkte, war irgendwie enttäuscht. Die große Waffe sollte die Leute niederhämmern, sie umnieten, die große Waffe war eine universale Macht...

Da ertönte aus dem Hinterzimmer in die Stille nach dem

Schuß hinein die Stimme eines jungen Mädchens: »Mom? Mom? Was war das?«

Der Eismann packte Claudia, schleifte sie in die Küche und ließ sie fallen. Sie lag auf dem Boden wie eine Marionette mit durchgeschnittenen Fäden. Ihre Augen waren offen und blicklos. Er ignorierte sie. Er konzentrierte sich jetzt auf das hintere Zimmer. Er brauchte das Bild. Er hob das Messer und machte sich auf den Weg.

Wieder die Stimme des Mädchens. Diesmal ein wenig furchtsam: »Mom?«

2

Lucas Davenport stieg aus seinem Wagen. Das Licht auf dem Haus der LaCourts war gleißend. In der absolut klaren Luft sah man jeden Riß, jedes Loch, jeden Glassplitter so deutlich wie ein Haar unter einem Mikroskop. Der Geruch von Tod wehte ihn an, und er wandte ihm das Gesicht zu, nahm Witterung auf wie ein steinzeitlicher Jäger.

Das Haus sah mit den scheibenlosen Fensteröffnungen, die in die Schneelandschaft starrten, einem Schädel merkwürdig ähnlich. Die Haustür war von Feueräxten zertrümmert, die Seitentür, die nur noch an einer Angel hing, vom Feuer verzogen und geschwärzt. Die Vinylverkleidung war geschmolzen, verkohlt, verbrannt. Das halbe Dach war weg, und die Mitte der Ruine lag unter freiem Himmel. Überall war rosa Glaswolle, sie hing aus dem Haus, wehte über den Schnee, verfing sich in den nackten Birkenästen wie obszönes, fleischiges Haar. Eis vom Löschwasser, vermischt mit Ruß und Asche, drang allenthalben aus allen Türen und Rissen wie Miniaturgletscher.

Auf einer Seite des Hauses standen drei Reihen tragbarer Scheinwerfer, gespeist von einem alten, benzingetriebenen

Armeegenerator, und tauchten die Szene in grelles, blauweißes Licht. Der Generator übertönte das Schreien der Feuerwehrleute und das Dröhnen der Löschpumpen mit einem wilden Hämmern.

Alles stank.

Nach Benzin und brennendem Isoliermaterial, nach wasserdurchtränktem Gips, verbranntem Fleisch und Dieselabgasen. Das Feuer hatte schnell um sich gegriffen, wütend gebrannt und war dann rasch erloschen. Die Toten waren mehr verkohlt als verbrannt.

Zwanzig Männer durchsuchten das Haus. Einige waren Feuerwehrleute, andere Polizisten, drei oder vier Personen waren in Zivil. Der Schneefall hatte nachgelassen, wenigstens zeitweilig, aber der Wind schnitt scharf wie Rasierklingen in die nackte Haut.

Lucas war groß, hatte einen dunklen Teint und tiefliegende, verblüffend blaue Augen unter einer kräftigen Stirn. Sein Haar war dunkel, leicht angegraut und recht lang; eine Strähne fiel ihm in die Augen, und er strich sie beiseite, während er dastand und das Haus betrachtete.

Zitternd, einem Jagdhund nicht unähnlich …

Sein Gesicht hätte kantig sein sollen und war das normalerweise auch, wenn er zehn Pfund schwerer war. Ein kantiges Gesicht paßte zu seiner übrigen Erscheinung, seinen schweren Schultern und Händen. Doch jetzt war er mager, und die Haut spannte sich über seinen Backenknochen: das Gesicht eines Boxers, der in hartem Training steht. Seit einem Monat hatte er täglich Skier oder Schneeteller angelegt und war durch die Hügel rund um seine Hütte in North Woods gelaufen. Nachmittags arbeitete er auf dem Holzplatz und spaltete mit einem Keil und Holzhammer Eichenscheite.

Wie hypnotisiert ging Lucas auf das verbrannte Haus zu. Er erinnerte sich an ein anderes Haus, in Minneapolis, gleich südlich vom Loop, in einer eisigen Februarnacht. In der unteren Wohnung lebte der Führer einer Gang; eine rivalisierende Gruppe beschloß, ihn auszuräuchern. Im oberen Stock wohnte eine Frau – Shirleen Soundso –, die illegal einen Übernachtungsservice für Kinder aus der Nachbarschaft betrieb. Sechs Kinder schliefen in dieser Etage, als unten die Molotow-Cocktails durch die Fenster flogen. Shirleen warf alle sechs schreienden Kinder aus dem Fenster. Zwei brachen sich die Beine, zwei weitere die Rippen, und ein Nachbar, der sie aufzufangen versuchte, trug einen gebrochenen Arm davon. Die Frau selbst war zu dick, um zu springen, und verbrannte bei dem Versuch, über die einzige Treppe aus dem Haus zu gelangen. Das Haus hatte genauso ausgesehen: nackt wie ein Schädel, Eis vom Löschwasser, und dieser Geruch, dieser beißende Geruch...

Unwillkürlich schüttelte Lucas den Kopf und lächelte. Er hatte gute Beziehungen zur Crack-Gemeinde gehabt und dem Morddezernat die Namen der Bandenmitglieder genannt. Sie saßen noch immer in Stillwater, wo sie für weitere acht Jahre bleiben würden. Binnen zweier Tage hatte er sie so erwischt, daß sie es noch immer nicht glauben konnten...

Und nun dies. Er ging zurück zur offenen Tür seines Wagens, beugte sich hinein, nahm eine Kappe aus schwarzem Kaschmir vom Beifahrersitz und setzte sie auf. Er trug einen blauen Parka über Jeans und einem Strickpullover, Schneestiefel und lange Unterwäsche, wie sie für Arktis-Expeditionen hergestellt wurde. Ein Deputy kam um den Geländewagen herum, der vor Davenports Ford in den Hof eingebogen war. Henry Lacey trug den üblichen braunen Sheriffsparka und Thermohosen.

»Shelly ist da drüben«, sagte Lacey und wies mit dem Daumen auf das Haus. »Kommen Sie, ich mache Sie bekannt... Was sehen Sie sich an, das Haus? Was ist daran komisch?«

»Nichts.«

»Ich dachte, ich hätte Sie lächeln sehen«, sagte Lacey ein wenig verstört.

»Ach was, mir ist bloß kalt«, sagte Lucas ausweichend. Verdammt, auch das noch.

»Ja, also, Shelly...«

»Ja.« Lucas folgte ihm, während er seine dicken Skihandschuhe anzog, noch immer das Haus betrachtend. Es hätte ein eisiger Vorort der Hölle sein können. Er fühlte sich wie zu Hause.

Sheldon Carr stand auf einer Eisplatte in der Einfahrt hinter den Tank- und Pumpwagen der Freiwilligen Feuerwehr. Er trug die gleiche Sheriffs-Winterausstattung wie Lacey, aber in Schwarz anstelle von Khaki und mit dem goldenen Sheriffstern statt der silbernen Marke des Deputys. Ein vereister schwarzer Schlauch schlängelte sich an seinen Füßen vorbei zum See hinunter, wo die Feuerwehrleute sich durch drei Fuß dickes Eis gehackt hatten, um an das Seewasser heranzukommen. Jetzt benutzten sie eine Fackel, um den Schlauch aufzutauen, und die blaue Flamme flackerte am Rand von Carrs Gesichtsfeld.

Carr war benommen. Er hatte getan, was er konnte, und dann hatte er zu funktionieren aufgehört: Er stand einfach in der Einfahrt und sah den Feuerwehrleuten bei der Arbeit zu. Und er fror erbärmlich. Seine Winterkleidung war für dieses Wetter nicht ausreichend. Seine Beine fühlten sich steif an und seine Füße taub, aber er konnte nicht in die Garage gehen, konnte sich nicht losreißen. Er stand da wie ein dunkler Schneemann, leicht übergewichtig, reglos, die Arme ein wenig abgespreizt, und starrte zum Haus empor.

»So ein...« Ein Feuerwehrmann rutschte aus und fiel fluchend hin. Carr mußte sich ungelenk umdrehen, um ihn anzuschauen. Der Feuerwehrmann war mit Asche verschmiert und halb von Eis bedeckt. Als sie versucht hatten, das Feuer zu löschen, hatte der Wind das Wasser in Form von

Schneeregen auf sie zurückgetrieben. Ein paar von den Feuerwehrleuten sahen aus wie kleine, bewegliche Eisberge; sie glitzerten im starken Licht der Scheinwerfer, während sie sich über den Hof arbeiteten. Dieser hier lag auf dem Rükken und schaute zu Carr auf; sein Schnurrbart war weiß von Eis, das Gesicht rot vom Wind und der Anstrengung. Carr bewegte sich, um ihm zu helfen, und streckte die Hand aus, aber der Feuerwehrmann winkte ab. »Ich würde Sie nur umwerfen«, sagte er. Ungeschickt rappelte er sich auf und kämpfte mit einem gefrorenen Löschschlauch. Er versuchte, ihn in einen Lastwagen zu packen, doch der Schlauch wehrte sich wie eine flinke Anaconda. »So eine Scheiße...«

Carr wandte sich wieder dem Haus zu. Ein in Gummi gehüllter Feuerwehrmann half der Ärztin, durch die zertrümmerte Haustür zu klettern. Carr sah zu, wie sie sich allmählich einen Weg zum Kinderzimmer bahnten. Das kleine Mädchen war dort, die Leiche so verkohlt, daß nur Gott wissen konnte, was mit ihr passiert war. Was ihren Eltern zugestoßen war, war ziemlich klar. Claudias Gesicht war teilweise von einem feuerfesten Vorhang geschützt worden, der über sie gefallen war. Ein großes Einschußloch gähnte in ihrer Stirn wie ein ausdrucksloses drittes Auge. Und Frank...

»Irgendwas aus Madison gehört?« rief Carr einem Deputy in einem Jeep zu. Der Deputy ließ den Motor laufen, hatte die Heizung voll aufgedreht und das Fenster gerade so weit geöffnet, um sich verständigen zu können.

»Nichts. Schneit noch immer da unten. Vermutlich warten sie's ab.«

»Abwarten? Abwarten?« Sheldon Carr schrie plötzlich, und seine Augen blitzten. »Rufen Sie die Dreckskerle noch mal an und sagen Sie ihnen, sie sollen gefälligst ihre Ärsche hierher bewegen. Sie haben sicher schon mal von Autos mit Vierradantrieb gehört, nicht? Rufen Sie sie noch mal an...«

»Sofort«, sagte der Deputy schockiert. Er hatte Sheldon Carr nie etwas Stärkeres sagen hören als *verflixt.*

Carr wandte sich ab. Er knirschte mit den Zähnen. Die Kälte hatte er vergessen. *Abwarten?* Henry Lacey kam auf ihn zu, sich vorsichtig über das trügerische Eis tastend, das sich bis in den Hof erstreckte. Ein Mann in einem Parka folgte ihm. Dann standen sie vor ihm. Der Mann nickte und sagte: »Ich bin Davenport.«

Carr nickte. »D-d-danke f-f-fürs Kommen.« Plötzlich brachte er die Worte kaum mehr heraus.

Lacey faßte ihn am Ellbogen. »Waren Sie die ganze Zeit hier draußen?«

Carr nickte benommen, und Lacey schob ihn auf die Garage zu und sagte: »Mein Gott, Shelly, Sie bringen sich um...«

»Ich bin okay«, stieß Carr hervor. Er machte seinen Arm frei und wandte sich an Lucas. »Als ich hörte, daß Sie aus Minneapolis hier sind, dachte ich, Sie wüßten mehr über diese Art Sachen als ich. Dachte, es wäre einen Versuch wert. Ich hoffe, Sie können uns helfen.«

»Henry sagte mir, daß es übel aussieht«, sagte Lucas.

Er grinste bei diesen Worten, ein leicht gemeines Grinsen, wie Carr dachte. Davenport hatte einen abgebrochenen und nie überkronten Zahn, wie man ihn sich vielleicht bei einem Kampf holt. Eine Narbe durchschnitt eine Augenbraue. »Es ist eine...« Carr schüttelte den Kopf und suchte nach Worten. »Es ist eine verflixte Tragödie«, sagte er schließlich.

Lucas schaute ihn an. Er hatte noch nie gehört, daß ein Polizist ein Verbrechen als Tragödie bezeichnete. Er hatte auch noch nie einen Polizisten verflixt sagen hören. Von Carrs Gesicht konnte er nicht viel sehen, aber der Sheriff war ein großer Mann mit ausladendem Bauch. In seinem schwarzen Schneeanzug sah er aus wie der Reifenmann von Michelin in Trauer.

»Wo ist die Spurensicherung?« fragte Lucas.

»Sie haben Schwierigkeiten, aus Madison rauszukommen«, sagte Carr grimmig. Er zeigte zum Himmel. »Der Sturm ...«

»Haben sie keine Wagen mit Vierradantrieb? Die ganze Strecke ist Highway ...«

»Das stellen wir gerade fest«, versetzte Carr barsch. Dann entschuldigte er sich: »Tut mir leid, das ist ein heikles Thema. Inzwischen müßten sie schon auf halbem Weg sein.« Er schaute zum Haus zurück, als könne er dessen Anziehungskraft nicht widerstehen. »Gott helfe uns.«

»Drei Tote?« fragte Lucas.

»Drei Tote«, sagte Carr. »Erschossen, mit einer Art Axt oder so was erschlagen, und die andere ... erschossen oder sonst was, man weiß es nicht. Ein Kind.«

»Sind sie noch im Haus?«

»Kommen Sie«, sagte Carr grimmig. Plötzlich begann er, unkontrollierbar zu zittern; dann nahm er sich mühsam wieder zusammen und entspannte sich. »Wir haben sie zugedeckt. Und da ist noch was ... Teufel, schauen wir uns erst die Leichen an, und dann kümmern wir uns darum.«

»Shelly, sind Sie okay?« fragte Lacey wieder.

»Ja, ja ... ich führe Davenport – Lucas? – ich führe Lucas herum, dann gehe ich rein. Herrgott, diese Kälte ist unglaublich.«

Frank LaCourt lag mit dem Gesicht nach oben auf einem Gehweg, der vom Haus zur Garage führte. Carr ließ einen der Deputies die Plastikplane anheben, die die Leiche bedeckte; Lucas kauerte sich daneben.

»Himmel«, sagte er. Er schaute zu Carr auf, der sich abgewandt hatte. »Was ist mit seinem Gesicht passiert?«

»Ein Hund vielleicht«, sagte Carr und sah von der Seite auf das verstümmelte Gesicht nieder. »Kojoten ... ich weiß nicht.«

»Könnte ein Wolf gewesen sein«, sagte Lacey von hinten.

»Wir hatten ein paar Berichte, ich glaube, es gibt einige, die hier runterkommen.«

»Haben ihn ganz schön zugerichtet«, sagte Lucas.

Carr schaute hinaus auf den Wald, der das Haus umgab. »Das ist der Winter«, sagte er. »Da draußen verhungert alles. Wir füttern einiges Wild, aber die meisten Tiere werden sterben. Tja, die meisten sind schon tot. Es gibt Kojoten, die sich bei den Mülltonnen in der Stadt herumtreiben, bei dem Pizzalokal...«

Lucas zog einen Handschuh aus, nahm eine Taschenlampe aus der Tasche seines Parka und leuchtete das an, was vom Gesicht des Mannes übrig war. LaCourt war ein Indianer, vielleicht fünfundvierzig Jahre alt. Sein Haar war steif von gefrorenem Blut. Ein Tier hatte den größten Teil seiner linken Gesichtshälfte zerfleischt.

»Der Angriff kam von der Seite, spaltete fast seinen Kopf, durch die Kapuze hindurch«, sagte Carr. Lucas nickte, berührte mit einem behandschuhten Finger die Kapuze und betrachtete den durchtrennten Stoff. »Der Arzt sagt, es wäre eine Art Messer oder Hackbeil gewesen«, sagte Carr.

Lucas stand auf. »Henry sprach von Schneetellern...«

»Da drüben«, sagte Lacey und deutete hin.

Lucas richtete die Taschenlampe in den Schatten neben dem Schuppen. Breite Abdrücke waren noch immer im Schnee sichtbar. Sie waren halb zugeweht.

»Wohin führen sie?« fragte Lucas und starrte zu den dunklen Bäumen hinunter.

»Sie kommen vom See herauf durch den Wald und führen dann wieder nach unten«, sagte Carr und zeigte auf einen Abschnitt des dichten Waldes. »Da unten ist eine Schneemobilspur, auf der dauernd Maschinen fahren. Frank hatte selbst ein paar Schlitten, also könnte er die Spur auch selbst hinterlassen haben, das wissen wir nicht.«

»Die Spuren führen genau zu der Stelle, an der er erschlagen wurde«, sagte Lucas.

»Ja – aber wir wissen nicht, ob er auf Schneetellern zum See runtergegangen ist, um nach etwas zu sehen, und dann zurückkam und getötet wurde, oder ob der Mörder kam und ging...«

»Wenn es seine Schneeteller waren, wo sind sie jetzt?«

»Im Vorraum gibt es welche, aber sie wurden von den Löscharbeiten so in Mitleidenschaft gezogen, daß wir nicht wissen, ob sie kurz zuvor benutzt worden sind oder was... keine Möglichkeit, das festzustellen«, sagte Lacey. »Aber sie haben die richtige Form. Bärentatzen. Keine Verlängerungen.«

»Okay.«

»Aber wir haben noch ein Problem«, sagte Carr und schaute widerstrebend auf die Leiche hinunter. »Sehen Sie sich den Schnee an, der auf ihm liegt. Die Feuerwehrleute haben ihn mit der Plane zugedeckt, sobald sie herkamen, aber für mich sieht es so aus, als läge eine dünne Schneeschicht auf ihm...«

»Ja, und?«

Carr starrte die Leiche einen Moment an und senkte dann die Stimme. »Hören Sie, ich erfriere, und es gibt ein paar seltsame Sachen, über die wir reden müssen. Ein Problem. Wollen Sie die anderen Leichen jetzt sehen? Die Frau wurde in die Stirn geschossen, das Mädchen ist verbrannt... Wir könnten auch gleich gehen und alles bereden.«

»Ein kurzer Blick«, bat Lucas.

»Dann kommen Sie«, sagte Carr.

Lacey entfernte sich. »Ich kümmere mich um Verstärkung, Shelly.«

Lucas und Carr tappten über eine Schicht aus farblosem Eis zum Haus und quetschten sich durch die Haustür. Innen hatten sich Wandverkleidungen und Deckenpaneele verzogen und verbogen und waren auf verbrannte Möbel und Teppiche gefallen. Geschirr, Töpfe und Pfannen und Glasscherben bedeckten den Boden; darunter lag eine Gruppe von Sammelfiguren aus Keramik. Bilderrahmen waren überall. Einige waren verbrannt, doch alle paar Schritte schaute ein klares, glückliches Gesicht den Besucher an, strahlend und mit großen Augen. Bessere Zeiten.

Zwei Deputies arbeiteten sich mit Kameras durch das Haus, der eine mit einer Videokamera, deren Kabel durch seinen Kragen in seinen Parka führte, der andere mit einer 35mm-Nikon.

»Mir frieren die Hände ab«, stammelte der Mann mit der Videokamera.

»Gehen Sie runter zur Garage«, sagte Carr. »Sonst holen Sie sich noch was.«

»In meinem Wagen sind ein paar Kannen mit heißem Kaffee und Pappbecher. Der weiße Explorer, der auf dem Parkplatz steht«, sagte Lucas. »Die Türen sind offen.«

»D-danke.«

»Heben Sie was für mich auf«, sagte Carr. Und zu Lucas: »Woher haben Sie den Kaffee?«

»Ich hab' auf dem Weg hierher bei Dow's Corners angehalten und deren Kaffeemaschine geleert. Ich bin sechs Jahre Streife gefahren und muß mir bei Hunderten von solchen Aktionen den Arsch abgefroren haben...«

»Aha. Dow's.« Carr kniff die Augen zusammen und ging im Stillen eine Liste durch. »Sind das noch immer Phil und Vickie?«

»Ja. Kennen Sie sie?«

»Ich kenne jeden am Highway 77, von Hayward in Sawyer County bis zum Highway 13 in Ashland County«, sagte Carr sachlich. »Hier entlang.«

Er ging voran in einen verkohlten Korridor, vorbei an einer Badezimmertür, bis zu einem kleinen Schlafzimmer. Die Wand auf der Seeseite war fort, und Schnee rieselte durch die Trümmer. Die Leiche lag unter einem verbrannten Bettgestell; die Sprungfedern drückten auf die Brust des Mädchens. Einer der tragbaren Scheinwerfer stand direkt draußen vor dem Fenster und warf kaltes, indirektes Licht auf die verkohlten Trümmer, ließ aber das Gesicht des Mädchens in fast, doch nur fast völliger Dunkelheit. Lucas konnte ihre unglaublich weißen Zähne aus den verkohlten Resten lächeln sehen.

Lucas hockte sich nieder, schaltete die Taschenlampe ein, knurrte, schaltete sie wieder aus und stand auf.

»Mir ist schlecht geworden«, sagte Carr. »Ich war bei der Highway-Patrol, bevor ich zum Sheriff gewählt wurde. Ich habe ein paar unglaubliche Autounfälle gesehen. Davon wurde mir nicht schlecht, aber von dem hier schon.«

»Unfälle sind was anderes«, stimmte Lucas zu. Er sah sich im Zimmer um. »Wo ist die andere?«

»Küche«, sagte Carr. Wieder gingen sie durch den Korridor. »Warum hat er das Haus angesteckt?« fragte Carr, diesmal lauter. »Um die Morde zu vertuschen kann's nicht gewesen sein. Er hat Franks Leichnam draußen auf dem Hof liegen gelassen. Wenn er einfach gegangen wäre, hätte es ein oder zwei Tage dauern können, bis jemand gekommen wäre. Wollte er damit prahlen?«

»Vielleicht hat er an Fingerabdrücke gedacht... Was hat LaCourt gemacht?«

»Er arbeitete unten in der Feriensiedlung, im Eagle Casino. War Sicherheitsmann.«

»In Casinos gibt's viel Geld«, sagte Lucas. »Hatte er da unten Schwierigkeiten?«

»Weiß ich nicht«, sagte Carr schlicht.

»Was ist mit seiner Frau?«

»Sie war Aushilfslehrerin.«

»Irgendwelche Eheprobleme oder Exgatten, die herumlaufen?« fragte Lucas.

»Tja, sie waren beide schon mal verheiratet. Ich werde Franks Exfrau überprüfen, aber ich kenne sie, Jean Hansen. Die könnte keiner Fliege was zuleide tun. Und Claudias Exmann ist Jimmy Wilson; der ist vor drei oder vier Wintern nach Phoenix gezogen, aber er würde so etwas auch nicht tun. Ich werd' ihn überprüfen, aber bei keiner der beiden Scheidungen hat es wirklich böses Blut gegeben. Sie mochten sich bloß nicht mehr. Kennen Sie das?«

»Ja, das kenne ich ... Was ist mit dem Mädchen? Hatte sie einen Freund?«

»Das werd' ich auch überprüfen«, sagte Carr. »Tja, aber, ich weiß nicht. Sie ist noch ziemlich jung.«

»Es gibt immer mehr Teenager, die ihre Familien und Freunde töten ...«

»Ja. Eine Generation von Ratten.«

»Und heranwachsende Burschen bringen manchmal Feuer und Sex durcheinander. Es gibt eine Menge junger Brandstifter. Wenn jemand auf das Mädchen scharf war, müßte man da genauer nachhaken.«

»Sie könnten mit Bob Jones von der Junior High School reden. Er ist der Direktor und auch Schulpsychologe, also weiß er vielleicht was.«

»Hm«, sagte Lucas. Mit dem Ärmel streifte er eine verbrannte Wand; er bürstete ihn mit der Hand ab.

»Ich hoffe, Sie bleiben ein Weilchen hier«, platzte Carr heraus. Ehe Lucas antworten konnte, sagte er: »Kommen Sie, hier entlang.«

Sie bahnten sich einen Weg auf die andere Seite des Hauses, durch das Wohnzimmer und die Hintertür in die Küche. Zwei dick vermummte Gestalten beugten sich über eine dritte Leiche.

Die größere der beiden Gestalten richtete sich auf und nickte Carr zu. Der Mann trug eine russische Mütze mit heruntergeklappten Ohrenschützern und der Marke eines Deputies auf der Vorderseite. Die andere Gestalt, die eine Tasche bei sich hatte, benutzte ein metallenes Werkzeug, um den Kopf des Opfers zu drehen.

»Unglaublich, dieses Wetter«, sagte der Deputy. »Mir ist so sch... eh, so kalt, es ist unglaublich.«

»Scheißkalt, wollten Sie sagen«, sagte die Gestalt, die sich noch immer über die Leiche beugte. Ihre Stimme war leise und kaum moduliert und klang fast gelehrt. »Ich habe wirklich nichts gegen das Wort, vor allem, wenn es so scheißkalt ist.«

»Er hat sich's nicht Ihretwegen verkniffen, sondern meinetwegen«, sagte Carr unverblümt. »Sehen Sie da unten irgendwas, Weather, oder spielen Sie bloß rum?«

Die Frau blickte auf und sagte: »Wir müssen sie nach Milwaukee schaffen, damit die Profis sie sich ansehen. Keine nächtlichen Stümpereien in der Leichenhalle.«

»Können Sie überhaupt etwas sehen?« fragte Lucas.

Die Ärztin schaute auf die Frau unter ihren Händen nieder. »Claudia wurde offensichtlich erschossen, mit einer ziemlich großkalibrigen Waffe. Könnte ein Gewehr gewesen sein. Der Schuß ging glatt durch. Hoffentlich können die Leute von der Spurensicherung die Patrone finden. In ihr ist sie nicht.«

»Was ist mit dem Mädchen?« fragte Lucas.

»Ich brauche eine Autopsie, ehe ich Ihnen etwas Definitives sagen kann. Es gibt Spuren von verkohltem Stoff um ihre Taille und zwischen ihren Beinen, also würde ich sagen, daß sie eine Unterhose und vielleicht sogar, hm, wie nennt man diese Trikothosen, äh...«

»Trainingshosen«, sagte Carr.

»Ja, so etwas. Und Claudia war mit Sicherheit angezogen, Jeans und lange Unterhosen.«

»Sie wollen damit sagen, daß sie nicht vergewaltigt wurden«, sagte Lucas.

Die Frau nickte und stand auf. Die Kapuze ihres Parka war eng um ihr Gesicht gezogen und ließ nur ein Oval um Augen und Nase frei. »Ich kann es nicht mit Sicherheit feststellen, aber auf den ersten Blick sieht es so aus. Allerdings ist das, was mit dem Mädchen passiert ist, möglicherweise schlimmer gewesen.«

»Schlimmer?« Carr zuckte zurück.

»Ja.« Sie beugte sich vor, öffnete ihre Tasche, und der Deputy sagte: »Das will ich nicht sehen.« Sie richtete sich wieder auf und reichte Carr eine Plastiktüte. Carr starrte den Inhalt an und reichte die Tüte dann Lucas.

»Was ist das?» fragte Carr die Frau.

»Ein Ohr«, sagten sie und Lucas gleichzeitig. Lucas gab ihr den Beutel zurück.

»Ein Ohr? Das kann nicht Ihr Ernst sein«, sagte Carr.

»Vor oder nach ihrem Tod abgeschnitten?« fragte Lucas in sanftem, interessiertem Ton. Carr sah ihn entsetzt an.

»Um das zu beantworten, bräuchte man ein Labor«, erklärte Weather in ebenso professionellem Ton wie Lucas. »Da gibt es ein paar Krusten, die wie Blut aussehen. Ich bin nicht sicher, aber ich würde sagen, daß sie noch lebte, als es abgeschnitten wurde.«

Der Sheriff betrachtete den Beutel in der Hand der Ärztin, drehte sich um, trat zwei Schritte zur Seite, beugte sich vor und würgte; ein Strom von Speichel floß aus seinem Mund. Nach einem Augenblick richtete er sich wieder auf, wischte sich mit dem Rücken des Handschuhs den Mund ab und sagte: »Ich muß hier raus.«

»Und Frank wurde mit einer Axt erledigt«, sagte Lucas.

»Nein, das glaube ich nicht. Nicht mit einer Axt«, sagte die Frau und schüttelte den Kopf. Lucas schaute sie an, konnte aber fast nichts von ihrem Gesicht erkennen. »Eine Machete, eine sehr scharfe Machete. Oder vielleicht etwas noch Dünneres. Vielleicht eine Art, äh, Krummsäbel...«

»Ein *was?*« Der Sheriff starrte sie ungläubig an.

»Ich weiß nicht«, sagte sie abwehrend. »Was immer es war, die Klinge war sehr dünn und scharf. Wie bei einem fünf Pfund schweren Rasiermesser. Es hat den Knochen *durchschnitten* und nicht zertrümmert, wie es bei einer keilförmigen Waffe der Fall gewesen wäre. Aber es hatte auch einiges Gewicht.«

»Sagen Sie das bloß keinem von der Zeitung«, sagte Carr. »Die würden verrückt.«

»Die werden sowieso verrückt«, sagte sie.

»Tja, dann machen Sie sie nicht noch verrückter.«

»Was ist mit dem Gesicht des Mannes?« fragte Lucas. »Mit den Bißwunden?«

»Ein Hund«, sagte sie. »Ein Kojote. Ich habe hier in der Gegend weiß Gott genug Hundebisse gesehen, und danach sieht es aus.«

»Man kann sie nachts jaulen hören, ganze Rudel davon«, sagte der Deputy. »Kojoten.«

»Ja, oben bei mir gibt es auch welche«, sagte Lucas.

»Sind Sie von der Bundespolizei?« fragte die Frau.

»Nein. Früher war ich Polizist in Minneapolis. Ich habe drüben in Sawyer County eine Hütte, und der Sheriff bat mich, herzukommen und mir das anzusehen.«

»Lucas Davenport«, sagte der Sheriff und nickte in seine Richtung. »Lucas, das ist Weather Karkinnen.«

»Ich habe von Ihnen gehört«, sagte die Frau und nickte.

»Weather war Chirurgin unten in Minneapolis, bevor sie wieder hierher zurückkam«, sagte der Sheriff zu Lucas. Dann blickte er die Ärztin an. »Ich hoffe, was Sie über Davenport gehört haben, war gut«, sagte er zu ihr.

Weather schaute zu Lucas auf und legte den Kopf schräg. Jetzt erst konnte er erkennen, daß sie blaue Augen hatte. Ihre Nase schien leicht gebogen zu sein. »Ich erinnere mich, daß er schrecklich viele Leute umgebracht hat«, sagte sie.

Die Ärztin erklärte, ihr sei kalt, und ging voraus zur Haustür. Der Deputy folgte ihr, und Carr stolperte hinterher. Lucas blieb noch und blickte auf die tote Frau nieder. Als er sich umdrehen wollte, um zu gehen, sah er ein Stück vernickeltes Metall unter der Ecke eines verzogenen, geschwärzten Wandbretts. An der Wölbung erkannte er, was es war: der vordere Teil einer Abzugssicherung.

»He«, rief er den anderen nach. »Ist dieser Kameramann noch im Haus?«

Carr rief zurück: »Der mit der Videokamera ist in der Garage, aber der andere ist noch hier.«

»Schicken Sie ihn zurück, wir haben eine Waffe...«

Carr, Weather und der Photograph kamen zurück. Lucas zeigte auf das Metallstück, und der Photograph machte zwei Aufnahmen von dem Bereich. Dann hob Lucas vorsichtig das Wandbrett an. Ein Revolver. Eine vernickelte Smith and Wessen, groß, mit Walnußgriff. Er schob das Brett aus dem Weg und blieb dann stehen, während der Photograph die Waffe im Verhältnis zu der Leiche aufnahm.

»Haben Sie Kreide oder einen Fettstift?« fragte Lucas.

»Ja, und ein Maßband.« Der Photograph griff in die Tasche und zog einen Fettstift heraus.

»Sollte man das nicht für die Spurensicherung aufheben?« fragte er nervös.

»Großes Ding, könnte die Mordwaffe sein«, sagte Lucas. Rasch zeichnete er den Umriß der Waffe auf den Boden und maß dann die Entfernung der Waffe von der Wand, vom Kopf und von einer Hand der toten Frau, während der Fotograf die Zahlen notierte. Als er fertig war, gab Lucas dem Fotografen den Fettstift zurück, sah sich um, nahm einen Holzsplitter auf, schob ihn hinter dem Abzug durch den Griff des Revolvers und hob ihn vom Boden auf. Er schaute die Ärztin an. »Haben Sie noch einen von diesen Plastikbeuteln?«

»Ja.« Sie öffnete ihre Tasche, stützte sie auf ihr Bein, wühlte darin herum und hielt ihm dann einen geöffneten Gefrierbeutel hin. Er ließ die Waffe hineingleiten, den Lauf auf den Boden gerichtet, und durch die Plastikschicht hindurch öffnete er die Kammer und drehte den Zylinder.

»Sechs Patronen, nicht abgefeuert«, sagte er. »Scheiße.«

»Nicht abgefeuert?« fragte Carr.

»Ja. Glaube nicht, daß das die Mordwaffe ist. Der Mörder

würde sie nicht nachladen und dann auf den Boden werfen ... zumindest kann ich mir nicht vorstellen, warum er das tun sollte.«

»Also?« Weather sah ihn fragend an.

»Vielleicht hat die Frau sie herausgeholt. Sie lag etwa einen Fuß von ihrer Hand entfernt. Vielleicht hat sie den Kerl kommen sehen. Vielleicht gab es irgendeinen Streit, und sie wußte, daß sie in Schwierigkeiten war«, sagte Lucas. Er las dem Fotografen die Seriennummer vor, und dieser schrieb sie auf. »Sie könnten versuchen, das heute abend zu klären. Fragen Sie jedenfalls in den örtlichen Waffengeschäften nach.«

»Ich kümmere mich darum«, sagte Carr. Dann: »Ich b-b-brauche einen Kaffee.«

»Ich denke, Sie sind ganz schön unterkühlt, Shelly«, sagte Weather. »Was Sie brauchen, ist eine Badewanne mit heißem Wasser.«

»Ja, ja ...«

Als sie die Vordertreppe hinuntergingen – Lucas mit dem Revolver –, kam ein anderer Deputy die Einfahrt hinauf. »Ich hab' die Planen, Sheriff. Sie sind hinter mir in dem Lastwagen von der Nationalgarde.«

»Gut. Besorgen Sie sich Hilfe, und decken Sie alles ab«, sagte Carr, auf das Haus zeigend. »In der Garage sind Leute.« Zu Lucas gewandt, sagte er. »Ich habe Planen von der Nationalgarde besorgen lassen; wir decken das ganze Haus ab, bis die Leute aus Madison kommen.«

»Gut.« Lucas nickte. »Dazu brauchen Sie wirklich die Spurensicherung. Lassen Sie keinen etwas anfassen. Nicht mal die Leichen.«

In der Garage war es warm. Deputies und Feuerwehrleute standen um den altmodischen Eisenofen herum, der mit Eichenscheiten beheizt wurde. Die Ärztin nahm eine Tasse Kaffee. Der Beamte, der die Videoaufnahmen gemacht hatte, erblickte Carr und Davenport und kam mit einer von Lucas' Thermoskannen herbei.

»Ich hab' welchen aufgehoben«, sagte er.

»Danke, Tommy.« Der Sheriff nickte, nahm mit zitternder Hand einen Becher, reichte ihn Lucas und nahm sich dann selbst einen. »Gehen wir rüber in die Ecke, wo wir reden können«, sagte er. Carr ging um den Kühler von LaCourts altem Chevy-Kombi herum, fort von den Deputies und Feuerwehrleuten, drehte sich um und trank einen Schluck Kaffee. Er sagte: »Wir haben ein Problem...« Dann hielt er inne und fragte: »Sie sind kein Katholik, oder?«

»Dominus vobiscum«, sagte Lucas. »Und?«

»Doch? Ich bin noch nicht lange genug in der Kirche, um mich an das lateinische Zeug erinnern zu können«, sagte Carr. Er schien einen Augenblick darüber nachzudenken, trank von seinem Kaffee und sagte dann: »Ich bin vor ein paar Jahren konvertiert. Ich war Lutheraner, bis ich Pater Phil kennenlernte. Er ist Pfarrer in Grant.«

»Ach ja? Ich interessiere mich nicht mehr sonderlich für die Kirche.«

»Hm. Sie sollten bedenken...«

»Erzählen Sie mir von dem Problem«, sagte Lucas ungeduldig.

»Ich versuch's ja, aber es ist kompliziert«, sagte Carr. »Okay. Wir nehmen an, wer immer diese Leute umgebracht hat, hat auch das Feuer gelegt. Es hat den ganzen Nachmittag geschneit – wir hatten ungefähr zehn Zentimeter Neuschnee. Als die Feuerwehrleute hier ankamen, hörte es gerade auf. Aber auf Franks Leiche lagen vielleicht anderthalb Zentimeter Schnee. Deswegen ließ ich ihn mit der Plane zudecken, damit wir einen genauen Zeitpunkt bestimmen können. Es verging nicht viel Zeit zwischen seinem Tod und dem Feuer, aber doch *etwas*. Das ist wichtig. Einige Zeit. Und jetzt sagen Sie mir, daß das Mädchen vielleicht gefoltert worden ist... Also vielleicht sogar *mehr* Zeit.«

»Okay.« Lucas nickte zustimmend.

»Wer immer das Feuer gelegt hat, hat es mit Benzin gemacht«, sagte Carr. »Man kann es noch immer riechen, und das Haus brannte wie eine Fackel. Vielleicht hat der Mörder das Benzin mitgebracht, vielleicht hat er das von Frank benutzt. Im hinteren Schuppen gibt es ein paar Boote und ein Schneemobil, aber es sind keine Benzinkanister dabei, und hier sind auch keine... Höchstwahrscheinlich ist immer etwas Benzin in den Kanistern.«

»Jedenfalls ging das Haus schnell in Flammen auf«, sagte Lucas.

»Ja. Die Leute auf der anderen Seite des Sees saßen vor dem Fernseher. Sie sagen, die ganze Zeit war draußen nichts als der Schnee. Und dann gab es von einem Augenblick auf den anderen einen Feuerball. Sie haben die Feuerwehr angerufen...«

»Bei der Feuerwache, an der ich vorbeigekommen bin? Unten an der Ecke?«

»Ja. Sie waren dort zu zweit. Sie aßen gerade etwas, und einer von ihnen sah einen schwarzen Jeep vorbeifahren. Ein paar Sekunden später kam der Notruf. Sie dachten, der Jeep gehöre Phil... dem Priester. Pater Philip Bergen, dem Pfarrer von All Souls.«

»Und? War es so?« fragte Lucas.

»Ja. Sie sagten, es habe so ausgesehen, als komme Phil aus der Seestraße. Also rief ich ihn an und fragte ihn, ob er etwas Ungewöhnlichs gesehen hätte. Ein Feuer oder jemanden auf der Straße. Er hat nein gesagt. Dann, ehe ich weiter fragen konnte, sagte er, er sei hier gewesen, bei den LaCourts.«

»Hier?« Lucas zog die Augenbrauen hoch.

»Ja. Hier. Er sagte, als er ging, sei alles in Ordnung gewesen.«

»Aha.« Lucas dachte darüber nach. »Wissen wir sicher, daß die Zeit stimmt?«

»Sie stimmt. Einer der Feuerwehrleute stand mit einem

dieser fertigen Schinkensandwiches an der Mikrowelle. Es dauerte etwa zwei Minuten, das heiß zu machen, und es war fast fertig. Der andere Mann sagte: ›Da fährt Pater Phil; scheußliche Nacht, um draußen zu sein.‹ Dann klingelte die Mikrowelle, der Mann nahm sein Sandwich heraus, und bevor er es auspacken konnte, kam die Meldung.«

»Das ist knapp.«

»Ja. Es war nicht genug Zeit, daß so viel Schnee auf Frank fallen konnte. Nicht, wenn Phil die Wahrheit sagt.«

»Die Zeit ist etwas Eigenartiges«, sagte Lucas. »Vor allem bei Notfällen. Wenn es nicht nur eine Minute war, sondern vielleicht fünf, dann *könnte* dieser Pater Phil...«

»Das hab ich auch gemeint... aber es sieht nicht so aus.« Carr schüttelte den Kopf, ließ den Kaffee in seinem Styroporbecher kreisen, stellte den Becher dann auf die Motorhaube des Chevy und bog seine Finger, um sie etwas zu wärmen. »Ich hab mit den Feuerwehrleuten geredet und bin das Ganze ein paarmal durchgegangen. Die Zeit reicht einfach nicht.«

»Also hat der Priester...«

»Er sagte, er hat das Haus verlassen, ist direkt auf den Highway und dann in die Stadt gefahren. Ich hab ihn gefragt, wie lange er brauchte, von dem Haus hier zum Highway zu kommen, und er sagte, drei oder vier Minuten. Die Entfernung beträgt ungefähr eine Meile, also dürfte das hinkommen, bei dem Schnee und allem.«

»Hm.«

»Aber wenn er etwas damit zu tun hätte, warum sollte er zugeben, hier gewesen zu sein? Das ergibt doch überhaupt keinen Sinn«, sagte der Sheriff.

»Haben Sie ihn damit konfrontiert? Sich mit ihm hingesetzt und alles gründlich durchgesprochen?«

»Nein. Ich hab keine richtige Erfahrung mit Verhören. Ich kann mir einen Jugendlichen schnappen, der ein Auto geklaut oder eine Bierreklame abgerissen hat, ihn in eine der

Arrestzellen setzen und ihm richtig Angst einjagen, aber das da wäre ... anders. Mit diesen Sachen kenne ich mich nicht aus. Mit Mord.«

»Haben Sie ihm von dem zeitlichen Zusammenhang erzählt?« fragte Lucas.

»Noch nicht.«

»Gut.«

»Ich war aufgeschmissen«, sagte Carr, wandte sich um und starrte die Garagenwand an. »Als er sagte, er wäre hier gewesen, fiel mir nicht ein, was ich sagen könnte. Also hab ich gesagt: ›Okay, wir kommen auf Sie zurück.‹ Er wollte herkommen, als wir ihm erzählten, daß die Familie tot ist, um ihnen einen letzten Segen zu geben, aber wir sagten, er solle in der Stadt bleiben. Wir wollten nicht, daß er ...«

»In seiner Erinnerung beeinflußt wird.«

»Ja.« Carr nickte, nahm den Kaffee, den er auf die Motorhaube gestellt hatte, und trank ihn aus.

»Was ist mit den Feuerwehrleuten? Könnten die irgendwelche Gründe haben, in der Sache zu lügen?«

Carr schüttelte den Kopf. »Ich kenne sie beide, und sie sind nicht sonderlich befreundet. Es dürfte also kaum eine Verschwörung sein.«

»Okay.«

Zwei Feuerwehrmänner kamen durch die Tür. Der erste war in Gummi und Segeltuch gekleidet und von einer dicken Eisschicht bedeckt.

»Sie sehen aus, als ob Sie in den See gefallen wären«, sagte Carr. »Ihnen muß ja eiskalt sein.«

»Es war das Spritzen. Mir ist nicht kalt, aber ich kann mich nicht bewegen«, sagte der Feuerwehrmann. »Steh still«, sagte der zweite Feuerwehrmann. Der erste blieb stehen wie eine dicke Gummivogelscheuche, und der andere begann, mit einem Holzhammer und einem Eismeißel das Eis abzuschlagen.

Sie sahen einen Augenblick zu, wie Splitter von dem Eis

abfielen. Dann sagte Carr: »Noch etwas. Als Pater Phil an der Feuerwache vorbeikam, zog er einen Anhänger mit einem Schneemobil hinter sich her. Er ist ein großes Tier in einem der Schneemobil-Clubs – er ist Präsident oder war es letztes Jahr. Sie hatten heute ein Rennen, quer über den See. Also war er mit seinem Schlitten draußen.«

»Und diese Spuren kamen vom See herauf.«

»Wo sich ohne Schlitten kein Mensch rumtreiben würde.«

»Aha. Sie glauben also, daß der Priester etwas damit zu tun hatte?«

Carr sah besorgt aus. »Nein. Absolut nicht. Ich kenne ihn. Er ist ein Freund von mir. Aber ich werde nicht schlau daraus. Er lügt nicht, nie. Er ist ein moralischer Mensch.«

»Wenn jemand unter Druck steht...«

Carr schüttelte den Kopf. Einmal hatten sie Golf gespielt, erzählte er, ein wirklich harter Zweikampf. Und nach dem siebzehnten Grün standen sie gleichauf. Bergen setzte einen Tee-Schlag in eine Gruppe Kiefern auf der rechten Seite des Fairway, holte ihn großartig wieder heraus und war mit zwei Schlägen wieder auf dem Grün. Er puttete mit zwei Schlägen par ein, während Carr einen Bogie spielte und verlor.

»In der Garderobe rühmte ich vor den anderen Typen seinen Befreiungsschlag, und er schaute immer trauriger und trauriger drein. Als wir zusammen zur Bar gingen, packte er mich und sah aus, als wolle er gleich anfangen zu heulen. Sein zweiter Schlag sei unter einen der Bäume gegangen, sagte er, und er habe ihn mit dem Fuß herausgetreten. Er hatte unbedingt gewinnen wollen... Aber daß er gemogelt hatte, machte ihn fertig. Er konnte nicht damit umgehen. So einer ist er. Er würde keinen Pfennig stehlen und auch keinen Schlag im Golf. Er ist absolut geradeheraus und unfähig, sich anders zu verhalten.«

Der Feuerwehrmann mit Hammer und Meißel legte die Werkzeuge auf den Boden, packte die Vorderseite des Gummimantels seines Kollegen und riß sie auf.

»Das reicht«, sagte der zweite Mann. »Jetzt komme ich schon zurecht.« Er sah Carr an: »Macht Spaß, das Leben im Freien, was?«

Die Ärztin zwängte sich zwischen der Mauer und der Haube des Kombiwagens durch, gefolgt von einem großen Mann in einem schweren Arktis-Parka. Die Ärztin hatte helles Haar mit grauen Strähnen, das praktisch und kurz geschnitten war. Sie war klein, aber athletisch, mit breiten Schultern, einer etwas zu großen und leicht gebogenen Nase, die nach links wies. Ihre Wangenknochen waren ausgeprägt, ihre Augen dunkel, ihr Mund breit und ausdrucksvoll. Sie wirkte eine Spur aggressiv und hatte den vage orientalischen Einschlag, den Slawen oft aufweisen. Sie war nicht hübsch, aber auffallend attraktiv. »Ist das Gespräch geheim?« fragte sie. Sie trug einen Becher Kaffee.

»Nein, eigentlich nicht«, sagte Carr und sah Lucas an. Er bewegte leicht den Kopf nach hinten, was bedeuten sollte: *Sagen Sie nichts über den Priester.*

Der große Mann sagte: »Shelly, ich habe alle an der Straße aufgesucht. Niemand hat etwas gesehen, was damit zu tun hat, aber drei Leute fehlen uns noch. Ich versuche jetzt, sie aufzutreiben.«

»Danke, Gene«, sagte Carr, und der Mann drehte sich um und ging zur Tür. Zu Lucas sagte Carr: »Mein Cheffahnder.«

Lucas nickte und sah Weather an. »Vermutlich gab es keinen Grund, die Körpertemperaturen zu messen.«

Die Ärztin schüttelte den Kopf, trank noch einen Schluck Kaffee. Lucas bemerkte, daß sie keine Ringe trug. »Nicht bei den beiden Frauen. Das Feuer, das Wasser, das Eis und der Schnee haben längst alles durcheinandergebracht. Aber Frank war ziemlich eingemummt, und seine Temperatur habe ich gemessen. Achtzehn Grad. Er war noch nicht sehr lange tot.«

»Hm«, sagte Carr und schaute Lucas an.

Die Ärztin bemerkte den Blick, schaute von Lucas zu Carr und fragte: »Ist das besonders wichtig?«

»Vielleicht möchten Sie es irgendwo aufschreiben«, sagte Carr.

»Wir stehen vor der Frage, wie lange sie tot waren, als das Feuer ausbrach«, sagte Lucas.

Weather sah ihn eigenartig an. »Maddock, stimmt's?«

»Was?«

»Sie waren derjenige, der diesen Maddock umbrachte, nachdem er all die Frauen aufgeschlitzt hatte. Und sie waren der, der mit diesen indianischen Typen gekämpft hat.«

Lucas nickte. »Ja.« *Die Crows, die in der Dunkelheit aus dem Haus kamen, 45er in den Händen... Warum mußte sie das erwähnen?*

»Ich hatte eine Freundin – sie hat eine New Yorker Polizistin behandelt, die einen Schuß in die Brust bekam. Ich erinnere mich nicht mehr an ihren Namen, aber damals war sie ziemlich berühmt...«

»Lily Rothenburg...« *Verdammt. Sloan auf den Stufen des Hennepin General Hospitals, der mit weißem Gesicht sagte: »Halt dich fest... Lily ist angeschossen worden.« Süße Lily...*

»O ja«, sagte Weather und nickte. »Ich wußte doch, daß es ein Blumenname war. Ist sie wieder in New York?«

»Ja. Sie ist jetzt Captain.«

»Mein Gott, und jetzt ist auch hier so was passiert«, unterbrach Carr entsetzt ihre Plauderei. Er sah Lucas an. »Hören Sie, ich war fünf Jahre auf Streife, ehe ich hier gewählt wurde, und das ist zwanzig Jahre her. Die meisten meiner Jungs kommen aus dem Streifendienst oder von lokalen Polizeiwachen. Wir verstehen wirklich nichts von mehrfachem Mord. Werden Sie uns helfen?«

»Was soll ich tun?« fragte Lucas und schüttelte die Erinnerungen ab.

»Die Ermittlungen leiten. Ich werde Ihnen geben, was ich kann. Acht oder zehn Leute, Hilfe beim Bezirksstaatsanwalt, was immer Sie wollen.«

»Welche Autorität würde ich haben?«

Carr steckte seine Hand in seine Jackentasche und sagte gleichzeitig: »Schwören Sie, die Gesetze des Staates Wisconsin zu respektieren und so weiter und so weiter, so wahr Ihnen Gott helfe?«

»Natürlich.« Lucas nickte.

Carr warf ihm einen Stern zu. »Sie sind Deputy«, sagte er. »Um den Kleinkram können wir uns später kümmern.«

Lucas betrachtete den Stern in seiner Handfläche.

»Versuchen Sie, keinen zu erschießen«, sagte Weather.

3

Die Hände des Eismannes waren eiskalt. Er hantierte zweimal mit dem Büchsenöffner herum, stellte die Büchse dann beiseite und drehte das heiße Wasser am Spülbecken in der Küche auf. Während das Wasser über seine Finger lief, schweiften seine Gedanken ab...

Er hatte das Photo nicht gefunden. Das Mädchen wußte nicht, wo es war, und sie hatte die Wahrheit gesagt: Er hatte ihr fast den Kopf abgeschnitten, bevor sie starb, und die Nase und die Ohren. Sie sagte, ihre Mutter habe es genommen, und schließlich glaubte er ihr. Doch da war Claudia schon tot. Zu spät, um sie zu fragen, wo sie es aufbewahrt hatte.

Also hatte er das Mädchen getötet und das Haus in Brand gesteckt. Die Polizei wußte nicht, daß es ein Foto gab, und das Foto selbst war auf dünnem Zeitungspapier. Nach dem Feuer und all dem Wasser wäre es ein Wunder, wenn es noch vorhanden wäre.

Trotzdem. Er hatte nicht *gesehen*, daß es vernichtet worden war. Falls das Foto gefunden werden würde, wäre er erledigt.

Jetzt stand er da, die Finger unter heißem Wasser. Langsam färbten sie sich von weiß zu rosa und wurden wieder beweglich. Für einen Moment schloß er die Augen, überwältigt von dem Gefühl, noch zu vieles nicht erledigt zu haben. Und die Zeit verrann. Eine Stimme in seinem Hinterkopf sagte: Lauf jetzt. *Die Zeit verrinnt…*

Aber er war nie weggelaufen. Nicht, als seine Eltern ihn geschlagen hatten. Nicht, als die Kinder in der Schule ihn ausgeschlossen hatten. Statt dessen hatte er gelernt, als erster zuzuschlagen, aber hinterrücks, und seine Aggressionen zu verstecken: schon damals kalt wie Eis. Heuchelei war sein Stil: *Ich hab's nicht genommen, er hat's mir gegeben. Wir haben bloß gespielt, er ist gefallen, er ist eine Heulsuse, ich hab ihm doch gar nichts tun wollen…*

In der zehnten Klasse hatte er eine wichtige Lektion gelernt. Es gab andere Schüler, die genau wie er bereit waren, Gewalt anzuwenden, und in der zehnten Klasse ging es dabei schon roher zu, gab es schwere Blessuren. Mal wurde bei den wöchentlichen Kämpfen nach Schulschluß eine Nase gebrochen und eine Schulter gebrochen. Was aber noch schlimmer war: Man konnte die Gewalttätigkeit nicht vertuschen. Es war nicht zu leugnen, daß es einen Kampf gegeben hatte, nicht bei solchen Verletzungen.

Und jemand war verletzt worden. Er hieß Darryl Wynan. Zäher Bursche. Suchte sich den Eismann aus einem dieser Gründe aus, die nur Leute kennen, die auf Schlägereien aus sind; tatsächlich hatte er es schon kommen sehen. Er hatte einen Stein in der Tasche, einen glatten Kieselstein von der Größe eines Golfballs, und zwar für den Tag, an dem es zum Kampf kommen würde.

Wynan erwischte ihn neben dem Football-Platz, drei oder vier seiner Anhänger im Kielwasser, die ihre Bücher trugen und entzückt aussahen. Ein Kampf, ein Kampf…

Der Kampf dauerte fünf Sekunden. Wynan kam in der Haltung eines erfahrenen Faustkämpfers auf ihn zu, mit angelegten Ellbogen. Der Eismann warf Wynan den Stein an die Stirn. Da seine Hand keinen halben Meter entfernt war, als er zielte, konnte er sie nicht verfehlen.

Wynan ging mit einem Schädelbruch zu Boden. Er wäre beinahe gestorben.

Und der Eismann erklärte den Polizisten: *Ich hatte Angst, er kam mit seiner ganzen Bande auf mich zu, er schlägt immer Kinder zusammen, also hab ich den Stein aufgehoben und geworfen…*

Seine Mutter hatte ihn im Polizeirevier abgeholt (da war sein Vater schon fort, auf Nimmerwiedersehen). Im Auto ging seine Mutter auf ihn los: *Warte nur, bis wir zu Hause sind,* sagte sie. *Warte nur.*

Und der Eismann hatte ihr im Wagen mit einem Finger gedroht und gesagt: *Wenn du mich je wieder anrührst, verdammt, dann warte ich, bis du schläfst, nehme einen Hammer und schlage dir den Schädel ein. Wenn du mich je wieder anfaßt, dann gehst du besser nie mehr schlafen.*

Sie glaubte ihm. Und das war auch gut so. Sie lebte noch.

Er drehte den Wasserhahn zu und trocknete sich an einem Geschirrtuch die Hände ab. *Ich muß nachdenken. So viel zu tun.* Er vergaß die Suppendose, setzte sich in seinen Fernsehsessel und starrte den leeren Bildschirm an.

Er hatte das Foto nie so gesehen, wie es reproduziert worden war, obwohl er die ursprüngliche Polaroid-Aufnahme kannte. Es war dumm gewesen, daß er den Jungen das Bild hatte behalten lassen. Und als der Junge es abgeschickt hatte…

»Wir werden berühmt sein«, sagte der Junge.

»Was?« Sie rauchten Zigaretten im hinteren Schlafzimmer des Wohnmobils. Der Junge lehnte in einem Stapel

Kissen, und der Eismann hatte beide Füße am Boden und die Ellbogen auf die Knie gestützt.

Der Junge rollte herum, schaute unter das Bett und holte etwas hervor, das wie eine Zeitung aussah. Er warf sie dem Eismann zu. Es gab Dutzende von Bildern, Jungen und Männer…

»Was hast du gemacht?« fragte der Eismann; aber in seinem Innersten wußte er es, und Wut ließ seine Brust anschwellen.

»Das Bild eingeschickt. Weißt du, das von dir und mir auf der Couch…«

»Du verdammter…«

Der Eismann stürzte sich auf ihn; der Junge kicherte, wehrte sich kaum. Er verstand nicht. Der Eismann saß rittlings auf seiner Brust, drückte dem Jungen die Daumen in die Kehle… und dann begriff Jimmy Harper. Seine Augen verdrehten sich nach oben, sein Mund ging auf, und der Eismann…

Tat was? Er erinnerte sich, wie er zurückgewichen war und den Jungen betrachtet hatte. Himmel. Er hatte ihn umgebracht.

Der Eismann sprang auf. Er durchlebte alles noch einmal, auch die Suche nach einem Platz, wo er die Leiche loswerden konnte. Er dachte daran, sie in einen Sumpf zu werfen. Er dachte daran, den Jungen nachträglich mit einem Gewehr zu erschießen und die Waffe zurückzulassen, damit es aussah wie ein Jagdunfall… Aber Jim ging nicht auf die Jagd. Sein Vater würde es wissen, und sein Vater war verrückt. Dann erinnerte er sich, daß der Junge über etwas geredet hatte, was er in irgendeiner Illustrierten gelesen hatte, über Leute, die sich mit Handtüchern würgten, über den Kick, den man dabei hatte, besser als Kokain…

Der Eismann, sicher zu Hause, brummte nachdenklich. Alles so schwierig… Er hatte versucht, das Foto aufzuspüren, aber die Zeitschrift gab keinen Hinweis darauf, wo sich die Redaktion befinden mochte. Nur ein Postfach in Milwaukee. Er wußte nicht, wie er sie aufspüren sollte, ohne sein Gesicht zu zeigen. Nach einer Weile hatte er sich beruhigt. Die Chance, daß das Foto gedruckt wurde, war gering, und selbst wenn es gedruckt wurde, war die Wahrscheinlichkeit, daß jemand aus der Gegend es sehen würde, noch geringer.

Und dann, als er das Foto fast vergessen hatte, hatte er den Anruf von Jim Harpers verrücktem Vater bekommen. Die LaCourts hatten ein Foto...

Und vergiß *die Ärztin* nicht.

Ja. Weather.

Wenn das Foto auftauchte, würde ihn außer der Ärztin keiner auf Anhieb erkennen. Auch ohne die Ärztin würden sie ihn vielleicht am Schluß identifizieren, aber er würde wissen, daß sie nach ihm suchten, und das würde ihm Zeit geben...

Er stand auf, zog seinen Schneeanzug an, schlüpfte in seine Schneestiefel, schnürte sie fest zu und grub dann in der Kommode nach der 44er. Sie war da, in ein öliges Tuch gehüllt, auf dem Boden, zusammen mit seinen anderen Waffen. Er nahm sie heraus, um sie heute zum zweitenmal zu benutzen. Die Waffe lag schwer in seiner Hand, solide, ausgeklügelt, wirksam.

Stück für Stück bedachte er alles:

Weather Karkinnen fuhr einen roten Jeep, den einzigen roten Jeep vor dem Haus der LaCourts. Sie würde die Seestraße zum Highway 77 nehmen müssen und dann die sechs Meilen lange, schmale, schneebedeckte Straße in die Stadt. Sie würde langsam vorankommen... wenn sie noch im Haus der LaCourts war.

Weathers Arbeit war beendet. Die Leichen waren zugedeckt und würden an Ort und Stelle liegen bleiben, bis die Leute von der Spurensicherung aus Madison kamen. Sie hatte ihre Pflicht erfüllt. Dieses Jahr war sie als Leichenbeschauerin des Bezirks an der Reihe, ein unangenehmer Job, in dem sich die Ärzte der Stadt abwechselten. Sie hatte alle notwendigen Aufzeichnungen über den Mord gemacht. Sie würde sie in einen formellen Bericht an den Bezirksstaatsanwalt übertragen und dem medizinischen Sachverständigen aus Milwaukee den Rest überlassen.

Nichts hielt sie mehr. Doch sie stand im Schuppen, trank Kaffee, hörte den Polizisten zu – selbst den Polizisten, die zu ihr kamen, um sie in ihrer milden skandinavischen Art aufzuziehen – und hatte keine rechte Lust, sofort aufzubrechen.

Sie hätte auch nichts dagegen gehabt, noch einmal mit Davenport zu reden. Wohin war er gegangen? Sie reckte den Kopf und sah sich um. Er mußte draußen sein.

Sie setzte ihre Kapuze auf, zog sie fest zusammen und streifte dann ihre Handschuhe über. Draußen sah es ordentlicher aus. Der größte Teil der Feuerwehrausrüstung war verschwunden, und die wenigen Nachbarn, die zum Haus gekommen waren, hatte man verscheucht. Es stank noch immer. Sie rümpfte die Nase und sah sich um. Ein Deputy schleppte eine Rolle dickes Seil zum Haus hoch, und sie fragte: »Haben Sie, eh, Shelly oder diesen Mann aus Minneapolis gesehen?«

»Ich glaube, Shelly ist zum Haus gegangen, und der andere ist mit ein paar Leuten runter zum See, um sich die Schneemobil-Spur anzusehen, und sie reden mit Schneemobil-Fahrern.«

»Danke.«

Sie schaute zum See hinunter und dachte daran, hinzugehen. Aber der Schnee war tief, und sie fror schon wieder. Außerdem, was könnte sie dort beitragen?

Sie ging zur Garage zurück, um noch einen Becher Kaffee zu trinken, und stellte fest, daß es keinen mehr gab. Davenports Thermosflaschen waren leer.

Davenport. Himmel, auf einmal benahm sie sich wie ein Schulmädchen. Nicht, daß sie nicht ein bißchen... Freundschaft hätte gebrauchen können. Sie dachte an ihre letzte Beziehung zurück. Wie lange war das her, ein Jahr? Sie rechnete nach. Gott, nein, mehr als zwei Jahre, fast drei. Er war verheiratet gewesen, allerdings, wie er es charmant ausgedrückt hatte, *nicht sehr,* und die ganze Sache war von Anfang an zum Scheitern verurteilt. Im Bett hatte er eine nette Art gehabt, aber er sah ein bißchen zu gerne fern. Sie konnte ihn sich leicht als langsam kompostierenden Klumpen irgendwo auf einer Couch vorstellen...

Weather seufzte. Kein Kaffee. Sie zog die Handschuhe an, ging wieder nach draußen und trottete zu ihrem Jeep. Der Aufbruch widerstrebte ihr noch immer. Heute abend war dies der wichtigste Ort im ganzen Bezirk. Er war das Zentrum der Dinge...

Doch sie spürte die Kälte immer mehr. Trotz der Stiefel fühlten ihre Zehen sich eisig an. Draußen auf dem See schienen die Scheinwerfer einer Gruppe von Schneemobilen in Richtung Haus. Sie waren vom Feuer und von der Polizei angezogen und inzwischen zweifellos von den Gerüchten über die Ermordung der LaCourts. Grant war eine kleine Stadt, in der nicht viel passierte.

Der Eismann glitt über den See. Ein halbes Dutzend Schlitten hatten sich auf dem Eis in der Nähe des LaCourt-Hauses versammelt, die Fahrer beobachteten die Polizisten bei der Arbeit. Zwei weitere fuhren am Seeufer entlang in Richtung Haus. Wenn es etwas wärmer gewesen wäre, ein paar Grade näher am Nullpunkt, dann hätten Hunderte von Schlitten auf dem See gestanden, und weitere wären unterwegs gewesen.

Auf halbem Weg verließ er die Fahrspur, schnitt eine neue Spur in den weichen Schnee und hielt an. Das Haus der LaCourts war eine halbe Meile entfernt, aber alles ringsum war in strahlende Helligkeit getaucht. Durch ein Taschenfernglas konnte er Weathers Jeep sehen, der noch in der Einfahrt stand.

Er knurrte, steckte das Glas in eine Seitentasche, wo es kalt bleiben würde, und kletterte behutsam vom Schlitten, um den Schnee zu prüfen. Er sank dreißig Zentimeter tief ein, ehe die Harschschicht sein Gewicht trug. Gut. Mit dem Fuß scharrte er ein Loch und ließ sich darin nieder, im Windschatten des Schneemobils. Selbst ein Wind, der mit fünf Meilen in der Stunde blies, war an einem Abend wie diesem mörderisch.

Von seinem Loch aus konnte er das Rattern des Garagentors und die gelegentlichen Rufe der arbeitenden Männer hören, die anscheinend eine Art Plane über das Haus breiteten. Ihre fernen Stimmen waren wie hörbare Konfettiblättchen, scharf isolierte Rufe und Schreie in der Nacht. Dann verschob sich seine Aufmerksamkeit, und zum ersten Mal hörte er die anderen Stimmen. Sie waren die ganze Zeit dagewesen wie ein griechischer Chor. Langsam drehte er sich um, bis er die Dunkelheit der Schlucht vor sich hatte. Das Geräusch klang unheimlich, hörte sich nach Verhungern an. Kein Schrei wie von einer Katze, sondern fast wie das Mädchen, als er ihr mit dem Messer zugesetzt hatte, ein hoher, wimmernder, jammernder Ton.

Kojoten.

Sie sangen zusammen, Blutlieder nach dem Sturm.

Er erschauerte, und das lag nicht an der Kälte.

Doch die Kälte hatte ihn fast mattgesetzt, als er zwanzig Minuten später die kleine Gestalt allein zu dem roten Jeep gehen sah. Ja. Weather.

Als sie in ihren Wagen stieg, klopfte er den Schnee von seinem Anzug, warf ein Bein über den Schlitten und ließ ihn an. Er sah zu, wie sie die Scheinwerfer einschaltete und rückwärts ausparkte. Sie hatte einen weiteren Weg als er, daher blieb er sitzen und schaute, bis er sicher war, daß sie links abbog und losfuhr. Sie konnte noch immer bei der Feuerwache anhalten, aber da gab es nicht viel zu sehen.

Er bog wieder in die Spur ein, folgte ihr für eine Viertelmeile und steuerte dann von neuem nach rechts in den Neuschnee. Da drüben lag Stackpole's Ferienpark; er war im Winter geschlossen, aber durch eine Außenlampe gekennzeichnet. Er konnte am Strand des Parks den See verlassen, der Einfahrt bis zum Highway folgen und dort auf sie warten.

Er hatte sich den Überfall bildlich vorgestellt. Sie würde auf dem verschneiten Highway langsam fahren, und er würde mit dem Schlitten seitlich an den Jeep heransteuern. Aus sechs oder zehn Fuß Entfernung konnte er sie kaum verfehlen: Die 44er Magnum würde durch das Fenster gehen wie durch Toilettenpapier. Weather würde sofort von der Straße abkommen, und er würde neben ihr herfahren und die Waffe auf sie leerschießen. Selbst wenn ihn jemand sah, war der Schlitten dort draußen im Schnee das perfekte Fluchtfahrzeug. Keiner konnte ihm folgen, der keine Schneekufen hatte. Und da draußen war sein Schlitten buchstäblich anonym.

Der schneebedeckte Strand kam rasch näher, und er bremste, spürte, wie die Maschine holperte, steuerte sie langsam über den Rasen am Strand des Ferienparks und durch die Gänge zwischen den Holzhütten. Die Einfahrt war nach dem letzten Schneesturm geräumt worden, nach diesem aber noch nicht, und über die Schneehaufen hinweg rollte er hindurch. Unmittelbar vor dem Highway, wo ein blauer Windschutz aus Tannenholz den Schlitten verbarg, hielt er an. Er fühlte sich wie ein Polizist auf einem Motorrad, der hinter einer Reklametafel auf Temposünder wartet.

Warten. Wo war sie?

Aus dem Augenwinkel sah er, daß sich zu seiner Linken etwas bewegte, plötzlich, aber flüchtig, und sein Kopf fuhr herum. Nichts. *Aber da war etwas gewesen*... Da. Ein Hund, ein kleiner deutscher Schäferhund im Licht der Außenlaterne. Nein. Kein Schäferhund, sondern ein Kojote, der ihn aus dem Gebüsch beobachtete. Dann noch einer. Er hörte ein Schnappen und ein Knurren. Das taten sie sonst nie, niemals. Kojoten waren unsichtbar.

Er öffnete den Reißverschluß seines Anzugs, nahm die 44er aus der Innentasche und spähte nervös in das Gebüsch. Sie sind weg, dachte er. Irgendwo...

An der Ecke der Seestraße erschienen Scheinwerfer. Das mußte Weather sein. Er nahm die Pistole in die andere Hand, seine Bremshand. Und zum ersten Mal versuchte er, sich die Details des Angriffs zu überlegen: mit einer Hand auf dem Gashebel und der anderen an der Bremse... da fehlte ihm eine Hand. Nichts, womit er schießen konnte. Er würde improvisieren müssen. Er würde seine Bremshand benutzen müssen. Aber...

Als die Scheinwerfer näher kamen, schob er die Waffe in die Außentasche an seinem Bein. Der Jeep huschte vorbei, und er sah Weather kurz und undeutlich hinter der Scheibe, ohne Parkakapuze und Mütze.

Er ließ den Schlitten an und fuhr ihr nach, indem er durch den flachen Graben auf der linken Seite der Straße glitt. Der Jeep gewann Vorsprung, dann noch etwas mehr. Seine Reifen wirbelten eine Wolke von Eis- und Staubpartikeln auf, die wie Kugeln gegen seinen Anzug und Helm prallten.

Sie fuhr schneller, als er erwartet hatte. Andere Schneemobile waren durch den Graben gefahren, also gab es so etwas wie eine Spur, verdeckt vom Schnee des heutigen Tages; dennoch war es keine richtige Fahrbahn. Er prallte auf einen Hügel mit Sumpfgras und fand sich plötzlich in der Luft wieder, klammerte sich an den Schlitten...

Bei Tageslicht, wenn er etwas sehen konnte, wäre der kurze Flug vielleicht spaßig gewesen, aber jetzt hätte er fast das Gleichgewicht verloren. Er landete mit einem harten

Aufprall, und der Schlitten bockte unter ihm und geriet aus der Spur. Er kämpfte darum, die Richtung zu halten. Er war fünfzig Meter hinter ihr. Er drehte das Gas auf, beschleunigte, ratterte über brüchigen Schnee, die Spitzen kleiner Büsche, unsichtbare Höcker, und seine Zähne klapperten bei der rücksichtslosen Fahrt.

Irgendwann an diesem Abend mußte ein Schneepflug über den Highway gefahren sein und unregelmäßige Wellen von weggepflügtem Schnee auf die Seite geworfen haben, die rechts an ihm vorbeihuschten. Er zog weiter nach links, weg von den Schneehaufen: Sie würden hart und unregelmäßig sein und ihn mit Sicherheit umkippen. Gleich da vorn waren Weathers Rücklichter. Er kam näher heran. Er fuhr schnell, entschieden zu schnell, als daß er noch rechtzeitig würde bremsen können, wenn plötzlich ein Hindernis im Kegel seiner Scheinwerfer auftauchte. Wenn dort ein Baum über den Graben gestürzt war, würde er dagegen prallen...

Gerade hatte er das gedacht, als er die Erhebung kommen sah; kaum erblickte er sie, wußte er, was es war: ein Heuballen, den man auf den Grund des Grabens geworfen hatte, um die Frühlingserosion zu verlangsamen. Der tiefe Schnee machte ihn zu einer perfekten Schanze für Schneemobile, aber er wollte nicht springen... Doch er hatte keine Zeit zum Ausweichen. Er hatte nur Zeit, sich anzuspannen, und dann war er wieder in der Luft.

Er landete mit einem harten Aufprall, wie eine Bombe. Der Schlitten rutschte durch den weicheren Schnee das linke Bankett hinauf. Er zwang ihn nach rechts, verlor die Kontrolle, fuhr auf dem rechten Bankett auf den angehäuften Schnee zu, riß den Lenker nach links und erreichte in einer langen Kurve wieder den Grund.

Geschafft.

Die Nerven des Eismanns waren zum Zerreißen gespannt, und er dachte einen Augenblick daran, aufzugeben;

aber sie war gleich *da vorn,* so nahe. Er biß die Zähne zusammen und beschleunigte wieder. Dreißig Meter. Zwanzig...

Weather schaute in den Seitenspiegel und sah den Scheinwerfer des Schlittens. Er kam schnell näher. Zu schnell. Idiot. Sie lächelte, als sie sich an die Empörung erinnerte, die letztes Jahr den ganzen Bezirk erfaßt hatte. Kreuzungen von Schneemobilbahnen und Landstraßen waren mit rautenförmigen Schildern markiert, auf denen die Silhouette eines Schneemobils abgebildet war. Wie die Zeichen für Wildwechsel, aber ohne Worte. Im Vorjahr hatte jemand mit schwarzer Sprühfarbe »Idiotenwechsel« auf die Hälfte der Schneemobil-Schilder in Ojibway County geschrieben. Er hatte es sorgfältig gemacht, mit einer Schablone, eine Woche lang jede Nacht ein paar Schilder. Die Zeitung war voll davon gewesen...

Davenport...

Ein Bild seines Gesichts, seiner Schultern und Hände erschien vor ihrem geistigen Auge. Er war angeschlagen, auf der Hut, als sei er verletzt worden und brauche Hilfe; gleichzeitig wirkte er unbeugsam und zäh. Sie war ihm gegenüber fast gehemmt gewesen und hatte sich dabei ertappt, daß sie versuchte, sein Interesse zu wecken. Statt dessen hatte sich das meiste, was sie gesagt hatte, an der Grenze zur Beleidigung bewegt. *Versuchen Sie, keinen zu erschießen...*

Gott, hatte sie das wirklich gesagt? Sie biß sich auf die Zunge. Warum? Sie hatte versucht, Eindruck auf ihn zu machen. Als er sich auf sie konzentriert hatte, war es gewesen, als schaue er geradewegs in ihr Inneres. Und das hatte ihr gefallen.

Das auf und ab hüpfende Licht in ihrem Seitenspiegel fiel ihr erneut ins Auge. Der Dummkopf auf dem Schneemobil fuhr noch immer im Graben, war aber fast auf ihrer Höhe. Sie schaute über die Schulter zurück. Wenn sie es recht in Erinnerung hatte, kam gleich die Forest Road. Dort gab es einen Kanal, und der Bursche würde sich zur Road katapultieren, wenn er versuchte, in diesem Tempo über das Bankett zu fahren. Spielte er Wettrennen mit ihr? Vielleicht sollte sie langsamer fahren…

Der Eismann war ganz in die Planung des Mordes vertieft; wenn er Sinn für Humor gehabt hätte, hätte er vielleicht gelacht. Er konnte nicht den Gashebel loslassen und mit ihr Schritt halten. Und wenn er die Bremse losließ… Er fühlte sich einfach nicht sicher, wenn er keinen Kontakt mit der Bremse hatte. Aber ihm blieb keine Wahl. Er nahm die Hand vom Bremshebel, öffnete die mit Klettband verschlossene Taschenklappe, nahm die Pistole fest in die Hand und zog sie heraus. Er war fünf Meter hinter ihr, drei Meter. Sah, wie sie sich nach ihm umdrehte…

Anderthalb Meter hinter ihr, fünf Meter links von ihr, etwas tiefer… der Schnee, den der Jeep aufwirbelte, prasselte auf ihn und prallte von seinem Helm ab. Ihre Bremslichter leuchteten auf, einmal, zweimal, dreimal. Sie bremste in Intervallen. Warum? Kam da etwas? Er konnte vor sich nichts sehen. Er hob die Waffe und stellte fest, daß er nicht auf das Fenster zielen konnte, nicht einmal auf die Fahrerkabine, von ihrem Kopf ganz zu schweigen. Er sah ihre Schläfe, als sie zurückschaute. Noch immer leuchteten ihre Bremslichter auf… Was war das? Was machte sie?

Er kam näher. Seine linke Hand hüpfte wild auf und ab, als er ungeschickt versuchte, sie quer vor dem Körper zu halten; die Fahrt wurde holpriger. Er wollte die Geschwindigkeit unbedingt halten. Die beiden Fahrzeuge rasten mit fünfzig Meilen pro Stunde dahin, dann mit fünfundvierzig, vierzig. Ihre Bremslichter leuchteten.

Endlich zischte er vor sich hin wie ein Reifen, dem die Luft ausgeht, ließ die Pistole auf sein Bein sinken und drehte das Gas zurück. Die ganze Sache war eine schlechte Idee. Während er verlangsamte, schob er die Pistole wieder in die Beintasche und legte die Hand auf die Bremse. Wenn er eine Schrotflinte und Tageslicht gehabt hätte, dann hätte es vielleicht geklappt.

Er schaute zu dem Jeep auf und sah ihr Profil, das blonde Haar... So nahe.

Er verlangsamte, verlangsamte noch mehr. Sie hatte aufgehört, in Intervallen auf die Bremse zu treten. Er drehte sich um, um den Verkehr zu prüfen. Und plötzlich war die Mauer da, direkt vor ihm. Er riß den Schlitten nach rechts, betätigte die Bremse, legte sich in die Kurve und zog die Maschine seitlich am Graben hoch... Ein Brocken gefrorenen Schnees hielt ihn auf, und die Maschine rutschte kreiselnd auf die Straße und blieb stehen.

Er saß in der plötzlichen Stille, atemlos und mit pochendem Herzen. Die Kreuzung der Forest Road mit der Seestraße: Er hatte sie vollkommen vergessen. Wenn er ihr weiter nachgejagt wäre, wäre er gegen die Enden der stählernen Kanalrohre geprallt. Er wäre tot. Er schaute auf das Bankett, und die Kälte drang ihm bis in den Magen. Zu dicht dran. Er schüttelte den Kopf, ließ den Schlitten wieder an und wandte sich heimwärts. Er drehte sich noch einmal um, ehe er losfuhr, und sah ihre Rücklichter hinter einer Kurve verschwinden. Er würde sie noch einmal jagen müssen. Und bald. Diesmal mußte er einen genauen Plan machen. Gründlich nachdenken...

Weather sah, wie das Schneemobil langsamer wurde und zurückfiel. Er mußte ihre Rücklichter gesehen haben. Sie hatte im Licht der Scheinwerfer die Kreuzungsschilder gesehen, und sie hatte hektisch in Intervallen auf die Bremse getreten in der Hoffnung, er werde begreifen.

Er hatte begriffen.

Okay. Sie sah sein Rücklicht erscheinen, ein winziger roter Punkt in der Dunkelheit, und schaltete das Radio ein. Duluth Public Radio spielte Mozarts *Eine kleine Nachtmusik*.

Und jetzt zu Davenport.

Sie mußte einfach noch einmal mit ihm reden. Und dazu war möglicherweise einige Planung erforderlich.

Sie lächelte vor sich hin. *So* hatte sie sich schon eine ganze Weile nicht mehr gefühlt.

4

Lucas folgte Carr den dunklen, verschneiten Highway entlang. Ein Holzlaster, auf dessen Anhänger sechs riesige Stämme festgekettet waren, ratterte an ihnen vorbei und hüllte sie in einen Hurrikan aus losem Schnee. Carr geriet mit den rechten Rädern in den tiefen Schnee am Straßenrand und kam fast nicht mehr heraus. Eine Minute später dröhnte ein Schneepflug mißmutig an ihnen vorbei, dann eine Gruppe von Schneemobilen.

Er beugte sich über das Steuer und spähte in die Dunkelheit. Die Nacht schien ihr Scheinwerferlicht zu fressen. Sie überholten den Schneepflug, und für einen Augenblick lag der Highway offen vor ihnen. Er griff in das Fach unter der Armlehne, fand ein Band und schob es in den Recorder. Die Stimme Joe Cockers ertönte und sang *Black-Eyed Blues.*

Lucas fühlte sich, als erwache er aus einem Opiumtraum; Spinnweben und Staub lösten sich langsam von seinem Gehirn. Im September hatte er Minneapolis verlassen, um sich in seine Hütte in Wisconsin, östlich von Hayward, zurückzuziehen und zu angeln. Er war nicht mehr zurückgefahren. Er war im Norden geblieben und hatte gegen den Winter gekämpft. Der Oktober war kalt gewesen. An Halloween hatte ein Wintersturm aus den südlichen Rockies getobt. Bevor er zu Ende war, lag ein halber Meter Neuschnee, und es gab über anderthalb Meter hohe Schneeverwehungen.

Im November hielt die Kälte an, und zwar mit kleinen Schneeschauern und gelegentlich unangenehmen Böen. Fast jede Woche kamen bis zu zehn Zentimeter Neuschnee dazu. Dann, am Freitag nach Thanksgiving, zog ein weiterer größerer Schneesturm durch und hinterließ noch mehr Schnee. Die Lokalzeitungen nannten ihn Halloween II und berichteten, das halbe Budget für die Schneeräumung sei bereits verbraucht. Vier Wochen vor Winteranfang.

Der Dezember war kalt gewesen, mit gelegentlichen Schneefällen. Dann, am zweiten und dritten Januar, zog ein Blizzard über das Land. Halloween III. Als er zu Ende war, hatten sich weitere anderthalb Meter Schnee angehäuft. Die Schneeverwehungen reichten bis an die Dachgesimse der Hütten am See.

Dic Leute sagten: »Ach, Sie hätten damals, im Jahre..., hier sein sollen.« Aber so etwas hatte niemand je erlebt.

Nachdem der Blizzard vorüber war, kam die Kälte.

In der Nacht des dritten Januar fiel das Thermometer auf der Veranda seiner Hütte auf minus vierunddreißig Grad. Überall wurden die Schulen geschlossen, und im Radio hieß es, man solle wenn möglich zu Hause bleiben. In den nächsten Nächten werde es womöglich noch kälter werden.

Fast nichts rührte sich. Ein defekter Holztransporter, ein liegengebliebener Schneepflug, ein paar Schneemobil-Freaks. Im Freien war es gefährlich; so kalt, daß es unheimlich war...

Er hatte gerade auf der Couch vor dem Kamin ein Schläfchen gemacht, als er das Klopfen gehört hatte. Er hatte sich aufgesetzt, doch das Klopfen hatte wieder aufgehört. Er runzelte die Stirn und fragte sich, ob er sich das Geräusch vielleicht nur eingebildet hatte. Er rappelte sich auf, ging zur Kellertreppe und lauschte. Nichts. Er trat ans Küchenfenster. Er sah den Wagen in der Einfahrt, und eine Sekunde später läutete die Glocke an der Vordertür. Aha. Wer immer das war, er hatte an die Garagentür geklopft...

Neugierig ging er zur Tür. Die Temperatur lag weit unter fünfunddreißig Grad minus. Er schaute durch das Glasfenster in der Tür. Ein Polizist, der eine russische Mütze mit heruntergeklappten Ohrwärmern trug.

»Ja?« Er erkannte den Uniformparka nicht.

»Sind Sie Davenport?« Henry Lacey, mit eingezogenen Schultern, stampfte mit den Füßen, weil ihm schon jetzt kalt war. »Hören Sie, wir haben drüben in Ojibway County ein Riesenproblem. Der Sheriff schickt mich, um zu fragen, ob Sie vielleicht kommen und sich das ansehen könnten. Mindestens drei Leute sind ermordet worden...«

»Kommen Sie rein... Wieso wissen Sie von mir?«

Lacey trat ein und sah sich um. Bücher, ein paar Landschaftsaquarelle an den Wänden, Fernseher und Stereoanlage, verlöschende Glut im Kamin, der Geruch von sauber brennendem Fichtenholz. »Der Sheriff hat im *Milwaukee-Journal* diese Geschichte über Sie gelesen und daß Sie hier oben wohnen. Er hat in Minneapolis angerufen, und sie sagten, Sie seien hier oben; also rief er den Sheriff von Sawyer County an und erfuhr Ihre Adresse. Und da bin ich...«

»Scheußliche Nacht«, sagte Lucas.

»Sie kennen noch nicht die Hälfte davon«, sagte Lacey. »Derartig kalt...«

Carrs Rücklichter blinkten auf, leuchteten dann stetig, und er bremste und blieb stehen, wobei er die Warnblinkanlage einschaltete. Lucas holte ihn ein und stoppte ebenfalls. Carr stieg aus und ging um die Vorderseite seines Wagens herum.

Lucas öffnete seine Tür und stieg aus. »Alles okay?«

»Hier ist ein Baum umgestürzt«, schrie Carr zurück.

Lucas ließ den Motor laufen, warf die Tür zu und tappte um Carrs Wagen herum. Die Kälte hatte einen großen Ast von einem Ahornbaum abgespalten, der über den Straßengraben und halb über die rechte Fahrspur gestürzt war. Carr griff nach dem dicksten Zweig, zerrte daran und bewegte ihn ein Stückchen. Lucas packte mit an, und zusammen zogen sie ihn von der Straße.

»Kalt«, sagte Carr, und sie eilten in ihre Wagen zurück. *Weather*, dachte Lucas. Ihr Bild kam ihm in den Sinn, als er hinter Carr weiterfuhr. Vielleicht ist *das* eine wirksame Methode, um warm zu werden, dachte er. Schon seit einer Weile hatte er nichts mehr mit Frauen zu tun gehabt, und er fing an, sie zu vermissen...

Grant erschien als Ansammlung orangefarbener Straßenlampen, gefolgt von einem Schild des Pines Motels, dann einem Hardee's und einer Unocal-Station, einer LP-Tankstelle und einem Videoverleih mit gelber Lichtreklame. Der Sheriff bog an der einzigen Ampel rechts ab, führte ihn durch das drei Blocks lange Geschäftsviertel, dann an einem halb im Schnee begrabenen Stopzeichen nach links und einen niedrigen Hügel hinauf. Zur Linken lag ein Hain von Fichten, der ein Park sein mochte.

Oben auf dem Hügel stand eine Kirche aus weißen Schindeln, umgeben von einem Hain von Rotfichten, mit einem kleinen Friedhof auf der Rückseite. Der Sheriff fuhr an der Kirche vorbei und hielt vor einem kleinen Ziegelbau mit erleuchteten Fenstern.

Im Licht seiner Scheinwerfer sah Lucas ein Schild: PFARRHAUS. Darunter, in kursiven Buchstaben: *Rev. Philip Bergen.* Er hielt hinter Carr am Straßenrand, stellte den Motor ab und stieg aus. Die Luft war so kalt und trocken, daß er das Gefühl hatte, seine Haut werde mit Sandpapier bearbeitet. Wenn er atmete, konnte er spüren, wie sich auf seinem Kinn und unter seiner Nase Eiskristalle bildeten.

»Dieser Holzlaster hätte uns fast geschafft«, sagte Lucas, als Carr aus dem Wagen kletterte. Dampfwölkchen stiegen von ihren Mündern und Nasen auf.

»Verdammter Narr«, sagte Carr. Dann fügte er hinzu: »Auf das hier freue ich mich auch nicht.«

Sie trotteten durch den Schnee über den Gehsteig vor dem Pfarrhaus und dann zur gedeckten Veranda hinauf. Carr drückte auf den Klingelknopf, ließ dann den Kopf sinken und wippte auf den Zehen. Ein Mann kam an die Tür, spähte aus dem Fenster und öffnete dann.

»Shelley, was ist da draußen passiert?« Bergen hielt die Tür auf, schaute Lucas neugierig an und fragte: »Sind sie tot?«

»Eh ..., ja. Lassen Sie uns die Stiefel ausziehen und dann reden«, sagte Carr. »Das ist unser neuer Deputy, Lucas Davenport.«

Bergen nickte, sah Lucas an, und auf seiner Stirn bildete sich zwischen den Augen eine Falte. »Erfreut, Sie kennenzulernen.«

Der Priester war an die Fünfzig, ein kantiger, beleibter Mann skandinavischer Herkunft mit blondem Haar und einem stets zweifelnden Ausdruck im blassen Gesicht. Er trug einen wollenen Island-Pullover und schwarze Hosen und ging auf Strümpfen. Seine Stimme klang weich und rund, und Lucas dachte, Bergen sei wohl kein feuriger, sondern eher ein sanfter Prediger.

Lucas und Carr ließen ihre Stiefel im Vorraum zu Boden fallen und gingen auf Strümpfen durch einen kurzen Flur ins Wohnzimmer, vorbei an einem strengen, italienisch wirkenden Kruzifix mit einem Bronze-Jesus. Carr schälte sich aus seinem Schneeanzug, und Lucas warf seinen Parka neben einen einfachen Holzstuhl und setzte sich.

»Also, was ist passiert?« fragte Bergen. Er lehnte sich an den Sims eines Kamins, in dem hinter einer Glastür die Überreste von drei Birkenscheiten schwelten. Ein Druck der Jungfrau Maria war hinter seiner Schulter zu sehen.

»Das da draußen war eigenartig.« Carr ließ seinen Anzug zu Boden fallen und hockte sich auf den Rand eines überladenen Sessels. Er stützte die Ellbogen auf die Knie, verschränkte die Finger und beugte sich dem Priester entgegen.

»Ja?« sagte Bergen und legte die Stirn in Falten.

»Als ich anrief, sagten Sie, bei den LaCourts sei alles in Ordnung gewesen, als Sie gingen.«

»Ja, alles bestens«, meinte Bergen und nickte. Er war sich seiner Sache sicher, unschuldig. »Sie wirkten nicht nervös. Wie wurden Sie überhaupt umgebracht? Ist es möglich, daß einer von ihnen...?« Er beantwortete seine Frage selbst, indem er den Kopf schüttelte: »Nein, nicht die LaCourts.«

»Ein Feuerwehrmann sah Ihren Jeep an der Wache vorbeifahren«, fuhr Carr fort. »Ein paar Sekunden später kam der Feueralarm. Als die Feuerwehrleute das Haus erreichten, vielleicht fünf oder sechs Minuten später, sah es so aus, als seien die LaCourts schon eine Weile tot. Eine halbe Stunde, vielleicht länger.«

»Das ist unmöglich«, sagte Bergen prompt. Er richtete sich auf, schaute von Lucas zu Carr. Seine Augen zeigten einen Schatten von Argwohn. »Shelly... Sie glauben doch nicht, daß *ich* etwas damit zu tun habe?«

»Nein, nein, wir versuchen nur, die Dinge klarzustellen.«

»Was machten die LaCourts denn, als Sie gingen?« fragte Lucas.

Bergen starrte ihn an und sagte dann: »Sie sind dieser Mann vom Morddezernat, der drüben in Sawyer County wohnt. Der Mann, der in Minneapolis gefeuert wurde.«

»Was haben sie gemacht?« wiederholte Lucas.

»Shelly?« Der Priester sah den Sheriff an, der den Blick abwandte.

»Wir müssen das klären, Phil.«

»Mr. Davenport ist ein ›Söldner‹, nicht?« sagte Bergen und sah wieder Lucas an.

»Wir brauchen ihn, Phil«, sagte Carr jetzt in fast flehendem Ton. »Wir haben niemanden sonst, der das machen kann. Und er ist ein guter Katholik.«

»Was haben die LaCourts gemacht?« fragte Lucas zum dritten Mal. Seine Stimme klang jetzt eine Spur schneidend.

Der Priester schürzte die Lippen, bewegte sie vor und zurück, dachte über Lucas und die Frage nach, seufzte dann und sagte: »Als ich ging, war bei ihnen alles in Ordnung. Keinerlei Anzeichen für ein Problem. Ich fuhr direkt hierher zurück und war noch hier, als Shelly anrief.«

»Die Feuerwehrleute sagen, daß ihre Zeitangabe stimmt«, sagte Lucas. »Sie sind sich ganz sicher.«

»Ich bin mir auch sicher«, versetzte Bergen barsch.

»Wie lange waren Sie dort, im Haus?« fragte Lucas.

»Fünfzehn Minuten ungefähr«, sagte Bergen. Er hatte sich umgedreht, um Lucas im Blick zu haben.

»Haben Sie etwas gegessen?«

»Törtchen. Und ich habe ein Glas Milch getrunken«, sagte Bergen.

»Waren die Törtchen heiß?«

»Nein, aber während wir uns unterhielten, hat sie sie glasiert.«

»Als Sie gingen, haben Sie da auf dem Rückweg irgendwo Station gemacht? Oder auch nur angehalten?«

»Nein...«

»Sie gingen also zu Ihrem Jeep, stiegen ein und fuhren so schnell, wie man vernünftigerweise fahren konnte, nach Hause...«

»Tja, vermutlich habe ich ein Weilchen im Jeep herumgefummelt, bevor ich abfuhr, ein oder zwei Minuten«, sagte Bergen. Er wußte, worauf sie hinauswollten, und begann, die Zeit zu dehnen. »Aber ich sah nichts Ungewöhnliches, bevor ich wegfuhr.«

»Lief der Fernseher?« fragte Lucas.

»Hm, nein, ich glaube nicht.«

»Und das Radio?«

»Nein. Wir haben uns unterhalten«, sagte Bergen.

»Lag eine Zeitung auf dem Tisch?«

»Ich weiß es einfach nicht mehr«, sagte Bergen, und seine Stimme wurde lauter. »Was sollen diese Fragen...?«

»Können Sie sich an irgend etwas erinnern, das für diesen Tag eigentümlich wäre, das Sie im Haus der LaCourts gesehen haben und das vielleicht noch da ist, das vielleicht das Feuer überstanden hat? Ein Buch, das auf einem Tisch lag? Irgend etwas?«

»Nun...« Der Priester kratzte sich seitlich an der Nase. »Nein, nichts Besonderes. Ich werde darüber nachdenken, es muß etwas geben.«

»Haben Sie auf die Uhr gesehen, als Sie nach Hause kamen?«

»Nein... Aber ich war noch nicht lange hier, als Shelly anrief.«

Lucas sah Carr an. »Shelly, könnten Sie im Revier anrufen und sich mit jemand beim Haus der LaCourts verbinden lassen. Die sollen dort einmal in die Küche gehen und nachsehen, ob es da eine Schüssel mit Kuchenglasur gibt...«

Er wandte sich wieder zu Bergen. »War die Glasur in einer Schüssel, oder hat sie sie aus einer dieser Büchsen genommen?«

»In einer Schüssel.«

Zu Carr: »Lassen Sie nachsehen, ob es auf dem Tisch eine Schüssel mit Glasur gab oder ob im Spülbecken Formen für Törtchen lagen.«

»Natürlich.«

»Vielleicht hatte sie sie abgespült«, meinte Bergen.

»Allzuviel Zeit hatte sie dazu wohl nicht«, sagte Lucas.

»Benutzen Sie das Telefon im Büro, Shelly«, sagte der Priester zu Carr.

Er und Lucas sahen zu, wie der Sheriff auf Strümpfen durch den Flur tappte. Dann fragte Lucas: »Ist Frank LaCourt mit nach draußen gegangen, als Sie wegfuhren?«

»Nein. Er verabschiedete sich an der Tür. Eigentlich am Küchentisch. Claudia kam mit an die Tür... Haben Sie katholische Schulen besucht?«

»Eine katholische High School«, sagte Lucas.

»Und ist es das, was man Ihnen beigebracht hat? Priester zu verhören?«

»Daß Sie Priester sind, beeindruckt mich überhaupt nicht«, sagte Lucas. »Sie haben all die Skandale in den letzten paar Jahren gesehen. Diese Sachen waren seit Jahren bekannt, und ihr Leute habt sie verheimlicht. In meiner High School gab es ein halbes Dutzend schwule Brüder, und jeder wußte das. Und sie haben mehr als nur ein paar Kinder geprägt.«

Bergen starrte ihn einen Augenblick an, wandte sich dann halb ab und schüttelte den Kopf.

»Hat Frank LaCourt Überkleidung getragen oder ausgesehen, als wolle er gleich ins Freie gehen?« sagte Lucas, die Befragung wieder aufnehmend.

»Nein.«

»Haben Sie dort sonst noch jemanden gesehen?«

»Nein.«

»Stand ein Paar Schneeteller von Frank herum?« fragte Lucas.

»Ich habe keine gesehen.«

»Haben Sie vor der Tür irgendwelche Spuren von Schneetellern gesehen?«

»Nein.« Bergen schüttelte den Kopf. »Nein, habe ich nicht. Aber es hat geschneit...«

»Sind Ihnen auf dem Rückweg irgendwelche Autos begegnet?«

»Nein... Wie weit ist es von der Feuerwache an der Ecke bis zu den LaCourts?«

»Etwas über eine Meile«, sagte Lucas.

Bergen schüttelte den Kopf. »Ich bin ein vorsichtiger Fahrer. Ich habe gesagt, daß es ein oder zwei Minuten dauerte, bis ich an die Ecke kam, aber zwei Minuten würden dreißig Meilen pro Stunde bedeuten. Ich bin keine dreißig gefahren. Wahrscheinlich bin ich viel langsamer gefahren. Und ich hatte meinen Anhänger hinter dem Wagen.«

»Mit dem Schneemobil?«

»Ja, ich war mit dem Club draußen gewesen, den Grant Scramblers, Sie können sich bei ihnen erkundigen.«

Carr kam wieder. »Sie sehen nach«, sagte er. »Sie rufen zurück.«

Lucas sah Carr an. »Wenn man annimmt, jemand wartet darauf, daß Pater Bergen geht, und lauert Frank LaCourt irgendwie draußen auf, bringt ihn auf der Stelle um, tötet dann die beiden anderen, steckt sofort das Haus in Brand und macht sich eiligst davon... Und wenn man ein bißchen zusätzliche Zeit zwischen der Ankunft der Feuerwehrleute und der Entdeckung der Leichen annimmt... Das könnte fast hinkommen.«

Carr sah Bergen an, der abzuwägen schien, was Lucas gesagt hatte. Er hatte Lucas als Feind eingeschätzt, aber nun hatte Lucas die Richtung gewechselt.

»Okay«, meinte Carr und nickte. Zu Bergen gewandt fügte er hinzu: »Ich habe Sie ungern damit belästigt, Phil, aber wir hatten wirklich ein Problem. Vermutlich können wir es aufklären... Als Sie dort waren, worüber haben Sie geredet? Ich meine, es war doch keine Art von Beichte, oder? Ich...«

»Wir haben über den Gottesdienst am Dienstag geredet und über eine Absprache mit den Baptisten. Ich wollte ein paar Grundregeln klarstellen.«

»Aha.« Jetzt sah Carr unbehaglich aus. »Nun ja, das können wir später besprechen...«

»Worum dreht es sich?« fragte Lucas.

»Kirchensachen, eine Streitfrage, die die Gemüter erregt«, sagte Carr.

»Könnte sie jemandem das Leben kosten?«

Bergen war erschrocken. »Du liebe Güte, nein. Vielleicht würde man deswegen nicht zu einer Party eingeladen, aber doch nicht umgebracht!«

Carr sah ihn an und runzelte die Stirn. Am anderen Ende

des Flurs läutete das Telefon, und der Priester sagte: »Ich gehe ran.« Einen Augenblick später kam er mit einem schnurlosen Hörer zurück und reichte ihn Carr. »Für Sie.«

Carr nahm ihn, sagte: »Hier ist der Sheriff«, dann: »Ja.« Er lauschte einen Augenblick und fuhr fort: »Okay, okay, ich komme gleich zu euch raus ... Okay.« Er drückte den *Aus*-Knopf und wandte sich an Lucas. »Im Spülbecken stand eine Schüssel, die benutzt worden sein könnte, um eine Glasur anzurühren. Sie war leer, aber es war die richtige Art von Schüssel.«

»Wie ich Ihnen gesagt habe«, sagte Bergen.

»Okay«, sagte Lucas.

»Wenn wir hier fertig sind, fahre ich wieder zu den La-Courts raus«, sagte Carr. Er hob seinen Schneeanzug auf und begann, ihn anzuziehen. »Tut mir leid, daß wir Sie gestört haben, Phil, aber wir mußten Sie fragen.«

»Diese Morde sind ... grotesk«, sagte der Pfarrer kopfschüttelnd. »Obszön. Ich werde anfangen, über eine Totenmesse nachzudenken, über etwas, das ich der Gemeinde sagen kann.«

»Das wird noch eine Weile dauern, wir müssen sie zur Autopsie nach Milwaukee schicken«, sagte Carr. »Ich melde mich wieder.«

Als sie draußen waren, fragte Carr: »Kommen Sie mit zu den LaCourts zurück?«

Lucas schüttelte den Kopf. »Nein. Da gibt's für mich nichts zu tun. Ich würde vorschlagen, daß Sie das Gelände absperren. Stellen Sie ein paar Deputies auf, um Neugierige und Kojoten fernzuhalten, und warten Sie auf die Leute aus Madison.«

»Das werd' ich machen. Eigentlich könnte ich das auch von hier aus regeln, aber ... Politik.« Er klang entschuldigend. »Ich werde in den nächsten paar Tagen oft da draußen sein müssen.«

Lucas nickte. »In Minneapolis ist es genauso.«

»Was ist mit Phil? Was glauben Sie?«

»Ich weiß nicht«, sagte Lucas. Irgendwo in der Ferne warf jemand eine Motorsäge an. Sie drehten sich beide in Richtung des Geräuschs um, aber man sah nichts außer Garagen- und Hoflichtern. Der Klang der Säge gab dem Gespräch einen drängenden Unterton. »Die Zeit reicht noch immer nicht. Nicht wirklich. Die Sache mit der Schüssel entlastet ihn kaum. Aber wer weiß? Vielleicht ist ein starker Windstoß über das Dach gefegt und hat LaCourt binnen zwei Minuten so mit Schnee bedeckt.«

»Könnte sein«, sagte Carr.

»Diese Sache mit den Baptisten – ist das wichtig?« fragte Lucas.

»Wichtiger, als er es dargestellt hat«, sagte Carr. »Was wissen Sie über die Pfingstkirchler?«

»Überhaupt nichts.«

»Die Pfingstkirchler glauben an direkten Zugang zu Gott. Die katholische Kirche dagegen lehrt, daß nur die Kirche Gottes Wort zuverlässig deutet. Sie traut der Idee eines unmittelbaren Zugangs nicht. Daraus ist in der Vergangenheit zuviel Schlechtes entstanden. Aber einige Katholiken – in letzter Zeit werden es immer mehr – glauben, daß man den Heiligen Geist direkt empfangen kann...«

»Ja?« Lucas stand diesen Dingen recht fern.

»Die Baptisten glauben ihrerseits auch an den direkten Zugang zu Gott. Also haben ein paar von den hiesigen Pfingstkirchlern, Claudia LaCourt zum Beispiel, vorgeschlagen, sich mit den Baptisten zusammenzutun, um gemeinsam den Geist zu empfangen...«

»Hört sich ziemlich ernst an«, sagte Lucas. Die Kälte begann, durch die Ränder seines Parkas zu dringen, und er zog die Schultern ein.

»Aber deswegen würde keiner töten. Es sei denn, es gibt da einen Irren, von dem ich nichts weiß«, sagte Carr. »Phil war aufgebracht, weil Claudia mit den Baptisten geredet hat, aber sie waren Freunde.«

»Was ist mit Frank? War er auch mit Bergen befreundet?«

»Frank war ein Chippewa«, sagte Carr. Er stampfte mit den Füßen auf und schaute in die Richtung der aufreizenden Kettensäge. »Er fand das Christentum amüsant. Aber er und Phil verstanden sich recht gut.«

»Okay.«

»Was werden Sie jetzt machen?« fragte Carr.

»In ein Motel gehen. Ich habe Kleidung für ein paar Tage bei mir. Wir können morgen alles organisieren. Wählen Sie ein paar Leute aus; ich schicke sie dann an die Arbeit. Wir brauchen vier oder fünf. Wir müssen mit den Freunden der LaCourts reden, mit den Kindern in der Schule, mit einigen Leuten draußen im Reservat. Und ich möchte mich mit diesen Feuerwehrleuten unterhalten.«

»Okay. Wir sehen uns dann morgen früh«, sagte Carr. Der Sheriff ging auf seinen Wagen zu und murmelte vor sich hin: »Herrgott, was für ein Durcheinander.«

»He, Sheriff?«

»Ja?« Carr drehte sich um.

»Diese Pfingstkirchler. Ich möchte nicht unhöflich klingen, aber ist das – ist das nicht eigentlich so was wie die Holy Rollers, so eine Art Sekte?«

Nach einem Augenblick nickte Carr und sagte: »So ähnlich.«

»Woher wissen Sie soviel über sie?«

»Ich bin einer von ihnen«, sagte Carr.

5

Bitter kalt brach der Morgen an. Die Wolken hatten sich verzogen, und in niedrigem Winkel fielen rasiermesserscharfe Sonnenstrahlen durch die Rotfichten, die das Motel umgaben. Lucas, steif von einem zu kurzen Bett und einem zu dicken Kopfkissen, zog den Reißverschluß seines Parkas zu, streifte die Handschuhe über und trat nach draußen. Sein Gesicht war weich und warm vom Rasieren; die Luft war eine eisige Ohrfeige.

Der älteste Teil von Grant war auf einem Hügel über dem Highway gegenüber dem Hotel errichtet worden, kleine, graue Häuser, deren Wäscheleinen in den Hintergärten im Schnee verschwanden. Wabernde Spiralen von grauem Holzrauch kringelten sich aus zweihundert Blechkaminen, und der ätzende Geruch von brennender Eichenrinde zog durch die Stadt wie ein schmutziger Tramp.

Lucas war in Minneapolis aufgewachsen und hatte an den städtischen Ufern des Mississippi das Fischen gelernt, im Schatten von Schornsteinen, Stromleitungen und sechsspurigen Brücken, wo sich tote Karpfen die Tümpel mit leeren Ölkanistern und abgefahrenen Reifen teilten. Als er als Erwachsener ernsthaft Geld zu verdienen begann, hatte er sich eine Hütte an einem stillen See in den North Woods von Wisconsin gekauft. Und angefangen, etwas über Kleinstädte zu lernen – über die merkwürdigen Vorzüge und Nachteile, die es hatte, jedermann zu kennen; darüber, mit Leuten zu reden, nach deren Familien Straßen, Seen und ganze Ortschaften benannt waren. Leute, die ihren Lebensunterhalt in den Wäldern verdienten, Touristen führten, Weihnachtsbäume züchteten, mit Netzen fischten und Fallen für Flußkrebse aufstellten, die als Köder dienten.

Nicht Minneapolis, aber es gefiel ihm.

Er gähnte und ging zu seinem Wagen. Er blinzelte in der

Sonne. Der Neuschnee knirschte unter seinen Füßen. Ein freundliches, vertrautes Gewicht zog an seiner linken Seite. Mit dem Parka war ein Taillenhalfter unpraktisch, und so hatte er seine 45er in ein Schulterhalfter gehängt. Die Pistole fühlte sich einfach *richtig* an. Es war schon eine Weile her, seit er eine getragen hatte. Er berührte mit der linken Hand den Reißverschluß des Parka, öffnete ihn ein wenig und grinste dann vor sich hin. Er übte. Nicht, daß er es nötig gehabt hätte.

Ojibway County war nicht Minneapolis. Wenn in Ojibway County jemand hinter ihm her wäre, würde er ein Jagdgewehr oder eine Schrotflinte nehmen, keine von diesen mickrigen 22ern. Und wenn jemand mit einer 30-06er mit Zielfernrohr käme, dann wäre seine 45er ungefähr so nützlich wie eine Steinschleuder. Trotzdem fühlte sie sich gut an. Wieder berührte er mit der linken Hand den Reißverschluß und schob im Geiste die rechte in den Parka.

Der Wagen hatte über Nacht in der brutalen Kälte gestanden, aber das Motel stellte Anschlüsse für Heizgeräte zur Verfügung. Lucas zog die Verlängerungsschnur aus der Steckdose und aus seinem Wagen, warf sie auf den Rücksitz, schaltete den Motor ein und ließ ihn laufen, während er auf eine kostenlose Tasse Kaffee in das Büro des Motels ging.

»Kalt«, sagte er zu dem Besitzer.

»Wenn's noch kälter wird, lege ich doch noch einen Winterschlaf ein«, sagte der Mann. Er hatte am frühen Morgen bereits Schnee geräumt. »Nehmen Sie auch'n Stück Gebäck, wir haben's günstig bekommen.«

»Danke.«

Noch immer strömte kalte Luft aus der Lüftungsklappe des Wagens, als Lucas zurückkehrte, den Kaffee und das Gebäck in einer Hand balancierend. Er schaltete die Lüftung aus und machte sich auf den Weg in die Stadt.

Was die LaCourt-Morde betrifft, gibt es eigentlich nur zwei Möglichkeiten, dachte er. Sie können von einem Fremden begangen worden sein, einem Mörder, der einen Raub begehen wollte und das Haus gewählt hat, weil es isoliert und abgelegen ist. Oder die Morde wurden aus einem bestimmten Grund begangen. Das Feuer legte nahe, daß es einen Grund gab. Ein gewöhnlicher Raubmörder hätte Frank LaCourts Leiche ins Haus geschleppt, die Türen verschlossen, die Lichter ausgeschaltet und wäre verschwunden. Es hätte Tage dauern können, bis die Morde entdeckt wurden. Doch bei dem Feuer konnte er nicht länger als fünfzehn oder zwanzig Minuten fort gewesen sein.

Wenn ein Ortsansässiger Feuer gelegt hatte, bedeutete das, daß es sich entweder um einen psychotischen Brandstifter handelte – wahrscheinlich – oder um jemanden, der etwas zu vertuschen hatte. Etwas, das auf ihn hindeutete. Fingerabdrücke, Samen. Persönliche Aufzeichnungen. Oder war das Feuer vielleicht gelegt worden, um die Ermittlungen auf die falsche Fährte zu lenken?

Die Waffe, die er bei Claudia LaCourt gefunden hatte und die nicht abgefeuert worden war, legte nahe, daß die LaCourts wußten, daß etwas im Gange war, aber nicht neunneun-eins angerufen hatten. Vielleicht war die Situation irgendwie mehrdeutig... hm.

Und das Mädchen mit dem fehlenden Ohr war vielleicht verhört worden. Noch ein Hinweis, daß es nicht um einen gewöhnlichen Raubmord ging...

Das Bild des Ohrs in dem Plastikbeutel fiel ihm wieder ein. Carr hatte sich gekrümmt und gewürgt, weil er ein Mensch war, wie auch die kleine LaCourt ein Mensch gewesen war. Gestern um diese Zeit hatte sie noch gelebt, am Telefon mit ihren Freundinnen geschwatzt, ferngesehen, Kleider anprobiert. Pläne gemacht. Jetzt war sie eine verkohlte Hülle.

Und für Lucas war sie eine Abstraktion: ein Opfer. Machte sie das weniger menschlich? Er lächelte halb bei dieser Selbstbetrachtung; Introspektion versuchte er zu vermeiden. Schlecht für die Gesundheit.

Doch in Wahrheit empfand er nicht viel für Lisa LaCourt. Er hatte zu viele tote Kinder gesehen. Babys in Mülltonnen, von ihren Eltern getötet; geprügelte und verstümmelte Kleinkinder; Dreizehnjährige, die einander – aufgeheizt vom Fernsehen – brutal niederschossen. Nicht daß die Älteren viel besser gewesen wären. Ehefrauen, mit bloßen Händen getötet, Ehemänner, mit Hämmern erschlagen, Homosexuelle, im wilden Eifersuchtswahn in Stücke gehackt. Nach einer gewissen Zeit wurde alles eins...

Andererseits, dachte er, wenn es *Sarah* gewesen wäre... Er preßte die Lippen fest aufeinander. Er konnte seine Tochter nicht mit den Bildern gewaltsamer Todesfälle in Verbindung bringen, die er im Laufe der Jahre gesammelt hatte. Sie paßten einfach nicht zusammen. Aber Sarah war jetzt fast schon ein Schulmädchen, sie würde in die Welt hinausgehen...

Er hatte das Steuerrad so fest umklammert, daß seine Knöchel weiß wurden. Er schüttelte den Gedanken ab und schaute aus dem Fenster. Die Main Street von Grant war eine drei Blocks lange Reihe schäbiger Schaufenster, die dicht an dicht nebeneinander lagen wie in einer Stadt im alten Westen. Anderswo wäre die Kombination der Geschäfte seltsam gewesen, aber für die North Woods war sie typisch: ein Waschsalon mit Buchhandlung und Bar, ein indianischer Souvenirladen, in dem es auch Computer gab, ein Spengler, der auch Satellitenschüsseln verkaufte. Es gab zwei Bäckereien, ein Möbelgeschäft, mehrere Versicherungsagenturen und Immobilienmakler, ein paar Anwälte. Das Bezirksgericht war ein niedriges, verschachteltes Gebäude aus Naturstein und Stahl am Ende der Main. Einige Streifenwagen standen auf einem Parkplatz dahinter, und Lucas stellte seinen Wagen dazu. Ein Kleinbus mit einem Augen-Logo war auf einem Besucherparkplatz vor der Tür abgestellt.

Ein herauskommender Deputy nickte ihm zu, sagte »Morgen« und hielt ihm höflich die Tür auf. Das Vorzimmer des

Sheriffs befand sich hinter einer zweiten Tür, dekoriert mit verblichenen Anti-Drogen-Plakaten und den Gerüchen von altem Nikotin und schlechten Nerven. Eine Reporterin und ein Kameramann lungerten in grünen Kunstledersesseln herum, die mit Brandlöchern von Zigaretten und mit Schlitzen versehen waren, die wie Schnitte von Rasiermessern aussahen. Die Reporterin arbeitete mit einem goldenen Stift und einem kleinen roten Pinsel an ihrem Lippenrot. Sie blickte auf, als Lucas eintrat. Er nickte, sie nickte zurück. In der Wand ihr gegenüber gab es eine Stahltür mit einem Fenster aus kugelsicherem Glas. Lucas ging an das Fenster, sah den leeren Schreibtisch dahinter und drückte auf den Klingelknopf unter dem Fenster.

»Das wird die bloß sauer machen«, sagte die Reporterin. Sie hatte ein spitz zulaufendes Fuchsgesicht mit winzigem Kinn, großen Augen und breiten Backenknochen, als sei sie speziell fürs Fernsehen gezüchtet. Sie preßte die Lippen aufeinander, ließ dann den Taschenspiegel zuschnappen, warf ihn in ihre Tasche und lächelte Lucas reflexhaft zu. Der Kameramann schlief.

»Ja? Woher kommt ihr?« fragte Lucas. Die Reporterin war sehr hübsch mit ihren flinken Augen und ihrer geübten Mimik; sie sah aus wie die moderne amerikanische Ausgabe einer Geisha. Weather könnte nie fürs Fernsehen arbeiten, dachte er. Ihre Gesichtszüge waren zu unverwechselbar. Aber sie könnte durchaus ein Filmstar sein...

»Milwaukee«, sagte sie. »Sind Sie von der *Star-Tribune?*«

»Nee.« Er schüttelte den Kopf und sagte nichts weiter.

»Polizist?« Die Reporterin richtete sich auf.

»Ein interessierter Zuschauer«, sagte Lucas und grinste sie an. »Viele Reporter hier?«

»Vermutlich«, sagte sie, und ein leises Stirnrunzeln erschien auf ihrem Gesicht. »Im Funk habe ich welche vom Lokalfernsehen reden hören, also sind sie hier irgendwo, und man sagt, welche von *Strib* seien gestern abend angekommen. Sicher draußen am See. Sind Sie einer von den Laborleuten aus Madison?«

»Nein«, sagte Lucas.

Eine gehetzte Frau mittleren Alters erschien hinter dem Glasfenster, spähte hindurch und sagte: »Davenport?«

»Ja.« Die Reporterin trug Parfum. Irgend etwas leicht Fruchtiges.

»Ich drücke den Türknopf«, sagte die Frau.

»FBI?« drängte die Reporterin.

»Nein«, sagte er.

Die Frau im Büro drückte auf den Summer, und als Lucas durch die Tür schlüpfte, rief die Reporterin: »Sagen Sie Sheriff Carr, daß wir auf jeden Fall etwas senden werden, ob er mit uns redet oder nicht.«

Carr hatte ein Eckbüro, das auf den Parkplatz, die Bezirksgarage und die lädierte Bronzestatue eines Landsers aus dem Ersten Weltkrieg hinausging. Die beigefarbenen Wände waren mit einem Dutzend Fotos von Carr mit anderen Politikern, drei Medaillen, einem Bachelor-Diplom der University of Wisconsin in River Falls und zwei Drucken von Briefmarkenmotiven mit Fischen geschmückt, wobei die eigentlichen Briefmarken auf die Passepartouts unter den Drucken geklebt waren. Ein Computer und ein Laserdrucker standen auf einem Nebentisch, und ein kompliziertes blaues Telefon mit dreißig Knöpfen beanspruchte eine Ecke eines ausladenden Schreibtischs aus Walnußholz. Carr saß hinter dem Schreibtisch und schaute düster über ein Tonbandgerät hinweg Henry Lacey an.

»Die Reporter sammeln sich«, sagte Lucas und lehnte sich an die Bürotür.

»Wie Schmeißfliegen«, sagte Carr und blickte auf. »Morgen. Kommen Sie rein.«

»Schmeißfliegen übertragen bloß Krankheiten«, sagte Lacey. »Reporter können einen den Job kosten.«

»Soll ich sie Bilder von dem Haus machen lassen?« fragte Carr Lucas. »Sie wollen unbedingt, daß ich sie reinlasse.«

»Warum nicht?« meinte Lucas. Er ließ sich auf einen Besucherstuhl fallen und machte es sich bequem.

Carr kratzte sich am Kopf. »Ich weiß nicht... scheint mir nicht richtig.«

»Ach, ist doch Quatsch«, sagte Lucas. »Das Äußere von einem verbrannten Haus bedeutet keinem was, vor allem nicht den Leuten in Milwaukee. Denken Sie darüber nach.«

»Hm, ja.« Carr widerstrebte noch immer.

»Wenn ich Sie wäre, würde ich einen kleinen Plan von der Örtlichkeit zeichnen und verteilen – wo die Leichen lagen und so weiter«, sagte Lucas. »Das schadet nichts, und die werden finden, daß Sie ein fabelhafter Kerl sind. Sie werden Sie in Ruhe lassen.«

»Das wäre nicht übel«, sagte Carr. Wieder kratzte er sich am Kopf und überlegte.

»Sind die Leute aus Madison gekommen?« fragte Lucas.

»Vor zwei Stunden«, sagte Lacey. »Sie sind draußen beim Haus.«

»Gut.« Lucas nickte. »Wie sieht's da draußen aus?«

»Wie gestern abend. Häßlicher. Unter Franks Kopf war eine gefrorene Blutlache, etwa so groß wie eine Milchkanne. In einer Stunde oder so bringen sie die Leichen weg, aber sie sagen, es würde zwei Wochen dauern, alle Spuren im Haus zu sichern.«

»Wir müssen sie antreiben. Es gibt da irgendwas, was wir brauchen, sonst hätte der Kerl das Haus nicht angezündet«, sagte Lucas gereizt. Zwei Wochen? Unmöglich. Sie brauchten die Informationen *jetzt.* »Sonst noch was Neues?«

»Ja. Wir haben einen Anruf gekriegt«, sagte Carr. Er griff über seinen Schreibtisch und drückte auf einen Knopf am Tonbandgerät. Musik ertönte, die Stimme einer Country-Sängerin, dann die Stimme eines Mannes: *Sagen Sie den verdammten Flachköpfen unten im FNR, daß sie sich von weißen Frauen fernhalten sollten, sonst kriegen sie dasselbe wie LaCourt.*

Lucas schob die Unterlippe vor und schüttelte den Kopf: Das war Blödsinn.

Die Musik wurde lauter, als habe jemand den Mund vom Telefonhörer entfernt, und dann sagte eine neue Stimme: *Gebt ihnen einfach 'ne Sechserpackung Schlitz und schickt sie mit den Niggern nach Chicago runter.*

Wieder ertönte die Musik, dann hörte man ein paar unverständliche Worte, ein bellendes Lachen, ein Klicken und dann nichts mehr.

»Sie riefen über die Nummer neun-eins-eins an, die die Anrufe automatisch zurückverfolgt. Kam aus einer Telefonzelle bei der Legion Hall. Da draußen waren vielleicht fünfzig Leute«, sagte Lacey. »Größtenteils betrunken.«

»So hat sich's angehört, nach Betrunkenen«, stimmte Lucas zu. Zeitverschwendung. »Was ist FNR? Das Reservat?«

»Ja. Forêt Noir«, sagte Carr. Er sprach es Forä Nwar aus. »Es ist bloß so, daß fast jeder in der Stadt noch vor heute nachmittag von dem Anruf wissen wird. Das Mädchen in der Telefonzentrale hat es im ganzen Gerichtsgebäude rumerzählt. Die Typen von der Presse werden herkommen... Wir müssen dem FBI Bescheid sagen. Bürgerrechte von Minderheiten und so.«

»Ach, nein«, stöhnte Lucas und schloß die Augen. »Bloß kein FBI...«

»Nicht zu umgehen«, sagte Carr und schüttelte den Kopf. »Ich werd's versuchen, sie fernzuhalten, aber ich wette, bis zum Wochenende sind sie da.«

»Erzählen Sie ihm von dem Windigo«, sagte Lacey.

»In der Reservation gehen Gerüchte um, die Kälte hätte einen Windigo angezogen«, sagte Carr und sah noch düsterer aus.

»Ich hab davon gehört«, sagte Lucas, »aber ich weiß nicht recht...«

»Kannibalische Geister, die durch die Schneeverwehungen schweifen und Menschen fressen«, sagte Lacey. »Wenn Sie einen sehen, bringen Sie ihn zum Verhör hierher.«

Er und Carr fingen an zu lachen, dann sagte Carr: »Wir werden hysterisch.« An Lucas gewandt fügte er hinzu: »Ich hab überhaupt nicht geschlafen... Ich habe ein paar Leute ausgesucht, die mit Ihnen arbeiten sollen, sechs Personen, die schlauesten, die wir haben. Sie sind unten in der Kantine. Sind Sie soweit?«

»Ja. Also los«, sagte Lucas.

Die Deputies saßen um ein halbes Dutzend wackliger Tische, tranken Kaffee und kauten Schokoladeriegel. Sie nahmen Lucas in Augenschein. Carr zeigte mit dem Finger auf sie und nannte ihre Namen. Fünf von den sechs trugen Uniform. Der sechste, ein älterer Mann, hatte Jeans und einen dicken Pullover an und eine Automatik schräg in seinem Gürtel stecken.

»... Gene Climpt, Ermittler«, sagte Carr und zeigte auf ihn. Climpt nickte. Sein Gesicht war vom Wetter gegerbt wie ein Stück Treibholz aus dem See, sein Blick mißtrauisch und aufmerksam. »Sie haben ihn gestern abend beim Haus kennengelernt.«

Lucas nickte Climpt zu und sah sich dann im Raum um. Die besten Leute des Reviers, hatte Carr gesagt. Mit zwei Ausnahmen waren alle weiß und dicklich. Der eine war ein Indianer, und Climpt, der Ermittler, war dürr wie ein Blitzableiter. »Der Sheriff und ich haben uns gestern abend ein paar Vorgehensweisen überlegt«, begann Lucas. »Heute werden wir anfangen, mit den Leuten zu reden. Ich werde mit den Feuerwehrleuten sprechen, die zuerst beim Haus draußen waren. Wir müssen auch die persönlichen Freunde der LaCourts finden, die Schulfreunde ihrer Tochter und die Leute, die zu der religiösen Gruppe gehören, in der Claudia LaCourt Mitglied war...«

Sie sprachen zwanzig Minuten lang und teilten die vorbereitenden Aufgaben auf. Climpt nahm zwei Deputies mit, um Freunde der LaCourts aufzuspüren, und er würde auch mit den Stammesleuten über irgendwelche Probleme reden, die LaCourt vielleicht bei seiner Arbeit im Casino hatte. Zwei weitere Deputies – Russell Hinks und Dustin Bane, Rusty und Dusty – würden die Schule übernehmen. Der letzte Mann würde in alle Häuser an der Seestraße gehen und fragen, ob jemand vor dem Haus etwas Ungewöhnliches gesehen hatte. Am Vorabend hatte Climpt bereits den Anfang gemacht.

»Ich melde mich im Laufe des Tages und erkundige mich«, sagte Lucas. »Wenn jemand irgendwas findet, ruft mich an. Was auch immer es sei.«

Als die Deputies sich aufmachten und ihre Mäntel und Jacken anzogen, wandte sich Carr an Lucas und sagte: »Da ist noch einiger Papierkram, bevor Sie gehen. Ich möchte Sie legalisieren.«

»Klar.« Er folgte Carr in den Korridor, und als sie außer Hörweite der anderen Deputies waren, fragte er: »Dieser Climpt... Wird er mit mir zusammenarbeiten? Oder wird er Probleme machen?«

»Warum sollte er?« fragte Carr.

»Ich mache einen Job, mit dem er vielleicht gerechnet hatte.«

Carr schüttelte den Kopf. »So ist Gene nicht. Überhaupt nicht.«

Bergen kam in den Flur getrottet, blickte suchend um sich und erblickte Carr. »Shelly...« rief er.

Carr blieb stehen und drehte sich um. Bergen trug Thermohosen und einen dreiviertellangen Parka, eine orangefarbene Jagdmütze, Skifäustlinge und schwere Schneestiefel. Er sah eher wie ein unförmiger Holzfäller aus als wie ein Priester. »Phil, wie geht's?«

»Das müßten Sie eigentlich wissen«, sagte Bergen scharf, zog seine Handschuhe aus und klopfte damit gegen sein Bein, während er durch den Gang kam. »In der ganzen Stadt heißt es: Bergen war's. Bergen hat die LaCourts umgebracht. Heute morgen zur Messe waren nur halb so viele Gemeindemitglieder da wie sonst. Wenn die morgen auch noch kommen, hab ich Glück gehabt.«

»Phil, ich weiß nicht...«, begann Carr.

»Verscheißern Sie mich nicht, Shelly«, sagte Bergen. »Die Gerüchte kommen aus diesem Büro. Ich bin der Hauptverdächtige.«

»Wenn die Gerüchte aus diesem Büro kommen, werde ich ihnen ein Ende machen, weil Sie nicht der Hauptverdächtige sind«, sagte Carr. »Wir haben überhaupt keine Verdächtigen.«

Bergen sah Lucas an. Seine Unterlippe zitterte, und er schüttelte den Kopf. Er wandte sich wieder an Carr: »Sie kommen ein bißchen zu spät, Shelly; und ich sage Ihnen, ich finde mich nicht damit ab. Ich habe einen Ruf, und Sie und Ihr angeheuerter Revolverheld...«, er schaute wieder Lucas an und dann Carr, »...ruinieren ihn. Das nennt man Rufmord!«

Carr faßte ihn am Arm und sagte: »Kommen Sie in mein Büro, Phil.« Zu Lucas sagte er: »Gehen Sie den Flur entlang bis zum Ende und fragen Sie nach Helen Arris.«

Helen Arris war die wuschelköpfige Büroleiterin, eine Frau, die vierzig, fünfzig oder Anfang sechzig sein mochte. Sie kaute Kaugummi und nannte ihn Herzchen und erledigte den Papierkram in fünf Minuten. Als sie damit fertig waren, machte sie mit einer Polaroid eine Aufnahme von ihm, schob das Foto in eine Plastikhülle, steckte sie in ein Verschweißgerät, drückte es zu, wartete zehn Sekunden und reichte ihm dann eine funkelnagelneue Ausweiskarte.

»Seien Sie vorsichtig da draußen«, sagte sie. Lucas kam sich vor wie jemand in einem Fernsehkrimi.

Lucas holte sich aus dem Wagen ein Notizbuch und entschloß sich, zu Fuß zu Grant Hardware, dem Eisenwarengeschäft, zu gehen, einen Block zurück in Richtung Highway. Das würde ein langer Tag werden. Falls sie die Morde aufklärten, dann binnen einer Woche. Und je mehr sie gleich zu Anfang erfuhren, desto besser waren ihre Chancen...

An der Ecke befand sich ein winziger Buch- und Zeitschriftenladen, wo er sich ein *Wall Street Journal* kaufte; dann kam er noch an einem T-Shirt-Geschäft, einer Schuhmacherwerkstatt und einer der Bäckereien vorbei, ehe er in der Mitte des Blocks die Straße überquerte und den Eisenwarenladen erreichte. Im Schaufenster stand ein Schneegebläse neben einem Stapel Videorecorder und kürbisfarbenen Plastikschlitten. Eine Türglocke läutete, als Lucas eintrat, und der Geruch von heißem Kaffee hing in der Luft. Hinter der Theke saß ein Mann auf einem Holzstuhl, las ein *People*-Magazin und trank aus einer großen Porzellantasse Kaffee. Lucas ging zur Theke. Alte Holzdielen knarrten unter seinen Füßen.

»Dick Westrom?«

»Das bin ich«, sagte der Mann hinter der Theke.

»Lucas Davenport. Ich bin...«

»Der Ermittler, ja.« Westrom stand auf und beugte sich über die Theke, um ihm die Hand zu geben. Er war dick, fünfzig Pfund zu schwer für seine Größe, und hatte blondes, grau werdendes Haar und große, wäßrige Kuhaugen, die Lucas nicht ansahen. Er wies mit dem Kopf auf einen zweiten Stuhl am anderen Ende der Theke. »Mein Mädchen holt was zu essen, sonst ist keiner da... wir könnten hier reden, wenn Ihnen das recht ist.«

»Sehr gut«, sagte Lucas. Er zog seine Jacke aus, ging um die Theke herum und setzte sich. »Ich muß wissen, was gestern abend passiert ist, den ganzen Ablauf.«

Westrom hatte Frank LaCourts Leiche gefunden. Er war beinahe darüber gestolpert, als er den Schlauch aus dem Feuerwehrauto ausrollte.

»Sie haben ihn nicht gleich da liegen sehen?« fragte Lucas.

»Nein. Das Licht kam größtenteils von dem Feuer, es flackerte, wissen Sie, und Frank lag unter einer Schneeschicht«, sagte Westrom. Er hatte eine vertrauliche Art zu reden, aus dem Mundwinkel, als verrate er auf einem Gefängnishof Geheimnisse. »Wenn man direkt vor ihm stand, war er leicht zu sehen, aber aus ein, zwei Metern Entfernung... Teufel, da konnte man ihn fast überhaupt nicht erkennen.«

»Und da merkten Sie zum ersten Mal, daß da Tote waren?«

»Nun, ich fürchtete schon, daß drinnen jemand war, der Geruch, wissen Sie. Das fiel uns auf, sobald wir eintrafen, und ich glaube, Duane sagte etwas wie: ›Da sind Tote drin.‹«

Westrom beharrte darauf, daß der Priester Sekunden vor der Meldung an der Feuerwache vorbeigekommen war:

»Hören Sie, ich habe nichts gegen Phil Bergen«, sagte Westrom mit einem Seitenblick. »Shelly Carr versuchte, gestern abend ein paar zusätzliche Minuten aus mir herauszuholen, also weiß ich, worauf *er* aus ist. Aber ich sag Ihnen was: Ich hab ein paar Schinkensandwiches heiß gemacht...«

»Ja?« sagte Lucas in neutralem Ton, um Westrom nicht zu unterbrechen.

»Und Duane sagte: ›Da fährt Pater Phil. Scheußliche Nacht, um draußen zu sein.‹ Duane stand am Fenster, und ich sah Phil vorbeifahren. In dem Moment ertönte der Summer von der Mikrowelle. Ich meine, *genau* in dem Moment, als ich nach den Rücklichtern sah. Ich sagte: ›Tja, er ist ein großes Tier mit einer protzigen Karre, also kann er hingehen, *wo* er will und *wann* er will.‹«

»Hört sich an, als würden Sie ihn nicht mögen«, sagte Lucas. Und Lucas mochte Westrom nicht, dessen Augen ständig hin und her huschten.

»Tja, persönlich mag ich ihn nicht. Aber das spielt keine

Rolle, und er kann tun, was er will«, sagte Westrom. Er schürzte mißbilligend die Lippen. Sein Blick streifte Lucas' Gesicht und wich dann wieder aus. »Jedenfalls, ich nahm die Sandwiches raus, sie sind in so einer Zellophanverpackung, ohne mir die Finger zu verbrennen. Ich sagte: ›Komm, sie sind fertig‹, da läutete das Telefon. Duane nahm den Hörer ab und sagte: ›Oh, Scheiße.‹ Er hat den Code eingegeben, für die Piepser, und gesagt: ›Es ist bei den LaCourts, gehen wir.‹ Ich stand immer noch mit den Sandwiches da. Ich hab sie nie geöffnet. Phil war noch keine zehn Sekunden vorbei. Shelly wollte mich dazu bringen, daß ich sage, es wären ein oder zwei oder drei Minuten gewesen, aber so war es nicht. Es waren nicht mehr als zehn Sekunden, vielleicht auch nur fünf.«

»Aha.« Lucas nickte.

»Fragen Sie Duane«, sagte Westrom. »Er wird es Ihnen bestätigen.«

»Ist Duane ein Freund von Ihnen?«

»Duane? Ach, nein. Ich komme gut mit ihm aus. Aber privat, wissen Sie... verkehren wir nicht miteinander.«

»Wissen Sie irgend etwas, das Pater Bergen gegen die LaCourts haben könnte?«

»Nein. Aber er stand Claudia nahe«, sagte Westrom mit deutlicher Betonung des Wortes *nahe*.

»Wie nahe?« fragte Lucas und legte den Kopf schräg.

Westroms Blick wanderte um Lucas herum, ohne auf etwas zu verweilen. »Claudia hatte einen gewissen Ruf, bevor sie Frank heiratete. Sie ist viel herumgekommen. Außerdem war sie ein hübsches Ding, sie hatte so große...« Westrom legte die gewölbten Hände vor die Brust und ließ sie ein paarmal wippen. »Und Phil... er ist schließlich ein Mann. Priester zu sein und all das ist sicher nicht leicht.«

»Sie meinen, er und Claudia hätten was miteinander gehabt?« fragte Lucas.

Westrom rutschte auf seinem Stuhl nach vorn und sagte in vertraulichem Ton: »Davon weiß ich nichts. Vermutlich hätten wir davon gehört, wenn sie es getan hätten. Aber vielleicht hatten sie früher mal was miteinander. Vielleicht wollte Phil wieder anfangen oder so...« Westroms Nase zuckte.

»Wie viele schwarze Jeeps gibt's in Ojibway County?« fragte Lucas. »Müssen etliche sein.«

»Nein, garantiert nicht, nicht im Winter. Keine Grand Cherokees – solche Autos fahren meistens die Sommergäste. Außer dem von Phil fällt mir keiner ein.« Er sah Lucas neugierig an. »Sind Sie katholisch?«

»Warum?«

»Weil Sie sich anhören, als versuchten Sie, eine Entschuldigung für Phil Bergen zu finden.«

Auf der ersten Seite von Lucas' Notizbuch standen *Westrom* und *Helper.* Er machte einen Strich durch Westrom, ließ den Wagen an und fuhr in Richtung Highway 77 und der Feuerwache.

Bei Tageslicht, im Sonnenschein und frisch geräumten Straßen dauerte die halbstündige Fahrt von gestern abend nur noch zehn Minuten. Von den hochgelegenen Stellen der Straße aus konnte er endlos weit über die schwarzen Fichtenwälder sehen, die durchschnitten wurden vom silbrigen Glanz der zugefrorenen Seen.

Die Feuerwache war ein braunes Holzhaus auf einem Betonsockel in einem Fichtenhain, gleich neben dem Highway. Ein Ende des Gebäudes wurde von drei riesigen Garagentüren für die Löschwagen beherrscht. Das Büro lag am anderen Ende und hatte eine Reihe kleiner Fenster. Lucas parkte in einer der vier geräumten Parkbuchten, ging in das Büro und fand es leer. Eine weitere Tür führte in ein Hinterzimmer, und Lucas schaute hinein.

»Hallo?«

»Ja?« Ein kräftiger blonder Mann saß an einem Arbeitstisch und zerlegte im Schein einer starken Lampe eine Angelrolle. Ein dünner, fast durchsichtiger Bart bedeckte sein aknenarbiges Gesicht. Seine Augen waren blau, sein Blick argwöhnisch. Hinter ihm befand sich eine kleine Kochnische. Am anderen Ende des Zimmers standen eine zusammengebrochene Couch, zwei alte Sessel und zwei hölzerne Küchenstühle vor einem Farbfernseher. An der dritten Wand zogen sich Spinde entlang, von denen jeder den Nachnamen eines Mannes trug. Eine weitere Tür führte in die Garage und eine Treppe in ein Zwischengeschoß.

»Ich suche Duane Helper«, sagte Lucas.

»Das bin ich. Sie müssen Davenport sein«, sagte Helper. Er hatte eine kräftige, dröhnende Stimme, und er stand auf, um Lucas die Hand zu geben. Er trug Jeans mit breiten roten Hosenträgern über einem blauen Arbeitshemd. Seine Hand war dicklich wie sein Körper und mit Schwielen bedeckt. »Aus der Seestraße ist eben eine ganze Karawane von Fernsehleuten gekommen. Der Sheriff hat ihnen erlaubt, Bilder von dem Haus zu machen.«

»Ja, das hatte er vor«, sagte Lucas.

»Wie ich hörte, ist Phil Bergen der Hauptverdächtige.« Er sagte das unverblümt und herausfordernd.

Lucas schüttelte den Kopf. »Wir haben bisher noch keine Verdächtigen.«

»Das hab ich anders gehört«, sagte Helper. Im Fernsehen lief eine Spielshow, und Helper nahm die Fernbedienung zur Hand und schaltete das Gerät aus.

»Dann ist das, was Sie gehört haben, falsch«, erwiderte Lucas scharf. Helper schien Streit zu suchen. Er hatte ein verschlossenes Gesicht und verkniffene Augen; wenn er sich mit den Fingern durch den Bart fuhr, wirkten sie zu kurz für ihre Dicke und sahen aus wie Würstchen. Lucas setzte sich an den runden Tisch ihm gegenüber, und sie gingen den Zeitablauf durch.

»Ich erinnere mich, daß ich den Wagen gesehen habe, aber ich weiß nicht mehr, ob es genau in dem Moment war, in dem die Feuermeldung kam«, sagte Helper. »Ich dachte, ich wäre auf und ab gegangen und hätte aus dem Fenster gesehen, und danach hätten wir über etwas anderes geredet, und ich wäre wieder zum Fenster gegangen, als der Alarm kam. Aber Dick hat es anders in Erinnerung.«

»Wie sicher sind Sie? So oder so?«

Helper rieb sich die Stirn. »Dick hat vermutlich recht. Wir haben darüber geredet, und er war sicher.«

»Wenn Sie zweimal zum Fenster gegangen sind, wieviel Zeit ist dann wohl zwischen den beiden Malen vergangen?« fragte Lucas.

»Tja, ich weiß nicht, vermutlich nur ein oder zwei Minuten.«

»Haben Sie Bergens Jeep tatsächlich aus der Seestraße kommen sehen?«

»Nein, aber das war der Eindruck, den ich hatte. Er fuhr langsam, als er vorbeikam, selbst wenn man die Schneeverhältnisse bedenkt, und beschleunigte dann. Als sei er gerade auf die 77 eingebogen.«

»Okay.« Lucas stand auf und ging zur Treppe hin.

»Was ist da oben?«

»Da oben ist ein Raum mit Schlafkojen. Ich wohne im hinteren Teil. Ich bin hier der einzige berufsmäßige Feuerwehrmann.«

»Haben Sie vierundzwanzig Stunden am Tag Dienst?«

»Tagsüber und am frühen Abend habe ich frei, wenn wir Freiwillige finden, die übernehmen«, sagte Helper. »Aber die meiste Zeit bin ich hier, ja.«

»Aha.« Lucas sah sich im Raum um, den Daumennagel gegen die Schneidezähne gepreßt, und dachte nach. Das Zeitproblem wurde allmählich schwierig. Er schaute Helper an. »Was ist mit Pater Bergen? Kennen Sie ihn?«

»Eigentlich nicht. Ich glaube, ich habe noch keine sechs Worte mit ihm gewechselt. Aber er trinkt. Er hat einen Strafzettel wegen Trunkenheit am Steuer gekriegt, aber...« Er verstummte und wandte den Blick ab.

»Aber was?« Helper hielt demonstrativ etwas zurück.

»Sheriff Carr ist im Vorstand der Bezirksfeuerwehr«, sagte Helper.

»Ja, und?« Lucas gab sich bewußt ziemlich barsch.

»Er ist ganz dick mit Bergen. Ich weiß, daß Sie von außerhalb sind, aber wenn ich rede und Shelly davon erfährt, könnte mir das schaden.« Helper ließ diese Feststellung in der Luft hängen.

Lucas dachte darüber nach. Vielleicht versuchte Helper, einen Verbündeten zu gewinnen oder einen Keil zwischen ihn und Carr zu treiben. Aber wozu? Höchstwahrscheinlich machte er sich genau aus dem Grund Sorgen, den er genannt hatte: Es ging um seinen Job. Lucas schüttelte den Kopf. »Er erfährt nichts davon, wenn es nicht notwendig ist. Und selbst wenn es notwendig ist, kann ich die Quelle für mich behalten. Wenn ich es für vernünftig halte.«

Helper sah ihn einen Augenblick abschätzend an und schaute dann durch das Fenster auf die Straße. »Also gut. Zunächst über das betrunkene Fahren. Shelly hat das in Ordnung gebracht. Hat es zweimal in Ordnung gebracht, vielleicht noch öfter.«

Er schaute Lucas an. Da kommt noch mehr, dachte Lucas. Helper hatte die Rücknahme der Strafzettel nur zum Test erwähnt. »Was noch?« drängte er.

Helper machte den Mund auf: »Es gibt Gerüchte, daß Pater Bergen... Es heißt, als vorsichtiger Vater sollte man seinen Sohn nicht in seinem Chor singen lassen.«

»Er ist schwul?« Schwul wäre interessant. Kleinstadtschwule standen unter allen möglichen Arten von Druck, vor allem, wenn sie sich versteckten. Und ein Priester...

»Das habe ich jedenfalls gehört«, sagte Helper. Und vorsichtig fügte er hinzu: »Ist bloß Klatsch. Ich hab nie groß darüber nachgedacht. Tatsächlich glaube ich nicht, daß es stimmt. Aber ich weiß nicht. Bei dieser Sache, diesen Morden, dachte ich, daß Sie vermutlich alles hören wollen...«

»Natürlich.« Lucas machte sich eine Notiz.

Sie redeten noch fünf Minuten, dann stapften drei Streifenbeamte herein, die vom Dienst beim Haus der LaCourts kamen. Sie froren und gingen gleich zur Kaffeemaschine. Helper stand auf, um noch eine Kanne zu kochen.

»Irgendwas los unten beim Haus?« fragte Lucas.

»Nicht viel. Die Leute aus Madison kriechen überall herum«, sagte einer der Deputies. Sein Gesicht war rot wie ein rohes Steak.

»Ist der Sheriff unten?«

»Er ist ins Büro zurückgefahren, wollte mit ein paar von den Fernsehleuten reden.«

»Aha, gut.«

Lucas sah Helper an, der mit der Kaffeemaschine beschäftigt war. Kleinstadtfeuerwehrmann. Er hörte vieles, saß jede Woche mit zwanzig oder dreißig verschiedenen freiwilligen Feuerwehrleuten zusammen, und sie hatten nicht viel zu tun...

»Danke«, sagte er. Er nickte Helper zu und ging zur Tür. Als er das Gebäude verließ, hörte er hinter sich das Telefon. Wieder fiel der Wind ihn an, und er stemmte sich dagegen und eilte um seinen Wagen herum. Er suchte gerade nach dem Schlüssel, als Helper den Kopf aus der Tür streckte und rief: »Da ist ein Deputy, der Sie sucht.«

Lucas ging wieder hinein und nahm den Hörer auf. »Ja?«

»Hier ist Rusty, in der Schule. Am besten setzen Sie Ihren Arsch in Bewegung und kommen her...«

Die Grant Junior High School war ein rotes Ziegelrechteck mit einem von Blaufichten umgebenen Rasen davor. Ein Mann im Schneeanzug arbeitete auf dem flachen Dach; er schob den Schnee herunter, das Scharren war in der kalten Luft meilenweit zu hören. Lucas parkte vor der Schule, zog den Reißverschluß seines Parka zu und streifte die Skihandschuhe über. Weiter unten in der Straße zeigte ein Schild an einer Bank Uhrzeit und Temperatur an – neunundzwanzig Grad minus. Die Sonne am südlichen Himmel war so blaß wie eine alte Silbermünze.

Als Lucas hereinkam, wartete Bob Jones vor dem Büro des Direktors. Jones war ein Mann mit rundem Gesicht, einer Halbglatze, rosigen Wangen, kurzem schwarzen Schnurrbärtchen und dem berufsmäßig beschwichtigenden Lächeln des Schulleiters. Er trug einen blauen Anzug und ein weißes Hemd mit steifem Kragen; seine Krawatte hatte patriotische rote, weiße und blaue Schrägstreifen.

»Sehr erfreut«, sagte er, als sie sich die Hände reichten. »Ich habe von Ihnen gehört. Tolle Sachen... Kommen Sie, ich führe Sie zum Konferenzraum. Der Junge heißt John Mueller.« Die Schule hatte breite Flure, die in Anstaltsbeige gestrichen waren, und braune Spinde zwischen Pinnwänden aus Kork. Es roch nach verschwitzten Socken, Papier und den Abfällen aus Bleistiftspitzern.

Jones sagte: »Ich hätte gern, daß Sie mit Johns Vater über diese Sache sprechen. Wenn Sie mit ihm fertig sind. Ich glaube nicht, daß es gesetzliche Probleme gibt, aber wenn Sie mit ihm reden könnten...«

»Natürlich«, sagte Lucas.

Rusty und Dusty saßen am Konferenztisch und tranken Kaffee. Rusty hatte die Füße auf die Tischplatte gelegt. Sie waren beide groß und kräftig, hatten eckige Gesichter, weiße Zähne und raffiniert lässige Haarschnitte; Rusty war ein Chippewa, Dusty hatte die transparente Blässe des reinblütigen Schweden. Rusty nahm eilig die Füße vom Tisch, als Lucas und Jones hereinkamen, und hinterließ auf der Platte eine Pfütze von schmutzigem Wasser.

»Wo ist der Junge?« fragte Lucas.

»Wieder im Matheunterricht«, sagte Dusty.

»Ich werde ihn holen«, erbot sich Jones. Er verschwand im Flur, und man hörte seine Schritte auf dem Fliesenboden.

Dusty wischte mit dem Ellbogen das Wasser von der Tischplatte und schob Lucas eine Akte zu. »Der Junge heißt John Mueller. Wir haben seine Daten. Er ist ein ziemlich guter Schüler. Ruhig. Sein Vater hat eine Präparatorwerkstatt an der Bezirksstraße, seine Mutter arbeitet in Grotek's Bäckerei.«

Lucas setzte sich, schlug den Ordner auf und begann, darin zu blättern. »Was ist mit diesem anderen Kind? Sie sagten am Telefon, daß noch ein Kind ermordet wurde.«

Rusty nickte und übernahm das Reden. »Jim Harper. Er ging hier zur Schule, siebte Klasse. Er wurde vor etwa drei, vier Monaten getötet«, sagte Rusty.

»Am 20. Oktober«, sagte Dusty.

»Was ist das für eine Geschichte?« fragte Lucas.

»Erwürgt. Zuerst dachten sie, es wäre ein Unfall gewesen, aber der Doktor ließ die Leiche nach Milwaukee bringen, und sie stellten fest, daß er erwürgt worden war. Der Täter ist nie gefaßt worden.«

»Der erste Mord an einem Ortsansässigen in vierzehn Jahren«, warf Rusty ein.

»Großer Gott, davon hat mir keiner erzählt«, sagte Lucas.

Dusty zuckte mit den Achseln. »Tja... vermutlich hat keiner dran gedacht. Die Sache ist irgendwie peinlich, wirklich. Wir haben nichts über den Mord, nichts, überhaupt nichts. Das ist jetzt drei Monate her; ich glaube, die Leute würden ihn gern vergessen.«

»Und er ging in diese Schule, er war mit der kleinen LaCourt in derselben Klasse... ich meine, Herrgott...«

Jones kam zurück und schob einen Jungen in den Raum. Der Junge war mager, hatte abstehende Ohren, Haare von der Farbe reifen Weizens, große Augen, eine schmale Nase und einen breiten Mund. Er trug ein Flanellhemd und ausgebleichte Jeans über billigen Turnschuhen. Er sieht aus wie ein Elf, dachte Lucas.

»Hallo John? Ist das richtig?« fragte Lucas, während

Jones wieder aus dem Zimmer ging. »Wie ich höre, kannst du uns was über Lisa erzählen.«

Der Junge nickte, setzte sich Lucas gegenüber und wies mit dem Daumen auf die beiden anderen Deputies. »Ich habe schon mit den beiden geredet«, sagte er.

»Ich weiß, aber ich würd's gern noch mal hören, wenn es dir recht ist«, sagte Lucas. Er sagte es ernsthaft, als spräche er mit einem Erwachsenen. John nickte ebenso ernsthaft. »Also: Woher kennst du Lisa?«

»Wir fahren zusammen im Bus. Ich steige an der Bezirksstraße aus, und sie fährt weiter...«

»Und, hat sie etwas gesagt?« fragte Lucas.

»Sie hatte richtig Angst«, sagte John bedächtig. Seine Ohren röteten sich. Sie standen wie kleine Frisbee-Scheiben von seinem Kopf ab. »Sie hatte dieses Foto, aus der Schule.«

»Was für ein Bild?«

»Es war aus einer Zeitung«, sagte John. »Es war ein Bild von Jim Harper, dem Jungen, der ermordet worden ist... Wissen Sie davon?«

»Ich hab's gehört.«

»Ja, also, das Bild...« John wandte den Blick ab, schluckte und sah ihn wieder an. »Er saß nackt auf dem Bett, und da stand dieser nackte Mann neben ihm, und sein, eh, ich meine, sein... stand hoch.«

Lucas schaute den Jungen an, und der Kleine erwiderte seinen Blick feierlich. »Er hatte eine Erektion? Der Mann?« fragte Lucas.

»Jawohl«, sagte John ernst.

»Wo ist das Bild?« Lucas spürte ein Prickeln: Das war tatsächlich etwas.

»Lisa hat es mit nach Hause genommen«, sagte John. »Sie wollte es ihrer Mutter zeigen.«

»Wann? An welchem Tag?« fragte Lucas. Rusty und Dusty verfolgten die Befragung; ihre Augen wanderten von Lucas zu dem Jungen und wieder zurück.

»Vorige Woche. Donnerstag, weil da die Geschäfte länger offen haben und meine Mutter arbeitet, und als ich nach Hause kam, hat Dad gekocht.«

»Weißt du, woher sie das Bild hatte?« fragte Lucas.

»Sie sagte, sie hätte es von jemandem aus der Schule«, sagte John achselzuckend. »Ich weiß nicht, von wem. Es war ganz zerknittert, als hätten sie es herumgereicht.«

»Wie sah der Mann aus? Hast du ihn erkannt?«

»Nein. Sein Kopf war nicht auf dem Bild«, sagte der Junge. »Ich meine, es sah aus, als wäre das Bild ganz, aber sein Kopf war abgeschnitten, als wenn jemand die Kamera falsch gehalten hätte.«

Verdammt. »Du konntest also nur seinen Körper sehen?«

»Ja. Und ein paar Sachen drumherum. Das Bett und so'n Zeug«, sagte John.

»War der Mann dick oder dünn?« fragte Lucas.

»Er war ziemlich dick. Fast fett.«

»Welche Haarfarbe hatte er?« fragte Lucas.

John legte den Kopf schief und kniff die Augen zusammen. »Ich weiß nicht mehr...«

»Sind dir nicht viele Brusthaare oder Haare auf dem Bauch oder zwischen den Beinen aufgefallen?« Lucas suchte nach einer besseren Formulierung: »Ich meine, richtig dichte Haare?«

»Nein. So nicht... aber es war ein Schwarzweißfoto, und es war nicht besonders gut«, sagte John. »Kennen Sie diese Zeitungen, die sie im Supermarkt haben...?«

»*National Enquirer*«, sagte Rusty.

»Ja, das Bild war so wie die Bilder da drin. Nicht sehr gut.«

Wenn die Behaarung ihm nicht besonders aufgefallen war, dann war der Bursche vermutlich blond gewesen, dachte Lucas. Schwarzes Haar auf billigem Papier würde fleckig aussehen... »Wenn es nicht sehr gut war, kannst du dann sicher sein, daß es Jim war?« fragte Lucas.

»Es war ganz bestimmt Jim. Man konnte sein Gesicht

sehen, und er lächelte wie Jim. Und Jim hatte einen Finger verloren, und wenn man sich das Bild genau ansah, konnte man erkennen, daß dem Jungen auf dem Bild ein Finger fehlte. Und er hatte einen Ohrring, und Jim trug einen Ohrring. Er war der erste in der Schule, der einen hatte.«

»Aha. Du sagst, Lisa hatte Angst? Woher weißt du, daß sie Angst hatte?«

»Weil sie mir das Bild gezeigt hat«, sagte John.

»Wieso?« Lucas runzelte die Stirn, weil er das nicht verstand.

»Sie ist ein Mädchen. Und das, äh, Bild, Sie wissen schon...« John rutschte auf seinem Stuhl herum. »Sie würde einem Jungen so was nicht zeigen, wenn es ihr keine angst machen würde.«

»Okay.« Lucas ging die Fragen noch einmal durch, fragte nach weiteren Einzelheiten des Fotos, erfuhr aber nichts weiter. »Ist dein Vater draußen in seiner Werkstatt?«

»Natürlich, ich glaub schon«, sagte der Junge nickend.

»Hast du ihm von dem Bild erzählt?«

»Nein.« John sah verlegen aus. »Ich meine... wie könnte ich ihm davon erzählen?«

»Okay«, sagte Lucas. »Wir fahren zu ihm raus, und ich werde ihm erzählen, daß wir mit dir gesprochen haben. Nur, damit alles in Ordnung ist. Und ich glaube, das sollte unter uns bleiben.«

»Klar. Ich erzähl's keinem«, versprach John. »Nicht so was«, sagte er ernsthaft und mit großen Augen.

»Gut«, sagte Lucas. Er entspannte sich und lächelte. »Geh deine Sachen holen, und dann fahren wir zu deinem Vater.«

»Wie haben wir das gemacht?« fragte Rusty träge, als John gegangen war.

»Prima«, sagte Lucas.

Die beiden Deputies grinsten, und Lucas fragte: »Seid ihr mit Lisas Freunden durch?«

»Ja, alle befragt«, sagte Rusty.

»Fein. Dann nehmt euch die Freunde des anderen Jungen vor, dieses kleinen Harper. Sucht nach Verbindungen zwischen Lisa und Harper«, sagte Lucas. »Und wenn dieses Bild herumgereicht worden ist, dann findet heraus, wer es herumgereicht hat.«

Lucas benutzte das Münztelefon im Lehrerzimmer, um im Büro des Sheriffs anzurufen. »Sie hören sich komisch an«, sagte er, als Carr sich meldete.

»Ich bin im Auto, spreche über Funk. Was gibt's?«

»Läuft das Gespräch über den Zerhacker?«

»Nein.«

»Dann rede ich lieber später mit Ihnen. Wir sind auf etwas gestoßen.«

»Ich fahre jetzt zu den LaCourts.«

»Ich muß auch in die Richtung, also sehen wir uns dort«, sagte Lucas. Er legte auf, wählte dann erneut das Büro des Sheriffs an, erreichte Helen, die Büroleiterin, und bat sie, die Akten über den Mord an Harper herauszusuchen.

John Mueller war gegangen, um seine Bücher fortzubringen und seinen Mantel und seine Stiefel zu holen. Als Lucas an der Eingangstür auf ihn wartete, läutete eine Glocke, und Kinder strömten in die Flure. Ihm fiel auf, daß jemand in der Menge die anderen überragte. Natürlich war das keine Schülerin, sondern die Ärztin. Er ging einen Schritt auf sie zu. Er war schon eine Weile ohne Freundin, hatte geglaubt, mit seinen Bedürfnissen fertig werden zu können, indem er wie ein Eremit lebte und viel Sport trieb; doch als er jetzt die Spannung in seiner Brust spürte, war er nicht mehr so sicher, daß das stimmte ... es sei denn, es handelte sich um einen Herzanfall. Weather setzte ihre Mütze auf, während sie auf ihn zukam, und zog dicke Fäustlinge mit ledernen Handflächen an. Sie nickte ihm zu, blieb stehen und fragte: »Irgendwas Neues?«

»Gar nichts«, sagte er und schüttelte den Kopf. Nicht

hübsch, dachte er, aber sehr attraktiv. Ein bißchen rauh, als hätte sie hin und wieder nichts gegen einen Faustkampf. Mit wem war sie zusammen? Es mußte jemanden geben. Der Kerl war vermutlich ein Arschloch; wahrscheinlich hatte er kleine Quasten an den Schuhen, die er morgens geradezupfte, bevor er sich sein Haar mit Gel frisierte...

»Ich hab da unten TB-Untersuchungen gemacht.« Sie nickte in die Richtung des Korridors, wo eine Reihe von Doppeltüren offenstand. Eine Turnhalle. »Ein Kind hatte eine Todesangst, nachts könnte ein Mörder kommen.«

Lucas zuckte mit den Schultern. »So ist das eben.« Kaum hatte er das gesagt, da wußte er, daß es falsch war.

»Ein echter Liberaler...«, sagte sie mit gepreßter Stimme.

»He, ich kann doch auch nichts dafür; ich kann das Arschloch nur schnappen«, sagte Lucas gereizt. »Hören Sie, ich habe eigentlich nicht...« Er wollte fortfahren, doch sie wandte sich ab.

»Tun Sie das«, sagte sie, schob die Tür auf und ging hinaus.

Ärgerlich lehnte Lucas sich an die Pinnwand neben dem Eingang und sah zu, wie sie die Einfahrt entlangging. Schöner Gang, dachte er. Als er sich wieder umdrehte und nach John Ausschau hielt, sah er ein blondes Mädchen, das *ihn* beobachtete.

Sie stand in der Tür eines Klassenzimmers und starrte ihn mit eigenartiger Intensität an, als wolle sie sein Gesicht auswendig lernen. Sie war groß, aber schmal und hager, nur mit ersten Anzeichen weiblicher Rundungen. Und sie war überaus blaß. Das Eigenartigste war ihr Haar. Es war von einem halb durchsichtigen Gelb, wie die Blütenblätter von Sonnenblumen, und kurz geschnitten. Mit ihrem spitzen Kinn, den großen, schrägstehenden Augen und dem kurzen Haar sah sie irgendwie verlassen aus, als müsse sie Schwefelhölzer verkaufen. Sie trug ein selbstgeschneidertes Kleid aus dünner, bedruckter Baumwolle mit kurzen Ärmeln: ein Sommerkleid. Sie drückte drei Bücher an ihre Brust. Als er sie ansah, schaute sie einen Moment lang zurück; ihr Blick hatte etwas eindeutig Sexuelles, gleichzeitig herausfordernd und verwundet. Dann drehte sie sich um und ging fort.

John erschien in einem schweren Parka mit pelzgesäumter Kapuze und mit Handschuhen. »Fahren Sie einen Streifenwagen?« fragte er.

»Nein. Einen ganz normalen.«

»Wieso das?«

»Ich bin hier noch neu.«

Johns Vater war ein sanfter, rundgesichtiger Mann in gelbem Wollpullover und Cordhosen. »Wieso hast du mir nichts gesagt?« fragte er seinen Sohn. Er saß auf einem hohen Hocker. Auf seiner Werkbank war ein Fuchsfell halb über eine hölzerne Form gezogen. John zuckte mit den Achseln und wandte den Blick ab.

»Es war ihm peinlich«, sagte Lucas. »Heute hat er sich richtig verhalten. Wir wollen nicht, daß Sie denken, wir hätten ihn in die Mangel genommen. Wir hätten Sie anrufen und dazubitten sollen, aber nun war ich einmal dort, und er war...«

»Das ist schon okay, solange John nicht in Schwierigkeiten ist«, sagte sein Vater und tätschelte Johns Kopf.

»Nein, nein. Er hat sich richtig verhalten. Ist ein kluger Junge«, sagte Lucas.

Das Bild war entscheidend wichtig. Er spürte das, wußte es. Er pfiff vor sich hin, als er zum Haus der LaCourts hinausfuhr. Fortschritte.

Helper arbeitete auf dem Parkplatz der Feuerwache; er rollte einen Schlauch auf eine Trommel, als Lucas auf dem Weg zu den LaCourts an ihm vorbeifuhr. Ein Polizeiwagen stand auf einem geräumten Platz neben der Einfahrt der LaCourts, und ein Deputy winkte Lucas durch. Ein halbes Dutzend Männer arbeitete oder stand nur um das Haus herum, das mit Armeeplanen abgedeckt war und wie ein olivgrüner Heuschober aussah. Kabel, an improvisierten Pfosten befestigt, liefen durch Lücken in den Planen. Lucas parkte bei der Garage und ging hinein. Zwei Deputies wärmten sich am Ofen, zusammen mit einem der Labortechniker aus Madison.

»Haben Sie den Sheriff gesehen?« fragte Lucas.

»Er ist im Haus«, sagte einer der Deputies. Zu dem Techniker gewandt fügte er hinzu: »Das ist Davenport.«

»Ich hab Sie gesucht«, sagte der Techniker und kam heran. »Ich bin hier Chef der Spurensicherung... Ted Crane.« Crane sah aus, als sei er am Verhungern. Seine Finger und Handgelenke waren dünn und knochig, und die Haut auf seinem kahl werdenden Kopf wirkte wie über den Schädel gespannt. Aber sein Händedruck erwies sich als unerwartet kräftig.

»Wie läuft's?« fragte Lucas.

»Ist ein verdammtes Durcheinander«, sagte Crane. Er hob die Hände und bewegte sie. Sie waren kalkweiß und zitterten vor Kälte. »Wer immer das getan hat, er hat überall im Haus eine Benzinmischung verschüttet. Dann hat er sie angezündet, und bumm. Wir finden Sachen, die glatt durch ein paar von den Innenwänden geflogen sind.«

»Benzinmischung? Aus den Booten?«

»Ja, das nehmen wir an. Vielleicht auch etwas reines Benzin aus den Schneemobilen. Wir haben drei Sechs-Gallonen-Kanister gefunden. Die LaCourts hatten zwei Boote, einen Prahm und ein Fischerboot, und bei beiden fehlten die Treibstoffkanister. Diese Fertigmischung braucht man nur in eine Flasche mit einem Lappen zu füllen, und schon hat man einen Molotow-Cocktail.«

»Besteht irgendeine Möglichkeit, daß unser Mann sich verletzt hat? Oder verbrannt?« fragte Lucas.

»Kann man nicht wissen; aber er mußte vorsichtig sein«, sagte Crane. »Er hat ziemlich viel von dem Zeug verschüttet.

Wir haben heute nachmittag jemanden hier, der Spezialist für Brände ist; wir wollen sehen, ob wir feststellen können, wo der Brand begonnen hat.«

Lucas nickte. »Ich suche ein Stück Papier«, sagte er. »Es war ein Bild, anscheinend aus einer Zeitung oder Zeitschrift ausgeschnitten. Es zeigt einen nackten Mann und einen nackten Jungen hinter ihm auf dem Bett. Es könnte im Haus sein.«

»Aha. Eine neue Information?«

»Ja.«

»Meinen Sie, daß er versucht hat, das zu verbrennen?« fragte Crane.

»Ich habe daran gedacht.«

»Ich kann Ihnen gleich sagen, es gab ein paar Aktenschränke, die mit Benzin begossen worden sind, und er hat auch Benzin in einen Schrank voller Papierkram geschüttet, Fotos und solchen Sachen. Dasselbe hat er mit der Kommode im Elternschlafzimmer gemacht und sie dann angezündet.«

»Also vielleicht...«

»Es muß irgendeinen Grund dafür geben, daß er alles in Brand gesetzt hat. Ich meine, außer, daß er verrückt ist«, sagte Crane. »Wenn er sie einfach umgebracht hätte und weggegangen wäre, hätte es ein oder zwei Tage dauern können, bis man sie gefunden hätte. Er hätte Zeit gehabt, sich ein Alibi zu verschaffen. So hat er uns gleich einen Tip gegeben.«

»Also finden Sie das Papier«, sagte Lucas.

»Wir werden suchen«, sagte Crane. »Verdammt, es ist schon eine Erleichterung, wenn man was Bestimmtes suchen kann.«

Während sie sich unterhielten, kam Carr herein. Er hatte bessere Laune als am frühen Morgen und ein zufriedenes Lächeln auf den Lippen. »Die Reporter sind weg. Die meisten jedenfalls«, sagte er. »Uff.«

»Haben vermutlich einen besseren Mordfall gefunden«, sagte Lucas.

»Ich hab mit Helen im Büro gesprochen«, sagte Carr. »Was ist mit diesem Jim Harper?«

»Rusty und Dusty haben an der Junior High School einen Jungen gefunden, der sagte, Jim Harper habe mit einem erwachsenen Mann für Sexfotos posiert«, sagte Lucas. »Das wäre ein Verbrechen und vielleicht wert, jemanden deswegen umzubringen. Das Bild war aus einer Zeitschrift oder Zeitung mit billigem Papier. Irgendwelche Kinder haben es in die Hände bekommen und vielleicht in der Schule herumgereicht. Lisa LaCourt hatte es als letzte. Sie nahm es am Donnerstag mit nach Hause und zeigte es dem Jungen, der mit ihr gesprochen hat.«

»Wer ist er? Der Junge in der Schule?«

»John Mueller. Sein Vater ist Präparator«, sagte Lucas.

Carr nickte. »Natürlich, ich kenne ihn. Die Familie ist in Ordnung. Verdammt, da könnte es Zusammenhänge geben.«

Lucas zuckte mit den Achseln. »Das ist eine Möglichkeit. Sind die Eltern des kleinen Harper noch in der Gegend?«

»Einer ja, der Vater, Russ. Die Frau ist vor Jahren weggezogen, nach Kalifornien. Aber zur Beerdigung ist sie gekommen.«

»Was macht Harper?« fragte Lucas.

»Hat eine Amoco-Tankstelle draußen am Nuckle Lake.«

»Okay, ich fahre hin.«

»Hm.« Carr schüttelte den Kopf. »Sie sollten lieber nicht allein fahren. Harper würde nie mit uns reden, wenn er nicht muß; nicht mit einem Polizisten. Ich könnte einen Durchsuchungsbefehl für Jim Harpers Sachen in seinem Haus besorgen, und wir nehmen ein paar Deputies mit und fahren später hin? Ich muß erst in die Kirche...«

»In Ordnung«, sagte Lucas. »Ist dieser Harper ein Arschloch?«

»Ja«, nickte Carr. »Himmel, wenn diese beiden Fälle zusammenhängen und wir sie in ein oder zwei Tagen aufklären könnten... dann wär ich ein sehr glücklicher Mann.«

»Wird Pater Bergen bei dem Gottesdienst heute abend dabei sein?« fragte Lucas.

»Wahrscheinlich nicht. Er ist ziemlich erschüttert. Sie haben ihn ja heute morgen gehört.«

»Ja.« Lucas verschränkte die Arme und beobachtete Carr. »Der kleine Mueller hat gesagt, der Erwachsene auf dem Foto sei ein dicker Mann. Und wahrscheinlich blond oder hellhaarig. Der Junge hatte den Kerl nicht als stark behaart in Erinnerung, was bedeutet, daß er wohl nicht viel Haar hatte.«

»Wie Pater Phil«, sagte Carr. Sein Gesicht wurde dunkelrot. »Nun, Phil war es nicht. Es gibt in diesem Bezirk tausend dicke blonde Männer. Ich bin einer davon.«

»Ich habe mit den Feuerwehrleuten geredet. Westrom meint, daß es Bergen getan hat. Und er sieht aus wie jemand, der darüber reden würde.«

»Dick ist die hiesige Klatschzentrale«, sagte Carr. Dann fügte er fast flüsternd hinzu: »Gott verdamme ihn.«

»Haben Sie je davon gehört, daß Bergen in sexuelle Eskapaden verwickelt gewesen wäre?«

Carr trat einen Schritt zurück. »Nein. Absolut nicht. Warum?«

»Wahrscheinlich nur Blödsinn. Es gibt Gerüchte, er hätte es sowohl mit Frauen als auch mit Männern getrieben...«

»Ein Homosexueller?« Carr war nahezu sprachlos. »Das ist lächerlich. Woher zum Teufel haben Sie das?«

»Hab mich bloß umgehört... Wie auch immer, wir müssen noch einmal mit ihm reden«, sagte Lucas. »Nach Ihrem Gottesdienst? Und danach können wir zu Harper fahren.«

Carr sah besorgt aus. »In Ordnung. Ich sehe Sie um neun Uhr an der Kirche. Treffen wir uns trotzdem um fünf mit den anderen?«

»Ja. Aber ich glaube nicht, daß sie viel haben, bis auf Rusty und Dusty, die auf die Sache mit dem Foto gekommen sind.«

»Sie werden Phil doch nicht auseinandernehmen, oder?« fragte Carr.

»Irgendwas stimmt da nicht.« Lucas vermied eine direkte Antwort. »Vielleicht gibt es etwas, das er uns verheimlichen will. Ich muß darüber nachdenken...«

6

Das Mädchen mit dem gelblichen Haar saß auf einer wackligen Couch, rauchte eine Camel ohne Filter und arbeitete an ihren Mathematikaufgaben; der alte Schuler würde ihr den Arsch aufreißen, wenn sie nicht alle zehn löste. Sie haßte Schuler. Er hatte so eine Art, sie zu demütigen.

Die Kissen der Couch hatten Flecken von Cola und Kaffee. Der Bruder des blonden Mädchens hatte die Couch an einem verregneten Abend auf der Straße stehen und auf die Sperrmüllabfuhr warten sehen, und er hatte sie selbst fortgeschleppt. Fast so gut wie neu, bis auf die Kissen.

Sie atmete aus und spielte dabei mit dem Rauch, der ihr aus Mund und Nase strömte. Sie blies ihn weg. Versuchte zu denken. Auf der anderen Seite des Zimmers drehte die Buchstabenfrau, wie hieß sie noch gleich, die Blonde, am *Glücksrad.* Das Rad zeigte ein T, und das Publikum applaudierte.

Ein Zug fährt mit fünfundzwanzig Meilen in der Stunde nach Westen. Ein anderer Zug fährt mit fünfundvierzig Meilen nach Osten...

So ein Quatsch.

Das Mädchen sah wieder zum Fernseher hin. Die Buchstabenfrau trug ein seidiges weißes Kleid mit tiefem Ausschnitt, einer Art Überrock und Schulterpolstern. Sie sah gut aus in dem Kleid, aber sie hatte auch den Teint und die Figur dafür.

Das Mädchen betrachtete sich jeden Morgen in dem Spiegel an der Innenseite ihrer Zimmertür, hob mit den Händen die kleinen Brüste an, drückte sie zusammen, um eine Spalte zu erzeugen, beäugte sich von vorne, von der Seite und über die Schulter von hinten. Sie probierte sämtliche Kleider von Rosie und ein paar Sachen ihres Bruders Mark an. Marks T-Shirts waren am besten. Sie würde sie nächsten Sommer in der Stadt tragen, wenn sie zu Juke's ging, und zwar ohne BH. Wenn sie ihre Brustwarzen leicht streichelte, würden sie sich aufrichten und unter dem T-Shirt abzeichnen, wenn sie den Rücken durchbog. Sehr sexy.

Wenn die Züge zweihundert Meilen voneinander entfernt starten, wie lange brauchen sie dann...

Chipstüten lagen zu ihren Füßen auf dem Boden. Ein rundes Papptablett, das Flecken von Schokoladenglasur hatte, stand auf einem dünnbeinigen Klapptisch. Der blecherne Aschenbecher war voller Kippen, und sie hatte gerade einen weiteren Zigarettenstummel in das Loch einer fast leeren Coladose geworfen. Er zischte in der Dose, und der Geruch von nassem, verbranntem Tabak hing in der Luft, vermischt mit dem Geruch von kaltem Kaffeesatz, verfaulten Bananen und verschimmelnden Hamburgern.

Beim *Glücksrad* hatten die Kandidaten die Buchstaben Z-n-n-t-n gefunden. Sie starrte auf den Bildschirm und bewegte die Lippen. Zahn? Vielleicht, aber was war dann mit dem zweiten Wort?

Hm. Vielleicht zehn...?

Der Lieferwagen ratterte in die Einfahrt, und ihr Herz fing an, schneller zu schlagen. Sie sprang auf die Füße, schaute aus dem Fenster, sah ihn aussteigen und merkte, wie ihr der Atem stockte. Die Scheinwerfer waren noch an, und er ging zur Vorderseite des Wagens und sah sich einen der Reifen an. Manchmal sah er in ihren jungen und doch erfahrenen Augen aus wie ein Schlafwandler. Er wog zuviel, und er hatte diesen nach innen gewandten Blick, als sei er nicht wirklich in Berührung mit der Welt. Er hatte Tobsuchtsanfälle und tat Dinge, die er hinterher bereute. Schlug Rosie. Schlug Mark. Entschuldigte sich dann immer.

Bei anderen Gelegenheiten, wenn er mit ihr oder mit Mark oder Rosie oder den anderen zusammen war, wenn sie vögelten ... dann war er anders. Sie hatte einmal einen eingesperrten Wolf gesehen. Der Wolf hatte hinter einem Drahtzaun gesessen und sie mit seinen gelben Augen angesehen. Die Augen sagten: *Wenn ich nur da draußen wäre...*

Manchmal waren seine Augen genauso. Sie schauderte. Wenn er so aussah, war er kein Schlafwandler. Er war etwas anderes.

Und er war gut zu ihr. Brachte ihr Geschenke. Niemand hatte ihr vor ihm jemals Geschenke gebracht – jedenfalls keine guten. Ihre Mutter hatte ihr vielleicht im Secondhand-Laden mal ein Kleid oder im K-Markt eine Jeans gekauft. Aber er hatte ihr einen Walkman und eine Menge Kassetten geschenkt, inzwischen wohl an die zwanzig. Er kaufte ihr Chic-Jeans und eine Corsage und hatte ihr zweimal Blumen mitgebracht. Nelken.

Und er führte sie zum Essen aus. Zuerst hatte er ein Buch aus der Bücherei geholt, in dem die verschiedenen Besteckarten erklärt wurden – die schmalen Gabeln für Fleisch, die breiten für Salat, die kleinen Messer für Butter. Nachdem sie alle kannte, hatten sie über die verschiedenen Arten von Salaten, die Vorspeisen, die Suppen und die Desserts gesprochen. Darüber, daß man die Suppe von sich weg zu löffeln hatte und nicht in Richtung auf den eigenen Körper, daß man die linke Hand in den Schoß legte...

Als sie bereit war, machten sie es wirklich. Sie trug ein schulterfreies Kleid von Rosie und schwarze Slipper. Er fuhr mit ihr nach Duluth, ins Holiday Inn. Der Speisesaal mit Blick über den Lake Superior hatte sie beeindruckt. Zwei Sorten Wein, roter und weißer. Sie würde das nie vergessen.

Sie liebte ihn.

Ihr Vater war vor zwei Jahren fortgegangen, vertrieben von Rosie und ihrer Mutter, sechs Monate, ehe der Krebs Mom umgebracht hatte. Alles, was ihr Vater ihr je gegeben hatte, waren blaue Augen – und einmal hatte er sie in die Seite geboxt, gleich unter der Achselhöhle, und zwar so fest, daß sie einen Monat lang fast nicht atmen konnte und dachte, sie würde sterben.

Mit Rosie war er noch schlimmer gewesen. Er hatte versucht, sie zu bumsen, und jeder wußte doch, daß das nicht richtig war. Als Rosie nicht mit ihm bumsen wollte, hatte er sie für ein paar Autoreifen Russ Harper gegeben.

Als er angefangen hatte, Blicke auf sie selbst zu werfen – angefangen hatte, sich zu zeigen, beim Pinkeln die Badezimmertür offengelassen hatte, wenn er wußte, daß sie vorbeikommen würde, hereingeplatzt war, wenn sie unter der Dusche stand –, da hatten Rosie und ihre Mutter ihn vor die Tür gesetzt.

Aber er wäre wohl auch ohne das gegangen.

Der Alte hatte formlose Overalls getragen, gewöhnlich schmutzbedeckt, und altmodische, ärmellose Unterhemden, in denen man seinen fetten Wanst sah wie bei einem Hängebauchschwein. Sie hatte nicht mit ihm reden können, und ansehen schon gar nicht. Wenn er je in ihr Schlafzimmer gekommen wäre, weil er was von ihr wollte, hätte sie ihn umgebracht.

Das hatte sie ihm gesagt.

Und sie hätte es auch getan.

Dieser Mann war anders. Seine Stimme war sanft, und wenn er ihr Gesicht berührte, tat er es mit den Fingerspitzen oder dem Handrücken. Er schlug sie nie. Niemals. Er war gebildet. Er brachte ihr Dinge bei, erzählte ihr von raffinierten Frauen und den Sachen, die sie wissen mußten. Über raffinierte Liebe...

Er liebte sie, und sie liebte ihn.

Das gelbblonde Mädchen ging auf Zehenspitzen an die

Schlafzimmertür und sah hinein. Rosie lag bäuchlings auf dem Bett, schlafend, und ein Dreieck von Licht aus dem Flur fiel auf ihren Rücken. Ein Bein hatte sie gerade ausgestreckt; es war vom Knie bis zum Knöchel in einen schweren weißen Verband gewickelt. Das Mädchen schloß leise die Tür und hielt den Drehknopf fest, bis sie das Schloß klicken hörte.

Er kam gerade die Vortreppe herauf, eine Tüte mit Lebensmitteln im Arm. Auf dem Boden stand eine Pfütze aus kaltem Wasser, sie trat hinein und sagte: »Scheiße«, wischte sich an einem Flickenteppich den Fuß ab und öffnete die Tür. Sein breites Gesicht war rot von der Kälte.

»Hallo«, sagte sie. Sie stellte sich auf die Zehenspitzen, um ihn auf die Wange zu küssen. Das hatte sie im Fernsehen gesehen, in den alten Filmen, und es kam ihr so... richtig vor. »Rosie schläft.«

»Kalt«, sagte er, als antworte er auf eine Frage. Er drückte die Tür zu, und sie ging ihm voran ins vordere Zimmer und schwenkte die Hüften unter ihrer wattierten Jacke. »Hat Rosie noch immer Schmerzen?«

»Ja, sie jammert den ganzen Tag. Die Ärztin war wieder da und hat den Schlauch rausgenommen, aber es dauert noch eine Woche, bis sie die Fäden zieht... das ganze Haus hat gestunken, als sie den Schlauch rausgenommen hat. Irgendeine Schmiere ist aus dem Bein gelaufen.«

»Scheußlich«, sagte er. »Wie war deine Geburtstagsparty?«

»Ganz nett, bloß, daß Rosie wegen ihrem Bein so gehässig war.« Sie war am Vortag vierzehn geworden. Sie wies auf die Kuchenform auf dem Fußboden. »Mark hat das meiste von dem Kuchen verdrückt. Sein Freund hatte ein bißchen Gras, und wir haben uns bekifft.«

»Hört sich an, als hättet ihr's nett gehabt.« Seine Backen waren so rot wie die des Weihnachtsmannes. »Was Schönes bekommen? Zum Geburtstag?«

»Die fünfzig Dollar von dir waren das Beste«, sagte sie, nahm seine Hand und lächelte ihn an. »Rosie hat mir ein Chili-Peppers-T-Shirt geschenkt und Mark eine Kassette für den Walkman.«

»Na, hört sich doch gut an«, sagte er. Er stellte die Lebensmittel auf den Küchentisch.

»Heute war ein Bulle in der Schule, einer, den ich noch nie gesehen habe«, erzählte sie.

»Ach ja?« Er nahm eine Sechserpackung kleiner Weinflaschen aus der Tüte, hielt inne und sah sie an. »Ein Typ, der wie ein Arschloch aussieht, ein kräftiger Kerl?«

»Er sah irgendwie gut aus, aber auch so, als könnte er ziemlich gemein sein, ja«, sagte sie.

»Hast du mit ihm geredet?«

»Nein. Aber ein paar Kinder wurden ins Büro gerufen«, sagte sie. »Freunde von Lisa.«

»Was haben sie ihm erzählt?« Er schoß die Fragen in scharfem Ton nacheinander ab.

»Na, in der Cafeteria haben alle drüber geredet. Keiner wußte etwas. Aber der neue Bulle hat John Mueller nach Hause gefahren.«

»Ist das der Junge vom Präparator?« Er zog die dünnen Augenbrauen hoch.

»Ja. John ist immer mit Lisa im Bus gefahren.«

»Aha.« Er steckte die Hand in die Lebensmitteltüte; er sah nachdenklich aus.

»Der Bulle hat mit der Ärztin geredet«, sagte sie. »Mit der, die Rosie behandelt.«

»Was?« Sein Kopf fuhr heftig herum.

»Ja. Sie haben im Flur miteinander geredet. Ich hab sie gesehen.«

»Haben sie über Rosie gesprochen?« Er schaute in den Flur und schloß die Tür.

»Ich weiß nicht. So nah war ich nicht. Ich hab bloß gesehen, daß sie miteinander geredet haben.«

»Aha.« Er schraubte den Deckel von einer der kleinen Weinflaschen ab und reichte sie dem Mädchen.

»Wo ist dein Bruder?«

Eifersucht stieg in ihr auf. Er mochte Mark gern, unternahm viel mit ihm. »Er ist drüben bei Ricky, sie arbeiten am Auto.«

»Dem Pinto?«

»Ja.«

Der Mann lachte leise, doch das Geräusch hatte einen unangenehmen Unterton. War er eifersüchtig? Auf Rick, weil der mit Mark zusammen war? Sie schob den Gedanken von sich.

»Na, dann viel Glück«, sagte er. Er sah sie wieder an, konzentrierter diesmal, und sie setzte sich auf die Couch und trank von dem Wein. »Und wie ist es dir gegangen?«

»Okay«, sagte sie und räkelte sich. Sie versuchte, gelassen zu klingen. *Okay.*

Er kniete vor ihr nieder und fing an, ihre Bluse aufzuknöpfen, und sie spürte wieder das flaue Gefühl in der Brust, als müsse sie Wasser einatmen. Sie stellte die Weinflasche ab, half ihm, die Bluse abzustreifen, ließ ihn um sie herum greifen und den BH öffnen; er hatte ihr gezeigt, wie man es mit einer Hand machte...

Sie hatte feste Brüste wie kleine Napfkuchen und winzige, harte Brustwarzen.

»Wunderbar«, flüsterte er. Er streichelte eine ihrer Brustwarzen und stand auf. Er griff nach seinem Reißverschluß. »Versuchen wir's mal damit...«

Ihr war bewußt, daß er sie ansah, daß seine intensiven blauen Augen ihr folgten; er strich ihr das Haar aus dem Gesicht...

Hinter ihr drehte die blonde Frau am *Glücksrad* die letzten Buchstaben.

Zehn Minuten, stand auf dem Schild.

Der Eismann verließ das Haus, fuhr die Bezirksstraße entlang bis zum ersten Stopschild und hielt dort an, rauchte und dachte an John Mueller und Weather Karkinnen. So viele verwirrende Wege lagen plötzlich offen. Er versuchte, sie im Geist zu verfolgen, doch das gelang ihm nicht. Sie liefen durcheinander wie in einem Rattennest.

Wenn das Foto auftauchte und sie ihn identifizierten, hätten sie ihn wegen sexueller Vergehen am Haken. Das wollte er unbedingt verhindern. Als Harper angerufen und gesagt hatte, Frank LaCourt habe das Foto, wisse aber nicht, wer darauf abgebildet sei, hatte er es nur zurückhaben wollen. Er hatte es haben wollen, bevor der Sheriff es bekam.

Dann hatte er Claudia zu früh umgebracht und das Foto nicht bekommen. Nun würden sie ihn wegen der Morde verfolgen. Mehr noch: Wenn sie das Foto sahen, würden sie sich die ganze Sache zusammenreimen.

Immerhin war er in der Lage, den Ermittlungen zu folgen. Er würde es erfahren, wenn sie das Foto fanden. Und wahrscheinlich würde er etwas Zeit haben; jedenfalls so lange, bis Weather es sah.

Er war verrückt gewesen, den Kleinen das Foto machen zu lassen. Aber es hatte etwas, wenn man sich selbst sah, sich aus einer gewissen Entfernung betrachten konnte. Jetzt ging es darum, ob John Mueller das Foto gesehen hatte. Hatte er ein Exemplar davon oder wußte, woher es kam?

Wenn sie das Foto fanden, hätten sie einen Ansatzpunkt. Und wenn sie es genügend Leuten zeigten, würden sie ihn kriegen. Er mußte es einfach haben. Vielleicht war es bei dem Feuer verbrannt. Vielleicht auch nicht. Vielleicht wußte der kleine Mueller etwas...

Und Weather Karkinnen. Wenn *sie* das Foto sah, würde sie ihn mit Sicherheit erkennen...

Verflucht.

Er kurbelte das Fenster ein Stückchen herunter und warf die Zigarette in den Schnee.

Einmal hatte er sich in einem Film gesehen. In einer Komödie sogar. *Ghostbusters*. Alberne Szene – ein Spinner, ein Nebbich, der von einem bösen Geist besessen ist. Als ein anderer Mann ihn anschreit, knurrt der Typ, und seine Augen werden brennend rot und richten sich auf sein plötzlich erschrockenes Gegenüber.

Gut für ein Lachen – aber der Eismann hatte sich selbst in dieser Szene gesehen, nur für einen Augenblick. Auch er hatte eine Kraft in sich, doch die hatte nichts Komisches. Die Kraft war mächtig, unerschrocken, stark genug, andere zu beeinflussen. Hinter seinem ausdruckslosen, nichtssagenden Gesicht hatte er die Fäden in der Hand, dank dieser Kraft.

Und sie konnte andere mitreißen.

Er hatte einen wiederkehrenden Traum, in dem eine Frau, eine Blondine, ihn ansah, zunächst ganz unbeeindruckt. Er ließ dann die Kraft aus seinen Augen strömen, nur für einen kurzen Augenblick, erfaßte sie, und er konnte ihre erotische Reaktion spüren…

Er hatte über Weather nachgedacht. Er hatte dagestanden, nackt unter seinem Krankenhaushemd, als sie ihn untersuchte. Bei ihr hatte er das Feuer herausgelassen, hatte versucht, sie mit dem Blick zu bezwingen, doch sie hatte anscheinend nichts gemerkt. Er hatte aufgegeben.

Wie oft hatte er nach dieser Begegnung an sie gedacht! Irgend etwas mußte sie doch gespürt haben, als er so vor ihr gestanden hatte, *irgendwas*, schließlich war sie eine Frau…

Der Eismann betrachtete die gefrorene Landschaft im Licht seiner Scheinwerfer.

Der kleine Mueller.

Weather Karkinnen.

7

Eine Stunde nach Einbruch der Dunkelheit trafen sich die Ermittler in Carrs Büro. Der Fahnder Climpt und zwei andere Männer hatten sich mit den Freunden der LaCourts beschäftigt und nichts von Bedeutung gefunden. Nichts über einen Streit, nichts Kriminelles. Sie hatten die Seestraße von einem Ende bis zum anderen abgeklappert, aber alle bis auf zwei oder drei Leute konnten erklären, wo sie zur Zeit der Morde gewesen waren, und diese zwei oder drei wirkten unverdächtig. Mehrere Personen hatten gesehen, wie Pater Bergen seinen Schlitten auf den Anhänger lud.

»Was ist mit dem Casino?« fragte Lucas Climpt.

»Da war nichts«, sagte Climpt und schüttelte den Kopf. »Frank hatte nichts mit Geld zu tun; kam nie damit in Berührung. Und hatte auch keine Möglichkeit, etwas anzuzetteln. Er war Sicherheitsmann dort und hatte im wesentlichen mit Betrunkenen zu tun... Er hatte einfach keinen Zugang zu Geld, womit er sich in Schwierigkeiten hätte bringen können.«

»Und glauben die Leute, daß mit ihm alles in Ordnung war?«

»Ja. Keine Geldprobleme, von denen sie wüßten. Spielte nicht. Nahm keine Drogen. Vor Jahren hat er getrunken, aber damit hat er aufgehört. Wenn ich ehrlich sein soll, war das wohl eine Sackgasse.«

»Okay... Rusty, Dusty, was war mit diesem Bild?«

»Wir haben keinen gefunden, der zugegeben hätte, es gesehen zu haben«, sagte Rusty. »Wir haben mit Lisa LaCourts Freunden geredet, aber irgendwie grassiert da die Grippe, und wir haben noch nicht alle gesprochen.«

»Laßt nicht locker.«

Am nächsten Tag würden sie weitermachen wie gehabt, entschieden sie. Noch ein Mitarbeiter sollte Rusty und Dusty helfen, Lisas Freunde zu überprüfen. »Und ich möchte, daß ihr anfangt, Jim Harpers Freunde zu befragen, wenn ihr welche finden könnt.«

Die Zivilfahnder des Reviers teilten sich ein Eckbüro. Einer tat nichts weiter, als die Ermittlungen zu koordinieren, arbeitete von sieben bis drei Uhr und hatte mit dem Mordfall nichts zu tun. Ein zweiter hatte sich bei seinen Töchtern mit Mumps angesteckt und war krank geschrieben. Der dritte war Gene Climpt. Climpt hatte während der Zusammenkunft so gut wie nichts gesagt. Er hatte eine nicht angezündete Zigarette in den Fingern gedreht und Lukas beobachtet und abgeschätzt.

Lucas übernahm den Schreibtisch des Mumpskranken, und Helen Arris brachte ihm einen verschließbaren Aktenschrank mit zwei Schubladen für seine Papiere und persönlichen Habseligkeiten.

»Ich habe Ihnen die Akte des kleinen Harper mitgebracht«, sagte sie. Sie war eine beeindruckende Person mit stark aufgebauschter Frisur und mehreren Schichten Makeup.

»Danke. Gibt's hier irgendwo Kaffee? Einen Automaten?«

»Kaffee ist im Bereitschaftsraum der Streife. Ich kann es Ihnen zeigen.«

»Prima.« Er folgte ihr dorthin und machte Konversation. Schon als Carr ihn wegen seines Ausweises zu ihr geschickt hatte, war ihm klargeworden, was für ein Typ Frau sie war. Sie kannte jeden und wußte von allem, was im Revier vor sich ging. Sie kannte die Formulare, Vorschriften und Regeln und wußte, wer mit wem schlief. Mit ihr war nicht zu spaßen, wenn man ein ruhiges Leben führen und irgendwann in Pension gehen wollte.

Auch von falschem Charme ließ sie sich nicht täuschen. Lucas versuchte es nicht einmal. Er holte seinen Kaffee, dankte ihr und trug ihn ins Büro zurück, wo er die Tür nicht hinter sich schloß. Deputies und ein paar Zivilisten gingen vorbei, allein oder zu zweit, und warfen einen Blick auf ihn. Er ignorierte diese zwanglose Parade, während er den Stapel Papier über den ersten wirklichen Mord in diesem Bezirk seit vierzehn Jahren durchging.

Jim Harper war an einem Endloshandtuch in der Herrentoilette einer Unocal-Tankstelle in Bon Plaine hängend gefunden worden, siebzehn Meilen östlich von Grant. Der Junge saß unter dem Halter auf dem Boden, eine Handtuchschlinge um den Hals. Seine Jeans und Boxershorts waren bis unter die Knie heruntergezogen. Die Tür war verschlossen gewesen, aber es handelte sich um ein einfaches Schloß mit Druckmechanismus, das man bei offener Tür von innen schließen konnte und das verschlossen blieb, wenn man anschließend von außen die Tür zuzog. Das hattc also nichts zu bedeuten. Der Junge war vom Tankstellenbesitzer gefunden worden, als er morgens die Tankstelle öffnete.

Harpers Vater war zweimal vernommen worden. Beim ersten Mal, am Morgen nach dem Mord, war die Befragung nur oberflächlich durchgeführt worden. Die Ermittler nahmen einen Unfalltod bei irgendeinem Masturbationsritual an, was schon vorgekommen war. Das einzig Interessante an der vorläufigen Untersuchung war eine gekritzelte Nachricht an Carr: *Carr, das gefällt mir nicht. Wir sollten besser eine Autopsie vornehmen. – Gene.*

Climpt. Sein Schreibtisch stand in der Ecke, und Lucas blickte hinüber. Der Schreibtisch war aufgeräumt und unpersönlich bis auf ein alterndes Foto in einem silbernen Rahmen. Lucas schob den Stuhl zurück und sah es sich näher an. Eine hübsche Frau, gekleidet im Stil der späten fünfziger oder frühen sechziger Jahre, mit einem Baby im Arm. Lucas rief bei Helen Arris an, bat sie, Climpt zu suchen, und ging wieder an die Harper-Akte.

Nach der Autopsie hatte ein Gerichtspathologe aus Milwaukee den Todesfall als Mord durch Erwürgen erkannt. Russ Harper, der Vater des Jungen, wurde erneut vernommen, diesmal von zwei Leuten der Bundesstaatspolizei aus Wisconsin, die für Kapitalverbrechen zuständig waren. Harper behauptete, von nichts zu wissen. Jim hatte sich von ihm angeblich nichts mehr sagen lassen, hatte stark getrunken und vielleicht auch Marihuana geraucht.

Die Fahnder waren nicht gerade begeistert, aber mehr konnten sie nicht tun. Russ Harper stand nicht unter Verdacht – er hatte in seiner Tankstelle gearbeitet, als der Junge ermordet wurde, und unbeteiligte Zuschauer beschworen das. Außerdem wurde seine Anwesenheit durch Computerrechnung mit Zeitangabe und seinen Initialen bestätigt.

Die Ermittler befragten noch ein Dutzend anderer Leute, darunter einige in Jims Alter. Keiner hatte sich als seinen Freund bezeichnet. Einer hatte gesagt, Jim habe keine Freunde gehabt. Niemand hatte Jim an der Tankstelle an der Kreuzung bemerkt. An dem Tag, an dem er ermordet wurde, hatte ihn nach Schulschluß niemand mehr gesehen.

»Sie wollten mich sprechen?«

Climpt war ein großer Mann Mitte fünfzig, mit tiefblauen Augen und leicht geröteten Wangen. Er trug einen offenen blauen Parka, braune Schneestiefel, eine Wollhose und Jagdhandschuhe. Die Waffe hatte er in einem Halfter über der linken Hüfte, wo er sie mit der rechten Hand ziehen konnte, auch, wenn er hinter dem Lenkrad saß. Seine Stimme war rauh.

Lucas blickte auf und sagte: »Ja, nur einen Augenblick ...« Er blätterte die Akten durch und suchte die Notiz, die Climpt an Carr geschickt hatte. Climpt schälte sich aus seinem Parka, hängte ihn neben Lucas' an einen Haken, ging zu seinem eigenen Schreibtisch, setzte sich und lehnte sich zurück.

»Wie ist es gelaufen?« fragte Lucas, während er die Akte durchsah.

»Nicht viel dabei rausgekommen.« Er sprach lässig und gedehnt. »Ich hörte, daß Rusty und Dusty was gefunden haben.«

»Ja, vielleicht eine Verbindung zu dem Fall von Jim Harper.« Lucas fand die Nachricht und reichte sie ihm. »Sie haben das da an Shelly geschickt, nachdem Sie den Bericht über den Mord an dem kleinen Harper bearbeitet haben. Was stimmte da draußen nicht? Warum wollten Sie die Autopsie?«

Climpt sah sich den Zettel an und gab ihn Lucas dann zurück. »Der Junge saß auf dem Boden und hatte seinen Penis in der Hand. Das war das eine. Ich habe wirklich nie versucht, mich zu erhängen, aber ich nehme an, daß man kurz vor dem Ende irgendwie spürt, daß es ernst wird, und die Nerven verliert. Man würde nicht dasitzen und sich einen runterholen, bis man stirbt.«

»Okay.« Lucas nickte und grinste.

»Und dann der Fußboden«, fuhr Climpt fort. »Es gibt nur wenig Herrentoiletten, in denen ich mich auf den Fußboden setzen würde, und das war keine davon. Die Tankstelle wird morgens geputzt – vielleicht. Am Highway ist eine Bar, und die Typen kommen nachts aus dieser Bar, tanken an der Tankstelle, und bei der Kälte merken sie, daß sie mal müssen. Wenn sie halb betrunken sind, zielen sie nicht immer so gut. Sie pinkeln den halben Boden voll. Ich konnte mir einfach nicht vorstellen, daß sich jemand freiwillig da hinsetzt.«

Lucas nickte.

»Noch was«, sagte Climpt. »Diese verdammten Fliesen waren kalt. Kalt genug, um Frostbeulen an den Arsch zu kriegen.«

»Sie konnten sich das also nicht erklären.«

»So ungefähr«, sagte Climpt.

»Irgendwelche Einfälle dazu?«

»Wenn ich mir die Sache noch mal vornehmen müßte, würde ich mit Russ Harper reden«, sagte Climpt.

»Man hat doch mit ihm geredet«, sagte Lucas, die Akte durchblätternd. »Das waren die von der Staatspolizei.«

»Tja...« Climpt musterte Lucas prüfend. »Ich meine, ich würde ihn mit in meine Werkstatt nehmen, seine Hand in den Schraubstock klemmen, die Schraube fünf- oder sechsmal drehen und ihn *dann* befragen. Und wenn das nicht klappte, würde ich die Schleifmaschine einschalten.« Er lächelte nicht, während er das sagte.

»Sie glauben, daß er weiß, wer seinen Jungen umgebracht hat?« fragte Lucas.

»Wenn Sie mich fragen würden, wer in diesem Bezirk am ehesten einen solchen Mord begehen würde, würde ich auf Russ Harper tippen. Blindlings. Und es kann kein Zufall sein, daß es ausgerechnet seinen Sohn erwischt hat. Russ weiß vielleicht nicht, wer es getan hat, aber ich wette, daß er sich einiges denkt.«

»Ich wollte heute abend rausfahren und mit Harper reden«, sagte Lucas. »Vielleicht mit ihm in die Werkstatt fahren.«

»Ich habe nichts vor. Laden Sie mich dazu ein«, sagte Climpt und streckte die Beine aus.

»Sie mögen ihn nicht?«

»Wenn dieser Hurensohn Feuer fangen würde«, sagte Climpt, »würde ich nicht mal auf ihn pissen, um es zu löschen.«

Climpt erklärte, er werde zu Abend essen und zu Hause bleiben, bis Lucas zu Harper fuhr. Helen Arris war bereits gegangen, und viele Räume im Revier waren dunkel. Lucas schob die Akte Jim Harper in seinen neuen Aktenschrank und wollte die Schublade zudrücken. Sie klemmte. Als er sie wieder aufziehen wollte, blieb sie stecken. Er kniete nieder, untersuchte sie, stellte fest, daß eine dünne Metallschiene verbogen war, und versuchte sie mit den Fingernägeln zu begradigen. Er bekam die Schublade heraus, doch seine

Hand rutschte aus, und er riß sich den Fingernagel des linken Ringfingers ein.

»Scheiße...« Blut tropfte von seinem Finger. Er ging auf die Herrentoilette, spülte den Finger ab und sah ihn sich an. Der Riß ging tief, er würde den Fingernagel abschneiden müssen. Er wickelte ein Papierhandtuch darum, nahm seine Jacke und ging durch die dunklen Korridore des Gerichtsgebäudes. Er bog um eine Ecke, sah einen älteren Mann mit einem Besen und hörte aus einem Seitengang eine Frauenstimme: »Ein Scheißtag, Odie«, sagte sie.

Die Ärztin. Weather. Schon wieder. Der alte Mann nickte und schaute in einen Flur, der in rechtem Winkel von dem abzweigte, in dem er und Lucas sich befanden. »Ganz schön kalt, Miss«, sagte er.

Sie kam in Sicht, und im Licht einer Deckenlampe sah ihr Haar aus wie Kleehonig. Sie hörte seine Schritte, schaute in seine Richtung, erkannte ihn und blieb stehen. »Davenport«, sagte sie. »Schon jemanden umgebracht?«

Lucas hatte automatisch gelächelt, als er sie sah, doch nun lächelte er nicht mehr. »Das wird allmählich verdammt langweilig«, versetzte er barsch.

»Entschuldigung«, sagte sie. Sie richtete sich auf und lächelte zögernd. »Ich hab's nicht so gemeint... ich weiß nicht, wie ich's gemeint habe... Jedenfalls hab ich's auch nicht so gemeint, als ich Sie in der Schule gesehen habe.«

Was? So ganz verstand er das alles nicht, aber es klang wie eine Entschuldigung. Er ließ es gut sein. »Arbeiten Sie auch für den Bezirk?«

Sie sah sich um. »Nein, eigentlich nicht. Die Gemeindeschwester ist entlassen worden, und ich habe einen Teil ihrer ehemaligen Aufgaben übernommen. Freiwillig. Ich sehe hier und da im Bezirk nach den Leuten.«

»Ziemlich nobel«, sagte Lucas. Das klang nicht trocken, sondern eher skeptisch. Ehe sie etwas sagen konnte, hob er die Hand. »Tut mir leid. Das ist falsch herausgekommen.«

Sie zuckte mit den Schultern. »Sie hatten ohnehin was gut bei mir.« Sie schaute auf seine Hand. Er hielt sie in Taillenhöhe, das Papierhandtuch fest umklammert. »Was ist mit Ihrer Hand passiert?«

»Ich hab mir einen Nagel eingerissen.«

»Sie sollten einen guten Nagelhärter mit Acryl benutzen«, sagte sie und fügte dann rasch hinzu: »Nochmals, Entschuldigung. Lassen Sie mich sehen ...«

»Au ...«

»Kommen Sie.«

Er nahm das Papierhandtuch ab, und sie drehte seinen Finger in das schwache Licht. »Scheußlich. Lassen Sie mich, eh ... kommen Sie dichter ans Licht.« Sie öffnete ihre Tasche.

»Hören Sie, warum ... wird es wehtun?«

»Seien Sie kein Baby«, sagte sie. Sie nahm eine chirurgische Schere und beschnitt den Nagel. Es tat nicht weh. Sie gab einen Tropfen Salbe auf den Finger und klebte ein Pflaster darauf. »Ich schicke Ihnen die Rechnung.«

»Schicken Sie sie an den Sheriff; das habe ich mir im Dienst geholt«, sagte er. Und dann: »Danke.«

Sie blieben an der Tür stehen und sahen in den Schnee hinaus. »Wo gehen Sie hin?« fragte Lucas.

Sie schaute auf ihre Armbanduhr. Keine Ringe. »Was essen.«

»Darf ich Sie einladen?« fragte er.

»In Ordnung«, sagte sie einfach. Sie sah ihn nicht an. Sie schob nur die Tür auf und sagte *In Ordnung*.

»Wo?« Er folgte ihr auf die Vortreppe.

»Nun, es gibt sechs Lokale zur Auswahl«, sagte sie.

»War das eine vorsichtige Schätzung?«

»Nein.« Ein Grinsen zog über ihr Gesicht, und sie zählte die Restaurants an den Fingern ab. Lucas bemerkte, daß ihre Finger lang und schlank waren, wie man sich Pianistenfinger vorstellt. Oder die eines Chirurgen. »Da ist Al's Pizza, ein

Hardee, das Fisherman Inn, das Uncle Steve's American Style, Granddaddy's Café und das Mill.«

»Und welches ist das beste?«

»Mmm.« Sie legte den Kopf schräg, dachte nach und sagte: »Mögen Sie lieber ausgestopfte Enten oder ausgestopfte Fische? An der Wand, meine ich, nicht auf der Speisekarte.«

»Schwer zu sagen ... Fische, glaube ich.«

»Dann gehen wir ins Inn«, sagte sie.

»Spielen Sie Klavier?«

»Was?« Sie blieb stehen und schaute zu ihm auf. »Haben Sie sich nach mir erkundigt?«

»Wieso?« Er war verwirrt.

»Woher wissen Sie, daß ich spiele?«

»Ich hab's nicht gewußt«, sagte er. »Ich dachte bloß, daß Ihre Hände ... wie die einer Pianistin aussehen.«

»Oh.« Sie schaute ihre Hände an. »Die meisten Pianisten, die ich gekannt habe, hatten eher plumpe Hände.«

»Dann wie die einer Chirurgin«, sagte er.

»Die meisten Chirurgenhände sind ...«

»Okay, okay.« Er begann zu lachen.

»Ganz gewöhnlich. Wirklich.«

»Warum sind Sie so grantig zu mir?« fragte Lucas.

Sie zuckte mit den Schultern. »Bei der ersten Verabredung ist es immer schwierig, sich über die eigene Verlegenheit hinwegzusetzen.«

»Was?« fragte er und folgte ihr über den Gehsteig. Er hatte das Gefühl, als sei ihm gerade etwas entgangen.

Das Restaurant bestand aus zwei doppelt breiten Wohnmobilen, die im rechten Winkel zueinander standen und mit Vinylplatten verkleidet waren, die man als verwittertes Holz getarnt hatte. Ein Neonschild von Coors hing im Fenster. Lucas fuhr auf den Parkplatz und schaltete die Scheinwerfer aus. Ein paar Sekunden später kam Weather in ihrem Jeep.

»Elegant«, sagte er.

Sie drehte die Füße aus dem Jeep und zog ihre Schneestiefel aus. »Ich möchte die Schuhe wechseln... Elegant, was? Das Restaurant?«

»Ich finde, die Vinylplatten und das Licht von dem Coors-Zeichen geben ihm etwas Europäisches. Schweiz, würde ich sagen, oder vielleicht Alt-Amsterdam.«

»Warten Sie, bis Sie sehen, daß auf jedem Tisch eine rote Votivkerze steht, die der Oberkellner persönlich anzündet, und ein Körbchen mit Crackers und Grissini in Zellophan«, sagte Weather.

»Himmel, ein Gourmet-Restaurant«, sagte Lucas. »Ich hatte nichts Geringeres erwartet. Und eine umfangreiche Weinkarte, möchte ich wetten.«

»Ja.«

Beide sagten gleichzeitig: »Rot oder weiß?« Sie lachten. Weather fügte hinzu: »Wenn Sie Rosé verlangen, ist es auch gut. Dann läuft der Kellner mit einer Flasche Weißwein und einer Flasche Rotwein ins Hinterzimmer.«

»Woher haben Sie Ihren Namen?« fragte Lucas.

»Mein Vater war ein leidenschaftlicher Segler. Selbstgebaute Dinghis von vierzehn Fuß und so. Er baute sie im Sommer in der Garage.« Sie zog den zweiten Schuh an, warf den Stiefel vor dem Beifahrersitz auf den Wagenboden, stand auf und schlug energisch die Autotür zu. Sie sperrte den Wagen nicht ab. »Wie auch immer, Mutter sagt, er hätte dauernd über das Wetter geredet – ›Wenn das Wetter hält, wenn das Wetter umschlägt‹ – und so weiter. Also nannten sie mich Weather, als ich geboren wurde.«

»Wohnt Ihre Mutter hier in der Stadt?«

»Nein, nein. Vater starb vor zehn Jahren, und drei oder vier Jahre später starb sie auch«, sagte Weather mit einem Anflug von Trauer. »Sie hatte nichts Bestimmtes. Irgendwie ist sie einfach gestorben. Ich glaube, sie wollte es so.«

Der Oberkellner war ein dicklicher Mann mit sauber gestutztem schwarzem Schnurrbart und Manieren wie in Las Vegas. »Hallo, Weather«, sagte er. Sein Blick wanderte zu Lucas' Kehle, nicht höher. »Zwei Plätze? Nichtraucher?«

»Ja, zwei«, sagte Lucas.

»Eine Nische«, sagte Weather.

Als er sie mit der Speisekarte allein ließ, beugte Weather sich vor und murmelte: »Ich hatte Arlen vergessen. Den Oberkellner. Er möchte mich gern ins Bett kriegen. Nicht wirklich seine Frau und die Kinder verlassen, verstehen Sie, nur ein bißchen Spaß mit der Ärztin, am liebsten an einem Ort wie Hurley, wo man uns nicht erwischt.«

»Welche Chancen hat er?« fragte Lucas.

»Gar keine«, sagte sie. »Irgendwie sagt mir sein Hitchcock-Profil nichts.«

Der Salat kam, angemacht mit einer Sauce mit reichlich Ketchup und mit einer Handvoll Croutons bestreut.

»Ich erinnere mich an die Zeitungsberichte, als Sie aus Minneapolis weggingen. Seltsam, so viele Berichte über einen Polizisten. Viele Kollegen in der Notaufnahme hatten Sie gekannt. Sie waren alle sauer. Das hat mir Eindruck gemacht.«

»Ich hatte ziemlich viel mit ihnen zu tun«, sagte Lucas. »Ich hatte diese Leute auf der Straße, die für mich arbeiteten, und wenn man einen von ihnen aufgemischt hatte, hab ich sie eben ins Krankenhaus gebracht.«

»Warum sind Sie weggegangen? Waren Sie den Blödsinn leid?«

»Nein...« Er ertappte sich dabei, daß er mitteilsam wurde und ihr von den internen Spielchen erzählte, die bei der Polizei gespielt wurden.

Und von der Geldgier: »Wenn Sie Polizist sind, treffen Sie immer mit irgendwelchen Arschlöchern zusammen, die Sie wie einen Laufburschen behandeln. Leute, die eigentlich im Knast sitzen sollten, aber in einem Lexus, Cadillac oder

Mercedes herumkutschieren«, sagte er und spielte mit seinem Weinglas. »Es heißt immer, man stünde im Dienst der Öffentlichkeit und so weiter, aber nach zwanzig Jahren merkt man, daß man selbst auch nichts gegen ein bißchen Geld hätte. Schönes Haus, schönes Auto…«

»Sie hatten einen Porsche. Dafür waren Sie berühmt.«

»Das war was anderes. Ein reicher Typ hat einen Porsche, weil er ein Arschloch ist. Wenn ein Bulle einen Porsche hat, ist das wie ein Kommentar zu den Arschlöchern«, sagte er. »Jeder Bulle im Revier war damit einverstanden, daß ich einen Porsche fuhr. Es war so, als würde ich den Arschlöchern sagen, sie könnten mich mal.«

»Gott, Sie haben aber ein Talent zum Rationalisieren«, sagte sie und lachte. »Und was machen Sie jetzt? Nur Beratungen?«

»Nein, nein. Eigentlich schreibe ich Spiele. Damit habe ich mein Geld gemacht. Und ich habe noch eine kleine Nebentätigkeit aufgenommen, die…«

»Spiele?«

»Ja. Ich hatte das schon seit Jahren gemacht, und jetzt mache ich es hauptberuflich.«

»Sie meinen, Spiele wie *Monopoly*?« fragte sie interessiert.

»Fantasy-Rollenspiele und manchmal auch Kriegsspiele. Früher meist auf Papier, aber heute sind es größtenteils Computerspiele. Ich habe eine Art Partnerschaft mit einem Informatikstudenten. Ich schreibe die Spiele, und er programmiert sie.«

»Und davon können Sie leben?«

»Ja. Und jetzt habe ich angefangen, Simulations-Software für polizeiliches Krisenmanagement zu schreiben, um Organisationskräfte auszubilden. Das meiste davon sind Computersachen. Wenn man in eine Krisensituation kommt, sind die Leute, die das Personal koordinieren, buchstäblich eine Zeitlang für alles verantwortlich. Diese Software simuliert solche Situationen und bewertet die Leistung. Das läuft ganz gut...«

»Wenn Sie nicht aufpassen, könnten Sie reich werden«, sagte Weather.

»Irgendwie bin ich das schon«, sagte Lucas düster. »Aber verdammt, ich langweile mich. Den Bürokram bei der Polizei vermisse ich nicht, aber was mir fehlt, ist, daß sich was *rührt.*«

Später, bei Fisch in Bierteig, begann Weather zu erzählen.

»Man kann keine feste Beziehung aufrechterhalten, wenn man Medizin studiert und arbeitet, um sein Studium zu finanzieren«, sagte Weather. Es gefiel ihm, wie sie mit dem Fischmesser arbeitete und den Fisch zerlegte. *Wie eine Chirurgin...* »Und der Krankenhausdienst als Chirurg ist mörderisch. Man hat für nichts Zeit. Man sitzt da und denkt an Männer, aber es ist unmöglich. Man kann herumspielen, aber wenn es mit jemandem ernst wird, kann man sich zwischen der Arbeit und der Beziehung zerreißen. Darum finde ich es am leichtesten, einfach wegzugehen, wenn ich jemanden treffe, den ich lieben könnte. Weggehen ist nicht so schwer, wenn man es gleich tut, nachdem man sich kennengelernt hat.«

»Hört sich aber ziemlich einsam an«, sagte Lucas.

»Ja, aber man hält es aus, wenn man dauernd arbeitet und überzeugt ist, daß man es richtig macht. Man denkt immer, wenn ich es nur bis nächsten Mittwoch oder nächsten Monat oder über den Winter schaffe, dann kann ich mein Leben einrichten. Aber die Zeit vergeht. Sie vergeht schleichend. Und auf einmal läuft einem das Leben davon.«

»Ach, die alte biologische Uhr«, sagte Lucas.

»Ja. Und sie tickt nicht bloß für Frauen. Männer erwischt es genauso.«

»Ich weiß.«

Sie fuhr fort: »Wie viele Männer kennen Sie, die fanden,

daß das Leben an ihnen vorbeigeht, und aus ihrem Job oder ihrer Ehe ausbrachen und versuchten, zu fliehen oder so was?«

»Etliche. Die meisten fühlten sich gefangen, hielten aber aus«, sagte Lucas. »Und wurden immer trauriger.«

»Ich glaube, Sie reden von mir«, sagte sie.

»Ich rede von allen«, sagte Lucas. »Auch von mir selbst.«

Nach einer Karaffe Wein sagte sie: »Machen Sie sich Gedanken wegen der Leute, die Sie umgebracht haben?« Diesmal lächelte sie nicht.

»Das war Abschaum, jeder von ihnen.«

»Ich hab die Frage falsch gestellt«, sagte sie. »Was ich wissen wollte, ist, ob es Sie belastet hat, Leute umzubringen.«

Er dachte einen Augenblick über die Frage nach. »Ich weiß nicht. Ich grübele nicht darüber nach, wenn es das ist, was Sie meinen. Vor ein paar Jahren hatte ich Probleme mit Depressionen. Der Polizeichef damals...«

»Quentin Daniel«, sagte sie.

»Ja, kennen Sie ihn?«

»Ich hab ihn ein paarmal getroffen. Was wollten Sie sagen?«

»Er dachte, ich bräuchte einen Psychiater. Aber ich entschied, daß ich keinen Psychiater brauchte, sondern einen Philosophen. Jemanden, der weiß, wie die Welt läuft.«

»Interessante Idee«, meinte sie. »Das Problem sind nicht Sie, das Problem ist das Sein.«

»Mein Gott, das hört sich wirklich an, als wäre ich ein Arschloch«, sagte Lucas. »Carr scheint ein anständiger Kerl zu sein.«

»Ja, sehr anständig«, stimmte Weather zu.

»Religiös?«

»Sehr. Möchten Sie Kuchen? Sie haben Zitronentorte.«

»Ich nehme nur Kaffee; ich bin satt«, sagte Lucas.

Weather winkte der Kellnerin, bestellte zweimal Kaffee und wandte sich wieder an Lucas. »Sind Sie katholisch?«

»Alle fragen mich das. Ja, ich bin katholisch, aber ich habe damit nicht viel im Sinn«, sagte er.

»Also werden Sie nicht zu den Dienstagstreffen gehen, oder?«

»Nein.«

»Aber Sie gehen heute abend zu Phil, um mit ihm zu reden.« Sie sagte das wie eine Feststellung.

»Ich weiß wirklich nicht...«

»Die ganze Stadt weiß es«, sagte Weather. »Er ist der Hauptverdächtige.«

»Das ist er nicht«, sagte Lucas eine Spur schroffer.

»Das habe ich anders gehört«, sagte sie. »Alle haben das übrigens anders gehört.«

»Himmel, es stimmt einfach nicht«, sagte Lucas kopfschüttelnd.

»Wenn Sie es sagen.«

»Sie glauben mir nicht.«

»Warum sollte ich? Sie vernehmen ihn heute abend wieder, wenn Shelly aus dem Dienstagsgottesdienst kommt.«

Der Kaffee wurde serviert, und Lucas wartete, bis die Kellnerin gegangen war, ehe er das Gespräch wieder aufnahm. »Gibt es irgend etwas in der Stadt, das nicht jeder weiß?«

»Nicht viel«, gab Weather zu. »Es gibt sechzig Leute, die für den Sheriff arbeiten, und im Winter hat die Stadt nur ungefähr viertausend Einwohner. Da können Sie sich vorstellen... Haben Sie gefragt, warum Shelly zum Dienstagsgottesdienst geht, wo er doch Phil vernehmen sollte?«

»Ich hab mich nicht getraut«, sagte Lucas.

»Weil er Janine Perkins sehen will. Er und Janine haben in Motels in Hayward und Park Rapids gebumst.«

»Und jeder in der Stadt weiß das?« fragte Lucas.

»Noch nicht. Aber bald.«

»Carr ist verheiratet.«

»Ja. Seine Frau ist verrückt«, sagte Weather.

»Eh...«

»Sie ist psychisch schwer gestört. Sie kann mit der Hausarbeit nicht aufhören.«

»Was?« Er begann zu lachen.

»Es stimmt«, sagte Weather ernsthaft. »Das ist nicht komisch, mein Lieber. Sie putzt die Böden und die Wände und die Jalousien und die Toiletten und Waschbecken und Rohre und die Waschmaschine und den Wäschetrockner und den Ofen... und dann wäscht sie immer wieder alle Kleider. Einmal hat sie ihre eigenen Hände so oft gewaschen, daß sie sich die Haut aufgescheuert hat und wir sie deswegen behandeln mußten.«

»Mein Gott.« Er fand es noch immer leicht komisch.

»Keiner kann etwas dagegen tun. Sie ist in Therapie, aber das hilft nicht«, sagte Weather. »Eine Freundin hat mir erzählt, daß sie keinen Sex mit Shelly haben will, weil das schmutzig ist. Ich meine, nicht moralisch schmutzig, sondern physisch schmutzig.«

»Also löst Carr seine Probleme, indem er's mit einer Frau aus seiner Pfingstkirchler-Gruppe treibt.«

»*Es treiben* ist ein so romantischer Ausdruck; fast britisch, nicht?« scherzte sie.

»Sie benehmen sich nicht wie eine Ärztin«, sagte Lucas.

»Sie meinen, weil ich klatsche und flirte?«

»Hmmm.«

»Sie müßten eine Weile hier leben, um das zu verstehen«, sagte sie, und eine leise Spannung lag in ihrer Stimme. Sie sah sich im Raum um und betrachtete die Leute, die sich über den roten Kerzen unterhielten. »Außer Arbeit gibt es hier nichts zu tun. Nichts.«

»Warum dann hierbleiben?«

»Ich muß«, sagte sie. »Mein Vater kam aus Finnland hierher, er hat sein ganzes Leben lang in den Wäldern gearbeitet, als Holzfäller. Und er ist auf den Seen gesegelt. Hatte nie Geld. Aber ich war gut in der Schule.«

»Waren Sie hier in Grant auf der High School?«

»Ja. Jedenfalls versuchte ich, Geld zu sparen, um aufs College zu gehen, aber das war schwer. Und dann haben ein paar von den Lehrern sich zusammengetan, und der alte Bezirkscommissioner, den ich überhaupt nicht kannte, rief in Madison an und zog ein paar Fäden und besorgte mir ein Stipendium. So konnte ich mein ganzes Medizinstudium finanzieren. Ich habe alles zurückgezahlt, ich habe sogar ein kleines Stipendium für die High School gestiftet, als ich in Minneapolis arbeitete, aber das war nicht das, was alle wollten.«

»Sie wollten, daß Sie hierher zurückkommen«, sagte Lucas.

»Ja.« Sie nickte, nahm das leere Weinglas und drehte es in den Händen. »Alles hier dreht sich um Holzfällen und Tourismus und ein bißchen Landwirtschaft. Die Straßen sind nicht sonderlich gut, und es wird viel getrunken. Die Unfälle beim Holzfällen sind schrecklich – Sie sollten mal jemanden sehen, der unter einen Stamm gekommen ist, der zur Sägemühle rollt. Und die Traktorunfälle oder die von Leuten, die in Bootsschrauben geraten sind … Es gab hier einen alten Burschen, der genug von allgemeiner Chirurgie verstand, um einen in einen Hubschrauber nach Duluth oder Minneapolis zu verfrachten, und solange der hier war, hatte ich nicht das Gefühl, zurückkommen zu müssen.«

»Und dann ging er in Pension.«

»Nein, er starb«, sagte Weather. »Herzanfall. Er war dreiundsechzig. Er aß jeden Morgen sechs Pfannkuchen mit Butter und Speck, trank seinen Kaffee mit Sahne, verdrückte Cheeseburger zu Mittag und Steaks zu Abend, trank jeden Abend einen halben Liter Whisky und rauchte wie ein Schlot. Erstaunlich, daß er überhaupt so alt geworden ist.«

»Und kein anderer wollte den Job übernehmen?«

Sie lachte. Es war kein freudiges Lachen, und sie schaute durch das Fenster hinaus in den Schnee. »Machen Sie Witze? Schauen Sie raus. Es ist einunddreißig Grad unter Null und wird noch kälter, und das Kino ist im Winter geschlossen.«

»Was tun Sie dann zu Ihrer Unterhaltung?«

»Die Frage ist ein bißchen zu persönlich«, sagte sie grinsend, griff über den Tisch und berührte seinen Handrücken, »für dieses Stadium unserer Beziehung.«

»Was?«

8

Nach dem Essen war Lucas ein wenig verwirrt, aber nicht unzufrieden. Sie verabschiedeten sich etwas verlegen auf dem Parkplatz des Restaurants. Er hatte keine Lust zu gehen. Sie unterhielten sich draußen noch ein bißchen. Die Luft war so kalt, daß sie sich wie Rasierwasser anfühlte. Endlich trennten sie sich, und Weather stieg in ihren Jeep.

»Bis demnächst«, sagte sie.

»Ja.« Ganz bestimmt.

Lucas sah ihr nach, setzte seine Mütze auf und fuhr die sechs Blocks bis zur Kirche. Carr wartete im Vorraum mit zwei Frauen; alle unterhielten sich lebhaft und nickten. Eine der Frauen war so groß wie Lucas und blond. Sie trug eine rote Wollmütze mit Schneeflocken und Rentieren darauf. Am Mantel hatte sie einen Anstecker, auf dem *Befreit die Tiere* stand. Die andere Frau war klein und dunkel, mit grauen Strähnen im Haar und Fältchen in den Augenwinkeln. Als Lucas hereinkam, sprach Carr die dunkelhaarige Frau gerade als *Janine* an.

»Das ist Lucas Davenport ..«, sagte Carr gerade.

»Lieutenant Davenport«, sage Janine. Sie hatte weiche,

warme Hände und einen festen Händedruck. »Und unsere Freundin Mary...«

Mary strahlte. Lucas trat ein paar Schritte zurück und sagte zu Carr: »Wir müssen gehen.«

»Ja, natürlich«, sagte Carr widerstrebend. »Meine Damen, wir haben zu arbeiten.«

Zusammen gingen sie hinaus, und Lucas fragte Carr: »Haben Sie mit Bergen gesprochen?«

»Nicht selbst – Helen Arris hat ihm Bescheid gesagt. Ich mußte noch einmal hinaus zum Haus. Sie nehmen alles auseinander.«

»Was ist mit dem Durchsuchungsbefehl für Harper?«

»Hab ich.« Carr klopfte sich auf die Brusttasche.

»Was ist mit der Wohnung von Harper? Was können wir tun?«

»Wir dürfen in das Zimmer des Jungen und die anderen wichtigen Räume des Hauses gehen, aber in kein Büro und nicht in Harpers eigenes Schlafzimmer, wenn er getrennt von dem Jungen schläft. Wir können uns alles ansehen, was unserer Meinung nach dem Jungen gehört oder wovon Harper sagt, es gehöre dem Jungen.«

»Ich würde gern ein bißchen herumschnüffeln.«

»Ich auch, aber davon wollte der Richter nichts hören«, sagte Carr. »Er wollte, daß wir uns auf das Zimmer des Jungen beschränken, aber ich habe ihn dazu gebracht, auch seine anderen persönlichen Sachen einzubeziehen – wir können in die Schränke und so weiter in den Haupträumen schauen. Wenn wir natürlich irgend etwas *sehen*, das eindeutig gesetzwidrig ist...«

»Ja. Übrigens, Gene Climpt...«

»...hat sich selbst eingeladen mitzukommen, was mir recht ist. Gene ist ein zäher alter Knochen. Und Lacey kommt auch; hat gesagt, das wolle er nicht versäumen.«

Sie gingen um die Kirche herum und betraten den sauber geräumten Gehsteig zum Pfarrhaus.

»Wie viele Unfälle hat Bergen gehabt? Autounfälle?« fragte Lucas.

Carr sah ihn an, runzelte die Stirn und fragte: »Warum?«

»Ich hörte, daß Sie für ihn ein paar Strafzettel wegen Trunkenheit am Steuer aus der Welt geschafft haben«, sagte Lucas. »Ich hab mich nur gefragt, ob er jemals jemanden angefahren hat.«

»Wo haben Sie das gehört...?«

»Gerüchte, Shelly... hat er je jemanden oder etwas angefahren?«

Sie blieben auf dem Bürgersteig stehen, und Carr starrte ihn einen Augenblick an. Schließlich sagte er: »Sie haben mir eins voraus. Sie brauchen den Job nicht.«

»Also...«

Carr ging weiter. »Vor drei Jahren hatte er einen Unfall, allein, fuhr gegen einen Pfeiler am Ende einer Brücke, Totalschaden. Er war betrunken. Bei zwei anderen Anlässen wurde er betrunken erwischt. Einmal war es eine Lappalie. Und das andere Mal ist er auf den Hintern gefallen.«

»Sie müssen vorsichtig sein in Ihrer Beziehung zu ihm«, sagte Lucas. »Die Leute reden darüber. Über diese Fahrprobleme.«

»Wer?«

»Einfach Leute«, sagte Lucas.

Carr seufzte. »Verdammt, Lucas.«

»Bergen hat mich gestern angelogen«, sagte Lucas. »Er hat mir gesagt, er sei ein guter Fahrer... eine kleine Lüge, aber das weckt einige Zweifel an seinen übrigen Aussagen.«

»Ich verstehe das nicht«, sagte Carr. »Ich bin ganz sicher, daß er unschuldig ist. Ich kann einfach nicht verstehen, was er verbirgt. Wenn er etwas verbirgt. Vielleicht begreifen wir bloß den Ablauf nicht.«

Sie standen an der Tür des Pfarrhauses. Carr drückte auf den Klingelknopf, und sie verstummten, die Hände in den Taschen, und atmeten Dampfwölkchen in die Nachtluft.

Nach einem Moment runzelte Carr die Stirn und drückte erneut auf den Knopf. Sie konnten die Glocke innen hören.

»Ich weiß, daß er da ist«, sagte Carr. Er trat von der Veranda zurück, schaute zu den erleuchteten Fenstern und klingelte dann zum dritten Mal. Man hörte innen ein Geräusch wie von einem Sturz, und Carr stellte sich auf die Zehenspitzen, um durch das kleine Fenster in der Tür zu schauen.

»O nein«, stöhnte er. Er zog die Windfangtür auf und stieß dann die Innentür auf. Lucas folgte ihm. Der Priester stand im Flur, an eine Wand gelehnt, und schaute sie an. Er trug ein weißes T-Shirt, das lose über der schwarzen Hose hing, und graue Wollsocken. Sein Haar stand fast senkrecht in die Luft, als habe er einen Stromschlag bekommen. Er hielt ein Glas in der Hand, und der Raum roch nach Bourbon.

»Sie Idiot«, sagte Carr leise. Er ging durch den Raum und nahm dem Priester das Glas aus der schlaffen Hand. Dann drehte er sich zu Lucas um, als suche er einen Platz für das Glas.

»Sie wissen, was die Leute sagen«, murmelte Bergen hinter Carrs Rücken. »Sie sagen, ich hätte es getan.«

»Großer Gott, wir haben versucht...«, begann Lucas.

»Keine Gotteslästerung in diesem Haus«, schrie der Priester.

»Sie ernten nur einen Tritt in den Arsch, wenn Sie mir Schwierigkeiten machen«, brüllte Lucas zurück. Er ging an Carr vorbei, der versuchte, ihn am Ärmel zurückzuhalten, und baute sich vor dem Priester auf. »Was ist da draußen bei den LaCourts passiert?«

»Sie waren noch am Leben, als ich sie sah«, rief Bergen. »Sie waren am Leben, alle.«

»Hatten Sie eine Beziehung zu Claudia LaCourt? Jetzt oder früher?«

Der Priester schien verblüfft. »Eine Beziehung? Sie meinen, sexuell?«

»Ja, das meine ich«, versetzte Lucas schroff. »Haben Sie sie gebumst?«

»Nein. Das ist lächerlich.« Er erschlaffte, stolperte zu einem Lehnsessel und ließ sich hineinfallen. Erstaunt sah er zu Lucas auf. »Ich meine, ich habe nie... Was wollen Sie wissen?«

Carr war in die Küche gegangen, kam mit einer leeren Flasche Jim Beam zurück und zeigte sie Lucas.

»Ich habe Gerüchte gehört, Sie beide hätten etwas miteinander gehabt.«

»Nein, nein«, sagte Bergen kopfschüttelnd. Er schien wirklich erstaunt. »Als ich im Seminar war, habe ich mit einer Frau aus einem benachbarten College geschlafen. Ich hab mich auch betrunken und zu... Sex mit einer Prostituierten überreden lassen. Einmal. Nur einmal. Nachdem ich ordiniert war, nie wieder. Ich habe meine Gelübde nie gebrochen.«

Seine Miene war verschlossen geworden, entweder vom Alkohol oder vom Nachdenken.

»Haben Sie je eine homosexuelle Beziehung gehabt?«

»Davenport«, sagte Carr in warnendem Ton.

»Was?« Bergen sprang wieder auf, rot angelaufen, wütend.

»Ja oder nein?« drängte Lucas.

»Nein. Niemals.«

Lucas wußte nicht, ob Bergen log oder die Wahrheit sagte. Er klang aufrichtig, aber sein Blick war klarer geworden, und Lucas konnte sehen, daß er seine Reaktionen berechnete und abwägte. »Was ist mit Alkohol? Haben Sie an dem Abend bei den LaCourts getrunken?«

Der Priester drehte sich um und ließ sich wieder in den Sessel fallen. »Nein, absolut nicht. Dies ist meine erste Flasche seit einem Jahr. Seit mehr als einem Jahr.«

»Etwas stimmt nicht mit der Zeit«, sagte Lucas. »Sagen Sie uns, was nicht stimmt.«

»Ich weiß es nicht«, sagte Bergen. Er legte den Kopf in die Hände und fuhr sich dann mit den Fingern durch die Haare, bis sie wieder senkrecht hochstanden. »Ich versuche, es herauszufinden ... ich hatte nicht getrunken.«

»Die Feuerwehrleute. Haben Sie irgendwelche Probleme mit denen?«

Bergen blickte auf und kniff die Augen zusammen. »Dick Westrom kann mich nicht sonderlich leiden. Ich kaufe in dem anderen Eisenwarenladen ein, er gehört einem meiner Gemeindemitglieder. Der andere Mann, Duane ... ich kenne ihn kaum. Kann mir nicht vorstellen, was er gegen mich haben könnte. Vielleicht etwas, wovon ich nichts weiß.«

»Was ist mit den Leuten, die das Feuer gemeldet haben?« fragte Lucas und schaute Carr an. Carr hielt noch immer die Flasche Jim Beam in der Hand, als führte er Geschworenen Beweismaterial vor.

»Die sind okay«, sagte Carr. »Sie kommen nicht in Frage. Sie sahen das Feuer und riefen an. Sie sind zu alt und zu krank, um etwas damit zu tun zu haben.«

Die drei Männer sahen einander an und warteten auf weitere Fragen, doch es gab keine. Die Sache mit der Zeit stimmte einfach nicht. Lucas betrachtete Bergen prüfend, doch die Miene des Priesters war undurchschaubar.

»Also gut«, sagte er schließlich. »Vielleicht gab es noch einen Jeep. Vielleicht hatte Duane Pater Bergens Jeep früher gesehen, wie er über die Seestraße fuhr, und das war ihm im Gedächtnis geblieben, und als er ein Auto vorbeifahren sah, dachte er, es sei Ihres.«

»Er hatte vorher keinen Jeep gesehen«, sagte Carr kopfschüttelnd. »Ich habe ihn danach gefragt – ob er Phils Jeep die Seestraße hat hinunterfahren sehen.«

»Ich weiß nicht«, sagte Lucas, noch immer den Priester betrachtend. »Vielleicht ... ich weiß nicht.«

Carr sah Bergen an. »Ich werfe die Flasche weg, Phil. Und ich rufe Joe an.«

Bergen senkte den Kopf. »Okay.«

»Wer ist Joe?« fragte Lucas.

»Sein Pate bei den Anonymen Alkoholikern«, sagte Carr. »Wir hatten dieses Problem schon früher.«

Bergen sah zu Carr auf und sagte mit rauher Stimme: »Shelly, ich weiß nicht, ob dieser Mann mir glaubt.« Er wies mit dem Kopf auf Lucas. »Aber eines sage ich Ihnen: Ich würde beim Heiligen Sakrament schwören, daß ich nichts mit den LaCourts zu tun habe.«

»Ja«, sagte Carr. Er streckte die Hand aus. Bergen nahm sie, und Carr zog ihn auf die Füße. »Kommen Sie, wir rufen Joe an, damit er herkommt.«

Joe war ein dunkelhaariger Mann mit schwarzem Schnurrbart und dichten Augenbrauen. Er trug eine alte olivgrüne Mütze nach Art einer Soldatenkappe mit Ohrenklappen. Er sah Lucas an, nickte Carr zu und fragte: »Wie schlimm ist es?«

»Hat wohl mindestens eine Flasche getrunken«, sagte Carr. »Er ist hinüber.«

»Verflucht.« Joe sah zum Haus auf und schaute dann wieder Carr an. »Er war mehr als ein Jahr trocken. Es sind die Gerüchte, die aus Ihrem Büro kommen, Shelly.«

»Ja, ich weiß. Ich werde versuchen, sie zu unterbinden, aber ich weiß nicht...«

»Versuchen wird nicht genug sein. Phil hat's so schlimm erwischt wie selten jemanden.« Joe trat auf die Tür zu, drehte sich um und wollte noch etwas sagen, als Bergen hinter ihm die Tür aufmachte.

»Shelly«, rief er viel zu laut. »Telefon – es ist Ihr Büro. Sie sagen, es sei ein Notfall.«

Carr sah Lucas an und sagte: »Vielleicht ist was kaputt.«

Er eilte ins Haus, und Joe nahm Bergen bei der Schulter und sagte: »Phil, wir werden damit fertig.«

»Joe, ich...« Bergen schien erschöpft. Er schaute mit glasigem Blick Lucas an, der noch auf dem Gehsteig stand, zog Joe ins Haus und schloß die Tür.

Lucas wartete, die Hände in den Taschen. Die Wärme, die er im Haus gespeichert hatte, wich langsam. Bergen war ein kluger Bursche und verstand sich auf Manipulation. Doch er hatte nicht diesen soziopathischen Einschlag, die dicht unter der Oberfläche liegende Eiseskälte des Verbrechers...

Dreißig Sekunden nach dem Eintreten war Carr wieder draußen.

»Kommen Sie«, sagte er knapp und eilte an Lucas vorbei zu den Autos.

»Was ist passiert?«

»Dieser Junge, mit dem Sie geredet haben, der Kleine, der Ihnen von dem Bild erzählt hat...«, sagte Carr über die Schulter.

»John Mueller.« Abstehende Ohren, billige Turnschuhe, Verlegenheit.

»Er wird vermißt. Ist nicht aufzufinden.«

»Was?« Lucas packte Carrs Arm. »Verdammt, wieso...«

»Sein Vater hat lange in der Werkstatt draußen beim Highway gearbeitet«, sagte Carr. Sie standen auf der Straße. »Er hatte den Jungen zu Hause vor dem Fernseher zurückgelassen. Als seine Mutter kam, war er nicht mehr da, und sie dachte, er sei in der Werkstatt. Erst als die Eltern sich trafen, wurde ihnen klar, daß er fort war. Ein Nachbarskind hat einen Nintendo, und John ist nach der Schule ein paarmal in der Woche zu ihm gegangen und manchmal auch zum Abendessen geblieben. Sie riefen die Nachbarn an, aber da war keiner zu Hause, und sie dachten, sie wären vielleicht alle zusammen ins Arby's gegangen. Also fuhren sie herum, bis sie die Nachbarn fanden, aber die hatten den Jungen auch nicht gesehen.«

»Dieser Dreckskerl«, sagte Lucas und starrte an Carr vorbei ins Leere. »Den würde ich gern in die Finger bekommen.«

»Daran dürfen Sie gar nicht denken«, sagte Carr mit grimmiger Stimme.

Sie fuhren zusammen im Wagen des Sheriffs zum Haus der Muellers; Rotlicht flackerte auf dem Dach des Autos.

»Sie waren hart zu ihm«, sagte Carr abrupt. »Zu Phil, meine ich.«

»Wir haben vier Mordopfer, und nun das hier«, sagte Lucas. »Was erwarten Sie da, Geigenmusik?«

»Ich weiß nicht, was ich erwartet hatte«, sagte Carr.

Er fuhr schnell. Lucas erhaschte einen Blick auf das Schild bei der Bank. Vierunddreißig Grad unter Null.

Er sagte es laut: »Vierunddreißig Grad unter Null.«

»Ja.« Der Wind hatte wieder aufgefrischt und wehte dünne Schneefahnen von den Dächern. Der Sheriff beugte sich über das Lenkrad. »Wenn der Junge draußen war, dann ist er tot. Dazu braucht ihn niemand umzubringen...«

Einen Augenblick herrschte Stille. Lucas konnte nicht an John Mueller denken, ohne daß Dunkelheit seine Gedanken durchdrang. Vielleicht war der Kleine im Haus eines anderen Freundes, vielleicht...

»Wie lange hat Bergen schon Probleme mit Alkohol?« fragte er.

»Seit dem College. Er sagte mir, er habe zum ersten Mal die Anonymen Alkoholiker aufgesucht, als er von Gesetzes wegen noch gar keinen Alkohol hätte trinken dürfen«, sagte Carr. Im Licht der Armaturen war sein Gesicht von einem schwachen, kränklichen Grün.

»Wie schlimm? Delirium tremens? Gedächtnisverlust? Blackouts?«

»So ungefähr«, sagte Carr.

»Aber in letzter Zeit war er trocken?«

»Ich glaube schon. Manchmal ist es schwer zu sagen, wenn jemand es heimlich tut. Er kann abends trinken und sich tagsüber beherrschen... ich habe früher selbst ein bißchen getrunken.«

»Viele Polizisten tun das.«

Carr sah zu ihm hinüber. »Sie auch?«

»Nein, nein. Ich habe auch ein bißchen Mißbrauch getrieben, aber nicht mit Alkohol. Ich hatte immer Geschmack an Aufputschmitteln.«

»Kokain?«

Lucas lachte, ein trockenes Lachen. Immer wieder sah er den Jungen vor sich, den kleinen Kerl mit dem Kindergesicht. »Ich höre förmlich, wie Ihnen der Schweiß ausbricht, Shelly. Nein. Vor diesem Teufelszeug habe ich Angst. Es könnte sich als zu gut erweisen, wenn Sie verstehen, was ich meine.«

»Jeder Alkoholiker würde verstehen, was Sie meinen.«

»Ich hab von Zeit zu Zeit ein bißchen Speed genommen«, fuhr Lucas fort und schaute hinaus in den dunklen Wald, der die Straße säumte. »In letzter Zeit nicht mehr. Speed und Alkohol sind für unterschiedliche Persönlichkeiten.«

»Aber beide können töten«, sagte Carr.

Sie kamen an einem Videoverleih vorbei, vor dem drei Leute standen; alle drehten sich um und sahen dem Wagen des Sheriffs nach. Lucas sagte: »Die Leute machen komische Dinge, wenn sie betrunken sind. Und sie vergessen Sachen. Wenn er betrunken war, dann kann die Zeit...«

»Er sagt, daß er es nicht war«, sagte Carr.

»Würde er in dem Punkt lügen?«

»Glaube ich nicht«, sagte Carr. »Unter anderen Umständen vielleicht; Trinker belügen sich gern selbst, wenn sie wieder anfangen. Aber in diesem Fall, bei all den Toten, glaube ich nicht, daß er lügen würde. Wie ich Ihnen schon sagte, Phil Bergen ist ein moralischer Mensch. Das ist überhaupt der Grund, warum er trinkt.«

Bei den Muellers waren zwanzig Personen, drei davon Polizisten, die meisten Nachbarn. Ein halbes Dutzend Männer auf Schneemobilen organisierten die Suche in den Gräben und auf den Fahrbahnen im zwei Kilometer Umkreis um das Haus.

Carr ging hinein, während Lucas hilflos um das Haus herumwanderte. Er verstand nichts von der Suche nach vermißten Personen, nicht hier in den Wäldern, und Carr schien sich gut genug auszukennen.

Kurz nach Carrs und Lucas' Ankunft stürzte der Vater des Jungen heraus, einen Schneeanzug überstreifend. Eine Frau in weißem Bäckerkittel stand in der Tür, die Hände vors Gesicht geschlagen. Das Bild ließ Lucas nicht los: Sie zeigte das pure Entsetzen.

Mueller sagte etwas zu Carr, und sie unterhielten sich einen Augenblick. Dann schüttelte Carr den Kopf. Lucas hörte ihn sagen: »Drei hoch nach Norden...«

Der Vater hatte sich umgesehen, als könne der Junge jeden Augenblick aus dem Wald kommen. Doch statt des Kindes sah er Lucas und kam auf ihn zu. »Sie Scheißkerl!« schrie er, die Augen weit aufgerissen. Ein Deputy holte ihn ein, versuchte, ihn zu beruhigen, blieb zwischen ihnen. Alle Gesichter wandten sich Lucas zu. »Wo ist mein Sohn, wo ist mein Sohn?« schrie Mueller.

Carr kam herbei und sagte: »Sie sollten lieber gehen. Nehmen Sie meinen Wagen. Rufen Sie Lacey an, sagen Sie ihm, er soll Gene mitbringen, und fahren Sie zu dritt zu Harper raus. Hier können Sie nichts tun.«

»Aber es muß doch etwas geben...«, sagte Lucas. Ein Deputy sprach mit Mueller, der noch immer Lucas anfunkelte.

»Hier können Sie nichts tun«, sagte Carr. »Gehen Sie nur. Fahren Sie schon zu Harper, wie wir's geplant hatten.«

Lucas traf Lacey und Climpt beim 77 Tap, einer Bar zehn Meilen östlich von Grant. Die Bar war alt, ein einfacher Kasten mit Schindelseiten und ein paar dunklen Fenstern im ersten Stock, der Wohnung des Besitzers. Eine alte Tanksäule stand auf einer Seite des Hauses, mit einer Gruppe von verrostenden, unbenutzten Köderwannen daneben, alles in Schnee versunken. Eine Leuchtreklame von Leineinkugel's stellte den größten Teil der Außenbeleuchtung dar.

Innen stank die Bar nach gebratenem Fisch und abgestandenem Bier. Aus der Jukebox ertönte ein Song von Elton John. Lacey und Climpt saßen in einer der drei Nischen.

»Keine Spur von dem Jungen?« fragte Lacey, während er sich aus der Nische schob. Climpt warf drei Dollar auf den Tisch und stand ebenfalls auf, an einem hölzernen Zahnstocher kauend.

»Als ich ging, noch nicht«, sagte Lucas.

Lacey und Climpt sahen einander an, und Climpt schüttelte den Kopf. »Wenn er nicht bei jemand zu Hause ist...«

»Tja.«

»Ist nicht Ihre Schuld«, sagte Climpt und sah Lucas ungerührt an. »Was hätten Sie machen sollen?«

»Ach...« Lucas schüttelte den Kopf, und sie gingen zur Tür. »Erzählen Sie mir von Harper.«

Lacey war dabei, seine Handschuhe anzuziehen. »Er ist unser hiesiger Gangster. War zwei Jahre wegen schweren Raubüberfalls drüben in Minnesota im Knast. Muß etliche Jahre her sein, nachdem er die High School verlassen hatte. Seither hat er noch drei- oder viermal gesessen.«

»Weswegen?«

»Schlägereien, meistens. In Bars. Er sucht sich irgend jemanden aus, geht auf ihn los, verwickelt ihn in einen Kampf und verletzt ihn. Sie kennen den Typ. Unseres Wissens hat er ein paar Frauen verprügelt, aber die wollten nie was gegen ihn unternehmen. Entweder, weil sie noch hofften, wieder mit ihm zusammenzukommen, oder weil sie Angst hatten. Das Übliche.«

»Ja.«

»Ab und zu hat er eine Knarre dabei, raucht ein bißchen Marihuana, vielleicht nimmt er auch Koks, wir haben beides gehört«, fuhr Lacey fort. »Er sagte, er braucht die Knarre, um sich zu schützen, wenn er von der Tankstelle nach Hause fährt.«

»Er ist ein Verbrecher«, sagte Lucas.

»Hat seine Bürgerrechte wieder«, sagte Lacey. »Sollte er eigentlich nicht. Es gibt Gerüchte, daß er nach Minneapolis fährt und einen Schnapsladen oder ein 7-Eleven überfällt, wenn er wirklich Geld nötig hat. Aber vielleicht ist das auch bloß Tratsch.«

»Vielleicht«, brummte Climpt. Er sah Lucas an. »Er ist nicht wie diese Schläger im Fernsehen. Er ist ein Schläger, aber kein Feigling. Ein mieser Dreckskerl.«

Climpt und Lacey fuhren zusammen, und Lucas folgte ihnen; aus dem Funkgerät hörte man gelegentlich Gesprächsfetzen von Polizisten. Die Straßenverhältnisse waren besser, abgesehen von vereisten Ecken und Kreuzungen, und wegen der Kälte war wenig Verkehr. Sie brauchten nicht lange.

Knuckle Lake erschien als Gruppe von Lichtern, die sich beim Näherkommen in Reklameschilder und Straßenlaternen auflöste. Ein halbes Dutzend Gebäude, verstreut in alle Richtungen: ein Motel, zwei Bars, ein Supermarkt, ein Café und die Amoco-Tankstelle. Die Tankstelle war hell erleuchtet; hinten auf dem Grundstück war der Schnee meterhoch aufgehäuft. Ein Wagen stand mit abgestelltem Motor an einer Zapfsäule; der Fahrer war ausgestiegen. Durch die Fenster einer kleinen Werkstatt sah man einen alten Chevy. Climpt und Lacey hielten vor dem großen Fenster an. Lucas hinter ihnen. Ein Teenager in einem zerlumpten Trenchcoat und Tennisschuhen schaute sie durch die Scheibe an. Er war ganz allein wie ein Guppi in einem hell erleuchteten Aquarium.

Lucas folgte Climpt hinein. Climpt nickte dem Jungen zu und sagte: »Hallo, Tommy. Wie geht's?«

»Prima, Mr. Climpt«, antwortete der Junge. Er war nervös, und eine Strähne strohfarbener Haare hing unter seiner Mütze hervor. Sein Adamsapfel zuckte krampfhaft.

»Wie lange bist du draußen?« fragte Climpt.

»Oh, zwei Monate jetzt«, sagte der Junge.

»Tommy hat sich früher Autos ausgeliehen und Spritztouren gemacht«, sagte Climpt.

»Schlechte Angewohnheit«, sagte Lucas, verschränkte die Arme und lehnte sich an den Bonbonautomaten. »Alle werden sauer auf einen.«

»Ich hab's aufgegeben«, sagte der Junge.

»Er ist ein guter Mechaniker«, sagte Climpt. Dann: »Wo ist Russ?«

»Unten im Haus, glaub ich.«

»Okay.«

»Wär besser, wenn du ihn nicht anrufen würdest«, sagte Lucas.

»Wie Sie wollen«, sagte der Junge. »Ich mache, was Sie wollen.«

»Was wir wollen«, sagte Climpt. Er zeigte mit dem Finger auf den Jungen, und der Junge schluckte. »Wir werden Russ nicht sagen, daß wir mit dir geredet haben.«

Als sie wieder draußen waren, sagte Climpt: »Er wird nicht anrufen.«

»Wie weit ist es zu Harpers Haus?«

»Von hier aus zwei Minuten«, sagte Climpt.

»Glauben Sie, er wird Probleme machen?«

»Nicht, wenn wir ihn sofort in die Enge treiben«, meinte Climpt. »Er würde sicher kein Stipendium für ein College gewinnen, aber er ist nicht so blöde, sich anzulegen, wenn ... was stellen wir eigentlich dar?«

»Ein Polizeiaufgebot«, sagte Lucas.

Climpt lachte kurz und rauh auf. »Richtig. Ein Polizeiaufgebot.«

Lucas mußte immer wieder an John Mueller denken; das war wie Zahnschmerzen, ein Schmerz, der nicht vergehen will, gegen den aber auch nichts zu machen ist. Vielleicht war er bei einem Freund. Vielleicht hatten sie ihn schon gefunden...

Harpers Haus stand in einem Hain aus Birken und Rotfichten, allein an einem unbeleuchteten Stück Seitenstraße. Im Hinterhof gab es eine freistehende Garage unter einer Quecksilberdampflampe. Auf der Rückseite des Hauses waren die Fenster erleuchtet. Climpt schaltete die Scheinwerfer aus und parkte am Ende der Einfahrt, und Lucas stellte seinen Wagen dahinter.

Climpt und Lacey stiegen aus und schlossen die Autotüren leise, statt sie zuzuwerfen. »Sind Sie bewaffnet?« fragte Climpt.

»Ja.«

»Halten Sie die Waffe griffbereit. Russ hat immer was in petto.«

»In Ordnung.« Lucas wandte sich an Lacey, der die Hände in die Taschen geschoben hatte und nach dem Haus starrte. »Henry, warum bleiben Sie nicht hier beim Wagen? Nehmen Sie Ihre Waffe und warten Sie.«

Lacey ging zurück zum Auto.

»Ich werd versuchen, ihn gleich ein bißchen einzuschüchtern«, sagte Lucas zu Climpt, als sie die Einfahrt entlanggingen. »Ich mach nicht ernst, aber Sie können so tun, als dächten Sie, ich würde.«

Sie rochen Holzrauch, einen bitteren Geruch, der in Nase und Hals stach. Auf der vorderen Veranda lag der Schnee einen halben Meter hoch. »Sieht so aus, als würde er die vordere Haustür überhaupt nicht benutzen«, sagte Climpt.

Sie gingen um das Haus herum und hörten die Waffenhalterung klicken, als Lacey die Waffe löste und herausnahm, und dann das klappernde Geräusch eines Zwölfer-Magazins, das eingeschoben wurde. An der Hintertür vernahm

Lucas Geräusche aus einem Fernseher – er konnte die Worte nicht verstehen, hörte aber die Musik.

»Bleiben Sie unten stehen, wo er Sie sehen kann«, sagte Lucas zu Climpt. Er ging ein paar Stufen hinauf und klopfte an die Tür. Dann trat er beiseite. Einen Augenblick später ging eine gelbe Außenlampe an, und ein Vorhang wurde zurückgezogen. Der Kopf eines Mannes erschien hinter der Fensterscheibe. Er sah Climpt, zögerte, machte eine Geste und fummelte dann am Türknopf herum.

»Alles okay«, murmelte Lucas.

Harper zog die innere Tür auf, sah Lucas und runzelte die Stirn. Er hatte ein ovales Gesicht mit spitzem Kinn, einen kleinen, dicklippigen Mund und Narben auf der Stirn und unter den Augen. Seine Augen waren so klein wie Münzen und schwarz wie Eidechsenaugen. Er war unrasiert. Er stieß die Tür des Windfangs auf, schaute zu Climpt hinunter und sagte: »Was wollen Sie, Gene?«

»Wir müssen mit Ihnen über den Tod des Jungen reden, und wir müssen noch einmal Jims Sachen durchsehen«, sagte Climpt.

Harpers dicke Lippen zuckten. »Habt ihr 'nen Durchsuchungsbefehl?«

»Ja, haben wir.«

Nach einem langen Augenblick sagte Harper: »Verdammt, wozu belästigt ihr mich, Climpt?« Er sprach jetzt leise, rauh und guttural; wütend, aber ohne Angst.

»Wir belästigen Sie nicht«, versetzte Lucas barsch. Er packte die Klinke der Windfangtür und riß sie auf. Harper wich zurück und ging in Kampfstellung, zum Zuschlagen bereit. Er hatte runde Schultern, war aber stark, und seine Hände sahen in dem schlechten Licht grau wie Granit aus. Lucas nahm die rechte Hand aus der Tasche, eine bloße Hand mit einer 45er. »Wenn Sie mich anrühren, schlage ich Sie zusammen«, sagte er. »Und wenn ich unterlegen sein sollte, dann blase ich Ihnen Ihre verdammten Eier weg.«

»Was?« Harper wich zurück und ließ die rechte Hand sinken.

»Sie haben mich genau verstanden, Arschloch.«

»O ja«, sagte Harper. Er richtete sich auf und ließ auch die linke Hand sinken. »Sie sind der Typ aus der Großstadt, was? Großstadtbulle, Großstadtarschloch, das mir die Eier wegblasen will.« Er trat noch einen Schritt zurück, und Wut breitete sich von den Augen ausgehend über seine Züge aus, bereit, gleich wieder auszubrechen.

»Nur die Ruhe, Scheißkerl«, sagte Lucas. Er hob die 45er ein wenig an. »Sie haben Ihren eigenen Jungen an die Ecke gestellt, damit er irgendwelchen fetten Kerlen einen bläst, und es gibt keinen hier im Bezirk, der mir Vorwürfe machen würde, wenn ich Ihr Gehirn im ganzen Haus verspritzte. Also, wollen Sie? Nur zu, nur zu...«

»Sie spinnen doch«, sagte Harper. Aber seine Stimme hatte sich wieder verändert. Jetzt war unter der Oberfläche Unsicherheit zu erkennen. »Was wollt ihr von mir, Gene?«

»Die kleine LaCourt, die ermordet worden ist, hatte ein Bild von Ihrem Jungen, nackt mit einem erwachsenen Mann«, sagte Climpt.

Lucas ließ die Waffe sinken, trat vor, stellte einen Fuß ins Zimmer, die Schulter gegen die Tür gedrückt, und drängte Harper zurück. »Sie hat es herumgezeigt, und dann wurde die ganze Familie ausgelöscht«, sagte er. »Wir wollen uns Jims Sachen ansehen und feststellen, ob irgendwas darauf hindeutet, wer es war.«

»Ich war's ganz bestimmt nicht.«

»Wir suchen einen Kerl, der blond und ein bißchen fett ist«, sagte Lucas. Er stand jetzt im Vorraum, Harper wich durch eine Innentür in die Küche zurück. Climpt war einen Schritt hinter Lucas. »Haben Sie vielleicht Freunde, die so aussehen?«

Climpt rief nach draußen: »Henry, komm rüber.«

»Ich will diesen Durchsuchungsbefehl sehen«, sagte Harper und wich weiter in die Küche zurück. Hier roch es nach Zwiebeln, verdorbenem Fleisch und alter, saurer Milch.

»Henry hat ihn«, sagte Climpt. Harper sah an Lucas vorbei, als Lacey erschien. Lacey zog das Papier aus der Tasche und reichte es Lucas, der es an Harper weitergab. Während Harper es betrachtete, entsicherte Lucas die 45er. Bei dem Geräusch blickte Harper auf und sagte: »Smith and Wesson. Ist das die 40er oder die 45er?«

»Die 45er«, erklärte Lucas.

»Ich hätte die 40er genommen«, meinte Harper, während die beiden Deputies ebenfalls hereinkamen. Er war fast unmerklich in die Rolle des speichelleckenden Kollaborateurs geschlüpft, wie man es im Gefängnis lernt.

»Na gut«, sagte Lucas und ignorierte den Kommentar. Er steckte die Waffe wieder in die Tasche. »Wo ist das Zimmer des Jungen?«

»Sie glauben nicht, daß ich mich mit Waffen auskenne? Ich...«

»Ist mir scheißegal, womit Sie sich auskennen«, versetzte Lucas grob. »Wo ist das Zimmer des Jungen?«

»Scheiße«, brummte Harper, knüllte den Durchsuchungsbefehl in der Hand zusammen, warf ihn auf den Boden, drehte sich um und führte sie durch einen schmalen Gang ins Wohnzimmer. Im Fernsehen wurden Ringkämpfe gezeigt, und ein Plastikteller mit orangefarbenen Flecken von der Sauce eines Spaghetti-Fertiggerichts stand auf einem runden Eichentisch, neben einer leeren Kaffeetasse. Harper ging daran vorbei in einen anderen Gang. Die erste Tür rechts stand offen und führte in ein Badezimmer. Die nächste Tür, auf der linken Seite, stand halb offen, und Harper zog sie zu. »Das ist meins. Nichts von Jim drin.«

An der letzten Tür auf der rechten Seite blieb er stehen und zeigte mit dem Daumen darauf. »Das war Jims Zimmer.«

Lucas stieß die Tür auf. Jim Harper war seit mehr als zwei

Monaten tot, doch sein Zimmer war noch so, wie er es verlassen hatte. Eine schmutzige Jeans, ein T-Shirt und eine Unterhose lagen in einer Ecke, jetzt staubbedeckt. Das Bett war ungemacht, ein ausgebleichtes Vorschlaglaken und eine olivfarbene Armeedecke auf einem vergilbten Bettlaken. Das Kissen war klein und grau und hatte Flecken, die Blut hätten sein können. Lucas schaute genauer hin: Blut, tatsächlich, aber in winzigen Flecken, als hätte der Junge Akne gehabt und am Schorf gekratzt... In den Schubladen der einzigen Kommode lagen Kleidungsstücke, und zwei der Schubladen standen offen.

»Die Bullen waren schon hier und haben alles durcheinandergeworfen«, sagte Harper über Lucas' Schulter. »Haben aber nichts gefunden.«

Lucas drehte sich nach Lacey um. »Henry, warum gehen Sie nicht mit Mr. Harper fernsehen? Gene und ich werden uns umschauen.«

»He...«, sagte Harper.

»Halten Sie die Klappe«, sagte Lucas.

»Die haben alles durchsucht und nichts gefunden«, sagte Lucas zu Climpt. »Wenn Sie ein Junge wären, der etwas verstecken will, wo würden Sie es hintun?«

»Ich hab mir gedacht, daß Russ so ein Arschloch ist, daß sein Junge keinen Grund hätte, was vor ihm zu verstecken. Nichts, was er tat, hätte ihn groß aufgeregt.«

Lucas zuckte mit den Schultern. »Vielleicht wollte er was verstecken, nur, um es behalten zu können.«

»Das wäre möglich«, sagte Climpt. Und einen Augenblick später: »Ich hab solche Sachen immer im Keller versteckt. Vielleicht in einem Schrank, wenn es nur für eine Nacht und klein war – Pornomagazine, solche Sachen. Vielleicht auch auf dem Speicher, wenn sie einen haben.«

»Sehen wir uns hier kurz um, danach vielleicht unten ein bißchen.«

Das Haus war alt und hatte Dielenböden, die mit Linoleum belegt waren, und Wände aus Latten und Gipsplatten. Lucas sah den Schrank des Jungen durch, holte einen Stapel Zeitschriften und Comics heraus, untersuchte Schuhe und ein paar Hemden. Es gab keine losen Dielenbretter, und die Gipswand hatte zwar Risse, war aber ansonsten intakt. Climpt zog alle Schubladen der Kommode heraus, drehte sie um, überprüfte den Heizkörper und stellte fest, daß er solide war. Nach zehn Minuten beschlossen sie, daß der Raum sauber war.

»Speicher oder Keller?« fragte Climpt.

»Sehen wir, wie's mit dem Speicher ausschaut.«

Man erreichte den Speicher über eine Klappe im Badezimmer. Lucas stand auf einem Stuhl, stieß die Klappe auf und wurde von Staub und Asbestisolierung berieselt. Er zog die Klappe wieder zu, kletterte herunter und wischte sich den Schmutz aus den Haaren.

»Lange nicht geöffnet worden«, sagte er.

»Der Keller«, sagte Climpt. Als sie am Wohnzimmer vorbeikamen, sahen sie Lacey, der einen größeren Schrank durchsuchte, während Harper sich in einem Sessel lümmelte.

»Irgendwas gefunden?« fragte Lucas.

»Nein.«

»Wir gehen in den Keller«, sagte Lucas.

Harper sah ihnen nach, sagte aber nichts. »Ich wünschte, der Arsch würde mir einen Grund geben, ihm den Schädel einzuschlagen«, sagte Climpt.

Im Keller roch es nach Spinnweben, Staub, Motoröl und Kohle. Die Wände aus Granitblöcken waren mit sandigem, abbröckelndem Zement verputzt. Zwei nackte Glühbirnen an alten, ausgefransten Leitungen bildeten die ganze Beleuchtung. Es gab zwei kleine Räume, gefüllt mit den Überresten eines halben Jahrhunderts Landleben: Regale mit staubigen Einmachgläsern, zerbrochene Krüge, ein uralter Rasenmäher, eine rostige Brechstange. Ein Dutzend Fallen hingen an einem Nagel, und daneben hingen zwei Dutzend winziger Pfoten, mit Draht zusammengebunden.

»Taschenratten«, sagte Climpt und berührte sie. Sie schaukelten hin und her wie ein gespenstisches Mobile. »Früher hat der Bezirk dafür Prämien bezahlt, einen Nickel für zwei Vorderpfoten.«

In einer Ecke stand eine Werkbank aus Eisenbahnschwellen mit einer verrosteten Schraubzwinge an einem Ende. In der Mitte des Hauptraumes stand ein riesiger alter Kohleofen wie eine abgestorbene Eiche, völlig kalt. Ein kleiner Propanbrenner befand sich im ehemaligen Kohlenkeller, Rohre führten in die Zimmer darüber. Der Kohlenkeller war der sauberste Kellerraum, offenbar gereinigt worden als der Ofen installiert wurde. Auf den ersten Blick gab es keinen Platz, um irgend etwas zu verstecken.

Lucas schlenderte zu dem Kohleofen, öffnete die Klappe, sah einen Haufen alter Asche und schloß sie wieder. »Könnte ein Weilchen dauern«, sagte er.

Sie brauchten fünfzehn Minuten. Immer wieder sagte Climpt: »Irgendwo, wo er schnell drankonnte...« Sie fanden nichts und wollten gerade unzufrieden aufgeben, waren schon auf der Treppe. Der Keller hatte zu viele Ecken und Winkel. »Wenn man einen von den Steinen herausziehen könnte...«, begann Lucas.

»Den würden wir nie finden. Es muß Tausende davon geben«, sagte Climpt.

Lucas sagte: »Warten Sie einen Moment.« Er ging wieder nach unten und sah sich den Propanbrenner an.

»Wenn das der Kohlenkeller ist, müßte es dann nicht eine Kohlenschütte geben?« fragte er.

»Ja, müßte es«, sage Climpt.

Sie fanden die Tür der Schütte, in die Wand hinter dem Propanbrenner eingelassen, vier Fuß über dem Boden und bei der schlechten Beleuchtung tatsächlich so gut wie unsichtbar. Lucas griff zu, entriegelte die Klappe und tastete hinein. Seine Hand traf auf einen Stapel Papier.

»Da ist was«, sagte er. »Papier.« Er zog es heraus. Drei glänzende Pornomagazine und zwei Sex-Comics. Er reichte sie Climpt, griff nochmals in die Kohlenschütte und holte eine kleine Ecke Papier aus einem Notizbuch hervor, leer, die vielleicht als Lesezeichen benutzt worden war. Lucas steckte das Papier in die Tasche.

»Pornos«, sagte Climpt. Sie schüttelten die Zeitschriften aus, aber darin war nichts.

»Sehen wir sie durch«, sagte Lucas. »Wir suchen ein Bild von einem Jungen auf einem Bett.«

Sie blätterten die Zeitschriften durch, aber alle Bilder waren offensichtlich kommerziell und zeigten Szenen mit Frauen. Der kleine Mueller hatte das Bild, das er gesehen hatte, als grobkörnig und auf Zeitungspapier gedruckt beschrieben.

»Nicht viel«, sagte Climpt. »Nur 'ne Menge Mösen... der gute Shelly würde einen Herzanfall kriegen.«

Lucas ging wieder zur Kohlenschütte zurück, um sie ein letztes Mal zu überprüfen, griff tief hinein und spürte die Kante von einem Stück Plastik. Er mußte sich recken, um es herauszunehmen.

Ein Polaroidfoto.

Climpt kam herbei und schaute ihm über die Schulter.

Ein schlanker, nackter Junge stand vor einer knienden Frau, die sein Glied im Mund hatte. Die Hände hatte er um ihren Kopf gelegt. Von der Frau sah man nur das dunkle Haar, die untere Gesichtshälfte von der Nase an und einen Teil des Halses. Offensichtlich war sie älter, vermutlich um die vierzig.

Die linke Hand des Jungen war sichtbar. An ihr fehlte ein Finger.

»Die Frau kann ich so nicht erkennen«, sagte Climpt. »Aber der Junge ist Jim.«

»He, Lucas«, rief Lacey von oben.

»Ja?«

»Hier ist was... ach, Scheiße«, platzte Lacey heraus.

Lucas sah Climpt an. Dieser zuckte mit den Schultern, und gemeinsam gingen sie nach oben. Lacey stand an der Tür zum Wohnzimmer. Sein Gesicht war kreidebleich. Harper saß in einem Sessel und schaute amüsiert drein. Der Fernseher lief. Das Video war billig und ziemlich eindeutig: Zwei Männer lagen auf einem Bett und fummelten aneinander herum.

»Verkaufen Sie diesen Scheißdreck?« sagte Climpt grollend zu Harper.

»Ich hab's Henry schon gesagt, das gehörte alles Jim. Ich mache mir nichts aus diesem Schwulenzeug.«

»Hab ich im Schrank gefunden«, sagte Lacey. »Es waren keine Etiketten darauf.«

Lucas gab Lacey das Polaroidfoto.

»Donnerwetter«, flüsterte Lacey.

»Ja«, meinte Lucas. »Wollen Sie es sehen, Harper?« Nichts mehr von *Russ* oder *Mr. Harper*. Er hielt Harper das Bild hin, der danach griff, doch Lucas zog es zurück. »Nur sehen, nicht anfassen.«

Harper sah sich das Bild an und brummte: »Sieht aus wie Jim, der sich's besorgen läßt. Verdammt, ich wüßte gern, wer sie ist. Sieht aus, als wüßte sie, was sie tut.«

Noch immer war sein Gesichtsausdruck leicht amüsiert. Er war im Begriff, etwas zu sagen, als Climpt an Lucas vorbeiging, Harper beim Hemd packte und aus dem Sessel zog. »Du Dreckschwein...«

Harper schützte seinen Bauch mit den Ellbogen und suchte Deckung hinter seinen Fäusten. Er will nicht verletzt werden, aber er hat keine Angst, dachte Lucas.

»He, he«, sagte Lacey und versuchte, einzugreifen. »Laß ihn...«

Climpt schubste Harper gegen Lucas, der ihn auffing,

sagte: »Verdammt, ich will ihn nicht«, und weiter gegen die Wand stieß. Climpt zog ihn, als er zurückwich, am Kragen nach hinten, und als Lacey »He!« schrie, ließ er ihn mit dem Hinterkopf gegen die entgegengesetzte Wand krachen und zog ihn dann wieder nach vorn. Lucas drückte die Hand in Harpers Gesicht und stieß ihn zurück in den Sessel.

»Hört bloß auf«, sagte Lacey.

»Hast deinen eigenen Jungen für diesen Scheiß benutzt, was?« sagte Climpt, das Gesicht dicht an Harpers. Harper spuckte ihn an. Climpt packte ihn am Hemdkragen und der Haut am Hals und hob ihn ein Stück aus dem Sessel. »Hast seinen Arsch an Schwule und an jeden verkauft, der ein Stück junges Fleisch wollte. Weißt du, was man im Knast mit dir machen wird? Weißt du, was mit Kinderfickern passiert? Sie müssen auf den Knien rumrutschen und den Typen dort einen blasen.«

Lacey war rot angelaufen. Er faßte Climpt an der Schulter und zerrte an ihm. Lucas schob einen Arm zwischen Harper und Climpt und sagte: »Gene, lassen Sie ihn los. Gene...«

Climpt schaute Lucas an, ohne ihn zu sehen, ließ Harper dann in den Sessel zurückfallen, wandte sich ab und wischte sich mit dem Unterarm übers Gesicht.

»Scheißkerl«, sagte Harper und zog sein Hemd herunter.

Lucas wandte sich an Lacey. »Könnten Sie Shelly über Funk anrufen? Erwähnen Sie das Polaroidfoto nicht direkt, aber sagen Sie ihm, daß wir was haben. Und daß wir mit ihm reden müssen.«

Lacey trat widerwillig zurück. »Ihr Jungs werdet doch nicht...«

»Nein, nein«, sagte Lucas. »Und, hören Sie, fragen Sie, ob es von dem kleinen Mueller etwas Neues gibt.«

»Was ist mit dem kleinen Mueller?« fragte Harper.

»Er wird vermißt«, sagte Lucas und drehte sich nach ihm um.

Lacey ging durch die Küche hinaus. Als die Hintertür

zuschlug, trat Lucas zu Harper. »Ich glaube, Sie haben Deputy Climpt angespuckt, und ich fühle mich irgendwie zu kurz gekommen. Mich haben Sie nicht angespuckt.«

»Sie können mich mal«, sagte Harper. Er schaute von Lucas zu Climpt und zurück. »Ich habe Rechte...«

Lucas packte ihn am Hemd, wie Climpt es getan hatte, riß ihn aus dem Sessel hoch, drückte ihn in Richtung Wand und schleuderte ihn dagegen. Harper ging in Deckung, noch immer nicht zu Widerstand bereit. Climpt faßte seinen rechten Arm und drehte ihn nach hinten. Sowohl Lucas als auch Climpt waren größer als Harper und preßten ihn an die Wand.

»Wo ich gerade vorhin im Keller einen Schraubstock gesehen habe...«, sagte Lucas, halb zu Climpt gewandt. Climpt knurrte. »Schauen Sie hier, das ist wirklich übel.«

Er packte mit Daumen und Mittelfinger das Fleisch zwischen Harpers Nasenlöchern und drückte zu. Seine Fingernägel gruben sich in das weiche Gewebe. Harper riß den Mund auf, als wolle er schreien, aber Climpt hob die Hand und drückte seinen Hals zusammen.

Lucas quetschte die Finger fester und fester zusammen. »Wer ist die Frau auf dem Bild? Wer ist sie?«

Harper krümmte sich, schüttelte den Kopf. »Lassen Sie seinen Hals lieber einen Moment los, Gene«, sagte Lucas und nahm die Hand von Harpers Nase. Harper ächzte, ruderte mit den Armen, holte keuchend Luft, und Lucas fragte: »Wer ist das, du Arschloch? Wer ist die Frau?«

»Weiß nicht...«

»Lassen Sie mich mal versuchen«, sagte Climpt, packte Harpers Nase, wie Lucas es getan hatte, und drückte mit seinen dicken gelben Fingernägeln zu...

Das Geräusch, das aus Harpers Kehle kam, hätte ein Schrei sein können, wenn der Ton etwas tiefer gewesen wäre. So aber klang es, wie wenn jemand über eine Schiefertafel kratzt, und er schauderte.

»Wer ist das?« fragte Lucas.

»Weiß n...«

Climpt sah Lucas an, der den Kopf schüttelte, und beide ließen Harper im gleichen Moment los. Tränen liefen über Harpers Gesicht. Er verbarg das Gesicht in den Händen und fiel auf die Knie. Lucas hockte sich neben ihn.

»Sie wissen was«, sagte Lucas. »Sie kennen die Frau oder jemanden, der die Frau kennt.«

Harper rappelte sich auf. Seine Augen waren rot, und noch immer liefen ihm Tränen übers Gesicht. »Ihr Schweinehunde.«

Climpt boxte ihm gegen die Schläfe. »Sie hören nicht zu. Sie wissen, wer das ist, diese Frau. Und wenn Sie den Namen nicht ausspucken...«

»Dann machen Sie was? Verprügeln mich?« sagte Harper trotzig. »Ich bin früher schon verprügelt worden, also, nur zu. Ich werd meinen verdammten Anwalt benachrichtigen.«

»Ja, Sie schicken einen verdammten Anwalt los, und ich werde dieses verdammte Bild ans Pinnbrett im verdammten Supermarkt hängen und drunterschreiben, daß Sie Jims Arsch verkauft haben«, sagte Climpt. »Man wird Ihre verdammte Haut da draußen an einem Baum hängend finden, und Sie werden nicht drinstecken.«

»Wichser«, schnaubte Harper. Auf seiner Oberlippe war Blut, das aus seiner Nase sickerte.

Climpts Hand zuckte, aber Lucas hielt ihn fest. »Lassen Sie's gut sein«, sagte er.

Als sie in die Wagen stiegen, sagte Lacey: »Wo ist Harper?«

»Vermutlich macht er sich was zum Abendessen«, sagte Climpt. Und dann: »Er ist okay, Henry, reg dich nicht auf.«

Lacey schüttelte zweifelnd den Kopf und fragte: »Kann ich das Polaroidfoto noch mal sehen, nur für einen Augenblick?«

Lucas gab es ihm, und Lacey schaltete die Innenbeleuchtung an und betrachtete das Bild.

»Schauen Sie mal, genau hier«, sagte Lacey. Er berührte den Rand des Fotos mit einem Fingernagel. Lucas nahm es.

»Sieht aus wie ein Ärmel.«

»Ja, genau«, sagte Lucas und hielt das Foto dicht vor seine Nase. »Also, das war eine Polaroid Spectra. Spectras haben eine Fernbedienung, irgendwie über Funk, also könnte es sein, daß sie nur zu zweit waren. Aber wenn das ein Ärmel ist und wenn jemand hinter der Kamera stand...

»Der Winkel der Kamera ist abwärts gerichtet«, sagte Lucas. »Für ein Stativ wäre das ziemlich hoch.«

»Also muß es mehrere von ihnen geben«, sagte Lacey.

»Ja, vermutlich«, sagte Lucas und nickte. »Wir wissen bereits, daß er mit einem dicken Weißen zusammen war, und hier ist eine Frau...«

»Verdammt, wenn es eine ganze Gruppe von Leuten ist, dann geht der ganze Bezirk zum Teufel«, sagte Climpt.

»Ich würde sagen, er ist bereits beim Teufel«, sagte Lucas.

Climpt schüttelte den Kopf. »Eine Gruppe von Leuten, die mit Kindern bumst – das wäre schlimmer als die Morde. Glauben Sie mir, hierzulande wäre das schlimmer.«

9

Climpt fuhr mit Lucas zusammen zurück in Richtung Stadt.

»Hat mir gefallen, wie Sie das gemacht haben«, sagte Climpt.

»Danke. Hab lange dran gearbeitet«, sagte Lucas.

Das Funkgerät piepste: Carr. *Ich brauche euch im Gerichtsgebäude.*

»Haben Sie das Kind gefunden?« fragte Lucas.

Bis jetzt noch nicht, sagte Carr.

Nachdem er abgeschaltet hatte, sagte Lucas zu Climpt: »Ich habe Mist gebaut. Der Schuldirektor war besorgt, daß

Polizisten mit Kindern reden, ohne daß die Eltern das erlaubt haben. Ich fuhr den Jungen nach Hause, damit ich es seinem Vater erklären konnte… Verfluchte Scheiße.«

»Sie haben keinen Mist gebaut«, sagte Climpt. Er fummelte eine Zigarette aus einem zerdrückten Päckchen und zündete sie mit einem Pappstreichholz an. »Solche Sachen kann man nicht wissen. Wir haben es mit einem Verrückten zu tun. Und Sie haben einen Ruf. Die Leute hier in der Gegend halten Sie für Sherlock Holmes.«

»Bin ich nicht. Aber ich hatte schon früher mit Psychopathen zu tun. Ich hätte wissen müssen, daß ich mich nicht an einem einzigen Zeugen interessiert zeigen darf«, sagte Lucas. »Ich… oh, Scheiße.«

»Was?«

»Wissen Sie, wo die Ärztin wohnt? Weather Karkinnen?« fragte Lucas mit angespannter Stimme.

»Klar. Unten am Lincoln Lake.«

Weather wohnte in einem verwinkelten weißen Schindelhaus mit steilem, schneebedecktem Dach. An einem Ende erhob sich ein Kamin aus Natursteinen, mit kahlen Weinranken bewachsen, am anderen stand eine Doppelgarage. Rotfichten schützten das Haus vor dem Nordwind. Zwei riesige Weißfichten standen dahinter am Rand des zugefrorenen Sees. Von einem niedrigen Ast der einen hing ein Seil. Die Nachbarhäuser waren ebenso groß oder noch größer als das von Weather, und zu den meisten gehörten verwitternde Bootshäuser am Seeufer.

Als Lucas und Climpt in die Einfahrt einbogen, fegte auf dem See eine Gruppe von Schneemobilen vorbei, die ein Barschild am anderen Ufer ansteuerten.

Weathers Haus war dunkel.

»Dauert nur ein oder zwei Minuten«, sagte Lucas, doch eine eisige Angst zerrte an seiner Brust und verstärkte sich, als er aus dem Wagen stieg und auf das Haus zueilte. Er läutete die Glocke, doch als keine Reaktion erfolgte, klopfte er an die Tür und rüttelte am Türknauf. Die Tür war versperrt. Er trat von der Veranda zurück, ging um das Haus herum und wollte es bei einer der Garagentüren versuchen, als innen ein Licht anging.

Ihm fiel ein Stein vom Herzen. Er drehte sich um und eilte zurück zur Tür, klingelte erneut. Plötzlich war er wieder nervös und fürchtete, sie könne denken, er sei hier, um sie anzumachen.

Einen Augenblick später öffnete Weather die innere Tür, spähte durch das Glas der Windfangtür und öffnete diese dann auch. Sie trug einen schweren Frotteemantel, der ihr bis auf die Füße reichte. Sie zog ihn am Hals zusammen, als sie sich hinausbeugte, an ihm vorbei nach dem Wagen schaute, der mit laufendem Motor in der Einfahrt stand, und sagte: »Okay, was ist passiert?«

Ein weiterer Stein fiel ihm vom Herzen. Sie dachte *nicht*, daß er...

»Ein Junge wird vermißt, nachdem ich heute in der Schule mit ihm geredet hatte«, platzte Lucas heraus. »Vielleicht ist er einfach aus dem Haus gegangen, aber das glaubt eigentlich keiner. Vielleicht hat ihn derjenige geschnappt, der die LaCourts erledigt hat. Und da wir eine Weile zusammen waren, Sie und ich... Verstehen Sie...«

»Wer ist das da draußen im Wagen?« fragte Weather.

»Gene Climpt.«

Sie winkte Climpt zu und sagte dann zu Lucas: »Kommen Sie einen Augenblick rein und erzählen Sie.«

Lucas trat den Schnee von seinen Stiefeln und ging ins Haus. Es roch leicht nach Backwaren und Kräutern. Ein modernes Aquarell, das eine Vase mit Blumen darstellte, hing an der rohweißen Wand dem Eingang gegenüber. Lucas verstand fast nichts von moderner Kunst, aber es gefiel ihm.

»Wer ist der Junge?« fragte Weather.

»John Mueller«, sagte Lucas. »Kennen Sie ihn?«

»O Gott. Arbeitet seine Mutter in der Bäckerei?«

»Ich glaube...«

»Ach, Himmel, ich hab ihn da gesehen, wie er seine Hausaufgaben machte. Mein Gott...« Sie hatte die Arme über der Brust gekreuzt und die Finger fest in den Stoff ihres Bademantels gekrallt.

»Wenn der Mörder den Jungen geschnappt hat, dann hat er die Kontrolle verloren. Durchgedreht«, sagte Lucas. Er fühlte sich groß und ungelenk in Parka und Stiefeln, Mütze und Handschuhen, während er sie in ihrem Bademantel betrachtete. »Am besten wäre, wenn Sie von hier verschwinden würden. Zumindest, bis wir für eine gewisse Sicherheit sorgen können.«

Weather schüttelte den Kopf. »Nicht heute nacht. Ich muß operieren, in...«, sie sah auf ihre Uhr, »... sieben Stunden. In fünf Stunden muß ich aufstehen.«

»Können Sie das nicht absagen?« fragte Lucas.

»Nein.« Sie schüttelte den Kopf. »Mein Patient ist bereits im Krankenhaus, nüchtern und mit Medikamenten versorgt... das wäre nicht richtig.«

»Ich muß in die Stadt«, sagte Lucas. »Ich könnte wiederkommen und auf Ihrer Couch kampieren...«

»Mit anderen Worten, mich wieder aufwecken«, meinte sie, aber sie lächelte.

»Hören Sie, das wird allmählich unangenehm.« Er war so ernst, daß sie ihm die Hand auf den Arm legte um ihn zu unterbrechen, und sagte: »Warten Sie eine Minute.« Sie ging in den dunklen Teil des Hauses, und schaltete dort eine Lampe ein. Einen Augenblick klapperte etwas, und dann kam sie mit einem Türöffner für die Garage zurück.

»Kommen Sie... achten Sie nicht auf den Schnee an Ihren Stiefeln, das ist nur Wasser.« Sie führte ihn durch das Wohnzimmer in den Flur und öffnete die erste Flurtür. »Gästezimmer. Der rechte Platz in der Garage ist frei. Sie kommen durch die Garagentür in die Küche und dann hier rein. Ich lasse ein paar Lampen brennen.«

Lucas nahm die Fernbedienung für die Garagentür, nickte und sagte: »Ich gehe um Ihr Haus herum und schaue auch hinten nach. Halten Sie die Türen verschlossen und bleiben Sie drinnen. Haben Sie Schnappschlösser?«

»Ja.«

»Dann schließen Sie die Türen ab«, sagte er. »Haben Sie ein Schloß an Ihrer Schlafzimmertür?«

»Ja, aber nur in einem Drehknopf. Nicht besonders sicher.«

»Es kann jemanden aufhalten«, sagte Lucas. »Sperren Sie es ab. Was ist mit einer Waffe? Haben Sie eine Waffe?«

»Eine 22er Flinte. Mein Vater schoß damit Eichhörnchen vom Dach.«

»Können Sie damit umgehen? Ist es geladen?«

»Ja. Und es ist noch eine Schachtel Patronen da.«

»Legen Sie es unter Ihr Bett«, sagte Lucas. »Wir sprechen uns morgen früh. Wecken Sie mich, wenn Sie aufstehen.«

»Lucas, seien Sie vorsichtig.«

»Seien *Sie* vorsichtig. Verschließen Sie die Türen.«

Er ging zum Vorraum und zog die Innentür auf. Er wollte gehen, aber sie packte ihn am Ärmel, zog ihn zurück, stellte sich auf die Zehenspitzen, küßte ihn und gab ihm fast mit der gleichen Bewegung einen leichten Schubs, der ihn durch die Windfangtür schob.

»Bis morgen früh«, sagte sie und machte die Tür zu. Er wartete, bis er das Schloß einschnappen hörte, und ging dann zum Wagen zurück. Noch immer spürte er den flüchtigen Druck ihrer Lippen auf den seinen.

»Ist sie okay?« fragte Climpt.

«Ja. Geben Sie mir die Taschenlampe. Im Handschuhfach.« Climpt ächzte, kramte im Handschuhfach herum, reichte ihm die Lampe, und Lucas sagte: »Bin gleich wieder da.«

Der Schnee rings um das Haus war unberührt, soweit er sehen konnte. An der Rückseite gab es eine breite Terrasse mit Geländer. Ein Vogelhaus wies Hunderte von Krallenabdrücken und Spuren von einem Eichhörnchen auf, aber nichts Größeres. Während er schwer durch den Schnee stapfte und zum Wagen zurückging, röhrte auf dem See eine weitere Gruppe von Schneemobilen vorbei, und Lucas dachte an den Schlitten, der bei dem Angriff auf die LaCourts benutzt worden war.

Climpt stand neben dem Wagen und rauchte. Als er Lucas kommen sah, ließ er die Zigarette fallen, trat sie aus und stieg wieder ein.

»Was gefunden?« fragte er, als Lucas ebenfalls einstieg.

»Nein.«

»Wir könnten jemanden herschicken, der ein Auge auf sie hat.«

»Ich fahre nachher zurück und kampiere in ihrem Gästezimmer«, sagte Lucas. »Vielleicht können wir uns morgen was Besseres überlegen.«

Lucas setzte in der Einfahrt zurück, und ein paar Minuten fuhren sie schweigend dahin. Dann lehnte Climpt sich lässig zurück und sagte gedehnt: »Diese Weather ist 'ne gutaussehende Frau. Hat 'nen tollen Arsch.« Mit einem halben Grinsen fügte er hinzu: »Sie ist ledig, ich bin ledig. Bin natürlich ein ganzes Stück älter, aber im Frühling krieg ich immer noch solche Kribbelgefühle. Glauben Sie, daß sie mit einem alten Kerl wie mir ausgehen würde? Vielleicht könnte ich ihr immer noch ein oder zwei Dinge zeigen...«

»Ich glaube nicht, daß sie das tun würde, Gene«, sagte Lucas und sah geradeaus durch die Windschutzscheibe.

Climpt, im Dunkeln noch immer lächelnd, sagte: »Sie glauben nicht? Verdammt schade; ich bilde mir ein, bei ihr könnte ein Mann es ganz nett haben. Und ihr würde es deswegen nicht schlechter gehen, wenn Sie verstehen, was ich meine...«

»Schminken Sie sich das ab, Gene«, sagte Lucas.

Climpt brach in ein Lachen aus, das ein halbes Husten war, und Lucas fiel in das Lachen ein. Climpt sagte: »Ich hab Sie gesehen, wie Sie zu ihrer Haustür gingen, und ich würde sagen, Sie sitzen halb in der Falle, mein Freund. Wenn Sie nicht ganz reingeraten wollen, sollten Sie lieber vorsichtig sein. Immer vorausgesetzt, daß Sie vorsichtig sein wollen...«

Carr war grau im Gesicht, sah erschöpft aus. Alt.

»Ich muß wieder raus zu den Suchtrupps«, sagte er, als Climpt und Lucas in sein Büro kamen. Lacey und vier andere Deputies waren bei ihm. »Was für ein Chaos! Wir haben Hilfswillige, die einfach nicht ausgerüstet sind. Nicht bei dieser Kälte. Die kommen da draußen um, wenn sie den Jungen suchen.«

»Wenn der Junge nicht irgendwo in einem Haus ist, ist er tot«, sagte Climpt unverblümt. »Und wenn er in einem Haus ist, dann hat es keinen Zweck, ihn draußen zu suchen.«

»Daran haben wir auch gedacht, aber wir dürfen einfach nicht aufgeben, nicht, wenn es noch eine Chance gibt«, sagte Carr. »Wo ist das Foto, von dem Henry mir erzählt hat?«

Lucas nahm es aus der Tasche und schnippte es auf Carrs Schreibtisch. Carr betrachtete es einen Augenblick und sagte dann: »Heilige Mutter Gottes.« Er fragte einen der Deputies: »Ist Tony noch da?«

»Ja, ich glaub schon.«

Carr nahm den Telefonhörer auf und tippte vier Ziffern ein. Sie alle hörten das Läuten am anderen Ende des Flurs. Dann sagte Carr: »Tony? Kommen Sie bitte in mein Büro, ja?«

Als er aufgelegt hatte, sagte Lucas: »Ich hab gestern mit Weather Karkinnen zu Abend gegessen, und die Leute haben uns miteinander reden sehen. Gene und ich sind bei ihr gewesen. Im Augenblick ist bei ihr alles in Ordnung.«

»Ich werde jemanden hinschicken«, schlug Carr vor.

Lucas schüttelte den Kopf. »Heute nacht übernehme ich das. Morgen werde ich versuchen, sie an einen sichereren Ort zu bringen, vielleicht aus der Stadt, bis diese Sache erledigt ist. Ich hoffe bloß, daß das in der Stadt kein Gerede auslöst.«

Der Sheriff zuckte mit den Schultern. »Doch, vermutlich schon, aber was soll's? Die Wahrheit kommt heraus, und dann ist alles okay.«

»Es gibt da noch ein Problem«, sagte Lucas. »Alles, was wir tun, ist anscheinend binnen Minuten in der ganzen Stadt bekannt. Sie müssen da einen Riegel vorschieben, und zwar fest. Wenn John Mueller vermißt wird, und wenn er vermißt wird, weil er mit mir geredet hat, dann ist es möglich, daß unser Mörder von einem Lehrer oder einem anderen Kind davon erfahren hat. Es ist aber auch möglich, daß es hier aus dem Revier kam. Himmel, alles, was wir getan haben...«

Carr nickte und zeigte mit einem Finger auf Lacey. »Henry, schreiben Sie ein Memo. Jeder, der unbefugt über diesen Fall redet, egal mit wem, der fliegt raus. In der Minute, in der ich davon erfahre. Und ich will auch nicht, daß jemand über Funk wichtige Dinge erzählt. Okay? In dieser Stadt muß es hundert Radios geben, die Polizeifunk abhören können, und jedes Wort, das wir sagen, ist sofort herum.«

Lacey nickte und machte den Mund auf, um etwas zu sagen, als ein kleiner, dunkelhaariger Mann den Kopf ins Büro streckte und sagte: »Sheriff?«

Carr schaute zu ihm auf, nickte und verkündete: »Ich muß eine Minute mit Tony sprechen. Könnten bitte alle rausgehen, bis auf Lucas und Henry? Und Sie, Gene, Sie bleiben... Danke.«

Als die anderen gegangen waren, sagte Carr: »Machen Sie die Tür zu.« Und zu Lucas: »Tony ist mein politischer

Mann.« Als der dunkelhaarige Mann die Tür geschlossen hatte, reichte Carr ihm das Polaroidfoto und bat: »Sehen Sie sich das Bild an.«

Tony nahm es, betrachtete es, gab es zurück, sagte: »Oh!« und knabberte an einem Daumennagel. Endlich blickte er auf und sagte: »Sheriff?«

»Kennen Sie die Frau?«

»Es gibt ein halbes Dutzend, die das sein könnten«, sagte er. »Aber etwas an ihrem Kinn...«

»Nennen Sie den Namen.«

»Judy Schoenecker.«

»Verdammt«, murmelte der Sheriff. »Das dachte ich auch, gleich, als ich's gesehen habe. Gene?«

Gene nahm das Foto, betrachtete es und schüttelte den Kopf. »Könnte sein, aber so gut kenne ich sie nicht.«

»Überprüfen wir das«, ordnete Carr an. »Lucas, was machen Sie jetzt? Es wäre am besten, wenn Sie sich von der Suche nach dem kleinen Mueller fernhielten, zumindest für eine Weile.«

Lucas schaute auf seine Uhr. »Ich fahre zurück zu Weather. Ich falle sowieso gleich tot um.« Er griff über den Schreibtisch und tippte auf das Foto: »Warum bezeichnen Sie das da nicht als vorläufige Identifizierung und sehen, ob Sie einen Durchsuchungsbefehl bekommen können?«

»Mann, es wäre mir schrecklich unangenehm, wenn...«, begann der Sheriff. Dann: »Was soll's! Ich besorge mir einen, sobald der Richter morgen aufwacht.«

»Lassen Sie mich von jemandem anrufen«, sagte Lucas.

»In Ordnung. Und, Lucas: Das mit dem Jungen, mit John Mueller, dafür konnten Sie nichts. Wenn er wirklich verschwunden ist.«

»Sie konnten wirklich nichts dafür«, stimmte Lacey zu.

»Ich weiß zu schätzen, daß Sie das sagen«, antwortete Lucas düster, »aber es ist natürlich Quatsch.«

10

Schlafen war immer schwierig gewesen. Die Demütigungen und Beleidigungen des Tages hielten ihn stundenlang wach und ließen ihn Rachepläne schmieden; Tage ohne Demütigungen und Beleidigungen gab es selten.

Die Nacht war die Zeit, in der er sich Sorgen machte. Der Eismann hatte Kraft – er war beweglich, konzentriert, klarsichtig –, aber nachts, wenn er über Dinge nachdachte, erschien ihm das, was er während des Tages getan hatte, nicht immer weise.

Er lag ruhelos im Bett und hörte drei Fahrzeuge ankommen, eines nach dem anderen, und rumpelnd über den Bordstein auf den verschneiten Parkplatz fahren. Er lauschte einen Augenblick und hörte eine Autotür klappen. Auf dem Nachttisch stand ein Radiowecker. Die Leuchtziffern besagten, daß es zwei Uhr morgens war.

Wer war da in tiefster Nacht draußen?

Der Eismann stand auf, schaltete eine Nachttischlampe ein und zog seine Jeans an. Der Boden war kalt. Er blieb stehen, suchte die Hausschuhe, die er auf den Boden geworfen hatte, schlüpfte hinein und ging die Treppe hinunter.

Noch immer drang das Licht einiger Scheinwerfer durch das Seitenfenster, und er hörte – oder spürte – einen Motor im Leerlauf, und Leute, die sich auf dem Parkplatz unterhielten. Als er das Fußende der Treppe erreichte, gingen die Scheinwerfer aus, und die Stimmen verstummten. Einen Augenblick später begann jemand, an die Tür zu klopfen.

Der Eismann ging zum Fenster, zog den Vorhang zurück und spähte hinaus. Eisblumen bedeckten die Mitte der Fensterscheibe, doch durch eine klare Stelle konnte er die Suchscheinwerfer auf dem Dach von Russ Harpers Kleinlaster unter dem blauen Hoflicht sehen.

»Harper«, murmelte er. Schlechte Neuigkeiten.

Das Klopfen begann von neuem, und der Eismann schrie: »Einen Augenblick!« Er ging zur Tür und schloß sie auf. Harper stand auf dem Treppenabsatz aus Beton und stampfte den Schnee von seinen Stiefeln. Er blickte auf, als der Eismann die Tür öffnete, und ohne ein Wort schob er sich an ihm vorbei ins Haus. Sein Gesicht sah aus wie aus Holz geschnitzt. Er trug eine rotkarierte Jagdjacke aus Wolle und Lederhandschuhe. Zwei andere Männer und eine Frau waren hinter ihm, alle in Parkas mit Kapuzen und dicken Skihandschuhen, Kord- oder Wollhosen und Schneestiefeln. Ihre Gesichter waren bleich vom Winter und angespannt vor Streß.

»Russ«, sagte der Eismann, als Harper sich an ihm vorbeischob. »Andy. Doug. Wie geht's, Judy?«

»Wir müssen reden«, sagte Harper und zog seine Handschuhe aus. Die drei anderen wichen den fragenden Blicken des Eismannes aus und schauten statt dessen Harper an. Harper war derjenige, mit dem der Eismann es zu tun haben würde.

»Was ist los?« sagte er. An der Oberfläche war sein Gesicht schlaff und verschlafen. Innen begann die Bestie sich zu rühren.

»Hast du die LaCourts umgebracht?« fragte Harper und trat näher an ihn heran. Das Herz des Eismannes tat einen Satz, und für einen kurzen Moment fiel ihm das Atmen schwer. Aber er war ein guter Lügner. Es war immer ein guter Lügner gewesen.

»Was? Nein, natürlich nicht. Ich war hier...« Er machte ein schockiertes Gesicht. Harper sagte: »Scheißkerl.« Dann drehte er sich um und schüttelte den Kopf. Er berührte seine Lippen und zuckte zusammen, und der Eismann sah etwas wie eine winzige Blutspur.

»Wovon redest du, Russ?« fragte er. »Verdammt, ich habe nichts damit zu tun. Ich war hier, es gibt Zeugen«, beschwerte er sich. *Bring ihn einfach um, Zeugen hin oder her: Ich wollte es nicht; er fiel einfach um...*

Harper zog sich die Jacke aus. Er warf sie auf einen niedrigen Tisch und zerrte seine Hose zurecht. »Scheißkerl«, sagte er wieder, drehte sich um, packte den Eismann an seiner Schlafanzugjacke und zog ihn so zu sich, daß er das Gleichgewicht verlor.

»Du Scheißkerl, das wollen wir hoffen«, blies Harper ihm ins Gesicht. Sein Atem roch nach Wurst und schlechten Zähnen, und dem Eismann wurde beinahe übel. »Wir wollen nichts mit einem verdammten bescheuerten Killer zu tun haben.«

Der Eismann hob die Hände in Schulterhöhe, zuckte mit den Achseln, versuchte, sich nicht gegen Harpers Griff zu wehren, nicht zu atmen. *Ihn jetzt umbringen...*

Von den Leuten in ihrer Gruppe war Harper der einzige, der ihm Sorgen machte. Harper war zu allem fähig. Harper hatte etwas Verrücktes, Mörderisches an sich: Narben auf der glänzenden Stirn, Beulen. Und wenn er wütend war, war er unberechenbar. Ein Alptraum von einem Mann, der Typ, den man in einer Motorradfahrerkneipe traf, jemand, der anderen gern weh tat, ein Mann, der immer glaubte, andere wollten ihm ans Leder. Er machte dem Eismann Sorgen, aber keine Angst. Zur rechten Zeit würde er schon mit ihm fertig werden...

»Bei Gott, ehrlich, Russ«, sagte er mit einer hilflosen Geste. »Mann, beruhige dich doch.«

»Fällt mir verdammt schwer, mich zu beruhigen. Die Bullen waren heute abend bei mir, und haben versucht, mich fertigzumachen«, erzählte Harper. »Dieser Arsch aus Minneapolis und der alte Gene Climpt, die haben mich in die Mangel genommen, kapiert ihr?« Speichel sprühte aus seinem Mund, und der Eismann wich ihm aus. »Kapierst du?«

»Komm, Russ...«

Harper war unbeugsam, zog ihn noch etwas höher, und seine schwieligen Knöchel drückten in das weiche Fleisch unter dem Kinn des Eismanns. »Weißt du, was wir gemacht haben? Wir haben Kinder gebumst. Minderjährige gevögelt, das haben wir gemacht, wir alle. Das ganze blöde Gerede darüber, ihnen dies oder das beizubringen – den Bullen ist das scheißegal. Die stecken uns alle in den verdammten Knast, so sicher, wie Bären in den Wald scheißen.«

»Es gibt keinen Grund zu glauben, ich hätte das getan«, sagte der Eismann und zwang seine Stimme, aufrichtig zu klingen. Und die Bestie flüsterte: *Bringen wir ihn um. Jetzt jetzt jetzt...*

»Ich schwör's dir«, sagte der Eismann. Er wich mit dem Blick zur Seite aus, dann abwärts, dann wieder aufwärts. Er rang die Bestie nieder und holte Luft. »Hör zu, wir müssen jetzt die Ruhe bewahren.«

Der Mann namens Doug hatte einen Bart und alte Pokkennarben, die die Haut über dem Bart und seine rote Nase löcherten. »Die Indianer denken, daß es ein Windigo getan hat«, sagte er.

»Das ist das Blödeste, was ich je gehört habe«, sagte Harper und richtete seine Feindseligkeit gegen Doug. »Verdammter Windigo.«

Doug zuckte die Achseln. »Ich sag euch bloß, was ich gehört habe. Im Reservat reden alle darüber.«

»Großer Gott.«

»Judy und ich hauen von hier ab«, sagte Andy unvermittelt, und alle wandten sich ihm zu. Judy nickte. »Wir gehen nach Florida.«

»Wartet, wenn ihr weggeht...«, begann der Eismann.

»Kein Gesetz verbietet einem, in Urlaub zu fahren«, sagte Andy. Er schaute seitlich zu Harper. »Und wir sind raus aus der Sache. Aus dem ganzen Ding. Ich will nichts mit dir zu tun haben. Und mit den anderen auch nicht. Wir nehmen die Mädchen mit.«

Harper ging auf sie zu, aber Andy trat ihm unerschrocken entgegen, und Harper blieb stehen.

»Ich werd nicht mit den Bullen reden, ihr wißt, daß ich das nicht kann, also seid ihr alle sicher. Und keiner von euch hat was zu gewinnen, wenn er kommt und uns sucht«, schloß Andy.

»Weglaufen ist eine blödsinnige Idee«, sagte Harper. »Weglaufen macht die Leute nur mißtrauisch. Wenn was rauskommt, wird es keinem helfen, in Florida zu sein. Sie kommen und holen euch.«

»Ja, aber wenn einer nur kommen und reden will, so nebenbei, und wir sind nicht da... tja, dann werden sie die Sache vielleicht einfach vergessen«, sagte Andy. »Jedenfalls haben Judy und ich beschlossen, daß wir von hier abhauen. Wir haben den Nachbarn schon Bescheid gesagt. Wir haben behauptet, daß uns das Wetter hier zuviel wird und wir für eine Weile in den Süden fahren. Keiner wird sich was dabei denken.«

»Ich hab dabei kein gutes Gefühl«, sagte Doug.

Draußen rollte ein Wagen vorbei, die Scheinwerfer schienen flackernd durchs Fenser, und fuhr dann weiter. Alle schauten zum Fenster.

»Wir müssen gehen«, sagte Andy schließlich und zog seine Handschuhe an. Zum Eismann sagte er: »Ich weiß nicht, ob ich dir glauben soll oder nicht. Wenn ich denken würde, du hättest es getan...«

»Was dann?«

»Ich weiß nicht...«, sagte Andy.

»Wieso habt ihr geglaubt...«

»Wegen dem gottverdammten Bild, das Frank LaCourt hatte. Soweit ich weiß, war ich der einzige, mit dem er darüber geredet hat. Und der einzige, mit dem ich geredet habe, warst du.«

»Russ... ich...« Der Eismann schüttelte den Kopf und setzte eine traurige Miene auf. Er wandte sich an Andy. »Wann fahrt ihr?«

»Wahrscheinlich morgen abend oder übermorgen«, sagte

Judy. Ihr Mann blickte rasch zu ihr hinüber, und er nickte.

»Muß noch 'n paar Sachen erledigen«, murmelte er.

Andy und Judy gingen als erste, setzten ihre Kapuzen auf und hielten nach Autoscheinwerfern Ausschau, ehe sie auf den Parkplatz hinausgingen. Als Harper den Reißverschluß seines Parkas zuzog, drohte er: »Wehe, du schmierst uns an.«

»Das tue ich nicht...« Der Eismann stand da, Fersen zusammen, Fingerspitzen in den Hosentaschen, ein etwas gereiztes, aber aufrichtiges Lächeln auf den Lippen.

»Wenn du das tust, dann besorge ich mir ein Messer, komme her, schneide dir die Eier ab, koch sie und geb sie dir zu fressen«, sagte Harper.

»Komm schon, Russ...«

Doug sah den Eismann an und drehte sich dann zu Harper um. »Ich weiß nicht, ob er's getan hat oder nicht. Aber eins sag ich dir: Shelly Carr wäre nicht fähig, mit beiden Händen und einer Taschenlampe seinen eigenen Arsch zu finden. Ganz gleich, wer's getan hat, wir wären ziemlich sicher, wenn Shelly die Untersuchung allein leitete.«

»Also?«

»Wenn also diesem Bullen aus Minneapolis irgend etwas zustoßen würde...«

Harper sah ihn mit seinen Eidechsenaugen an. »Wenn ihm was passieren würde, wäre das verdammt schade, aber ein Mann müßte blöd sein, darüber zu reden«, sagte er. »*Egal mit wem.*«

»Richtig«, sagte Doug. »Da hast du recht.«

Als sie weg waren, drehte der Eismann sich im Zimmer um. Die Bestie stieg in seiner Kehle auf. Er fuhr sich mit der Hand durch die Haare und trat wütend gegen einen Stuhl. »Dumm«, sagte er; dann schrie er es: »DUMM!«

Und nahm sich wieder zusammen. Kontrollierte sich,

schloß die Augen, entspannte sich, atmete bewußt regelmäßig, spürte, wie sein Herzschlag langsamer wurde. Er verschloß die Tür, schaltete die Lampen aus, wartete, bis der letzte Wagen den Parkplatz verlassen hatte, und ging dann wieder die Treppe hinauf.

Er könnte heute nacht zu Harper gehen, mit der 44er. Ihn erledigen. Harper hatte ihn behandelt wie ein Stück Dreck, wie Müll. *Ja*, sagte die Bestie, *erledige ihn*...

Nein. Er war schon zu viele Risiken eingegangen. Außerdem könnte Harper nützlich sein. Harper könnte den Prügelknaben abgeben.

Doug und Judy und Andy... so viele Probleme. So viele verzweigte Wege zu Schwierigkeiten. Wenn irgend jemand die Nerven verlor...

Judys Gesicht fiel ihm ein. Sie war eine unscheinbare Frau, ihr Gesicht faltig von fünfundvierzig Wintern in den nördlichen Wäldern. Sie arbeitete in einem Videoverleih, und sie sah aus wie... jedermann. Wenn man sie in einem Supermarkt traf, fiel sie einem nicht auf. Aber der Eismann hatte gesehen, wie sie mit den Harpers Sex gehabt hatte, mit Vater und Sohn gleichzeitig, einen an jedem Ende, während ihr Mann zusah. Er hatte ihr zugesehen und dem Eismann, wie er ihren Töchtern das richtige Blasen beibrachte. Sie hatte ihren Mann mit Mark Harris und Ginny Harris gesehen, dem Mädchen mit den gelblichen Haaren...

All das hatte sie gesehen, hatte sie getan, und doch: In einem Supermarkt würde sie nicht auffallen.

Als die Musik leiser und langsamer wurde, fing er wieder fieberhaft an zu überlegen, was er tun sollte. Kämpfen oder weglaufen? Diesmal aber schien das Problem kein endloses, verschlungenes Knäuel von Möglichkeiten zu sein, sondern eher ein einzelner, komplizierter, aber beherrschbarer Organismus.

Er war durchaus nicht besorgt. Es gab viele Dinge, die er tun könnte. Das Bild John Muellers kam ihm in den Sinn:

rote Flecken auf weiß, wie eine Herz-Acht, das Rot im Schnee um den Jungen herum…

John Mueller war ein Beispiel.

Handeln beseitigte Probleme.

Es war Zeit, wieder zu handeln.

11

Lucas trat leise ins Haus, zog seine Stiefel aus und blieb stehen, um zu lauschen. Die Heizung war offenbar gerade erst angesprungen. Die Rohre klickten und knackten, während sie sich mit heißer Luft füllten und ausdehnten. Weather hatte eine kleine Lampe über der Spüle brennen lassen. Auf Zehenspitzen schlich er durch Küche, Wohnzimmer und Flur zum Gästezimmer und schaltete das Licht ein.

Der Raum wirkte unbenutzt, einsam. Die Kommode war abgestaubt, aber es stand nichts darauf, und die Schubladen waren leer. Eine Lampe und ein kleiner Reisewecker befanden sich auf einem Nachttisch, daneben ein Block und ein Stift. Der Block schien unberührt. Der Raum ist bereit für Gäste, dachte Lucas, aber es kommen nie welche.

Er schälte sich aus Parka, Hemd, Hose und Thermo-Unterwäsche und warf alles auf die Kommode. Er war im Motel vorbeigefahren und hatte sein Rasierzeug und frische Unterwäsche geholt. Beides legte er zusammen mit seiner Uhr auf den Nachttisch, nahm die 45er aus dem Halfter, schob ein Magazin in die Kammer und plazierte sie neben die Uhr. Nachdem er noch einen Augenblick an der offenen Schlafzimmertür gelauscht hatte, schaltete er das Licht aus und kroch ins Bett. Das Bett war zu hart, die Federn der Matratze zu neu, als hätte nie jemand darin geschlafen. Das Kissen drückte seinen Kopf hoch. Er würde niemals einschlafen.

Die Matratze wackelte.

Jemand da. Er war einen Augenblick verwirrt, drehte den Kopf, schlug die Augen auf. Er sah Licht im Flur und erinnerte sich an das Gewicht. Er richtete sich halb auf, stützte sich auf die Ellbogen und sah Weather am Fußende des Bettes sitzen. Sie war zur Arbeit gekleidet und hielt eine Tasse Kaffee, aus der sie trank.

»Himmel, wie spät ist es?«

»Kurz nach sechs. Ich muß los«, sagte sie. Sie war hellwach. »Danke, daß Sie gekommen sind.«

»Lassen Sie mich aufstehen.«

»Nein, nein. Shelly schickt einen Deputy rüber. Ich komme mir albern vor.«

»Dazu gibt es keinen Grund, das ist nicht albern«, sagte er scharf. »Und Sie sollten nachts woanders hingehen. Suchen Sie sich aufs Geratewohl etwas aus. Ein Motel in Park Falls. Sagen Sie uns, wann Sie fahren, und wir lassen Sie draußen auf dem Highway von jemandem überwachen, um sicher zu sein, daß Ihnen keiner folgt.«

»Ich werde drüber nachdenken«, sagte sie. Sie tätschelte seinen Fuß. »Sie sehen morgens aus wie ein Bär«, sagte sie. »Und Ihr langes Unterzeug ist süß. Ich mag die Farbe.«

Lucas sah auf die lange Unterwäsche hinunter. Sie war von einem vagen Rosa. »Hab sie mit einem roten Hemd gewaschen«, murmelte er. »Und verdammt, es ist noch nicht Morgen. Der Morgen fängt an, wenn der Briefträger kommt.«

»Der kommt hier nicht vor ein Uhr«, sagte Weather.

»Dann fängt der Morgen um ein Uhr an«, sagte er. Er ließ sich auf das Kissen zurückfallen. »John Mueller?«

»Sie haben ihn nicht gefunden«, sagte sie. »Als der Deputy anrief, habe ich gefragt.«

»O Gott.«

»Ich fürchte, er lebt nicht mehr«, sagte sie. Sie schaute auf ihre Uhr. »Und ich muß gehen. Vergewissern Sie sich, daß alle Türen verschlossen sind, und gehen Sie durch die Garage, wenn Sie aufbrechen. Die Garagentür schließt automatisch.«

»Natürlich. Würden Sie...«

»Was?«

»Heute abend mit mir essen? Wieder?«

»Gott, jetzt drängen Sie mich auch noch«, sagte sie. »Das mag ich an Männern. Klar. Aber warum nicht hier? Ich werde kochen.«

»Fabelhaft.«

»Sechs Uhr«, sagte sie. Sie nickte in Richtung Nachttisch, als sie aus der Tür ging. »Das ist eine große Kanone.«

Er hörte, wie sich die Tür zur Garage öffnete und schloß. Danach war es still im Haus, Lucas schlief wieder ein. Als er wieder aufwachte, war es acht Uhr. Er setzte sich einen Augenblick auf den Bettrand, tappte den Flur entlang ins Badezimmer, rasierte sich, stürzte begierig in die Dusche, bekam dafür einen Guß eisigen Wassers ab und wartete lieber zitternd außerhalb des Plastikvorhangs, bis das Wasser heiß wurde. Dann trat er darunter und ließ den prickelnden Strom auf seinen Nacken prasseln.

Harper. Sie mußten Harper die Daumenschrauben anlegen. Bisher war er der einzige Mensch, der vielleicht etwas wußte... Er trat aus der Dusche und suchte im Medizinschrank nach Shampoo. Es gab keines, doch er fand zwei Packungen Antibaby-Pillen. Er nahm sie in die Hand, drehte sie um und suchte nach dem Verschreibungsdatum. Mehr als zwei Jahre alt. Aha. Er hatte wohl gehofft, daß sie am Vortag gekauft worden waren. Eitelkeit. Er legte sie dahin zurück, wo er sie gefunden hatte. Natürlich, wenn sie seit zwei Jahren keine Pille genommen hatte, lief bei ihr vermutlich nicht viel.

Er fand eine Flasche Shampoo, trat wieder in die Dusche und wusch sich die Haare.

Harper war nicht das einzige Problem. Es gab noch immer die Sache mit der Tatzeit. Da war etwas nicht in Ordnung. Und dieser Priester... Er schien nicht in diese Kindersex-

Ecke zu passen. In Minnesota hatte es eine aufsehenerregende Reihe von Fällen gegeben, wo Priester Kinder aus ihrer Gemeinde mißbraucht hatten, aber diese Männer hatten sämtlich allein gehandelt. Die Stellung eines Priesters in einer kleinen Gemeinde schloß mit ziemlicher Sicherheit automatisch jede Art von Ring aus...

»O nein«, sagte Lucas spuckend.

Er hätte eher darauf kommen sollen. Er trat aus der Dusche, ging den Flur entlang in die Küche und suchte ein Telefon. Er erreichte Carr in seinem Büro.

»Haben Sie überhaupt geschlafen?« fragte er.

»Ein paar Stunden, auf der Couch im Büro«, sagte Carr. »Wir haben einen Durchsuchungsbefehl für Judy Schoenekkers Haus. Sie können da mit hinfahren.«

»Ich würde Gene gern mitnehmen. Bei Harper war er ziemlich gut.«

»Wie ich höre, könnte es ein, daß Harper heute morgen eine wunde Nase hat«, sagte Carr.

»Das ist die Kälte«, sagte Lucas. »Hören Sie, wie viele Leute wohnen da unten an der Seestraße, jenseits vom Haus der LaCourts? Wie viele weitere Häuser gibt es da?«

»Hmm, vielleicht zwanzig oder dreißig. Und noch ein paar Feriendörfer, aber die sind natürlich geschlossen. Niemand da außer den Besitzern.«

»Könnten Sie mir eine Liste besorgen?«

»Klar. Der Finanzbeamte dürfte Bescheid wissen. Und wir können uns Grundbuchauszüge besorgen. Wonach suchen Sie?«

»Das weiß ich, wenn ich es sehe. Ich bin in zwanzig Minuten da«, sagte Lucas.

Als er auflegte, merkte er, daß ihm eiskalt war. Er eilte zurück ins Badezimmer und sprang wieder unter die Dusche. Nach zwei weiteren Minuten unter heißem Wasser frottierte er sich, zog sich an und verließ das Haus.

Carr kaute an einem Doughnut mit Puderzucker herum, als Lucas hereinkam. Er zeigte auf eine weiße Papiertüte und sagte: »Bedienen Sie sich... Wozu wollen Sie Namen der Leute unten an der Straße?«

»Nur um zu sehen, was es da unten gibt«, sagte Lucas und fischte ein Rosinenbrötchen aus der Tüte. »Haben Sie sie?«

»Ich habe George – er ist der Finanzbeamte –, ich habe George gesagt, daß wir die Liste brauchen, sie sollte also fertig sein«, sagte Carr. »Ich bringe Sie hin.«

George war groß und dunkel, wurde kahl und hatte spitze Fingernägel. Er nahm eine Flurkarte des Seengebiets heraus und benutzte seinen spitz zugefeilten Zeigefingernagel, um die Straße nachzuziehen und die Bewohner aufzuzählen, bis hinunter zu den Säuglingen. Drei der Häuser wurden von alleinstehenden Männern bewohnt.

»Kennen Sie diese Burschen?« fragte Lucas Carr.

»Ja«, sagte Carr. »Aber der einzige, den ich gut kenne, ist Donny Riley, er ist Mitglied im Schieß- und Angelclub von Ojibway. Ganz netter Kerl, pensionierter Postbote. Die beiden anderen sind Bob Dell, der in einer Sägemühle arbeitet, und Darrell Anderson, der das Stone-Hawk-Reservat leitet.«

»Sind sie verheiratet? Verwitwet, geschieden? Was?«

»Riley war jahrelang verheiratet. Seine Frau starb. Darrell war immer mal wieder mit einem der Mädchen aus dem Krankhaus zusammen, aber ich weiß nicht viel von ihm. Bob ist eher so der Typ des alleinstehenden Farmers.«

»Ist einer von denen katholisch?« fragte Lucas.

»Tja...« Carr sah den Finanzbeamten an, und dann schauten sie beide Lucas an. »Ich glaube, Bob geht zur Sonntagsmesse.«

»Ist er von hier?«

»Nein, nein, er kommt aus Milwaukee«, sagte Carr. »Was peilen wir hier eigentlich an?«

»Nichts Besonderes«, sagte Lucas. »Gehen wir wieder nach oben.« Und zu dem Finanzbeamten sagte er: »Danke.«

Lacey saß in Carrs Büro, die Füße auf eine Ecke seines Schreibtischs gelegt. Als sie eintraten, nahm er die Füße rasch herunter und schlug dann die Beine übereinander.

»Sie werden meinen Schreibtisch noch ruinieren, und dann ziehe ich Ihnen das vom Gehalt ab«, brummte Carr.

»Entschuldigung«, sagte Lacey.

»So, was zum Teufel sollte das eigentlich alles? Das da unten mit George?« fragte Carr Lucas und setzte sich auf seinen Drehstuhl.

»Es gibt hier so ein Gerücht – nur ein Gerücht –, daß Phil Bergen schwul ist. Deswegen habe ich ihn gestern abend gefragt, ob er je irgendwelche homosexuellen Kontakte hatte.«

»Das ist die schlimmste Sorte Blödsinn«, platzte Carr heraus. »Wo haben Sie das gehört, daß er schwul sein soll?«

»Hören Sie, ich versuchte herauszufinden, warum er behauptet, daß er bei den LaCourts war, als die LaCourts schon tot gewesen sein müssen«, sagte Lucas. »Warum er das nicht zurücknimmt. Und da habe ich mir gedacht, was wäre, wenn er anderswo, weiter die Straße runter, gewesen ist, das aber nicht sagen kann?«

»Verdammt«, sagte Carr. Er drehte sich um und schaute durch die halb geöffneten Jalousetten aus seinem Fenster. »Sie haben eine dreckige Phantasie, Davenport.«

»Denken Sie an jemand Bestimmten?« fragte Lacey. Lucas wiederholte die drei Namen. Lacey starrte ihn einen Augenblick an, räusperte sich dann, rutschte auf die Kante seines Stuhls und wandte sich dem Sheriff zu. »Also, Shelly, hören Sie, meine Frau kennt Bob Dell. Ich sagte einmal etwas in dem Sinne, daß er gut aussieht, nur so zum Spaß, und sie sagte: ›Bob ist nicht von der Art, die sich für Frauen interessiert, glaube ich.‹ Das hat sie gesagt.«

»Sie hat gesagt, daß er schwul ist?« fragte Carr, wandte sich um, warf den Kopf zurück und starrte seinen Deputy an wie eine Eule.

»Nein, eigentlich nicht«, widersprach Lacey. »Nur, daß er nicht der Typ ist, der sich für Frauen interessiert.«

»Übel«, stellte Carr fest.

»Es würde eine Menge erklären«, sagte Lucas. »Wenn die Leute da unten wissen, daß dieser Bob Dell schwul ist... vielleicht war Bergen dort, verstrickte sich in eine Lüge und konnte sie dann nicht mehr zurücknehmen. Schauen Sie sich seine Sauferei an. Wenn er unschuldig ist, woher kommt dann der ganze Druck?«

»Nicht zuletzt aus diesem Büro«, sagte Carr. Er erhob sich, fing an, auf und ab zu gehen und preßte einen Fingerknöchel gegen seine Zähne. »Wir müssen Dell überprüfen«, sagte er schließlich.

»Sehen Sie, ob Sie sein Geburtsdatum feststellen können. Fragen Sie beim NCIC und in Milwaukee nach, wenn er von dort stammt«, riet Lucas. »Und denken Sie darüber nach: Wenn *das* Bergens Problem ist, dann ist er in der Mordsache entlastet.«

»Ja.« Carr fuhr herum und starrte aus seinem Fenster, das auf einen Schneehaufen, einen verschneiten Zaun und die Rückseiten mehrerer Häuser in der benachbarten Straße hinausging. »Aber in der Schwulensache wäre er nicht entlastet. Und das würde ihm das Genick brechen.«

Sie dachten alle einen Augenblick darüber nach, dann sagte Carr: »Gene Climpt trifft Sie um zwölf Uhr draußen beim Mill-Restaurant.« Er reichte Lucas einen Durchsuchungsbefehl.

Lucas sah ihn an und steckte ihn in seine Jackentasche. »Überhaupt nichts über John Mueller?«

Carr schüttelte den Kopf. »Nichts. Wir suchen jetzt nach einer Leiche.«

Lucas verbrachte den Vormittag am Haus der LaCourts. Ein elektrisches Heizgerät gab sich Mühe, die Garage warmzuhalten, doch ohne Isolierung und bei dem ständigen Kommen und Gehen der Spurensicherung war das kaum möglich. Alle in der Garage trugen offene Parkas oder dicke Pullover. Es war kaum warm genug, um ohne Handschuhe auszukommen. Ein langer Tapeziertisch war aufgestellt worden und bog sich unter Papieren, elektronischer Ausrüstung und einem Computer mit Drucker.

Die Mannschaft hatte in der Küchenwand ein stark deformiertes Geschoß gefunden. Nach Basis und Gewicht zu urteilen, wenn man einen gewissen Verlust an der Ummantelung berücksichtigt, glaubten die Techniker, es handele sich bei der Waffe wahrscheinlich um eine 44er Magnum. Bestimmt keine 357er. Die Waffe, die Lucas in der Nacht nach den Morden gefunden hatte, war nicht abgefeuert worden.

»Die Kleine lebte noch, als ihr das Ohr abgeschnitten wurde, und anscheinend wurden ihr auch ein paar andere Teile aus dem Gesicht geschnitten, solange sie noch lebte«, sagte ein Techniker, von einem Fax vorlesend. »Die Autopsie ist beendet, aber eine Menge Testergebnisse stehen noch aus...«

Eintönig begann der Techniker, eine Liste weiterer Funde zu verlesen. Lucas hörte zu, doch alle paar Sekunden schweiften seine Gedanken ab und richteten sich auf Weather. Er hatte sich immer zu klugen Frauen hingezogen gefühlt, doch wenige seiner Affären hatten zu irgend etwas geführt. Er hatte eine Tochter mit einer Frau, die er nie geliebt hatte, wenn er sie auch sehr gern mochte. Sie war Reporterin, und nur gemeinsame Sucht nach Streß und Veränderung hatte sie beide zusammengehalten. Er hatte eine andere Frau geliebt oder lieben können, die von ihrer Karriere als Polizistin verzehrt wurde. Weather paßte in dieses Schema. Sie war ernsthaft und zäh, aber sie schien einen intakten Sinn für Humor zu haben.

Ich kann das hier nicht wegen Weather vermasseln, dachte er, und wieder: *Ich darf es nicht vermasseln.*

Crane kam herein, Dampfwölkchen verbreitend, stampfte

mit den Füßen auf und ging hinter Lucas vorbei zu einer Kaffeekanne. »Er hat den Boiler benutzt, um das Feuer zu entfachen«, sagte er zu Lucas' Hinterkopf.

»Was?«

Lucas drehte sich auf seinem Stuhl um. Crane, noch immer in seinen Parka gehüllt, schenkte sich eine Tasse Kaffee ein. »Der Heißwasserhahn war über der Wanne mit Wäsche geöffnet, und rund um den Boiler war eine Menge Treibstoffmischung verschüttet. Das Gerät ist natürlich hin, aber es sieht so aus, als gäbe es Spuren von verkohlter Baumwolle in der Öffnung für die Zündflamme.«

»Erklären Sie das mal weniger fachmännisch«, schlug Lucas vor.

Crane grinste. »Er verschüttete seinen Treibstoff überall im Haus, tränkte einen Lappen damit und legte ihn über den Brenner im Boiler. Er mußte aufpassen, um ihn von der Zündflamme fernzuhalten. Dann drehte er den Heißwasserhahn auf und ließ das Wasser auslaufen. Nicht allzu schnell. Dann ging er weg. Nach ein paar Minuten sank der Wasserstand im Tank, wurde mit kaltem Wasser aufgefüllt...«

»Und der Brenner sprang an.«

»Bumm«, sagte Crane.

»Warum hat er das gemacht?«

»Wahrscheinlich, um sicher zu sein, daß er rechtzeitig rauskommt. Wir rechnen damit, daß fünfzehn Gallonen Treibstoff im ganzen Haus verschüttet wurden. Vielleicht hatte er Angst, da ein Streichholz reinzuwerfen. Aber es bedeutet, daß er schon vorher daran gedacht haben muß, das Haus anzuzünden. So etwas fällt einem nicht ein, wenn man dasteht... nachdem alles passiert ist.«

»Wenn es so war, bedeutet das, daß eine gewisse Zeit verstrichen ist zwischen dem Moment, in dem er wegging, und dem Ausbruch des Feuers, richtig?«

»Richtig.«

»Wie lange?«

»Weiß ich nicht«, sagte Crane. »Wir wissen nicht, in welchem Zustand der Wassertank war, ehe er das Wasser aufdrehte, und wie heiß das Wasser schon war. Er hat den Hahn nicht sehr weit aufgedreht, nur zu einem stetigen Rinnsal. Es kann vier oder fünf Minuten, aber auch bis zu zwanzig Minuten gedauert haben.«

Ein weiterer Aufschub, dachte Lucas. Mehr Zeit zwischen den Morden und dem Augenblick, als der Jeep an der Feuerwache vorbeifuhr. Es gab nun keine Hoffnung mehr auf einen geringfügigen Irrtum, ein kleines zeitliches Vertun. Der Priester *konnte nicht* bei den LaCourts gewesen sein.

»... die übriggebliebenen Alben durchgesehen ...« Crane sprach über die Suche nach dem fehlenden Zeitungsfoto.

»Es ist sicher nicht in einem Album gewesen«, sagte Lucas unvermittelt. »Sie hätten es irgendwo hingetan, wo sie es griffbereit hatten – an einen Ort, wo es sowohl unauffällig als auch sicher war. Wo es keiner sehen mußte, sie es aber leicht nehmen und sagen konnten: ›Da ist es.‹«

»Okay. Aber wo?« fragte Crane.

»Keksdose oder so.«

»Wir haben das meiste von dem Kram in der Küche und in ihrem Schlafzimmer durchgesehen, jedenfalls das, was noch übrig ist. Wir haben nichts dergleichen gefunden.«

»Okay ...«

»Wir nehmen alles zentimeterweise auseinander«, sagte Crane. »Aber das dauert.«

Lucas machte zwei Anrufe und nahm einen entgegen. Der erste Anruf ging an eine Nonne in Minneapolis, eine alte Freundin, Professorin für Psychologie an einem College. Elle Kruger, nun Schwester Mary Joseph.

»Elle, hier ist Lucas, Wie geht's?«

»Gut«, sagte sie sofort. »Ich habe Winstons Vorausexemplar von dem neuen *Grove of Trees* bekommen. Ich hab's übers Wochenende mit Schwester Louisa laufen lassen, und es ist uns gleich zu Anfang abgestürzt, irgendein Irrtum, weil ein Speicher überlief.«

»Verdammt, sie haben behauptet, sie hätten das in Ordnung gebracht.« *Grove of Trees* war eine komplizierte Simulation der Schlacht von Gettysburg, an der er jahrelang gearbeitet hatte. Elle Kruger war ein Spiele-Freak.

»Tja, das war auf Schwester Louisas Kiste«, sagte sie. »Irgendwas stimmt nicht mit dem Ding, denn ich habe dieselbe Diskette auf meinem Computer laufen lassen, und da funktionierte sie bestens.«

»Okay, ich werde mit denen reden. Aber wir müßten mit allem kompatibel sein«, sagte Lucas. »Hör zu, ich habe ein anderes Problem, und das hat mit der Kirche zu tun. Ich weiß nicht, ob du mir helfen kannst, aber da werden Leute umgebracht.«

»Das geschieht doch andauernd, nicht?« sagte sie. »Wo bist du? Und wieso hat es mit der Kirche zu tun?«

Rasch umriß er das Problem: der Priester, die fehlende Zeit, die Frage nach dem Mann am Ende der Straße.

»Lucas, du solltest dich in der Erzdiözese von Milwaukee umhören«, sagte Elle.

»Elle, ich habe keine Zeit, mich mit der kirchlichen Bürokratie herumzuschlagen, und du weißt, wie sie sind, wenn es möglicherweise um einen Skandal geht. Das ist, als wollte man aus einer Schweizer Bank Informationen herausholen. Dieser Kerl, dieser Bergen, ist etwa in unserem Alter, und ich wette, daß du Leute kennst, die ihn kennen. Ich bitte dich nur um ein paar Anrufe, um zu sehen, ob du Freunde von ihm finden kannst. Soviel ich hörte, war er in Marquette. Hör dich um. Nichts Förmliches, keine große Sache.«

»Lucas, das könnte mir schaden. Bei der Kirche. Ich muß an meinen Ruf denken.«

»Elle ...«, drängte Lucas.

»Laß mich erst darüber beten.«

»Tu das. Versuche, mich heute abend zurückzurufen. Elle,

da werden Leute umgebracht, darunter mindestens ein Junge von der Junior High, vielleicht zwei. Mißbrauch von Kindern. Es gibt homosexuelle Fotos, die in Untergrund-Magazinen veröffentlicht wurden…«

»Hab schon kapiert«, versetzte sie schroff. »Laß mich beten. Laß mich einfach.«

Als Lucas auflegte, kam ein Deputy herein. »Shelly hat über Funk angerufen. Er ist auf dem Weg hierher, und er möchte, daß Sie warten.«

»Okay.«

Der zweite Anruf ging an die Polizei von Minneapolis zu einem Einbruchspezialisten namens Carl Snyder.

»Wenn Sie eine Frau wären, die für ein paar Tage etwas unauffällig in ihrem Haus verstecken will, ein Pornobild, und zwar an einer Stelle, wo zufällig vorbeikommende Nachbarn es nicht sehen, wo es aber schnell zur Hand ist, wo würden Sie das hintun?«

»Hmmm… haben Sie was zu schreiben?« fragte Snyder. Snyder wußte so viel über Einbrüche, daß Lucas argwöhnte, er habe vielleicht ein bißchen Feldforschung betrieben. Es hatte vor zwölf Jahren eine Serie überaus eleganter Münz- und Juwelendiebstähle in Minneapolis gegeben. Nichts davon hatte man je wiedergefunden.

»Sprechen Sie nicht mit mir«, sagte Lucas. »Hier gibt es einen Mann namens Crane von der staatlichen Kriminalpolizei Wisconsin. Ich verbinde Sie.«

Crane redete mit Snyder, sagte häufig *Ja*, nickte, und nachdem er aufgelegt hatte, zog er seinen Parka an und meinte: »Wollen Sie mitkommen?«

»Warum nicht? Wo sehen wir nach?« fragte Lucas.

»Um den Eisschrank herum. Dann unter Schachteln im Schrank. Natürlich ist da nicht viel übrig…«

Der Garten vor dem Haus war platt vom Eis und vom Herumtrampeln einer ganzen Armee von Leuten, die dort arbeiteten. Sie trotteten über den gefrorenen Boden, schoben eine schwere Plane beiseite und gingen ins Haus. Reihen von Scheinwerfern auf Stativen erhellten den größten Teil des Hausinneren; zwei kühlschrankgroße Elektroheizkörper hielten es halbwegs warm. Die meisten losen Trümmerteile hatte man schon weggeräumt. Durch die offene Tür zum Vorraum sah Lucas einen weißen Kreidekreis um das Loch, wo sie die 44er-Patrone gefunden hatten.

»Also gut: um den Kühlschrank herum, auf der Arbeitsplatte...«, murmelte Crane.

Mit Plastikhandschuhen begann er, vorsichtig die Trümmer auf der Arbeitsplatte durchzusehen. Die Platte war von der Hitze gelb geworden, außer, wo etwas daraufgestanden hatte. Eine Schüssel, ein Glas mit Erdnußbutter und Salz- und Pfefferstreuer hatten ihre weißen Bodenumrisse hinterlassen.

»Kein Papier. Wie wär's mit dem Kühlschrank?«

Crane fand die Reste des Fotos hinter der magnetsicheren Pinnwand auf der Tür des Kühlschranks. Er stemmte die Platte vorsichtig von der Tür, wollte sie schon wieder loslassen und sagte dann: »Mann...«

Crane trug die Platte zum Fenster und hielt sie ans Licht. Ein Viereck aus zusammengefaltetem Zeitungspapier klebte an der Rückseite der Platte, zur Hälfte schwarz verkohlt und in geschmolzener Plastikmasse versunken. Die andere Hälfte war braun.

»Ich weiß nicht; vielleicht sollten wir das nach Madison schicken, damit die es ablösen«, sagte Crane. Doch noch während er das sagte, schob er einen Finger unter den Rand des Zeitungspapiers und hob ihn an. Das Papier brach ab, wo es völlig verkohlt war, und die gebräunte Hälfte war frei. Crane drehte sie vorsichtig um.

»Ziemlich versaut«, sagte er. Er betrachtete das in die Plastikmasse eingeschmolzene Papier. »Einen Teil davon könnten wir vielleicht retten.«

Der braune Teil des Papiers war die linke Hälfte eines Fotos, auf dem man Rücken und Gesäß eines nackten Mannes sah. Die verbleibende Bildunterschrift unter dem Foto lautete: »Schauen Sie sich diesen Großen Jungen an. Dinner...«

Unter dem Bild waren einige Witze abgedruckt:

Kommt ein Mann in eine Bar, dessen Körper über und über mit Blasen übersät ist, und sagt: »Geben Sie mir 'n Bier.« Der Barmann schiebt ihm ein Glas Budweiser hin und sagt: »Hören Sie, Kumpel, es geht mich ja nichts an, aber – wie kommt's, daß Sie überall Blasen haben?« Der Mann sagt: »Tja, ich war unten in Jamaica und spazierte am Strand entlang, da fand ich eine Flasche. Ich ziehe den Korken heraus, und, Donnerwetter, ein Flaschengeist kommt heraus. Ein weiblicher Flaschengeist, hinreißend, mit einem fabelhaften Körper, großer Arsch, Titten wie Wassermelonen. Und sie sagt, daß ich einen Wunsch frei habe. Also sage ich: »Tja, weißt du, was ich mir wünschen würde, wär, mit dir zu vögeln.« Und sie sagt: »Tut mir leid, das ist eine Sache, die mir nicht gestattet ist.« Darauf ich: »Okay, wie wär's dann wenigstens mit Blasen?«

»Wer stellt solchen Dreck her?« fragte Lucas. Er legte das Papier flach auf seine Handfläche und studierte es noch genauer. Es gab keinen Hinweis darauf, woher es stammen mochte.

»Jeder, der sich einen MacIntosh-Computer, einen Laserdrucker und einen Halbton-Scanner leisten kann. Mit einer Ausrüstung für ein paar tausend Dollar kann man eine ganze Zeitschrift machen. Nicht den Druck, nur die Druckvorlage.«

»Kann man das hier irgendwie zurückverfolgen?«

Crane zuckte mit den Achseln. »Wir können's versuchen. Die bestmöglichen Kopien anfertigen, in Umlauf setzen und abwarten, was passiert.«

»Tun Sie das«, sagte Lucas. »Wir müssen das vollständige Bild sehen.«

Crane schob die Reste des Fotos in eine Sichthülle, und sie nahmen es mit in die Garage. Carr war gerade wieder eingetroffen, und sie erwarteten ihn an der Garagentür. Innen zeigte Crane ihm die Überreste des Fotos.

»Verdammt«, meinte Carr. »Das hätte uns weiterbringen können, wenn wir es ganz hätten.«

»Wir werden versuchen, es zurückzuverfolgen, aber ich kann nichts versprechen«, sagte Crane.

Carr sprach Lucas an: »Kommen Sie für eine Minute mit nach draußen.«

Lucas zog seinen Parka wieder an, schloß den Reißverschluß und folgte Carr aus der Tür.

»Wir haben Bob Dells Geburtsdatum aus seinen DMV-Akten und haben sie durch den zentralen Polizeicomputer laufen lassen«, sagte Carr. »Er wurde in Madison ein paarmal verhaftet, anscheinend, als er dort zur Schule ging. Landfriedensbruch und einmal Tätlichkeit. Die Sachen mit dem Landfriedensbruch bezogen sich auf Demonstrationen, die Tätlichkeit auf eine Barschlägerei. Die Anklage wurde fallengelassen, bevor sie vor Gericht kam, war offenbar keine große Sache. Ich hab in Madison angerufen, und es war bloß eine gewöhnliche Bar, keine Schwulenbar oder so. Bei den Demonstrationen ging es um irgendwas Politisches, aber nicht um Schwulenrechte.«

»Also nichts«, sagte Lucas.

»Nun, erinnern Sie sich, daß Laceys Frau sagte, Dell möge keine Frauen? Ich habe sie angerufen und gefragt, was sie gemeint hat, und sie hat rumgedruckst, es gäbe Gerüchte unter den in Frage kommenden Frauen in der Stadt, wenn man hinter Dell her sei, vergeude man seine Zeit.«

»Wie solide waren die Gerüchte? Etwas Handfestes dabei?« fragte Lucas.

»Sie wußte nichts.«

»Wo arbeitet er?«

»In der Sägemühle, etwa zehn Minuten von hier«, sagte Carr.

»Gehen wir.«

Carr fuhr voran zur Sägemühle, einer gelbgestrichenen Halle auf einem Betonsockel. Ein zehn Meter hoher Stapel von Eichenstämmen wurde über eine Betonrampe befördert, die in die Mühle führte.

Innerhalb der Mühle lag die Temperatur knapp über dem Gefrierpunkt. Ein halbes Dutzend Männer arbeitete an den Sägen. Lucas wartete in der Werkhalle, während Carr den Kopf ins Büro streckte und mit dem Besitzer sprach. Lucas hörte ihn sagen: »Nein, nein, kein Problem, wirklich nicht, wir versuchen bloß, alles bis ins Kleinste...« Dann fing eine Säge an zu kreischen, und er schaute zu, bis Carr wieder zurückkam.

»Der mit der Weste ist Bob«, sagte Carr. »Ich hole ihn, wenn sie mit dem Schnitt fertig sind.«

Dell war ein großer Mann in Jeans und einer ärmellosen Daunenweste, der schwere Lederhandschuhe und einen gelben Schutzhelm trug. Er arbeitete mit den Stämmen, rückte sie für den Schnitt zurecht. Als er damit fertig war, baten sie ihn nach draußen, fort vom Lärm. Dell zündete sich eine Zigarette an und sagte: »Was kann ich für Sie tun, Sheriff?«

Lucas fragte: »Hatten Sie in der Nacht, in der die LaCourts umgebracht wurden, irgendwelche Besucher, oder haben Sie jemanden in der Nähe Ihres Hauses gesehen?«

Dell schüttelte den Kopf. »Nein. Hab keinen gesehen. Ich bin nach Hause gekommen, hab ferngesehen, zu Abend gegessen, und dann hat sich mein Piepser gemeldet, und ich habe meinen Arsch in Bewegung gesetzt.«

Carr schnippte mit den Fingern. »Stimmt ja, Sie gehören zur Feuerwehr.«

Dell nickte. »Ja. Ich dachte mir schon, daß Sie früher oder

später kommen würden, wenn Sie keinen schnappen. Ich meine, weil ich ledig bin und so und gleich in der Nähe wohne.«

»Wir wollen Ihnen keinerlei Schwierigkeiten machen«, sagte Carr.

»Das haben Sie schon getan«, sagte Dell und schaute sich nach der Mühle um.

»Also haben Sie in dieser Nacht niemanden gesehen. Von Ihrer Rückkehr von der Arbeit bis zu dem Zeitpunkt, an dem Sie zu dem Feuer aufbrachen, haben Sie niemanden gesehen«, sagte Lucas.

»Keinen.«

»Ist Pater Bergen nicht vorbeigekommen?« wollte Lucas wissen.

»Nein, nein.« Dell sah verwirrt aus. »Warum sollte er?«

»Sind Sie nicht eines seiner Gemeindemitglieder?«

»Tja, so ab und an«, sagte Dell. »Aber er kommt nicht zu mir.«

»Also stehen Sie ihm nicht nahe?«

»Was hat das zu bedeuten, Sheriff?« fragte Dell und sah Carr an.

»Ich muß Sie jetzt etwas fragen, Bob, und ich schwöre, daß niemand außer uns dreien davon erfahren wird«, sagte Carr. »Ich meine, ich frage furchtbar ungern...«

»Fragen Sie nur«, sagte Dell. Er hatte sich versteift; er wußte, was kommen würde.

»Wir haben in der Stadt ein paar Gerüchte gehört, daß Sie vielleicht schwul sein könnten – ist das so?« Dell wandte sich von ihnen ab und schaute zum Wald hinüber. »Darum geht es also.« Nach einer Minute fragte er: »Und was soll das mit den Morden zu tun haben?«

Der Sheriff starrte ihn einen Augenblick an, wandte sich dann Lucas zu und sagte: »Donnerwetter.«

»Ich habe Pater Phil nicht gesehen«, sagte Dell. »Denken Sie, was Sie wollen, ich habe ihn nicht gesehen. Ich habe ihn seit drei Wochen nicht mehr zu Gesicht gekriegt, und das hat ganz bestimmt nichts mit meinen... sexuellen Vorlieben zu tun.«

Der Sheriff wollte ihn nicht ansehen. Er starrte Lucas an, sagte dabei aber zu Dell: »Wenn Sie lügen, kommen Sie ins Gefängnis. Es handelt sich um wesentliche Informationen.«

»Ich lüge nicht. Ich würde es vor Gericht beschwören«, sagte Dell. »Ich würde es sogar in der Kirche beschwören.«

Jetzt wandte Carr sich ihm endlich zu, mit unbewegtem Blick, und sagte schließlich: »In Ordnung. Sonst noch was, Lucas?«

»Im Augenblick nicht.«

»Danke, Bob.«

»Das wird mich hier ruinieren«, sagte Dell leise. »Ich werde wegziehen müssen.«

»Bob, Sie brauchen doch nicht...«

»Doch, muß ich«, sagte Dell. »Aber es paßt mir gar nicht, weil es mir hier gefiel. Sehr gut sogar. Ich hatte Freunde, keine Schwulen, einfach nur Freunde. Das ist vorbei...« Er drehte sich um und ging wieder zur Sägemühle zurück.

»Was meinen Sie?« fragte Carr, während er ihm nachsah.

»Hörte sich an wie die Wahrheit«, sagte Lucas. »Aber ich habe schon öfter Lügen gehört und geglaubt.«

»Wollen Sie noch mal zu Phil?«

Lucas schüttelte den Kopf. »Noch nicht. Sie leugnen beide, und wir haben nichts, um das Gegenteil zu beweisen. Warten wir ab, was meine kirchliche Freundin zu sagen hat. Ich müßte heute abend oder morgen von ihr hören.«

»Wir haben keine Zeit...«, begann Carr.

»Wenn das die Antwort auf die zeitliche Lücke ist, dann ist sie nicht entscheidend für den Fall«, sagte Lucas. »Bergen wäre draußen.«

»Trauriger Tag«, sagte Carr. Er sah Dell nach, der wieder in der Mühle verschwand. »Bob war kein schlechter Kerl.«

»Nun, er könnte weitermachen, wenn er wirkliche Freunde hat.«

»Nein, er hat recht«, sagte Carr. »Bei seinem Job und so, da wird er gehen müssen, früher oder später.«

Lucas traf Climpt im »Mill«, einem Motel und Restaurant am Ufer eines vereisten Bachlaufs. Der alte Mühlenteich unter den Restaurantfenstern diente jetzt zum Schlittschuhlaufen. Ein Dutzend Männer saß auf Hockern an einer Theke, ein weiteres Dutzend Leute an Zweier- und Dreiertischen im Speisesaal. Climpt stand am Fenster, eine Tasse Hühnerbrühe in der Hand, und schaute auf den Mühlenteich, wo ein einsamer alter Mann in einem pelzgefütterten Mantel auf dem Eis Kreise drehte.

»Der ist schon da draußen, seit ich gekommen bin«, sagte Climpt, als Lucas neben ihn trat. »Er wird dieses Jahr fünfundachtzig.«

»Er kommt jeden Tag für eine Stunde, ganz gleich, wie kalt es ist«, sagte eine Kellnerin, die neben Lucas erschienen war. Der alte Mann drehte Achter und Kreise, die Hände hinter dem Rücken ineinandergelegt, das Gesicht zum Himmel erhoben. Er lächelte und bewegte sich zu einer Musik, die nur er hören konnte. Die Kellnerin schaute mit ihnen einen Augenblick zu und sagte dann: »Möchten Sie essen, oder...«

»Ich könnte eine Tasse Suppe vertragen«, meinte Lucas.

Die Kellnerin, noch immer mit Blick auf den alten Mann auf dem Eis, sagte: »Er versucht sich zu erinnern, wie es war, als er noch ein Kind war. Das sagt er jedenfalls. Ich glaube, er bereitet sich aufs Sterben vor.«

Sie ging, und Climpt fragte leise: »Haben Sie den Durchsuchungsbefehl bekommen?«

»Ja.«

»Ich habe eine Brechstange und einen Hammer dabei, falls wir Schwierigkeiten haben, reinzukommen.«

»Gut«, sagte Lucas. Die Kellnerin kam mit einer Tasse Hühnerbrühe zurück und fragte: »Sie sind dieser Ermittler, den Shelly geholt hat, nicht?«

»Ja«, sagte Lucas.

»Wir beten für Sie«, sagte sie.

»Das stimmt«, erklärte ein Mann an der Theke. Er war dick und schwer, und eine Speckrolle in seinem Nacken hing über den Kragen seines Flanellhemdes. Jeder im Lokal drehte sich nach ihnen um. »Sie brauchen die Schweinehunde bloß zu finden«, sagte er. »Danach können Sie sie uns überlassen.«

Lucas und Climpt fuhren in Lucas' Wagen zum Haus der Schoeneckers, da sie hofften, er sei weniger auffällig als ein Strcifenwagen. »Also, was wissen Sie über diese Leute?« fragte Lucas unterwegs.

»Ein ruhiges, unauffälliges Paar«, sagte Climpt. »Andy ist Buchhalter, arbeitet für Geschäfte in der Stadt. Judy ist Hausfrau. Sie sind wohl seit zwanzig Jahren hier – kommen, glaube ich, von drüben aus Vilas County. Man sieht sie praktisch nie, außer Andy, wenn er von und zu seinem Büro fährt. Soviel ich weiß, haben sie recht wenig geselligen Umgang. Ich weiß nicht, ob sie einer Kirche angehören, aber ich glaube nicht... Hier, da ist ihre Einfahrt.«

»Das Haus liegt ziemlich gut versteckt«, stellte Lucas fest.

Die Schoeneckers lebten auf einem Morgen Land am nördlichen Ende der Stadt in einem sauberen gelben Landhaus mit blauen Läden. Der Rasen war parkähnlich angelegt und mit Gruppen von Blaufichten bepflanzt, die das Haus wirksam vor Wind und Blicken schützten. Lucas fuhr bis an die Garage und stellte den Wagen ab.

In der Einfahrt lagen einige Zentimeter unberührten Schnees.

»Hab kein gutes Gefühl bei der Sache«, sagte Climpt. »Niemand ist rein- oder rausgegangen.«

Lucas scharrte mit dem Stiefel im Schnee. »Sie haben die Einfahrt nach dem letzten Schnee freigeschaufelt. Das hier ist alles drübergeweht.«

»Ja. Aber wo sind sie?«

Sie gingen zur Vordertür, und Lucas läutete. Er läutete noch zweimal, aber das Haus wirkte leer. »Gute Schlösser«, sagte Climpt, der durch das Glas der Windfangtür die innere Tür betrachtete.

»Versuchen wir's auf der Rückseite und schauen wir, ob es eine Tür zur Garage gibt«, schlug Lucas vor. »Die sind gewöhnlich einfacher.«

Sie folgten einem schneebedeckten Gehweg um das Haus herum nach hinten. Die Schlösser an der Hintertür waren die gleichen wie vorn. Climpt drehte am Türknauf, rüttelte daran, horchte an der Tür. Sie rührte sich nicht. »Wir werden sie aufbrechen müssen«, sagte er. »Ich hole die Brechstange.«

»Warten Sie eine Sekunde«, sagte Lucas. Eine Steckdose mit Stahldeckel war in der Garagenwand, genau in Höhe eines Lichtschalters. Lucas hob den Deckel und schaute hinein. Nichts. Eine Laterne mit gelber Insektenbirne stand an der Ecke einer hinteren Veranda. Er stapfte durch den schenkelhohen Schnee, um sie zu erreichen, spähte in den viereckigen Beleuchtungskörper, hob eines der Glaselemente an, tastete herum und fand einen Schlüssel.

»Verdammte Landeier«, sagte er und grinste Climpt an.

Der Schlüssel paßte in die Garagentür. Die Tür zwischen Garage und Haus war unverschlossen. Lucas ging voran und stellte fest, daß es im Inneren des Schoenecker-Hauses fast so kalt war wie draußen. Rasch machten sie einen Rundgang und überprüften jeden Raum.

»Ausgeflogen«, sagte Lucas aus dem Hauptschlafzimmer. Die Schränke und Kommoden waren halbleer, und ein Stapel von Drahtbügeln lag auf dem großen Bett des Zimmers. »Haben alles eingepackt.«

»Und kommen auch nicht so schnell zurück«, sagte Climpt aus dem Gang. »Sehen Sie sich das an.«

Climpt war im Badezimmer und schaute in die Toilette. Lucas spähte ihm über die Schulter. Die Schüssel war leer, aber sie wies rote Flecken von einem Frostschutzmittel auf. »Sie haben das Haus winterfest gemacht.«

»Tja. Die werden wohl 'ne Weile weg sein.«

»Also sehen wir uns um«, sagte Lucas.

Sie begannen mit dem Elternschlafzimmer und fanden gar nichts. Das zweite Schlafzimmer teilten sich die Töchter der Schoeneckers. Wieder verließen sie es mit leeren Händen. Sie arbeiteten sich durch Badezimmer, Wohnzimmer, Eßzimmer, nahmen die Küche auseinander, verbrachten eine halbe Stunde im Keller.

»Verdammter Mist, überhaupt nichts«, brummte Climpt und kratzte sich am Kopf. Sie waren wieder im Wohnzimmer. »Ich hab noch nie so ein leeres Haus gesehen.«

»Kein einziges Videoband«, sagte Lucas. Er ging durch den Flur zurück ins Elternschlafzimmer und sah sich den Fernseher an, der dort stand. Er stand auf einem Videorecorder. Im Wohnzimmer war ein größerer Fernseher an einen weiteren Videorecorder angeschlossen. »Sie haben zwei Videorecorder und keine einzige Kassette.«

»Vielleicht leihen sie sie aus«, sagte Climpt.

»Trotzdem ...«

»Und diese Kartons im Keller ... einen Augenblick«, sagte Climpt plötzlich und verschwand auf der Kellertreppe.

Lucas schlenderte durch das kalte, stille Haus, ging dann zur Garage, öffnete die Tür und schaute hinein. Climpt kam mit zwei Kartons die Kellertreppe wieder herauf. Lucas sagte: »Sie haben zwei Autos. Die Garage hat auf beiden Seiten Reifenspuren.«

»Ja, haben sie, glaube ich.«

»Wie oft fahren Familien mit zwei Autos in Urlaub, wenn sie nur zu viert sind?« fragte Lucas.

»Schauen Sie sich das an«, sagte Climpt. Er hielt Lucas die Kartons hin. Der eine war der Karton einer Videokamera, der andere die Verpackung einer Polaroid Spectra. »Eine Videokamera und keine Kassetten. Und gestern abend hat Henry Lacey gesagt, das Polaroidfoto sei mit der Spectra gemacht worden.«

»Himmel.« Lucas fuhr sich mit der Hand durchs Haar. »Okay, passen Sie auf. Sie sehen diesen Aktenschrank mit den Rechnungen durch und stellen alle Kreditkartennummern fest, die Sie finden können. Besonders die Nummern auf Kreditkarten zum Tanken, aber auch alle anderen. Ich gehe noch einmal in das Zimmer der Mädchen. Ich kann mir nicht vorstellen, daß Teenager gar *nichts* zurücklassen.«

Er begann, das Zimmer gründlich zu untersuchen, zog die Schubladen aller Kommoden auf, untersuchte Flaschen und Schachteln, blätterte Stapel von Schulheften durch, die bis auf die Grundschulzeit zurückgingen. Er tastete in Schuhe hinein und hob die Matratze an.

Climpt kam herein und sagte: »Ich habe alle Nummern, die sie hatten, glaube ich. Sie hatten Benzinkarten von Sunoco und Amoco. Sie haben auch ziemlich oft bei Russ Harper getankt, was recht seltsam ist, wenn man bedenkt, daß seine Tankstelle fünfzehn Kilometer von hier entfernt ist.«

»Behalten Sie die Quittungen«, sagte Lucas, als er die Matratze wieder fallen ließ. »Und sehen Sie nach, ob es draußen irgendwelchen Müll gibt.«

»In Ordnung.«

Ein halbes Dutzend Bücher stand senkrecht auf der Kommode, von zwei Buchstützen aus Malachit in der Form von Springern eines Schachspiels gehalten. Lucas sah sich die Bücher an, hob sie auf, drehte sie um und blätterte sie durch. Aus der Bibel fiel das Silberpapier eines Kaugummis. Lucas hob es auf und fand darauf eine Telefonnummer und den Namen Betty, in orangefarbener Tinte geschrieben.

Er stellte das Buch zurück und ging ins Wohnzimmer. Climpt kam von draußen wieder herein. »Kein Abfall. Sie haben tatsächlich alles aufgeräumt und saubergemacht.«

»Okay.« Lucas nahm den Hörer ab und wählte die Nummer, die auf dem Kaugummipapier stand.

Beim ersten Läuten wurde abgehoben. »Hier ist das Ojibway Action-Telefon. Was kann ich für Sie tun?« Die Stimme war weiblich und von professioneller Fröhlichkeit.

»Was ist das Ojibway Action-Telefon?« fragte Lucas.

»Wer spricht da?« Die Stimme verlor etwas von ihrer Fröhlichkeit.

»Ein Deputy des Bezirkssheriffs«, sagte Lucas.

»Sie sind Deputy und wissen nicht, was das Ojibway Action-Telefon ist?«

»Ich bin neu hier.«

»Wie heißen Sie?«

»Lucas Davenport. Gene Climpt ist auch hier, wenn Sie mit ihm sprechen möchten...«

»O nein, das ist schon in Ordnung, ich habe von Ihnen gehört. Übrigens ist das kein Geheimnis – wir sind das Krisentelefon für soziale Dienstleistungen im Bezirk. Wir stehen ganz vorn im Telefonbuch.«

»Aha. Könnte ich mit Betty sprechen?«

Einen Moment herrschte Stille, dann sagte die Frau: »Es gibt hier eigentlich keine Betty, Mr. Davenport. Das ist ein Codename für unsere Beraterin bei sexuellem Mißbrauch.«

12

Lucas parkte in Weathers Einfahrt, stieg aus und stapfte mit einer Flasche Wein zur Veranda. Er wollte gerade läuten, als Weather die Tür aufmachte.

»Pfeifen wir auf das Essen«, sagte Lucas und trat ein.

»Nehmen wir ein Flugzeug nach Australien. Legen wir uns zwei Wochen in die Sonne.«

»Das wäre mir peinlich. Ich bin im Winter immer so weiß, daß ich praktisch durchsichtig bin«, sagte Weather. Sie nahm die Flasche. »Kommen Sie rein.«

Sie hatte sich nicht wenig Mühe gemacht, dachte er. Ein selbstgemachter Flickenteppich lag in der Diele; der war in der Nacht zuvor nicht da gewesen. Ein Feuer prasselte in dem volkswagengroßen Kamin. Und ein Hauch Chanel lag in der Luft. »Ziemlich eindrucksvoll, hm? Mit dem Feuer und allem?«

»Gefällt mir«, sagte er einfach. Er lächelte nicht. Man hatte ihm gesagt, daß sein Lächeln den Leuten manchmal angst machte.

Sie schien verlegen und erfreut zugleich. »Lassen Sie den Mantel im Schrank und die Schuhe neben der Tür stehen. Ich habe gerade angefangen zu kochen. Steak und Garnelen. Wenn wir alles aufessen, brauchen wir danach einen Herz-Bypass.«

Lucas kickte die Schuhe weg und spazierte auf Socken durch das Wohnzimmer. In der Nacht zuvor hatte er es im Dunkeln nicht sehen können, und am Morgen war er in aller Eile hinausgestürzt und hatte über Bergen nachgedacht...

»Wie war die Operation?« rief er ihr in die Küche nach.

»Prima. Ich mußte ein paar Beinknochen wieder zusammensetzen. Häßlich, aber nicht zu kompliziert. Diese Frau ist auf das Dach geklettert, um den Schnee runterzuschieben, aber statt dessen ist *sie* runtergefallen. Direkt auf die Einfahrt. Sie ist fast vier Tage herumgehinkt, bevor sie zu uns gekommen ist, die dumme Kuh. Sie hat erst geglaubt, daß der Knochen gebrochen ist, als wir ihr die Röntgenbilder gezeigt haben.«

»Hm.« Auf dem Couchtisch standen silberne Bilderrahmen mit handkolorierten Fotos eines Mannes und einer Frau, beide noch jung. Ihre Eltern. Darüber hinaus zeigten die Hälfte der Fotos Segelboote. In einem Alkoven stand ein Stutzflügel aus Ebenholz, Deckel hochgeklappt, Noten von Erroll Garners *Dreamy* auf dem Notenständer.

Er ging in die Küche zurück, Weather trug ein Kleid, das erste, in dem er sie sah, schlicht und ohne Schulterpolster; sie hatte einen langen, schlanken Hals mit vereinzelten Sommersprossen im Nacken. Lächelnd sagte sie: »Ich werde so gut kochen, daß Ihnen das Wasser im Mund zusammenläuft.«

»Lassen Sie mich helfen«, sagte er.

Sie bat ihn, einen Grill aus dem Keller auf die hintere Veranda zu bringen, die sie teilweie freigeschaufelt hatte. Er schüttete Holzkohle darauf und zündete sie an. Währenddessen stellte sie einen Topf mit Wasser auf den Herd. Eine Tüte große, bereits abgezogene Garnelen wanderten in eine Pfanne, die sie beiseite stellte. Kräuter und Buttermilch wurden zu einem Salatdressing; ein Stück Käse gesellte sich zu einem Berg Pilzen, Sellerie, Walnüssen, Brunnenkresse und Äpfeln auf dem Schneidbrett. Sie fing an zu schneiden.

»Ich frage nicht, ob Sie Pilze mögen, Sie haben keine andere Wahl«, sagte sie. »Oh – und machen Sie den Wein auf. Der soll vorher angeblich eine Weile atmen.«

Den Nachmittag über war die Außentemperatur angestiegen und lag jetzt nur noch bei etwa minus achtzehn Grad. Leichter Wind war aufgekommen, der sich im Vergleich zur unerträglichen Trockenheit der Luft bei minus dreißig Grad fast klamm anfühlte. Lucas zog die Stiefel wieder an und kümmerte sich um die Holzkohle; wenn man ihr nur wenige Sekunden ausgesetzt war, kam einem die Kälte fast angenehm auf der Haut vor.

Der Salat war knackig und genau richtig. Die Garnelen waren göttlich. Er aß zwölf Stück und konnte sich schließlich gerade lange genug vom Tisch losreißen, um die Steaks auf den Grill zu legen.

»So gut habe ich nicht mehr gegessen seit... ich weiß nicht wann. Sie scheinen gerne zu kochen«, sagte Lucas, als er an der Glastür stand und den Grill betrachtete.

»Eigentlich nicht. Ich habe an der High School einen Kurs mit dem Titel ›Fünf gute Menüs‹ belegt«, gestand sie. »Und genau das haben sie mir dort beigebracht. Wie man fünf gute Menüs kocht. Dies ist eins davon.«

»Den Kurs brauche ich auch«, sagte Lucas und ging mit einem Teller nach draußen. Die Steaks waren perfekt, lobte sie. Innen rot, außen ein klein wenig verkohlt.

»Nichts von dem kleinen Mueller?« fragte sie.

Er schüttelte den Kopf, und die Stimmung des Abends war mit einem Mal dahin. »Darüber will ich im Augenblick nicht nachdenken«, erklärte er.

»In Ordnung«, sagte sie hastig. »Es ist sowieso eine schreckliche Sache.«

»Ich will Ihnen einiges erzählen«, meinte er. »Aber weiter kann ich nicht gehen.«

»Keine Sorge.«

Er schilderte ihr in groben Zügen, was sich zugetragen hatte. Der Priester und das Zeitproblem, die Frage der Homosexualität und Harper, die Suche nach den Schoeneckers.

Sie hörte ernst zu und sagte schließlich: »Ich kenne Phil Bergen nicht besonders gut, aber schwul ist er mir eigentlich nie vorgekommen. Ich habe ein paarmal mit ihm gesprochen, da machte er einen fast schüchternen Eindruck. Er hat schon auf mich reagiert...«

»Nun, ich kann es nicht mit Sicherheit sagen«, meinte Lucas. »Aber es würde eine Menge erklären.«

»Und was ist mit den Schoeneckers?«

»Carr ist gerade bei der Sexualtherapeutin, um zu prüfen, ob irgendwelche Anrufe, die sie bekommen hat, zu den Kindern der Schoeneckers passen könnten – mit Namen gemeldet haben sie sich nie, aber dort erhalten sie jede Menge anonyme Anrufe, aus denen nie etwas wird... Die Anrufe werden auf Band aufgezeichnet, weil sich ja doch noch was entwickeln könnte. Und wir überprüfen die Kreditkarten, um herauszufinden, wo die Schoeneckers stecken. Sie sind einfach ins Blaue aufgebrochen, angeblich nach Florida.«

»Wenn das alles stimmt, herrscht das Chaos in der Stadt«, sagte Weather.

»Die Stadt wird damit fertig. Ich habe so etwas schon häufig erlebt«, sagte Lucas. »Die große Frage ist, wie unberechenbar ist der Killer? Wie wird er reagieren?«

»He, Sie machen mir angst«, sagte sie. »Essen Sie lieber. Essen Sie.«

Lucas gab nach dem halben Steak auf und stolperte zu einem Plüschsofa vor dem Kamin. Weather schenkte Cognac in zwei Schwenker, zog die Vorhänge zurück, die vor der Schiebetür zur Terrasse hingen, und ließ sich auf den Sessel fallen, der im rechten Winkel zum Sofa stand. Beide legten die Füße auf den zerkratzten Kaffeetisch, der die ganze Länge des Sofas beanspruchte.

»Fettwanst«, sagte Lucas.

»Moi?« sagte sie und zog die Brauen hoch.

»Nein, ich. Herrgott, wenn mir jemand ein Wörterbuch auf den Bauch fallen ließe, würde ich platzen... Sehen Sie sich das an.« Er deutete zur Tür hinaus, wo die Mondsichel gerade über den Bäumen auf der anderen Seite des Sees aufging.

»Mir ist, als...«, begann sie, während sie den Mond betrachtete.

»Als?«

»Als stünde ich vor einem großen Abenteuer.«

»Ich wünschte, mir ginge es so«, sagte Lucas. »Ich hänge hier nur rum.«

»Nun, Sie schreiben Spiele... Sie haben gesagt, die Bezahlung ist nicht schlecht.«

»Stimmt. *Sie* sind ja auch hergekommen, um eine Menge Geld zu verdienen.«

»Das ist nicht ganz dasselbe«, sagte sie.

»Wahrscheinlich nicht«, sagte Lucas. »Aber ich würde gerne etwas Nützliches tun. Als ich noch Polizist war, habe ich etwas getan. Jetzt verdiene ich nur noch Geld.«

»Im Augenblick sind Sie wieder Polizist«, sagte sie.

»Ein paar Wochen.«

»Und wenn Sie nach Minneapolis zurückkehrten?«

»Habe ich mir auch schon überlegt«, meinte Lucas. Er schwenkte den Cognac im Glas und trank es leer. »Letzten Sommer in New York hatte ich einen Fall. Und jetzt diesen. Manchmal denke ich mir, ich könnte etwas daraus machen, wenn ich einfach Aufträge annehmen würde. Aber wenn ich ernsthaft darüber nachdenke, weiß ich, daß es nie soweit kommen wird. Es gibt einfach nicht *genug* zu tun.«

»Ja, nun... niemand hat gesagt, daß das Leben leichter wird.«

»Klar, aber man hofft es doch immer«, sagte Lucas. »Und ehe man sich versieht, ist man fünfundsechzig, haust in einer heruntergekommenen Mietwohnung in Miami und fragt sich, woher man das Geld für das neue Gebiß nehmen soll.«

Weather prustete vor Lachen, und Lucas grinste im Dunkeln, hörte zu und freute sich, daß er sie zum Lachen gebracht hatte. »Der Mann ist ein unverbesserlicher Optimist«, erklärte sie.

Sie unterhielten sich über gemeinsame Bekannte, in Grant und Minneapolis.

»Gene Climpt sieht nicht aus, als wäre er vom Schicksal gebeutelt, aber er ist es«, erzählte sie ihm. »Er hat seine Jugendliebe geheiratet, als er bei der Polizei anfing – er war noch vor Shelly bei der Truppe, als ich noch an der Junior High School war. Wie dem auch sei, sie hatten ein Mädchen im Krabbelalter. Eines Tages ließ Genes Frau ein Bad für das Kind ein, nur heißes Wasser, sie wollte später kaltes dazugeben, als das Telefon läutete. Sie ging hin, die Kleine kletterte auf die Toilette, beugte sich über die Wanne und fiel hinein…«

»Mein Gott…«

»Ja. Sie starb an den Verbrühungen. Und als Gene gerade im Bestattungsinstitut war, hat seine Frau sich erschossen. Selbstmord. Sie konnte den Tod der Kleinen nicht verwinden. Sie haben beide zusammen begraben.«

»Herrje. Hat er nicht mehr geheiratet?«

Sie schüttelte den Kopf. »Nein. Er hatte hin und wieder was mit irgendwelchen Frauen, aber keine hat ihn bekommen. Eine Menge haben es versucht.«

Weather hatte während ihrer Ausbildung sieben Jahre lang nachts im Ramsey General Hospital gearbeitet und kannte acht oder zehn Polizisten in St. Paul. Ob sie sie gut leiden konnte? »Polizisten sind wie alle anderen auch; manche sind nett und manche sind Arschlöcher. Sie neigen dazu, einen unter Druck zu setzen«, sagte sie.

»Wenn man Streifendienst hat, ist es ganz bequem, im Krankenhaus herumzuhängen, wenn die Person, die man gebracht hat, nicht ein Kind oder dein Partner ist«, sagte Lucas. »Es ist warm, man ist in Sicherheit, und man bekommt Kaffee gratis. Man hat hübsche Frauen um sich. Die meisten Frauen, die man während der Arbeit sieht, sind entweder Opfer oder Täter. Nichts kann einem den Tag gründlicher versauen als eine schöne Frau vor sich zu haben, die erklärt, man könne sich seinen Strafzettel wegen Geschwindigkeitsüberschreitung in den Arsch stecken.«

»Stimmt aber! Genau da sollten sich Polizisten ihre Strafzettel hinstecken«, verkündete Weather.

»Ach ja?« Er zog eine Braue hoch.

»Ja. Es hat mich immer geärgert, wenn ich einen Polizisten gesehen habe, der einen Strafzettel ausstellt. Die Städte gehen vor die Hunde; jede Nacht werden Menschen getötet, und man kann keinen Bummel in die Innenstadt machen, ohne daß einem ein Schnorrer das Geld aus der Tasche zieht. Und fast jedesmal, wenn man einen Polizisten sieht, gibt er einem armen Teufel, der bei Tempo fünfundfünzig mal fünfundsechzig gefahren ist, einen Strafzettel; dabei rauscht alle Welt mit fünfundsechzig vorbei, während er noch schreibt. Ich verstehe nicht, warum Polizisten das machen, es bringt nur alle gegen sie auf.«

»Es verstößt eben gegen das Gesetz, zu schnell zu fahren«, sagte Lucas augenzwinkernd.

»Ach Quatsch …«

»Schon gut, Quatsch.«

»Haben sie so was wie Quoten für Strafzettel?« fragte sie. »Ich meine, im Ernst?«

»Na ja, sie nennen es nicht so. Sie haben *Routinestandards*. Sie sagen, ein normaler Streifenpolizist sollte in einem Monat die Anzahl von X Strafzetteln ausstellen. Und wenn das Monatsende näherrückt, zählt der Streifenpolizist seine Strafzettel und sagt: ›Scheiße, ich brauche noch zehn.‹ Also stellt er eine Radarfalle auf und kommt damit noch zu seinen zehn Strafzetteln.«

»Das ist eine Quote.«

»Psst. Für die Stadt ist es weitaus lukrativer, als einen dummen Junkie-Einbrecher zu verhaften.«

»… wollte mir nicht sagen, was der Typ gewollt hat, sie war einfach zu schüchtern und führte sich auf, als wäre sie gerade vor fünfzehn Minuten erst aus dem Kindergarten entlassen worden. Wie sich herausstellte, wollte er seine Vorhaut wiederhergestellt haben. Er hatte gehört, daß Sex mit Vorhaut ein besseres Gefühl gab, und sich gedacht, wir könnten einfach da etwas ansetzen und dort einen Saum nähen …«

Weather hatte Humor wie ein Cop, überlegte sich Lucas lachend. Wahrscheinlich hatte sie den im Operationssaal entwickelt; jedenfalls an einem Ort, wo es oft schlimm genug wurde, daß man sich ein wenig abgrenzen mußte …

»Es ist nur noch ein Schluck Cognac übrig; den gehe ich jetzt holen«, sagte Weather und sprang aus dem Sessel.

»Sie können ihn haben«, sagte Lucas.

Als sie zurückkam, setzte sie sich neben ihn auf die Couch, statt auf den Sessel, und legte ihm den Arm um die Schulter.

»Sie haben den Wein kaum angerührt. Ich habe zwei Drittel der Flasche getrunken, und jetzt muß ich auch noch den Cognac erledigen.«

»Scheiß auf den Cognac«, sagte Lucas. »Willst du fummeln?«

»Das ist nicht sehr romantisch«, tadelte sie streng.

»Ich weiß, aber ich bin nervös.«

»Trotzdem habe ich ein Recht auf ein bißchen Romantik«, sagte sie. »Wie dem auch sei – ich finde, ein bißchen Fummeln wäre angebracht, ja.«

Etwas später sagte sie: »Ich will nicht um den heißen Brei herumreden; ich stehe auf alternde Bullen.«

»Alternd?«

»Du hast viel mehr graue Haare als ich – das ist alternd«, sagte sie.

»Mmmm.«

»Aber ich werde noch nicht mit dir schlafen«, sagte sie. »Vorher werde ich dich noch eine Weile zappeln lassen.«

»Wie du meinst.«

Nach einer Weile fragte sie: »Was hältst du von Kindern?«

»Darüber müssen wir uns mal unterhalten.«

Das Gästezimmer war kühl, und Lucas zog einen Pyjama an, bevor er ins Bett kroch. Er lag eine ganze Weile wach und fragte sich, ob er zu ihrem Schlafzimmer schleichen sollte, spürte aber, daß es ein Fehler wäre. Sie hatten den Rest des Abends einfach geredet. Als sie schlafen gegangen war – er saß noch –, hatte sie ihm einen Kuß auf den Mund gegeben, dann auf die Stirn, hatte ihm das Haar zerzaust und war im rückwärtigen Teil des Hauses verschwunden.

»Wir sehen uns morgen früh«, hatte sie gesagt.

Er war überrascht, als er, schon am Einschlafen, ihre Stimme hörte. »Lucas.« Ihre Hand berührte seine Schulter, und sie flüsterte: »Da ist jemand draußen.«

»Was?« Er war auf der Stelle wach. Sie hatte im Flur das Licht angelassen, falls er nachts aufs Klo mußte oder sich einen Schluck Wasser holen wollte, daher konnte er sehen, daß sie neben dem Bett kauerte. Sie hatte ihre Flinte mitgebracht. Er schlug die Decke zurück und setzte sich. Die 45er lag auf dem Nachttisch; er griff danach. »Woher weißt du das?«

»Ich konnte nicht gleich einschlafen...«

»Ich auch nicht...«

»Ich wollte mir im Bad neben dem Schlafzimmer ein Glas Wasser holen. Vom See her schien der Scheinwerfer eines Schneemobils Richtung Haus. Dort gibt es aber keinen Weg. Ich habe weiter beobachtet, und die Scheinwerfer gingen aus – aber ich konnte im Mondschein trotzdem erkennen, daß er näher kam. Die Nachbarn haben eine Rampe zum See. Ich glaube, da hat er gehalten. Sie selbst haben kein Schneemobil. Da unten ist ein Windschutz, diese Kiefern. Deshalb konnte ich nichts mehr erkennen.«

Sie war ruhig und beschrieb alles fast nüchtern.

»Wie lange ist das her?«

»Zwei oder drei Minuten. Ich habe zugesehen und zunächst gedacht, ich übertreibe. Aber dann habe ich etwas auf dem Anbau gehört. Eine Art Kratzen.«

»Hört sich nach Ärger an«, sagte Lucas. Er lud eine Patrone in die Kammer der 45er.

»Was machen wir?« fragte Weather.

»Anrufen. Ein paar Männer zum See und zur Straße beordern. Wir wollen ihn nicht verjagen, bevor die Sache ins Rollen gekommen ist.«

»Komm, in meinem Zimmer steht ein Telefon«, sagte sie. Lucas folgte ihr. »Was noch?«

»Er muß sich irgendwo Zutritt verschaffen, das geht nicht vollkommen lautlos. Ich möchte, daß du nach unten in die Küche gehst und lauschst. Bleib hinter der Frühstücksbar, auf dem Boden. Ich warte im Wohnzimmer, beim Sofa. Wenn du ihn hörst, kommst du einfach reingeschlichen und holst mich... Rufen wir an.«

Sie griff nach dem Hörer. »Oh-oh«, sagte sie. »Tot. Das ist noch nie passiert...«

»Er hat die Leitung durchgeschnitten. Verdammt, er ist es wirklich«, sagte Lucas. »Leg dich auf den Küchenboden. Ich...«

»Was?«

»Ich habe ein Funkgerät im Wagen.« Er schaute zur Garagentür; es würde zehn Sekunden dauern...

Als ein lautes Klopfen vom vorderen Zimmer her ertönte, wirbelte er herum.

»Was ist das?« flüsterte Weather. »Das ist die Tür zur Veranda.«

»Bleib hier.« Lucas schlich den Flur entlang, spähte um die Ecke, konnte aber nichts erkennen. Sie hatten die Vorhänge offengelassen, damit sie den Mond sehen konnten, aber auf der Veranda vor dem Haus war keine Bewegung auszumachen, kein Gesicht wurde gegen das Glas gedrückt. Nur das dunkle Rechteck des Fensters. Das Klopfen fing wieder an, aber nicht, als wollte jemand versuchen, gewaltsam einzudringen, sondern als wolle man Weather wecken.

»He...« Eine Männerstimme, gedämpft vom Isolierglas.

»Was ist?« Weather stand auf und ging von der Küche ins Wohnzimmer.

»Sofort runter«, flüsterte Lucas hektisch und winkte ihr mit der Pistole. »Hinlegen.«

Sie zögerte, blieb aber stehen, da huschte Lucas durch das Zimmer, packte mit der linken Hand ihr Handgelenk und zog sie nach unten und zur Wand.

»Jemand braucht Hilfe.«

»Quatsch! Denk an das Telefon«, sagte Lucas. Sie tasteten sich beide zur Ecke vor.

Wieder die Stimme, ganz in der Nähe. »He, da drinnen! He, wir haben eine Panne, wir haben eine Panne«, dann wurde noch dreimal geklopft. Lucas ließ Weathers Handgelenk los und spähte um die Ecke.

»Er kann es nicht sein; das ist jemand, der nach mir sucht«, sagte Weather. Sie wollte an ihm vorbei, und ihr weißes Nachthemd zeichnete sich geisterhaft im Licht aus dem Flur ab.

»Mein Gott!« rief Lucas. Er saß in der Ecke auf dem Boden und griff nach oben, um sie am Arm zu packen, aber sie war schon um die Ecke gebogen, konnte jetzt von der Veranda aus gesehen werden...

Das Fenster explodierte, Scherben flogen ins Zimmer, ein Feuerstrahl schoß auf Weather zu. Lucas hatte sie bereits zurückgerissen, sie verlor das Gleichgewicht, fiel hin, war aber unversehrt. Lucas schrie: »Achtung! Er hat eine Schrotflinte...« und feuerte rasch drei Schüsse durch die Tür ab, dann wich er zurück.

Die Schrotflinte knallte wieder, noch mehr Scherben flogen durch das Zimmer, Schrotkugeln zerfetzten das Ende des Ledersofas und gruben sich in die Wand gegenüber. Lucas spähte um die Ecke, dann noch einmal, und gab einen vierten Schuß ab.

Weather kroch auf Händen und Knien in die Küche, holte die 22er Flinte, die sie dortgelassen hatte, und kam zurück.

»Wichser...«, schrie sie.

»Bleib unten!« brüllte Lucas. Eine weitere Schrotsalve, dann noch eine, endlose fünf Sekunden später; das Mündungsfeuer der ersten erhellte den vorderen Teil des Zimmers. Der Lichtblitz des zweiten Schusses wirkte schwächer, die Schrotkugeln prallten vom Kamin ab.

Fünf Sekunden vergingen ohne neuerlichen Schuß. »Er haut ab«, sagte Lucas. »Ich glaube, er haut ab.«

Er sprang auf, lief in Weathers Schlafzimmer und schaute in den Garten hinaus. Dort konnte er den Mann sehen, dreißig Meter weiter, zwanzig Schritte vom Schutz der Bäume entfernt, dann fünfzehn Schritte. »Verflucht.« Er wich zurück und feuerte zwei Schuß durch die Fensterscheibe, die zersplitterte, dann noch einen auf die fliehende Gestalt, hoffnungslos.

Der Mann verschwand unter den Bäumen. Lucas gab einen letzten Schuß auf die Stelle ab, wo er ihn zuletzt gesehen hatte; dann war das Magazin leer.

»Hast du ihn? Hast du ihn?« Weather stand mit dem Gewehr neben ihm. Er riß es ihr aus der Hand und rannte den Flur entlang ins Wohnzimmer, über die Veranda und in den Schnee hinaus. Er sprintete durch den Garten, durch Schnee, der ihm bis zu den Oberschenkeln reichte, folgte den Spuren bis zu den Bäumen ... und dort sah er die roten Heckleuchten eines Schneemobils drei- oder vierhundert Meter entfernt über den See verschwinden. Auf die Entfernung war das Gewehr nutzlos.

Er fror. Die Kälte lähmte ihn fast. Er drehte sich um, aber die Kälte fraß sich in ihn hinein, bremste ihn, stach ihn in die bloßen Füße, schließlich trug er nur den Schlafanzug.

»Großer Gott, Lucas ...« Weather packte ihn und zog ihn ins Haus. Er schlotterte unkontrolliert.

»Funkgerät in meinem Wagen. Hol es«, grunzte er.

»Geh unter die Dusche, verdammt noch mal, geh schon ...«

Sie drehte sich um, lief zur Garage und schaltete auf dem Weg die Lampen ein. Lucas zog das nasse Pyjamaoberteil aus und stolperte, so müde, daß er sich kaum mehr bewegen konnte, Richtung Bad. Die Temperatur im Haus sank rapide, da der Nachtwind zu den zertrümmerten Fensterscheiben hereinwehte, aber im Bad war es noch warm.

Er stellte sich unter die Dusche, drehte den Heißwasserhahn auf und ließ sich das Wasser über den Rücken laufen, so daß es die Pyjamahosen an seinen Beinen festklebte. Er hielt sich am Duschkopf fest, als Weather mit dem Funkgerät zurückkam.

»Zentrale.«

»Hier spricht Davenport im Haus von Weather Karkinnen. Wir wurden gerade von jemand mit der Schrotflinte angegriffen. Niemand verletzt, aber das Haus ist ein einziges Durcheinander. Der Mann ist mit einem Schneemobil über den Lincoln Lake geflohen, Richtung Westen. Er ist etwa zwei Minuten weg, vielleicht drei…«

»Weather, das ist die größte Dummheit…«, begann Carr, aber Weather schüttelte den Kopf und betrachtete das zertrümmerte Fenster. »Ich werde nicht weggehen«, sagte sie. »Nicht so. Mir fällt schon was ein.«

Lucas trug inzwischen einen Schneeanzug. Carr schüttelte den Kopf und sagte: »Na gut, sie sollen jemanden aus dem Eisenwarenladen herschicken.«

Der Schütze war mit Schneetellern gekommen, wie der Mörder der LaCourts. Bis der Alarm durchgegeben war, hatte er hinreichend Zeit gehabt, sich unter die Dutzende Schneemobilfahrer zu mischen, die immer noch in der Nähe unterwegs waren. Die beiden diensthabenden Deputies bekamen den Befehl, Schlitten anzuhalten und sich die Personalien geben zu lassen. Niemand glaubte, daß viel dabei herauskommen würde.

»Als ich den Anruf wegen der Schießerei erhielt, habe ich Phil Bergen angerufen«, sagte Carr zu Lucas.

»Ach ja?«

»Niemand daheim«, sagte Carr.

Es herrschte ein Augenblick Schweigen, dann fragte Lucas: »Besitzt er eine Schrotflinte?«

»Ich weiß nicht. Aber jeder kann sich eine Schrotflinte besorgen.«

»Warum lassen Sie nicht jemanden überprüfen, ob der

Schlitten im Haus ist? Um festzustellen, ob er damit unterwegs sein könnte.«

»Schon angeordnet«, sagte Carr.

Die Leute von der Spurensicherung aus Madison machten Fotos von den Spuren des Schneemobils und der Schneeteller und gruben die Hülsen der Schrotpatronen aus dem Schnee. Lucas, der immer noch vor Kälte zitterte, ging mit Weather durch das Wohnzimmer. Ein Schrotkorn hatte den Rahmen einer Fotografie ihrer Eltern getroffen, aber das Foto selbst war unversehrt.

»Warum hat er es so angefangen, warum...?«

»Darüber muß ich nachdenken«, sagte Lucas.

»Worüber...?«

»Er wollte dich am Fenster haben. Wenn er zu einer Tür gegangen wäre, hättest du ihn vielleicht nicht reingelassen, und er hätte eine verdammt gewaltige Schrotflinte gebraucht, um durch die Eichentür zu schießen und sicher zu sein, daß er dich auch erwischen würde. Die Frage ist, hat er von der Tür gewußt?«

»Ich glaube, er wollte einfach durch das Glas schießen«, sagte Weather nach einer Weile. »Von der Seeseite aus war es einfacher, niemand hätte ihn gesehen.«

»Auch das wäre möglich. Wenn du ihn nicht schon vorher gesehen hättest, wenn wir das mit dem Telefon nicht gewußt hätten, wärst du vielleicht arglos an die Verandatür gegangen.«

»Das hätte ich sowieso fast getan«, sagte sie.

Carr kam zurück. »Wir können Phil nicht finden, aber sein Schlitten steht in der Garage. Sein Auto ist weg.«

»Keine Ahnung, was das bedeutet«, sagte Lucas.

»Ich auch nicht – aber ich lasse die Zentrale in Park Falls und Hayward anrufen. Sie kämmen die Bars nach seinem Auto ab.«

Der Mann aus dem Eisenwarenladen brachte drei Sperrholzplatten und eine Säge, brach die Scherben aus den Rahmen der Glastüren und des Fensters in Weathers Schlafzimmer, paßte die Sperrholzplatten in die Öffnungen ein und nagelte sie fest. »Das dürfte heute nach halten«, sagte er, als er sich verabschiedete. »Ich werde mich morgen nach etwas Dauerhafterem umsehen.«

Um drei Uhr packten die Techniker der Spurensicherung zusammen, und die Leute von der Telefongesellschaft waren gekommen und wieder gegangen. Bergen war immer noch nicht aufgetaucht.

»Ich gehe nach Hause«, sagte Carr. »Ich lasse jemanden hier...«

»Nein, schon in Ordnung«, sagte Weather. »Lucas hat seine 45er und ich das Gewehr... und ich glaube kaum, daß er wiederkommen wird.«

»Na gut«, sagte Carr. Er errötete leicht, und Lucas wurde klar, daß Carr vermutete, er habe mit Weather geschlafen. »Bleiben Sie am Funkgerät.«

»Klar«, erwiderte Lucas. Dann warf er Weather einen Blick zu und sagte zu Carr: »Kommen Sie, ich möchte einen Moment mit Ihnen reden. Unter vier Augen.«

»Wie bitte?« fragte Weather und stemmte die Hände auf die Hüften.

»Dienstlich«, sagte Lucas.

Carr folgte ihm ins Gästezimmer. Lucas griff nach seinem Schulterhalfter und holte die Pistole heraus. Er hatte neu geladen, als er aus der Dusche gekommen war, jetzt klopfte er die Patrone aus der Kammer und steckte sie wieder ins Magazin.

»Wenn wir Bergen heute nacht nicht finden, könnte es sein, daß er morgen gelyncht wird«, sagte er.

»Das weiß ich«, meinte Carr. »Ich bete, daß er sich irgendwo betrinkt. Was bei mir zum ersten Mal vorkommt.«

»Aber eigentlich wollte ich sagen: Wir müssen Weather

aus der Stadt fortschaffen. Sie wehrt sich dagegen, aber sie hat Feuer für mich gefangen. Ich kann mir nicht vorstellen warum, aber ich glaube, es ist so.«

»Dann können Sie sie doch überzeugen«, sagte Carr.

Lucas deutete zu der Tasche auf dem Boden, auf seinen Schlafanzug. »Wir verkehren nicht ganz so freundschaftlich miteinander, wie Sie denken, Shelly.«

Carr errötete wieder, dann erklärte er: »Ich werde morgen mit ihr reden und mir etwas ausdenken. Ich lasse den ganzen Tag einen Mann bei ihr.«

»Gut.«

Als der letzte Mann gegangen war, schloß Weather die Tür und schaute Lucas an.

»Worum ging es denn bei dem kleinen Gespräch unter Männern?« fragte sie argwöhnisch.

»Ich habe ein paar Routinefragen gestellt und Shelly meine Sachen, die Uhr und das zerwühlte Bett im Gästezimmer ansehen lassen«, sagte Lucas. Er zitterte immer noch.

Sie sah ihn einen Augenblick schweigend an, dann sagte sie: »Hm. Das weiß ich zu schätzen. Glaube ich. Frierst du immer noch?«

»Ja. Ich erfriere. Aber sonst geht es mir gut.«

»Das war das Dümmste, das ich je gesehen habe, einfach so barfuß durch den Schnee zu laufen! Ich habe wirklich und wahrhaftig gedacht, du würdest umkippen, als du wieder reingekommen bist, ich habe geglaubt, du würdest einen Herzanfall bekommen.«

»In dem Augenblick schien das durchaus im Bereich des Möglichen zu sein«, sagte er.

Sie ging ins Wohnzimmer zurück, betrachtete die Verwüstung und sagte: »Ich bin echt im Arsch, Davenport. Wütend und im Arsch. Ich werde die Hysterektomie verschieben müssen, die ich heute morgen angesetzt hatte... vielleicht kann ich sie auf den Nachmittag verlegen lassen. Herrgott, bin ich aufgedreht.«

»Im Augenblick strömt noch das Adrenalin durch deinen Körper. In einer Stunde oder so kommt dann der Zusammenbruch.«

»Glaubst du?« fragte sie interessiert. »He, sieh dir diese Löcher in den Wänden an, mein Gott...«

Sie rief die Nachtschwester des Krankenhauses an, erklärte ihr das Problem, verlegte die Operation, entlud ihre Flinte, lud sie neu, bat Davenport, ihr seine 45er zu erklären, ging wiederholt zu den Schrotlöchern zurück, bohrte mit dem Zeigefinger darin herum und sah von der anderen Seite nach, ob sie durch die Wand gedrungen waren. Sie fand drei Löcher im Ledersofa und geriet wieder in Wut. Lucas ließ sie gewähren. Er ging in die Küche, machte sich einen Teller Hühnerbrühe mit Nudeln, aß ihn, kam wieder ins Wohnzimmer zurück und ließ sich auf die Couch fallen.

»Was ist mit den Schüssen, die du abgegeben hast? Hättest du jemanden auf der anderen Seite des Sees treffen können?« wollte sie wissen. Sie hatte das Magazin aus seiner 45er genommen und zielte damit auf ihr eigenes Ebenbild im Spiegel über dem Kamin.

»Nein. Manche Leute bezeichnen das Geschoß einer 45er als fliegenden Aschenbecher. Aus der Nähe kann so ein Schuß einen zerfetzen, aber die Reichweite ist nicht besonders. Von hier abgefeuert, auf dieser Ebene, würde das Geschoß es nicht einmal halb über den See schaffen.«

»Besteht die Möglichkeit, daß du ihn getroffen hast?« fragte sie.

»Nein... ich wollte nur nicht, daß er mit der Schrotflinte in der Hand zur Tür hereingestürmt kommt. Ich hätte ihn vielleicht erwischt, aber er uns mit Sicherheit auch.«

»Herrgott, es war so laut«, sagte sie. »Bei den Schüssen wären mir beinahe die Trommelfelle geplatzt.«

»Jedesmal, wenn man einen Schuß ohne Ohrenschutz abfeuert, verliert man ein bißchen von seiner Fähigkeit, hohe Frequenzen zu hören, das ist eine Tatsache«, erklärte Lucas.

Dann ging ihr die Luft aus. Ganz plötzlich. Sie hörte auf zu reden, und ließ sich neben ihn auf die Couch fallen.

»Leg dich hin«, sagte er und zog sie zu sich. Sie blieb einen Moment still liegen und drehte ihm den Rücken zu, dann fing sie leise an zu weinen. »Verdammt, er hat mein Haus kaputtgeschossen«, sagte sie.

Sie bebte vor Zorn, und Lucas legte den Arm um sie und hielt sie fest.

13

Der Eismann fuhr rasend schnell über den zugefrorenen See, abseits der Fahrwege, und jedesmal, wenn er in eine der langgezogenen Sinuskurven bog, die ihn zur Kreuzung Circle Lake bringen würden, stob eine Schneewolke hinter dem Schneemobil auf. Er konnte die Blinklichter von Polizeiautos in der Stadt sehen, aber nicht die Sirenen hören; und sie konnten ihn auf gar keinen Fall sehen. Er fuhr ohne Licht, und sein Schlitten war so schwarz wie der Schneeanzug und damit unsichtbar in der Nacht.

Die Schießerei hatte ihn überrascht, aber nicht eingeschüchtert. Er hatte sich einfach den Tatsachen gebeugt: Nicht heute nacht. Heute nacht konnte er sie nicht bekommen, denn wenn er blieb, wenn er es mit demjenigen auskämpfte, der sich drinnen aufhielt – das war mit ziemlicher Sicherheit der Bulle aus Minneapolis –, konnte er verletzt werden. Und verletzt war so gut wie tot.

Zeit Zeit Zeit…

Die Zeit wurde knapp für ihn. Er konnte spüren, wie sie ihm zwischen den Fingern zerrann. Davenport und Crane hatten etwas aus dem Haus der LaCourts mitgenommen, und das war mit großer Wahrscheinlichkeit die Fotografie. Aber sie hatten sie ins Labor nach Madison geschickt: Möglicherweise war sie doch in dem Feuer zerstört worden. Er hatte mit den Polizisten gesprochen, die dabeigewesen waren, als ihre Chefs das Foto betrachteten, aber die kannten keine genauen Einzelheiten. Nur ein Stück Papier, hatten sie gesagt.

Wenn Weather Karkinnen dieses Foto jemals zu Gesicht bekam, würden sie ihn schnappen...

Weather: Warum hielt sich Davenport in ihrem Haus auf? Bewachte er sie? Vögelte er sie? Warum sollte er sie bewachen? Hatte sie ihm irgendwas gegeben? Aber sie konnte ihnen nur eines geben, nämlich einen Hinweis auf seine Identität, und wenn das passiert wäre, hätten sie schon bei ihm angeklopft.

Die Kreuzung, die von zwei hellen rosa Natriumdampflampen überragt wurde, rückte langsam näher. Er hatte Glück; es standen keine anderen Schlitten dort. Wenn sie ihn mit ausgeschalteten Lichtern sähen, würden sie mit Sicherheit neugierig werden.

Er überquerte die Kreuzung, fuhr den Bootssteg hinauf, die Hafenstraße entlang und auf die Fahrspur im Graben neben der Straße. Einen Augenblick später bog er ins Bachbett des Circle Creek ein, fuhr unter der Straße hindurch, wieder auf den See zu. Im Bachbett schaltete er die Scheinwerfer ein, bremste aber nicht ab. Auf dem Circle Lake waren noch mehr Schneemobile unterwegs, deren Spuren kreuzte er und fuhr nach Südwesten.

Er ging seine Möglichkeiten durch. Er konnte fliehen. Sich ins Auto setzen, sich eine Ausrede ausdenken, weshalb er ein paar Tage weg mußte, und nie zurückkommen. Bis sie nach ihm suchen würden, konnte er schon in Alaska oder dem Nordwestterritorium untergetaucht sein. Aber wenn er verschwand, würden die Bullen nicht lange brauchen, bis sie sich zusammenreimten, was passiert war. Und wenn er floh, müßte er fast alles aufgeben, was er besaß. Er könnte nur mitnehmen, was ins Auto paßte, und auch das Auto müßte er nach ein paar Tagen loswerden ... Und dann konnten sie ihn immer noch schnappen: Sie hatten sein Bild, seine Fingerabdrücke.

Er konnte sich die anderen Mitglieder des Clubs vornehmen, sie alle in einer einzigen Nacht ausschalten. Das Problem war, einige waren bereits verschwunden. Die Schoeneckers: wie sollte er die finden? Unmöglich.

Er mußte bleiben. Er mußte herausfinden, was aus dem Foto geworden war. Er mußte Weather beseitigen. Er hatte sie schon zweimal verfehlt, und das machte ihn nervös. Als Kind, auf dem Schulhof, hatte er an ein paar Leute einfach nicht herankommen können. Sie hatten ihn ständig überlistet, ständig ausgetrickst, ihn häufig in Schwierigkeiten gebracht. Weather war genauso: Er mußte sie haben, aber sie widerstand ihm ...

Er überquerte eine weitere Kreuzung, fuhr einen langen, unebenen Weg entlang, den der Schneemobilclub im Wald geräumt hatte, auf den nächsten See und über diesen hinweg. Schließlich lenkte er das Schneemobil auf die Hafenstraße und weiter zum Highway, blieb dort einen Augenblick stehen und bog nach links ab.

Das Mädchen mit den gelblichen Haaren wartete. Ihr Bruder Mark ebenfalls. Mark mit den dunklen Haaren und den großen, braunen Augen. Das Mädchen ließ ihn ein und half ihm, den Schneeanzug auszuziehen. Mark lächelte nervös. So war er eben, er mußte beruhigt werden. Der Eismann arbeitete gerne mit Mark zusammen, eben *weil* er sich widersetzte. Wenn das Mädchen nicht dabeigewesen wäre ...

»Gehen wir auf mein Zimmer«, sagte sie.

»Wo ist Rosie?«

»Die ist einen trinken gegangen«, sagte das Mädchen.

»Ich muß los«, erklärte Mark.

»Wohin gehst du?« Lächelnd, ruhig. Aber die Nachwirkungen der Schießerei brodelten noch in seinem Blut. Herrgott, wenn er mit Weather allein irgendwohin könnte, wenn er sie eine Weile für sich haben könnte…

»Mit Bob weg«, sagte Mark.

»Es ist kalt da draußen«, warnte er.

»Schon gut«, sagte Mark. Er konnte ihm nicht in die Augen sehen. »Er holt mich ab…«

»Ich bin ja da«, warf das Mädchen mit den gelbblonden Haaren ein. Sie trug einen alten und verwaschenen Jogginganzug und wünschte sich, es wäre etwas Eleganteres gewesen. Sie zupfte am Hosenbein und hatte Angst vor dem, was er sagen könnte, vor der Grausamkeit in seinen Worten.

Aber er sagte nur: »Prima.« Er strich ihr über den Kopf, und da strömte Wärme durch ihren Körper.

Später am Abend lag er im Bett und rauchte. Er dachte an Weather, an Davenport, an Carr, an das Foto, an Weather, an Davenport, immer im Kreis herum…

Das Mädchen neben ihm atmete leise und hatte die Hand auf seinem Bauch liegen.

Er brauchte Zeit, um alles über das Foto herauszufinden. Wenn er sie nur noch ein paar Tage hinhalten konnte, könnte er es herausfinden. Könnte er Einzelheiten erfahren. Ohne das Foto gab es keine Verbindung zu ihm, aber er brauchte *Zeit*…

14

In der Küche läutete das Telefon.

Lucas ließ es läuten und hörte, wie eine Stimme auf den Anrufbeantworter sprach. Eigentlich sollte er an den Apparat gehen. Er drehte sich um und betrachtete die grünen Leuchtziffern der Uhr auf dem Nachttisch. Viertel nach neun.

Vier Stunden lag er jetzt schon wach, mit ein paar sporadischen Minuten Schlaf. Es war kühl im Haus, fast kalt, also zog er die Bettdecke über die Ohren. Das Telefon läutete wieder, zweimal, dann verstummte es, und der Anrufbeantworter schaltete ein. Dieses Mal wurde nicht gesprochen. Wer auch immer angerufen hatte, hatte wieder aufgelegt.

Eine Minute später läutete das Telefon wieder zweimal. Lucas überlegte sich verdrossen, ob er aufstehen sollte. Das Läuten hörte auf und begann einen Augenblick später wieder, erneut zweimal. Jetzt wurde er richtig wütend, sprang aus dem Bett, wickelte die Decke um die Schultern, stapfte den Flur entlang in die Küche und schaute das Telefon finster an.

Zehn Sekunden verstrichen. Es läutete wieder, da riß er den Hörer hoch. »Was ist?« fauchte er.

»Aha. Ich wußte, daß du schläfst«, sagte die Nonne zufrieden. »Übrigens hast du eine Nachricht auf dem Anrufbeantworter.«

Lucas sah das blinkende Licht an dem Gerät. »Ich friere mir hier den Arsch ab. Könntest du...«

»Die Nachricht ist nicht von mir. Ich weiß, daß du eine hast, weil das Telefon nur zweimal läutet, bevor die Maschine sich einschaltet, und nicht vier- oder fünfmal«, sagte sie und klang noch selbstzufriedener.

»Woher hast du die Nummer?«

»Von der Sekretärin des Sheriffs«, sagte Elle. »Sie hat mir gesagt, was letzte Nacht passiert ist, und daß du eine ziemlich attraktive Ärztin bewachen mußt. Ach, übrigens, geht es dir gut?«

»Elle...«, sagte Lucas ungeduldig, »du hörst dich so selbstgefällig an, daß dies unmöglich ein Anruf sein kann, nur um Klatsch auszutauschen.«

»Ich werde den ganzen Tag unterwegs sein und wollte vorher noch mit dir reden«, sagte sie. »Ich habe einige Freunde von Phil Bergen gefunden. Das wollte ich dem Anrufbeantworter nicht anvertrauen.«

»Was haben sie gesagt?«

»Sie sagen, daß er sich in Gegenwart von Frauen zwar linkisch aufführt, sich aber auf jeden Fall zu ihnen hingezogen fühlt. Er interessiert sich also *nicht* für Männer.«

»Ganz sicher?« *Scheiße.*

»Ja. Einer hat lauthals gelacht, als ich ihm die Frage gestellt habe. Bergen ist nicht durch und durch homophob, verabscheut Homosexuelle und Homosexualität aber. Und dieses Verhalten ist auch keine Tarnung für ein heimliches Interesse, falls du mich das fragen wolltest.«

Lucas kaute auf der Unterlippe, dann sagte er: »Okay. Ich danke dir für deine Hilfe.«

»Lucas, diese Leute wissen, was sie sagen«, meinte Elle. »Einer war Bergens Collegebeichtvater. Er hätte nicht mit mir darüber geredet, wenn Homosexualität jemals bei der Beichte zur Sprache gekommen wäre, also scheidet die Möglichkeit aus. Bergen hätte es auf jeden Fall gebeichtet.«

»Na gut«, sagte Lucas. »Verdammt. Das macht alles noch schwerer.«

»Tut mir leid«, sagte sie. »Kommst du nächste Woche her?«

»Wenn ich hier fertig bin.«

»Dann sehen wir uns ja. Wir machen ein Spiel. Übrigens muß etwas Ernstes im Büro des Sheriffs passiert sein. Niemand hatte Zeit, mit mir zu sprechen, etwas wegen einem vermißten Jungen...«

»O Gott«, sagte Lucas. »Elle, wir unterhalten uns später weiter.«

Er legte auf, wollte die Nummer des Sheriffbüros tippen, bemerkte wieder das blinkende Licht und drückte statt dessen auf den Abspielknopf.

Carrs Stimme krächzte aus dem Lautsprecher: »Davenport, wo stecken Sie, verdammt noch mal? Wir haben den jungen Mueller gefunden. Er ist tot, und es war kein Unfall... ich schicke jemand zu Ihnen, der Sie weckt.«

Bevor der Hörer aufgelegt wurde, hörte er Carr jemandem im Hintergrund zurufen: »Schicken Sie Gene zu Weather Karkinnens Haus.«

Draußen ertönte Motorengeräusch. Lucas spähte aus dem Küchenfenster. Ein Kleinbus der Polizei fuhr in die Einfahrt. Lucas hastete zu Weathers Schlafzimmer. Die Tür war nicht abgeschlossen, er machte sie auf und steckte den Kopf hinein. Weather lag zusammengerollt unter der Bettdecke und sah klein und unschuldig aus.

»Weather, wach auf«, sagte er.

»Hm?« Sie drehte sich im Halbschlaf um und schaute zu ihm auf.

»Sie haben den jungen Mueller gefunden, und er ist tot«, sagte Lucas. »Ich muß gehen.«

Sie war schlagartig wach, richtete sich auf und schlug die Bettdecke zurück. Sie trug ein weißes Flanellnachthemd mit langen Ärmeln. »Ich komme mit.«

»Du hast eine Operation.«

»Das klappt schon, ein paar Stunden sind genug.«

»Du mußt nicht…«

»Ich bin die Gerichtsmedizinerin dieses Bezirks, Lucas«, sagte sie. »Ich müßte sowieso hin.« Ihr Haar stand wie eine Korona vom Kopf ab, das Gesicht war noch vom Schlaf gezeichnet. Sie hatte eine rote Kissenfalte auf einer Wange. Das Baumwollnachthemd verbarg ihre Figur gänzlich, bis auf die Hüften, die der weiche Stoff nachzeichnete. Sie wollte ins Bad gehen, spürte seinen prüfenden Blick und fragte: »Was ist?«

»Du siehst hinreißend aus.«

»Herrgott noch mal, ich bin ein Wrack«, sagte sie. Sie kam zu ihm zurück, stellte sich auf die Zehenspitzen, um ihm einen Kuß zu geben, und in diesem Augenblick klopfte Climpt an die Haustür.

»Das ist Gene«, sagte Lucas und wich in den Flur zurück. »Fünf Minuten.«

»Zehn«, sagte sie. »Ich meine, John Mueller wird es nicht mehr stören.«

Sie sagte es beiläufig, eine Chirurgin und Gerichtsmedizinerin, die sich mit dem Tod auskannte. Aber Lucas war betroffen. Sie sah es ihm an und sagte: »Herrje, Lucas, ich habe es nicht so gemeint...«

»Du hast aber recht«, erwiderte er mit harter Stimme. »Zehn Minuten. Den Jungen wird es nicht mehr stören.«

Lucas ließ Climpt ein und ging rasch ins Bad, während der Deputy die Schäden der nächtlichen Schießerei begutachtete.

Als er aus dem Bad kam, stand Weather schon in Jeans und einem Wollhemd auf dem Flur und trug die Tasche, die sie bei den LaCourts dabeigehabt hatte. »Fertig?«

»Ja.«

»Sie hatten gestern nacht großes Glück«, sagte Climpt. Er stand im Wohnzimmer, rauchte eine Zigarette und betrachtete die Schäden des Schußwechsels.

»Ich glaube nicht, daß daran etwas glücklich war«, sagte Weather. »Sehen Sie doch nur, was er angerichtet hat.«

»Wenn ich da draußen gewesen wäre, wär'n Sie jetzt tot. Er hätte warten sollen, bis Sie direkt an der Tür waren.«

»Ich sag's ihm, wenn ich ihn sehe«, meinte Lucas.

John Muellers Leiche war in eine stillgelegte Sandgrube abseits eines asphaltierten Waldwegs im Chequamegon National Forest geworfen worden, fünfzehn Meilen von seinem Zuhause entfernt. Ein halbes Dutzend Polizeifahrzeuge drängten sich an der Abzweigung, der Schnee war von den vielen Menschen festgetrampelt worden.

»Shelly ist ausgeflippt«, sagte Climpt, die Zigarette im Mundwinkel. »Heute ist während der Messe etwas passiert.«

»Haben sie Bergen gefunden?«

»Ja, ich glaube schon. Er war da.«

Sie konnten den Sheriff sehen, der etwas abseits der anderen stand, wie eine dicke, dunkle Vogelscheuche, mitten in der Kiesgrube. »Das ist ein Alptraum für ihn«, sagte Weather.

Climpt nickte. »Er wollte nichts weiter als eine nette, ruhige Rutschpartie bis zur Pensionierung; er wollte sich um die Menschen kümmern. Darin ist er ziemlich gut.«

Sie parkten und näherten sich einer Gruppe Polizisten am Rand der Sandgrube. Ein Zivilist in einem orangefarbenen Leuchtparka stand an der Seite, neben einem Schneemobil, wo er sich mit einem anderen Deputy unterhielt. Carr sah sie kommen und kam ihnen auf dem frischen Trampelpfad entgegen.

»Wie geht es Ihnen?« wandte sich Carr an Weather. »Konnten Sie schlafen?«

»Kaum«, sagte Weather. »Ist der Junge...?«

»Genau hier. Wir haben seine Eltern noch nicht angerufen.« Carr schaute Lucas an. »Wie lange wird es noch dauern, bis Sie diesen Kerl gefunden haben?«

»Das ist eine blöde Frage«, fauchte Weather.

Aber Lucas schaute den Hang hinauf zu der Gruppe von Polizisten, die neben dem Leichnam standen. »Drei oder vier Tage«, sagte er nach einigen Sekunden. »Er hat die Nerven verloren. Wenn wir nicht einen bedeutenden Zusammenhang mit diesem Jungen übersehen, gab es keinen Grund, ihn zu töten. Er ist ein verdammt großes Risiko eingegangen und hat nichts gewonnen.«

»Wird er noch mehr Menschen töten?« fragte Carr. Seine Stimme klang nach einer Mischung aus Wut, Nervosität und Traurigkeit, als wäre er sich über die Antwort schon im klaren.

»Könnte sein«, gab Lucas zu und schaute Carr direkt in die geröteten, erschöpften Augen. »Ja, ich würde sagen, daß er das könnte. Sie sollten die Schoeneckers finden. Wenn die etwas damit zu tun haben und sich an einem Ort aufhalten, wo er an sie herankommen kann...«

»Wir haben im ganzen Süden Suchmeldungen durchgegeben, von Florida bis Arizona, wir verhören ihre Freunde...«

Weather ging zu der Leiche, und Lucas wollte ihr folgen. Carr hielt ihn am Ellbogen fest: »Sie müssen sich etwas überlegen, wie wir die Sache beschleunigen können, Lucas.«

»Ich weiß«, sagte Lucas.

Der Schneemobilfahrer im Leuchtparka hatte John Muellers Leichnam gefunden. Er hatte zwei Kojoten an der Stelle fressen sehen und war davon ausgegangen, daß sie ein Wildtier gejagt hatten. Er war vorbeigekommen, weil er wissen wollte, ob es ein Hirsch war, der sein Geweih noch hatte. Er hatte die Tiere verscheucht, den Mantel des Jungen gesehen und das Büro des Sheriffs angerufen. Der erste Deputy, der am Schauplatz eintraf, hatte einen Kojoten erschossen und die Leiche mit einer Plastikplane zugedeckt.

»Schlimm«, sagte Weather, als sie die Plane hob. Um sie herum verstummten die Unterhaltungen, alle sahen zu, wie sie sich über die Leiche beugte. »Ist er das?«

Lucas sah sich das halb zerfressene Gesicht des Jungen an, dann nickte er. »Ja, das ist er. Ich bin fast sicher. Herrgott noch mal...«

Er ging weg, weil er den Anblick nicht ertragen konnte. So war es ihm seit seiner dritten Woche Streifendienst nicht mehr gegangen. Polizisten mußten sich Leichen ansehen und Schluß.

»Alles in Ordnung?« fragte Climpt.

»Macht mich fertig«, sagte Lucas.

Er war schon fast wieder beim Auto, als er Crane sah, den Spurensicherungsmann aus Madison, der den Trampelpfad entlang kam.

»Etwas für mich?« fragte Crane.

»Ich bezweifle es. Der Schauplatz ist ziemlich verwüstet, außerdem haben sich Kojoten an dem Leichnam zu schaffen gemacht. Es wird eine Autopsie erforderlich sein, um herauszufinden, wie er gestorben ist.«

»Ich habe einen Metalldetektor, ich werde den Fundort nach Geschossen absuchen... Hören Sie, ich habe Neuigkeiten für Sie. Ich wollte anrufen, aber mir wurde gesagt, Sie seien auf dem Weg hierher. Erinnern Sie sich an diese halb verbrannte Seite aus dem Pornoheft, die Sie nach Madison geschickt haben? Die mit dem Bild, das Sie wollen?«

»Ja?«

»Wir haben sie an sämtliche größeren Reviere in Wisconsin, Illinois und Minnesota geschickt, und wir erhielten tatsächlich einen Rückruf. Ein Mann namens...«, Crane klopfte sich auf die Taschen, zog einen Handschuh aus, suchte weiter und förderte ein schmales Reporternotizbuch zutage. »... ein Mann namens Curt Domeier vom Polizeirevier Milwaukee. Er sagt, er kennt möglicherweise den Verleger. Er will ihn anrufen.«

Lucas ließ sich die Seite aus Cranes Notizbuch geben; immerhin ein Anhaltspunkt. Er ging zum Wagen, rief die Zentrale an und wurde nach Milwaukee verbunden. Domeier arbeitete in der Abteilung Sexualverbrechen. Lucas stellte sich vor und sagte: »Die Jungs aus Madison sagen, daß Sie möglicherweise wissen, wer das Blatt verlegt.«

»Ja, ich habe diesen speziellen Burschen lange nicht mehr gesehen, aber er verwendet diese kleinen Vignetten – so nennen sie sie, Vignette – am Ende der Artikel. Sie sehen wie die Muster von Spielkarten aus. Herz, Kreuz, Pik und Karo. Das habe ich sonst noch nirgends gesehen, nur bei diesem Kerl.« Domeiers Stimme klang rauh, aber lässig; der Typ Polizist, der beim Kaffeetrinken Kaugummi kaute.

»Können wir ihn dingfest machen?« fragte Lucas.

»Kein Problem. Er arbeitet in seinem Apartment an der Nordseite der I-43. Er ist ein Krüppel und bietet Mackintosh-Dienste an.«

»Mackintosh? Wie der Computer?«

»Genau. Er erledigt Zeitschriftenarbeiten billig«, sagte Domeier. »Layout und so was.«

»Wir haben vier Tote hier oben«, sagte Lucas.

»Ich habe davon gelesen. Ich dachte, es wären drei...«

»Morgen früh steht noch einer in der Zeitung, ein kleiner Junge.«

»Ohne Scheiß?« Höfliches Interesse.

»Wir glauben, der Killer hatte es wegen dem Bild auf dieser Seite auf die Familie abgesehen«, sagte Lucas.

»Ich kann auf der Stelle mit dem Mann reden, oder Sie könnten herkommen, dann besuchen wir ihn zusammen«, sagte Domeier. »Wie Sie wollen.«

»Ich könnte zu Ihnen kommen.«

»Morgen?«

»Wie wäre es mit heute nachmittag oder heute abend?« sagte Lucas.

»Ich müßte hier mit jemandem wegen der Überstunden reden, aber wenn Ihr Boß anrufen würde... ich könnte die Extrapiepen brauchen.«

»Ich sag ihm, daß er anrufen soll. Wo treffen wir uns?« fragte Lucas.

»Da ist ein Schnellimbiß gleich an der Interstate...«

Carr war nicht glücklich über Lucas' Pläne. »Wir müssen hier oben Druck machen. Ich könnte jemand anderen schikken.«

»Ich will selbst mit dem Mann reden«, sagte Lucas. »Überlegen Sie doch: Er könnte unseren Täter gesehen haben. Er *kennt* ihn vielleicht.«

»Okay, aber beeilen Sie sich, ja?« sagte Carr nervös. »Haben Sie schon von Phil gehört?«

»Bergen? Was denn?«

»Er ist zur Messe gekommen. Wir haben nach ihm gesucht, konnten ihn nicht finden, dann kam er eine halbe Stunde vor der Messe angefahren, wollte aber nicht mit uns reden. Nach seiner normalen Predigt heute morgen sagte er, er müsse mit uns als Freunden und Nachbarn sprechen. Und da hat er alles rausgelassen: Er sagte, er wüßte genau, welche Gerüchte in der Stadt kursieren. Er sagte, er hätte nichts mit den LaCourts oder John Mueller zu tun, aber das Mißtrauen würde ihn umbringen. Er sagte, in der Nacht, als wir ihn gefunden haben, sei er betrunken gewesen, und gestern abend sei er nach Hayward gefahren und habe sich wieder betrunken. Er sagte, er wäre dicht an dem Punkt gewesen, wo es kein Zurück mehr gibt, und da habe er aufgehört. Er sagte, er hätte mit Jesus gesprochen und zu trinken aufgehört. Er hat uns gefragt, ob wir für ihn beten würden.«

»Und Sie glauben ihm?« fragte Lucas.

»Unbedingt. Wenn Sie dabeigewesen wären, hätten Sie es verstanden. Der Mann hat mit Jesus Christus gesprochen, und während er mit uns geredet hat, war der Heilige Geist in der Kirche. Man konnte es spüren; es war so eine ... Wärme. Als Phil nach der Messe den Altar verließ, brach er zusammen und fing an zu weinen, und man konnte spüren, wie der Geist niederstieg ...« Carrs Augen waren im Verlauf der Schilderung glasig geworden; Lucas wich erschrocken zurück.

»Ich habe einen Anruf von meiner Freundin, der Nonne, bekommen«, sagte Lucas. Carr konzentrierte sich krampfhaft wieder auf die Gegenwart. »Sie hat einige Informanten in der Kirche befragt. Sie sagen, Bergen ist hetero. Hatte niemals sexuelles Interesse an Männern. Das ist selbstverständlich nicht hundertprozentig sicher.«

Carr sagte: »Bleibt die Frage von Bob Dell.«

»Wir müssen noch einmal mit Bergen sprechen. Sie können es heute machen oder warten, bis ich wieder da bin.«

»Wir müssen warten«, sagte Carr. »Nach dem heutigen Morgen kann ich Phil überhaupt nicht direkt ansprechen.«

»Ich versuche, heute abend wieder zurückzukommen«, sagte Lucas. »Aber möglicherweise schaffe ich es nicht. Wenn ich es nicht packe, könnten Sie jemanden zu Weather schicken?«

»Klar, ich laß Gene hingehen«, sagte Carr.

Weather erklärte John Mueller für tot – Ursache unbekannt – und ordnete an, die Leiche zum Gerichtsmediziner nach Milwaukee zu bringen. Lucas sagte ihr, daß er weg müsse, erklärte alles und versprach, sobald wie möglich wieder zurückzukommen.

»Das ist eine zwölfstündige Rundreise«, sagte sie. »Übernimm dich nicht.«

»Gene wird mich in die Stadt bringen. Könntest du bei Shelly mitfahren?«

»Klar.« Sie standen neben Climpts Transporter, wenige Schritte von Climpt und Carr entfernt. Als er sich umdrehen wollte, hielt sie ihn fest und küßte ihn. »Aber versuch, dich zu beeilen.«

Auf dem Rückweg fragte Climpt: »Haben Sie je daran gedacht, Kinder zu haben?«

»Ich habe eins. Eine Tochter«, sagte Lucas. Dann fiel ihm Weathers Geschichte von Climpts Tochter ein.

Climpt nickte. »Sie Glücklicher. Ich hatte auch eine Tochter, aber die ist bei einem Unfall ums Leben gekommen.«

»Weather hat mir davon erzählt«, sagte Lucas.

Climpt schaute ihn an und grinste. *Wie die Typen in Marlboro-Werbespots*, dachte Lucas. »Alle bedauern mich«, erklärte Climpt. »Nach einer Weile, immerhin zwanzig Jahren, geht einem das auf die Nerven.«

»Ja.«

»Wie dem auch sei, ich wollte sagen … ich könnte dieses Arschloch umbringen für das, was er dem Mädchen der LaCourts und jetzt dem kleinen Mueller angetan hat. Wenn wir ihn erwischen, und zwar an einem Ort erwischen, wo wir es machen können, drehen Sie sich einfach um.« Seine Stimme klang täuschend sanft.

»Ich weiß nicht«, meinte Lucas und schaute zum Fenster hinaus.

»Sie müssen es ja nicht selbst machen; hindern Sie mich nur nicht daran«, sagte Climpt.

»Das macht Ihre Tochter nicht wieder lebendig, Gene.«

»Das weiß ich«, knurrte Climpt. »Mein Gott, Davenport.«

»Tschuldigung.«

Nach längerem Schweigen, in dem nur das Knirschen der Schneeketten auf dem unebenen Weg zu hören war, sagte Climpt: »Ich werde einfach nicht mit Menschen fertig, die Kinder umbringen. Kann nicht einmal in der Zeitung darüber lesen oder es in den Nachrichten anhören. Kinder zu töten ist das Schlimmste, was man tun kann. Das echt Allerschlimmste.«

Die Fahrt nach Milwaukee erwies sich als lang und kompliziert, ein Netz von Landstraßen und zweispurigen Highways bis Green Bay, dann eine schnelle Fahrt Richtung Süden auf der I-43, am See entlang. Domeier hatte ihm eine Abfolge von Ausfahrten genannt, und er nahm gleich beim ersten Mal die richtige. Der Schnellimbiß lag neben einem Einkaufszentrum, das den Eindruck machte, als litte es unter einer permanenten Rezession. Lucas parkte und ging hinein.

Der Polizist aus Milwaukee erwies sich als vierschrötiger Mann mit rotem Gesicht, langem Wollmantel und der Mütze eines Hafenarbeiters. Er saß am Tresen, tunkte einen Doughnut in eine Tasse Kaffee und schäkerte mit einer gleichermaßen vierschrötigen Kellnerin, die grinste und eine lippenstiftbeschmierte Zigarette im Mundwinkel hängen hatte. Als Lucas eintrat, nahm sie hastig die Zigarette aus dem Mund und ließ die Hand hinter den Tresen sinken. Domeier schaute über die Schulter, blinzelte und sagte: »Sie müssen Davenport sein.«

»Stimmt. Sind Sie telepathisch veranlagt?«

»Sie sehen aus, als wäre Ihnen kälter als einem Bergmannsarsch«, sagte Domeier. »Und ich habe gehört, daß es da oben kälter als ein Bergmannsarsch sein soll.«

»Das stimmt«, sagte Lucas. Sie schüttelten einander die Hände, dann studierte Lucas die Speisekarte über dem Tresen. »Geben Sie mir zwei Vanille, einen mit Kokosnuß und einen mit Erdnüssen, und dazu einen großen schwarzen Kaffee«, sagte er und setzte sich neben Domeier auf den Hocker. In diesem Schnellimbiß kam er sich wieder wie ein Großstadtpolizist vor.

Die Kellnerin, die die Zigarette wieder im Mund hatte, ging den Kaffee holen. »Ist es hier unten nicht so kalt?« fragte Lucas Domeier und setzte die Unterhaltung damit fort.

»Oh, es ist schon kalt, so um die zwanzig Grad unter Null, aber nichts im Vergleich mit dem, was Sie haben«, sagte Domeier.

Sie unterhielten sich, während Lucas seine Doughnuts aß, und beschnupperten einander. Lucas sprach von Minneapolis, der Pension und Beihilfen.

»Ich würde gerne irgendwo hingehen, wo es wärmer ist, und wo Pension und Beihilfen ähnlich hoch sind wie hier«, sagte Domeier. »Sie wissen schon, irgendwohin in den Südwesten, nicht zu heiß, nicht zu kalt. Trocken. Eine Stadt, die einen Spezialisten für Sexualdelikte braucht und mir im ersten Jahr drei Wochen freigeben würde.«

»Eine Versetzung wirft einen zurück«, sagte Lucas. »Man kennt die Stadt nicht, man weiß nicht, wer die guten Polizisten und wer die Arschlöcher sind... Man kennt eine Stadt nicht richtig, wenn man dort nicht Streife gegangen ist.«

»Mir würde es stinken, wieder Uniform tragen zu müssen«, sagte Domeier mit demonstrativem Schaudern. »Hat mir nie Spaß gemacht, Strafzettel zu verteilen und Schlägereien zu schlichten.«

»Und du hast hier einen echt tollen Job«, sagte die Kellnerin. »Was würdest du machen, wenn du Polaroid-Peter nicht hättest?«

»Polaroid wer?« fragte Lucas.

»Peter«, sagte Domeier und verbarg das Gesicht in den Händen. »Der Typ bringt mich noch um.«

Die Kellnerin kicherte, und Domeier sagte: »Er ist wie ein Flitzer. Er läßt in seiner Wohnung die Hosen runter und macht ein Polaroidfoto von seinem Pimmel. Ziemlich durchschnittlicher Pimmel, ich weiß gar nicht, warum er so damit rumprotzt. Dann läßt er das Bild vor einer High School oder einem Einkaufszentrum oder so fallen, wo jede Menge Teenagermädchen herumhängen. Ein Mädchen hebt das Bild auf, und zack. Hat er sie kalt erwischt. Wir glauben, daß er irgendwo in der Nähe ist und zusieht. Und sich einen runterholt.«

Lucas fing an zu lachen und erstickte fast an einem Stück Doughnut. Domeier klopfte ihm geistesabwesend auf den Rücken. »Was passiert, wenn ein Mann so ein Bild aufhebt?« fragte Lucas.

»Männer heben sie nicht auf«, sagte Domeier verdrossen. »Und wenn, dann sprechen sie mit niemandem darüber. Wir haben zwei Dutzend Anrufe deswegen bekommen, und jedesmal war das Foto von einem Teenagermädchen aufgehoben worden. Sie sehen es auf dem Gehweg liegen und müssen es einfach anschauen. Und wenn wir fünfundzwanzig Anrufe bekommen haben, muß der Mann schätzungsweise hundertmal zugeschlagen haben.«

»Wahrscheinlich fünfhundertmal, wenn Sie fünfundzwanzig Anrufe bekommen«, meinte Lucas.

»Er macht uns wahnsinnig«, erklärte Domeier und trank seinen Kaffee aus.

»Tolle Sache«, sagte Lucas. »Hört sich doch eigentlich ganz lustig an.«

»Ach ja?« Domeier schaute ihn an. »Sagen Sie das mal dem Bürgermeister! Er wurde im Fernsehen interviewt und hat versprochen, daß wir den Kerl bald erwischen. Die gesamte Sitte ist zerstritten, ob wir Scheiße schreien oder uns blind stellen sollen.«

Lucas fing wieder an zu lachen. »Sind Sie fertig?«
»Gehen wir.«

Bobby McLain wohnte in einer Siedlung aus zweistöckigen beige und braun gestrichenen Betonblocks, in einer Gegend, in der heruntergekommene alte Backsteinhäuser sich mit heruntergekommenen neuen Betonklötzen abwechselten. Die Straßen waren trostlos, Schnee war an den Bordsteinen aufgetürmt, große, rostige Limousinen aus den siebziger Jahren parkten neben den Schneewällen. Selbst die Bäume sahen finster und knorrig aus. Domeier fuhr mit Lucas und deutete auf einen handgestrichenen Chevy-Transporter unter einer Notbeleuchtung an der Westseite der Siedlung. »Der gehört Bobby. Er ist mit einer Rolle gestrichen worden.«

»Was ist das für eine Farbe?« fragte Lucas, als sie daneben parkten.

»Kotzgrün«, sagte Domeier. »Man sieht nicht allzu viele kotzgrüne Transporter in der Gegend. Jedenfalls nicht mit Totenkopf-Aufklebern.«

Sie stiegen aus und sahen die Straße entlang. Niemand war zu sehen, keine Menschenseele. Als sie vor der Tür standen, konnten sie drinnen einen Fernseher laufen hören. Lucas klopfte, worauf der Fernseher verstummte.

»Wer ist da?« Die Stimme klang kieksig wie die eines pubertierenden Jungen.

»Domeier. Polizei.« Domeier schwieg einen Augenblick, dann sagte er: »Mach die Scheißtür auf, Bobby.«

»Was wollen Sie?«

Lucas trat nach links und stellte fest, daß Domeier nach rechts auswich.

»Ich will, daß du die Scheißtür aufmachst«, sagte Domeier.

Er trat von der Seite dagegen, worauf die Stimme auf der anderen Seite sagte: »Okay, okay, okay. Moment noch.«

Ein paar Sekunden später ging die Tür auf. Bobby McLain war ein dicker junger Mann mit dicken Brillengläsern und kurzem blondem Haar. Er trug weite Khakihosen und einen weißen Rollkragenpullover, der vom vielen Waschen gelblich verfärbt war. Er saß in einem uralten, handbetriebenen Rollstuhl.

»Kommen Sie rein und machen Sie die Tür zu«, sagte er und fuhr zurück.

Sie traten ein, Domeier als erster. McLains Apartment roch nach alter Pizza und Katzenscheiße. Auf dem Boden lag ein fleckiger Flokati, der einmal apricotfarben gewesen sein mochte. Das Wohnzimmer, in dem sie sich befanden, war in ein Computerbüro umgewandelt worden, in dem zwei große Mackintoshs zwischen Papier und irgendwelchen unidentifizierbaren Maschinen auf Bibliothekstischen standen.

Domeier schaute zur Küche. Lucas stieß die Tür mit dem Fuß zu. »Ist da gerade jemand hinten rausgerannt?« fragte Domeier.

»Nein, nein«, sagte McLain und drehte sich zur Küche um. »Wirklich ...«

Domeier entspannte sich, sagte »Okay«, ging zur Küche und schaute hinein. Ohne McLain anzusehen, sagte er: »Der Mann da heißt Davenport, er ist Deputy Sheriff von Ojibway County, im Norden, und er ermittelt in einem mehrfachen Mordfall. Er glaubt, du könntest etwas damit zu tun haben.«

»Ich?« McLains Augen wurden groß und rund; er starrte Lucas an. »Was denn?«

»Einige Menschen wurden wegen Ihres Pornomagazins getötet, Bobby«, erklärte Lucas. Auf einem Stuhl vor einem Machintosh lag ein Stapel Computerpapier. Lucas hob das Papier auf, warf es auf den Tisch, drehte den Stuhl herum und setzte sich darauf. Sein Gesicht war nur dreißig Zentimeter von McLains entfernt. »Wir haben nur einen Fetzen von einer Seite; wir brauchen den Rest der Zeitschrift«, sagte er.

Domeier reichte McLain eine Fotokopie des Ausschnitts, den sie gefunden hatten. Gleichzeitig ergriff er einen der Handgriffe des Rollstuhls und rüttelte daran. McLain blickte nervös auf, dann beugte er sich wieder über die Fotokopie.

»Kenne ich nicht«, erklärte er.

»Komm schon, Bobby, wir reden hier von schweren Geschützen, zum Beispiel Gefängnis«, sagte Domeier. Er rüttelte wieder am Rollstuhlgriff. »Wir wissen alle, daß das Scheißding von dir stammt.«

McLain drehte das Blatt auf die leere Rückseite und sagte: »Vielleicht.« Domeier schaute Lucas an, und Bobby sagte: »Ich muß wissen, was für mich dabei rausspringt.«

Domeier beugte sich über ihn: »Zunächst einmal werde ich dich nicht aus diesem Rollstuhl auf deinen fetten behinderten Arsch kippen.«

»Und Sie werden eine Menge guten Willen seitens der Polizei bekommen«, versprach Lucas. »Das Zeug, das Sie da drucken, Kinderpornos, diese Scheiße könnte man auch als Verbrechen betrachten. Und wir könnten alles beschlagnahmen, was in Zusammenhang mit einem Verbrechen steht. Wenn wir sauer genug sind, können Sie diesen Computern Lebewohl sagen.«

Bobby betrachtete die Fotokopie nervös, dann drehte er sich zu Domeier um und sagte gereizt: »Hören Sie auf, an meinem Rollstuhl herumzuspielen.«

»Wo ist das Heft?«

McLain schüttelte den Kopf, dann sagte er: »Den Flur runter. Verdammt...«

Er drehte den Rollstuhl herum und fuhr den kurzen Flur entlang, an der Küche vorbei zum einzigen Schlafzimmer. Das Schlafzimmer sah chaotisch aus; Kleidungsstücke hingen über den Stühlen und der Kommode, auf dem Boden lagen Computerzeitschriften und Bücher. Ein helles Leselicht war an einer Ecke des Bettes festgeschraubt; die Fenster waren mit festgetackertem schwarzem Papier bedeckt.

McLain schob einen Haufen alter Turnschuhe aus dem Weg und riß einen Schrank auf. In diesem Schrank waren brusthoch billige Schwarzweißhefte gestapelt. »Sie müssen sie selbst durchsehen, mehr habe ich nicht«, sagte er. »Es müßten zwei oder drei Exemplare von jeder Ausgabe dabei sein.«

Lucas hob einen Stapel Zeitschriften auf und blätterte sie durch. Die Hälfte drehte sich um Sex und Fetischismus. Bei zweien handelte es sich um faschistische Propaganda, eine war eine Publikation von Computerhackern, eine weitere hatte etwas mit Untergrundradio zu tun. Sie sahen alle weitgehend gleich aus, ordentlich in Schwarzweiß auf dem billigsten Zeitungspapier gedruckt, mit amateurhaftem Layout und montierten Grafiken. »In welchem Heft war das Bild?«

»Das weiß ich nicht aus dem Kopf. Ich gehe normalerweise in die Buchhandlungen und besorge mir diese Romane für Erwachsene. Daraus nehme ich den Text, tippe ihn in Spalten ab – manchmal schreibe ich ihn ein bißchen um – und montiere die Bilder ein, die die Leute mir schicken. Ich habe ein Postfach...«

»Haben Sie eine Abonnentenliste?« fragte Lucas.

»Nein. Das Zeug wird nur in Sexshops vertrieben«, sagte McLain. Er blickte zu Lucas auf. »Lassen Sie mich die Kopie noch mal sehen.«

Lucas gab sie ihm, er betrachtete den unteren Rand der Seite und sagte: »Moment mal...«

»Was ist mit dieser Nazischeiße hier?« fragte Domeier, »läuft das auch über die Sexshops?«

McLain hatte sich zu einem Bücherregal neben dem Bett umgedreht und ging einen Stapel *Playboy* durch, wobei er die Partywitze auf der Rückseite des Faltblatts in der Mitte studierte. »Nein, das sind alles Auftragsarbeiten. Die Nazimagazine, die Freak- und Hackersachen, das Militärmaterial, das ist alles Auftragsware. Ich stelle nur die Sex- und Fetischismusblätter selbst zusammen.«

Er überflog die Rückseite einer Blondine mit gefôntem

Schamhaar, dann betrachtete er das Cover. »Hier... ich nehme Witze aus dem *Playboy*, wenn ich eine Spalte nicht voll bekomme... Das ist das August-Heft, aus dem stammt der Witz auf dem Ende Ihrer Seite. Sie suchen demnach etwas, das in den letzten sechs Monaten gedruckt wurde, das müßten die obersten fünfzig bis sechzig Magazine sein.«

Domeier fand das Bild zehn Minuten später, als er gerade ein Magazin mit dem Titel *Very Good Boys* halb durchgeblättert hatte. »Hier ist es.«

Lucas nahm es und verglich die Bildunterschrift und den albernen Witz. Sie stimmten überein.

Das Foto im oberen Teil der Seite zeigte einen nackten Mann, der sich halb abgewendet hatte und eine Erektion zur Schau stellte. Im Hintergrund lag ein Junge auf einem zerwühlten Bett und grinste in die Kamera. Das Haar fiel ihm in die Stirn, Brust und Beine waren dünn. Er sah sehr jung aus, jünger, als er tatsächlich war. Er hatte den Kopf so weit gedreht, daß man einen Ohrring am Ohrläppchen erkennen konnte. In der rechten Hand hielt er eine Zigarette. Die linke Hand lag auf der Hüfte. Ein Finger fehlte ihm.

Das Foto war nicht gut, aber den Jungen konnte man erkennen. Den Mann im Vordergrund nicht. Er war von den Hüften bis zu den Knien sichtbar und leicht verwackelt: Die Kamera hatte sich auf den Jungen konzentriert und aus dem Mann lediglich eine sexuelle Kulisse gemacht.

»Haben Sie gesagt, der Junge ist tot?« fragte Domeier, der Lucas über die Schulter sah.

»Ja.«

»Nicht viel zu sehen, Mann«, sagte Domeier.

»Nein.«

Das stimmte: Das Bett hatte weder Kopf- noch Fußteil, auch andere Möbelstücke waren nicht zu sehen, abgesehen von einem schlichten einfarbigen Teppich und einem Paar Turnschuhe links. Da es sich um ein Schwarzweißbild handelte, konnte man die Farben nicht erkennen.

Lucas schaute McLain an. »Wo ist das Original?«

McLain zuckte mit den Achseln und rollte den Stuhl ein paar Zentimeter zurück. »Das habe ich durch den Häcksler gejagt und weggeworfen. Wenn ich das ganze Zeug behalten würde, würde ich in Papier ertrinken.«

»Wieso heben Sie dann das hier auf?« fragte Lucas und deutete auf den Stapel Magazine im Schrank.

»Das sind Ansichtsexemplare ... für Leute, die wissen wollen, was ich mache«, sagte McLain.

Lucas sprach Domeier an: »Wenn wir dieses Arschloch ein bißchen verprügeln würden, ihn vielleicht in die Badewanne werfen, glauben Sie, das würde jemanden stören?«

Domeier schaute McLain an, dann Lucas. »Wem wird man glauben, zwei Polizisten oder einem Dreckskerl wie dem? Möchten Sie ihn reinwerfen?«

»He, Moment mal«, beschwerte sich McLain. »Ich habe Ihnen gegeben, was Sie wollten.«

»Ich will das Scheißoriginal«, fauchte Lucas.

»Scheiße, Mann, das hab ich nicht.«

Lucas ging zu ihm, beugte sich über ihn, brachte sein Gesicht ganz dicht an McLains. »Und das glaube ich nicht.«

McLain rückte wieder ein paar Zentimenter zurück und sagte: »Halt ... kommen Sie mit in die Küche.«

Sie folgten ihm den Flur entlang, durch das Wohnzimmer in die Küche. McLain rollte den Rollstuhl zu einem Plastikmüllsack neben der Hintertür, löste die Schnur und fing an, Papier herauszuziehen.

»Sehen Sie, das ist das Klebelayout für das letzte Magazin. Ich drucke das Zeug mit einem Laserdrucker aus, scanne das Bild, klebe es rein und fertig. Die Originale zerreiße ich ... Sehen Sie, hier ist ein Original ...« Er gab Lucas mehrere Streifen glänzenden Plastikpapiers. Ein zerhäckseltes Polaroidfoto. »Da sind noch mehr.«

Lucas betrachtete die Plastikstreifen, die die Kehrseite einer nackten Frau zeigten, die auf einem Perserteppich saß.

Dann gab ihm McLain noch ein paar Streifen, die die Frau von vorne zeigten, wie sie oralen Sex mit einem Mann ausübte, von dem, wie auf dem Jim-Harper-Foto, nur der Torso zu sehen war. McLain warf einen zerrissenen Pizzakarton auf den Boden und fand noch ein paar Streifen von Originalen.

»Was ist mit den Laserdruckerkopien?« fragte Lucas.

»Das Klebelayout bekomme ich zurück und zerhäcksle es auch«, sagte Bobby.

»Und warum?«

»Weil ich nicht möchte, daß der Müllmann schmutzige Bilder findet und Domeier anruft«, sagte McLain.

»Du behältst keine?«

McLain blickte von dem Müllsack auf. »Hören Sie, wenn man so viel von dieser Scheiße zu sehen bekommt, sehen sie nach einer Weile alle aus wie Neunundzwanzig-Cent-Briefmarken. Und mit einigen Leuten, die Beiträge schicken, ist nicht gut Kirschen essen, daher möchte ich keine Umschläge mit Absendern oder so was hier herumliegen haben. Ich möchte nicht, daß sie meinetwegen irgendwelchen Ärger bekommen.«

»Na gut«, sagte Lucas. Er warf McLain die Polaroidstreifen wieder zu. »Sie sagen, Sie haben den Mann nie gesehen, der das Bild von dem Jungen gemacht hat.«

»Stimmt. Die Leute schicken mir Briefe, und manchen sind Fotos beigelegt. Ich drucke den Brief und das Foto ab, wenn es reproduziert werden kann. Sie können sich nicht vorstellen, wie schlecht die meisten Bilder sind.«

Nach einigen weiteren Fragen ließen sie McLain in Ruhe, nahmen vier Exemplare des Magazins mit und gingen zu Lucas' Wagen zurück.

»Und? Zufrieden?« fragte Domeier.

»Sie können zufrieden sein, aber *ich* habe mir nur selbst in den Fuß geschossen«, sagte Lucas. Er schaltete die Innenbeleuchtung ein, schlug das Magazin auf und betrachtete das

Bild noch einmal. »So, wie sich alles abgespielt hat – der Junge wurde ermordet, dann haben die LaCourts das Bild in die Finger bekommen –, war ich sicher, daß etwas auf dem Bild sein müßte. *Irgend etwas*. Aber da ist rein gar nichts zu sehen…«

Nur ein verwackeltes Foto von einem Mann im Vordergrund und dem Jungen im Hintergrund.

»Vielleicht könnten Sie rauskriegen, wie lang sein Pimmel ist, und mit dem Lineal rumlaufen«, sagte Domeier mit todernster Miene. »Sie wissen schon, in Männerklos rumhängen und so…«

»Keine schlechte Idee; warum kommen Sie nicht mit?«

Lucas riß das Foto aus dem Heft, warf den Rest auf den Parkplatz, faltete die Seite zusammen und steckte sie in die Jackentasche. »Verflucht! Ich hab' gedacht, wir würden mehr rausfinden.«

15

Lucas fuhr so schnell, wie er im Dunkeln konnte, aber südlich von Green Bay geriet er in ein Schneetreiben; Böen wirbelten nasse, vierteldollargroße Flocken herum. Er machte an einem McDonalds am Stadtrand von Green Bay Rast, bestellte einen Cheeseburger und Kaffee und fuhr weiter. Westlich von Park Falls bremste er auf der Country Road F, weil er glaubte, eine Unfallstelle vor sich zu haben: Zwei Autos und ein Pritschenwagen hielten auf der Straße, mitten im Niemandsland.

Ein Mann im Schneeparka winkte ihn durch, aber er hielt an und kurbelte das Fenster herunter.

»Probleme?«

Das Gesicht des Mannes war ein kleines Oval, umgeben von Pelz, jeweils nur ein Auge war zu erkennen. Er deutete auf eine Gruppe Leute, die um eine Schneeverwehung herumstanden. »Eine Hirschkuh. Ist auf der Straße herumgetorkelt, als wüßte sie nicht, wo sie ist, und ständig hingefallen. Wahrscheinlich am Verhungern.«

»Ich bin Polizist, ich habe eine Pistole.«

»Nun, wir wollen versuchen, sie zu fesseln, in die Stadt zu bringen und zu füttern. Sie ist noch jung.«

»Viel Glück.«

Das Schneetreiben wurde dichter, als er von Price County nach Lincoln fuhr. In der Stadt verwandelten die großen Scheeflocken unter den Straßenlaternen die Kulisse in eine kitschige Weihnachtspostkarte.

Er fand Climpt und Weather in Weathers Haus, wo sie im Wohnzimmer Gin Rommé spielten.

»Wie ist es gelaufen?« fragte Climpt. Er legte das Blatt weg, ohne es auch nur anzusehen.

»Wir haben das Bild gefunden; bringt aber nicht viel«, sagte Lucas. Er zog die Seite heraus, die er aus dem Magazin gerissen hatte, und reichte sie Climpt. Climpt faltete sie auseinander, betrachtete das Foto und sagte: »Das schränkt die Suche auf Weiße ein.«

Lucas schüttelte den Kopf, und Weather griff nach der Seite, aber Climpt zog sie ihr weg. »Nichts für Damen«, sagte er.

»Lecken Sie mich am Arsch, Gene«, entgegnete Weather.

»Selbstverständlich, Ma'am, wie Sie wünschen«, sagte Climpt mit einem trockenen Kichern. Aber er gab Lucas das Foto zurück. »Bleiben Sie wieder hier draußen?«

»Ja«, sagte Lucas. »Aber ich würde sie gerne an einen Ort bringen lassen, den keiner kennt.«

Weather stemmte die Hände auf die Hüften. »Recht so, unterhaltet euch nur, als wäre ich gar nicht da.«

Climpt schaute sie an, seufzte und sagte: »Scheiß Emanzen.« Und zu Lucas: »Sie könnten sie zu mir nach Hause bringen.«

»Das wüßte die ganze Stadt binnen zehn Minuten«, sagte Weather. »Sie kennen mein Auto, sie kennen Ihren Dienstplan ... wenn in Ihrem Haus Licht brennt, während Sie zur Arbeit sein sollten, würden sie die Polizei rufen.«

»Stimmt.«

»Hier wird mir nichts geschehen, so lange ihr Jungs in der Nähe seid«, meinte sie und schaute von einem zum anderen.

Als Climpt gegangen war, packte Weather Lucas am Kragen, küßte ihn und sagte: »Zeig mir das Bild.«

Er holte seinen Mantel und gab es ihr.

»In voller Pracht und Herrlichkeit«, sagte sie und betrachtete es. Sie schüttelte den Kopf. »Ich habe mindestens dreißig Patienten, die mehr oder weniger so aussehen, Bauch und dicker Hintern. Wie soll man jemanden daran erkennen können?« Sie schüttelte den Kopf. »Von mir kannst du keine Hilfe erwarten.«

»Ich bin ratlos«, gestand Lucas und fuhr sich mit den Fingern durchs Haar. »Wir müssen einen Weg finden, mehr Druck auszuüben. Ich dachte, das Bild würde etwas zeigen. Wenn man den Kerl selbst schon nicht identifizieren kann, dann doch wenigstens irgendwas anderes.«

»Ich kann dir nur eines sagen«, meinte sie und hielt ihm das Foto hin. »Wenn Jim Harper etwas mit einem Sex-Ring zu tun hatte, ist es fast unmöglich, daß Russ es nicht gewußt hat. Wenn jemand auf die Idee gekommen wäre, ihn zu erpressen, dann Russ.«

Lucas betrachtete das Foto, schaute durch das Bild hindurch und dachte nach. Dann: »Du hast recht. Wir müssen ihn ausquetschen. Ihn ausquetschen und der Öffentlichkeit präsentieren. Vielleicht stellt unser Arschloch ihm nach, oder vielleicht kennt Harper doch noch Namen.« Er schlenderte durchs Wohnzimmer und berührte ihre Sachen – die Fotos ihrer Eltern, eine Hummelfigur – und dachte nach. »Wenn wir diese Schoeneckers gegen Harper ausspielen ...

Hm...« Er legte das Foto sorgfältig zusammen, zückte die Brieftasche und verstaute es darin, damit er es jedesmal sehen würde, wenn er etwas bezahlte. »Wie geht es dir?«

Sie zuckte die Achseln: »Ich bin müde, kann aber nicht schlafen. Ich schätze, ich habe ein bißchen Angst.«

»Du solltest weg von hier. Freunde in Minneapolis besuchen.«

Sie schüttelte den Kopf. »Vergiß es. Er wird mich nicht kleinkriegen.«

»Das ist albern.«

»Aber so ist es nun mal«, sagte sie. »Was ist mir dir? Müde?«

»Steif von der Fahrt«, sagte Lucas. Er gähnte und streckte sich.

»Als ich dieses Haus gekauft habe, habe ich als einzige größere Veränderung das Bad renovieren lassen. Ich habe eine große Whirlpoolwanne da drinnen. Warum gehst du nicht rein und läßt heißes Wasser ein? Ich richte uns einen kleinen Snack.«

»Prima«, sagte er.

Die Wanne sah aus, als bestünde sie aus schwarzem Marmor und war gut und gerne zwei Meter lang. Er füllte sie halb, spielte an den Armaturen herum, bis er die Düsen des Whirlpools eingestellt hatte, dann setzte er sich hinein. Er stellte fest, daß er den Kopf auf einen Sims legen und sich unbeschwert in dem Wasser treiben lassen konnte. Die Wärme entspannte ihn und löste die Verkrampfungen der Fahrt. Das Foto mußte der Schlüssel sein, und jetzt hatte er das Foto. Warum fand er die Lösung nicht? Was hatte er übersehen?

Die Tür ging auf, und Weather kam im Bademantel herein und brachte eine Flasche Wein. Lucas richtete sich verlegen auf, aber sie zog den Bademantel aus. Als sie nackt vor ihm stand, testete sie das Wasser mit dem Fuß. Sie hatte kleine, feste Brüste, einen glatten, anmutigen Rücken und lange Beine.

»Heiß«, sagte sie und stieg in das andere Ende der Wanne. Sie errötete, aber möglicherweise lag es auch am heißen Wasser.

»Was ist mit dem Snack?« fragte Lucas.

»Den siehst du vor dir, Goldstück«, sagte sie.

Der vierte Tag der Ermittlungen: Ihm war, als hielte er sich seit einer Ewigkeit in Ojibway County auf. Und als würde er Weather schon ewig kennen...

Lucas schaffte es wenige Minuten nach acht zum Büro des Sheriffs. Der Tag war wärmer, nur etwa fünfzehn Grad minus, mit feuchten Flecken auf der Straße, wo sich das Streusalz durch den Schnee gefressen hatte. Der Himmel hüllte sich in undurchsichtiges Grau. Trotz der drückenden Wolken am Himmel fühlte sich Lucas... leicht.

Anders. Er spürte immer noch Weathers Duft um sich, war aber nicht sicher, ob das nicht nur eine Erinnerung war, an die er sich klammerte.

Carrs Aussehen erschreckte ihn. Selbst nach dem Mord an den LaCourts war er feist und rosa gewesen, jetzt sah er grau und hager im Gesicht aus. Nicht verhungert, sondern ausgetrocknet, als würde er vor Durst sterben.

»Haben Sie es?« fragte er, als Lucas eintrat.

Lucas gab ihm eine Kopie des Pornoheftes, das auf der Seite mit Jim Harper aufgeschlagen war. »Ist es das?« fragte Carr und betrachtete das Foto.

»Das ist es. Jedenfalls das, was die LaCourts hatten«, sagte Lucas.

Carr hielt es ans Fenster, wo das Licht besser war. Henry Lacey kam hereingeschlürft, nickte Lucas zu, und Carr gab ihm das Foto. »Wer ist das, Henry? Wer ist der dicke Kerl?«

Lacey betrachtete das Foto, dann Lucas. »Ich kann nichts erkennen. Übersehe ich etwas?«

»Glaube ich nicht«, sagte Lucas. Carr führte den Daumen

zum Mund, kaute am Daumennagel und legte die Hand dann hastig wieder auf den Schreibtisch zurück; seine Bewegungen waren ruckartig und abgehackt. Übermüdet. »Wann haben Sie zum letztenmal geschlafen?« fragte Lucas.

»Kann mich nicht erinnern«, sagte Carr ausweichend. »Wenn mir nur jemand sagen würde, was ich tun soll!«

Lucas sagte: »Wie gut stehen Sie mit dem Chefredakteur des *Register*? Und dem Chef des Rundfunksenders?«

»Ein und derselbe«, sagte Carr. Er drehte sich auf dem Stuhl herum und schaute zum Fenster hinaus zum städtischen Fuhrpark. »Die Antwort ist: ziemlich gut. Danny Jones ist der Bruder von Bob Jones.«

»Dem Rektor der Junior High School?«

»Genau. Wir haben fast jeden Mittwochabend Poker gespielt. Jedenfalls vor dieser Scheiße.«

»Wenn Sie ihm einfach auf den Tisch legten, was Sie in der Zeitung oder im Radio wollen, und ihm erklärten, daß Sie es brauchen, um diesen Fall zu lösen, würde er dann mitmachen?«

Carr, der immer noch zum Fenster hinausschaute, dachte darüber nach, dann sagte er: »In diesem Fall – wahrscheinlich.«

Lucas erklärte seinen Vorschlag mit kurzen Worten: daß sie mit den Fotos von Jim Harper, die sie gefunden hatten, zum Bezirksanwalt gehen und einen Haftbefehl für Russ Harper erwirken sollten. Sie würden Harper anklagen, Kinderpornographie zu vertreiben, und ihn dafür ins Gefängnis bringen.

»Der kommt innerhalb von zwanzig Minuten auf Kaution wieder raus«, wandte Lacey ein.

»Nicht, wenn wir es richtig machen«, sagte Lucas. »Wir verhaften ihn heute nachmittag, verhören ihn, klagen ihn heute abend an. Dann müssen wir ihn erst am Montag vor Gericht bringen. Wir sagen dem *Register*, daß wir ihn im Zusammenhang mit einem Ring von Pornodealern festgenommen haben, den wir infolge der Ermittlungen im Mordfall LaCourt ausheben konnten. Wir lassen auch durchsikkern, daß Harper singt – daß er versucht, Straffreiheit zu erlangen, indem er andere Mitglieder des Rings verpfeift. Und wir versichern Harper, daß wir ihm Straffreiheit gewähren, falls sich die Schoeneckers nicht vorher drum bemühen. Übrigens, was Neues von den Schoeneckers?«

»Noch nicht«, sagte Carr kopfschüttelnd. »Sie meinen also, wir hauen Russ Harper in die Pfanne. Die Anklage ist dünner als Zeitungspapier.«

»Wir hauen ihn nicht in die Pfanne. Wir benutzen ihn, damit etwas passiert«, sagte Lucas. »Und wer weiß? Vielleicht hat er ja eine Ahnung, wer der Mörder sein könnte.«

»Wenn nicht, verklagt er uns auf Teufel komm raus. Wahrscheinlich verklagt er uns so oder so«, sagte Carr.

»Ein guter Staatsanwalt würde ihn vor Gericht bringen und ihn mit Bildern von Jim fertigmachen«, sagte Lucas. Er beugte sich über den Schreibtisch. »Ich sage Ihnen eines, Shelly, es besteht die Möglichkeit, daß die Ermordung der LaCourts und des kleinen Mueller und Jim Harpers nichts mit diesem Sex-Ring zu tun haben. Möglich, aber ich bezweifle es. Und Weather hat gestern abend gesagt, sie kann sich nicht vorstellen, daß jemand wie Harper nicht zumindest eine Ahnung gehabt haben muß, was sein Junge trieb.«

»Wir müssen es tun, Shelly«, sagte Lacey ernst. »Wir haben keine andere Möglichkeit mehr. Keine einzige.«

»Dann bringen wir es hinter uns«, sagte Carr. Er blickte erschöpft zu Lucas auf. »Und wir beide müssen noch einmal mit Phil Bergen reden.«

Bergen wartete auf sie. Er hatte sich verändert, wie Carr auch. Aber Bergen sah ausgeruht und frisch aus. Nüchtern.

»Ich weiß, weshalb Sie hier sind«, sagte er, als er sie ins Pfarrhaus einließ. »Bob Dell hat mich angerufen. Ich wußte bis zu seinem Anruf nicht, daß er homosexuell war.«

»Sie haben nie…«, begann Lucas.

»Nie.« Bergen drehte sich zu Carr um. »Shelly, ich hätte nie für möglich gehalten, daß Sie glauben…«

»Er hat es nicht geglaubt«, sagte Lucas. »Ich habe das Thema zur Sprache gebracht. Ich habe mir eine Karte der Lake Road angesehen, Dells Haus gefunden, einige Fragen gestellt und bin wahrscheinlich zu den falschen Schlußfolgerungen gekommen.«

»Kann man wohl sagen.«

Lucas zuckte die Achseln. »Ich habe versucht herauszufinden, warum Sie behauptet haben, Sie wären bei den LaCourts gewesen, obwohl das nicht stimmt, und weshalb sie uns das nicht sagen konnten.« Sie standen in der Diele und hatten noch Handschuhe und Mäntel an und Hüte auf. Bergen stand ihnen gegenüber und bat sie nicht, Platz zu nehmen.

»Ich war bei den LaCourts. Ich war dort«, sagte Bergen.

Lucas schaute ihn an, dann nickte er. »Dann haben wir immer noch ein Problem«, sagte er. »Die Zeit.«

»Vergessen Sie die Zeit«, sagte Bergen. »Ich schwöre Ihnen: Ich war da, und sie haben noch gelebt. Ich nehme an, der Mörder kam gerade, als ich aufgebrochen bin – vielleicht war er schon da, bevor ich mich verabschiedet hatte, und wartete, bis ich gegangen war –, hat sie getötet und das Benzin verschüttet, aber aus Versehen zu früh angezündet. Wenn die Feuerwehrleute sich nur um ein paar Minuten verschätzt haben, dann stimmt die Zeit, und sie liegen völlig falsch. Und dabei ist es Ihnen gelungen, mir… schweren Schaden zuzufügen.«

Carr schaute Lucas an. Lucas betrachtete Bergen eine ganze Weile, nickte und sagte: »Vielleicht.«

Bergen schaute von Lucas zu Carr, wartete, und schließlich sagte Carr: »Gehen wir.« Und zu Bergen: »Phil, es tut mir leid. Das wissen Sie.«

Bergen nickte, mit verkniffenem Mund, er verzieh nicht.

Draußen fragte Carr: »Glauben Sie ihm jetzt?«

»Ich glaube, daß er nicht schwul ist.«

»Immerhin ein Anfang.« Sie gingen schweigend zum Auto, dann sagte Carr erschöpft: »Und danke, daß Sie das mit Bob Dell auf sich genommen haben. Wenn das alles vorbei ist, können Phil und ich unsere Freundschaft vielleicht wieder kitten.«

»Ich hole Gene, dann schnappen wir Harper. Warum schlafen Sie nicht ein paar Stunden?«

»Kann nicht. Meine Frau ist bestimmt beim Putzen«, sagte Carr. »Das ist ziemlich laut. Ich kann kein Auge zutun, wenn sie arbeitet.«

Lucas rief Climpt über Funk und bestellte ihn ins Gerichtsgebäude. Während Carr in sein Büro zurückkehrte, suchte Lucas Henry Lacey auf, der sich mit einem Deputy unterhielt.

»Ich muß einen Moment mit Ihnen reden«, sagte er.

Lacey nickte und sagte: »Wir sehn uns später, Carl.« Und zu Lucas: »Was liegt an?«

»Es gibt Gerüchte, daß Shelly eine Affäre mit einer Dame aus der Kirchengemeinde hat. Ich glaube, ich habe sie gestern abend gesehen.«

»Und ...?« Lacey war abweisend.

»Ist sie verheiratet, oder was?«

»Verwitwet«, sagte Lacey widerwillig.

»Glauben Sie, Sie könnten Shelly dazu bringen, daß er zu ihr geht? Durch die Blume? Er soll schlafen oder sich ein bißchen von ihr streicheln lassen. Der Mann steht kurz vor einem Zusammenbruch.«

Lacey ließ den Hauch eines Lächelns erkennen und nickte. »Abgemacht. Daran hätte ich schon früher denken sollen.«

Lucas, Climpt und der junge Deputy Dusty, der als erster mit John Mueller in der Schule gesprochen hatte, holten Harper um halb fünf in der Tankstelle ab, gerade bevor es richtig dunkel wurde.

Lucas und Climpt hatten gemächlich zu Abend gegessen, sich über die jüngsten Informationen aus dem Haus der LaCourts unterhalten, die das Labor in Madison übermittelt hatte, hatten abgewartet, bis der Bezirksrichter das Gerichtsgebäude verließ, und dann Dusty abgeholt, um raus zum Knuckle Lake zu fahren. Als sie mit Climpts Wagen auf das Tankstellengebäude fuhren, konnten sie durch das Fenster sehen, wie Harper Geldscheine in der Registrierkasse zählte. Er kam wutschnaubend herausgestürmt.

»Wenn Sie keinen Durchsuchungsbefehl haben, verschwinden Sie von meinem Grund und Boden«, sagte er.

»Sie sind festgenommen«, sagte Climpt.

Harper blieb so ruckartig stehen, daß er um ein Haar ausgerutscht wäre. »Was sagen Sie da?«

»Sie sind vorläufig verhaftet, wegen Verbreitung von Kinderpornographie, legen Sie die Hände auf das Auto...«

Der fassungslose Harper nahm die gewünschte Haltung ein. Dusty tastete ihn ab und legte ihm die Handschellen an. Ein Junge, der in der Werkstatt gearbeitet hatte, kam heraus, sah nervös zu und wischte sich die Hand an einem öligen Lappen ab. »Soll er den Laden offenhalten, oder möchten Sie schließen?« fragte Climpt.

»Du läßt bis zur normalen Schlußzeit offen, und es sollte besser jeder Cent in der Kasse sein«, schrie Harper den Jungen an. Er drehte sich zu Lucas um. »Sie Dreckskerl.« Und dann wieder zu dem Jungen: »Ich ruf dich an; ich müßte ziemlich schnell wieder draußen sein.«

»Kautionsverhandlungen sind erst wieder am Montag, das Gericht hat geschlossen«, sagte Climpt zu ihm.

»Ihr Wichser!« fauchte Harper. »Ihr versucht, mich aufs Kreuz zu legen.« Danach herrschte er den Jungen an: »Du mußt übers Wochenende allein weitermachen. Aber ich zähle jeden Cent in der Kasse.«

Auf dem Rückweg in die Stadt drehte sich Lucas zu Harper um, der in Handschellen auf dem Rücksitz saß. »Ich sage Ihnen jetzt zwei Dinge, über die Sie sich mit Ihrem Anwalt unterhalten können. Als erstes: die Schoeneckers. Denken Sie über die Schoeneckers nach. Als zweites: *Jemand* wird Straffreiheit bekommen, wenn er aussagt. Aber nur ein Jemand.«

»Sie können mich am Arsch lecken.«

Harper rief vom Gefängnis aus einen Anwalt an. Der Anwalt kam aus dem Bankgebäude auf der anderen Straßenseite gelaufen, unterhielt sich zehn Minuten unter vier Augen mit Harper, dann kam er heraus, um mit dem Staatsanwalt über die Kaution zu sprechen.

»Wir werden den Richter am Montag vor Gericht bitten, sie auf eine Viertelmillion Dollar festzusetzen«, verkündete der Staatsanwalt.

»Eine Viertelmillion? Eldon, mein Gott, Russ Harper gehört eine Tankstelle«, sagte Harpers Anwalt. Er war ein dünner, wettergegerbter Mann mit langen blonden Haaren und schwieligen Händen. »Seien Sie realistisch. Und wir denken, die Sache ist wichtig genug, daß wir den Richter bis morgen früh beischaffen sollten.«

»Ich möchte ihn am Samstag nicht anrufen; er geht samstags angeln und bedudelt sich manchmal ein bißchen da draußen, allein in seinem Schuppen«, meinte der Staatsanwalt. »Und Russ' Tankstelle könnte eine Viertelmillion wert sein. Vielleicht.«

»Es ist unmöglich...«

»Wir reden am Montag mit dem Richter«, sagte der Staatsanwalt.

»Man hat mir gesagt, daß dieser Mann...«, Harpers Anwalt nickte in Lucas' Richtung, »... und Gene Climpt meinen Klienten schon einmal zusammengeschlagen haben. Eine schwerwiegende Beschuldigung.«

»Russ Harper ist nicht die zuverlässigste Quelle; außerdem geht es hier um Kinderpornographie«, sagte der Staatsanwalt. Aber er schaute Lucas und Climpt an. »Ich garantiere Ihnen, daß Mr. Harper das Wochenende über im Gefängnis völlig sicher sein wird. Wenn nicht, wird jemand bei ihm bleiben.«

»Er wird sicher sein«, erklärte Lacey, der zu ihnen getreten war. »Niemand wird ihm ein Haar krümmen.«

Carr hielt sich in seinem Büro auf und machte einen deutlich lebhafteren Eindruck.

»Haben Sie ein bißchen geschlafen?« fragte Lucas. »Sie sehen besser aus.«

»Drei, vier Stunden. Henry hat mich dazu überredet«, sagte der Sheriff mit einer Spur Wonne und Schuldbewußtsein in der Stimme. »Eigentlich bräuchte ich eine Woche. Mit Harper alles klar?«

»Er sitzt«, sagte Lucas.

»Gut. Sollen wir Dan anrufen?«

Dan Jones war das perfekte Ebenbild des Rektors der Junior High School: »Wir sind Zwillinge«, erklärte er. »Er hat die Bildungslaufbahn eingeschlagen, ich die journalistische.«

»Dan war in der Baseball-Liga, Bob in der Football-Liga; ich kann mich noch erinnern, wie ihr beiden Jungs die Stadien zum Kochen gebracht habt«, sagte Carr mit begeisterter Miene. Und Lucas dachte: *Es macht ihm doch Spaß. Lokalpolitiker unter sich*.

»Die gute alte Zeit«, sagte Dan. Zu Lucas: »Was war Ihr Sport?«

»Hockey«, sagte Lucas.

»Klar, typisch Minnesota«, sagte Dan grinsend. Dann wandte er sich an Carr und fragte: »Was genau erwartest du denn von mir, Shelly?«

Carr informierte Jones über Harper, und Jones machte sich Notizen auf einem Reporterblock. »Wir möchten dich nicht in die Irre führen«, sagte Carr, jetzt ein bißchen förmlicher. »Wir sagen nicht, daß Russ die LaCourts getötet hat – wir wissen sogar, daß er es nicht war. Aber als Hintergrundinformation, damit du nicht zu falschen Schlußfolgerungen kommst, solltest du wissen, daß wir die Information über den Pornoring aufgrund der Mordermittlungen bekommen haben.«

»Demnach glaubst du, daß beides etwas miteinander zu tun hat?«

»Höchstwahrscheinlich ... mit einer Äußerung in dieser Richtung kann man eigentlich nicht falsch liegen«, sagte Carr.

»Um ehrlich zu sein – ohne Scheiß –, wir wollen die Story publik machen, um Druck auf die anderen Mitglieder dieser Kinderschändergruppe auszuüben, wer immer sie sein mögen. Wir müssen etwas aufknacken – aber das sollen Sie natürlich nicht schreiben«, erklärte Lucas. »Wir glauben, Harper wird sich auf eine Zusammenarbeit einlassen. Für Straffreiheit oder eine Abschwächung der Anklage. Das könnte wichtig sein. Aber wir möchten, daß das als Gerücht verbreitet wird.«

Climpt wühlte in seinem Schreibtisch, fand das Pornoheft aus Milwaukee und sagte: »Sie können sich darauf berufen, dürfen aber nicht schreiben, was drin ist.«

Er reichte dem Zeitungsredakteur das Blatt.

Jones zuckte zusammen. »Allmächtiger Jesus Christus«, sagte er. Dann besann er sich und sah Carr an. »Tschuldigung, Shelly.«

»Nun, ich verstehe, was du meinst«, sagte Carr gleichmütig.

»Beschissene Reproduktionen«, meinte Jones und drehte das Papier in den Händen. »Und das fühlt sich an wie Toilettenpapier.«

»In mehr als einer Hinsicht«, sagte Carr. »Was ist mit der Story? Kannst du etwas machen?«

Jones stand auf. »O ja, verdammt. Russ Harpers Verhaftung ist eine Schlagzeile wert. Die AP wird sicher etwas darüber wollen, und ich kann es nach Milwaukee und St. Paul melden. Die Leute sind völlig aus dem Häuschen, ich habe sogar schon mit Donahue darüber gesprochen.«

Climpt sagte zu Lucas: »Donahue gehört die Zeitung.«

»Darüber, ob wir eine Sonderausgabe herausbringen. Erst Jonny Mueller, und jetzt das, ich werde gleich heute abend noch mit ihm reden, ob wir sie am Sonntagvormittag unter die Leute bringen können. Ich brauche die Verhaftungsunterlagen von Russ.«

»Die sind hier«, sagte Carr und drückte ihm Fotokopien der Verhaftungsprotokolle in die Hand.

»Danke. Ob Donahue der Sonderausgabe zustimmt oder nicht, in einer halben Stunde bringen wir es im Radio. Dann weiß es die ganze Stadt.«

Als Jones gegangen war, lehnte sich Carr zurück, schloß die Augen und sagte: »Glauben Sie, damit können wir ihn aufscheuchen?«

»Aufscheuchen...«, wiederholte Lucas nachdenklich.

16

Weather Karkinnen warf den Kittel in den Wäschekorb und trat unter die Dusche. Ihre Brustwarzen fühlten sich wund an, sie strich verwundert darüber, aber dann fiel es ihr wieder ein: Bartstoppeln. Davenport hatte sich den ganzen Tag nicht rasiert gehabt, als sie in der Badewanne über ihn hergefallen war, und er war kratzig gewesen wie ein Stachelschwein.

Sie lachte über sich selbst: Sie hatte sich seit Jahren nicht mehr so quicklebendig gefühlt. Lucas war ein leidenschaftlicher Liebhaber, aber manchmal auch seltsam zärtlich, als hätte er Angst, er könnte ihr weh tun. Die Mischung war unwiderstehlich. Sie mußte wieder an die Badewanne denken, als sie sich mit einem der rauhen Krankenhaushandtücher abtrocknete. Das war der scharfsinnigste Schachzug, den sie sich je ausgedacht hatte. Die Flasche Wein, der Bademantel, der zu Boden glitt…

Sie lachte laut, und ihr Gelächter hallte von den Kacheln im Umkleideraum der Chirurginnen wider.

Sie verließ das Krankenhaus in aller Eile: fast halb sieben. Lucas hatte gesagt, sie würden bis sechs, spätestens sieben, mit Harper fertig sein. Vielleicht konnten sie nach Hayward zum Essen fahren, oder in einen der Orte abseits des Teal Lake oder Lost Sand Lake. Da gab es ausgezeichnete Restaurants.

Als sie den Umkleideraum verließ, schaute sie noch bei der Oberschwester rein, um sich die endgültige Liste für morgen früh abzuholen. Die meisten Laien vermuten, daß Chirurgen nur jede Woche oder alle zwei Wochen nach ausgiebigen Untersuchungen der Patienten arbeiten. Häufiger jedoch operieren sie jeden Tag, manchmal zwei- bis dreimal täglich, ohne selbst vorher viel Kontakt mit dem Patienten gehabt zu haben. Weather hatte einen guten Ruf in den North Woods, und inzwischen bekam sie Empfehlungen aus allen angrenzenden Bezirken. Manchmal glaubte sie, daß es sich um eine Verschwörung der Ärzte in der Gegend handelte, um sie zu beschäftigen, damit sie nicht auf dumme Gedanken kam.

»… Charlie Denning, der am Zeh operiert wird«, sagte sie. »Er kann kaum gehen, daher müssen Sie einen Rollstuhl zu seinem Auto bringen lassen. Seine Frau fährt ihn her…«

Während sie den Dienstplan durchgingen, bemerkte sie, daß die Oberschwester sie immer wieder mit verhaltenem Lächeln betrachtete. Alle wußten, daß Lucas sich in irgendeiner Eigenschaft in ihrem Haus aufhielt, und sie vermutete, daß einige Schwestern sich im Lauf des Tages überlegt hatten, was diese Eigenschaft wohl sein mochte. Es war ihr egal.

»... müssen sie wahrscheinlich waschen, und ich möchte, daß die ganze Stelle rasiert wird. Ich bezweifle, ob sie das selbst so ordentlich gemacht hat, sie ist ziemlich alt und ich weiß nicht, ob ich mich ihr verständlich machen konnte...«

Die Familie der Oberschwester war mit Weathers Familie befreundet gewesen, und obwohl die Schwester selbst zehn Jahre älter war als sie, waren sie befreundet. Als Weather mit dem Dienstplan fertig war, drehte sie sich in der Tür noch einmal um und fragte: »Sieht man es so deutlich?«

»Ziemlich deutlich«, sagte die Schwester. »Die anderen Mädchen sagen alle, daß er ein attraktiver Mann ist, soweit sie ihn gesehen haben.«

Weather lachte. »Mein Gott, Kleinstädte, wie ich sie liebe«, und wandte sich um zu gehen. Die Schwester rief ihr nach »Verschleißen Sie ihn nicht zu sehr, Doktor«, und Weather lachte immer noch, als sie schon draußen auf dem Flur war.

Ihre Eskorte war ein mürrischer, vierschrötiger Deputy namens Arne Bruun. Er war in der High School zwei Klassen unter ihr gewesen. Damals war er Vorsitzender der Jungen Republikaner gewesen, mittlerweile gerüchteweise aber soweit nach rechts gedriftet, daß nicht einmal mehr die Republikaner ihn haben wollten. Er stand auf, als sie in die Halle kam, rollte eine Ausgabe einer Waffenzeitschrift zusammen und steckte sie in die Manteltasche.

»Reisefertig?« Er war durchaus liebenswürdig, hatte aber den kantigen, muskulösen Körper eines verhaltenen Paranoiden.

»Reisefertig«, sagte sie.

Er ging als erster zur Tür hinaus, schaute sich um und winkte ihr, dann gingen sie gemeinsam zum Parkplatz. Die Tage wurden zwar länger, aber es war bereits dunkel und das

Thermometer deutlich gefallen. Die Indianer nannten das den Mond der fallenden Kälte.

Bruun öffnete die Beifahrertür, ließ sie einsteigen, schlug die Tür zu und ging zur Fahrertür. Das Krankenhaus lag am südlichen Stadtrand; Weather lebte am nördlichen. Der schnellste Weg zu ihr nach Hause war die Parallelstraße zum Highway 77 bis zur Buhler's Road und an der Ampel über den Highway, weil man auf diese Weise dem Verkehr auf der Main Street ausweichen konnte.

»Wird wieder kälter«, sagte Bruun, als er einstieg. Sie hielt sich an Carrs Anweisungen und hatte darum gebeten, daß sie nach Hause gefahren wurde. Bruun hatte Streifendienst gehabt und nur ein paar Minuten in der Halle warten müssen, es war noch warm im Wagen. »Wenn es schlimmer wird, lebt nächstes Jahr kein einziger Hirsch mehr. Oder sonst was.«

»Soweit ich weiß, wollen sie Heu hierher transportieren...«

Sie unterhielten sich über die Heufütterung, als sie das Schneemobil am Straßenrand sah. Der Fahrer kniete daneben, fünf Meter vom Stop-Schild an der Buhler's Road entfernt und arbeitete daran. Neben der Straße verlief eine Fahrspur, und es kam ständig vor, daß einmal ein Schlitten zusammenbrach... aber etwas erweckte ihre Aufmerksamkeit; der Mann schaute in ihre Richtung, während er mit den Händen weiter arbeitete...

»Schlitten kaputt«, sagte sie.

Bruuns hatte es schon gesehen. »Stimmt.« Er trat auf die Bremse, um am Stop-Schild zu halten. Sie waren fast auf einer Höhe mit dem Schlitten. Weather behielt ihn im Auge. Der Wagen kam dicht hinter dem Schlitten zum Stillstand, die Scheinwerfer strahlten Schneeverwehungen an und wurden auf den Schlittenfahrer reflektiert. Weather sah ihn aufstehen, sah ihn die Waffe zücken, sah ihn auf ihr Fenster zulaufen...

»Waffe«, schrie sie. »Er hat...«

Sie rutschte auf dem Sitz nach unten, Bruuns trat das Gaspedal durch, und das Fenster zehn Zentimeter über ihrem Kopf explodierte, Bruun schrie vor Schmerzen auf und riß das Lenkrad herum. Der Wagen geriet ins Schleudern, drehte sich, und die Heckscheibe barst über ihr, als hätte sie jemand mit einem Hammer eingeschlagen. Weather schaute nach links; Bruuns Kopf und Hände waren blutbespritzt, er hing über dem Lenkrad, und der Transporter schlitterte immer noch im Kreis, der Motor heulte auf, die Reifen quietschten …

Die Schrotflinte knallte wieder: Dieses Mal hörte sie es, und gleich darauf, wie der Schuß auf Höhe ihres Ellbogens in die Karosserie einschlug. Bruun grunzte, blieb aber über dem Lenkrad liegen … sie fuhren jetzt, der Transporter holperte …

»Zurück, muß zurück …«, stöhnte Bruuns. Weather spürte die Geschwindigkeit und richtete sich auf. Das Seitenfenster war nicht mehr da, aber der Spiegel war unversehrt. Der Fahrer saß auf dem Schlitten und verfolgte sie, und plötzlich mußte sie an die Nacht der Morde an den LaCourts denken, an den Schlitten, der in den Straßengraben raste …

Sie passierten gerade eine Baumschule an der Straße, die zum Parkplatz des Krankenhauses zurückführte – die schwarzen geometrischen Reihen von Fichten sausten vorbei wie ein schwarzer Lattenzaun.

»Nein, nein«, murmelte sie. Das Herz schlug ihr bis zum Hals. Sie schaute in den Rückspiegel, sah den Schlitten aufholen, aufholen …

»Er kommt näher …«, schrie sie Bruun an.

Bruun senkte den Kopf, und Weather rutschte auf den Boden. Zwei Schüsse rasch hintereinander, die im Dröhnen des Motors fast untergingen, Schrotkugeln hämmerten durch die zerschellte Heckscheibe, ein weiterer Schuß krachte durch die Heckscheibe zur Windschutzscheibe, Querschläger … Bruun stöhnte wieder und sagte: »Getroffen, ich bin getroffen …«

Aber er ließ den Fuß auf dem Gaspedal, und sie wurden

immer schneller; die Schrotflinte war verstummt. Weather glitt höher und schaute erst zum zerschmetterten Seitenfenster, dann zum Heckfenster hinaus.

Die Straße war menschenleer. »Er ist fort«, sagte sie.

Bruuns Kinn ruhte fast auf der Nabe des Lenkrads.

»Festhalten«, keuchte er. Er trat auf die Bremse, aber zu spät...

Die Zufahrt zum Parkplatz des Krankenhauses lag nicht direkt vor ihnen. Die Zufahrtsstraße machte eine scharfe Rechtskurve, deren Zweck darin bestand, den Verkehr Richtung Krankenhaus zu bremsen. Sie fuhren so schnell, daß sie die Kurve unmöglich schaffen konnten. Weather wappnete sich und stützte sich mit den Armen am Armaturenbrett ab. Ein kleiner Blumengarten lag dort, wo sie hineinrasten, unter dem Schnee verborgen. Er war von einer dreißig Zentimeter hohen Mauer umgeben...

Der Wagen schmierte weg, als Bruun auf die Bremse trat, dann prallte er gegen die Mauer des Blumengartens. Der Wagen wurde hochgeschleudert, schleuderte, pflügte mit heulendem Motor durch den Schnee...

Auf dem Parkplatz hielten sich Menschen auf.

Sie sah sie ganz deutlich, überdeutlich, erstarrt wie das Gesicht der Herzdame, wenn jemand ein Kartenspiel mischt.

Dann schlitterte der Wagen seitlich auf den Parkplatz, prallte in eine Schneeverwehung und kippte zur Seite, als wäre er gestolpert. Sie spürte es, klammerte sich am Türgriff fest, versuchte sich festzuhalten, bemerkte, wie ihr der Türgriff aus der Hand genommen wurde, fiel, spürte den Deputy weich unter sich... hörte ihn schreien...

Dann war es endlich vorüber.

Sie konnte sich an nichts mehr erinnern, nur noch an die Wucht des Aufpralls. Aber sie war am Leben und saß auf Bruun. Sie schaute nach links, durch die gesprungene Windschutzscheibe, sah Beine...

Stimmen. »Zurückbleiben, zurückbleiben...«

Und sie dachte: Feuer.

Sie konnte es riechen, spüren. Sie hatte einmal auf der Station für Brandopfer gearbeitet und wollte auf gar keinen Fall zu ihnen gehören. Sie zog sich hoch und wich Bruun, der lebte und unablässig »O Mann, o Mann« stöhnte, so gut es ging aus.

Sie entriegelte die Beifahrertür und versuchte, sie aufzuschieben. Die Tür bewegte sich wenige Zentimeter. Noch mehr Stimmen. Schreie.

Gesichter an der Windschutzscheibe, dann jemand obenauf. Ein Mann schaute zum Seitenfenster herein: Robbie, der Nachtwächter und Bodybuilder, über den sie sich wegen seines Hobbys immer lustig gemacht hatte. Jetzt öffnete er die Tür einzig mit seiner Bärenkraft, und sie war noch nie so glücklich gewesen, einen Muskelmann zu sehen. Er schien Angst um sie zu haben. »Sind Sie verletzt, Doktor?«

»Schneemobil«, sagte sie. »Wo ist der Mann mit dem Schneemobil?«

Der Bodybuilder schaute zu der Menschenmenge, die sich versammelte, und fragte verwirrt: »Wer?«

Weather saß in ihrem Ärztekittel auf der Kante des Krankenhausbetts. Sie hatte Blutergüsse am linken Arm und am Bein, dazu drei unbedeutende Kratzer auf dem linken Handrükken, einer davon mußte genäht werden. Keine ersichtlichen inneren Verletzungen. Bruun hatte man mehrere Schrotkugeln aus Arm und Brustkorb entfernt.

»Morgen werden Sie teuflische Schmerzen haben«, sagte Rice, der Arzt, der sie versorgte und später bei der Operation an Bruun assistiert hatte. »Darauf können Sie sich verlassen. Nehmen Sie ein paar Schmerztabletten, bevor Sie ins Bett gehen. Und machen Sie heute nacht nichts allzu Anstrengendes.« Seine Miene war ernst, aber er zwinkerte Lucas zu.

»Ja, ja, schieben Sie ab«, sagte Weather.

»Wissen es eigentlich *alle?*« fragte Lucas, als Rice gegangen war.

»Ich vermute, es gibt einige Sonntagsschüler, vor denen man es geheimgehalten hat«, sagte Weather.

»Mmmm.«

»Was hast du herausgefunden?« fragte sie.

»Gerade so viel, daß ich weiß, du müßtest eigentlich tot sein. Schon wieder. Und du wärst es auch, wenn Bruun den Wagen nicht in Bewegung gehalten hätte.«

»Und der Dreckskerl ist entkommen.«

»Ja. Er hat bei dem Stop-Schild unter den Bäumen gewartet, bis er dich kommen sah. Nachdem er die ersten Schüsse auf euch abgegeben hatte, ist er euch auf der Straße bis zu der Stelle gefolgt, wo die Stromleitung durch die Baumschule verläuft, und da hat er durch den Wald abgekürzt. Es wäre unmöglich gewesen, ihm zu folgen, es sei denn, wir wären ebenfalls mit einem Schlitten zur Stelle gewesen. Davon muß er ausgegangen sein. Er hat die Falle ziemlich geschickt eingefädelt. Wenn Bruun den Wagen in den Straßengraben gesetzt hätte, hätte er dich ohne Mühe abservieren können.«

»Warum hat er mich nicht durch die Autotür erschossen?«

»Das hat er versucht«, sagte Lucas. »Manchmal schafft es ein Schrotkorn durch eine Autotür, meistens nicht. Drei sind durchgedrungen. Eines hat Bruun getroffen, die beiden anderen das Armaturenbrett. Wir glauben, daß Bruuns Arm durch das offene Fenster getroffen wurde.«

»Mein Gott«, sagte sie. Sie schaute Lucas an. Der lehnte an einem Untersuchungstisch, hatte die Arme vor der Brust verschränkt und sprach mit ruhiger, beinahe schläfriger Stimme. Als würde er von einem Ballspiel erzählen. »Du bist nicht wütend genug«, sagte sie.

Lucas war eingetroffen, bevor man sie in den OP gefahren hatte, und hatte gewartet. Hatte sie nicht angerührt. Nur betrachtet. Sie stand vom Untersuchungstisch auf und zuckte zusammen. Rice hatte recht. Alles würde ihr weh tun.

»Ich mußte den ganzen Weg hierher daran denken, daß ich einfach zu eitel bin und heute fast dafür hätte bezahlen müssen«, sagte er. Er stieß sich von dem Untersuchungstisch ab, packte eine Faust voll Haar in ihrem Nacken und hielt sie daran fest, so daß sie sich nicht abwenden konnte. »Ich möchte, daß du von hier verschwindest, verflucht«, sagte er wütend. »Er will dich nicht nur erschrecken. Begreifst du das? Er will...«

»Inwiefern bist du eitel?« Sie packte ihn mit beiden Händen vorne am Hemd und hielt ihn fest. Ihre Gesichter waren zehn Zentimenter voneinander entfernt, sie wiegten hin und her.

Er hörte auf, ließ ihr Haar aber nicht los: »Weil ich gedacht habe, er wäre meinetwegen hinter dir her. Ich habe gedacht, er wäre meinetwegen hinter dem kleinen Mueller hergewesen.«

»Nicht?«

»Nein. Er will dich. Du kennst ihn, oder du weißt etwas über ihn. Oder er glaubt, daß es so ist. Du weißt nicht, was es ist, aber er.«

Sie sagte: »Als ich in der ersten Nacht von den LaCourts zurückgekommen bin, ist ein anderes Schneemobil neben dem Jeep hergefahren. Ich dachte, der Kerl sei verrückt.«

»Das hast du mir nicht erzählt.«

»Ich wußte nicht, daß es wichtig war.«

Er ließ ihr Haar los, legte ihr den Arm um die Schulter und zog sie an sich, achtete aber sorgfältig auf ihren linken Arm. Dann löste er sich wieder von ihr, holte die Brieftasche heraus und faltete das Foto auseinander, das er dort hineingesteckt hatte.

»Du kennst diesen dicken Mann«, sagte er. »Er hat schon wieder versucht, dich umzubringen. Wer ist er?«

»Ich weiß es nicht.« Sie betrachtete das Foto. »Ich habe nicht die leiseste Ahnung.«

17

Der Priester sagte: »Mir geht es gut, Joe. Wirklich.«

Er stand zwischen Küche und Schlafzimmer im Flur. Obwohl er für den Anruf dankbar war, verdroß er ihn gleichzeitig, er hatte noch so viel zu tun.

»Ich hatte einen erträglichen Tag«, sagte er und nickte. »Du kennst ja die Gerüchte über mich und die LaCourts – ich hatte Angst, etwas zu sagen, das alles nur noch schlimmer machen würde. Es hat mich verrückt gemacht. Aber jetzt habe ich einen Weg gefunden, wie ich damit fertig werde.«

Seine Zunge fühlte sich wie Schmirgelpapier an, weil er ununterbrochen Zitronendrops lutschte. Als er das letzte Mal den Fusel aufgegeben hatte, hatte er nacheinander zwei Dutzend Tüten davon gelutscht. Jetzt war er gerade bei der ersten von vielen, die möglicherweise noch kommen würden.

Joe redete davon, daß jeder trockene Tag zählte, aber Bergen hörte nur mit halbem Ohr zu. Als er letztes Jahr mit dem Alkohol aufgehört hatte, da hatte er gar nicht richtig aufhören *wollen*. Er mußte es einfach. Er verlor seine Pfarrgemeinde, und er brachte sich stückweise um. Daher war er nüchtern geworden, brachte sich nicht mehr um und bekam seine Gemeinde zurück. Aber das hatte nicht das Problem gelöst, für das der Bourbon die Medizin war: die Einsamkeit, die Isolation, die drängenden Probleme, für die er im Grunde genommen keine Lösungen wußte. Sein wankender Glaube.

Er hatte sich hingesetzt, um eine Ausrede zu verfassen, eine klägliche Bitte um Verständnis. Statt dessen hatte er die besten Zeilen seines Lebens zu Papier gebracht. Und den

Reaktionen heute morgen bei der Messe nach zu urteilen, hatte er sich auch verständlich machen können. Er hatte die Gemeindemitglieder gerührt, und sie ihn. Er spürte, wie seine Isolation abbröckelte; sah die Möglichkeit, seine Einsamkeit zu beenden.

Möglicherweise, überlegte er sich, war er geheilt. Gefährliche Gedanken. Er würde trotzdem weiter Zitronendrops lutschen. Lieber auf Nummer sicher gehen...

»...werde nicht ausgehen. Ich schwöre es. Joe, die Lage hat sich verändert. Ich habe eine Aufgabe. Okay... und danke.«

Der Priester legte den Hörer auf, seufzte, setzte sich wieder an den Computer und begann zu schreiben:

Ein Teufel weilt unter uns. Und vielleicht weiß jemand in dieser Kirche, wer er ist.

(An dieser Stelle würde er sich umdrehen, jedem einzelnen fest in die Augen sehen, sich die Stille zunutze machen; Nervosität würde sich ausbreiten.)

Die Ermordung der gesamten Familie LaCourt ist die Tat eines zutiefst gequälten Mannes, ist einer ungemein finsteren, schmutzigen Seele entsprungen. Stellen Sie sich selbst die Frage: Kenne ich diesen Mann? Habe ich eine Vermutung, wer er sein könnte? Irgendwo tief im Innersten meines Herzens?

Er arbeitete eine Stunde, dann las er durch, was er geschrieben hatte. Ausgezeichnet. Er nahm die Seiten, trug sie ins Schlafzimmer und stellte sich vor den großen Ankleidespiegel.

»Ein Teufel weilt unter uns...«, begann er. Nein. Er verstummte. Seine Stimme müßte langsamer klingen, tiefer, nachdenklich und bekümmert. Er ging eine halbe Oktave tiefer und sagte es etwas rauher: »Ein Teufel weilt unter uns...«

Sollte er etwas Verwirrung oder Bestürzung erkennen lassen? Oder würde man das als Schwäche deuten?

»... einer ungemein finsteren, schmutzigen Seele«, sagte

er langsam und betrachtete sich selbst im Spiegel. Er schüttelte den Kopf, als könnte er nicht fassen, daß so etwas hier geschehen konnte, in Ojibway County, und dann, noch langsamer, mit einer Stimme, die zu etwas anschwoll, das Wut gleichkam: »Kenne ich diesen Mann? Habe ich eine Vermutung, wer er sein könnte?«

Er würde die Gemeinde aufrütteln, er, Phil Bergen. Und als Gegenleistung würde ihn die Gemeinde retten. Er studierte das Manuskript, genoß den Wortlaut.

Aber... er las gründlich. Zu oft sprach er vom *Innersten*, von *Tiefe*. Zu viele Wiederholungen nervten die Zuhörer nur. Okay. Er würde auf das letzte *tief* verzichten. »... Irgendwo im Innersten meines Herzens...«

Er arbeitete vor dem Spiegel und betrachtete sich durch die Nickelbrille; sein Kiefer mahlte, er zitterte vor rechtschaffener Wut, seine Worte hallten in dem kleinen Zimmer wider.

Im ganzen Haus war es still, abgesehen vom Klang seiner eigenen Stimme. Er konnte die Kuckucksuhr hinter sich ticken hören, das Klappern der Lüftungsklappen, die sich öffneten, wenn der Heizofen ansprang, ein leises Kratzen draußen – eine Schneeschippe.

Er ging in die Küche, um sich ein Glas Wasser zu holen, und betrachtete sich in einem Schränkchen mit Glastüren, als er trank. Inzwischen ein älterer Mann, permanente Runzeln in der Stirn, schütteres Haar, Hängebauch: ein von der Arbeit gezeichneter Mann; ein Mann, dessen beste Jahre hinter ihm lagen. Ein Mann, der Ojibway County nie verlassen würde... Ah, ja.

Er hörte wieder das hohle Kratzen der Schneeschippe, ging zum vorderen Fenster und spähte hinaus. Auf der anderen Straßenseite, drei Häuser weiter, schippte eines der Kinder der McLarens Schnee mit einer kleinen Schippe. Kleines Kind, elf Uhr nachts. Die McLarens waren eine zerrüttete Familie: Alkohol, der Vater so gut wie nie zu Hause. Bergen begab sich wieder zu seinem Arbeitssessel, nahm noch ein paar Änderungen am Bildschirm vor, speicherte die Predigt auf Festplatte und Diskette und ließ eine neue Kopie für sich ausdrucken.

Ein Teufel weilt unter uns. Und vielleicht weiß irgend jemand in dieser Kirche, wer es ist.

Vielleicht sollte er noch deutlicher werden:

Jemand in dieser Kirche weiß, wer es ist.

Aber das deutete vielleicht mehr an, als ihm lieb war.

Ein Klopfen an der Tür erschreckte ihn.

Er hielt mitten im Satz inne, drehte sich um, schaute zur Tür und murmelte zu sich: »Steh mir bei.« Und dann mußte er über sich selbst lächeln. Steh mir bei? Er wurde wirklich alt. Das mußte Shelly Carr sein, der zum Reden vorbeikam. Oder Joe, der ihn kontrollierte?

Er ging zum Fenster, zog die Vorhänge wieder auseinander und schaute zur Seite Richtung Veranda. Ein Mann auf der Veranda, ein großer Mann. Davenport, der Ermittler, war ein großer Mann. Bergen stellte sich Lucas' Gesicht vor, als er zur Tür ging und öffnete, aber fast nichts durch die vereisten Scheiben der Sturmtür erkennen konnte. Er stieß auch die Sturmtür auf und schaute hinaus.

»Ja?«

Das Gesicht des Eismanns war in einen roten Schal gehüllt, auf dem Kopf trug er eine Skimaske, hochgerollt und wie eine Mütze. Von der Straße aus würde sein Gesicht ein unkenntlicher Fleck sein, eingemummt wie alle anderen auch. Als er an der Zeit- und Temperaturanzeige der Bank vorbeigekommen war, waren es zwanzig Grad unter Null gewesen.

Er war noch high von dem Angriff auf Weather, und wütend. Er hatte es wieder nicht geschafft. Es lief nicht so, wie es sollte. Es lief einfach nicht. Er brauchte einen besseren Plan. Er hatte die Möglichkeit nicht vorhergesehen, daß der Deputy den Wagen weiterfahren würde. Irgendwie hatte er sich immer ausgemalt, die ersten Schüsse würden den Wagen außer Gefecht setzen. Wie kam er nur darauf? Zuviel Fernsehen?

Jetzt würden sich die Polizisten auf Weather konzentrieren. Wen kannte sie, der in den Fall verwickelt war? Er mußte ihnen eine Antwort liefern, die sie eine Zeitlang aufhalten würde.

Und als er darüber nachdachte, wurde er noch aufgeregter. Dieser Plan würde funktionieren. So war es...

Er stand auf der Treppe des Pfarrhauses und hatte die linke Hand um den Griff der 44er gelegt. Bergen war tatsächlich zu Hause. Die Lichter brannten, und der Eismann hatte von seinem Versteck an der Straße einen Schatten hinter den Vorhängen gesehen. Er drehte sich zum Haus um, hob die rechte Hand und zog die Skimaske über das Gesicht. Dann klopfte er und drehte sich halb um, damit er die Straße im Auge behalten konnte, wo ein verrückter Bengel im Vorgarten Schnee zu einem Haufen aufschüttete. Der Junge schenkte ihm keine Beachtung. Er wandte sich wieder dem Haus zu und umklammerte den Griff der Sturmtür mit der rechten Hand.

Bergen kam zur Tür, hielt die Sturmtür fünf oder sechs Zentimeter auf und beugte den Kopf nach vorne. »Ja?«

Mit der linken Hand hob der Eismann bereits die 44er. Mit der rechten riß er die Tür auf, schnellte vorwärts und richtete die Waffe auf Bergens Stirn.

Der Priester wich zurück und hob eine Hand, als wollte er damit die Kugel abwehren.

»Zurück«, fauchte der Eismann. »Zurück, zurück.«

Er stieß mit der unförmigen Pistole nach dem Priester, der durch das Wohnzimmer zurückwich. »Was soll das?« sagte er. »Was soll das?«

Der Eismann zog die Sturmtür zu, dann lehnte er sich an die innere Tür, bis er das Schloß einrasten hörte.

»Setzen Sie sich auf die Couch. Setzen Sie sich.«

»Wie?« Bergens Augen waren groß, sein Gesicht blaß. Er machte eine Bewegung mit der Hand, als würde er einen Besen schwingen – als wollte er den Eismann wegfegen. »Raus hier. Raus.«

»Ruhe, oder ich puste Ihnen Ihr Scheißhirn raus«, fauchte der Eismann.

»Was soll das?« Bergen schien sich verständnislos an diese Frage zu klammern. Er ließ sich auf die Couch fallen, den Mund erstaunt weit aufgerissen.

»Ich will die Wahrheit über die LaCourts wissen«, krächzte der Eismann. »Sie waren meine Freunde.«

Bergen sah ihn an und versuchte, hinter die Skimaske zu sehen. Er kannte die Stimme, die massige Gestalt, aber nicht sehr gut. Wer war das? »Ich hatte nichts damit zu tun. Ich weiß selbst nicht, was passiert ist«, sagte Bergen. »Werden Sie mich töten?«

»Vielleicht«, sagte der Eismann. »Wahrscheinlich. Aber das hängt davon ab, was Sie zu sagen haben.« Er griff in die Parkatasche und holte eine braune Papiertüte heraus. »Ob Sie sie getötet haben.«

»Ich sage Ihnen doch...«

»Sie sind ein Alki, das weiß ich genau«, sagte der Eismann. Diesen Teil seiner Rede hatte er sich vorher genau überlegt. Der Priester durfte nicht an ihm zweifeln. »Sie haben gestern wieder getrunken. Das haben Sie während der Messe gesagt. Und ich habe mich gefragt, wie bekommt man die Wahrheit aus einem Säufer heraus?«

Er klemmte die braune Papiertüte unter die Achselhöhle des Arms, mit dem er die Waffe hielt, machte sich mit der vom Handschuh behinderten Rechten daran zu schaffen und zog eine Flasche Jim Beam heraus. »Man gibt ihm was zu trinken, genau das. Eine Menge zu trinken. Dann wird er die Wahrheit sagen.«

»Ich trinke nicht«, sagte Bergen.

»Dann werde ich es *wissen*, oder nicht?« fuhr der Eismann unbeirrt fort. »Und wenn ich es weiß ... dann lasse ich den Hammer auf Sie runtersausen, Priester. Das ist eine 44er Magnum, Sie werden Ihr Gehirn im nächsten Häuserblock wiederfinden.« Er war zum Ende der Couch gegangen und sah das Wasserglas auf dem Tisch stehen. Ausgezeichnet.

»Lehnen Sie sich auf der Couch zurück«, befahl er.

Der Priester lehnte sich zurück.

»Wenn Sie versuchen aufzustehen, bringe ich Sie um.«

»Hören Sie, Claudia LaCourt war eine meiner besten Freunde.«

»Ruhe.« Der Eismann stellte die Flasche auf den Tisch, drehte die Verschlußkappe mit der Hand auf, nahm sie ab und ließ sie auf den Tisch fallen. Mit der Hand, die die Waffe hielt, griff er nach oben, hakte den Daumen in den Schal ein, zog ihn bis unter das Kinn herunter, dann schob er die Schimaske hoch, bis sie gerade über die Oberlippe reichte.

Mit der Handschuhhand griff er nach der Flasche. Er richtete die Waffe wieder auf den Priester, führte die Flasche an die Lippen, steckte die Zunge in den Flaschenhals, damit keine Flüssigkeit heraus konnte, schluckte Speichel, setzte die Flasche ab und wischte sich die Lippen mit dem Handrücken der Waffenhand ab. Bergen mußte Vertrauen in den Fusel haben.

»Ich habe Ihnen die gute Sorte gebracht, Pater«, sagte er und schmatzte mit den Lippen. Er schenkte das Wasserglas fast randvoll ein.

»Trinken Sie es«, sagte er. »Rutschen Sie einfach auf der Couch herüber, nehmen Sie das Glas und trinken Sie es leer.«

»Ich kann es nicht einfach so runterkippen.«

»Quatsch. Ein Alki wie Sie könnte doppelt soviel trinken. Außerdem haben Sie keine andere Wahl. Wenn Sie es nicht trinken, puste ich Sie weg. Trinken Sie.«

Bergen rutschte auf der Couch entlang, hob das Glas, betrachtete es und trank langsam: ein Viertel, die Hälfte.

»Trinken Sie aus«, sagte der Eismann und fuchtelte mit der Waffe nur wenige Zentimeter vor Bergens Kopf hin und her.

Der Priester trank den Rest, und der Alkohol schien in seinem Magen zu explodieren.

»Machen Sie die Augen zu«, sagte der Eismann.

»Was?«

»Machen Sie die Augen zu. Sie haben schon richtig verstanden. Und lassen Sie sie fest zugekniffen.«

Bergen konnte spüren, wie sich der Alkohol in ihm ausbreitete, sich bereits über den Magen in die Lungen verteilte. *So gut, so gut*... Aber er brauchte ihn nicht. Wirklich nicht. Er schloß die Augen und kniff sie zusammen. Wenn er das überstehen konnte...

Der Eismann nahm die Flasche, schenkte noch ein Glas Bourbon ein und trat wieder zurück.

»Machen Sie die Augen auf. Nehmen Sie das Glas.«

»Sie bringen mich um«, protestierte Bergen kläglich. Er hob das Glas und betrachtete es.

»Sie müssen es nicht gleich ganz hinunterschütten. Trinken Sie ruhig kleine Schlucke. Aber ich will, daß Sie es austrinken.« Der Revolverlauf war einen Meter von Bergens Augen entfernt und wankte nicht. »Also – wann haben Sie die LaCourts zum letzten Mal gesehen?«

»In der Nacht, als sie ermordet wurden«, sagte Bergen. »Es stimmt, ich war dort...« Als er die Geschichte erzählte, die er auch dem Sheriff geschildert hatte, verspürte er immer noch Angst, aber nun gesellte sich auch eine Gewißheit hinzu, die der Alkohol mit sich brachte. Er hatte recht, er war unschuldig, und er konnte diesen Mann überzeugen. Der Eindringling hatte die Maske angelassen: Das wäre sinnlos, wenn er tatsächlich vorhätte, ihn umzubringen. *Demnach hatte er nicht vor, ihn zu töten*. Bergen war zufrieden mit sich, daß er darauf gekommen war, trank wieder einen großen Schluck Bourbon, als der Eismann ihn drängte, dann noch einen, und stellte überrascht fest, daß das Glas plötzlich leer war.

»Sie sind immer noch so nüchtern, daß Sie lügen können.«

Wieder füllte er das Glas. Bergen stotterte: »Hören ... Sie«, dann ließ er den Kopf auf die Schulter sinken und kicherte fast. Die gute Laune wurde von einem dunklen Fleck zunichte gemacht. Der Fleck breitete sich in seinem Körper aus, drang in sein Gehirn ...

Er trank, würgte dieses Mal, ließ das Glas fallen und bemerkte, daß er sich mit Bourbon bekleckert hatte.

Und jetzt stellte er auch fest, daß etwas nicht stimmte. Er hatte noch nie so viel Alkohol so schnell getrunken, auch wenn er manchmal nahe dran gewesen war. Aber es hatte ihm auch noch nie so zugesetzt, niemals hatte er diesen dunklen, sich ausbreitenden Fleck in seinem Denken gespürt.

Nichts schien mehr zu funktionieren; er konnte kaum noch sehen; er blickte zu dem bewaffneten Mann auf, aber sein Kopf versagte ihm den Dienst, er konnte ihn nicht drehen. Er versuchte aufzustehen ...

Er konnte nicht atmen, röchelte, spürte die Kälte in den Lippen, sabberte, Alkohol lief an ihm hinab, eine Hand auf seiner Stirn ... er schluckte, schluckte, schluckte. Und im letzten Augenblick verstand er den Eismann: Wer er war, was er vorhatte. Er strengte sich an, konnte sich aber nicht rühren ... konnte sich nicht rühren ...

Der Eismann drückte den Kopf des Priesters auf die Couch zurück und schüttete fast den ganzen Rest der Flasche in ihn hinein. Als er fertig war, trat er zurück und betrachtete sein Werk. Der Priester war praktisch weggetreten. Der Eismann nahm Bergens Hand, legte sie um die Flasche, verschmierte ein wenig, nahm die andere Hand und strich damit ebenfalls über die Flasche. Der Priester hatte sich praktischerweise schon selbst überall mit Alkohol besudelt.

Der Eismann bewegte sich rasch und stellte zwei Fläschchen mit verschreibungspflichtigen Tabletten, deren Etiketten abgerissen waren, auf den Tisch. Eine einzige Tablette verblieb in einem der Fläschchen, um den Bullen die Identifizierung zu erleichtern. Der Priester saß immer noch aufrecht auf der Couch und hatte den Kopf zurückgelehnt, murmelte etwas und gab dann ein Geräusch wie ein Schnarchen oder Röcheln von sich. Der Eismann war noch nie im Pfarrhaus gewesen, aber das Büro befand sich gleich neben dem Wohnzimmer, und er fand es auf der Stelle. Neben einer elektrischen IBM lag ein gelber Notizblock. Er schaltete die Schreibmaschine an, spannte mit den Handschuhen ein Blatt Papier ein und tippte den Abschiedsbrief.

Als er damit fertig war, drehte er das Papier heraus, ohne es anzufassen, und holte eine Kopie des Sonntagsbriefes aus der Tasche. Bergen unterzeichnete alle Gemeindebriefe.

Als er ins Wohnzimmer zurückkam, schlief der Priester bereits tief und fest und atmete mit langen, flachen Atemzügen. Er hatte Seconal mit Alkohol genommen und zwar so viel, daß es ein Pferd umgebracht hätte, und dazu Dramamine, damit er es nicht wieder erbrach.

Der Eismann ging zum Fenster und sah hinaus. Der Junge, der Schnee geschippt hatte, war nach drinnen gegangen. Er warf einen letzten Blick auf den Priester. Bergen saß zusammengesunken auf der Couch, der Kopf war ihm auf die Brust gesunken. Atmete noch. Gerade so.

Zeit zu gehen.

18

Lucas erwachte plötzlich und wußte, es war zu früh, aber er konnte nicht mehr einschlafen. Er sah auf die Uhr: 6:15 Uhr. Er schlüpfte aus dem Bett, ging langsam und mit ausgestreckten Händen durchs Zimmer und fand die Badezimmertür. Er machte die Tür hinter sich zu, schaltete das Licht ein und betrachtete sich im Spiegel.

Warum Weather?

Wenn sie recht hatte und in der Nacht, als die LaCourts ermordet wurden, tatsächlich verfolgt worden war, dann hatten die Angriffe überhaupt nichts mit ihm zu tun.

Er spritzte sich Wasser ins Gesicht, trocknete sich ab und machte die Tür auf. Das Licht vom Bad schien auf Weather, die sich im Schlaf herumdrehte. Auf ihrem Arm waren Blutergüsse zu sehen. Sie hatte die angewinkelten Arme beim Schlafen unter das Kinn geschoben, was beinahe so aussah, als hätte sie den Kopf auf den Fäusten statt auf dem Kissen liegen. Lucas zog die Tür des Badezimmers fast ganz zu und ließ nur so viel Licht hereinfallen, daß er sich orientieren konnte. Er schlich auf Zehenspitzen durchs Schlafzimmer auf den Flur hinaus, dann durch die Küchc, wobei er die Lampen einschaltete, und dann nackt und frierend in den Keller. Er holte seine Sachen aus dem Trockner und trug sie ins Bad hinauf, um sich zu waschen und anzuziehen. Als er ins Schlafzimmer zurückkam, um sich Socken zu holen, sagte sie: »Mmmmm?«

»Bist du wach?« flüsterte er.

»Mmm-hmm.«

»Ich gehe. Ich lasse jemanden herschicken, bis du bereit zum Aufbruch bist.«

Kaum hatte er das gesagt, läutete das Telefon, sie drehte sich um, sah zu ihm auf und meinte mit heiserer, verschlafener Stimme: »Jeden Morgen läutct es, und jedesmal ist jemand tot.«

Lucas sagte: »Augenblick«, und ging in die Küche. Carr war am Apparat; er sprach abgehackt, wie ein Automat. »Phil ist tot.«

»Was?«

»Selbstmord. Hat einen Abschiedsbrief hinterlassen. Er war es. Er hat die LaCourts getötet.«

Einen Augenblick konnte Lucas es nicht fassen. »Wo sind Sie, Shelly?« Er konnte Stimmen im Hintergrund hören.

»Im Pfarrhaus. Er ist hier.«

»Wie viele Leute sind bei Ihnen?« fragte Lucas.

»Halbes Dutzend.«

»Schaffen Sie alle schleunigst raus, und sperren Sie den Tatort ab. Lassen Sie die Jungs aus Madison kommen.«

»Die sind unterwegs«, sagte Carr. Er hörte sich unsicher an, seine Stimme brach.

»Schaffen Sie alle raus«, sagte Lucas drängend. »Bergen hat möglicherweise Selbstmord begangen, aber ich glaube nicht, daß er die LaCourts getötet hat. Wenn das in dem Abschiedsbrief steht, ist er möglicherweise ermordet worden.«

»Aber er hat es mit Tabletten und Alkohol gemacht – und der Brief ist unterschrieben«, sagte Carr. Seine Stimme klang schrill; nicht winselnd, sondern beinahe hysterisch.

»Fassen Sie den Brief nicht an. Wir müssen ihn untersuchen lassen.«

»Er ist schon angefaßt worden.«

»Um Gottes willen, legen Sie ihn weg!« sagte Lucas. »Und reichen Sie ihn nicht herum.«

Weather kam im Bademantel auf den Flur, warf ihm einen fragenden Blick zu. Lucas hielt einen Finger hoch – Augenblick noch. »Wie hat er es getan? Ganz genau.«

»Hat eine Flasche Whiskey mit einem Fläschchen Schlaftabletten genommen.«

»Ja, das dürfte ausreichen«, sagte Lucas. »Ich komme so schnell ich kann. Hören Sie, es könnte Selbstmord sein, aber behandeln Sie es vorerst wie Mord. Jemand wäre fast damit durchgekommen, daß er den Mord an dem jungen Harper als Unfall tarnte. Möglicherweise verarscht er uns wieder. Warten Sie einen Moment.«

Lucas ließ den Hörer sinken. »Weißt du, wer Bergens Hausarzt ist?«

»Ich glaube, er war bei Lou Davies.«

Zu Carr sagte Lucas: »Bergens Arzt war wahrscheinlich jemand namens Lou Davies. Rufen Sie ihn an und fragen Sie, ob er Bergen diese Tabletten verschrieben hat. Und lassen Sie jemanden die Drogerie überprüfen. Am besten alle Drogerien in der Gegend.«

»Phil Bergen ist tot?« fragte Weather, als Lucas den Hörer aufgelegt hatte.

»Ja. Könnte Selbstmord sein – es gibt einen Abschiedsbrief. Und er hat gestanden, daß er die LaCourts ermordet hat.«

»O nein.« Sie schlang die Arme um sich. »Lucas... jetzt bekomme ich Angst. Wirklich Angst.«

Er legte ihr einen Arm um die Schultern. »Ich habe dir schon mehrmals gesagt...«

»Aber ich gehe nicht von hier weg«, sagte sie.

»Du könntest in mein Haus in Minneapolis ziehen.«

»Ich bleibe. Aber dieser Kerl...« Sie schüttelte den Kopf. Dann runzelte sie die Stirn. »Das bedeutet... ich verstehe nicht, wie...«

»Was?«

»Er müßte der Kerl gewesen sein, der gestern nacht versucht hat, mich zu erschießen. Und der Kerl, der mich in der ersten Nacht verfolgt hat.«

»Du warst noch im Haus der LaCourts, als Shelly und ich gegangen sind, und wir sind direkt in die Stadt gefahren, um Bergen zu verhören. Er kann es nicht gewesen sein«, sagte Lucas.

»Vielleicht hat der Kerl gar nicht mich verfolgt – aber nach der letzten Nacht bin ich ziemlich sicher. Ich bin sicher, weil es so merkwürdig war.«

»Zieh dich an«, sagte Lucas. »Sehen wir es uns an.«

Es war sieben Uhr morgens und noch stockdunkel, aber Grant war wach, der Tag begann, Leute waren unterwegs, stemmten sich beim Gehen gegen den kalten Wind. Drei Polizeiwagen und das Auto der Spurensicherer aus Madison standen vor dem Pfarrhaus. Lucas nickte dem Deputy vor der Tür zu. Weather folgte ihm ins Haus. Carr saß auf der Couch, kreidebleich. Ein Labortechniker aus Madison stand mit einer Anzahl Flaschen und Gläsern in der Küche und staubte sie ein. Als Lucas und Weather hereinkamen, stand Carr mit müden Bewegungen auf.

»Wo ist er?« fragte Lucas.

»Da drinnen«, sagte Carr und führte sie den Flur entlang.

Bergen lag mit dem Gesicht nach oben auf dem Bett und hatte den Kopf auf das Kissen gelegt; seine Augen waren offen, aber vom Film des Todes überzogen. Die Hände hatte er auf dem Bauch gefaltet. Er trug einen Pullover und schwarze Hosen, am Bund aufgeknöpft. Ein Schuh war heruntergefallen und lag neben dem Bett auf dem Boden; der zugehörige Fuß baumelte über die Bettkante hinaus. In der schwarzen Socke war ein Loch, durch das der kleine Zeh herausschaute.

»Wer hat ihn gefunden?« fragte Lucas.

»Eines der Gemeindemitglieder, als er zur Frühmesse nicht erschienen ist«, sagte Carr. »Die Eingangstür war nicht richtig abgeschlossen und es brannte noch Licht, aber niemand reagierte auf sein Läuten. Sie haben zum Garagenfenster hereingesehen, sein Auto war da. Schließlich ist einer der Männer reingegangen und hat ihn auf dem Bett gefunden. Sie wußten, daß er tot war – das sah man ihm an –, daher haben sie uns angerufen.«

»Sie oder die städtische Polizei?«

»Wir haben die Telefonzentrale für beide. Und die Jungs von Grant laufen nur Streife von sieben Uhr morgens, bis die Bars schließen. Nachts übernehmen wir.«

»Also sind Sie hergekommen und haben das gefunden.«

»Ja, aber Johnny – der Deputy, der den Einsatz übernahm –, der hat den Abschiedsbrief aufgehoben und einem anderen Mann gegeben, und dann habe ich ihn auch noch gelesen. Ich war der letzte, der ihn in der Hand gehalten hat, aber möglicherweise haben wir ihn versaut«, gestand Carr.

»Wo ist er?«

»Auf dem Eßzimmertisch«, sagte Carr. »Aber wir haben noch mehr. Kommen Sie mit.«

«Ich möchte ihn mir ansehen«, sagte Weather, die sich über den Leichnam beugte.

Lucas warf einen letzten Blick auf Bergen, nickte Weather zu und folgte Carr durch Wohnzimmer und Küche in die Abstellkammer, dann in die Garage. Die Heckklappe des Wagens stand offen. Eine Pistole lag auf dem Boden des Transporters, zusammen mit einem Messer, das eigentümliche Ähnlichkeit mit einer Machete hatte. Das Messer sah handgefertigt aus, Holzgriffe, mit Band geklebt, eine angeschrägte Spitze. Lucas beugte sich darüber und konnte etwas Dunkles, Verkrustetes sehen, möglicherweise Blut.

»Das ist ein Maismesser«, sagte Carr. »Die sieht man nicht mehr sehr oft.«

»Lag es einfach so herum?«

»Ja. Es wird in dem Abschiedsbrief erwähnt. Die Waffe auch. Mein Gott, wer hätte gedacht...«

»Zeigen Sie mir den Brief«, sagte Lucas.

Der Brief war auf Briefpapier mit dem Kopf der Pfarrei getippt.

»Ich vermute, er besitzt eine IBM-Schreibmaschine«, sagte Lucas.

»Ja. In seinem Büro.«

»Okay...« Lucas las den Abschiedsbrief durch.

Ich habe getötet und gelogen. Als ich es getan habe, da glaubte ich, ich täte es für Gott; aber jetzt sehe ich, daß der Teufel seine Hand im Spiel hatte. Ich werde büßen für das, was ich getan habe; aber ich weiß, die Strafe wird nicht ewig dauern, und ich werde euch alle im Himmel wiedersehen, von allen Sünden geläutert. Vorerst, meine Freunde, vergebt mir, wie mir unser himmlischer Vater vergeben wird.

Er hatte mit einem Kugelschreiber unterschrieben: *Rev. Philip Bergen.*

Und darunter stand: *Shelly – es tut mir leid; ich bin schwach, wenn ich verzweifelt bin. Aber das weißt Du ja, seit ich den Ball unter den Bäumen hervorgekickt habe. Die Tatwaffen findest Du hinten in meinem Wagen.*

»Ist das seine Unterschrift?«

»Ja. Ich wußte es, sobald ich sie gesehen hatte. Und dann die Sache mit dem Golfball.«

Crane, der Labortechniker, betrat das Zimmer, hörte Lucas' Frage und Carrs Antwort und sagte: »Wir schicken den Brief nach Madison. Es könnte was damit nicht stimmen.«

»Was?« fragte Lucas.

»Als Sheriff Carr sagte, daß Sie einen Mord für möglich halten, sind wir sehr vorsichtig geworden. Wenn Sie den Brief betrachten, die Unterschrift« – er holte ein kleines Vergrößerungsglas aus der Brusttasche und reichte es Lucas – »können Sie an einigen Stellen rings um die Unterschrift kleine Vertiefungen des Kugelschreibers ohne Tinte sehen.«

»Na und?« Lucas beugte sich über den Abschiedsbrief. Die Eindrücke waren schwach, aber er konnte sie erkennen.

»Wenn jemand einen Brief fälschen will, dann nimmt er manchmal die echte Unterschrift, etwa von einem Scheck, und legt sie auf das Papier, wo er die neue Unterschrift haben will. Dann zeichnet er die echte Unterschrift mit etwas Spitzem nach, zum Beispiel mit einem Kugelschreiber, und drückt fest auf. Damit bekommt er einen Abdruck auf dem Papier darunter. Diesen Abdruck überschreibt er dann.

Wenn der Fälscher gründlich vorgeht, kann man das nur schwer erkennen. Die neue Unterschrift hat sämtliche kleine Eigenheiten des Originals.«

»Und Sie halten die hier für eine Fälschung?«

»Könnte sein«, sagte Crane. »Und da sind noch ein paar andere Kleinigkeiten. Unser Fingerabdruckspezialist macht den Superklebe-Trick mit der Whiskeyflasche und dem Tablettenröllchen, aber er hat schon Abdrücke auf dem Glas selbst gefunden. Abgesehen von diesen Abdrücken sind die Flaschen vollkommen sauber. Als hätte sie jemand abgewischt, bevor Bergen sie in die Hand genommen hat – oder als hätte er Bergens Fingerabdrücke nachträglich angebracht, als der schon tot war. Kaum verwischte oder Teilabdrücke, nur einige überdeutliche Abdrücke. Zu deutlich, zu gründlich. Die müssen vorsätzlich gemacht worden sein.«

»Verdammich«, sagte Carr und sah von dem Techniker zu Lucas.

»Muß nicht zwangsläufig etwas bedeuten«, sagte Crane. »Ich würde sagen, die Chancen stehen gut, daß es ein Selbstmord war. Aber...«

»Aber...«, wiederholte Carr.

»Überprüfen Sie die Nachbarschaft«, wandte sich Lucas an Carr, »um festzustellen, ob sich gestern nacht jemand hier herumgetrieben hat.«

»Veranlasse ich sofort«, sagte Carr. Ein Deputy hatte in der Nähe gestanden und zugehört; Carr gab ihm ein Zeichen. Der Mann nickte und ging hinaus.

Weather kam achselzuckend herein. »Keine Blutergüsse zu sehen, keine Spuren eines Kampfes. Nur seine Hose war offen.«

»Ja?«

»Na und?« fragte Carr.

»Selbstmörder achten häufig darauf, daß sie anständig aussehen. Frauen ziehen sich ein hübsches Nachthemd an und schminken sich, Männer rasieren sich. Es ist merkwürdig, daß man sich ausgerechnet als Priester die Hose aufknöpft, wenn man vorhat, Selbstmord zu begehen und weiß, daß man so gefunden wird.«

Carr sah über die Schulter zur Schlafzimmertür und sagte: »Phil war ein ziemlich förmlicher Mann.«

»Draußen in seinem Auto liegt ein Messer. Sieh dir das mal an«, schlug Lucas Weather vor.

Als sie in die Garage ging, schlenderte Lucas ins Schlafzimmer zurück. Bergen, fand er, sah mehr als unordentlich aus.

»Wir überprüfen gerade die Nachbarschaft«, berichtete Carr, der den Flur entlangkam.

»Shelly, da ist diese Pfingstkirchlersache«, sagte Lucas. »Ich will nicht beleidigend werden, aber eine Menge Irrer sind in religiöse Kontroversen verwickelt. In Minneapolis sieht man das ständig. Wenn man genügend Irre an einem Ort versammelt und aufeinander einwirken läßt, könnte sich einer als Killer erweisen. Darüber sollten Sie auch nachdenken.«

»Mach ich«, versprach Carr. »Glauben Sie, daß Phil ermordet wurde?«

Lucas nickte. »Wäre möglich. Aber es sind keine Spuren eines Kampfes zu erkennen.«

»Phil hätte sich gewehrt. Und ich glaube, was mich am meisten überzeugt, ist die Geschichte mit dem Golfball. Wir waren einmal beim Golfspielen...«

»Ich weiß«, sagte Lucas. »Er hat den Ball weggekickt.«

»Woher wissen Sie das?«

»Sie haben es mir erzählt«, sagte Lucas und kratzte sich am Kopf. »Ich weiß nicht warum, aber Sie haben es erzählt.«

»Aber sonst wußte es niemand«, sagte Carr.

Sie betrachteten den Leichnam noch einen Moment, dann kam Weather herein und sagte: »Das ist das Messer.«

»Kein Zweifel?«

»Für mich nicht.«

»Die ganze Stadt wird denken, daß er es getan hat«, sagte Carr traurig. Alle drei wandten sich gleichzeitig von dem Leichnam ab und gingen den Flur entlang in Richtung Wohnzimmer. Sie kamen an Bergens Büro vorbei, und Lucas betrachtete die grüne IBM, die auf einem Schreibmaschinentisch herangezogen war. Auf der anderen Seite stand ein Computer auf dem Tisch, links daneben ein Drucker.

»Moment mal.« Er schaute den Computer an, dann das Bücherregal daneben. Handbücher für Windows, WordPerfect, MS-DOS, die Biblica-RSV-Bibelkommentar- und Referenzsoftware und noch mehr Computerbücher, die auf dem Regal gestapelt waren, zusammen mit den Verpackungen, in denen die Software geliefert wurde. Der Computer verfügte über zwei Laufwerke. Das 5.25 Zoll-Laufwerk war leer, aber im 3.5 Zoll-Laufwerk steckte eine blaue Diskette. Lucas trat wieder in den Flur und rief Crane zu: »He, wollt ihr Jungs die Computertasten einstauben?«

»Hm, wenn Sie wollen«, rief Crane zurück. »Aber wir haben keinerlei Computermaterial gefunden.«

»Okay. Ich schalte ihn ein«, sagte er. Und zu Carr: »Ich arbeite auch mit WordPerfect.«

Carr und Weather sahen ihm über die Schultern, während Lucas den Computer einschaltete, WP tippte, um WordPerfect aufzurufen und dann die F5-Taste drückte, um sich die Verzeichnisse anzeigen zu lassen. Er ging auf Laufwerk B. Über dem Laufwerk blitzte das Kontrollicht auf, und eine Liste erschien auf dem Bildschirm.

»Seht euch das an«, sagte Lucas und deutete auf eine Zeile, in der stand:

Pre-9-1 . 5-213 01-08 00:38

»Was ist das?«

»Er hat gestern nacht – heute morgen – um null Uhr achtunddreißig am Computer gearbeitet. Zu dem Zeitpunkt hat er die Datei gespeichert. Ich frage mich, warum er seinen Abschiedsbrief nicht damit geschrieben hat? Geht viel einfacher und sauberer als mit einer Schreibmaschine.« Er gab den Dateinamen ein, um die letzte Datei aufzurufen.

»Eine Predigt... sieht so aus... Predigt 9-1. Das müßte die für morgen vormittag gewesen sein, wenn er sie so aufgelistet hat.« Er ging in die Anzeige der Dateien zurück und fuhr mit dem Finger am Bildschirm nach unten. »Ja, sehen Sie? Hier ist die vom letzten Sonntag, Pre-2-1. Haben Sie die Messe besucht?«

»Gewiß.«

»Sehen wir sie uns einmal an.« Er rief die zweite Datei auf. »Ist das die Predigt vom Sonntag?«

Carr las einen Moment, dann sagte er: »Ja, das ist sie. Wort für Wort, soweit ich mich erinnern kann.«

»Na gut, so hat er sie also gespeichert.« Lucas drückte zweimal auf Exit, damit er wieder in die erste Datei zurückkam, dann fing er an zu lesen.

»Seht euch das hier an«, sagte er und deutete auf den Bildschirm. »Er bestreitet es. Er bestreitet um null Uhr achtunddreißig, daß er es getan hat.«

Carr las den Entwurf der Predigt durch, wobei er die Lippen bewegte und immer blasser wurde. »Wurde er ermordet? Oder hat die Konfrontation mit seinen eigenen Lügen bei ihm den Impuls zum Selbstmord ausgelöst?«

»Ich würde sagen, er wurde ermordet«, sagte Lucas. Weather umklammerte fest seine Schulter. »Wir müssen von der Annahme ausgehen. Wenn wir uns irren, schadet das keinem. Wenn wir recht haben... ist unser Mann immer noch da draußen.«

19

Der Eismann lag mit dem Kopf auf dem Kissen, neben ihm räkelte sich das gelbblonde Mädchen rastlos. Sie sahen sich in dem winzigen, blechern tönenden Fernseher alte Zeichentrickfilme aus den vierziger Jahren an: Hekyll und Jekyll, Mighty Mouse.

Bergen war tot. Die Deputies, mit denen der Eismann gesprochen hatte, hatten den Abschiedsbrief geschluckt. Sie *wollten* glauben, daß der Ärger vorbei, der Fall abgeschlossen war. Und heute morgen hatte er endlich etwas Eindeutiges über das Foto in dem Magazin herausgefunden. Das Ding war wertlos. Die Reproduktion war so schlecht, daß man nichts damit anfangen konnte.

Um die Mittagszeit war er überzeugt, daß er es geschafft hatte. Aber um ein Uhr hörte er die ersten anderweitigen Gerüchte: Carr erzählte den Leuten, daß Bergen ermordet worden sei. Und er hatte auch etwas über Harper gehört. Und über eine Abmachung...

Harper hätte seine eigene Mutter für einen Zehner verkauft. Als sein Junge ermordet worden war, hatte Harper das wie ein Ärgernis behandelt. Wenn Harper redete, wenn Harper etwas sagte, wäre der Eismann erledigt. Harper *wußte*, wer auf dem Foto zu sehen war.

Dasselbe galt für Doug Reston, die Schoeneckers und den Rest. Aber diese Probleme waren nicht dringend. Nur die Sache mit Harper.

Bergens Tod hatte etwas bewirkt, ob es Carr gefiel oder nicht, ob er es glaubte oder nicht. Wenn die Morde jetzt aufhörten, würde es immer bequemer werden, davon auszugehen, daß Bergen der Täter gewesen war.

Er seufzte, worauf das gelbblonde Mädchen ihn ansah und sich eine Sorgenfalte zwischen ihren Augen bildete. »Einen Penny für deine Gedanken«, sagte sie.

»Ist das alles, nur ein Penny?« Er streichelte ihr den Nakken. Doug Eston war besonders in sie vernarrt. Sie war so blaß, so jugendlich. Bei Harper löste sie eine ungewöhnliche Brutalität aus: Harper wollte sie schlagen, ihr Gewalt antun.

»Ich muß dich was fragen«, sagte sie. Sie setzte sich auf und ließ die Decke bis zur Taille fallen.

»Nur zu.«

»Hast du die LaCourts getötet?« Sie sagte es tonlos und sah ihn dabei an, dann fuhr sie mit einem Wortschwall fort: »Mir egal, wenn du es getan hast. Wirklich, aber vielleicht kann ich dir helfen.«

»Wie kommst du darauf?« wollte der Eismann gelassen wissen.

»Wegen diesem Bild von dir und Jim Harper, das Lisa gehabt hat. Ich weiß, Russ Harper hat überlegt, ob du es wohl gewesen bist, aber er hat gemeint, du wärst nicht mutig genug für so was.«

»Glaubst du, daß ich mutig genug bin?«

»Ich weiß, daß du es bist, weil ich den Eismann kenne«, sagte sie.

Der Bruder des Mädchens hielt Kaninchen. Zehn Käfige standen in einer Reihe hinter dem Wohnwagen auf Podesten, dazu eine Segeltuchdecke, die man über die Vorderseite klappen konnte. Die Kaninchen, die mit Kaninchenfutter Marke Purina und Küchenabfällen gefüttert wurden, waren schön fett; eines gab eine Mahlzeit für drei.

Der Eismann zog vier aus ihren Verschlägen, stopfte sie in einen Müllsack und band sie am Gepäckträger fest. Das Mädchen fuhr mit dem Schneemobil ihres Bruders, einem tatternden Wrack, aber funktionstüchtig. Sie fuhren durch den Miller-Trakt nach Chequamegon, das Mädchen voraus, der Eismann hinterher.

Dem Mädchen gefiel die Freiheit, die die Maschine bot, die Geschwindigkeit, daher drückte sie auf die Tube und sauste die schmalen Wege entlang, so daß ihr der Atem auf der Gesichtsmaske gefror und der Motor ohrenbetäubend dröhnte. Sie überholten zwei andere Schlitten und hoben grüßend die Hand. An Parson's Corner überholte der Eismann das Mädchen und fuhr einen Waldweg entlang, und dann auf einen Pfad, der nur wenige Male am Tag befahren wurde. Zwanzig Minuten später hatten sie die Sandgrube erreicht, wo John Muellers Leichnam gefunden worden war. Die Geländewagen des Sheriffs und die Leute von der Spurensicherung hatten den Schnee niedergetrampelt, aber es fiel bereits neuer in die Löcher, die sie hinterlassen hatten. Selbst wenn kaum Wind wehte, würde in zwei Tagen keine Spur von dem Mord mehr zu sehen sein.

Der Eismann zog den Sack mit den Kaninchen vom Gepäckträger und warf ihn in den Schnee.

»Fertig?«

»Klar.« Sie sah auf den Sack hinab. »Wo ist die Waffe?«

»Hier.« Er klopfte auf seine Tasche, dann bückte er sich, riß ein Loch in den Müllsack, zog ein zappelndes Kaninchen heraus und setzte es in den Schnee. Das Kaninchen duckte sich und fing an, im Schnee zu schnuppern: ein zahmes Kaninchen; es versuchte nicht wegzulaufen.

»Okay«, sagte er. Er holte den Revolver aus der Tasche. »Wenn es kalt ist, läßt man den Revolver solange man kann in der Tasche, sonst kann die Haut dran kleben bleiben.« Er schob die Zylinderverriegelung zurück und ließ den Zylinder herausklappen. »Dies ist ein Revolver Kaliber 22 mit einem Zylinder für sechs Schuß. Paß auf, wohin du damit zielst.« Er ließ den Zylinder wieder einrasten und gab ihr die Waffe.

»Wo ist die Sicherung?«

»Keine Sicherung«, sagte der Eismann.

»Marks Gewehr hat eine.«

»Ein Revolver nicht. Haben nur Gewehre und automatische Waffen.«

Sie richtete den Revolver auf das Kaninchen, das ein paar zaghafte Sprünge fortgehüpft war. »Ich weiß nicht, was das soll. Ich hätte sie sowieso bald geschlachtet.«

»Das wäre Arbeit – dies hier ist Vergnügen«, sagte der Eismann.

»Vergnügen?« Sie sah ihn verwundert an, als wäre ihr der Gedanke noch nie gekommen.

»Irgendwie schon. Du bist das Wichtigste im Leben dieses Kaninchens. Du hast die Macht. Die uneingeschränkte Macht. Du kannst tun und lassen, was du willst. Du kannst es wegpusten oder nicht. Versuch, das zu spüren.«

Sie richtete die Pistole auf das Kaninchen. Versuchte, es zu spüren. Wenn sie ein Kaninchen zum Essen tötete, hielt sie es einfach an den Hinterläufen, schlug ihm mit einem Baseballschläger auf den Hinterkopf und schnitt dann den Kopf ab, damit es ausbluten konnte. Die Köpfe ließen sich mühelos abreißen. Bei einem Eichhörnchen brauchte man eine Axt: Eichhörnchen hatten Nackenmuskeln wie Eichenäste.

»Einfach abdrücken«, sagte der Eismann.

Und da spürte sie es. Ein Kribbeln im Bauch; ein Lächeln umspielte ihre Mundwinkel. Sie hatte noch nie Macht gehabt; jedenfalls nicht, daß sie wüßte. Sie war stets nach Gutdünken hin und her gereicht, geschubst und verstoßen worden. Das Kaninchen machte noch einen zaghaften Hopser, und da knallte die Waffe fast ohne ihr Zutun. Das Kaninchen zuckte einmal zusammen, dann lag es mit zuckenden Läufen im Schnee.

»Noch einmal«, sagte der Eismann.

Aber sie stand eine ganze Weile da und betrachtete das Tier. Kaninchen waren immer wie Karotten oder Kohlköpfe gewesen. Sie hatte nie daran gedacht, daß sie starben. Das hier litt *Schmerzen*.

Jetzt war die Macht in ihr, eine Welt von Möglichkeiten erblühte in ihrem Kopf. Sie war nicht nur ein wertloses

Stück Vieh; sie hatte eine Waffe. Sie biß die Zähne zusammen. Sie hielt dem Kaninchen den Lauf an den Kopf und drückte ab.

»Ausgezeichnet«, sagte der Eismann. »Hast du es gespürt?«

»Hol noch eins«, sagte sie.

20

Harper saß mit finsterer Miene in seiner Zelle auf der Pritsche und fletschte die gelben Zähne. Sein Anwalt, der einen melierten Tweedanzug trug, der offenbar noch aus der Ära Roosevelt stammte, saß unruhig neben ihm.

»Das ist nicht gut genug«, sagte Harper.

»Ich will Ihnen mal was erklären, Russ«, sagte Carr. Carrs Doppelkinn war zusammengefallen, die Ringe unter seinen Augen waren so schwarz, daß es aussah, als wäre er der Unterlegene bei einer Kneipenschlägerei gewesen. »Eldon Schaeffer muß zum Bezirksstaatsanwalt *gewählt* werden. Wenn er eine Abmachung mit Ihnen trifft und es stellt sich heraus, daß Sie Mitglied eines Sex-Rings sind oder den Killer kennen und es uns nicht gesagt haben, und wenn Eldon Ihnen deswegen Straffreiheit gewährt und Sie als freier Mann das Gefängnis verlassen ... Nun, dann wird Eldon die nächste Wahl nicht gewinnen. Er wird arbeitslos sein. Darum wird er sich nicht auf diese Abmachung einlassen. Er will Sie im Gefängnis sehen.«

»Dann kann er mich am Arsch lecken«, knurrte Harper. Er nickte seinem Anwalt zu. »Wenn Dick hier recht hat, werde ich in einer Stunde draußen sein.«

»Riskieren Sie wirklich eine Anklage wegen mehrfachem Mord, nur um ein paar Jahre Gefängnis abzuwenden? Die zwei oder drei Jahre könnten Sie auf einer Backe absitzen«, sagte Lucas. Er lehnte an der Zellenwand und sah auf Harper hinab. »Und ich schwöre bei Gott, wenn wir Sie mit dem Mörder in Verbindung bringen, wenn wir auch nur einen winzigen Hinweis finden, daß Sie beide etwas miteinander zu tun haben, dann bringen wir Sie so schnell in den Knast, daß Ihnen die Ohren schlackern.«

»Wenn Sie versuchen, so eine Abmachung zu treffen, dann heißt das nur, daß Sie nichts in der Hand haben«, sagte Harper. Er sah seinen Anwalt an, dann Carr. »Schieben Sie ab, Shelly.«

Nachdem sie die Zelle verlassen hatten, drehte sich Carr zu Lucas um und sagte: »Ihn so schnell in den Knast bringen, daß ihm die Ohren schlackern? Schöne Drohung. Ich werde sie an den *Reader's Digest* schicken.«

»Dann verklage ich Sie«, sagte Lucas, worauf Carr die Andeutung eines Lächelns erkennen ließ. Als sie auf den Fahrstuhl warteten, kam Harpers Anwalt heraus und gesellte sich zu ihnen. Carr sprach ihn an: »Warum mußten Sie das tun, Dick? Warum haben Sie den Richter angerufen? Sie hätten bis Montag warten können, und alles wäre bestens gewesen.«

»Russ hat das Recht...« Der vorstehende Adamsapfel des Anwalts hüpfte auf und ab. Ein großer Adamsapfel, große Hände, unreine, grobporige Haut: er sah wie eine Schwarzweißfotografie aus der Depressionszeit aus.

Die Fahrstuhltür kam, sie gingen hinein und drehten sich zur Tür um. »Kommen Sie mir nicht mit irgendwelchen ›Rechten‹, Dick, das weiß ich alles«, sagte Carr, während sie abwärts fuhren. »Aber ich habe fünf Tote hier, und Russ weiß, wer der Mörder ist. Oder hat zumindest eine Ahnung. Er ist unser einziger Anhaltspunkt. Wenn er rauskommt und weitere Morde geschehen...«

»Er hat ein *Recht* darauf«, sagte der Anwalt. Aber er hörte sich alles andere als glücklich an.

Carr schaute Lucas an. »Phils Leichnam muß auf dem Weg nach Milwaukee sein.«

»Ja. Das tut mir leid, Shelly – wirklich«, sagte Lucas.

Harpers Anwalt kamen plötzlich die Tränen. Er schniefte und wischte sich das Gesicht am Ärmel ab. »Herrgott, ich kann nicht glauben, daß Pater Phil tot ist«, sagte er. »Er war so ein guter Priester. Er war der beste.«

»Ja, das war er«, sagte Carr und klopfte dem Anwalt auf die Schulter.

Lacey kam gerade vorbei, als sie den Fahrstuhl verließen. »Da sind Sie ja! Gerade sind zwei Männer vom FBI angekommen. Könnte sein, daß noch mehr aus Washington hergeschickt werden – ein Serienmörder-Team.«

»O Mann.« Carr zog den Hosenbund höher. »Wo sind sie?«

»In Ihrem Büro.«

Carr sah Lucas an. »Vielleicht sind sie ja sogar für irgendwas gut.«

»Und vielleicht werde ich zur Ballkönigin gekürt«, sagte Lucas, während sie den Flur entlanggingen.

Lacey sah ihn an. »Haben Sie gewußt, daß Ihre neue Freundin einmal Ballkönigin *war?*«

»*Was?*« Es hatte keinen Sinn mehr, sein Verhältnis mit Weather zu verheimlichen.

»Doch, doch«, sagte Lacey enthusiastisch. »Die Leute reden bei jedem Collegeball wieder von dem Kleid, das sie auf dem Floß getragen hat. Es war ein richtig warmer Tag, und sie trug dieses silberne Kleid. O Mann. Sie nannten sie...« Plötzlich klappte er den Mund zu und errötete.

»Wie nannten sie sie?«

Lacey sah zu Carr, aber Carr schüttelte den Kopf. »Sie können nicht noch tiefer ins Fettnäpfchen treten, als Sie schon drinstehen, Henry. Sagen Sie es ihm ruhig.«

»Ähem – Miss Teen Tits von Ojibway County«, sagte Lacey kläglich.

»Freut mich, daß Sie mir das gesagt haben – so habe ich ihr gegenüber was in der Hinterhand«, sagte Lucas.

»Ich hoffe, Sie haben was gegen die FBI-Leute in der Hinterhand«, sagte Lacey düster. »Nach etwa zwei Minuten mit denen hatte ich den Eindruck, als hätte ich riesengroße Klumpen Pferdescheiße an den Schuhen kleben und Stroh zu den Ohren raussstehen.«

»Ganz das FBI«, sagte Lucas. »Das können sie am besten.«

Sie unterhielten sich etwa eine Stunde mit den beiden Agenten Lansley und Tolsen. Man hätte die beiden nur schwer auseinanderhalten können, wenn Lansley nicht die Farbe von poliertem Birkenholz, Tolsen dagegen die von Ebenholz gehabt hätte. Sie trugen beide graue Anzüge mit einheitlichen Krawatten, lange, dunkle Wintermäntel mit Lederhandschuhen und Schuhe mit Gummisohlen.

»...die Möglichkeit, daß unser Team auch schon anderswo zugeschlagen hat...«

Lucas, der hinter Lansley saß, der das gesagt hatte, sah zu Carr und schüttelte den Kopf. Es konnte sich unmöglich um jemanden von außerhalb handeln. Unmöglich.

Und nach einer Weile: »... wesentlichen kommt es auf die Zusammenarbeit an, und wir tun alles, was wir können...«

Lucas unterbrach ihn: »Wir bräuchten Computerzeit.«

Tolsen war sofort interessiert. »Welcher Art?«

»Es gibt nur rund siebentausend ständige Einwohner in diesem County. Wir können alle Frauen, Kinder und Dunkelhaarigen ausschließen. Unser Mann ist ganz eindeutig ein Psychopath und hat möglicherweise eine Vorgeschichte brutaler Straftaten. Wenn unser Computer sich vielleicht in den des Fahrzeugzulassungsamtes einklinken, die Autofahrer von Ojibway County heraussuchen und die blonde männliche Bevölkerung mit den Aufzeichnungen des NCIC gegenchecken könnte...«

Lansley und Tolsen machten sich Notizen, wobei Lansley Notebook verwendete. Sie steuerten selbst noch einige Vorschläge bei und verabschiedeten sich hastig.

»Was sollte das denn nun wieder?« fragte Carr und kratzte sich am Kopf.

»Jetzt haben sie etwas zu tun«, sagte Lucas.

»Vielleicht nützt es sogar etwas, wenn wir in drei Wochen noch Hilfe brauchen.«

Ein Deputy klopfte. »Harper ist draußen. Hat seine Tankstelle an eine Kautionsagentur verpfändet.«

»Jetzt geht mir aber echt der Arsch auf Grundeis«, murmelte Carr.

»Gehen Sie heim und schlafen Sie sich aus. Oder nehmen Sie ein Motel. Sie sehen so schlecht aus, daß ich mir ernstlich Sorgen mache«, sagte Lucas.

»Keine schlechte Idee – ein Motel«, meinte Carr zerstreut. »Was haben Sie vor?«

»Mir ein ruhiges Plätzchen suchen und nachdenken«, sagte Lucas.

Weather kam ein paar Minuten nach sechs mit einem Deputy herein und fand Lucas vor dem prasselnden Kaminfeuer. »Das ist Marge, mein Leibwächter«, sagte sie zu Lucas. Der Deputy winkte und sagte: »Jetzt übernehmen Sie«, und ging. Weather zog Mantel und Stiefel aus, kam herüber und setzte sich neben ihn. Er legte ihr einen Arm um die Schultern. »Du mußt ein neues Holzscheit nachlegen«, sagte sie.

»Ja... Verflucht, in diesem County leben weniger Menschen als in manchem Hochhaus in Minneapolis. Wir müssen doch imstande sein, ihn zu finden! So viele Kandidaten kann es schließlich nicht geben.«

»Glaubst du immer noch, daß Phil Bergen ermordet wurde?«

»Ja. Mit Sicherheit. Aber ich weiß nicht, warum er getötet wurde. Wußte er etwas? Oder sollte er uns nur ablenken?«

»Und Schoeneckers?«

»Keine Ahnung«, meinte Lucas.

»Könnten sie tot sein?«

»Wir müssen mit der Möglichkeit rechnen«, erwiderte er. »Wir hatten Glück, daß wir den jungen Mueller überhaupt gefunden haben. Der hätte bis zum Frühling dort liegen können. Verdammt, wenn der Killer noch ein paar hundert Meter weiter in den Wald gefahren wäre, hätten wir ihn möglicherweise nie gefunden.

»Beobachtet ihr Harper?«

»Das ist unmöglich. Von wo aus sollten wir ihn beobachten? Aber wir überprüfen ihn alle zwei Stunden.«

Weather erschauerte. »Der Mann macht mir angst. Er gehört zu den Leuten, die einfach tun und lassen, was sie wollen, und sich nicht fragen, wer dabei zu Schaden kommt. Ich glaube nicht einmal, daß er überhaupt bemerkt, wenn jemand zu Schaden kommt.«

Sie saßen eine Zeitlang schweigend nebeneinander, dann fiel Lucas etwas ein, und er lächelte und sah sie an. »Wir waren ziemlich gut im Bett, oder nicht?« fragte er.

»Das will ich doch hoffen«, sagte sie lachend. Sie tätschelte ihm das Bein. »Wir passen gut zusammen.«

»Hm...« Er kratzte sich am Kinn und sah ins Feuer. »Aber da wäre etwas... das ich schon immer einmal machen wollte... sexuell... aber ich habe noch keine Frau gefunden, die es konnte.«

Ihr Lächeln wurde zaghafter. Mit einer Spur Unsicherheit fragte sie: »Und...?«

»Ich wollte es schon immer mal mit einer Ballkönigin treiben, die nur ihre weißen Pumps und ihre Krone trägt. Was meinst du?« Er zog sie näher an sich.

»Diese verfluchten Mistkerle«, sagte sie und stieß ihn weg. »Das hätte ich dir frühestens in zehn Jahren erzählt.«

»Miss Teen Tits von Ojibway County«, sagte er.

»Du hättest mich sehen sollen«, verkündete sie selbstgefällig. »Das Kleid war vorne tief ausgeschnitten, aber hinten *richtig* tief. Die Leute haben gesagt, ich hätte zwei Dekolletés.«

»Die Vorstellung gefällt mir.«

»Vielleicht kann ich dir ein bißchen entgegenkommen«, sagte sie und kuschelte sich an ihn. »Ich weiß nur nicht, ob ich die Krone noch habe.«

21

Harper wurde am Mittag freigelassen. Als man ihm seine persönlichen Habseligkeiten zurückgab, fragte er einen Deputy, wie er nach Hause kommen sollte, da die Bullen ihn abgeholt hatten.

»Per Anhalter, Russ«, sagte der Polizist und schlug das Fenster des Schalters zu. Harper rief seine Tankstelle an. Niemand nahm ab. Schließlich fand er einen Jungen, der vor einer Spielhalle eine Zigarette rauchte, und bot diesem fünf Dollar, wenn er ihn fuhr. Der Junge wollte zehn, Harper lehnte ab, der Junge warf die Kippe auf die Straße und sagte ihm, er solle sich ins Knie ficken. Harper bezahlte die zehn.

Die Tankstelle war geschlossen und abgesperrt. Harper ging hinein und überprüfte die Registrierkasse. In der Schublade fand er Geld und eine Nachricht: »Russ, mußte schließen. Die Leute sind wütend auf Sie und denken, Sie haben was damit zu tun.«

»Wichser.« Harper knüllte den Zettel zusammen, warf ihn in die Ecke und ging zu seinem Lieferwagen. Die Reifen waren platt, alle vier. Er überprüfte sie fluchend, fand aber keine Spuren, daß sie aufgeschlitzt worden waren. Immerhin etwas. Er zog einen Luftschlauch aus der Garage und füllte die Reifen. Da er sich Sorgen wegen seines Hauses machte, fuhr er dorthin und überprüfte Vorder- und Rückseite. Niemand war hiergewesen, seit er verhaftet worden war. Na gut. Drinnen machte er sich ein Rührei- und Zwiebelsandwich und schlang es hinunter. Seine Wut wuchs. Die Bullen würden sie alle hopsnehmen, wenn sie nicht zusammenhielten. Er hatte seinen Teil getan.

Er nahm den Telefonhörer ab, überlegte es sich noch einmal, legte wieder auf, stieg in seinen Lieferwagen, fuhr zur Tankstelle, parkte und überquerte die Straße zum Duck Inn. Zwischen Damen- und Herrentoilette hing ein Fernsprecher, in den er einen Vierteldollar einwarf.

Der Eismann nahm ab.

»Hier ist Russ. Wir müssen miteinander reden.«

»Ich habe gehört, du bist im Gefängnis«, sagte der Eismann.

»Auf Kaution raus. Wo können wir uns treffen?«

»Ich glaube nicht, daß das eine gute Idee ist, Russ. Ich glaube, wir sollten lieber...«

»Ich scheiß' drauf, was du glaubst«, fauchte Harper. Er hatte sehr laut gesprochen, und er sah hastig zur Bar und fuhr wieder leiser fort. »Wir müssen ein paar Kontakte herstellen. Wenn jemand mit den Bullen redet, wenn einer weich wird, sind wir alle dran. Sie wissen von den Schoeneckers. Wir müssen sie finden und ihnen sagen, daß sie untergetaucht bleiben sollen. Ich rufe Doug an.«

»Doug ist fort. Ich weiß nicht wohin«, sagte der Eismann.

»Herrgott. Nun, von dem wissen sie ja nichts. Vielleicht ist es so am besten. Aber hör zu: Im Augenblick haben die Bullen gegen niemanden auch nur einen Scheißdreck in der Hand. Aber wenn nur einer von uns redet...«

»Hör zu. Vielleicht... du kennst doch das gelbblonde Mädchen? fragte der Eismann. »Weißt du, wen ich meine?«

»Ja?«

»Sie ist allein bei sich zu Hause. Warum kommst du nicht gegen vier vorbei? Ich kann eine Weile hier weg.«

»Also bis dann«, sagte Harper und legte auf. Er ging in die

Bar zurück und kletterte auf einen Barhocker. Der vierschrötige Barkeeper wischte den Tresen mit einem Tuch ab; er hatte Pomade im Haar und einen gezwirbelten Schnurrbart. Die Senfflecken auf seiner Schürze wurden langsam braun. »Gib mir'n Miller Lite, Roy«, sagte Harper.

»Will dein Geld nicht, Russ«, knurrte der Barkeeper und konzentrierte sich auf sein Tuch. Drei weitere Männer hielten sich in der Bar auf, und alle verstummten.

»Was?«

»Ich hab gesagt, ich will dein Geld nicht. Ich will dich hier nicht mehr sehen.« Jetzt sah der Barkeeper ihn an. Er hatte kleine schwarze, von Narbengewebe umgebene Augen.

»Willst du etwa behaupten, daß mein Geld nicht gut genug ist?« Harper zog eine Handvoll Dollarscheine aus der Tasche und knallte sie auf den Tresen.

»Hier drinnen nicht«, erwiderte der Barkeeper.

»Ich hasse den Dreckskerl«, sagte das gelbblonde Mädchen. Sie sog Rauch vom Mund die Nasenlöcher hoch und sah den Eismann katzenhaft von der Seite an. »Was machen wir?«

»Nun, zunächst einmal könnte er eine Abmachung mit dem Staatsanwalt getroffen haben«, sagte der Eismann. Er saß mit einer Bierdose in der Hand auf der Couch. »Möglicherweise trägt er eine Wanze bei sich.«

Harper fuhr fünf Minuten vor vier in die Einfahrt vor dem Haus des Mädchens. Der Himmel im Westen loderte silbern, aber die Sonne verbarg sich hinter einer dünnen Wolkendecke. Kalt. Harper zitterte, als er aus dem Lieferwagen stieg. Der Transporter des Eismanns stand schon da, dahinter ein leerer Anhänger für ein Schneemobil. Harper runzelte die Stirn, bückte sich und lauschte. Er konnte Musik aus dem verfallenen Schuppen hören. Hatte Jim sich auch immer angehört. Heavy Metal. Wumm-wumm.

Das Schneemobil des Eismanns stand neben dem Haus.

Harper machte einen Bogen darum und klopfte an die Tür. Jetzt verspürte er ein leichtes Kribbeln: Das gelbblonde Mädchen war für seinen Geschmack zu knochig, hatte aber immerhin alle nötigen Öffnungen. Er wartete einen Moment gereizt, dann hämmerte er gegen die Tür.

Das Mädchen antwortete. »Herein«, sagte sie und zog die Tür auf. Harper nickte, kam herein und trat die Füße auf dem rechteckigen Teppich neben der Tür ab. In dem Haus roch es nach verbranntem Öl und Pommes frites, fettem Fleisch und Zwiebeln. »Er ist auf dem Klo«, sagte sie.

Als das Mädchen sich abwenden wollte, packte er sie am Arm. »Ich will eine Muschi«, sagte er.

»Meinetwegen«, sagte sie achselzuckend. Sie ging weiter ins vordere Zimmer, zog ihn mit sich, lächelte und leckte sich über die Oberlippe. Harper folgte ihr faszinisert...

Und da stand der Eismann mit einer Schrotflinte, deren Mündung sich nur wenige Zentimeter vor Harpers Gesicht befand.

»Was soll das?« stieß Harper hervor.

Der Eismann legte die Finger an die Lippen und gab dem Mädchen ein Zeichen. Sie trat zu Harper, machte den Reißverschluß seines Parka auf, zog ihn ihm von den Schultern und klopfte ihn ab. Harper sah ihr einen Moment verwirrt zu, dann sagte er: »Oh. Ihr glaubt...«

Der Eismann fuchtelte mit dem Gewehr vor seinem Kopf, worauf Harper verstummte, sich aber entspannte.

»Hemd«, flüsterte das gelbblonde Mädchen. Sie knöpfte ihm das Hemd auf und zog es ihm aus. Schnürte die Stiefel auf und zog sie ihm aus. Machte den Reißverschluß der Hose auf, zog sie nach unten und streifte sie ihm über die Füße.

»Bleib ruhig da unten«, witzelte Harper.

Der Eismann konnte ein Lächeln nicht unterdrücken. Das Mädchen zog Harper die Unterhosen runter und wieder hoch. Hob das T-Shirt und zog es wieder herunter. »Kann nichts sehen«, meinte sie.

»Okay«, sagte der Eismann. Bei dem Priester hatte es funktioniert. Die Leute *wollen* alles glauben. Er hielt die Schrotflinte auf Harpers Kopf gerichtet. »Nun gut, Russ, wir wollen miteinander reden, aber wir sind nicht sicher, ob du nicht doch eine Abmachung getroffen hast. Wir wollen nur vorsichtig sein. Wir möchten, daß du dich auf die Couch da setzt, und dann wird Ginny dir etwas Klebeband um Hände und Knöchel wickeln.«

»Einen Scheißdreck wird sie.« Harper trug nur Unterwäsche und Socken.

»Ich habe die Waffe, und ich habe Angst«, sagte der Eismann. Er nuschelte es heraus, ließ seine Stimme anschwellen und brechen. »Wenn etwas schiefgeht, lande ich für alle Zeiten im Gefängnis. Du würdest mit dem Gefängnis fertig werden, Russ, aber ich würde dort sterben. Mann, ich habe eine Scheißangst!«

»Du brauchst kein Klebeband«, sagte Harper. Er ging zur Couch und setzte sich. Die Schrotflinte folgte ihm. »Aber gib mir meine Hose.«

»Wir müssen dich fesseln«, beharrte der Eismann. »Ich muß raus und nachsehen, ob jemand mit dir gekommen ist. Du hättest eine Abmachung treffen können.«

»Ich hab' keine Abmachung getroffen.«

»Dann wird das Band nicht schaden, oder?«

Harper sah den Eismann an. Der Lauf der Schrotflinte wankte keinen Millimeter. Schließlich zuckte er die Achseln. »Also gut, du Wichser.«

Schon war das Mädchen mit einer Rolle Klebeband zur Stelle. »Kreuz die Füße«, sagte sie.

»Du wirst mir ein bißchen vorlaut, kleine Fotze«, sagte Harper. Aber er kreuzte die Füße. Binnen einer Minute hatte sie ihn mit dem Klebeband gefesselt.

»Jetzt die Hände«, sagte sie. Harper betrachtete die Waffe, zuckte die Achseln und kreuzte die Hände.

»Auf dem Rücken.«

»Verdammt.«

Als sie ihn gefesselt hatte, stand sie auf und sah den Eismann an. »Fertig«, sagte sie.

»Geh nachsehen«, sagte der Eismann und wies mit dem Kopf zur Tür. »Eine halbe Meile die Straße rauf, in beiden Richtungen.«

»Was...«, begann Harper.

»Klappe halten«, sagte der Eismann.

»Hör mal, du Pisser...«

Der Eismann kam nahe zu ihm und schlug ihn mit dem Kolben des Gewehrs. Der Schlag traf Harper am Ohr und schleuderte ihn von der Couch.

»Du Pis...«, stöhnte Harper. Er bemühte sich aufzustehen. Der Eismann stemmte ihm einen Fuß auf den Kopf und drückte. Harper zappelte, aber der Eismann hielt ihn lächelnd fest. Das Mädchen zog einen Schneeanzug und Stiefel an, lief zur Tür hinaus und startete das Schneemobil. Fünf Minuten später war sie wieder da.

»Niemand da draußen«, sagte sie.

»Ist das Band fest genug?« fragte der Eismann. Er saß auf Harpers Kopf; Harper fluchte erstickt.

»Mehr habe ich nicht, nur noch Papierband«, sagte das Mädchen. Dann strahlte sie. »Wir haben noch Draht, den Rosie als Wäscheleine benutzen wollte.«

»Hol ihn. Und bring noch eine Zange mit.«

Sie banden Harper den biegsamen Stahldraht um die Handgelenke, und das Mädchen drehte ihn fest, bis Harper anfing zu schreien. »Tut scheißweh, was?« sagte sie. Sie drehte noch dreimal und sah Blut.

»Vorsichtig«, sagte der Eismann. »Die Bullen suchen nach Blut. Blut ist ein Beweismittel.«

Sie nickte und wickelte ihm den Draht behutsam bis zu den Knien um die Beine. »Das reicht«, sagte sie.

Der Eismann stand auf. Harper blieb einen Augenblick still liegen, dann versuchte er, sich auf die Knie aufzurichten.

Als er es halb geschafft hatte, trat ihm der Eismann in den Rücken, so daß er nach vorn fiel.

»Wichser…«

»Tut weh, was?«, sagte das gelbblonde Mädchen und kauerte sich neben ihn, damit sie ihm in die Augen sehen konnte. Seine Lider bebten, und er ließ die ersten Anzeichen echter Angst erkennen. Sie griff ihm in die Unterhose. »Weißt du, was ich machen werde?« fragte sie spitzbübisch. »Ich glaube, ich hole ein Messer und schneide dir den Pimmel ab. Wie gefällt dir das?«

Der Eismann, der sich seinen Schneeanzug überstreifte, erklärte: »Wir haben keine Zeit zum Spielen. Weißt du, wie du hinkommst?«

»Wir treffen uns in zehn Minuten«, sagte sie aufgeregt.

»Sei vorsichtig im Dunkeln«, mahnte der Eismann.

Harper bäumte sich auf, schaffte es, sich auf den Rücken zu drehen und versuchte, sich aufzurichten. Er hatte Nasenbluten. Der Eismann bückte sich, ergriff den Draht zwischen Harpers Füßen und schleifte ihn durch das Zimmer, zur Eingangstür und die Verandatreppe hinunter. Das Mädchen nahm das Schneemobil des Eismanns, winkte und fuhr davon. Harpers Kopf schlug auf den Treppenstufen auf, dann zerrte der Eismann ihn durch den Schnee zu Harpers Lastwagen, hob ihn unter Anstrengung auf und warf ihn hinten auf die Pritsche. Er ging noch einmal ins Haus und holte Harpers Kleidung und die Autoschlüssel.

Die Fahrt zur Sandgrube dauerte sieben oder acht Minuten. Der Eismann nahm die rechte Abzweigung direkt zur Grube und fuhr auf das von den Fahrzeugen der Deputies verwüstete Areal, wo sie den jungen Mueller gefunden hatten. Er stieg aus, ging nach hinten, machte die Klappe auf, zerrte Harper nach vorne und ließ ihn auf den Boden fallen.

»Lebst du immer noch?« fragte er, als Harper stöhnte. Die Temperatur lag unter Null; in Unterwäsche würde Harper nicht lange durchhalten. Der Eismann schleifte ihn gerade in die Lichtkegel der Scheinwerfer, als ein Schneemobil sich näherte. Das gelbblonde Mädchen bremste neben dem Lieferwagen und stieg ab.

Harper, der mit blutigem Gesicht auf dem Rücken lag, spie aus und krächzte: »Hast du Jim umgebracht?«

»Klar. Hat Spaß gemacht«, sagte der Eismann. »Aber vorher habe ich ihn gefickt.«

»Hab ich mir gedacht«, sagte Harper. Er bäumte sich noch einmal auf, dann fing er an zu weinen, daß sein ganzer Körper bebte. Der Eismann ging zum Schneemobil zurück, zog die Schneeteller aus der Halterung, schlüpfte hinein und befestigte sie an den Schuhen.

Das Mädchen stand über Harper gebeugt und betrachtete ihn mit den Händen in den Taschen.

»Hast du deine Waffe?« fragte der Eismann.

»Klar.« Sie hatte sie in der Hand gehalten, die sie jetzt aus dem Mantel zog.

»Dann erschieß ihn.«

»Ich?«

Harper versuchte, sich herumzudrehen, schaffte aber nur, daß er kopfunter zu liegen kam. Sie betrachtete fasziniert seinen Hinterkopf.

»Klar. Geht ganz leicht. Hier.« Der Eismann trat von Harper zurück, bückte sich, packte ihn an den Beinen und drehte ihn herum, bis er wieder mit dem Gesicht nach oben lag. Harper versuchte sich aufzurichten, aber der Eismann stellte ihm den Fuß auf die Brust und drückte ihn nach unten.

»Tu's nicht«, stöhnte Harper. Er sah die Waffe in der Hand des Mädchens. »Tu's nicht – der Wichser hat deine Schulfreunde umgebracht.«

»Waren nicht meine Freunde. Außerdem warst du derjenige, der mich unbedingt in den Arsch ficken und mir weh tun mußte. Weißt du das noch, Russ Harper? Ich habe geweint und du hast gelacht!« Sie sah den Eismann an. »Wo soll ich hinschießen?«

»Am besten in den Kopf«, sagte der Eismann.

Sie beugte sich mit der Waffe nach vorne und hielt sie fünfzig Zentimeter von Harpers Stirn entfernt. Der schloß die Augen und kniff sie fest zu. Als sie nicht abdrückte, sagte er: »Hol dich der Teufel.«

Sie drückte immer noch nicht ab, da schlug er die Augen auf. Und in diesem Augenblick drückte sie ab, die Kugel drang in die linke Stirnseite ein. Er stöhnte und zuckte wild.

»Noch mal«, sagte der Eismann. »Mach's noch mal.«

Sie feuerte noch zweimal; eine Kugel drang in Harpers linkes Auge ein, das andere durch den Nasenrücken. Die zweite Kugel tötete ihn. Die dritte feuerte sie nur noch ab, weil es so ein tolles Gefühl war. Die Waffe hatte einen Rückstoß, wie es sein sollte. Sie konnte die Kraft in sich spüren.

»Wie war's?« fragte der Eismann. Harper lag noch im Schnee, aber sein Kopf stand in einem seltsamen Winkel vom Körper ab; im Licht der Scheinwerfer sah das Blut, das an seinem Gesicht herunterlief, rabenschwarz aus.

»Großer Gott... das war heftig«, sagte das blonde Mädchen. Sie kniete sich hin, betrachtete Harpers Gesicht, drückte ihm an die Nase, dann schaute sie zum Eismann auf. »Was jetzt?«

»Jetzt trage ich ihn in den Wald, wo sie ihn nicht gleich finden werden, dann fahre ich den Lastwagen zum Welsh Lake zu den Anglerschuppen und lasse ihn dort stehen. Du holst mich ab.«

»Wenn wir noch einen erwischen, kann ich dann...?«

»Wir werden sehen«, sagte der Eismann und sah auf Harper hinab. »Vielleicht, wenn du brav bist«, sagte er und fing an zu kichern.

22

Am Sonntag schliefen Lucas und Weather lange. Für Weather hieß das bis neun Uhr. Danach stand sie auf und wirbelte durchs Haus, und er gab um zehn Uhr auf und kroch ebenfalls aus dem Bett.

»Viel wird nicht zu tun sein«, sagte sie. »Mieten wir ein paar Ski und machen einen Ausflug.«

»Laß mich vorher in der Stadt nachsehen. Wenn sich nichts tut, können wir heute nachmittag spazierengehen.«

»Gut. Ich geh' dann in den Supermarkt einkaufen. Wir treffen uns zum Mittagessen wieder hier.«

Carr saß allein in seinem Büro. Als Lucas eintrat, sagte er: »Harper ist verschwunden.«

»Verflucht! Wann?«

»Wir haben ihn nicht einmal zu Gesicht bekommen«, sagte Carr. »Jedesmal, wenn wir nachgesehen haben, war niemand zu Hause. Niemand in der Tankstelle. Kein Lieferwagen. Ich habe eine Suchmeldung durchgegeben.«

»Wir hätten einen Weg finden sollen, ihn im Bau zu behalten«, sagte Lucas.

»Ja. Was machen Sie jetzt?«

»Die Zeitungsartikel über den Fall lesen, herumhängen. Warten. Mal sehen, ob mir ein anderer Knopf einfällt, den wir drücken könnten. Nichts von den Schoeneckers?«

»Ich wette, die sind tot«, sagte Carr. Seine Stimme klang tonlos, als wäre es ihm einerlei.

Climpt kam kurz vor Mittag vorbei. »Überhaupt nichts los«, berichtete er. »Ich war noch mal bei den Schoeneckers, dort gibt's auch nichts.«

»Warum hat er den Priester getötet?« fragte Lucas, eher sich selbst als die anderen.

»Keine Ahnung«, erwiderte Climpt.

»Es sind drei oder vier Knoten in dieser Sache«, sagte Lucas. »Wenn wir nur einen davon entwirren könnten, wenn wir die Schoeneckers finden oder Harper kleinkriegen könnten, oder wenn wir herausbekämen, warum Bergen getötet wurde. Wenn wir das Problem mit der Zeit lösen könnten, als die LaCourts ermordet wurden.«

»Oder das Bild«, sagte Climpt. »Haben Sie es noch?«

»Ja.« Lucas zückte die Brieftasche, faltete das Bild auseinander und reichte es Climpt, der es betrachtete.

»Überfordert mich total«, sagte er nach einer Weile. »Da ist überhaupt nichts zu sehen.«

Lucas nahm es zurück, betrachtete es und schüttelte den Kopf. Der erwachsene Mann auf dem Bild hätte jeder x-Beliebige sein können.

Am Nachmittag mieteten Lucas und Weather Langlaufskier und fuhren einen zehn Kilometer langen Rundweg durch den Wald. Am Ende sagte Weather schwer atmend: »Du bist toll in Form.«

»Das ist nicht schwer, wenn man sonst nichts zu tun hat«, sagte er.

Am Montag stand Weather schon vor der Dämmerung auf. Sie sei eben ein Morgenmensch, verkündete sie fröhlich, während Lucas versuchte, weiterzuschlafen. Wie alle Chirurgen. »Wenn man drei oder vier Operationen an einem Tag hat, kann das Krankenhaus sie so in eine Schicht packen. Ein Assistent, ein Anästhesist, eine Schwester. Senkt die Kosten.«

»Klar, dafür sind Chirurgen berühmt«, murmelte Lucas. »Scher dich weg, verdammt.«

»Das hast du letzte Nacht nicht gesagt«, meinte sie. Aber Lucas zog sich die Decke über den Kopf. Sie beugte sich über ihn, zog die Decke herunter, gab ihm einen Kuß auf die Schläfe, zog die Decke wieder hoch und ging summend hinaus.

Fünf Minuten später war sie wieder da und flüsterte: »Bist du wach?«

»Ja.«

»Rusty ist da und bringt mich ins Krankenhaus«, sagte sie. »Ich habe den Wetterbericht angesehen. Aus Südwesten nähert sich wieder ein Sturm, und wir könnten auch betroffen sein. Sie sagen, der Sturm würde heute spät in der Nacht oder am frühen Morgen losbrechen. Ich verschwinde.«

Lucas traf um neun Uhr gähnend und mit vor Kälte gerötetem Gesicht im Gerichtsgebäude ein. Der Himmel war sonnig, aber ein schieferfarbener Wolkenfinger hing im Südwesten wie die Rauchwolke eines fernen Vulkans. Dan Jones, der Zeitungsredakteur, stieg gerade aus seinem Wagen; sie gingen gemeinsam zum Büro des Sheriffs.

»Also Bergen war es nicht?« fragte er.

»Glaube ich nicht. Wir müßten heute etwas aus Milwaukee hören.«

»Wenn er es nicht war, wie lange brauchen Sie noch, bis Sie den Schuldigen überführt haben?« fragte Jones.

»Er wird irgendeinen Fehler machen«, sagte Lucas. Die Worte klangen hohl. »Etwas wird ans Licht kommen. Würde mich überraschen, wenn es länger als eine Woche dauerte.«

»Wird das FBI helfen?«

»Klar. Wir können immer zusätzliche Unterstützung brauchen«, sagte Lucas.

»Mal ganz ehrlich... nur unter uns.«

Lucas schaute ihn an und sagte: »Wenn mich ein Reporter einmal in die Pfanne haut, rede ich nie wieder mit ihm.«

»Ich haue Sie nicht in die Pfanne«, sagte Jones.

Lucas schaute ihm einen Moment in die Augen, dann nickte er. »Na gut. Das verfluchte FBI könnte keine Coladose in einem Sechserpack Budweiser finden. Sie sind keine schlechten Kerle – jedenfalls die meisten nicht –, aber die meisten sind im Grunde genommen Bürokraten, die eine

Heidenangst haben, daß sie etwas versauen und ein schlechtes Führungszeugnis bekommen. Also tun sie lieber gar nichts. Sie sind erstarrt. Ich habe ein bißchen Computerarbeit vorgeschlagen, die sie erledigen können, und sie sind förmlich darauf geflogen. High-Tech, nichts zu versauen, und man kann dabei im Büro bleiben.«

»Was wird sich ergeben? Wonach suchen Sie?«

»Immer noch unter uns?« fragte Lucas.

»Klar.«

»Ich verstehe nicht, warum Bergen getötet wurde. Er war vom ersten Tag an in die Sache verwickelt, also muß etwas an ihm dran sein. Er wurde gesehen, wie er von den LaCourts weggegangen ist, was er auch zugegeben hat, aber sie können nicht mehr am Leben gewesen sein, als er gegangen ist. Und wenn doch, dann ist etwas völlig durcheinandergeraten. Wir haben die beiden Feuerwehrleute überprüft, die ihn gesehen haben, und beide sind untadelig. Es besteht kein Grund zu der Annahme, daß sie gelogen haben. Etwas ist vermurkst, und wir wissen nicht, was es ist. Wenn ich das herausfinde...« Lucas schüttelte nachdenklich den Kopf.

»Was noch?«

»Das Bild, das ich Ihnen gezeigt habe. Wir glauben, daß der Killer danach gesucht hat, aber es ist nichts darauf zu sehen. Möglicherweise kennt er es noch gar nicht und weiß nicht, daß sein Oberkörper gar nicht darauf ist. Aber das ist unwahrscheinlich, da es sich um ein Polaroidfoto handelte.«

»Sie brauchen einen besseren Abzug als den, den Sie da haben«, sagte Jones.

»Das Original wurde vernichtet. Ebenso der wie-sagt-man-doch-gleich, nicht der Klebeabbruch...«

Jones grinste. »Der Klebeumbruch?«

»Ja, der Umbruch«, sagte Lucas. »Beides wurde vor rund sechs Monaten durch den Reißwolf gejagt und auf die Müllkippe befördert.«

»Was ist mit dem Offsetnegativ?«

»Dem was?«

Carr war unglücklich. »Ich möchte nicht, daß Sie gehen. Hier passiert zuviel«, sagte er. Er saß mit gesenktem Kopf da, über seinen Schreibtisch gebeugt. Ein verwirrter, möglicherweise verzweifelter Mann. In Trauer.

»Ich habe keinen anderen Anhaltspunkt«, sagte Lucas. »Was soll ich machen, noch mehr Schulkinder verhören?«

»Dann fliegen Sie«, schlug Carr vor. »Sie können in eineinhalb Stunden dort sein.«

»Mann, ich hasse Flugzeuge«, sagte Lucas. Er konnte spüren, wie sich sein Magen beim bloßen Gedanken ans Fliegen verkrampfte.

»Wie wäre es mit einem Hubschrauber?« fragte Lacey.

»Ein Hubschrauber? Einen Hubschrauber könnte ich verkraften«, sagte Lucas.

»Wir können in zwanzig Minuten einen am Flughafen haben«, behauptete Lacey.

»Dann los.« Lucas ging zur Tür.

»Ich möchte, daß Sie heute abend wieder hier sind, was auch passiert«, rief Carr ihm nach. »Wir haben Sturmwarnung bekommen.«

Climpt hatte an der Tür gewartet, die Zigarette in der Hand. Lucas warf ihm einen kurzen Blick zu. »Passen Sie auf Weather auf.«

Domeier, der Polizist aus Milwaukee, hatte einen freien Tag. Lucas hinterließ eine Nachricht, und der diensthabende Kommandant versprach, daß jemand versuchen würde, ihn zu erreichen.

Der Grant Airport bestand aus einem einzigen Hangar mit Wellblechhütte am Westende einer kurzen asphaltierten Startbahn. Der Hangar hatte einen Windrichtungsanzeiger auf dem Dach, ein Büro und flugzeugbreite Doppeltore. Der

Verwalter wies Lucas an, seinen Transporter ins Innere zu fahren, wo sich vier kleine Flugzeuge drängten, die nach Maschinenöl und Kerosin rochen.

»Hoser kommt in fünf Minuten. Hab gerade über Funk mit ihm gesprochen«, sagte der Verwalter. Er hieß Bill, ein älterer Mann mit einem dichten Schopf stahlgrauen Haars und so blassen blauen Augen, daß sie fast weiß wirkten. »Er wird direkt hier vor dem Fenster landen.«

»Ist er ein guter Pilot?« Lucas konnte Hubschrauber ertragen, weil sie keine Rollbahnen brauchten. Mit einem Helikopter konnte man leichter landen.

»O ja. Hat in Vietnam fliegen gelernt und ist seither ständig geflogen.« Der Verwalter steckte die Hände in die Overalltaschen, saugte sein Gebiß fest und schaute zum Fenster hinaus. »Möchten Sie einen Kaffee?«

»Eine Tasse wäre nicht schlecht«, sagte Lucas.

»Bedienen Sie sich, drüben neben der Mikrowelle.«

Eine Kanne voll ätzend aussehendem Kaffee stand auf einer Warmhalteplatte neben Pappbechern. Lucas schenkte sich eine Tasse ein, trank einen Schluck und dachte gerade: *widerlich*, als der Verwalter sagte: »Wenn Sie spät zurückkommen, ist hier abgeschlossen. Ich gebe Ihnen einen Schlüssel für das Tor, damit Sie Ihren Wagen rausholen können. Da kommt er schon.«

Der Hubschrauber war weiß, auf der Seite stand in krakeligen Buchstaben HOSER AIR, und er wirbelte einen wahren Schneesturm auf, als er auf dem Vorplatz landete. Lucas nahm den Schlüssel des Verwalters, dann lief er geduckt unter die Rotoren, und der Pilot hielt ihm die Tür auf. Der Pilot trug einen olivfarbenen Helm, eine schwarze Brille und hatte einen struppigen Schnurrbart. Er brüllte über das Dröhnen der Rotoren hinweg: »Haben Sie Schneestiefel?«

»Im Wagen.«

»Sollten Sie lieber holen. Die Heizung funktioniert nicht richtig.«

Sie starteten drei Minuten später, während Lucas die Stiefel anzog. »Was ist denn mit der Heizung?« rief er.

»Weiß ich noch nicht!« rief der Pilot zurück. »Die ganze Mühle ist ein einziger Scheißhaufen.«

»Freut mich zu hören.«

Der Pilot fletschte die unangemessen weißen und ebenmäßigen Zähne. »Kleiner Pilotenwitz«, sagte er.

Eine halbe Stunde nach dem Start bekam der Pilot einen Funkspruch und sagte anschließend: »Da wartet jemand auf Sie. Domeier?«

»Ja, prima.«

Sie landeten auf einem kleinen Flughafen am nördlichen Stadtrand. Der Pilot sagte, er würde bis zehn Uhr warten. »Zieht ein Sturm auf«, sagte er. »Zehn dürfte kein Problem sein, aber wenn Sie bis Mitternacht nicht hier sind, komme ich möglicherweise nicht mehr weg.«

»Ich ruf an«, versprach Lucas, der die Schneestiefel auszog und wieder in seine Schuhe schlüpfte.

»Ich bin hier. Rufen Sie im Pilotencasino an. Da winkt uns jemand, und ich glaube, der meint Sie.«

Domeier, der die Hände in den Taschen hatte und Kaugummi kaute, erwartete ihn am Tor.

»Ich hatte nicht damit gerechnet, Sie zu sehen«, sagte Lucas. »Man hat mir gesagt, Sie hätten frei.«

»Überstunden«, sagte Domeier. »Ich habe eine Tochter an der Northwestern, darum kann ich die Scheißarbeit brauchen. Was machen wir?«

»Wir reden noch einmal mit Bobby McLain«, sagte Lucas. »Über etwas, das man ein Offsetnegativ nennt.«

McLain war zu Hause, in Gesellschaft einer Frau im roten Partykleid. Die Frau saß auf einer Couch und aß Popcorn aus einer Mikrowellentüte. Sie hatte dunkles Haar und verwendete dazu passend zuviel Eyeliner.

»...könnte sein, daß er es noch hat«, sagte McLain. »Aber er wird mich umbringen, wenn ich Sie zu ihm schicke.«

»Bobby, Sie wissen, womit wir es hier zu tun haben«, sagte Lucas. »Sie wissen, was passieren könnte.«

»Herrje...«

»Was könnte denn passieren?« fragte die Frau auf der Couch.

»Mehrere Menschen sind ermordet worden. Wenn Bobby uns nicht hilft, könnte man glauben, daß er ein Komplize ist«, sagte Domeier. Er zuckte die Achseln und sah aus, als täte es ihm leid.

Die Frau klappte einen Moment den Mund auf, dann sah sie Bobby an. »Herrgott noch mal, du nimmst Rücksicht auf Zeke? Der Kerl würde dich ohne mit der Wimper zu zucken ans Messer liefern.«

»Zeke?« sagte Lucas.

»Ja. Er ist Lehrer am Vo-Tech«, sagte die Frau. »Er druckt unsere Sachen.«

»Am Vo-Tech?«

»Klar. Er ist Lehrer dort. Er hat die ganze tolle Ausrüstung. Und wenn wir sie nicht benützen, steht sie die ganze Nacht nutzlos herum.«

»Wer kauft das Papier?« fragte Domeier.

McLains Blick huschte hin und her. »Mmmm. Das ist in seinem Preis inbegriffen.«

»Im Preis inbegriffen? Willst du damit sagen, das Vo-Tech stellt dir dein Druckpapier?«

McLain zuckte die Achseln. »Der Preis stimmt.«

McLain fuhr den kotzgrünen Transporter; Lucas und Domeier folgten ihm durch die Vororte nach Westen. Das Vo-Tech war ein einstöckiges Gebäude aus orangefarbenen Backsteinen umgeben von Parkplätzen. Ein Schwarm von dreißig oder vierzig Krähen hatte sich auf einem Schneewall am Ende des Gebäudes verstreut wie verlorene Kohlestücke.

McLain parkte und ließ sich mit einem elektrischen Lift vom Transporter hinunter. Dieses Mal saß er in einem elektrisch betriebenen Rollstuhl und rollte vor ihnen her, eine Rampe hinauf und dann einen langen Flur entlang, in dem die Spinde der Schüler aufgereiht standen. Zeke saß allein in seinem Klassenzimmer. Als McLain zur Tür hereinrollte, richtete er sich auf und lächelte. Als Lucas und Domeier McLain durch die Tür folgten, verschwand das Lächeln.

»Tut mir leid«, sagte McLain. »Ich hoffe, wir können unsere Geschäftsbeziehung trotzdem aufrechterhalten.«

Domeier sagte: »Polizei, Zeke.«

»Ich... ich brauchte einfach... brauchte...« Zeke winkte ab, da er scheinbar die richtigen Worte nicht finden konnte, dann sagte er: »Geld.«

Sie standen in seinem Büro, einem nüchternen Kabuff mit gelb gestrichenen Betonwänden, einem billigen Schreibtisch und zwei Aktenschränken. Zeke war klein und fast kahl, hatte das Haar lang und kämmte es als pomadisierte Strähne über die Glatze. Er trug eine karierte Jacke, seine Hände zitterten beim Sprechen. »Ich wollte nur... ich... Muß ich mir einen Anwalt nehmen?«

»Sie haben das Recht...«, begann Domeier.

Lucas unterbrach ihn. »Mir sind Ihre Nebengeschäfte scheißegal. Ich habe keine Zeit für Albernheiten. Ich will die Negative, andernfalls legen wir Ihnen Handschellen an und zerren Sie an den Haaren aus der Schule, und dann besorgen wir uns einen Durchsuchungsbefehl und nehmen diese Schule und Ihre Wohnung und alles andere, das wir finden können, auseinander. Wenn Sie mir die verfluchten Negative zeigen, verschwinde ich wieder. Dann können Sie mit Domeier ausmachen, was Sie wollen.«

Zeke schaute Domeier an, und als der Polizist die Augen zum Himmel verdrehte, sagte er: »Ich bewahre die Negative zu Hause auf.«

»Dann gehen wir«, sagte Lucas.

»Was ist mit mir?« fragte McLain.

»Hau ab«, sagte Domeier.

Auf halbem Weg zu seinem Haus fing Zeke, der auf dem Rücksitz von Domeiers Dodge saß, an zu weinen. »Sie werden mich feuern«, schluchzte er. »Und Sie stecken mich ins Gefängnis. Ich werde vergewaltigt werden.«

»Drucken Sie nur für Bobby McLain oder auch für andere?« fragte Domeier und betrachtete ihn im Rückspiegel.

»Er ist der einzige«, sagte Zeke schlotternd.

»Scheiße. Wenn es noch mehr wären und wir ein paar Namen wüßten, könnten wir vielleicht etwas ausarbeiten.«

Das Weinen hörte auf, Zekes Stimme wurde wieder klar. »Zum Beispiel?«

Ein alter schwarzer Labrador mit Triefaugen empfing sie an der Tür.

»Wenn ich ins Gefängnis muß, was wird dann aus Dave?« fragte Zeke Domeier.

Der Hund wedelte mit dem Schwanz, als er seinen Namen hörte. Domeier schüttelte den Kopf und stöhnte: »Mein Gott.«

Der Hund schaute ihnen zu, während sie den Schrank mit den Offsetnegativen durchsuchten. Die Negative waren in großen braunen Umschlägen archiviert, der Titel der jeweiligen Publikation war in eine Ecke gekritzelt. Sie fanden die richtige Ausgabe und das richtige Negativ, und Zeke hielt es ins Licht. »Jawoll, das ist es. Sieht ziemlich scharf aus.«

Sie fuhren zum Vo-Tech zurück. Der Drucker war so groß wie ein Volkswagen, aber der erste Ausdruck war schon nach zehn Minuten fertig. Zeke zog ihn heraus und gab ihn Domeier.

»Besser bekomme ich es nicht hin«, sagte er. »Es ist und bleibt ein Halbton, daher wird es nie so scharf wie eine normale Fotografie.«

Domeier betrachtete es, gab es Lucas und sagte: »Dieselbe Scheiße wie vorher. Sie haben Ihre Zeit vergeudet.«

Der Druck war immer noch schwarzweiß, aber deutlich schärfer als der andere. Lucas legte ihn unter das Licht und betrachtete ihn. Ein Mann mit einer Erektion und ein nackter Junge im Hintergrund. Nichts an den Wänden.

»Die Beine des Mannes sehen komisch aus.« Er zog die zusammengelegte Zeitschriftenseite aus der Tasche. Das Bein war so verwaschen, daß man keine Einzelheiten erkennen konnte. »Liegt das... was immer es ist... an dem Foto, oder ist mit dem Bein etwas nicht in Ordnung?«

Zeke brachte eine Fotolupe zum Tisch, legte sie auf den Druck, beugte sich darüber und schob sie weiter. »Ich glaube, das ist das Bein. Sieht aus, als wäre es irgendwie genäht oder so, wie eine Patchworkdecke.«

»Verflucht«, sagte Lucas. »Verflucht! Deshalb will er Weather. Sie muß das Bein behandelt haben.«

»Haben Sie ihn?« fragte Domeier.

»Immerhin eine heiße Spur«, sagte Lucas. »Gibt es hier einen Doc, mit dem ich reden könnte?«

»Klar. Wir können auf dem Weg zum Flughafen beim Gerichtsmediziner reinschauen. Jemand müßte Dienst haben.«

»Kann ich jetzt nach Hause?« fragte Zeke.

»Äh, nein«, sagte Domeier. »Wir beide müssen einen Lastwagen holen.«

»Wozu?«

»Ich werde jeden verdammten Umschlag aus diesem Haus mitnehmen, und wir werden jemanden finden, der die Seiten für uns druckt. Und ich möchte die Namen.«

Lucas rief den Flughafen an und wurde mit dem Piloten im Casino verbunden. »Hat nicht lange gedauert. Ich bin auf dem Weg.«

»Beeilen Sie sich. Der Sturm kommt rasch näher, Mann«, sagte der Pilot. »Ich will so schnell wie möglich hier weg.«

Der stellvertretende Gerichtsmediziner saß in seinem Büro, hatte die Füße auf den Schreibtisch gelegt und las den *National Enquirer*.

Er nickte Domeier zu und schaute Lucas und Zeke desinteressiert an. »Bricht mir das Herz, was die jungen Frauen der königlichen Familie angetan haben«, sagte er. Er knüllte die Zeitung zusammen und warf sie in den Papierkorb. »Was wollen Sie schon wieder, Domeier? Noch mehr Bilder von nackten toten Frauen?«

»Eigentlich möchte ich, daß Sie das Foto meines Freundes ansehen«, sagte Domeier.

Lucas gab dem Arzt den Druck und sagte: »Können Sie mir verraten, was mit dem Bein nicht stimmt?«

Zeke fragte: »Sie haben doch nicht wirklich Bilder von nackten toten Frauen, oder?«

Der Arzt beugte sich murmelnd über das Foto. »Ständig. Wenn Sie welche brauchen, kann ich Ihnen vielleicht einen guten Preis machen.« Nach einer Weile richtete er sich auf und sagte: »Verbrennungen.«

»Was?«

Er schob das Bild über den Tisch zu Lucas. »Ihr Mann hat Verbrennungen gehabt. Das sind Hauttransplantationen.«

23

Lucas versuchte, Carr schon vom Flughafen aus zu sprechen; die Zentrale sagte, sie könne ihn nicht erreichen. Er rief Weather zu Hause an, aber dort war besetzt. Der Pilot lehnte an einem Stuhl und wartete ungeduldig darauf, daß er aufbrechen konnte. Lucas wartete zwei Minuten und versuchte es noch einmal: besetzt.

»Wir müssen los, Mann«, sagte der Pilot. Lucas schaute zum Fenster des Casinos hinaus. Er konnte Flugzeuge sehen, die zehn Meilen außerhalb kreisten. »Sieht ziemlich klar aus.«

»Mann, dieser Sturm kommt angebraust wie ein D-Zug. Wir werden außerdem noch Schnee bekommen.«

»Noch einmal...« Weathers Apparat war immer noch besetzt. Er wählte wieder die Zentrale der Polizei. »Ich bin auf dem Rückweg. Hab etwas herausgefunden. Und wenn der Hubschrauber abstürzen sollte, ein Mann namens Domeier hat das Negativ. Er arbeitet für die Sitte in Milwaukee.«

»Wenn der Hubschrauber abstürzt...«, höhnte der Pilot, als sie das Casino verließen.

»Haben Sie die Heizung repariert?« fragte Lucas.

Sie starteten um sieben Uhr in Milwaukee, fünfzehn Grad unter Null, klarer Himmel. Domeier stand mit Zeke am Tor, bis der Hubschrauber abgehoben hatte. Zeke winkte.

»Bin froh, daß Sie angerufen haben«, sagte der Pilot. Er grinste, schaute aber nicht besonders fröhlich aus. »Ich war ziemlich nervös beim Gedanken, bis zehn warten zu müssen. Der Sturm hat Minneapolis schon erreicht. Der Wetterbericht sagt, sie bekommen sieben bis zehn Zentimeter Schnee pro Stunde, und der Sturm zieht angeblich genau in unsere Richtung.«

»Aber Sie kommen nicht aus Grant«, sagte Lucas.

»Nee, Park Falls. Aber da werden wir ihn auch mitbekommen.«

Die Lichter am Boden sahen in der trockenen Luft klar wie Diamanten aus, eine lange, funkelnde Kette an der Küste des Lake Michigan entlang, dazu die langen, glitzernden Schlangen auf den Interstates. Sie fuhren nach Nordwesten, am matteren Funkeln von Fond du Lac und Oshkosk vorbei, wo vereinzelte Lichter von Häusern die dunkle Fläche des Lake Winnebago begrenzten. Später konnten sie den fernen Lichterschein von Green Bay weit im Osten sehen; im Westen war überhaupt nichts, und Lucas stellte fest, daß die Sterne verschwunden waren und sie jetzt unter einer Wolkendecke dahinflogen.

»Hat's was genützt?« fragte der Pilot.

»Möglich.«

»Wenn Sie den Dreckskerl schnappen, sollten Sie ihn einfach wegpusten. Wäre das beste für uns alle.«

Zwanzig Meilen vor Grant bemerkten sie den ersten Schnee. »Keine Bange«, sagte der Pilot. »Von jetzt an übernimmt die Flugaufsicht.«

Kurze Zeit später landeten sie, und Lucas lief geduckt unter den Rotoren durch und suchte nach dem Schlüssel zum Hangar. Kaum war er drinnen, konnte er hören, wie die Rotoren des Helikopters beschleunigten, einen Augenblick später hob die Maschine ab.

Er fuhr aus dem Hangar, schloß das Tor ab und machte sich auf den Weg in die Stadt. Es schneite verhalten – kleine Flocken, die auf die Windschutzscheibe rieselten –, ausdauernd. Das war kein kleines Schneegestöber, sondern der Auftakt zu etwas Größerem.

Weathers Haus war hell erleuchtet, ein Polizeiwagen stand in der Einfahrt. Lucas öffnete das Garagentor mit der Fernbedienung und fuhr hinein.

Im Haus war es still. »Weather?« Keine Antwort. Sein Magen krampfte sich zusammen, er ging zum vorderen Zimmer. Keine Spur von einem Kampf. »He, Weather?«

Immer noch keine Antwort. Er stellte fest, daß der Vorhang in der Schiebetür klemmte und schaltete das Verandalicht ein. Frische Spuren auf der verschneiten Veranda. Er schob die Tür auf.

Und hörte sie lachen und spürte, wie sich etwas in ihm entspannte. Es ging ihr gut. Er legte die hohlen Hände an den Mund. »Weather?«

»Ja, wir kommen.«

Sie kam auf Skiern am Seeufer entlang; fünfzig Meter hinter ihr folgte der linkische, schweißgebadete Climpt.

»Gene ist noch nie Ski gefahren«, sagte sie lachend. »Ich habe ihn in Verlegenheit gebracht.«

»Nie wieder«, keuchte Climpt, der ihren Spuren folgte. »Ich bin zu alt für so eine Scheiße. Zwischen den Beinen fühlt es sich an, als würde jeden Moment alles abfallen. Herrgott, und ich brauche ein Zigarette.«

Weathers Lächeln erlosch. »Henry Lacey hat angerufen. Er sagte, du hast vielleicht was.«

»Ja. Komm rein und zieh die Skier aus«, sagte Lucas. Er drehte sich wieder zum Haus um, aber vorher bückte er sich und gab ihr einen Kuß auf die Nase.

»Gott, ist das peinlich«, sagte Climpt. »Auf die Nase!«

Lucas schüttelte das Foto aus dem Umschlag auf den Küchentisch, und Weather beugte sich darüber. »Besseres Bild«, sagte sie. Sie betrachtete es, dann blickte sie verwirrt zu Lucas auf. »Und?«

»Sieh dir das Bein des Mannes an. Sieht wie eine Patchworkdecke aus. Man hat mir gesagt, das könnten Hauttransplantationen sein.«

Weather betrachtete das Foto, schaute fassungslos zu Lucas auf, betrachtete das Foto noch einmal und wandte sich dann an Climpt. »Himmel, es ist Duane.«

»Ja – Duane Helper. Der Feuerwehrmann, der Pater Phil gesehen hat. Er war im Feuerwehrhaus... wie hat er das gemacht?«

Carr hatte den Nachmittag in einem Motel verbracht, sah aber immer noch jämmerlich erschöpft aus. Er war unrasiert, das Haar ungekämmt, die Augen geschwollen, als hätte er geweint. Er schaute Weather seltsam an, dann Lucas. »Was haben Sie erfahren?«

Lacey kam in dem Moment herein, als Carr die Frage stellte, und Lucas stieß die Tür hinter ihm zu.

»Ich hab ein besseres Bild«, sagte Lucas und reichte es ihm

über den Schreibtisch hinweg. »Wenn man genau hinsieht – auf dem gedruckten Bild in dem Magazin konnte man es nicht erkennen –, kann man sehen, daß das Bein genäht wurde. Das sind Hauttransplantationen. Weather sagt, es ist Duane Helper.«

»Duane? Wie kann das sein…«

»Wir haben uns unterhalten, Gene und ich, und wir glauben, als allererstes heute morgen sollten wir Dick Westrom festnehmen«, sagte Lucas. »Wir wissen nicht, was er damit zu tun hat, davon abgesehen, daß er Helpers Geschichte bestätigt. Wir heizen ihm ein. Wenn es sein muß, sperren wir ihn ein, bis wir mehr über Helper herausgefunden haben.«

»Warum schnappen wir ihn nicht einfach? Helper?« fragte Carr.

»Wir haben an die Verhandlung gedacht«, sagte Lucas und nickte in Climpts Richtung. Climpt schob eine unangezündete Zigarette im Mund herum. »Helper hat Bergen das Messer und die Waffe untergejubelt. Ein Verteidiger wird sich das zunutze machen – er wird Bergen als den Täter hinstellen. Wir haben nur ein schlechtes Foto; der einzige Zeuge, von dem wir mit Sicherheit wissen, ist Jim Harper, und der ist tot. Nichts über die Schoeneckers?«

»Nein. Harper können wir auch nicht finden«, sagte Lacey. »Die sind wie vom Erdboden verschwunden.«

»Oder sie sind irgendwo da draußen im Schnee und werden von Kojoten angenagt«, sagte Climpt.

»Verdammt.« Lucas kaute nachdenklich an seinem Daumennagel, dann schüttelte er den Kopf und schaute Carr an. »Shelly, ich bin wirklich der Meinung, wir sollten Westrom herholen. Wir müssen rausbekommen, was wirklich passiert ist.«

Carr nickte. »Dann machen wir es. Möchten Sie ihn holen?«

»Das sollten Sie machen«, sagte Lucas. »Wir werden diesen Fall so oder so aufklären. Und da Sie der gewählte Sheriff sind...«

»Gut.« Carr holte einen Schlüsselring aus der Tasche, zog die unterste Schublade auf und holte das Halfter eines Streifenpolizisten samt Revolver heraus. Er stand auf und legte es an. »Das Ding habe ich seit Monaten nicht mehr in der Hand gehabt. Holen wir ihn.«

Carr, Climpt und Lucas gingen Westrom holen, während Lacey und Weather in Carrs Büro warteten. »Wir bringen ihn vorne rein, damit wir nicht an der Zentrale vorbeimüssen«, sagte Carr zu Lacey, als sie gingen. »Wir möchten die Sache noch geheimhalten. Wir rufen an, bevor wir zurückfahren, damit Sie uns die Tür aufmachen können.«

»Okay. Was ist mit seiner Frau?« fragte Lacey.

Carr schaute Lucas an. »Ich meine, wenn Westrom mit Helper unter einer Decke steckt, dann hängt seine Frau sicher auch irgendwie mit drin. Wenn sie Helper einen Hinweis gibt, sind wir angeschmiert.«

»Und wenn sie nicht mitkommen will?« fragte Carr.

»Dann nehmen wir sie hops. Entschuldigen können wir uns hinterher immer noch.«

Westrom kam in einem blauen Flanellpyjama zur Tür. Er spähte zuerst hinaus, erblickte Carr, runzelte die Stirn und stieß die Sturmtür auf. »Shelly? Was ist los? Es ist doch nichts mit Tommy passiert?«

»Nein, mit Tommy ist nichts passiert«, sagte Carr. Er betrat das Haus, Lucas und Climpt drängten sich ebenfalls hinein. »Wir müssen mit Ihnen reden, Dick«, sagte Carr. »Sie sollten sich lieber anziehen.«

Wenn Westrom etwas mit der Sache zu tun hatte, dachte Lucas, dann verdiente er einen Oscar für schauspielerische Leistungen. Er wurde wütend. »Warum anziehen? Shelly, was geht hier vor?«

Mrs. Westrom, eine kleine Frau mit rosa Plastiklockenwicklern im Haar, kam im Morgenmantel in das Zimmer. »Shelly?«

»Sie sollten sich besser auch anziehen, Janice. Sie müssen mit uns ins Gerichtsgebäude kommen. Dort können wir weiterreden.«

»Und worum geht es?« fragte Westrom.

»Um die Ermordung der LaCourts«, sagte Carr. »Wir haben noch ein paar Fragen.«

Während sich die Westroms anzogen, fragte Carr: »Was meinen Sie?«

»Sie haben keine Ahnung, was los ist«, sagte Lucas. »Wer ist Tommy?«

»Das ist ihr Sohn«, sagte Climpt. »Er besucht das College in Eau Claire.«

Die Westroms verlangten einen Anwalt. Und sie wollten nicht, daß Weather im Zimmer blieb. »Warum ist sie überhaupt dabei?«

»Sie ist auch eine Zeugin«, sagte Carr und schaute Weather an.

»Was den Anwalt betrifft...«

»Nun, wir besorgen Ihnen einen Anwalt, wenn Sie wirklich einen wollen. Aber ehrlich, wenn Sie nichts getan haben, brauchen Sie keinen, außerdem wäre es ziemlich teuer«, sagte Carr. »Sie kennen mich, Dick. Ich würde Sie nicht aus bloßer Effekthascherei in die Pfanne hauen.«

»Wir haben nichts getan«, protestierte Westrom. Seine Frau, die Jeans und ein gelbes Sweatshirt trug, sah zwischen Carr und ihrem Mann hin und her.

»Was ist in der Nacht des Feuers passiert?« fragte Lucas. »Sie haben gekocht, und Duane war auch dort, er hat aus dem Fenster gesehen...«

»Das haben wir schon hundertmal gesagt«, beharrte Westrom. »Jetzt mal ehrlich, was ist passiert?«

Lucas schaute ihn einen Moment an, dann sagte er: »Haben Sie Pater Phils Jeep tatsächlich gesehen? Ich meine…«

»Ja, ich habe ihn gesehen.«

»… hätten Sie ihn dort identifizieren können, wo Sie sich aufgehalten haben, wenn Helper nicht dagewesen wäre. Hätten Sie sagen können: ›Das ist Pater Bergens Jeep‹?«

Westrom überlegte, dann sagte er: »Hm, nein. Ich meine, ich habe im Vorbeifahren die Lichter gesehen – und Pater Phil hat ja zugegeben, daß er es war.«

»Ganz normale Autoscheinwerfer?« fragte Lucas.

»Ja.«

»Bergen hat einen Schneemobil-Anhänger gezogen«, sagte Lucas plötzlich.

Westrom runzelte die Stirn. »Anhängerlichter habe ich nicht gesehen«, sagte er.

Weather hatte Lucas angesehen, jetzt ergriff sie das Wort. »Dick, wenn Sie gestatten, was haben Sie gemacht, bevor Sie gekocht haben? Einfach nur herumgesessen?«

Lucas schaute zu ihr auf, nickte und lächelte verhalten. Westrom sagte: »Nun, sozusagen. Ich kam an, machte ein Nickerchen, dann kam Duane, und ich ging nach unten…«

»Wie lange haben Sie geschlafen?« fragte Lucas hellhörig.

»Vielleicht eine Stunde«, sagte Westrom. Er schaute sie alle nacheinander an. »Und?«

»Machen Sie immer ein Nickerchen, wenn Sie Dienst im Feuerwehrhaus haben?«

»Ja.«

»Wie oft? Prozentual gesehen?«

»Nun, das gehört zu meiner Routine. Ich komme um fünf hin und schlafe eine Stunde oder so. Nichts zu tun. Duane ist kein reger Gesprächspartner. Manchmal sehen wir fern.«

»Besitzt Duane ein Schneemobil?«

»Arctic Cat«, sagte Westrom.

Lucas nickte und sah zu Carr. »Das ist es. Wir müssen die Uhrzeiten überprüfen, aber das ist es.«

Carr beugte sich über den Schreibtisch. »Dick, Janice, ich mache Ihnen ungern Umstände, aber es wäre uns lieb, wenn Sie über Nacht hierbleiben würden – zu Ihrem eigenen Schutz. Sie müssen nicht ins Gefängnis – wir könnten ein leeres Büro suchen und Pritschen hineinstellen –, aber wir möchten, daß Sie in Sicherheit sind, bis wir ihn festgenommen haben.«

Westrom sah Lucas an, dann Carr, dann seine Frau. Janice Westrom ergriff zum ersten Mal seit ihrer Ankunft im Gerichtsgebäude das Wort. »Wir tun alles, was Sie wollen, wenn Sie glauben, daß er hinter uns her sein könnte.« Sie schauderte. »Alles, was Sie wollen.«

Als sie fort waren, sagte Lucas: »Möchten Sie meine Zusammenfassung hören?«

»Schießen Sie los«, sagte Carr und lehnte sich zurück. Er sah fast schläfrig aus.

Lucas begann: »Duane Helper findet irgendwie heraus, daß Lisa LaCourt ein Bild von ihm mit dem jungen Harper besitzt. Er hat das Original gesehen und weiß, daß man seine Hauttransplantationen erkennen kann. Aber er weiß nicht, daß die Reproduktion in dem Magazin so schlecht ist, daß die Narben verwaschen sind. Vielleicht weiß er es auch, hat aber Heidenangst, wenn das Bild der Polizei in die Hände fällt, könnten sie sich einen besseren Abzug beschaffen.

Wie dem auch sei, Westrom kommt zur Schicht ins Feuerwehrhaus, geht nach oben und legt sich hin. Helper steigt auf den Schlitten und fährt zu den LaCourts. Irgendwo unterwegs sieht er Bergen, wahrscheinlich, als Bergen die LaCourts verläßt.

Er tötet die LaCourts, sucht nach dem Foto, findet es nicht, zündet das Haus an – Crane hat mir gesagt, er hat den Boiler benützt, um den Ausbruch des Brandes hinauszuzögern – und fährt ins Feuerwehrhaus zurück. Das ist eine Fahrt von drei Minuten, wenn man sich sputet.«

»Verdammt, wir hätten das mit der Verzögerung des Feuers wissen müssen, und daß ein Feuerwehrmann sich mit so etwas auskennt.«

Climpt griff den Faden auf. »Er kommt zurück, parkt den Schlitten, zieht den Schneeanzug aus, weckt Westrom zum Essen ...«

Weather: »... er sieht ein Auto vorbeifahren, irgendein Auto, und sagt: ›Da fährt Pater Bergen.‹ Westrom sieht die Lichter, hat keinen Grund anzunehmen, daß es nicht Pater Bergen ist, und bestätigt es daher später ...«

»Und das alles verschafft Helper das seiner Meinung nach perfekte Alibi«, fuhr Lucas fort. »Er ist im Feuerwehrhaus und hat einen Zeugen, als der Alarm durchkommt. Er überlegt sich, daß der Priester bei dem Sturm unmöglich genau wissen kann, wie lange er gebraucht hat, um von einem Ort zum anderen zu gelangen, also ist damit jedes kleine Zeitproblem gelöst. Und er hat recht. Es ist nur schiefgegangen, weil Shelly bemerkt hat, daß der Schnee zu hoch auf Frank LaCourts Leichnam liegt, und dann findet Crane den Verzögerungsmechanismus mit dem Boiler.«

Climpt machte weiter: »Er hat Phil getötet, weil Phil darauf bestand, daß die LaCourts noch am Leben waren, als er sich verabschiedete, was ja auch stimmt. Und wenn er recht hatte, dann mußten die Feuerwehrmänner Unrecht haben ... und wenn wir uns die Feuerwehrmänner vorgenommen hätten ...«

»Trotzdem hätten wir es nicht aufklären können«, sagte Lucas. »Wir brauchten das Bild.«

»Aber wir sind ihm auf die Schliche gekommen«, knurrte Carr. »Wie können wir den Dreckskerl jetzt schnappen?«

24

Duane Helper – der Eismann – saß mit zwei Labortechnikern am Picknicktisch und spielte halbherzig Poker um Zehncentstücke.

»Verflucht, Jerry hatte viermal nacheinander Glück, Duane, du mußt was *unternehmen.*« Der ältere der beiden Labortechniker teilte die Karten aus. Sie wären fast mit dem Haus der LaCourts fertig, sagten sie. Sie hätten es ausgewrungen. Noch zwei Tage, oder drei, und sie wären fertig. Wenn sie fort waren, wenn die Möglichkeit neuer Entwicklungen unwahrscheinlich wurde und die Morde aufhörten, würde das Interesse an dem Fall nachlassen. Er mußte die Schoeneckers erreichen, aber auch darüber hatte er nachgedacht. Bevor die zurückkamen, würden sie mit Sicherheit anrufen. Bergen tot, Harper tot.

Er hatte es geschafft.

Der Eismann lauschte und spielte Karten.

Ein Auto fuhr auf den Parkplatz, Türen wurden zugeschlagen. Climpt kam herein und stampfte sich Schnee von den Stiefeln. Dahinter Davenport, der Bulle aus Minneapolis. Er hatte sich nicht rasiert und sah übernächtigt aus.

Draußen wirbelten Schneeflocken im Licht der Dämmerung um das Feuerwehrhaus. Der Sturm hatte kurz vor Einbruch der Dämmerung richtig losgelegt, Donner grollte über dem Wald, Schnee wurde in Schwaden herumgeweht. Auf den Highways waren fast nur noch Schneepflüge unterwegs.

»Scheußlich da draußen«, sagte Climpt. Sein Gesicht war naß vom Schnee. Er zog die Handschuhe aus und wischte sich mit dem Handrücken über die Brauen. »Soweit ich weiß, gibt es hier Kaffee.«

»Bedienen Sie sich«, sagte der Eismann. Er deutete auf eine überdimensionale Kaffeekanne auf einer Bank hinter den Technikern. »Waren Sie im Haus?«

»Ja. Sie machen Schluß für heute, packen alles zusammen und fahren in die Stadt zurück, bevor der Sturm zu schlimm wird.« Lucas schaute die beiden Techniker an. »Crane sagt, Sie sollen sich auch hinbewegen.«

»Ich führe lieber nach Madison zurück«, sagte der ältere der beiden.

»Ein warmes Plätzchen suchen«, sagte der jüngere. »Noch eine Runde.«

Davenport schälte sich aus dem Parka und wischte Schnee ab. Er nickte dem Eismann zu, ließ sich von Climpt eine Tasse Kaffee geben und setzte sich ans Ende des Picknicktischs.

»Was Neues wegen der Abdrücke?« fragte er.

»Nee. Wir haben fast alles untersucht«, sagte der ältere Techniker. Er teilte drei Karten aus. »Wir haben ein paar hundert Abdrücke weggeschickt, aber verdammt, wir haben zum Beispiel Bergens Abdrücke genommen, nachdem er den Löffel abgegeben hatte, und wir können nicht mal einen von ihm finden. Dabei *wissen* wir, daß er dort war.«

Der jüngere Techniker warf ein: »Der Typ hat eine 44er und ein Maismesser benutzt und beides dagelassen. Wenn es nicht Bergen war, hat er die Griffe abgewischt. Und es war so kalt, er mußte Handschuhe bei sich haben. Wahrscheinlich hat er die einfach angezogen, nachdem er die Kleine abgemurkst hatte.«

Genau, dachte der Eismann. Er saß da und lächelte.

»Ja. Verdammter Mist.« Lucas schaute in die Kaffeetasse, dann trank er daraus.

»Schon das Neueste von der Autopsie an Pater Bergen gehört?« fragte Climpt. Er lehnte sich neben der Kaffeekanne an den Schrank.

»Ich schätze, da hat es einige Probleme gegeben«, sagte der Techniker. Er teilte noch eine Runde Karten aus. »Duane hat ein As und Mist, George hat nur Mist auf der Hand, und ich bin der Damenkönig. Ich bin mit einem Zehner dabei.«

»Sie konnten keine chemischen Spuren von Gelatine in seinem Magen nachweisen. Die Schlaftabletten, die er angeblich zusammen mit dem Fusel genommen hat, waren Gelatinekapseln«, sagte Climpt. »Wir haben aber keine leeren Kapseln im Haus gefunden, also hat er sie entweder das Klo runtergespült, oder jemand hat sie in dem Alkohol aufgelöst und ihn gezwungen, das zu trinken ... und nicht an die Kapseln gedacht.«

An die Kapseln hatte der Eismann tatsächlich nicht gedacht. Er hatte sie hier im Feuerwehrhaus runtergespült.

»Und was bedeutet das?« fragte der Techniker. »Hört sich so an, als wäre beides gleichermaßen möglich – entweder Bergen hat sie runtergespült oder jemand anders, aber wir wissen nicht, wer.«

»So ist es«, sagte Climpt.

Der Techniker teilte noch eine Runde Karten aus: »Duane bekommt eine Acht zu seinem As und der Acht, das ergibt ein Paar, George bleibt bei seinem Vierer, und ich könnte ein Straight bekommen. Noch einen Zehner auf die Kreuz-Neun.«

Der zweite Techniker sagte: »Was ist mit diesem Bild? Hat das was gebracht?«

Lucas strahlte. »Ja. Möglicherweise. Die in Milwaukee haben den Kerl aufgespürt, der das Magazin veröffentlicht hat. Er hatte das Seitennegativ noch, davon konnten sie einen besseren Druck machen. Hätte heute hier eintreffen sollen, aber durch den Sturm ... morgen müßten wir es allerdings haben.«

Der Eismann saß da und hörte zu wie schon seit Tagen, im einzigen warmen öffentlichen Unterschlupf im Umkreis von Meilen um das Haus der LaCourts herum. Die Polizisten hatten sich von der ersten Nacht an hier eingefunden, weil sie nach einer Unterkunft suchten, wo sie sitzen und sich unterhalten konnten.

»Was entdeckt?« fragte der jüngere Techniker.

»Das wissen wir erst, wenn wir es sehen«, sagte Lucas.

»Wenn Sie Zeit finden, es sich anzusehen«, schnaubte Climpt und vergrub die Nase in der Tasse. Seine Worte hatten einen gewissen Unterton, bei dem die beiden Techniker und der Eismann Lucas anschauten.

Lucas lachte und sagte: »Klar. Verflucht, Gene, Sie sind ja eifersüchtig!«

Climpt wies mit dem Kopf in Lucas' Richtung. »Er trifft sich – und ich drücke mich hier nur sehr dezent aus –, er trifft sich mit einem unserer Doktoren hier.«

»Weiblich, hoffe ich«, sagte der ältere Techniker.

»Daran kann kein Zweifel bestehen«, sagte Climpt. »Würde ich aber selbst gern mal rausfinden.«

»Vorsicht, Gene«, sagte Lucas. Er schaute auf die Uhr. »Wir sollten wahrscheinlich in die Stadt zurückfahren.«

Der Techniker, der immer noch Karten austeilte, gab dem Eismann noch ein As. »Mann, zwei Paare, Asse und Achter«, sagte er. Er drehte seine eigene Karte um. »Gehört dir.«

Als Climpt und Davenport gegangen waren, stand der Eismann auf, schlenderte zum Fenster und sah ihnen nach, wie sie beim Wagen stehenblieben, ein paar Worte wechselten und dann einstiegen. Einen Augenblick später fuhren sie weg.

»Wir sollten wieder zurück«, sagte der ältere Techniker. »Verflucht, noch zwei Tage diese Scheiße, dann dürfen wir wieder heim.«

»Wenn hier überhaupt jemand weg kann«, sagte der andere Mann. Er ging zum Fenster, zog den Vorhang zurück und schaute hinaus. »Herrgott, seht euch nur an, was sich da zusammenbraut.«

Nachdem die Techniker sich verabschiedet hatten, saß der Eismann alleine da und überlegte. *Immer noch Zeit zu fliehen*, sagte eine Stimme in seinem Hinterkopf. Er konnte seinen Koffer packen und bei Einbruch der Dunkelheit reisefertig sein. Bei dem Sturm würde niemand am Feuerwehrhaus vorbeikommen. Er konnte in zwei Stunden in Duluth, in vieren in Kanada sein. Und wenn er erst einmal über die Grenze war, konnte er sich absetzen, nach Nordwesten, Richtung Alaska.

Wenn er nur Weather Karkinnen noch erwischen könnte! Aber dann blieben immer noch die Schoeneckers und Doug und die anderen. Aber die waren Tausende Meilen entfernt. Möglicherwiese fand sie niemand mehr. Es könnte funktionieren. Und er wollte Weather. Er konnte sie da draußen spüren; eine feindliche Präsenz. Sie *verdiente* den Tod. *Hau lieber ab*, sagte die Stimme.

Töte sie, dachte der Eismann.

25

Der Mann von der Bundesstaats-Polizei hatte sich in einer Schneeverwehung gegenüber dem Feuerwehrhaus verschanzt. Er trug einen isolierten Wintertarnanzug, den er sich für die Hirschjagd gekauft hatte, Fellstiefel und eine Gesichtsmaske. In der Tasche beim Funkgerät bewahrte er ein Fernglas auf, in einer anderen Tasche eine Thermosflasche voll heißer Schokolade. Er war seit zwei Stunden auf Posten, angemessen warm und hinreichend gemütlich.

Er hatte gesehen, wie Davenport und Climpt ins Feuerwehrhaus gegangen waren, um Helper zu ködern. Als sie eine Minute drinnen waren, kam der FBI-Agent, der schwarze, von hinten gejoggt und verschaffte sich mit einem Schlüssel Zugang zum Fuhrpark. Zwei Minuten später kam er wieder heraus und verschwand im Schnee. Dann kamen Davenport und Climpt, gefolgt von den Technikern aus Madison. Seither nichts mehr. Der Polizist hatte mit einer sofortigen Reaktion gerechnet. Da sie nicht erfolgte, fühlte er sich allmählich etwas schläfrig in seiner Schneeverwehung; der Sturm dämpfte alle Geräusche, bleichte alle Farben aus, vertrieb alle Gerüche. Er schraubte den Deckel der Thermosflasche auf, trank einen Schluck Schokolade, schraubte den Deckel wieder zu. Er verstaute die Flasche gerade wieder in der Tragetasche, als er eine Bewegung sah. Die Tür auf der anderen Seite des Fuhrparks, wo der FBI-Mann hineingegangen war, wurde hochgerollt.

Der Polizist zog das Funkgerät aus der Tasche und hielt es ans Gesicht. »Hier tut sich was«, sagte er. »Haben Sie verstanden?« Das Funkgerät, das das FBI zur Verfügung gestellt hatte, war ihm fremd, alle Geräusche überlagert.

Wir hören Sie, womit fährt er?

»Bleiben Sie dran«, sagte der Polizist. Er studierte die offene Tür durch das Fernglas. Einen Augenblick später kam Helper heraus: mit dem Schneemobil, schaute nach rechts und links und fuhr dann Richtung Highway.

»Mit dem Schlitten«, sagte der Polizist ins Funkgerät. »Er fährt los, den Weg zur 88. Er nähert sich Ihrem Posten... Fährt nicht zu schnell... Moment mal, jetzt beschleunigt er, jetzt gibt er richtig Gas.«

Davenport, hören Sie mit?

»Ja, ich habe es gehört.« Lucas befand sich im Krankenhaus, wo es nach Alkohol und Desinfektionsmitteln und gelegentlich nach rohem Fleisch und Urin roch. »Habt ihr ihn?«

Wir überwachen ihn und er fährt in Ihre Richtung. Der Gesprächspartner war der FBI-Mann, der die Funkgeräte und die Signalgeber besorgt hatte, die an Helpers Schlitten und Lieferwagen befestigt waren. *Er kommt auf uns zu.*

Wir lassen ihn passieren und versuchen dann, uns an ihn ranzuhängen.

»Wir hier sind bereit. Halten Sie uns auf dem laufenden«, sagte Lucas. Er schaute Weather an. »Er kommt.« Lucas zog das Magazin aus seiner 45er und überprüfte es. Climpt, der auf einem Untersuchungshocker saß, hob seine zwölfkalibrige Ithaca hoch und beförderte eine Patrone in die Kammer. »Er müßte in zwanzig Minuten hier sein.«

»Wenn er hierher kommt«, sagte Carr. Der Sheriff hatte die Pistole wieder umgeschnallt, ließ sie aber unberührt im Halfter.

»Ich setze einen Dollar darauf, daß es so ist«, sagte Lucas. Er führte das Magazin wieder in die 45er ein und schlug mit dem Handrücken darauf, damit es einrastete.

»Ihr werdet versuchen, ihn zu töten, richtig?« fragte Weather.

»Wir versuchen nicht, ihn zu töten«, sagte Lucas gelassen. »Aber er muß seinen Zug machen.«

»Ich verstehe nicht, wie ihr es anstellen wollt, ihn nicht zu töten«, sagte Weather. »Wenn er eine Waffe in der Hand hält...«

»Wir warnen ihn. Wenn er beschließt zu kämpfen, was bleibt uns anderes übrig?«

Sie dachte einen Moment nach. »Wenn wir mehr Zeit hätten, würde mir etwas einfallen.«

»Frauen sollten nicht in so was reingezogen werden«, sagte Climpt.

»Klappe, Gene«, sagte sie schroff.

»Immer mit der Ruhe«, meinte Lucas geduldig. Er hielt die 45er hoch und schaltete die Sicherung ein und aus, ein und aus. Als er ihren Gesichtsausdruck sah, sagte er: »Tut mir leid.«

»Ich will mich nicht albern anstellen«, sagte sie. »Besser, er stirbt als jemand anders. Aber dieser Hinterhalt kommt mir so... abgekartet vor.«

»Wir spielen hier nicht Backe-backe-Kuchen«, sagte Climpt.

Der FBI-Mann meldete sich wieder: *Er fährt gerade an uns vorbei... Okay, er ist vorbei, hat uns übersehen. Aber wir können ihm unmöglich auf den Fersen bleiben. Herrgott, dieser Schnee ist die Hölle, als würde man in einen Trichter fahren... Er muß hier unten im Graben vierzig Sachen drauf haben... Blindflug... wir fahren dreißig... Manny, er müßte in fünf Minuten bei Ihnen sein.*

Eine zweite Stimme, der andere FBI-Agent: *Hab ihn im Zielfernrohr... Davenport, wir sind fünf Minuten weiter, er nähert sich immer noch, schätzungsweise zwei Meilen entfernt.*

»Verstanden«, sagte Lucas. Und zu Climpt, Weather und Carr: »Machen Sie sich bereit. Ich rede mit den Zwillingen.« Er lief den Flur entlang und stieß die Doppeltür am Ende des Korridors auf. Zwei Polizisten mit umgeschnallten Pistolen stiegen auf Schneemobile, einer hatte eine Schrotflinte in einem Halfter seitlich am Schlitten festgebunden.

»Haben Sie mitgehört?«

»Verstanden«, sagte einer der Polizisten. Rusty und Dusty. Mit ihren Helmen konnte man sie nicht auseinander halten.

»Na gut. Verstecken Sie sich da hinten hinter den Parkplätzen. Sobald er vom Schlitten steigt, schalten wir Sie ein. Seien Sie auf der Hut, falls etwas passiert. Wir schnappen ihn so oder so.«

»Verstanden.«

Die beiden Männer machten sich auf den Weg, Lucas lief den Korridor zurück, daß seine Schritte laut widerhallten, und machte den Reißverschluß der Jacke über der kugelsicheren Weste zu. Henry Lacey kam ihm entgegen.

»Viel Glück«, sagte er.

Carr legte gerade den Hörer auf, als Lucas zurückkam. »Ich bekomme gerade noch mehr Material über den Dreckskerl rein. Jede Menge aus Duluth. Er hat dort gekündigt, wie er gesagt hatte, aber wenn er nicht gekündigt hätte, dann hätte die Polizei ihn festgenommen, weil er Häuser nach Bränden geplündert hat. Ein paar Fachleute halten es sogar für möglich, daß er einige Brände selbst gelegt hat.«

»Gut. Je mehr wir vorweisen können, desto besser, wenn es zu einer Verhandlung kommt.«

Davenport, Sie haben recht. Er kommt, er ist an uns vorbei, er ist auf der Straße zum Krankenhaus, wir fahren parallel dazu den Highway entlang... Gottverdammt, es ist so schwer, hier draußen etwas zu erkennen.

»Shelly, Sie wissen, wo Sie hinmüssen. Weather, zieh den Mantel an. Und zieh die Gurte fester, verdammt.« Er zog die Gurte der kugelsicheren Weste straff und half ihr in den Parka. »Du weißt ja, was wir vorhaben.«

»Langsam gehen, in meiner Nähe bleiben. Sobald jemand einen Ruf ausstößt, runter auf den Boden. Und unten bleiben.«

»Genau. Und alle kennen die Vorgehensweise, falls er reinkommt.« Lucas sah Climpt und Carr an; Carr schluckte und wischte sich die Nase mit dem Handrücken ab.

»Nervös?« wandte sich Lucas an Weather und versuchte zu lächeln.

»Schon gut.« Sie schluckte. »Lampenfieber.«

Selbst bei Sturm hielten sich zwanzig bis dreißig Menschen im Krankenhaus auf – Schwestern, Pfleger, Hausmeister. Wenn Helper nicht völlig ausgerastet war, würde er keinen Frontalangriff auf das Gebäude versuchen. Und er wußte, daß Weather ein Deputy als Leibwächter zur Verfügung stand. Seine einzige Chance bestand darin, sie mit einem Gewehr zu erschießen oder sich mit einer Pistole oder Schrotflinte an sie ranzuschleichen und sich auf eine Schießerei mit dem Leibwächter einzulassen, wie er es versucht hatte, als er Weather und Bruun in den Hinterhalt lockte. Sie hatten Weathers Jeep in einem ungefähren Kreis von Autos plaziert, sie hatten ihm Verstecke geliefert, die Heckenschützen auf dem Dach erreichen konnten. Sie würden sie ihm gerade lange genug zeigen.

Sobald er eine Waffe zückte, hatten sie ihn.

Noch dreißig Sekunden entfernt.

Hat jemand eine Waffe gesehen?

Konnte nichts sehen, als er vorbeigerast ist. Auf der Maschine hat er zumindest kein Gewehr sehen lassen.

Noch zehn Sekunden entfernt. Gut, jetzt bremst er ab, er bremst ab. Er hat direkt vor der Zufahrt zum Parkplatz gehalten. Davenport, sehen Sie ihn?

Lucas hielt das Funkgerät an den Mund und schaute durch das Fenster des Wartezimmers auf den Parkplatz hinaus. Er sah nur Schwaden von Schneeflocken. »Wir können von hier drinnen kein bißchen erkennen. Der verdammte Schnee!«

Er ist immer noch da, könnt ihr Jungs auf dem Dach was erkennen?

Ich kann ihn sehen; er bewegt sich nicht.

Was macht er?

Einfach nur dasitzen.

»Kommt er rein?« fragte Weather.

»Noch nicht.«

Moment mal, er setzt sich wieder in Bewegung... Er fährt am Parkplatz vorbei, er fährt am Parkplatz vorbei die Straße zum Krankenhaus entlang. Er fährt langsam.

Wohin fährt er?

Er fährt am Krankenhaus vorbei.

Lucas: »Die Jungs auf den Schlitten, er kommt in eure Richtung, bleibt in eurem Versteck.«

Wir sind im Wald oben und können ihn nicht sehen. Wo ist er?

Kommt immer noch in Ihre Richtung.

Sehen ihn nicht.

Er ist auf der Straße bei diesem Gasding, dieser Erdgaspumpe, er fährt gerade vorbei.

Moment mal, jetzt haben wir ihn, er fährt langsam. Was sollen wir tun?

»Bleiben Sie, wo Sie sind, die FBI-Leute sollen ihn weiterverfolgen«, sagte Lucas.

Er fährt vorbei. Mann, hier draußen kann man kaum etwas sehen.

Die Stimme des FBI-Agenten übertönte alle anderen: »Er hat angehalten. Er hat angehalten. Er ist jetzt zweihundert Yards hinter dem Krankenhaus bei dem großen Waldstück.«

»Janes' Waldgelände«, sagte Climpt. »Er will durch den Wald kommen und zur Hintertür bei den Mülltonnen reinschleichen.«

»Die ist immer abgeschlossen«, sagte Weather.

»Vielleicht kennt er einen Weg, um reinzukommen.«

Er rührt sich nicht mehr. Jemand müßte mal nachsehen.

Carr, fünfzehn Meter entfernt, meldete sich über Funk: *Lucas, wenn er sich im Lauf der nächsten Minute nicht bewegt, sollten die Jungs mit den Schlitten mal vorbeifahren. Wenn er einfach nur dasitzt, können sie weiterfahren, wie Ausflügler. Aber wenn er sich in den Wald geschlichen hat, sollten wir es wissen.*

Das FBI meldete sich: Wir müssen was unternehmen: Der Schlitten steht immer noch still.

Lucas hielt das Funkgerät an den Mund. »Die Jungs auf den Schlitten – fahren Sie an ihm vorbei. Verstecken Sie die Waffen in den Anzügen, damit er sie nicht sehen kann. Und seien Sie vorsichtig. Nicht anhalten, einfach weiterfahren. Wenn Sie ihn sehen, winken Sie einfach.«

Lucas drehte sich zu Climpt um. »Wir sollten uns besser an der Hintertür postieren. Wenn er reinkommt, müßten wir eigentlich sehen, ob er bewaffnet ist.«

Die Jungs auf dem Dach – wir müssen Sie möglicherweise anders postieren; kann sein, daß er von hinten kommt. Einer könnte jetzt schon nach hinten gehen und Ausschau halten.

Verstanden.

»Wenn wir sehen, daß er zur Hintertür reinkommt, könnten wir Weather einfach über das Ende des T-Korridors dort laufen lassen«, sagte Climpt. »Er könnte sie von der Tür aus sehen, hätte aber keine Zeit zu handeln. Wenn er in diese Richtung läuft...«

Auf dem Weg zur Rückseite arbeiteten sie eine Vorgehensweise aus. Weather und Carr folgten hastig. Der blasse Henry Lacey stand mit seiner 38er am Tresen der Rezeption. Die Schwestern waren in die Notaufnahme gebracht worden, wo sie sich hinter Betonwänden verschanzen konnten.

Rusty sagte: *Wir sind gerade an seinem Schlitten vorbeigefahren. Er ist nicht da. Sieht so aus, als wäre er in den Wald gegangen. Schneeteller scheint er keine zu tragen. Mal sehen, hm...*

Es herrschte einen Augenblick Stille, dann sagte dieselbe Stimme:

Wir fahren noch mal an ihm vorbei.

»Was machen die denn?« fragte Lucas Climpt. »Sie kehren doch hoffentlich nicht um...?« Er hielt das Funkgerät an den Mund. »Was treiben Sie denn? Auf keinen Fall zurückfahren!«

Fahren gerade zurück.

Ein dumpfes, unvermitteltes Geräusch drang aus dem Funkgerät, ein Geräusch wie ein Husten oder Bellen, dann eine letzte Silbe von dem Deputy, die sich anhörte wie...

Er...

Stille. Eine Sekunde, zwei. Lucas lauschte angestrengt in das Funkgerät. Dann eine anonyme Stimme über Funk vom Dach.

Wir haben Gewehrschüsse gehört! Wir hören Gewehrschüsse aus Janes' Waldgelände! Ach du Scheiße, jemand schießt – jemand schießt.

26

Weather war der Schlüssel, zu diesem Ergebnis war der Eismann gelangt, sobald Davenport und Climpt gegangen waren, aber er konnte nicht gleich loslaufen. Er mußte warten, bis sich die Bullen verzogen hatten.

Er öffnete den grünen Armeespind, zog die oberste Schublade heraus, in der Reinigungswerkzeug, Munition und Ersatzmagazine untergebracht waren, und sah ganz unten nach.

Vier Handfeuerwaffen lagen da, zwei Revolver, zwei Automatik. Nachdem er einen Augenblick nachgedacht hatte, entschied er sich für die Browning Hi Power 9 mm Automatik und eine Colt Python 357er Magnum.

Die Geschosse fühlten sich kalt und seidig an; ausgezeichnete Ware, soviel stand jedenfalls fest. Er lud beide Waffen, steckte dreizehn weitere 9mm-Patronen in ein Ersatzmagazin für die Automatik und nahm noch einen Schnellader mit sechs Schuß für die 357er mit.

Dann sah er fern und hielt dabei die Waffen im Schoß wie Babys aus Stahl. Er saß in seinem Sessel, sah sich Quizsendungen an und wartete, bis die Spannung sich aufbaute. Er konnte sie nicht jagen, er kam im Haus nicht an sie heran. Er konnte nicht einmal sicher sein, ob sie sich überhaupt noch im Haus aufhielt. Er würde noch einmal zum Krankenhaus fahren müssen.

Weather verließ das Krankenhaus für gewöhnlich am Ende der ersten Schicht. Sie wies die neue Schicht noch für ihre Patienten ein. Die neue Schicht der freiwilligen Feuerwehr kam kurz nach fünf. Wenn er es durchziehen wollte, mußte er bis dahin wieder hier sein.

Zwei Stunden Zeit.

Er blickte auf die Waffen in seinem Schoß hinab. Wenn er sich eine in den Mund steckte, würde er nie wieder etwas spüren. So einfach konnte das alles sein. Alle Komplikationen, die ganze Belastung, würden der Vergangenheit angehören.

Und alle Wonnen. Er verdrängte den Gedanken und ließ die Wut in sich einströmen: Sie hatten ihn eingekesselt; schubsten ihn herum. Zwanzig gegen einen, dreißig gegen einen.

Das Adrenalin begann zu strömen. Er konnte spüren, wie sich die Spannung in seiner Brust aufbaute. Er hatte gedacht, es wäre vorbei. Und jetzt das. Er wurde vor Wut ganz zappelig und flüchtete sich in einen Tagtraum: *Er stand im Schnee, in jeder Hand eine Waffe, und schoß auf die schattenhaften Feinde erledigte sie einen nach dem anderen, und das Mündungsfeuer sah wie Strahlen aus, die von seinen Händen ausgingen.*

Das holte ihn in die Wirklichkeit zurück. Der Minutenzeiger rückte weiter, eine winzige Bewegung in der wirklichen Welt, und lenkte seine Aufmerksamkeit auf die Uhrzeit. Vierzehn nach zwei. Er mußte handeln. Er stand von seinem Sessel auf und ließ den Fernseher im leeren Zimmer weiterplärren.

Weather würde nach der Schicht zum Parkplatz gehen, durch das Schneetreiben. Mit einem Leibwächter. An jedem anderen Tag wäre ein Gewehr ideal gewesen. Aber durch den Schnee war ein Zielfernrohr nutzlos: Als würde man in ein Bettlaken sehen.

Er mußte einfach nahe genug ran; dieses Mal mußte er auf Nummer sicher gehen. Nichts Verspieltes. Ein schneller Schuß.

Ein schneller Schuß, und fort.

Die Fahrt zum Krankenhaus war atemberaubend. Er konnte spüren, wie er sich wie ein blaues Licht, eine blaue Kraft, durch den Wirbel des Sturms bewegte, wie der Schnee gegen das Lexan-Helmvisier wirbelte, wie der Schlitten unter ihm vibrierte, über Unebenheiten schnellte, wie ein Lebewesen zuckte. Manchmal konnte er kaum etwas sehen; dann wieder, in geschützten Arealen oder wenn er bremsen mußte, verbreiterte sich sein Gesichtsfeld. Er kam an einem Geländewagen vorbei und sah den Fahrer. Ein Fremder. Der Typ beachtete ihn nicht, obwohl er nur drei Meter entfernt war. Blind?

Er raste weiter, folgte dem Rattenlabyrinth der Fahrspuren parallel zum Highway am Stadtrand entlang. Kam wieder an einem Geländewagen vorbei. Noch ein Fremder, der ihn nicht ansah.

Komisch, daß bei so einem Sturm so viele Geländewagen unterwegs waren, deren Fahrer Schneemobilen keine Beachtung schenkten...

Schneemobilen keine Beachtung schenkten.

Warum schauten sie ihn nicht an? Er hielt vor der Zufahrt zum Krankenhausparkplatz an und dachte darüber nach. Er konnte Weathers Jeep sehen. Mehrere andere Autos in der Nähe; er konnte den Schlitten um die Ecke parken und auf den Parkplatz schleichen.

Warum hatten sie ihn nicht angesehen? Schließlich war er nicht unsichtbar. Wenn man einen Geländewagen fährt und plötzlich kommt ein Schlitten vorbeigerauscht, sieht man ihn an.

Der Eismann fuhr von der Zufahrt zum Krankenhaus ab und weiter. Er mußte darüber nachdenken. Fuhr weiter, zweihundert, dreihundert Meter. Janes' Waldgelände. Er hatte Dick Janes diesen Herbst hier Eichen fällen sehen. Nicht für dieses Jahr, für das nächste.

Der Eismann fuhr vom Weg herunter und steuerte den Schlitten einen kurzen Hang hinauf, wo er tief in den Schnee einsank. Er sprang ab, ging fünfzehn Schritte und kauerte sich neben einen Stapel angesägter Äste.

Kojoten machten das so. Das wußte er, weil er schon welche gejagt hatte. Er hatte einmal einen Kojoten gesehen, der sich drei- oder vierhundert Meter entfernt scheinbar unbekümmert bewegte. Er war seiner frischen Fährte durch das Unterholz eines Erlensumpfs gefolgt, dann einen Hang hinauf, dann zurück... und sah plötzlich seine eigenen Spuren jenseits des Sumpfs und eine Mulde, wo sich der Köter hingelegt und ausgeruht hatte, während er sich durch die Erlen gekämpft hatte. Man mußte die Verfolger täuschen können.

Hinter dem Stapel von Ästen fühlte er sich hinreichend sicher und duckte sich im Schnee. Er war windgeschützt, und die Temperatur stieg mit dem aufziehenden Sturm.

Er wartete zwei Minuten und fragte sich, weshalb. Dann noch eine Minute. Er wollte gerade aufstehen und zum Schlitten zurückgehen, als er Motoren auf dem Weg hörte. Er duckte sich wieder und beobachtete. Zwei Schlitten fuhren langsam vorbei. Viel zu langsam. Viel zu ziellos für Leute, die das Schneemobil nur zur Fortbewegung nutzten, und wenn es Ausflügler waren, wo wollten sie hin? An diesem Weg lag nichts mehr, nur fünfzehn oder zwanzig Meilen Bäume bis zur nächsten Stadt.

Etwas stimmte nicht.

Der Eismann wartete und beobachtete.

Sah sie zurückkommen. Hörte sie vorher, nahm die 357er aus der Tasche.

Er konnte sie deutlich sehen, wenn er zwischen den Lükken der abgesägten Äste hindurchschaute, aber er war für sie, oberhalb von ihnen in den Schnee geduckt, wahrscheinlich unsichtbar. Sie hielten an.

Sie hielten an. Sie wußten es. Sie wußten, wer er war und was er tat.

Die Wut, die er sein Leben lang verspürt hatte, kam wieder hoch. Er überlegte nicht mehr. Der Eismann handelte, und nichts konnte sich ihm in den Weg stellen.

Er richtete sich halb auf und visierte die Brust des ersten Mannes über die Kimme der 357er an.

Er hörte den Schuß nicht, nur die Musik der erlesenen Maschine, spürte den Rückstoß der Waffe.

Der erste Mann stürzte vom Schlitten. Der zweite Mann, der eine schwarze Lexanmaske trug, drehte sich um. Das alles in Zeitlupe: Der zweite Mann drehte sich um, der Lauf der Waffe wurde nach dem ersten Schuß in die Höhe gerissen, er zielte wieder, der zweite Mann zuckte zusammen, er schwankte, fiel aber nicht, eine Hand schnellte in die Höhe, spreizte die Finger, um die Hochgeschwindigkeitsgeschosse der 357er abzuwehren; ein dritter Schuß durchbohrte die Hand und warf den Mann rückwärts vom Schlitten. Der

Eismann feuerte weiter, immer noch kein Laut, ein vierter Schuß, ein fünfter, ein sechster…

Dann spürte er keinen Rückstoß mehr, hörte nur noch den Hammer auf leere Hülsen schlagen, dreimal, viermal, der Zylinder drehte sich.

Klick, klick, klick, klick.

27

Er fährt wieder, er fährt, fährt schnell, was ist passiert, was ist passiert?

Der Funkspruch hallte in dem gekachelten Flur, Carr wiederholte ihn, brüllte: *Was ist passiert, was ist passiert* – und wußte genau, was passiert war. Weather rannte zur Notaufnahme, Lucas zwei Schritte hinter ihr. *Bleibt dran, bleibt dran, wir haben möglicherweise Leute verloren.*

Der Fahrer des Krankenwagens unterhielt sich mit einer Schwester. Weather lief durch die Notaufnahme und rief ihm zu: »Los, los, los, ich komme mit, auf geht's.«

»Wohin…?« Der Fahrer stand mit offenem Mund auf.

Lucas, der keine Ahnung hatte, wo der Krankenwagen stand, schrie: »Los«, und der Fahrer setzte sich in Bewegung, durch den Raum, durch eine doppelte Hartholztür in eine Garage. Der Krankwagen stand in Fahrtrichtung, der Fahrer schlug auf einen handtellergroßen Knopf, worauf die Außentür in die Höhe glitt. Er ging nach links, Lucas nach rechts, beide stiegen ein. Die Hecktür wurde aufgerissen, ein weißgekleideter Pfleger, der einen Parka trug, stieg ein, dann Weather mit ihrer Tasche, dann Climpt mit seiner Schrotflinte.

»Wohin?« brüllte der Fahrer über die Schulter, während er schon Gas gab.

»Einfach die Straße lang, Janes' Waldgelände, liegt direkt an der Straße.«

»Was ist passiert?«

»Möglicherweise wurden Leute angeschossen – Deputies.« Dann murmelte sie, während sie Lucas ansah wie ein Mantra: »Mein Gott, o mein Gott…«

Der Krankenwagen schlängelte sich aus der Garage und fuhr zur Straße. Ein Deputy ohne Hut, ohne Handschuhe und mit wehendem Haar lief vor ihnen her und hielt einen verchromten Revolver fast in Kopfhöhe. Henry Lacey. Sie überholten ihn, spähten nach rechts, in den Graben und die gegenüberliegende Böschung hinauf, Schnee klatschte auf die Windschutzscheibe, die Wischer kämpften dagegen an.

»Da«, sagte Lucas. Die Schneemobile standen dicht nebeneinander, daneben etwas, das wie Baumstämme aussah.

»Bleib hier«, rief Lucas Weather zu.

»Was?«

»Er könnte noch hier in der Nähe sein.«

Der Krankenwagen kam zum Stillstand, Lucas schnellte mit vorgehaltener Waffe zur Tür hinaus und suchte den Rand des Waldstücks nach Bewegungen ab. Er spürte das Gewicht der kugelsicheren Weste, und er wartete auf den Schuß, wartete, sah sich um. Climpt war auch draußen, rechts von ihm, und die Mündung der Schrotflinte blieb auf die Bäume gerichtet.

Nichts. Lucas sprang geduckt über den Straßengraben, Climpt gab ihm Deckung. Die Deputies sahen wie die Opfer einer obskuren Hinrichtung in der Dritten Welt aus; der Schnee und ihre Schneemobilanzüge verliehen ihnen ein schroffes, schwarzweißes Aussehen, wie bei körnigen Zeitungsfotos. Sie lagen unbequem, reglos, verrenkt. In Rustys Gesichtsmaske klaffte ein Einschußloch. Lucas hob die Maske behutsam. Die Kugel war ins linke Auge des Deputy eingedrungen. Er war tot. Dusty lag unnatürlich verkrümmt daneben, Gesicht nach unten, Helm fort, und sein Hinterkopf sah aus, als hätte man mit einer Axt auf ihn eingeschlagen. Dann sah Lucas das Loch im Rücken des Schneeanzugs, noch einen Treffer, und dann einen dritten, tiefer, an der Wirbelsäule. Er wandte sich noch einmal Rusty zu. Weitere Treffer in der Brust, im schwarzen Nylon schwer zu sehen. Dustys Gewehr lag mit der Mündung nach unten im Schnee. Er hatte es aus dem Halter ziehen können, mehr nicht.

Climpt kam auf ihn zu, die Waffe immer noch erhoben. »Aus«, sagte er. Er meinte die Deputies.

»Ja«. Lucas stapfte in den Wald und erblickte die zickzackförmige Spur eines dritten Schneemobils, die bereits vom fallenden Schnee zugedeckt wurde. Außer den Leuten hinter sich konnte er nichts hören. Kein Schneemobil. Nichts.

Er drehte sich um, und da war Weather. Sie ließ ihre Tasche fallen. »Tot«, sagte sie. Sie breitete die Arme aus und sah ihn an. »Sie waren fast noch Kinder.«

Der Fahrer des Krankenwagens und der Pfleger stapften mit einer Bahre durch den Schnee, sahen die Leichen, ließen die Bahre fallen und warteten mit den Händen in den Taschen ab. Henry Lacey, der die Waffe immer noch dicht vor dem Gesicht hielt, kam zu ihnen gelaufen.

»Nein, nein, nein«, sagte er. Und das wiederholte er immerzu, während er sich den Kopf mit einer Hand hielt, als wäre er selbst verwundet worden: »Nein, nein...«

Carr traf ein, sprang aus dem Wagen. Er betrachtete die Szene und seinen Deputy, der im Kreis herum ging, dabei »Nein, nein«, murmelte und sich den Kopf inzwischen mit beiden Händen hielt, als wollte er verhindern, daß dieser explodierte.

»Wo ist er?« brüllte Carr.

»Fort. Hoffentlich haben die FBI-Leute ihn, denn bei dem Wetter wäre es die Hölle, ihm zu folgen!« brüllte Lucas zurück.

Die FBI-Leute meldeten sich über Funk: *Wir haben ihn noch, er ist ziemlich weit von der Straße entfernt und bewegt sich schnell vorwärts, was geht da vor?*

»Wir haben hier zwei Tote«, rief Lucas zurück. »Wir fahren zum Krankenhaus zurück. Verfolgen Sie ihn weiter, wir sind in zehn Minuten bei Ihnen.«

Lucas und Climpt nahmen Carrs Wagen und fuhren zum Krankenhaus zurück. Lucas zog die kugelsichere Weste aus und Parka und Thermohosen an.

»Rustys Wagen steht hinten, richtig? Mit dem Anhänger für das Schneemobil?«

»Ja.«

»Wir nehmen die Schlitten«, sagte Lucas. »Was wir jetzt brauchen, ist eine anständige Karte.«

Sie fanden eine in der Funkzentrale der Krankenwagen, eine großformatige Karte von Ojibway County. Die FBI-Leute benutzten Karten aus dem Grundbuchamt, die noch besser waren.

Lucas ging ans Funkgerät.

»Haben Sie ihn noch?« fragte er.

Ja. Wir haben ihn. Aber Sie sollten zusehen, daß Sie herkommen, wir können ihn nämlich nicht sehen und haben nur Handfeuerwaffen.

Helper war bereits acht Meilen entfernt und fuhr Richtung Süden.

»Er könnte sich einen abgelegenen Bauernhof aussuchen, schießend eindringen, einen Wagen stehlen«, sagte Climpt.

»Niemand würde es feststellen, bis jemand zufällig an dem Hof vorbeikommt.«

Lucas schüttelte den Kopf. »Er ist zu weit weg. Er weiß schon, wohin er will. Ich denke, er behält den Schlitten, bis er dort angekommen ist.«

»Das Feuerwehrhaus liegt in der Richtung.«

»Dann sollten wir lieber jemanden hinschicken«, sagte

Lucas. »Aber ich kann mir nicht vorstellen, daß er dorthin gehen würde.« Er deutete mit einem Finger auf die Karte und suchte das Straßennetz ab. »Wenn er dorthin wollte, hätte er sogar schon abbiegen müssen. Wenn er die Wege kennt, fühlt er sich auf dem Schlitten wahrscheinlich sicher, zumindest momentan.«

»Dann los.«

Sie nahmen die Karte von der Wand und eilten nach hinten zu Rustys Wagen. Die Schlüssel waren nicht da, wahrscheinlich bei der Leiche. Lucas lief durch das Krankenhaus zurück, an den Gruppen von Schwestern vorbei, die sich langsam zusammenfanden, lief nach draußen und fuhr Carrs Wagen nach hinten. Climpt zog den Anhänger von Rustys Auto, und als Lucas nach hinten kam, klinkte er ihn an den Wagen des Sheriffs an.

Zehn Deputies befanden sich inzwischen am Schauplatz der Schießerei. Die Leichen lagen immer noch im Schnee; Autos hielten auf dem Highway, man konnte die blassen, entsetzten Gesichter der Fahrer durch die Seitenfenster sehen. Carr brüllte mit hochrotem Kopf ins Funkgerät, und Weather stand starr wie eine Salzsäule und sah auf die Leichen hinab.

Lucas und Climpt sprangen über den Straßengraben, kletterten auf die Schlitten und ließen sie an.

»Tötet ihn«, sagte Carr.

Weather hielt Lucas am Arm fest, als sie die Schneemobile auf den Hänger luden. »Kann ich mitkommen?«

»Nein.«

»Ich will aber mitfahren.«

»Nein. Du gehst ins Krankenhaus zurück.«

»Ich will mit«, beharrte sie.

»Nein, und das ist endgültig«, sagte Lucas und stieß sie weg.

Climpt hatte die Schrotflinte gegen eine Mac-16 ausgetauscht und sagte: »Ich fahre«, dann eilte er um das Führerhaus herum. Lucas stieg auf der Beifahrerseite ein; als sie losfuhren, sah er Weather, die wieder zum Sheriff ging.

»Anschnallen und festhalten«, sagte Climpt. »Ich rase.«

Sie fuhren vom Highway auf der County Road AA nach Süden, eine Straße mit gefährlichen spitzen Kurven und einer spiegelglatten, dreiteiligen, zweispurigen Brücke über den Menomin Flowage. Lucas hätte den Lieferwagen schon ein halbes dutzendmal in den Straßengraben befördert, aber Climpt kannte die Straße offenbar in- und auswendig und wußte, wann er bremsen mußte und wann Kurven kamen. Aber der Schnee prasselte gegen die Windschutzscheibe, und der Deputy mußte den abschmierenden Lieferwagen durch Engpässe schleusen, einen Fuß auf der Bremse, einen auf dem Gas.

Lucas blieb über Funkgerät mit dem FBI in Verbindung.

Er befindet sich entweder auf dem Menomin Branch East oder dem Weg nach Morristown, immer noch Richtung Süden.

»Wir kommen zu Ihnen, sind auf der AA und passieren gerade H«, sagte Lucas.

Okay, wir sind etwa vier Meilen entfernt. Herrgott, wir können absolut nichts mehr sehen.

Carr meldete sich: *Wir laden auf und kommen auch in Ihre Richtung. Wenn Sie ihn haben, nageln Sie ihn fest, wir kommen dann und erledigen den Rest.*

Dann wieder die FBI-Leute: *He, er hat angehalten. Eindeutig angehalten, er ist voraus, muß auf der County Y sein, zwei Meilen östlich der AA. Wir sind etwa vier bis fünf Minuten entfernt.*

Lucas erteilte Anweisungen: *Suchen Sie sich ein gutes Plätzchen, wo Sie halten und warten können. Wir kommen alle hin. Wir haben keine Ahnung, was für Waffen er noch bei sich trägt.*

»An dieser Straße gibt es nicht viel«, sagte Climpt, der nachdachte. Er umklammerte das Lenkrad mit weißen Händen, krampfhaft, hatte den Kopf nach vorne gereckt und spähte angestrengt in das Schneetreiben. »Hier jedenfalls nicht. Ich überlege grade. Weitgehend Holz.«

Carr meldete sich: *Weather glaubt, daß er im Haus der Harris' ist. Duane hatte angeblich was mit Rosie Harris. Liegt etwa eine Meile von der AA entfernt an der Y. Müßte auf den Grundbuchkarten eingezeichnet sein.*

»Verflucht«, sagte Lucas. »Weather fährt bei Carr mit.«

Climpt grunzte. »Hätte ich Ihnen gleich sagen können, daß die nicht daheim bleibt.«

»Wird den Arsch abgeschossen kriegen«, murmelte Lucas.

»Acht Tote, von denen wir wissen«, sagte Climpt mit seltsam sanfter Stimme. Ein rotes Stoppschild und eine Brücke schälten sich aus dem Dunkel heraus, und Climpt trat auf die Bremse, verlangsamte und gab wieder Gas. »Wir können Russ Harper und die Schoeneckers nicht finden, und es sollte mich nicht wundern, wenn sie auch nicht mehr am Leben wären. Verflucht, ich habe gedacht, so was würde nur in Städten wie New York oder Los Angeles vorkommen.«

»Kommt überall vor«, meinte Lucas, als sie das Stoppschild passierten.

»Aber das glaubt man nicht, wenn man hier oben lebt«, sagte Climpt. Er sah zum Fenster hinaus. Im Fenster eines Gasthauses am Straßenrand leuchtete eine Reklame für Coors Bier. Drei Menschen, die in den einförmigen Parkas geschlechtslos aussahen, gingen mit Langlaufskiern auf den Schultern zur Tür. »Man glaubt nicht, daß so was überhaupt passieren kann.«

Die FBI-Leute hatten bei einem Farmhaus eine halbe Meile von der Stelle entfernt Stellung bezogen, wo sich ihren Meßinstrumenten zufolge der Signalgeber befinden mußte. Die Sichtweite lag bei zwanzig Schritten und weniger. In nicht einmal einer Stunde würde es dunkel sein. Lucas und Climpt parkten hinter dem Lieferwagen des FBI, stiegen aus und gingen zum Haus. Tolsen empfing sie unter der Tür. »Ich gehe runter und beobachte das Ende der Einfahrt, damit er dort nicht mit einem Auto abhaut.«

»Okay. Aber nicht reingehen.«

Tolsen nickte. »Ich warte auf die Polizisten«, sagte er grimmig. »Sind die beiden Jungs tot?«

Lucas nickte und verzog das Gesicht. »Ja.«

»Scheiße.«

Ein Farmerehepaar saß mit dem erwachsenen Sohn in der Küche, drei blasse Menschen in Flanell; Lansley telefonierte. Er legte auf, als Lucas und Climpt hereinkamen, und sagte: »Wir haben einen Geiselunterhändler, der sich in Washington am Telefon bereithält. Er kann sich melden, falls wir ihn brauchen. Falls es zu einer Geiselnahme kommen sollte.« Er sah ausgelaugt aus.

»Wir müssen schnell etwas unternehmen«, sagte Climpt. »Wenn er da drinnen einen anderen Schlitten hat, oder wenn er mit einem Auto flieht, erwischen wir ihn nie.«

»Was haben wir für einen Plan?« fragte Lansley. »Wo steckt Carr?«

»Die sind zehn oder fünfzehn Minuten hinter uns«, sagte Lucas. »Gehen Sie raus und unterstützen Sie Tolsen. Beobachten Sie nur die Einfahrt, auf gar keinen Fall näher rangehen. Gene und ich fahren mit den Schlitten, bis wir nahe genug sind, dann gehen wir zu Fuß. Er kann uns nicht besser sehen als wir ihn, und wenn wir ihn im Freien erwischen, können wir ihm einen Hinterhalt legen.«

»Haben Sie Schneeteller?«

»Nein. Wir müssen uns durchschlagen, so gut es geht.«

Der Farmer räusperte sich. »Wir haben Schneeteller«, sagte er. Er sah seinen Sohn an. »Frank, sei so gut und hol sie den Leuten.«

Lucas und Climpt luden die Schlitten ab und fuhren damit durch den Hof der Farm. Der Farmer hatte ihnen zu den Schneetellern auch noch einen Kompaß gegeben. Den brauchten sie schon fünfzehn Meter hinter der Scheune. Lucas führte sie schnurgerade nach Westen, über ein ehemaliges Sojabohnenfeld, dessen Stoppeln jetzt unter neunzig Zentimeter Schnee verborgen waren. Der Schnee wurde von zunehmendem Wind gepeitscht und wehte in langen Schwaden über die offenen Felder. Die Welt versank in Halbdunkel.

Lucas hatte sich das Funkgerät um den Hals gehängt und so laut gedreht, daß er die vereinzelten Funksprüche hören konnte: *Keine Bewegung... Nichts... Fünf Minuten entfernt... Holt noch ein paar Schlitten hierher, versucht mal, ob ihr bei Lamey's welche kriegen könnt.*

Ein dunklerer Schatten schälte sich aus dem Schnee heraus. Eine Fichte. Der Farmer hatte gesagt, daß noch eine alte Weißfichte auf dem Feld stand, sechzig Meter vom Windbrecher auf dem Harris-Grundstück entfernt. Lucas deutete darauf, und Climpt hob bestätigend die Hand. Einen Augenblick später ragte der Windbrecher wie ein Vorhang vor ihnen auf, die Blaufichten so dunkel, daß sie fast schwarz wirkten. Climpt steuerte fünfzehn Schritte nach links, als sie darauf zufuhren. Am Rand der Baumgruppe hielten sie an, dann deutete Climpt mit dem Finger und brüllte über den Sturm hinweg: »Wir sind zu weit abgekommen. Ich glaube, wir müssen da durch. Der Windbrecher ist nur etwa drei oder vier Bäume breit, also keine Panik.«

Sie fuhren Richtung Straße zurück, Climpt voraus. Nach dreißig Metern winkte er und stellte den Motor ab. Lucas hielt neben ihm an und zog die langen Trapperschneeteller vom Gepäckträger.

»Verdammte Scheiße«, sagte er.

Im Inneren des Windbrechers ließ der Wind nach, wirbelte aber zwischen den Bäumen dahin und bildete Schneeverwehungen. Sie stapften durch, und plötzlich erschien ein Licht in dem weißen Toben. Fenster. Lucas deutete darauf, und Climpt nickte. Sie wandten sich weiter nach rechts, schritten an den Baumreihen entlang und näherten sich dem doppelt breiten Wohncontainer von hinten. Die Spur eines Schneemobils verlief über den Hof und verschwand hinter der Unterkunft.

»Gehen wir ein bißchen zurück. Obwohl ich nicht glaube, daß sie uns sehen können.«

Sie hielten sich zwischen Bäumen und Haus und bewegten sich zur Vorderseite. Ein Schneemobil parkte neben der Tür. Ein Parkplatz für ein Auto oder einen Lieferwagen war freigeschaufelt worden, aber der Parkplatz war leer.

»Ich beobachte die Rückseite«, sagte Climpt. Er hatte die Mac-16 über die Schulter geschlungen und ließ sie nun in die Hände gleiten.

»Beziehen Sie so Stellung, daß wir einander sehen können«, sagte Lucas. »Wir müssen in Verbindung bleiben.«

Climpt ging den Weg zurück, den sie gekommen waren, blieb stehen, stampfte sich mit den Schneetellern eine Plattform und hockte sich nieder. Er gab Lucas ein Handzeichen und legte das Gewehr zwischen die Knie.

Lucas sprach ins Funkgerät. »Wir sind da. Wir können vorne ein parkendes Schneemobil sehen. Kein anderes Fahrzeug. Die Fenster sind erleuchtet.«

Spuren von Bewohnern?

»Noch nicht. Es sind eine Menge Lichter an.«

Carr meldete: *Wir sind da – wir sehen euch Jungs von der Straße aus.*

Und das FBI: *Bis jetzt ist noch niemand rausgekommen.*

Carr ging zu den Agenten. Deputies sperrten die County Y in beide Richtungen. Andere würden sich zwischen die Bäume schlagen und das leere Hühnerhaus hinter dem Wohnhaus der Harris' beziehen.

Es geht darum, wie lange wir auf ihn warten. Was meinen Sie? fragte Carr.

»Nicht lange«, sagte Lucas in das Funkgerät. »Es ist kein Fahrzeug hier. Ich kann keine frischen Spuren erkennen, aber ich kann auch die andere Seite des Hofs nicht einsehen. Es wäre möglich, daß er den Schlitten abgestellt hat und mit einem anderen geflohen ist, bevor wir überhaupt hiergewesen sind.«

Das FBI hat eine Art Seelenklempner in der Leitung. Der könnte anrufen. Und wir bekommen Tränengas.

»Verhandeln Sie, Shelley. Reden Sie mit dem Unterhändler. Ich bin kein Geiselfachmann. Ich kann dem Kerl von hier nur einen Hinterhalt legen.«

Okay.

Einen Augenblick später meldete sich Carr wieder: *Hier kommt ein Lieferwagen. Bleiben Sie dran.*

Und zwei Minuten später: *Im Wagen waren Rosie und Mark Harris. Sie sagen, ihre Schwester ist da drinnen, Ginny Harris. Sie behaupten, Helper habe was mit ihr, nicht mit Rosie. Sie sagen, es waren keine anderen Fahrzeuge da. Sie haben nur den Lieferwagen und einen Schlitten, und der Schlitten steht hinten auf dem Lieferwagen. Also müssen sie da drinnen sein.*

»Also warten wir?« fragte Lucas.

Nur eine Minute.

Lucas setzte sich in den Schnee und beobachtete die Tür; sein Gesicht war naß von schmelzendem Schnee, Schneeflocken hafteten an seinen Wimpern. Climpt war dreißig Schritte entfernt, ein dunkler Umriß im Schneetreiben, und hatte das Gewehr in den Sturm gerichtet. Er hatte ein Kondom über die Mündung gezogen, damit kein Schnee in den Lauf geraten konnte. Aus der Ferne konnte Lucas die Farbe nicht erkennen, aber im Farmhaus, wo Climpt es übergezogen hatte, hatte er sehen können, daß es leuchtend blau war.

»Haben Sie auch Neonlichter dran?« hatte Lucas gefragt, als sie sich zum Aufbruch rüsteten.

»Brauch keine Neonlichter«, hatte Climpt geantwortet.

»Wenn Sie genau hinsehen, werden Sie feststellen, daß es ein extra großes ist.«

Lucas, wir lassen Rosie anrufen. Wir können sie von hier durchstellen. Wenn Helper antwortet, wird sie nach Ginny fragen. Das ist die jüngere. Sie wird dem Mädchen sagen, es soll zur Tür gehen, wenn Helper etwas vorhat, und einfach rausrennen und die Einfahrt entlanglaufen. Wenn sie draußen ist, nehmen wir die Bude auseinander.

Lucas antwortete nicht gleich. Er saß im Schnee, dachte nach, und schließlich sagte Carr: *Was meinen Sie? Glauben Sie, es könnte funktionieren?*

»Ich weiß nicht«, sagte Lucas.

Haben Sie einen besseren Vorschlag?

»Nein.«

Nach einer noch längeren Pause sagte Carr:

Wir versuchen es.

28

Der Eismann saß auf der Couch, und die Wut über die Ungerechtigkeit erstickte jeden klaren Gedanken. Er hatte nie eine Chance gehabt, schon als Kind nicht. Sie hatten immer auf ihm herumgehackt, ihn gepeinigt, gequält. Und jetzt würden sie ihn jagen wie einen tollwütigen Hund. Ihn töten oder in einen Käfig sperren.

»Wichser«, sagte er und preßte die Knöchel an die Zähne. »Wichser.« Wenn er die Augen zumachte, konnte er milchig weiße Vorhänge sehen, die von großen offenen Fenstern weggeweht wurden, irgendwo in einer Stadt, einer Stadt mit erleuchteten, gelben Gebäuden.

Wenn er die Augen aufmachte, sah er einen schäbigen Patchworkteppich auf dem Boden eines überbreiten Wohnmobils mit Aluminiumwänden. Das gelbblonde Mädchen hatte eine Fertigmahlzeit Schinken mit Käse in die Mikrowelle geschoben, er konnte den schmelzenden billigen Cheddar riechen.

Sie hatten ihm eine Falle gestellt. Sie hatten gewußt, daß er die anderen umgebracht hatte. Das war ihm klar geworden, als er die Deputies zurückkommen sah, das Wissen hatte sich zu Wut gesteigert, und die Waffe war wie von allein in die Höhe geschnellt und losgegangen.

Jetzt mußte er fliehen. Alaska. Der Yukon. In die Berge.

Er hatte alles überlegt. Die Polypen würden jede entlegene Farm und jedes Haus in Ojibway County absuchen. Sie würden automatische Waffen bei sich tragen und kugelsichere Westen anhaben. Wenn er sich versteckte, hätte er keine Chance: Sie würden einfach an jede Tür klopfen, in jedes Zimmer in jedem Haus sehen, bis sie ihn gefunden hatten.

Er würde nicht warten. Der Sturm arbeitete für ihn. Er konnte mit dem Schlitten querfeldein, über das Netz der Menomin-Flowage-Schneemobilwege. Im Flambeau Crossing kannte er einen Mann namens Bloom. Bloom war ein Einsiedler, lebte allein, züchtete Retriever und trainierte Pferde. Er besaß einen fast neuen Geländewagen. Wenn er es bis dahin schaffte – und es war eine lange Fahrt, besonders bei dem Sturm –, konnte er Blooms Lastwagen und Papiere nehmen, auf dem Highway 8 nach Minnesota fahren und dann die Interstate durch Dakota nach Kanada nehmen. Und wenn er den Leichnam des Pferdetrainers in einer Schneeverwehung hinter der Scheune versteckte und soviel Futter daließ, daß die Tiere ruhig blieben, konnte es Tage dauern, bis die Bullen nach Bloom und seinem Lastwagen suchten.

Bis dahin ... Er sprang von der Couch, steckte die Faust in die Hosentasche und überlegte sich im Kopf eine Route. In der kanadischen Wildnis konnte er den Lastwagen irgendwo abstellen, wo man ihn nicht vor dem Frühling finden würde. Dann einen Bus nehmen. Und fort wäre er.

»Scheiße, wo stecken sie?« schrie er das Mädchen an.

»Müßten schon hier sein«, sagte sie ruhig.

Er war darauf angewiesen, daß Rosie und Mark zurückkamen. Er brauchte das Benzin des Lastwagens, wenn er bis Flambeau Crossing kommen wollte.

Das gelbblonde Mädchen hatte Schinken und Käse in die Mikrowelle gestellt, und dann war sie ins Schlafzimmer gegangen und hatte sich umgezogen. Lange Unterhosen, dicke Socken, einen Pullover. Sie holte den Schneeanzug und die Pelzstiefel heraus, begann, ihre Sachen durchzusehen. Nahm Bilder. Bilder von ihrer Mom, ihrem Bruder und ihrer Schwester, fand ein Foto ihres Vaters, das sie, ohne es eines zweiten Blickes zu würdigen, auf den Boden warf. Sie nahm ein kleines goldenes Kruzifix an einer Kette, die zerrissen war. Das alles steckte sie in die Brieftasche. Die Brieftasche selbst konnte sie im Schneeanzug unterbringen.

Helper hatte ihr von den Bullen erzählt. Er hatte keine andere Wahl gehabt. Sie waren ihm auf den Fersen. Sie konnte sein Gefühl des Gefangenseins und seine Wut spüren. Sie hatte ihm über die Schulter gestreichelt, seinen Kopf gehalten, dann hatte sie ihm etwas zu essen angeboten und angefangen zu packen.

Sie hörte die Uhr schlagen, dann das *Ding* der Mikrowelle. Sie trug ihre Sachen in die Küche, ließ alles auf einen Stuhl fallen, holte Schinken und Käse aus dem Herd. Die Verpackung war heiß, sie balancierte sie auf einen Teller. Sie hatte Kaffee aufgesetzt, aber der war noch nicht ganz fertig. Sie wartete noch eine Minute, dann rief sie: »Komm und hol's dir.«

Das hatte ihre Mom vor langer Zeit immer gesagt. Manchmal konnte sie sich nicht einmal mehr an ihr Gesicht erinnern. Aber an die Stimme, eine häufig wimmernde, manchmal aber auch fröhliche Stimme: *Komm und hol's dir.*

Das Telefon läutete, und sie nahm ab, ohne nachzudenken. »Hallo?«

Der Eismann sah sie von der Couch aus an.

Rosie meldete sich mit aufgeregt flüsternder Stimme: »Ginny – schau Duane nicht an, okay? Schau ihn nicht an. Hör einfach nur zu. Duane hat gerade zwei Polizisten und alle anderen getötet. Das ganze Haus ist von Polizisten umstellt. Du mußt rauskommen, damit sie rein und ihn schnappen können. Wenn Duane auf dem Klo ist, wann immer sich eine Möglichkeit bietet, komm einfach zur Tür raus und lauf die Einfahrt entlang. Zieh keinen Mantel an oder so, lauf einfach. Okay? Und jetzt sag etwas wie: ›Wo zum Teufel steckt ihr?‹«

»Wo zum Teufel steckt ihr?« sagte das Mädchen automatisch. Sie drehte sich um und sah Duane an.

»Sag ihm, wir sind noch in der Stadt und wollten wissen, wie die Straßen dort sind. Und jetzt sag etwas über die Straßen.«

»Na ja, die Straßen sind ein Chaos. Es schneit wie verrückt«, sagte das gelbhaarige Mädchen. »Die Einfahrt schneit langsam zu, und vor einer Weile ist ein Schneepflug vorbeigekommen und hat uns zugeschüttet.«

Der Eismann sprang von der Couch auf und flüsterte: »Sag ihr, es ist wichtig, daß sie herkommen. Ich muß das Benzin haben. Sag ihr nicht, daß ich hier bin.«

Sie legte einen Finger auf die Lippen, dann wandte sie sich wieder dem Telefon zu. »Ich brauche euch wirklich hier«, sagte sie.

Rosie schaltete schnell. »Hört er zu?«

»Ja.«

»Okay. Sag ihm, wir kommen so schnell wie möglich hin. Und wenn du eine Möglichkeit bekommst, läufst du weg. Okay?«

»Okay.«

»Gott schütze dich«, sagte Rosie. »Lauf, wenn du kannst, Liebes.«

Das gelbblonde Mädchen nickte. Duane, der die Fäuste in

den Taschen hatte, sah sie durchdringend an. »Klar, mach ich«, sagte sie.

29

Das Schneetreiben wurde dichter, das spärliche Tageslicht erlosch rapide. Climpt war ein regloser Schatten im Schnee. Lucas hatte sich hinter einem Baum verschanzt, wo der Fichtengeruch dem Wind einen köstlichen Beigeschmack verlieh. Und sie warteten.

Fünf Minuten waren verstrichen, seit sich Carr über Funk gemeldet hatte: *Okay, das Mädchen weiß Bescheid, sie wird versuchen zu fliehen. Daß mir niemand feuert!*

Ein Mann ging auf der anderen Seite von Lucas am Waldrand entlang, dann noch einer, beide mit langen Gewehren. Sie ließen sich nieder und beobachteten die Tür.

Das Funkgerät tönte weiter in Lucas' Ohren.

Johnny, bereit?

Bereit.

Ich halte es für unmöglich, daß er an diesem Ende rauskommen könnte – die Sturmfenster sind von außen gesichert.

Kann hier hinten absolut nichts sehen. Wo sind Gene und Lucas?

Lucas: »Ich bin unter den Bäumen, etwa auf Höhe der Eingangstür. Gene behält die Rückseite im Auge.« Ein Schatten huschte hinter den Vorhängen an der Glasscheibe der Eingangstür vorbei und blieb da. Lucas sprach über Funk: »Aufgepaßt. Jemand ist an der Eingangstür.«

Aber niemand, der sich hastig bewegt, dachte er resigniert. Das Mädchen lief nicht weg. Das Verandalicht ging an und warf einen Lichtschein auf den dunklen Hof. Climpt stand auf und drehte sich zu Lucas um. Lucas sagte: »Die

Rückseite beobachten, die Rückseite beobachten, könnte ein Ablenkungsmanöver sein.«

Climpt hob eine Hand, und Lucas wandte sich wieder dem Wohnmobil zu. Ein gleißender Lichtspalt erschien an der Tür, dann kam ein Mann heraus, der ein zappelndes Kind festhielt.

»Nicht schießen, nicht schießen!« schrie Helper. Er drängte sich zur Windfangtür hinaus auf die Betonblockveranda und duckte sich hinter das gelbblonde Mädchen. Er hatte ihr einen Arm um den Hals geschlungen und hielt ihr die andere Hand an den Kopf. »Ich hab eine Waffe an ihrem Ohr. Wenn jemand auf mich schießt, stirbt sie. Ich habe den Finger am Abzug.«

Lucas winkte Climpt zu sich, und Climpt kam halb laufend und halb kriechend durch den Schnee, wobei er sich die Bäume als Abschirmung zum Haus hin zunutze machte. »Was ist da los?« grunzte er.

Helper und das Mädchen, die beide Schneeanzüge trugen, standen im Licht der Veranda. Helper trug einen Helm. »Ich will mit Carr sprechen!« schrie er. »Ich will, daß er hierher kommt.«

Carr über Funk: *Lucas, was meinen Sie?*

Lucas duckte sich hinter einen Baum und sprach so leise er konnte. »Reden Sie mit ihm. Aber lassen Sie sich nicht sehen. Einer der Jungs auf der anderen Seite soll ihm zurufen, daß Sie unterwegs sind. Er kann uns nicht sehen – wir sind nur rund dreißig Schritte entfernt.«

»Ich will mit Carr reden!« brüllte Helper. Er zerrte das Mächen nach links, zu seinem Schneemobil, wobei er sie beinahe von den Füßen riß.

Einige Sekunden später meldete sich eine Stimme vom Wald auf der anderen Seite zu Wort. »Nur die Ruhe, Duane. Shelly ist unterwegs. Er kommt von der Straße her. Nur die Ruhe.«

Helper wirbelte zu der Stimme herum. »Ihr Wichser, der

Hahn ist gespannt – wenn ihr mich erschießt, puste ich ihr Gehirn über den ganzen Scheißhof.«

»Nur die Ruhe.«

Carr sprach über Funk: *Lucas, ich gehe die Einfahrt hinauf. Was soll ich ihm sagen?*

»Fragen Sie ihn, was er will. Wahrscheinlich einen Geländewagen oder so was, eine Fluchtmöglichkeit.«

Was dann?

»Wenn wir keine andere Wahl haben, soll er ihn bekommen. Versuchen Sie, den Wagen gegen das Mädchen einzutauschen. Wenn wir ihn eine Sekunde von dem Mädchen wegbekommen können – Gene hat eine Mac-16 und kann ihn erledigen. Wir brauchen nur eine Sekunde.«

Und wenn er das Mädchen behalten will?

»Dann würde ich sagen, lassen wir sie gehen. Ich glaube nicht, daß er schon hinter die Sache mit dem Signalgeber an seinem Schlitten gekommen ist. Falls das FBI noch einen hat, sollten wir ihn an dem Geländewagen befestigen, wenn er den haben will.«

Das FBI schaltete sich ein: *Wir haben noch einen.*

Carr sagte: *Ich kann das Licht von der Veranda sehen, ich gehe jetzt ein wenig zur Seite.*

Lucas drehte sich zu Climpt um: »Wie gut sind Sie mit diesem Gewehr?«

»Echt gut«, sagte Climpt.

»Wenn er das Mädchen nicht mit der Waffe bedrohen würde, könnten Sie ihm einen Kopfschuß verpassen?«

»Ja.«

»Auch unter Streß?«

»Scheiß auf den Streß. Ohne Streß könnte ich ihm ins eine oder andere Auge schießen, ganz nach Wahl. So müssen Sie sich eben mit irgendeiner Stelle im Gesicht begnügen. Glauben Sie, ich sollte…«

»Wenn Shelly mit ihm redet, werde ich aufstehen, mich ihm zeigen. Ich werde reden. Sie nehmen seinen Kopf ins

Visier, und falls er seine Waffe auf mich richtet, drücken Sie ab.«

Climpt schaute ihn an und schien sich seiner Sache auf einmal nicht mehr so sicher zu sein. »Ich weiß nicht, Mann. Und wenn das Mädchen immer noch im Weg ist oder...«

»Es wird schwierig, wenn er sie mitnimmt«, sagte Lucas. »Ich würde sagen, die Chancen stehen fifty-fifty, daß er sie tötet, aber selbst wenn er sie irgendwo absetzt, könnte ihr bei dem Sturm etwas passieren. Wenn Sie schießen würden, hätte sie eine bessere Chance.«

Climpt sah ihn einen Moment an, dann nickte er ruckartig. »Okay.«

Lucas erwiderte den Blick und grinste. »Überlegen Sie nicht lange, hm? Tun Sie es einfach. Ich möchte nicht, daß er mir in die Eier schießt oder so was.«

Climpt betrachtete schweigend sein Gewehr.

Lucas rief Carr: »Shelly, wo sind Sie?«

Ich bin fünfzig Meter die Einfahrt runter und sitze im Schnee. Ich werde jetzt mit ihm sprechen.

»Wenn Sie mit ihm reden, werde ich mich auch sehen lassen. Ich rede auch mit ihm.«

Wozu?

»Gene und ich haben uns etwas ausgedacht. Machen Sie sich keine Sorgen, einfach nur...«

Helper brüllte die Einfahrt entlang: »Verdammt noch mal, wo steckt Carr?«

»Duane...«, rief Carr aus der zunehmenden Dunkelheit. »Hier spricht Shelly Carr. Lassen Sie das Mädchen gehen, dann komme ich persönlich zu Ihnen. Ich garantiere Ihnen, daß Ihnen nichts geschehen wird.«

»He, vergessen Sie das!« rief Helper zurück. »Ich will einen Geländewagen hier haben, und zwar in fünf Minuten. Ich möchte, daß er hier abgestellt wird, und ich möchte, daß der Bursche, der ihn herfährt, zu Fuß weggeht. Ich werde ihm nichts tun. Aber ich möchte nicht, daß sonst jemand in der Nähe ist. Ich werde alles vom Haus beobachten. Wenn ich mit dem Mädchen wieder rauskomme, halte ich ihr die Waffe ans Ohr, und wenn jemand bei dem Wagen ist, drücke ich ab.«

Während Helper redete, glitt Lucas langsam nach rechts und stand auf. Carr rief: »Duane, wenn Sie ihr etwas antun, sterben Sie eine Sekunde später.«

Helper lachte, ein unbändiges Geräusch, das sich im Schneetreiben seltsam schrill anhörte. »Sie werden mich sowieso töten, Shelly, verscheißern Sie mich nicht. Wenn Sie mich nicht töten, heben Sie nächstes Jahr Straßengräben aus, statt Sheriff zu sein. Also bringen Sie mir den verfluchten Wagen.«

Helper wich Richtung Haus zurück und zerrte das Mädchen mit sich. Sie hatte kein Wort gesagt, und Lucas konnte sehen, daß ihr Haar im Verandalicht seltsam gelblich schimmerte. Er erinnerte sich an sie, das Mädchen, das ihn auf dem Schulflur beobachtet hatte, das mit dem Sommerkleid und den schmalen Schultern.

»Duane...«, rief Lucas. Er schlurfte nach vorne. Er wußte, er mußte in der Dunkelheit, fern vom Licht, fast unsichtbar sein. »Hier spricht Davenport. Wir haben das FBI hier draußen und jede Menge Polizei. Wir tun Ihnen nichts, Duane, wenn Sie das Mädchen gehen lassen.«

Helper drehte sich um und schaute ihn an. Lucas hob die Hände über den Kopf, spreizte sie mit nach außen gerichteten Handflächen und ging drei Schritte weiter.

»Davenport?«

»Wir werden nicht...«

»Weg von mir, Mann, oder ich schwöre bei Gott, ich puste ihr Gehirn über den ganzen Scheißhof hier, ich... *hauen Sie ab*...« Seine Stimme schwoll beinahe hysterisch an, aber die Waffe wich nicht vom Kopf des Mädchens. Lucas konnte spüren, wie sie ihn ansah, passiv, den Tod vor Augen, hilflos.

»Schon gut, schon gut.« Lucas wich zurück. »Ich gehe, aber denken Sie darüber nach.«

»Sie bekommen den Geländewagen«, rief Carr aus der Dunkelheit. »Der Geländewagen ist schon unterwegs. Duane – um Gottes willen, tun Sie dem Mädchen nichts.«

Helper und das Mächen wichen zur Tür zurück. Das Mädchen griff hinter sich, fand den Türknauf, stieß die Tür auf, und Helper ging hinein, wobei die Pistole mattsilbern im Verandalicht schimmerte.

Haben den Signalgeber am Geländewagen, meldete das FBI.

Und Carr: *Bringen Sie ihn hier rauf. Bringen Sie ihn hier rauf.*

Schon unterwegs.

Carr fragte aufgebracht: *Davenport – verdammt noch mal, was hatten Sie vor?*

»Ich wollte ihn dazu bringen, daß er die Waffe auf mich richtet«, sagte Lucas. »Gene hat mit der Mac-16 seinen Kopf anvisiert. Wenn er die Mündung von dem Mädchen weggenommen hätte, hätten wir ihn gehabt.«

Großer Gott. Wo bleibt dieser Wagen?

Ist unterwegs.

Der Geländewagen bog in die Einfahrt ein und blieb mit auf das Wohnmobil gerichteten Scheinwerfern stehen. Die Wagentür wurde zugeschlagen, ein Geräusch, das vom Schnee gedämpft wurde, dann rollte der Wagen mit eingeschaltetem Fernlicht weiter. Er blieb an der Stelle stehen, die Helper angedeutet hatte, und Shelly kletterte vom Fahrersitz, reckte die Schultern, als wartete er auf die Kugel, und schritt die Einfahrt entlang.

»Idiot«, sagte Climpt hinter Lucas' Ohr.

»Gehört Mut dazu«, sagte Lucas.

»Und wenn wir Helper schnappen, ist die nächste Wahl so gut wie geritzt. Da kommen sie.«

Die Tür ging wieder auf, und Helper kam heraus, wobei er den Arm wieder um den Hals des zappelnden Mädchens geschlungen hatte. Die freie Hand war nackt und hielt den Revolver, den Daumen gekrümmt, wie bei gepanntem Hahn. Das Mädchen trug einen Benzinkanister und etwas, das wie ein Aquariumsschlauch aussah.

»Was machen sie?« fragte Climpt. Er hatte das Gewehr gehoben und folgte Helpers Kopf mit dem Visier.

Helper redete mit ihr.

»Behalten Sie ihn im Visier«, sagte Lucas. Das Mädchen schraubte den Tankdeckel des Geländewagens ab, ließ ihn in den Schnee fallen, steckte den Schlauch in den Tank und schob ihn hinein. Das andere Ende steckte sie in den Benzinkanister, dann drückte sie den schwarzen Ballon am Schlauch.

»Sie pumpen Benzin«, sagte Climpt, und einen Augenblick später mengte sich schwacher Benzingeruch unter den Fichtenduft.

»Er flieht mit dem Schneemobil«, sagte Lucas. »Dafür braucht er das Benzin.«

»Ohne das Mädchen«, murmelte Climpt, der Helper mit dem Gewehr folgte.

Lucas nahm das Funkgerät. »Er zapft Benzin aus dem Wagen. Ich glaube, er will das Schneemobil auftanken und damit fliehen. Gene und ich haben unsere Schlitten weiter hinten stehenlassen, wir sollten sie besser holen.«

Carr meinte: *Einer von Ihnen sollte lieber warten, bis ich jemanden an der Seite des Hauses postiert habe.*

Lucas sagte zu Climpt: »Was ist mit Ihnen? Fangen Sie an zu zittern?«

»Nur ein bißchen«, gab Climpt zu. Er visierte Helper noch einen Augenblick an, dann sagte er: »Fertig?«

»Ja.«

Climpt gab ihm das Gewehr. Lucas richtete die Kimme auf Helpers Helm, wo sich das Ohr befinden müßte. Dort ließ er sie verweilen, und sein Gesichtsfeld schrumpfte auf nichts zusammen. Er konnte den Scheitel des Mädchens nicht sehen, obwohl sich ihr Kopf nur Zentimeter von Helpers Ohr entfernt befinden mußte. Er konnte seine Position nur schätzen.

»Kommen Sie her, sobald Sie hören, wie er den Motor anläßt. Sie können mich bis zum anderen Schlitten mitnehmen«, sagte Lucas unter dem schwarzen Zielfernrohr hervor. Das Zielfernrohr war eiskalt an seiner Wange, aber er zielte unbeirrt auf Helpers Ohr. »Können nicht mehr als ein paar Meter sein.«

Climpt berührte kurz Lucas' Schulter und verschwand im Schnee.

Das Umpumpen des Benzins schien ewig zu dauern, wobei Helper sich nervös an den Geländewagen lehnte, während das Mädchen passiv vor ihm stand und die Pumpe im Auge behielt. Schließlich zog sie den Schlauch aus dem Tank und ließ ihn auf den Boden fallen, worauf sie und Helper sich zum Schneemobil zurücktasteten. Das Mädchen quälte sich mit dem Kanister ab. Zwanzig Liter, dachte Lucas, wahrscheinlich um die dreißig Pfund. Und sie war kein großes Mädchen. Neben Helper wirkte sie ausgesprochen zerbrechlich.

Das Mädchen hievte den Kanister auf den Oberschenkel und kippte ihn, so daß der Auslauf in den Stutzen des Tanks paßte. Wieder schien es ewig zu dauern, den Tank des Schneemobils zu füllen, während Lucas zielte und zielte und es satt hatte, Helper durch das Zielfernrohr zu beobachten.

Das Mädchen sagte etwas zu Helper. Lucas bekam nur ein Wort mit: »Fertig.« Das Mächen warf den Kanister beiseite, und Helper stieß sie auf den Fahrersitz des Schlittens hinauf. Ein Paar Schneeteller waren am Gepäckträger festgeschnallt, Helper setzte sich darauf. Seine Waffe wankte nicht einmal.

»Versuchen Sie nicht, mir zu folgen!« schrie Helper und

schaute linkisch über die Schulter, während das Mädchen das Schneemobil anließ. Sie machten einen Satz nach vorne, blieben stehen, fuhren wieder an. Helper schrie: »Versuchen Sie nicht...« Der Rest der Worte war nicht zu hören, da sie um das Haus herumfuhren, nach hinten. Der Wald war jetzt fast vollkommen dunkel und still, abgesehen vom Kettensägengedröhn des Schlittens. Lucas stand auf, schaute ihnen nach, hob den Gewehrlauf hoch und folgte dem immer kleiner werdenden Heckscheinwerfer, solange er konnte.

Das Funkgerät knatterte fast ununterbrochen, Stimmen...

Er flieht hinten raus.

Richtung Flowage.

Kann ihn nicht sehen.

Und das FBI: *Wir haben das Signal, er fährt nach Osten.*

Carr kam die Einfahrt entlanggelaufen. »Lucas, wo zum Teufel...«

»Hier drüben.« Lucas watete durch den Schnee zur Einfahrt. Drei weitere Deputies kamen aus dem Wald auf sie zu. Carr atmete schwer, hatte die Augen weit aufgerissen.

»Was...?«

»Gene und ich verfolgen sie mit den Schlitten. Sie folgen mit den Wagen«, sagte Lucas.

»Vergessen Sie nicht, was er mit den beiden anderen gemacht hat. Er hat sie in einen Hinterhalt gelockt«, sagte Carr nervös. »Wenn er auf Sie wartet, können Sie ihn nicht sehen.«

»Das FBI müßte wissen, wenn er anhält«, sagte Lucas. Er stellte fest, daß sie einander anschrien, und sprach leiser weiter. »Außerdem haben wir keine andere Wahl. Ich glaube nicht, daß er das Mädchen bei sich behalten wird – sie würde ihn nur aufhalten. Wenn er sie nicht tötet, müssen wir dort sein und sie holen. Wenn sie auf eigene Faust in der Gegend herumläuft...«

Climpt brachte den Schlitten unter ihm zum Stehen, Lucas

schwang ein Bein über den Rücksitz und hielt das Gewehr seitlich. »Okay, los, los!« schrie Carr, und Climpt gab Gas, worauf sie zwischen den Bäumen durch zum zweiten Schlitten fuhren. Lucas gab Climpt das Gewehr. Climpt schlang es über die Schulter, während Lucas auf den zweiten Schlitten sprang und diesen anließ.

»Wie wollen Sie es machen?« rief Climpt.

»Sie fahren voraus und bleiben auf seiner Spur. Halten Sie nach dem Mädchen Ausschau, falls er sie schon abgesetzt hat. Wenn Sie seinen Heckscheinwerfer sehen... Scheiße, tun Sie einfach, was Sie für richtig halten. Ich bleibe am Funkgerät. Wenn Sie sehen, daß ich blinke, halten Sie an.«

»Verstanden«, sagte Climpt und brauste los.

Helper hatte vier oder fünf Minuten Vorsprung. Lucas wußte nicht zu sagen, ob er schneller oder langsamer fahren würde. Wahrscheinlich wußte er, wohin er wollte, demzufolge konnte er relativ schnell fahren. Andererseits folgten Lucas und Climpt einfach seiner Spur, was nicht schwer war, trotz des Schnees. Helper mußte selbst navigieren. Selbst wenn er auf den Wegen blieb, inzwischen schneite es so sehr, daß die Wege weiß auf weiß unter der Schneedecke verborgen sein würden. Und das würde ihn bremsen.

Sie fuhren los, Climpt voraus, Lucas hinterher, und schon nach dreißig Sekunden konnten sie das Licht des Hauses nicht mehr sehen. Danach bewegten sie sich nur noch im Lichtkreis ihrer eigenen Scheinwerfer. Wenn Climpt hinter einer Hügelkuppe oder in einer Senke verschwand, verkleinerte sich Lucas' Sichtfeld plötzlich und dehnte sich erneut aus, wenn Climpt wieder in Sicht kam. Wenn Climpt unvermittelt Gas gab, schrumpfte sein Heckscheinwerfer fast zu nichts zusammen. Wenn er bremste, fuhr Lucas fast auf ihn auf. Nach zwei oder drei Minuten fand Lucas die optimale Distanz, rund fünfzehn Meter, und hielt sich daran, während die FBI-Leute ihm Helpers Kursänderungen über Funk durchgaben.

Der Schnee machte die Fahrt zu einem Alptraum; Lucas' Gesicht war ungeschützt, naß, eiskalt, Schnee verkrustete seine Augenbrauen, Wasser lief ihm den Hals hinab.

Er ist im Begriff, die MacBride Road zu überqueren.

Lucas blinkte, fuhr neben Climpt, zog den Handschuh aus, schaute auf die Uhr und merkte sich die Zeit.

»Kennen Sie die MacBride Road?« rief er.

»Klar. Die ist irgendwo vor uns.«

»Die FBI-Leute denken, daß er sie vor etwa fünfundvierzig Sekunden überquert hat. Lassen Sie mich wissen, wann wir sie überqueren, dann können wir schätzen, wie weit wir hinter ihm sind.«

»Klar.«

Sie überquerten sie zwei Minuten und zehn Sekunden nach dem Zeitpunkt, den sich Lucas eingeprägt hatte, also waren sie keine drei Minuten hinter ihm. Und holten offenbar auf.

»Fährt er noch?« fragte er das FBI.

Fährt noch nach Osten.

Carr meldete: *Er wird die Table Bay Road bei Jack's Café überqueren. Vielleicht schaffen wir es, daß wir vor ihm dort sind, dann können wir feststellen, ob er das Mädchen noch bei sich hat.*

Sie fuhren durch flaches Land, folgten aber im allgemeinen Bachläufen und Straßenböschungen, wo sie vor dem Schnee geschützt waren. Zwei oder drei Minuten nachdem sie die MacBride Road überquert hatten, kamen sie auf einen See, wo der Schnee mit ungezügelter Wucht peitschte und Schwaden wie lange, gebauschte Laken ins Licht ihrer Scheinwerfer wehte. Die Sichtweite sank auf unter drei Meter, Climpt bremste fast auf Schrittempo ab. Lucas wischte sich Schnee vom Gesicht und aus den Augen, fuhr weiter und behielt Climpts Heckscheinwerfer im Auge. Wischte, fuhr. Es wurde immer schwerer... Helpers Spur wurde schneller zugeschneit, die Ränder verweht, sie war längst nicht mehr so gut zu erkennen. Vier Minuten später hatten sie den See überquert und befanden sich wieder in relativ geschütztem Gelände.

Wir richten uns bei Jack's ein. Wo ist er? Das war Carr.

Er ist vier Meilen draußen und kommt näher, wird aber langsamer.

Wie läuft es, Lucas?

Lucas, der vor Kälte schlotterte, hob die Hand von der Bremse zum Gesicht: »Wir sind noch auf seiner Spur. Keine Spur von dem Mädchen. Aber es wird immer schlimmer. Möglicherweise können wir ihm bald nicht mehr auf den Fersen bleiben.«

Okay. Ich habe mit Henry gesprochen. Vielleicht müssen wir es hier bei der Table Bay auf eine Konfrontation ankommen lassen.

»Ich frage mich, ob das Mädchen noch bei ihm ist. Ich kann mir nicht vorstellen, daß er sie noch mitschleppt, aber wir haben keine Spuren gesehen, die von ihr stammen könnten.

Das werden wir erst wissen, wenn wir ihn sehen.

Climpt hielt an, lenkte nach rechts, fuhr einen Kreis, hielt wieder an. »Was ist?« rief Lucas, der hinter ihm hielt.

»Die Spur teilt sich. Muß ein anderer Schlitten vorbeigekommen sein. Ich weiß nicht, ob er nach links oder rechts gefahren ist.«

»Wo liegt die Table Bay Road?«

»Rechts.

»Dann ist er dorthin.«

Climpt nickte und fuhr wieder los, aber sie kamen nicht mehr so schnell voran, da Climpt hin und her lenken und die Spuren sondieren mußte. Lucas fuhr ein halbes dutzendmal fast auf ihn auf und mußte hart ausscheren, um einen Zusammenstoß zu vermeiden. Er atmete jetzt heftig, als wäre er weit gelaufen.

Der Eismann raste den Weg entlang, das gelbblonde Mädchen saß hinter ihm, auf den Schneetellern. Sie hatten gerade lange genug angehalten, daß sie die Plätze tauschen konnten, dann brausten sie weiter durch das immer dichtere Schneetreiben, auf einer fast unsichtbaren Route, immer auf der Suche nach dem Weg durch den Wald.

Im Augenblick waren sie sicher, weil der Sturm sie beschützte. Wenn er einfach nach Süden fahren könnte... möglicherweise mußte er das Mädchen abwerfen, aber die war mit Sicherheit zu ersetzen. Alaska, der Yukon, dort gab es Frauen im Überfluß; aber nicht annähernd genügend Männer. Die würden alles tun, was man von ihnen wollte.

Wenn er es nach Süden bis zum Haus des Pferdetrainers schaffen wollte, mußte er auf der Nordseite des Highway rauf und über den Blueberry Lake bis zum Hauptarm des Flowage. Dann konnte er den Whitetail Creek nehmen.

Das FBI meldete: *Er wendet. Er wendet. Er fährt nach Norden, nicht mehr zur Table Bay Road, er nähert sich der Kreuzung von STH 70 und Meteor Drive.*

Und Carr: *Sind schon unterwegs. Wir fahren auch dorthin.*

Lucas gab Climpt ein Blinkzeichen und fuhr neben ihn.

»Sie haben gerade gewendet und fahren jetzt nach Norden... Moment mal.« Er drückte den Sendeknopf. »Wissen Sie, was das für ein Weg ist? Was für ein Schneemobilweg? Ist der auf der Karte eingezeichnet?«

Da unten ist ein Bachbett, Whitetail Run. Wir glauben, das ist er.

»Er befindet sich auf einem Bachbett namens Whitetail Run, Richtung Meteor Drive«, sagte Lucas.

Climpt nickte. »Das kann nicht weit weg sein. Dieser Weg

hier kreuzt es im rechten Winkel – wir werden sehen, wo er abgebogen ist.«

Carr sagte: *Wir kommen zur Brücke am Whitetail. Wir nageln ihn von beiden Seiten fest.*

Eine andere Stimme: *Sie werden die Lichter sehen.*

Wieder Carr: *Ja. Sollen sie eben. Henry und ich haben uns unterhalten. Wir haben beschlossen, ihm zu zeigen, daß es keinen Ausweg für ihn gibt. Wir müssen ihn vor die Wahl stellen, entweder das Mädchen freizulassen und aufzugeben oder zu sterben. Das Mädchen wird sterben, wenn sie bei ihm bleibt. Wenn er sie einfach irgendwo im Schnee aussetzt, ist sie auch tot. Und wenn er anhält und sich ein Auto klaut, kann er sie auch nicht am Leben lassen, damit sie es weitererzählt. Früher oder später wird er sie aussetzen.*

Das FBI: *Wenn ihm klar wird, daß er einen Signalgeber am Schlitten haben muß, könnte er danach suchen, und wir verlieren ihn möglicherweise.*

Carr: *Dieses Mal lassen wir ihn nicht entkommen. Und wenn er trotzdem irgendwie entkommt… verdammt, wir müssen das Risiko eingehen.*

FBI: *Ihre Entscheidung, Sheriff.*

Carr: *Ganz recht. Wie weit draußen ist er?*

FBI: *Halbe Meile. Schätzungsweise vierzig Sekunden.*

Der Eismann brauste durch die Kurve auf den Whitetail und hatte fast die Brücke erreicht, als er die Lichter sah, die durch den Schnee schienen. Er wußte, was es für Lichter waren. Die Bullen, besonders Davenport, waren durch irgendein Karma mit ihm verbunden. Sie fanden ihn immer wieder, obwohl das eigentlich unmöglich sein mußte.

»Nein!« schrie er und trat auf die Bremse. Dort waren Lichter, große, tragbare, leistungsstarke Scheinwerfer, die das Bachbett absuchten. Er hielt an und drehte sich zu dem gelbblonden Mädchen um:

»Das da oben sind die Bullen. Sie spüren uns immer irgendwie auf. Wenn ich Zeit hätte... Ich werde es zu Fuß versuchen müssen. Ich möchte, daß du mit dem Schlitten im Bachbett zurückfährst, einfach nur eine Weile herumkurvst. Wenn sie dich finden, dann sag ihnen, daß ich zu Jack's Café unten am Flowage will. Sag ihnen, du glaubst, daß ich ein Auto organisieren will. Das werden Sie glauben.«

»Ich will mit dir kommen«, sagte sie. »Du bist mein Mann.«

»Das geht jetzt nicht«, sagte er. Er zog den Helm zurück, beugte sich nach vorne und küßte sie auf die Lippen. Ihre Lippen waren steif vor Kälte, ihr Gesicht feucht von Schnee – sie hatte keinen Helm gehabt – und Tränen.

»Ich habe es versucht, aber wir kommen nicht durch«, sagte er. »Du mußt sie von mir ablenken. Aber ich komme zurück. Ich hole dich.«

»Du holst mich?« fragte sie.

»Ich schwöre, daß ich dich hole. Und ich verlasse mich jetzt auf dich. Du bist die einzige Frau, die mich retten kann.«

Sie stand im tiefen Schnee neben dem Schlitten und sah zu, wie er in die Schneeteller schlüpfte. Er hatte seine Pistole in der Hand und den Helm wieder aufgesetzt. Mit dem Schneeanzug sah er fast wie ein Astronaut aus.

»Gib mir fünf Minuten Zeit«, sagte er. »Dann fahr los. Einfach eine Weile herumkurven. Wenn sie dich finden, dann sag ihnen, ich will zu Jack's.«

»Was wirst du tun?«

»Ich halte das erste Auto an, das die Straße entlangkommt, und nehme es mir«, sagte er.

»Herrgott.« Sie schaute ins schwache Licht hinauf, dann legte sie stirnrunzelnd den Kopf schief. »Es kommt jemand.«

»Was?« Der Eismann schaute zur Brücke hinauf.

»Nicht von dort... hinter uns.«

»Wichser«, sagte er. »Geh schon, los.«

Lucas und Climpt fuhren wieder, sahen die Spur vor sich, und ihre ganze Welt bestand nur aus wenigen Lichtern und dem Dröhnen der Schlitten.

Climpts Heckscheinwerfer kam näher, er beugte sich nach links und steuerte den Schlitten durch die Kurve. Lucas folgte ihm, drückte den Knopf des Funkgeräts und versuchte trotz der Unebenheiten zu sprechen. »Wie lange braucht er, um vom Whitetail zur Brücke zu gelangen?«

Etwa zwei Minuten, informierte das FBI.

Lucas gab Climpt ein Blinkzeichen, fuhr neben ihn und rief: »Wir erreichen ihn in etwa einer Minute. Sie werden sich sehen lassen.«

Er hat angehalten.

Wo? Carr.

Zwei- oder dreihundert Meter weit draußen, schätzungsweise. So genau können wir es wirklich nicht sagen.

Kann er unsere Lichter sehen?

Möglich.

»Ich übernehme von hier an die Führung. Ich verlasse mich auf Sie. Sie halten das Gewehr bereit.«

Climpt nickte, griff nach dem Gewehr. Lucas fing an zu zählen, bediente mit der rechten Hand den Gashebel und strich über die Tasche am linken Oberschenkel, wo er die Pistole stecken hatte. Die Tasche war mit einem Klettverschluß zugemacht, also konnte er die Waffe schnell herausziehen, wenn er die Handschuhe ausgezogen hatte... *tausendsechs, tausendsieben, tausendacht*. Sekunden verstrichen wie ein langsamer Herzschlag.

Eine Stimme über Funk: *Sehen ihn nicht, sehen ihn nicht.*

Lucas bremste, Climpt holte von hinten auf. *Tausendachtunddreißig, tausendneununddreißig...*

Lucas glitt vorwärts und bemühte sich krampfhaft, etwas zu sehen. Der Lichtstrahl seines Scheinwerfers war abgeschnitten, vom Schnee verkürzt. Wenn er hineinschaute war es, als sähe er in einen Styroporbecher. Sie kamen auf eine

Erhebung, sausten auf der anderen Seite hinunter, und Lucas glich den Ruck mit den Beinen aus – allmählich spürte er die Fahrt in den Schenkeln. *Tausendsechzig*... Lucas drehte das Gas zurück, bremste, bremste...

Da.

Rotes Aufleuchten unmittelbar voraus.

Lucas bremste ruckartig, lehnte sich nach links, bremste seine Geschwindigkeit durch eine Kurve aus, blieb auf dem Schlitten und richtete diesen wieder auf, und sein Scheinwerfer strahlte Helpers Schlitten an... und Helper selbst.

Helper stand im Scheinwerferlicht hinter seinem Schlitten. Climpt war nach rechts gefahren, als Lucas nach links gesteuert hatte, kam nun von der anderen Seite, strahlte Helper ebenfalls an und nagelte ihn in beiden Lichtstrahlen fest. Lucas zog den Handschuh aus, nahm die Pistole...

Helper floh. Er trug Schneeteller und rannte auf die Baumreihe über dem Bachbett zu. Da konnte man nicht mit dem Schlitten rein, zu dicht. Lucas gab Gas, fuhr näher ran, noch näher. Helper, der immer noch den Helm und eine dunkle Gesichtsmaske trug, drehte sich um.

Der Eismann stolperte auf die Baumreihe zu, aber der Lärm der anderen Schneemobile schwoll an; dann flammten die Lichter auf, und plötzlich waren sie da und pflügten durch den tiefen Schnee. Der erste Schlitten steuerte auf ihn zu, während der andere ausscherte.

Er hob die Pistole, feuerte einen Schuß ab, der Schlitten schlingerte, der Fahrer fiel herunter. Der andere Schlitten steuerte hart in die Gegenrichtung, unkontrolliert, und versuchte, dem gestürzten Mann auszuweichen.

Der Eismann lief weiter, lief, sein Atem kratzte im Hals, zerriß ihm die Brust; er rannte blind weiter, ohne Hoffnung, und sah zurück.

Das Mündungsfeuer war wie ein Blitz in der Dunkelheit. Lucas steuerte nach links und fiel vom Schlitten. Er schlug einen Moment fassungslos um sich, richtete sich auf, bekam Schnee in Augen und Mund, prustete, verlagerte zuviel Gewicht auf einen Fuß, brach durch die nächste Schneeschicht, kam auf die Knie, hob die 45er, sah Climpt an sich vorbeiwirbeln.

Helper hatte die Baumreihe erreicht und war kaum noch zu sehen, nicht mehr als eine Andeutung von Bewegung dreißig Meter entfernt.

Lucas feuerte sechs Schuß auf ihn ab, einen nach dem anderen, spürte die Bewegungen auf, feuerte durch Büsche und Gestrüpp, durch Erlenzweige und kleine, kahle Espen. Das Mündungsfeuer blendete ihn nach dem ersten Schuß, danach feuerte er instinktiv dorthin, wo er Helper vermutete. Und wo war Climpt, warum kam er nicht...?

Dann hörte er die Mac-16, zwei Schüsse an der Baumgrenze.

Gewehrfeuer, wir haben Gewehrfeuer. Das FBI.

Und Carr: *Was ist da los, was ist da los?*

Schneeteller. Sie würden Schneeteller brauchen.

Lucas' Schlitten hatte sich in eine Schneeverwehung gebohrt. Er wollte darauf zugehen, dann drehte er sich zu Helpers Schlitten um und sah das gelbblonde Mädchen. Sie lag im Schnee und versuchte aufzustehen. Quälte sich ab. Verletzt?

Lucas drehte sich zu ihr um und drückte den Sendeknopf: »Er ist zu Fuß unterwegs – Richtung Straße – er ist im Wald – wir haben das Mädchen. Sie ist hier – wir sind dicht unterhalb der Brücke im Bachbett. Suchen Sie nach ihm. Wir haben auf ihn geschossen, könnte sein, daß er verletzt ist.«

Ginny Harris kauerte neben Helpers Schneemobil, ihr Haar sah im Licht der anderen Schneemobile goldgelb aus, und sie starrte zu dem Waldstück, wohin Helper geflohen war. Als Lucas sich durch den knietiefen Schnee zu ihr vorarbeitete, blickte sie mit großen Augen zu ihm auf, wie ein gefangener Fuchs.

Das gelbblonde Mächen kauerte neben dem Schlitten, als der Mann vom ersten Schneemobil ein paar Schüsse in den Wald abfeuerte. Er sah bedrohlich aus, ein Mann ganz in Schwarz, große Pistole in der Hand. Dann ertönte ein lautes Knallen von dem Mann auf dem zweiten Schlitten, und eine Flammenzunge deutete auf ihren Mann wie der Finger Gottes.

Der erste Mann sagte etwas zu ihr, aber sie konnte ihn nicht hören. Sie konnte sehen, daß er die Lippen bewegte, dann hob er die Hand. Griff er nach ihr? Zielte er mit der Waffe auf sie? Sie rollte sich weg.

Sie rollte von ihm weg, und er rief: »Alles in Ordnung, in Ordnung«, aber sie rollte einfach weiter und hob die Hand, in der sie etwas hielt, das wie ein winziges, kindliches Chromspielzeug aussah.

Eine 22er, eine Fünfzig-Dollar-Waffe, ein albernes Ding, das fast nichts konnte, außer Menschen töten, die Fehler machten. Er beugte sich nach vorn, streckte die Hand nach ihr aus, griff nach ihr. Er sah die Mündung, und unmittelbar vor dem Lichtblitz verspürte er so etwas wie Verlegenheit, daß er in diese Situation geraten war. Er wollte sich abwenden, aus der Schußlinie gehen. Dann das Mündungsfeuer.

Die Kugel traf ihn im Hals wie ein Faustschlag. Er blieb stehen, ohne recht zu wissen, was vorgefallen war, hörte das Plop-plop anderer Schußwaffen um sich herum, nicht das laute Peng-peng, sondern etwas Leiseres, Entfernteres. Sehr weit entfernt.

Lichtblitze explodierten in der Dunkelheit und streckten das gelbblonde Mädchen nieder, dann fiel Lucas rückwärts in den Schnee. Als er aufschlug, strömte die Luft aus seinen

Lungen. Er versuchte, zu atmen und sich aufzurichten, aber nichts passierte. Es war, als hätte man ihm einen Gummipfropf in die Luftröhre gesteckt. Er strengte sich an: nichts.

Der Schnee fühlte sich wie Sand in seinem Gesicht an; er konnte ihn ganz deutlich spüren, den Schnee. Und im Mund einen kupferartigen, beißenden Geschmack, den Geschmack von Blut. Aber der Rest der Welt, alle Geräusche, Gerüche und Anblicke, befanden sich in einem geistigen Rechteck von der Größe eines Schuhkartons, dessen Seiten jemand zusammendrückte.

Er konnte jemanden rufen hören: »O Gott, auch noch im Hals, ruft die verdammte Ärztin, wo ist die Ärtzin, fährt sie immer noch...«

Und wenige Sekunden später ein Schatten in seinem Gesichtsfeld, jemand anderes: »Gütiger Himmel, er ist tot, seht euch nur seine Augen an.«

Aber Lucas konnte sehen. Er konnte Zweige mit Schnee darauf sehen, konnte spüren, wie er sich bewegte, konnte feststellen, wie sich sein Sichtfeld veränderte, als jemand ihn aufrichtete, er konnte sehen – nein, hören – wie jemand auf ihn einschrie.

Und die ganze Zeit wurde das Rechteck kleiner, kleiner...

Er kämpfte eine Zeitlang gegen die schrumpfenden Wände an, aber eine ferne Wärme zog ihn zu sich, und er spürte, wie sein Denken sich ihr zuwandte. Als seine Konzentration nachließ, drängten sich die Wände des Rechtecks zusammen, und nun hatte er ein geistiges Territorium vor sich, das nicht größer als eine Briefmarke war.

Keine Sicht mehr. Kein Gefühl von Schnee auf der Haut. Kein Geschmack von Blut.

Nichts als ein einziges Wort, das weniger ein Geräusch zu sein schien als vielmehr eine getippte Zeile, ein Wort, das aus einer Zeitung ausgeschnitten worden war:

»Messer.«

30

Der Eismann hatte die Baumreihe fast erreicht, als der Schuß in seinen Rücken eindrang, zwischen Wirbelsäule und Schulterblatt. Er fiel nach vorn, dann zerfetzte eine Salve die Espenzweige über ihm. Sein Verstand war klar wie Eis, aber sein Körper fühlte sich an, als stünde er in Flammen.

Eine weitere Salve, die durch die Bäume fetzte, dann noch eine, aber die letzte zielte anderswohin. Der Eismann stand auf und spürte die Schmerzen im Rücken wie einen tausend Pfund schweren Rucksack. Er kämpfte sich tiefer in den Wald, tiefer. Kam nicht weit, mußte sich setzten. Im plötzlichen Überfluß an Licht von hinten konnte er vage die Umrisse der Bäume ringsum erkennen, und er kämpfte sich durch sie hindurch, in einem Winkel Richtung Straße. Hinter ihm füllten sich seine Spuren fast so schnell mit Schnee, wie er die Abdrücke erzeugte.

Dann hatte er das Licht hinter sich gelassen. In der Dunkelheit tastete er sich mit den Händen vorwärts. Die Schmerzen in seinem Rücken breiteten sich aus wie Krebs – in seinen Unterleib, die Beine, sie verwandelten seinen Körper in Blei. Ein Ast schlug ihm gegen den Helm, riß seinen Kopf zurück. Er atmete schwerer, zog den Helm ab, warf ihn weg. Er mußte spüren...

Er blutete. Er konnte spüren, wie ihm das Blut an Bauch und Rücken hinabfloß, warm, klebrig zwischen Hemd und Haut. Er machte noch einen Schritt und ruderte mit den Armen wie ein Blinder; noch einen, ruderte wieder mit den Armen. Ein Ast schlug ihm ins Gesicht, er fluchte, drehte sich, stolperte, fiel. Fluchte, mühte sich wieder auf die Beine, machte wieder drei Schritte, fiel in ein Loch, versuchte aufzustehen.

Schaffte es dieses Mal nicht.

Fühlte sich ganz ruhig.

Lag da und ruhte sich aus; er brauchte nur ein wenig Ruhe, dann konnte er weitergehen.

Yukon. Alaska.

Weather kam herbei, sah Lucas im Schnee, das Blut in seinem Gesicht, schrie: »Nein, o Gott...«

»Er ist getroffen, er ist getroffen!« schrie Climpt.

Er hielt Lucas' Kopf; Henry Lacey stand über Lucas und Climpt, Carr neben dem gelbblonden Mädchen, andere Deputies kamen durch den Schnee näher.

Weather sah wie in Zeitlupe Laceys Zähne im Licht der Schneemobilscheinwerfer funkeln, sah das Gesicht des Mädchens feierlich, rot, kleine Einschußlöcher im Schneeanzug, und sie dachte: *Zu den Engeln gegangen*, und ließ sich neben Lucas auf die Knie sinken.

Lucas schlug um sich, machte die Augen halb auf, aber nur das Weiße war zu sehen. Sie packte seinen Kiefer, fand Blut, legte ihm den Kopf zurück, sah die Einschußwunde, ein kleines Loch, wie von einem Kugelschreiber. Er bekam keine Luft. Sie zog die Handschuhe aus, zwängte die Kiefer auseinander und steckte ihm einen ihrer Handschuhe in den Mund, damit er ihr nicht in die Finger beißen konnte. Dann tastete sie mit den Fingern in seinem Rachen, fand das Hindernis, ein Stück weiches Gewebe, wo alles hätte frei sein müssen.

Ihr Verstand wurde eiskalt, analytisch.

»Messer«, sagte sie zu Lacey.

»Was?« rief Lacey erschrocken. Sie stellte fest, daß er eine Pistole in der Hand hielt.

»Geben Sie mir Ihr verdammtes Messer.«

»Hier, hier.« Climpt hielt ihr ein rotes Taschenmesser hin, ein Schweizer Offiziersmesser, und sie klappte die größere der beiden Klingen auf.

»Drücken Sie seinen Kopf nach unten«, sagte sie zu Climpt. Lacey sank auf die Knie, um ihr zu helfen, während sie sich breitbeinig auf Lucas' Brust setzte. »Legen Sie ihm die Hand auf die Stirn und drücken Sie.«

Sie stieß die Messerspitze unterhalb von Lucas' Adamsapfel in seinen Hals, drehte und zog… und dann ertönte ein plötzliches, furchterregendes Röcheln, als Luft in seine Lungen strömte. »Halten Sie seinen Kopf unten – halten Sie seinen Kopf unten.«

Sie steckte den Zeigefinger in den Schnitt, krümmte ihn und hielt den Schnitt so offen.

»Bringen wir ihn weg – bringen wir ihn weg!« rief sie und gab seine Brust frei. Lucas schien zu schweben – Männer an jedem Schenkel, zwei andere an den Schultern. »Halten Sie seinen Kopf unten.«

Sie trugen ihn hastig aus dem Wald und zum Wagen des Sheriffs.

Mit jedem linkischen, blutigen Atemzug krächzte Lucas, der die Augen jetzt geschlossen hatte, »Ächchch… ächch«, wie eine sterbende Krähe.

Eine Sirene, unmittelbar über ihm, auf der Straße. Helper wußte jetzt, daß er im Graben unterhalb der Straße lag. Er mußte nur hinaufklettern und ein Auto anhalten, wenn die Bullen fort waren.

Ein winziges Stück Vernunft kehrte zu ihm zurück: Die Bullen würden nicht weggehen. Jetzt nicht mehr. Jetzt wußten sie, daß er hier war.

Der Eismann lachte. Sie würden ihn finden, sie würden kommen.

Er versuchte, sich umzudrehen, versuchte aufzustehen; er würde hinaufkriechen, die Bullen anhalten. Aufgeben. Wenn er gesund war, konnte er es noch einmal versuchen. Es gab immer die Möglichkeit, aus dem Gefängnis auszubrechen; es gab immer Möglichkeiten.

Aber er konnte nicht aufstehen. Konnte sich nicht bewegen. Sein Verstand war immer noch glasklar und arbeitete famos. Er analysierte das Problem. Er war steif wegen der Wunde, überlegte er. Keine schwere Wunde, nicht tödlich, aber er wurde steif wie ein weidwunder Hirsch.

Wenn man einen Hirsch anschoß und nicht gleich niederstreckte, wartete man eine halbe Stunde oder so und fand ihn unweigerlich irgendwo reglos in der Nähe, bewegungsunfähig.

Wenn er überleben wollte, mußte er aufstehen.

Aber er konnte es nicht.

Er versuchte es ja. Aber es ging einfach nicht.

Sie würden kommen, dachte er. Kommen und ihn holen. Der Weg war nur wenige hundert Meter lang. Sie würden ihn aufspüren, würden ihn finden. Er mußte nur warten.

»Wenn er nicht verletzt ist, dann wäre es Selbstmord, da reinzugehen. Wenn er getroffen wurde, ist er tot. Errichten wir einfach eine Absperrung und warten wir bis zum Morgen«, sagte Carr. Lacey nickte und ging zu einem anderen Deputy, um den Befehl weiterzugeben.

»Ich möchte, daß sich überall drei oder vier Männer zusammentun«, rief Carr ihm nach. »Niemand soll sich allein da draußen aufhalten, okay? Nur für alle Fälle.«

Sie fanden ihn im Straßengraben neben der Straße. Noch am Leben, noch rege.

Der Eismann spürte, wie sie kamen; er hörte sie eigentlich nicht, sondern wußte es einfach. Hob den Kopf; weiter konnte er sich jetzt nicht mehr bewegen. Dennoch: Wenn sie ihn gleich in die Stadt brachten, konnten sie ihn noch retten. Sie konnten ihn noch retten.

»Helft mir«, stöhnte er.

Etwas entfernte sich, kam zurück.

»Hilfe.«

Etwas berührte sein Gesicht; etwas Kälteres als er selbst. Er hob den Kopf, und sie wichen zurück. Und kamen wieder.

Nagten an ihm; ein Fauchen, dann eine rasche Flucht. Und wieder kamen sie zurück.

Kojoten. Vom Geruch des Blutes und dem Schutz der Dunkelheit angelockt.

Sehr hungrig in diesem Jahr.

Hungrig wegen des tiefen Schnees. Das Wild größtenteils tot oder weitergezogen.

Sie kamen näher; er versuchte sich zu bewegen; schaffte es nicht. Versuchte, die Hand zu heben; versuchte, sich wegzurollen; versuchte, das Gesicht zu schützen. Schaffte es nicht.

Verstand klar wie Wasser. Spitze Zähne in seinem Gesicht, die schnappten, rissen, ihn zerfetzten. Er machte den Mund auf, um zu schreien: Zähne an den Lippen.

Neun Deputies hielten sich am Schauplatz auf, vier davon als Wachtposten, falls Helper zurückkehren sollte. Die anderen suchten den Ort des Geschehens nach Blut und Patronenhülsen ab oder sahen einfach nur zu. Das gelbblonde Mädchen war eine Wölbung unter einer blauen Plastikplane. Lacey und Carr standen ein wenig abseits. Carr sprach ins Funkgerät. Als er fertig war, spähte Lacey in die Dunkelheit. »Ich bin immer noch der Meinung, wenn wir langsam gingen...«

»Vergessen Sie es«, sagte Carr. »Wenn er irgendwo da oben liegt, würde er nur noch mehr von uns umlegen. Lassen Sie die Straßen sperren. Davenport hat ein halbes Dutzend Schüsse auf ihn abgegeben, Gene hat den halben Wald abgemäht – ich finde, die Chancen stehen gut, daß er getroffen wurde. Was wir jetzt brauchen...«

»Still«, fauchte Lacey. Er hielt die Hand hoch, drehte sich um und schaute nach Nordosten. Er spähte angestrengt in die Dunkelheit.

»Was?«

»Hat sich wie ein Schrei angehört.«

Sie lauschten gemeinsam einen Moment, hörten das Murmeln der Deputies ringsum, das ferne, gedämpfte Grollen von Lastwagen auf der Straße, und unter alledem das subtile Rauschen des fallenden Schnees.

Nichts, das sich wie ein Schrei eines Mannes anhörte, der bei lebendigem Leibe aufgefressen wurde.

Carr schüttelte den Kopf. »Wahrscheinlich nur der Wind.«

31

Er war auf Schneetellern und arbeitete sich über die Schneeverwehungen auf der Zufahrt zu seiner Blockhütte. Nach der ersten Meile war er schweißgebadet. Er nahm die Mütze ab, steckte sie in die Tasche, machte den Reißverschluß des Parka auf, um sich abzukühlen, und ging weiter.

Die Erlen griffen nach seinen Füßen, hangelten danach. Es waren kleine, buschige Bäume mit daumendicken Stämmen voller Flecken, wie Wildkirschen. An manchen Stellen waren sie nach den vereinzelten Schneefällen begraben. Wenn er über einen zugeschneiten Busch stieg, brachen seine Schneeteller unter ihm ein, als wäre er in ein Loch getreten, was er ja tatsächlich auch getan hatte – eine Schneekuppel, die von den biegsamen Zweigen einer zugeschneiten Erle geschützt wurde. Dann sank er bis zu den Knien ein, manchmal sogar bis zum Schritt, und bemühte sich, wieder hochzukommen.

Während er sich weiterkämpfte, bildete sich ein Eisrand auf seiner Sonnenbrille, und sein Herz schlug wie eine Trommel in der Stille der nördlichen Wälder. Er erklomm den Hang einer kleinen Erhebung; als er die Kuppe erreicht hatte, machte er bergab kehrt und folgte ihr wieder in die Ebene zurück. An der Stelle, wo der Hang in die Ebene überging, ragte eine Gruppe roter Zedern aus dem Schnee auf. Wild hatte zwischen den Zedern gelegen, Haar verloren und den Schnee verfärbt. Überall waren rosa Urinlöcher zu sehen, und Kothaufen, die wie lederfarbene 45er-Patronen aussahen; aber kein Wild. Er mußte mit soviel Getöse durchs Holz gebrochen sein wie eine Lokomotive, daher waren sie schon lange fort. Er verspürte Schuldgefühle. Er sollte kein Wild jagen, nicht diesen Winter. Die Tiere waren schwach genug.

Seine Beine zuckten, zuckten auf den gestärkten weißen Laken, die so weiß die Schnee waren. Der Winter verblaßte.

»Wach auf, du...«

Lucas schlug die Augen auf und stöhnte. Sein Rücken war steif, sein Hals gestreckt und reglos in der Plastikmanschette. »Verdammt, ich war völlig weggetreten«, sagte er. »Wie spät ist es?«

»Vier Uhr«, sagte Weather und lächelte auf ihn hinab. Sie trug ihren Chirurgenkittel. »In einer Stunde wird es dunkel. Wie geht es dir?«

Lucas versuchte probehalber, den Hals zu bewegen. »Tut noch weh, aber nicht mehr so sehr. Fühlt sich mehr wie zugeschnürt an.«

»Das wird noch etwas stärker, wenn es verheilt. Sollte es zu schlimm werden, schneiden wir noch einmal auf und entfernen ein bißchen Narbengewebe.«

»Ich kann mit dem zugeschnürten Gefühl leben«, sagte er.

»Was? Du vertraust mir nicht?« Die 22er Patrone war unterhalb des Kieferknochens eingedrungen, nach oben, parallel zur Zunge, und schließlich im weichen Gewebe an der Rückseite des Halses steckengeblieben. Beim Luftholen hatte er ein Stück loses Gewebe nach unten gesogen, nicht größer als ein Zehncentstück, und wäre beinahe daran erstickt. Weather hatte den Schaden mit einer Stunde Arbeit auf dem Operationstisch im Lincoln Memorial behoben.

»Da vertraut man einmal einer Frau, und gleich bei der ersten Gelegenheit schlitzt sie einem die Kehle auf«, sagte Lucas.

»Also gut, jetzt werde ich dir nichts von den Schoeneckers erzählen.«

»Was?« Er wollte sich aufsetzen, aber sie drückte ihn wieder hinunter. »Haben sie sie gefunden?«

»Beim Camping in Baja. Heute morgen. Sie haben gestern abend eine Benzinkreditkarte benutzt und sind etwa gegen zehn Uhr unserer Zeit aufgespürt worden. Henry Lacey hat angerufen und gesagt, daß die Eltern behaupten, von nichts eine Ahnung zu haben, aber eine der Töchter redet wie ein Wasserfall. Henry fliegt möglicherweise mit zwei anderen Deputies hin und bringt sie her.«

»Wahnsinn. Dann können sie sie ja über die anderen Mitglieder dieses Sex-Rings ausquetschen.«

»Sie? Wirst du nicht mithelfen?«

Lucas schüttelte den Kopf. »Das ist nicht mehr mein Spezialgebiet. Muß mir eine andere Aufgabe suchen. Vielleicht gehe ich nach Minneapolis zurück.«

»Hmpf«, sagte sie.

»Ach, Herrgott noch mal«, stöhnte Lucas, der ihren Stimmungsumschwung spürte. »Ich hatte gehofft, du würdest mir dabei helfen. Du wirst so oder so da sein, okay?«

»Wir müssen miteinander reden«, sagte sie. »Wenn du hier raus bist.«

»Was soll das heißen? Möchtest du nicht da sein?«

»Ich möchte da sein«, gestand sie. »Aber wir müssen trotzdem miteinander reden.«

»Einverstanden.«

Shelly Carr klopfte an die Tür. »Besuchszeit?« Er hielt eine karierte Jägermütze mit Ohrklappen in der Hand.

»Kommen Sie rein«, krächzte Lucas. Carr erkundigte sich nach seinem Befinden, und Lucas erklärte, es gehe ihm gut. »Was Neues von Harper? Weather sagt, Sie haben seinen Lieferwagen gefunden?«

»Ja – draußen an einem See. Dort befindet sich eine große Zahl Anglerschuppen. Jede Menge Leute. Wir glauben, daß er jemanden getroffen hat und sich mitnehmen ließ, damit wir sein Nummernschild nicht durchgeben konnten. Gott allein weiß, wo er jetzt steckt, aber wir suchen weiter nach ihm.«

»Sie sehen ziemlich gut aus«, sagte Lucas.

»Konnte mich ein bißchen ausruhen«, sagte Carr.

»Haben Sie noch mal mit Gene geredet?«

»Ja, er ist immer noch oben in Ihrer Blockhütte«, sagte Carr. »Er sitzt einfach nur da oben und sieht fern und liest. Irgendwie mache ich mir Sorgen.«

»Er braucht professionelle Hilfe, weigert sich aber stur, mit einem Psychiater zu reden«, sagte Weather. »Großer Macho-Typ wie er, auf gar keinen Fall.«

»Ja, nun ... ich kann verstehen, wie das ist«, sagte Lucas. »Es ist wie mit der Kirche. Wenn man nicht gläubig ist, nutzt es einem gar nichts, wenn man hingeht. Er muß selbst damit fertigwerden.«

»Die ganze Sache war seltsam«, sagte Carr. »Aber es ging ihm gut, bis zur Beerdigung. Er hätte nicht hingehen sollen, das habe ich ihm gesagt.«

»Vielleicht mußte er es«, sagte Lucas.

»Ja, ich weiß«, sagte Carr zögernd. »Aber sobald er ihr Gesicht gesehen hatte, war es aus. Ich meine, aufgebahrt hat sie wie ein Engel ausgesehen. Sie kennen ja die Geschichte von seiner Tochter.«

»Ja.«

Sie saßen noch einen Augenblick schweigend da, dann sagte Carr: »Ich muß gehen.« Er tätschelte Lucas' Bein. »Erholen Sie sich gut.«

Als er gegangen war, sagte Weather: »Shelly steht politisch nicht schlecht da. Lacey hat dafür gesorgt, daß alle erfahren haben, wie er die Einfahrt raufgegangen ist, um mit Helper zu reden.«

»Das hat auch Mut erfordert«, sagte Lucas.

»Und irgendwie sind die vielen Toten einfach nur... tot. Sieht so aus, als würde kaum jemand groß darüber reden. Dabei ist es nicht einmal eine Woche her.«

»So ist das eben«, sagte Lucas.

»Hast du die Zeitung gesehen?« fragte sie.

»Eine Schwester hat sie heute morgen gebracht, kurz nachdem du gegangen warst«, sagte er.

»Tolles Foto: Shelly mit den Jungs vom FBI, wie sie die Lorbeeren einheimsen«, sagte sie. »Hat mich irgendwie wütend gemacht.«

»Shelly macht nur seine Arbeit«, sagte Lucas nachsichtig. Er klang amüsiert.

»Ich weiß. Wir haben uns übrigens ein wenig über seine Frau unterhalten. Ich habe angedeutet, daß sie beide geschieden wahrscheinlich besser dran wären.«

»Wie hat er reagiert?«

»Er erklärte: ›Scheidung ist eine Sünde.‹«

Nach ein paar Minuten sagte er: »Mach die Tür zu.«

Sie schaute zur Tür, dann stand sie auf, schloß sie zu, setzte sich neben ihn auf das Bett und küßte ihn. Er konnte den Kopf nicht weit drehen, aber er konnte den Arm bewegen und drückte sie, solange und fest er konnte, an sich.

Schließlich befreite sie sich lachend und richtete ihr Haar.

»Verflucht, es fällt schwer, die Situation nicht auszunutzen. Ein Mann in deinem Zustand!«

»He! So schlimme Schmerzen habe ich nicht. Also komm wieder her.« Er wollte nach ihr greifen, aber sie tänzelte weg.

»Ich habe nicht gemeint, daß du angeschossen worden bist. Ich habe gemeint, daß du im Begriff bist, dich in mich zu verlieben.«

»Tatsächlich?«

»Glaub es mir«, sagte sie. Sie kam näher, beugte sich über ihn, küßte ihn zärtlich auf die Stirn. Er wollte wieder nach ihr greifen, und wieder tänzelte sie weg. »Versuch, dich auszuruhen. Du mußt wahrscheinlich ausgeruht sein, wenn du hier rauskommst.«

»Du hast einen Sinn für Humor wie ein Polizist«, sagte Lucas. »Garstig. Und du versteckst dich dahinter. Wie ein Polizist.«

Sie hatte gelächelt, aber jetzt wurde dieses Lächeln dünn, unsicher. »Kann schon sein.«

»Und du hast recht. Ich verliebe mich wirklich in dich. Darüber mußt du dich gar nicht lustig machen.«

Dieses Mal strich sie ihm behutsam über die Nasenspitze und sagte: »Werd gesund.« Sie lächelte, schien aber Tränen in den Augen zu haben und verabschiedete sich hastig.

Lucas döste eine Weile, schaltete den Fernseher ein, schaltete ihn wieder aus und stellte schließlich das Kopfteil des Bettes höher. Er konnte zum Fenster hinaussehen, über die Rasenfläche zur Stadt mit ihren kleinen Häusern, aus deren Kaminen Rauch drang. Nicht viel zu sehen: weißer Schnee, blauer Himmel, kleine Häuschen.

Und es war bitter kalt, sagten alle, die schlimmste Kälte in diesem Winter.

Von hier drinnen sah es gar nicht so schlecht aus. Von hier drinnen sah es sogar ziemlich gut aus. Er lächelte und machte die Augen zu.

STEPHEN BOOTH

»Ein großer psychologischer Spannungsroman. Booth versteht es meisterhaft, den Bewohnern eines scheinbar idyllischen Dorfes die Maske der Arglosigkeit vom Gesicht zu reißen.«

Publishers Weekly

45518